하일지

경마장 가는 길

Published by MINUMSA

The Road to Racetracks
Copyright © 1990 by Haïlji
All rights reserved.
Printed in Seoul, Korea.

For information address Minumsa Publishing Co.
506 Shinsa-dong, Gangnam-gu, 135-887.
www.minumsa.com

Third Edition, 2005

ISBN 89-374-2015-5(04810)

오늘의 작가총서 15

하일지

경마장 가는 길

민음사

차례

경마장 가는 길 · 11

작품 해설 긍정과 부정의 교차로에서
          / 임혜경 · 679
작가의 말 · 692
작가 연보 · 700

이 책에 쓰인 이야기는 현실세계에 실제로 있었던 일이 아니라 작가가 순전히 상상에 의하여 꾸며낸 것임을 밝혀둔다. 따라서 독자 중에 혹시 누군가가 자신이 이 소설의 이야기와 유사한 어떤 사건에 직접 혹은 간접으로 연루되어 있다고 생각하고, 그리하여 어떤 특수한 심리적 현상을 경험하게 된다 할지라도 그것은 작가가 책임질 일이 못 된다. 근본적으로 하나의 문학작품을 읽는다는 행위는, 그리고 그 작품을 읽고 어떤 반응을 일으켜야 하느냐 하는 것은 전적으로 독자의 자유에 해당하는 문제이고, 따라서 독자는 자신의 자유에 따르는 책임을 다해야 할 일이지 작가에게 그것을 전가해서는 안 될 일이다.

그런데 한 가지 명기해 둘 사실은 이 소설의 이야기가 1989년 서울에서 실제로 일어났을 수도 있는 일이거나 혹은 실제로 일어날 수도 있는 일이라는 것이다. 명석한 독자는 이 글에 묘사된 모든 것들이 비록 작가의 상상에 의해 이루어졌다고는 할지라도, 엄격히 사실에 의존하고 있음을 감지할 수도 있을 것이다.

경마장 가는 길

2월 16일, R이 돌아왔다. 어쩌면 2월 15일 또는 17일이었던지도 모른다. 지구를 반 바퀴 돌아왔기 때문에 막상 도착했을 때 그는 곧 시간의 혼동 속으로 빠져 들고 만 것이다. 도착하면 몇 월 며칠 몇 시가 되는가 하는 데 대해서는 미리 충분히 계산해 두었어야 옳았을 것이다. 그러나 이십여 시간의 비행기 여행 동안 줄곧 심한 두통과 불면, 그리고 알 수 없는 불안에 시달리느라고 그런 것에 대하여 전혀 생각하지 못했다. 그러나 중요한 일이 아니다. 시간이라는 것은 어떤 식으로든지 이미 그에게 주어졌다.

세관을 거쳐 짐수레를 밀며 나오는 그의 앞에 자동개폐식 문이 열렸을 때 홀의 저쪽 맞은편 유리문을 통하여 광장에 어둠이 깔리고 있는 것이 보였다. 홀은 전혀 붐비지 않았다. 고작 서른 명가량의 마중객들이 자동개폐식 문이 열림과 동시에 일제히 이쪽으로 눈을 향하고 있었다. 그 사람들 사이에 서 있던 키가 작은 여자 하나가 R의 출현을 이내 알아보고 손을 들어 보였다. 그녀는 낮게 손을 들어 보이는 것 외에는 소리를 질러 부르지도 미소를 보내지도 않왔다. 그녀의 손동작은 자신의 있음을 상대에게 알리는 최소한의 신호에 불과했다고 말할 수 있을 것이다. R도 그녀를 향하여 가볍게 손을 들어 보였다.

밖에는 가로등이 켜지고 있었다.

"차를 저쪽에다 세워뒀어요."

R에게서 짐수레를 받아 밀며 건물에서 나왔을 때 여자가 말했다.

"그냥 택시를 타도 될 텐데……."

그가 말했다. 그녀는 앞장서서 주차장을 가로질러 갔다. R은 그녀를 따라가며 물었다.

"J야, 네 취직은 어떻게 됐니? 이번 학기에는 전임이 될 것 같으니?"

그는 키가 컸고, 유행이 지난 낡고, 다소 더러워진 바바리 자락을 너풀거리고 있었다. 그의 머리는 헝클어져 있었다.

"글쎄요, 되겠지요 뭐."

J라고 불렸던 여자가 대답했다. 그녀의 대답은 될 것이라는지, 될지 안 될지 모르겠다는 것인지 아리송했다. 두 사람은 텅 빈 주차장 저만큼 외따로 세워진 잿빛 승용차 뒤에서 멈춰 섰다.

"차 괜찮아 보이는구나. 이게 뭔 마크냐?"

"르망이라는 거예요."

여자가 트렁크 문을 열 때 그들은 이런 대화를 나누었다. 그리고 짐수레에서 두 개의 커다란 여행용 가방을 떼어 차에 실었다.

"뭐가 들었길래 이렇게 무거워요?"

"컴퓨터와 프린터 외에는 별거 없다. 그리고 책도 좀 들었다."

운전석에 앉아서 J는 우선 안경을 꺼내 쓰고 안전벨트를 질러 맸다. 그리고 핸들 위에 두 손을 올려놓은 채 잠시 움직이지 않았다. 그녀의 이러한 동작들은 그녀의 작은 체구에 비하면 너무나 뚜렷하고 당당하다고 말할 수도 있을 것이다.

"혹시 네 아버지 차를 몰고 온 건 아니냐?"

R은 굳이 이렇게 차를 가지고 나오지 않아도 될 텐데 하는 투로 물었다.

"아니에요."

"그럼 웬 차니? 한 대 샀느냐?"

그녀는 잠시 쭈빗거리다가 약간 웃어 보이며 말했다.

"제가 무슨 돈이 있어서 샀겠어요? 그냥 우리 집에 이런 게 있길래…… 우리 집에 한 대 남는 게 있어서 몰고 나온 거예요."

그녀는 웃어 보이며 말했지만 그녀의 말은 농담으로도 여겨지지 않았고, 그렇다고 진담으로 볼 수도 없었다. R은 이해가 가지 않는다는 듯이 약간 어깨를 으쓱했다.

"한국 차들은 모두 크다고들 하더니 정말 크긴 크구나. 무겁지 않으니?"

"아뇨? 새 차기 때문에 아주 부드러워요."

그녀는 변속기를 이리저리 움직여 보이며 말했다. 그리고 열쇠를 열쇠구멍에 꽂고 시동을 걸고 깜빡이 신호를 보낸 상태에서 물었다.

"주무시고 가실 거지요, 선생님?"

R은 뜻밖의 질문이라는 듯 약간 의아해하는 표정을 짓고 있다가 입속에 넣고 웅얼거리는 목소리로 말했다.

"그래야겠지."

그는 뭔가 혼동스러워하는 표정이었다.

J는 차를 뒤로 뺐다. 그녀는 차를 뒤로 뺄 때 상체를 뒤로 돌려 차 뒤편을 내다보지도 않고 핸들을 결단력 있게 꺾지도 않았다. 그녀는 다만 차 안에 있는 뒷거울만 들여다보며 처음에는 핸들을 왼쪽으로 돌리다가 다시 오른쪽으로 틀었다. 그래서 차는 처음에는 왼쪽으로 후진하다가 다시 오른쪽으로 몹시 어중간하게 꽁무니를 돌

렸다. 게다가 때마침 뒤편에서 지나가던 차가 경적을 울렸기 때문에 그녀는 차를 다시 전진시키지 않으면 안 되었다.

"서울에서는 운전을 잘한다고 하더니 너는 여전히 뒤로 빼는 데는 서툴구나."

R이 말했다. 그녀는 자존심이 상한 듯, 혹은 화가 난 듯했으나 억제된 표정으로 아무 말 하지 않고 차를 빼는 데만 열중하고 있었다. 다소 변칙적이라고 느껴지는 방법으로 차를 돌린 그녀는 광장을 한 바퀴 빙 돌아 차를 몰아가기 시작했다.

"오 년 반 만에 돌아오니 어때요, 선생님?"

공항을 완전히 빠져나올 때까지 침묵을 지켰던 그녀가 물었다. 그러나 그녀는 대답을 듣고 싶어 하는 것 같지는 않았다. 그녀는 말 끝마다 '선생님'이라는 말에 강세를 두고 있었다.

"글쎄."

그는 쉴 새 없이 차창 밖을 내다보고 있었다. 자라지 못한 앙상한 가로수들이 차창 밖을 스치고 지나갔다. 공항로에 들어선 지 불과 몇 분쯤 지났을 때 그녀는 핸들을 오른쪽으로 꺾으며 말했다.

"저기에 좋은 델 봐뒀어요. 우리 집에서도 가깝고……."

그리고 그녀는 '정원장여관'이라는 네온싸인이 켜져 있는 건물 앞에서 차를 세웠다. R은 약간 불만스러워하는 표정으로 웅얼거렸다.

"호텔로 가지 않고……."

그러나 J는 그의 말을 못 들었는지 그의 말에는 아무 대답도 하지 않고 핸드브레이크를 잡아당겼다.

"어서 오십시오!"

현관문을 열었을 때 어둡고 비좁은 현관 안에 서서 무엇인가를 지껄이고 있던 서너 명의 건장한 청년들이 열리는 문을 향하여 일제히 소리쳤다. 그들의 큰 소리에 R은 약간 겁이 난 표정이었다.

"숙박하실 겁니까?"

한 사내가 큰 소리로 물었다.

"물론 숙박이지요."

R은 방금 한 청년의 질문이 전혀 이해가 가지 않는다는 듯한 표정과 어투였다.

"침대로 쓰실까요, 온돌로 쓰실까요?"

예의 그 사내가 잇달아 큰 소리로 다시 물었다. R은 이 예상하지 못했던 질문에 이번에는 말문이 막혀버린 것 같았다. 그러자 곁에 섰던 J가 끼어들었다.

"모처럼 온돌방에서 주무시는 게 어때요, 선생님?"

"그거 나쁘지 않은 생각인걸."

R이 말했다.

"따라오시지요."

다른 한 건장한 청년이 두 사람에게 씩씩한 목소리로 이렇게 말하고 계단을 앞서 오르기 시작했다. 계단은 붉은 카펫이 깔려 있고 층계마다 양쪽으로 붉은 색전구들이 마치 야간 활주로처럼 일렬로 켜져 있었다. 그러나 계단은 전체적으로 대단히 어두웠다. 그들이 계단을 오르고 있을 때 저 아래 현관 있는 데서 아까 본 그 건장한 청년들의 고함치는 듯한 목소리가 들려왔다.

"어서 오십시오!"

"숙박입니까, 절박입니까?"

"온돌을 쓰실까요, 침대를 쓰실까요?"

두 사람이 안내된 방은 맨 꼭대기 층의 복도 맨 끝에 있는 방이었다. 사내가 방문을 열고 불을 켰을 때 R은 형광등 불빛이 너무 밝은 데 놀라는 표정이었다. 방은 필요 이상으로 많은 가구들이 갖추어져 있었다. 아랫목에는 연두색 이불이 단정히 깔려 있었고 보라색 무늬가 있는 베개 두 개가 나란히 놓여 있었다.

J는 창문으로 다가가 커튼을 젖히고 창문을 열었다. R은 그녀의

어깨 너머로 이 여관의 입간판 네온싸인의 첫 자 '정' 자가 껌벅거리고 있는 것을 보았다. 그녀는 다시 창문을 닫고 커튼을 닫고 있었다.
"한국에 돌아오니 어때요, 선생님?"
환한 형광등 불빛 아래 나란히 마주 보고 앉았을 때 J는 아까 했던 질문을 다시 반복했다. 온돌방 바닥은 필요 이상으로 더웠다.
"글쎄, 아직은 모르겠어."
R은 모처럼 온돌방에 책상다리를 하고 앉는 것이 좀 이상하게 느껴지는 듯 다리를 이쪽저쪽으로 바꾸어 앉은 매무새를 고쳐보며 말했다. 그녀는 다소곳이 앉은 자세로 말끄러미 그를 바라보고 있었다.
"너의 집은 여기서 가까운 데 있다고?"
"예, 차로 한 오 분쯤 걸려요."
그녀가 대답하는 동안 그는 벽을 따라 놓여 있는 경대와 경대 위에 얹힌 빨간색 전화통과 텔레비전과 전축과 냉장고 따위를 그리고 벽에 걸린 복사판 동양화가 들어 있는 액자와 한복을 차려입은 여자의 사진이 있는 달력과 천장에 달린 형광등과 아랫목에 깔려 있는 이불과 베개 따위를 돌아보았다.
"피곤하시지요, 선생님?"
"응, 비행기에서 한숨도 못 잤어."
그는 이렇게 말하고 나서 곧이어 영국 비행기는 식사가 형편없다는 이야기며, 일본인 관광객들로 가득 찬 비행기 안에서의 짜증스러웠던 이야기며, 비행기에서 내려다본 도시들에 대하여 두서없이 늘어놓았다. 그가 이런 이야기를 하고 있는 동안 그녀는 아무 표정 없이 앉아 있었다.
"시장하시지 않으세요, 선생님?"
그녀가 물었다.
"응, 배가 고픈 것 같기도 하구면."
"그럼 일어나세요. 식사부터 하셔야겠군요."

두 사람은 자리에서 일어났다. 그리고 어두운 계단을 내려왔다. 계단을 내려올 때 복도에 서 있던 보이가 벌써 가느냐고 물었다. R은 보이의 다소 이해가 가지 않는 지나친 간섭에 의아해하는 표정을 지으며 식사를 하러 가는 거라고 했다.

밖은 한층 어두워져 있었다. 두 사람은 몇 군데 기웃거렸지만 마땅한 데를 찾아내지 못했다. 한참 후 그들은 결국 길모퉁이의 이층에 있는 한 한식집에 들어가기로 했다.

계단을 오를 때 계단 귀퉁이에 있는, 문이 열려져 있는 변소로부터 역한 냄새가 났다. R은 이맛살을 찌푸렸다. 앞서 계단을 오르던 J가 돌아보며 씩 웃으며 충고했다.

"매사를 너무 부정적으로만 보진 마세요."

식당 안은 넓었다. 손님이라곤 아무도 없었다. 홀 한 귀퉁이에 키가 작고 몸집이 왜소한 오십 대 남자가 석유난로 곁에 웅크리고 앉아서 텔레비전을 보고 있었다. 그는 두 사람이 나타났는데도 일어서지 않았다. 얼굴이 둥글고 다소 뚱뚱한, 역시 오십 대의 여자가 주방에서 나와 두 사람이 자리 잡은 탁자로 다가와 주문을 받았다. R은 무엇을 시켜야 할지 전혀 모르겠다는 표정으로 J를 건너다보았다. J는 그에게 불고기를 먹는 것이 어떻겠느냐고 했다. R은 동의했다. 식당 여주인은 다시 주방으로 들어갔다. 그사이에도 식당 남자 주인은 여전히 석유난로를 끼고 앉은 채 텔레비전만 바라보고 있었다. 사실 식당 안은 난로가 필요할 만큼 썰렁하고 습기 찼다.

"논문 발표는 어떻게 됐어요?"

J가 물었다. R은 이십여 일 전에 있었던 자신의 논문 발표에 대하여 이야기하기 시작했다. 그리고 출판사를 찾기 위해 헤매고 다녔던 고생에 대해서도 이야기했다. 그러나 그의 이야기는 다소 두서없었다. 그것은 아마도 피로와, 그리고 너무나 오랜만에 한국에 돌아온 흥분 때문인 듯했다. 게다가 그는 한국말로 말하는 데에 다

소 거북스러움을 느끼는 듯 단어 하나하나를 선택할 때마다 약간씩 양미간을 찌푸렸다. J는 아무 말 하지 않고 듣고만 있었다. 그러나 그녀는 두서가 없는 R의 이야기를 귀담아듣고 있다고 볼 수는 없었다.

"고난과 역경을 넘어서는 사나이의 세계! 로열 디!"

텔레비전에서는 드링크제를 광고하는 굵직하고 다소는 비현실적으로 웅장한 남자의 목소리가 들려왔다.

"늙은 심사위원은 내 논문을 이해하지 못한 거나 마찬가지였어. 내가 그 말을 며칠 후에 지도교수한테까지 했지."

J는 아무 말 하지 않았다.

"생활의 멋과 여유, 르망!"

텔레비전에서는 또 다른 광고가 흘러나오고 있었다.

"어찌되었건 논문이 출판허가가 난 것은 다행이야. 그게 내 희망이기도 했으니."

R은 계속했다. 그때 식당 여주인이 음식을 날라왔다. J는 나무젓가락을 쪼개어 R에게 넘겨주고 자신의 것으로는 강판에서 지글거리고 있는 고기들을 뒤적거리고 있었다.

"마드모아젤 류가 내 논문 발표장에 참석했으니 그 여자는 증인이 될 수 있을 거야. 그 여자는 발표가 끝난 뒤 내게 말하기를 어떻게 그렇게 한마디도 막히지 않고 거침없이 대답할 수 있는지 자기도 정말 놀랐다고 하더군. 그것도 한국말이 아닌 불어로."

"어서 드세요."

J는 강판 위의 지글거리는 고기들을 뒤적이며 말했다.

"암튼 결과는 괜찮은 편이지. 왜냐하면 출판허가가 났으니."

R은 나무젓가락으로 밥을 뜨면서 아까 했던 말을 되풀이했다.

"고기 좀 많이 드세요. 이젠 다 익었어요."

J가 말했다. 텔레비전에서는 코미디 프로가 진행되고 있었다. 시

끄러운 텔레비전 소리가 홀 안에 쩡쩡 울렸다. 오십 대의 남자는 똑같은 자세로 앉아 혼자 낄낄대고 있었다. J는 별로 먹지 않았다. 그녀는 얼마 먹지도 않고 숟가락을 내려놓고 다만 젓가락으로 고기를 뒤적거리기만 했다.

"왜 너는 안 먹느냐?"

R은 하던 이야기를 멈추고 그녀에게 물었다. 그녀는 약간 얼굴을 찌푸린 채 고개를 내저을 뿐 아무 말 하지 않고 여전히 고기만 뒤적거렸다. 그리고 잠시 후 가스를 잠가 불을 끄고는 R에게 이젠 다 익었으니 빨리 먹으라고 했다. R은 급히 밥을 떠 입에 넣으며 여전히 논문 발표 때 있었던 일들을 두서없이 이야기했다. 밥그릇이 비워졌을 때 강판에는 아직 불고기가 반도 먹지 않은 채 남아 있었지만 R은 수저를 놓았다.

"빠트리스는 잘 있어요?"

J가 물었다.

"응."

R은 휴지로 입술을 닦으며 말했다.

"바둑판은 잘 받았대요?"

"응, 그걸 얼마나 좋아하는지…… 아무래도 네가 그걸 보내줬던 건 잘한 것 같다. 덕분에 내가 이번에 돌아오면서 내 논문 출판에 관계되는 모든 일들을 그 친구에게 부담 없이 다 맡길 수 있었지."

"그걸 보내는 데 얼마나 애를 먹은지나 아세요? 돈도 없는데……."

J는 약간 화가 난다는 어투였다.

"그렇지만 그걸 보내줬기 때문에 나한테 얼마나 도움이 됐는지 너는 모를 거야. 그렇지 않았다면 내가 어떻게 그토록 귀찮은 일들을 쉽게 부탁할 수 있었겠니?"

R은 변명하는 어투였다. 그러고는 빠트리스는 그 자신이 이미

페르시아 융단에 관한 저서를 몇 권 출판했으니 출판에 관한 한 R 자신보다 훨씬 잘 알아서 해줄 거라는 사실을 이야기했다. 그 밖에도 그는 계속해서 지난 몇 개월 동안 그가 일에 쫓기어 얼마나 고생했던가 하는 데 대하여 말했다.

"나중에는 울고 싶었어. 마지막 넉 달 동안은 정말 하루도 쉬지 않았어. 에릭은 나더러 미친 것처럼 보인다구 하더군."

R이 이야기하고 있는 동안 J는 아무 말 없이, 그녀의 작은 입을 살포시 다물고 불필요한 동작은 일체 하지 않고 앉아 듣고만 있었다. 그녀는 회색 투피스를 단정하게 입고 있었다. R은 그러한 그녀의 태도를 의식한 듯 문득 하던 이야기를 멈추고 그녀를 건너다보며 말했다.

"너는 한국에 돌아와 보니 갑자기 엄청 점잖아졌구나! 그리고 보니 옷도 아주 잘 차려입었구. 하긴 대학 선생이 됐으니 그럴 만도 하겠지만……."

R은 약간 짓궂은 어투로 웃으면서 말했다. 그러나 J는 전혀 웃지 않았고, 오히려 화가 난 듯한 표정으로 꼼짝하지 않고 그를 바라보고만 있었다. R은 자신의 말에 대한 그녀의 반응이 전혀 뜻밖이라는 듯이 멋쩍은 표정으로 잠시 어찌해야 할 바를 몰라 하고 있다가 입을 열었다.

"그래, 너의 집에서는 뭐라고 하더냐? 막내딸이 박사가 되어 왔으니 엄청 대견해하지? 그래, 뭐라고 하던?"

R은 미소를 지으며 물었다. J는 R의 물음에 대하여 어떻게 대답해야 할까를 생각하는 듯 잠시 아무 말 하지 않고 있다가 말했다.

"그런 건 왜 갑자기 물으시지요?"

그녀는 다소 도전적인 태도였다. R은 그녀의 이러한 반응에 다시 의아해하는 표정을 짓다가 억제된 목소리로 변명하듯 말했다.

"그냥…… 나는 네가 남들한테 귀여움을 받는 걸 상상하면 즐거워지거든."

그리고 잠시 후 생각이 났다는 듯이 엉거주춤 일어나 호주머니에서 한 움큼의 돈을 꺼내어 그녀에게 건네주며 말했다.

"이거 만 프랑이야. 이미 전화로 말했듯이 마란츠는 결국 못 샀다."

"이젠 집에 가서 뭐라고 말하지?"

J는 그에게서 돈을 받아 들며 몹시 낭패한 표정으로 한숨을 지으며 말했다.

"그렇지만 어떻게 하겠니? 마란츠라는 전축이 마크는 독일 거지만 이젠 독일에서 생산하지 않는가 봐. 모두 메이드 인 타이완이나 메이드 인 싱가폴이라고 써놨는걸. 그걸 독일제라고 하고 갖다 주면 오히려 우습지 않겠니?"

"그렇지만 집에는 뭐라고 말해야 하느냔 말이에요?"

J는 다소 히스테릭한 표정과 목소리였다.

"그렇지만 내가 미리 전화로 타이완제나 싱가폴제라도 살까 하고 물어보지 않았었니? 그리고 너는 그렇다면 사지 말고 그냥 오라고 하지 않았니?"

R은 다소 억울해하는 표정으로 말했다. 그러자 J는 이내 태도를 바꾸어 자신이 방금 짜증을 부렸던 것에 대하여 미안해하는 표정을 지으며 말했다.

"우리 둘 다 돈이 없으니 이 돈은 놔뒀다가 쓰기로 해요. 다시 나가게 되면 쓸 수도 있을 테니까요."

R은 아무 말 하지 않았다. J는 돈을 핸드백 속에 넣은 뒤 지갑에서 지폐 두 장을 꺼내어 R에게 건네주며 말했다.

"한국 돈이 없을 테니 우선 이걸 받으세요. 필요할 거예요."

그녀에게서 돈을 받아 든 R은 그러나 그것이 얼마짜리인가 하는 것에는 별로 관심이 없는 듯 지폐에 찍혀 있는 초상화를 호기심 어린 눈으로 한참 들여다보았다.

"돈이 이상하게 보이지요?"

J가 그를 건너다보며 물었다.

"그 사이에 바뀌었니?"

"바뀌진 않았는데 처음 보면 그래요. 저도 작년에 처음 돌아왔을 때는 몹시 이상하던데 자꾸 보니 괜찮데요."

잠시 후 두 사람은 식당을 나와 다시 여관으로 돌아왔다.

"이제 어떤 일을 하실 건가 하는 데 대해서는 충분히 생각해 보셨어요?"

여관방에 나란히 마주 보고 앉았을 때 그녀가 물었다. 이번에는 다소 진지한 태도였다. 그러나 그때 문 두드리는 소리가 났다.

"네에, 들어오세요! 문 열려 있어요!"

그녀는 문을 향하여 다소 과장되게 소리쳤다. 문이 열리고 보이가 얼굴만 안으로 들이밀며 말했다.

"여기 숙박계 좀 써주셔야겠는데요."

"네에, 거기 그렇게 서 있지만 마시고 들어오세요."

그녀가 말했다. 보이는 볼펜이 달린 두툼한 장부를 들고 엉거주춤 방으로 들어섰다.

"두 사람 다 써야 합니까?"

R은 보이에게서 장부를 받아 들고 물었다. 그때 J가 보이에게 덧붙여 말했다.

"게다가 저는 여기서 자지 않을 거예요? 집이 여기서 가까우니까요."

"한 사람만 써도 됩니다."

보이가 R에게 말했다. R은 아무 말 하지 않고 뭔가 혼동스러워하는 얼굴을 방바닥에 펼쳐놓은 숙박계 위로 수그린 채 그것을 기입하고 있었다.

"한국에서는 이런 걸 꼭 기입해야 하는가 봐요, 선생님."

R이 숙박계를 기입하고 있는 동안 J가 R에게 말했다.
"그건 외국에서도 마찬가지였잖아."
R은 펼쳐놓은 숙박계 위에 고개를 수그린 채 말했다. 주민등록번호를 기입하는 난에서 R은 잠시 낭패한 표정으로 쓰기를 멈추었다. 그리고 주민등록번호 대신에 여권번호를 쓰면 안 되겠느냐고 보이에게 물었다. 보이는 상관없다고 했다. R은 그의 여권번호를 기입했다.
보이는 R이 건네주는 숙박계를 받아 들고 나갔다. 두 사람은 이제 다시 우두커니 마주 보고 앉았다. 그들은 아까 하던 이야기를 계속하려 했지만 둘 다 그걸 잊어버린 것 같았다. R은 뭔가 몹시 혼란스러워졌다는 듯한 얼굴을 하고 있다가 아까 세관을 지날 때 세관원들이 생각보다는 까다롭게 굴더라는 데 대하여 이야기하기 시작했다.
"지난번에 제가 들어올 때는 전혀 까다롭지 않던데요?"
J가 말했다.
"그러나 오늘 내가 보기엔 어느 나라 세관보다 더 까다로운 것 같더라."
R이 말했다.
"그건 아마 아직 한국에는 그런 컴퓨터가 없기 때문일 거예요."
"웬걸, 없기야 하겠어?"
"있기는 하겠지만 흔치는 않을 거예요."
그들의 이야기는 여기서 다시 중단되었다. 방은 윗목 아랫목 없이 골고루 더웠다.
"저는 조금 있다 가야겠어요, 선생님."
잠시 후 J가 말했다. R은 아무 말 하지 않았다.
"피곤하시지요, 선생님?"
"응, 몹시 피곤해."
R은 이렇게 대답하고 다시 비행기 안에서 그를 한숨도 자지 못하

게 했던 두통에 대하여 이야기했고, 영국 항공의 형편없는 식사 때문에 배가 몹시 고파서 견디기 힘들었던 데 대하여 이야기했고, 그리고 북극항로를 지날 때 본 풍경들에 대하여 이야기했다. J는 R이 견딜 수 없을 만큼 배가 고팠다는 데 대해서는 이해가 가지 않는 듯 자신은 여러 차례 유럽을 다녀왔지만 한 번도 배가 고팠던 적은 없었다는 말을 했다. 그리고 다시 침묵이 흘렀다. J는 시계를 들여다보았다.

"조금 있다가 저는 가야겠어요, 선생님."

"가긴 왜 가니? 네가 얼마나 보고 싶었는데……."

R은 이렇게 말하며 그녀에게로 엉거주춤 엉덩이를 움직여 다가가려 했다. 그는 스스로 이러한 동작과 말이 여간 어색하게 느껴지지가 않는 듯 멋쩍어하는 미소를 지었다. 어쩌면 그는 온돌방에서의 몸놀림이 자유롭지 못하다는 것을 느꼈을지도 모른다.

"이러지 마세요! 여기선 안 돼요!"

J는 대단히 단호한 몸짓으로, 필요 이상으로 큰 몸 움직임으로 그를 피했다. 뿐만 아니라 그녀는 아예 자리에서 발딱 일어나기까지 했다.

"그러심 전 가겠어요."

자리에서 일어선 그녀가 말했다. 그는 그러한 그녀를 쳐다보며 계면쩍게 피식 웃었다. 그녀는 저만큼 문 곁에 서서 다소 과장되게 겁먹은 얼굴을 하고 그를 내려다보고 섰다가 잠시 후 다시 앉았다.

"오늘은 푹 쉬시고 이제 하실 일에 대해서나 생각하세요, 선생님."

그녀가 말했다. R은 한껏 감정을 억제하고 있는 듯한 표정이었다.

"그래, 돌아가겠다면 너무 늦기 전에 가거라."

그가 말했다.

"아직은 괜찮아요. 이제 아홉 시밖엔 안 된걸요."

그녀가 말했다. R은 다시 네 벽을 휘둘러보았다. 사방연속의 꽃무늬가 있는 벽지의 이음매들이 꼭 들어맞지 않았다. 꽃들의 한 귀퉁이가 잘려 있었다.

"대구에는 언제 내려가실 거예요, 선생님?"

"글쎄, 내일 내려가야겠지."

"그럼 내일 아침 아홉 시에 올게요."

R은 잠시 머뭇거리다가 말했다.

"그래라."

두 사람은 다시 아무 말 하지 않고 우두커니 마주 앉아 있었다.

"선생님, 피곤하지 않으세요?"

그녀가 먼저 말했다.

"응, 대단히 피곤해. 그럼 난 푹 쉬어야겠다. 갈 테면 늦기 전에 가거라."

그가 말했다.

"예, 그럼 갈게요. 내려오지 마세요. 푹 쉬세요. 그리고 내일 아침에 봬요."

그녀는 이렇게 말하고 일어나 신발을 신으며 덧붙였다.

"나갈 때 보이에게 선생님께 잘해 드리라고 팁을 좀 주고 갈게요."

그녀는 나갔다. 잠시 후 창문 밖 저 아래에서 자동차 시동 거는 소리가 났고, 꽤 오랫동안 차를 돌리는 소리가 나더니 이윽고 사라졌다.

R은 옷을 벗어 아무렇게나 윗목에 던져두고 자리에 누웠다. 그러나 불과 오 분도 채 못 되어 벌떡 일어나 앉았다. 그는 화가 난 표정으로 담배를 찾아 물었다. 담배 한 대를 다 태우고 난 뒤 그는 다시 자리에 누웠다. 그러나 이내 다시 상체를 일으켜 세우고 벽에 붙은 전등 스위치를 눌러 불을 껐다. 약 삼 분쯤 지났을 때 그는 이불을 홱 걷어차며 혼자 소리쳤다.

"메흐드! 메흐드! (Merde! merde!)

약 오 분쯤 지났을 때 그는 다시 벌떡 일어났다. 창문으로 다가

가 창문을 열었다. 그러나 시원한 공기는 별로 들어오지 않았을 뿐만 아니라 껌벅거리는 네온싸인의 붉은 불빛 때문에 창문을 열어놓고 있기가 거북했다. 그는 창문을 닫으며 소리쳤다.
"메흐드! 메흐드!"
그는 불을 켜고 다시 담배를 찾아 피워 물었다. 그리고 벗어놓은 윗도리 속주머니에서 낡은 수첩을 꺼냈다. 그는 수첩에서 전화번호 하나를 확인하고는 옷을 주워 입기 시작했다. 그러나 양말은 신지 않은 채 맨발에 슬리퍼를 신고 열쇠 꾸러미를 뒷주머니에 넣고 문을 잠그고 밖으로 나갔다. 복도에는 아까 숙박계를 들고 들어왔던 보이가 서 있다가
"어디 가시려고 합니까?"
하고 물었다.
"전화를 좀 할까 하고요."
R이 대답했다.
"시내 전화를 하시려고 합니까?"
"예, 시내 전화지요."
"시내 전화를 거시려면 방에서 해도 되는데요."
그제서야 R은 그가 잠그고 나온 방 안의 경대 위에 알상하게 생긴 전화통이 있었다는 것을 떠올린 듯 고개를 끄덕였다.
"수화기를 들면 교환이 나올 겁니다. 거기에 전화번호를 대면 걸어줍니다."
R은 고맙다고 말하며 호주머니에서 열쇠 꾸러미를 꺼내어 방금 잠근 문을 열려고 했다. 열쇠 꾸러미에는 여섯 개의 열쇠들이 달려 있었다. 어느 것이 맞는 건지를 알아내기 위해서 R은 여섯 개의 열쇠들을 차례로 열쇠구멍에 끼워보지 않으면 안 되었다. 여섯 개의 열쇠 중에 세 개는 아예 구멍에 들어가지 않았다. 나머지 세 개는 모두 열쇠구멍에 들어갔다. 그러나 문은 열리지 않았다. R은 자세

를 낮추고 열쇠구멍 앞에 쭈그리고 앉아 다시 한 번 여섯 개의 열쇠들을 일일이 끼워보았다. 결과는 마찬가지였다. 그는 다시 한 번 똑같이 해보았다. 그러나 여섯 개의 열쇠 중 어느 것도 '찰칵' 하고 문을 열어놓지는 못했다. R은 적어도 오 분 이상 문고리를 붙들고 앉아 여러 가지로 시험해 보았다. 그런데도 문은 열리지 않았다. R은 잠시 난처한 얼굴을 하고 서 있다가 돌아섰다. 방금까지 그의 등 뒤편 어두운 복도에 서 있었다고 느껴지던 보이가 눈에 보이지 않았다. R은 슬리퍼를 신은 채 계단 난간을 잡고 아래층으로 내려갔다. 두어 층 내려갔을 때 예의 그 보이가 그의 동료 하나와 함께 어두운 복도에 서서 시시덕거리고 있었다. R은 보이에게 자신의 사정을 이야기했다.

"예, 걱정하지 마세요. 제가 곧 올라갈게요."

R은 다시 자신의 방문 앞으로 되돌아왔다. 보이가 올라올 동안 그는 그의 방문 앞 복도 모퉁이에 나 있는 조그마한 창문 앞에 우두커니 서서 밖을 내다보고 있었다. 밖은 비좁은 골목이었다. 그러나 어두워서 아무것도 분간할 수가 없었다.

보이는 지루해질 만큼 오랜 시간이 지난 뒤에야 올라왔다. 그는 R이 내미는 열쇠 꾸러미를 받아 들고 아무 일 아니라는 듯이 R이 했던 것처럼 열쇠 하나하나를 열쇠구멍에 끼워보곤 했다. 여섯 개의 열쇠를 일일이 다 확인해 본 뒤에서야 보이도 다소 당혹해하는 빛을 나타냈다. 그는 열쇠고리에 쓰인 번호와 방문 위에 쓰인 방 번호를 확인해 보았다. 그리고 다시 여섯 개의 열쇠들을 일일이 열쇠구멍에 꽂아보기 시작했다. 그러나 그는 이내 참을성을 잃고 아무거나 마구 열쇠구멍에 넣으려고 하는가 하면 문고리를 신경질적으로 비틀어보기도 하고 주먹으로 문을 쾅쾅 두들기기도 했다. 보이가 성급하게 열쇠들을 이것저것 바꾸어가며 열쇠구멍에 쑤셔 넣고 문고리를 비틀어보고 주먹으로 문을 쾅쾅 때려보고 하는 동안에 R은 맨

발에 슬리퍼를 신은 채 서서 창문 밖을 우두커니 내다보고 있었다.
"씹팔!"
보이는 혼잣말처럼 중얼거렸다. 그리고 계속해서, 낮은 목소리이긴 하지만 곁에 서 있는 R이 충분히 들을 수 있을 만큼, 그리고 일부러 들으라고 하는 듯한 투로 지껄여 댔다.
"뭐 훔쳐갈 게 있다고 이렇게 방문을 처닫고 다녀! 씹팔! 문 열어 놓고 나가면 누가 뭐래니?"
그 밖에도 그는 더 무어라고 군지렁군지렁 지껄여 댔지만 R은 다 알아들을 수 없었고, 또, 다 알아듣고 싶지도 않은 듯 못 들은 척하고 계속 창밖만 내다보고 있었다. 적어도 오 분은 실히 더 지났을 때서야 R의 등 뒤에서 문 열리는 소리가 '찰칵' 하고 났다. 그와 동시에 보이가 소리쳤다.
"에이 씹팔! 이제 열리네!"
그리고 그는 방문을 활짝 열고 R보다 앞서 안으로 들어가 방 안과 목욕탕 안을 무엇인가를 찾는 듯 기웃거렸다. 그리고는 뒤따라 들어오는 R에게 비웃는 듯한 목소리로 말했다.
"혼자 있어요? 여자는 어디 갔어요?"
R은 어이가 없어 하는 얼굴을 한 채 아무 말 하지 않았다. 그러나 보이는 R의 감정에는 전혀 개의치 않고 계속해서 대단히 무례하고 당돌한 목소리로 말했다.
"그러니까 잠이 안 오지요, 여자 하나 불러드릴까요?"
"아니요, 괜찮아요."
R은 억제된 목소리로 이렇게 말했다. 보이는 능청스러운 얼굴로 R을 한 번 힐끔 쳐다보고는 나갔다.
보이가 나간 뒤 R은 어안이 벙벙해진 얼굴을 하고 방 한가운데 한참 동안 우두커니 서 있었다. 한참 후에서야 정신이 든 듯 경대 앞으로 다가가 전화 수화기를 들었다. 잠시 후 교환원의 목소리가 들려왔다. 그는 그의 수첩을 펴 들고 전화번호를 불러주었다. 신호가 가고 한 중년 부인의 목소리가 들려왔다. 그는 그가 찾는 사람의 이름을 댔다. 저쪽에서는 몹시 의아해하는 목소리로 그는 지금 어디로 갔는지 알 수 없다고 했다. R은 고맙다는 말과 늦은 시간에 전화를 해서 미안하다는 말을 하고 수화기를 내렸다. 그가 수화기를 내려놓으려 할 때 저쪽에서는 "얼핏 소문에 들으니 청량리역에서 기차를 타고 가는……." 하고 덧붙여 무엇인가 말하려고 했다. 그러나 그때 R은 이미 수화기를 놓았다.

그는 텔레비전을 틀었다. 화면은 너무 밝았고 색상 또한 현란했다. 그는 텔레비전을 껐다. 그리고 목욕탕으로 가 목욕을 했다. 목욕탕에서 나온 그는 자리에 누웠다. 그러고는 잠을 자보려고 결심을 한 사람처럼 불을 끄고 누운 채 꽤 오랫동안——적어도 이십 분 동안——꼼짝하지 않았다. 그러나 이십여 분이 지났을 때 그는 다시 일어나 앉아 어둠 속에서 담뱃갑을 찾아 담배를 피워 물었다. 그리고 다시 누웠다. 사실 온돌방은 너무나 더워서 도저히 견딜 수 없을 정도였다. 그렇다고 이 방에는 차가운 윗목이 따로 있는 것도 아니었다. 담배 한 대를 다 태운 뒤에도 그는 오랫동안 뒤척거렸다.

그가 깜박 잠이 들었던 것은 새벽 두 시 반경이었다. 그리고 정각 세 시가 되었을 때 그는 깜짝 놀라며 벌떡 일어나더니 잠시 어둠 속에서 방 안을 두리번거렸다. 그러고는 급히 경대 위에 얹힌 수화기를 들었다. 수화기에서는 잠시 후 졸린 듯한 목소리가 "예에!" 하고 응답했다. R은 방금 자신의 방에 전화를 했었느냐고 물었다. 수화기에서 들려오는 예의 그 졸린 듯한 목소리는 아니라고 했다. R은 미안해하는 목소리로 자신이 아마도 잠결에 헛것을 들은 것 같다고 하고 수화기를 놓았다. 수화기를 내려놓고 나서 그는 물을 한 잔 마시고 담배를 피워 물었다. 그는 여기가 서울의 어디쯤인가 하는 것을 알아보려고 공항에서 내려 여기까지 왔던 노정을 생각해 보았다. 그러나 아무것도 생각나지 않았다.

　얼마나 지났을까, 창밖 길거리에서 갑자기 요란한 소리가 차가운 밤공기를 찢듯이 강렬하게 들려왔다.

　"이리 따라오란 말이야, 이 쌍년아!"

　젊고 건장한 남자가 목청껏 내어지르는 소리였다.

　"네년이 약속을 안 지켰으니까 그렇지, 이 개 같은 년아!"

　남자의 목소리는 위협적이었다.

　"안 돼요! 안 된다고 했잖아요!"

　겁에 질린 젊은 여자의 목소리였다. 밖에는 지금 이 두 사람 외에도 서너 명 또는 네댓 명쯤이 더 있음에 틀림없었다. 이 두 사람의 목소리 외에도 알아들을 수 없는 웅성거리는 소리가 들려왔기 때문이었다.

　"내 오늘 네년을 쳐 죽여버리고 말 거야!"

　남자의 목소리는 과연 살기등등했다. 그 후로도 남자의 목소리와 여자의 목소리는 자초지종을 알 수 없는 승강이를 적어도 오 분가량 계속했다. 그런데 한 가지 이상한 일은, 처음에는 그토록 겁에 질려 애원하는 듯했던 여자의 목소리가 부지불식간에 기승을 피우게 되었고, 반대로 노기등등했던 남자의 목소리는 어느 새 풀이 죽어 있었다는 사실이었다.

　"이 쌍놈아! 내가 너 같은 자식하고 무슨 관계가 있다고 개지랄을 하는 거야? 뭐? 날 죽이겠다고? 죽여봐라, 이 개자식아!"

　여자의 목소리는 대단히 앙칼지고 단호했다. 완전히 기세가 꺾인 남자의 목소리가 무엇인가 변명을 하려고 했지만 그는 끝내 말을 잇지 못했다. 웅성거리는 사람들의 목소리가 점차 높아지더니 잠시 후 아스팔트 위를 급히 가고 있는 구두 발굽소리들이 멀어져갔고 다시 주위는 조용해졌다.

　밖에서 이런 일이 벌어지고 있는 동안 R은 줄곧 온돌방 한가운데

등을 잔뜩 구부리고 앉은 채 꼼짝하지 않고 있었다.

밖이 다시 조용해졌을 때 그는 지금이라도 당장 이 여관에서 나가려는 듯이 벌떡 일어났다. 그리고 짐을 챙기기 시작했다. 그의 얼굴은 확실히 무슨 단호한 결심이라도 선 사람 같은 표정이었다. 그러나 부지런히 짐을 챙기던 그는 갑자기 생각을 바꾼 듯 하던 일을 멈추고 다시 방바닥에 주저앉더니 담배를 피워 물었다. 그리고 다시 누웠다. 그러나 그는 영영 다시 잠을 이루지는 못했다. 그는 분노에 찬 눈으로 아주 오랫동안 천장을 멍하니 바라보고 있었다.

일곱 시쯤에 그는 날이 밝은 것을 보고 여관에서 나왔다. 그는 대로 가에 우두커니 서서 주위를 두리번거리다가 길모퉁이에 있는 담배가게로 가 담배 한 갑을 샀다. 그러고는 다시 여관방으로 되돌아갔다. 혹시 J가 약속했던 시간보다 더 일찍 와주거나 그사이에 전화라도 걸려올지 모른다고 생각했기 때문인지 모른다. 그러나 그녀는 약속 시간보다 더 일찍 와주지도 않았고, 전화도 해주지 않았다. 그는 아홉 시가 될 때까지 연방 시계를 들여다보며 이젠 환하게 밝아진 온돌방에 혼자 앉아 있었다. J가 그의 방문을 두드렸을 때는 아홉 시 십오 분이었다.

"잘 주무셨어요, 선생님?"

그녀는 방으로 들어서면서 말했다. 그녀는 전날 저녁 때 입었던 회색 투피스 대신에 아래위로 색이 바랜 두꺼운 블루진을 입고 있었다.

R은 우선 간밤에 정확히 삼십 분밖에는 못 잤다고 했다. 그녀는 아직 시차적응이 되지 않아서 그럴 거라고 했다. 그리고 그녀 자신이 유럽에 다녀올 때마다 겪었던 고통에 대하여 말했다. 그러나 그녀의 이러한 설명은 그가 간밤에 이 방에서 겪어야 했던 고통과 수모 그리고 분노를 잠재우는 데는 별로 도움이 되지 않는 듯 R은 방이 윗목 아랫목이 없이 너무 더워서 견딜 수 없었다는 사실을 말하고 온돌방이란 전혀 편안하지 않더라고 말했다. 그녀는 아무 말 하

지 않았다. R은 계속하여, 전화를 걸러 나갔다가 문이 열리지 않아 애먹었던 이야기며, 보이의 무례한 언동, 그리고 세 시가 넘어서 있었던 창문 밖의 이상한 소란 등에 대하여 볼멘소리로 말했다. R이 이런 이야기를 하고 있는 동안 그녀는 줄곧 아무 말 하지 않고 듣고만 있었다. 단 한 번, 보이가 "여자가 없으니 잠이 오지 않지요, 여자 하나 불러드릴까요?" 하고 당돌하고 무례하게 말하더라고 했을 때에야 그녀는 피씩 웃었을 뿐이다.

"난 오늘 새벽에 당장에라도 이 방에서 나가버리려는 생각까지 했어."

"그런데 왜 나가시지 않았지요?"

J는 약간 장난스러운 표정으로 물었다.

"나가버리려고 했지만 내 짐의 일부를 네가 차 트렁크에 넣은 채 그대로 가지고 가버린 데다가 대구까지 내려갈 여비가 충분하지 못할지도 모른다는 생각을 했지."

"여비는 충분했을 거예요."

J는 여전히 약간 장난기 어린 웃음을 띤 채 말했다. R은 그녀가 웃기 때문에 그도 웃을 수밖에 없다는 듯이 약간 웃어 보이고 나서는 비록 그녀가 지난밤에 집으로 돌아갈 때 오늘 아침 아홉 시에 오겠다고 하긴 했지만, 그래도 설마 더 일찍 와주지 않을까 하고 여섯 시부터 고통스럽게 기다렸다고 말하고 그런데도 불구하고 그녀는 단 일 분도 일찍 와주지 않았을 뿐만 아니라 오히려 십오 분이나 늦게 왔다는 사실을 볼멘소리로 지적했다. 그리고 덧붙여 왜 그가 십오 분 늦은 것을 가지고 왈가불가하느냐 하면 그는 오 년 반 만에 처음으로 고국에서 맞이하는 아침을 낯선, 게다가 하룻밤을 내내 불쾌하게 보낸 여관방에서 일없이 우두커니 앉아 있기에는 일 분도 너무나 지루하게 느껴졌기 때문이라고 했다.

"죄송해요. 그렇지만 오늘 아침 엄마가 안 계셔서 아버지 밥 차려드리고 오느라고…….”
 그리고 그녀는 잠시 머뭇거리다가 일부러 그렇게 하듯
 "모처럼 딸이 아버지한테 잘해 드리니…… 좋대요."
 하고 웅얼거리는 목소리로 덧붙였다. 어머니가 집에 없기 때문에 아버지 밥 차려주느라고 늦어졌다고 했을 때는 그것이 어쨌든 늦어진 변명이 될 수도 있다고 판단한 듯 아무 말 하지 않던 R은 그녀가 "모처럼 딸이 아버지한테 잘해 드리니……." 하여 굳이 스스로의 '효성'을 내세우는 데는 짜증이 나는 듯
 "얘! 아버지는 매일 보지만, 나는 오 년 반 만에 돌아오지 않았니?"
 하고 다소 자제력을 잃은 격양된 목소리로 말했다. 그녀는 그의 말을 곧 받아 말했다.
 "아버지는 제 아버지지만 선생님은 저에게 아무것도 아니잖아요!"
 R은 갈피를 잃은 얼굴이 되어 잠시 그녀를 쳐다보다가 입을 다물었다. 그는 억울해하는 표정이었다. 그리고 솟구쳐 오르는 분노를 꿀꺽 삼키는 그런 표정이었다. 그녀는 재빠르게 힐끔 그의 그런 표정을 살폈다. 두 사람은 잠시 아무 말 하지 않았다. 한참 후 R은 어느 정도 침착성을 회복한 목소리로, 그러나 한층 더 볼멘소리로 자신이 고국에 돌아온 첫날 밤을 왜 이 이상한, 아무런 휴식도 줄 수 없는 여관방에 혼자 갇히어 밤을 새워야 했는지 모르겠다고 했다. 그러자 J는
 "그렇지만 선생님은 어제저녁에 주무시고 가시겠다고 하셨잖아요?"
 하고 R의 말에 대하여 항의조로 말했다. R은 그 순간 소리라도 칠 듯 화가 난 표정이었으나 금방 억제하고는 한국에 돌아와서의 첫날 밤을 이런 싸구려 여관에서가 아니라 보다 나은, 보다 격이 있는 호텔에서 잤어야 했을 거라고 말했다. 그러자 그녀는 다소 억울해하는 표정과 목소리로 말했다.

"그렇지만 제게 돈이 없는 걸 저더러 어떡하란 말이에요?"

R은 말문이 막힌 듯, 혹은 무엇인가 몹시 답답하다는 듯 잠시 머리를 좌우로 약간 설레설레 내젓다가, 아무리 그렇지만 오 년 반 만에 돌아온 고국에서의 첫날 밤만은 그래도 괜찮은 데서 잤어야 옳았을 거라고 했다. 그녀는 아무 말 하지 않았을 뿐만 아니라 아무런 표정도 나타내지 않았다. R은 그래서 좀 더 열렬한 목소리가 되어 그가 고국에서의 첫날 밤을 이 이상한 여관방을 혼자 지키며 새운 것은 어쩌면 고국에서의 장차 그의 삶의 형태를 결정짓는 것이 될지도 모른다는 불길한 예감까지 들었다고 말했다. 그리고 덧붙여 이 여관방에서의 하룻밤은 그 자신의 한국에서의 삶에 어떤 상징적인 것이 될 것만 같아서 고통스럽다고 말하고, 그의 예감에 따르면 그는 앞으로 수없이 이런 이상한 싸구려 여관에서 자야 할 것 같다고 말했다. 왜냐하면 처음이라는 것은 대부분의 경우 나중을 결정짓는 수가 많기 때문이라고 그는 말했다. 그래서 모든 일에는 처음이 중요한 것이라고 그는 강변했다.

"미안해요."

J는 그제서야 아주 짤막하게 사과했다. 그러나 R은 그녀의 이 사과에도 불구하고 분노가 전혀 사그라들지 않은 듯 약간 울상이 된 표정으로 방바닥을 내려다보고 있었다.

"그러니까 이젠 이 방을 떠나기로 해요."

그녀가 말했다. 그녀의 이 말이 그에게는 마치 '이제 당신은 구출되었습니다.'라고 말하는 것처럼 들리는 듯 R은 갑자기 생기가 도는 표정이 되어 말했다.

"그렇게 하기로 하자."

R은 서둘러 채비를 했다. 두 사람은 여관을 나왔다.

"아침 식사를 하셔야겠지요?"

여관을 나섰을 때 그녀가 물었다. 그녀의 이 말은 아침 식사를 하자는 말도, 하지 말자는 말도 아니었다. R은 잠시 머뭇거리다가 말했다.

"아침 식사는 뭘…… 갑자기……."

그가 오랫동안 살았던 나라에서는 한국에서와는 달리 아침 식사가 대단히 가벼운 것이었기 때문에 '아침 식사'라는 말에 그는 우선 약간 거북스러움을 느꼈던 것도 사실일 것이다. (게다가 그의 여원 몸이나 창백한 얼굴빛으로 미루어 보면 그는 소화기에 만성질환이 있는 사람처럼 보이기도 한다.) 그러나 그보다도 그에게는 한가하게 한국식 아침 밥상을 받아놓고 먹고 있기에는 아직도 완전히 사그라지지 않은 그녀에 대한 원망의 감정이 남아 있었기 때문이었을지 모른다.

"그럴 줄 알고 제가 몇 가지 준비해 왔어요."

그녀는 차 문을 열며 말했다. R은 그녀의 반대쪽 문을 열고 그의 유행이 지난, 다소 남루한 바바리 자락을 차 문에 끼이지 않도록 손으로 여미며 차 안에 들어앉았다.

"여기 우유와 과일이 있어요. 꺼내서 드세요."

그녀는 뒷자리에 던져져 있는 검정색 핸드백을 오른팔을 뻗어 가져다가 R에게 건네주며 말했다.

"아직은 생각이 없어."

R은 그녀가 건네주는 핸드백을 어디다 놓아야 할지를 몰라 잠시 두리번거리다가 그의 발치에 내려놓으며 말했다.

"어디로 가실 거지요?"

그녀는 운전대 위에 두 손을 걸쳐놓은 채 물었다. R에게는 그녀의 이 질문이 몹시 황당하게 느껴졌던 것 같다. 왜냐하면 R은 그녀가 자신을 어딘가 알아서 데려다 줄 것이려니 하고 생각하고 있었을 것이기 때문이다. 그래서 그는 어이가 없다는 듯이 힐끔 한번 그녀를 돌아보고는 잠시 민망스러워하는 얼굴로 앞을 멍하니 바라보고 있다가 억제된 목소리로 말했다.

"글쎄."

그리고 그는 자신의 감정을 애써 감추기라도 하듯 다소 과장된 호기심을 나타내 보이는 목소리로 말했다.

"모처럼 시내나 한 바퀴 돌아보지?"

"이 시간에 시내는 못 나가요. 길이 얼마나 복잡하다고요."

그녀의 목소리는 완강했다. R은 아무 말 하지 않고 다시 당혹한 표정을 하고 멍청히 앉아 있었다. 잠시 후 그녀가 물었다.

"대구는 언제 내려가실 거예요? 오늘 내려가실 거지요?"

"물론 내려가야지."

R이 대답했다. 그리고 그는 다시 멍청한 눈으로 차창 밖을 바라보고 있었다. 밖에는 사람들이 바쁜 걸음으로 걸어가고 있었다.

"그럼 일단 고속버스 터미널 쪽으로 가기로 하지."

R이 제안했다. 그의 얼굴은 굳어 있었다.

"그럴까요?"

그녀는 이렇게 말하고 안경을 꺼내어 쓰고, 안전벨트를 질러 매고, 시동을 걸고, 깜빡이등을 넣고, 백미러를 재빠르게 한번 살펴보고 그리고 차를 출발시켰다.

차가 큰길로 나섰을 때 그는 우선 새벽 세 시에 전화벨 소리를 들었다는 환청 때문에 깨었다는 말을 하고 그리고 실제로 그는 줄곧 그녀가 간밤에 전화라도 한 통 해주리라고 믿고, 기다렸다는 이야기를 했다. 그녀는 아무 말 하지 않고 길만 보며 운전을 계속하고 있었다. 그리고 이따금 차선을 지키지 않고 그녀 앞으로 끼어드는 차들을 향하여 신경질적으로 경적을 울렸다. 그럴 때마다 R은 하던 이야기를 멈추고 잠시 앞차의 부당성에 대하여 말하지 않으면 안 되었다.

"또 끼어든다. 거기 어디 끼어들 데가 있다고……."

그녀는 자신의 차 앞으로 끼어들고 있는 차를 건너다보며 말했다.
"서울 사람들은 왜 차를 저렇게 거칠게 모나?"
R은 궁색한 얼굴을 하고 맞장구쳤다.
"그사이에 차들이 얼마나 불었는지 몰라요. 떠나실 때보다 차들이 많아졌다는 생각이 들지 않으세요?"
"응, 그런 것 같기도 하군."
R은 차창 밖을 한 번 두리번거리고 나서 말했다.
"구십구 년에는 서울 시내에서 차들이 평균 시속 칠 킬로밖에 달릴 수 없대요."
R은 그러나 그녀의 이 말이 무슨 말인지를 알아듣지 못한 듯한 표정을 하고 있었다. 그러자 그녀는 장차 십 년 후에는 서울에 차들이 너무 많이 불어나서 길이 막혀 차들은 평균 시속 칠 킬로미터밖에는 속력을 낼 수 없게 된다고 다시 한 번 설명했다. 그제서야 R은 알아들은 듯 고개를 끄덕였다. 그러나 그의 표정으로 봐서는 그런 문제에 대하여 별로 관심이 있는 것 같지는 않았다. J는 계속해서 요즈음 한국에는 셋방에 살아도 차들은 다 굴린다는 이야기며, 차들은 계속 불어나는데 도로는 그다지 생기지 않는 것이 서울 시내 교통체증의 원인이라는 등의 이야기를 했다. 그리고 운전사들의 난폭한 운전에 대하여 약간 열을 올려 비판했다. 그녀가 이런 말을 하고 있는 동안 R은 속으로 무엇인가 못 다한 말을 생각하고 있는 듯 다소 멍청한 얼굴을 하고 있었다.
차가 강남 고속버스 터미널에 가까워져 가고 있을 때 R이 입을 열었다.
"우리 이 차로 그냥 대전까지 내려가는 것이 어때?"
R은 한가하게 고속도로를 달리면 뭔가 좀 더 차분하게 말할 수 있으리라고 생각했기 때문인지도 모른다.
"대전까지요?"

그녀는 이렇게 말하고 잠시 생각한 뒤
"그러지요, 뭐."
하고 비교적 선선히 대답했다. 그리고 곧이어
"경부고속도로가 몹시 붐빌 텐데…… 그럼 중부고속도로로 가기로 해요."
하고 말했다.
"중부고속도로라는 게 있니?"
R이 물었다.
"예, 새로 생긴 고속도론데 거기가 덜 붐빈대요."
그녀는 이렇게 말하고 잠시 후 혼잣말처럼 중얼거렸다.
"그럴 줄 알았으면 팔팔올림픽대로를 그대로 달렸더라면 좋았을 텐데."
그리고 그녀는 팔팔올림픽대로로 다시 올라서려면 어디로 어떻게 가야 할까 하는 데 대하여 혼자 골똘히 생각하고 있는 표정이었다. 잠시 후 그녀는 생각이 났다는 듯이 핸들을 꺾어 길을 바꾸었다. 그러나 바뀐 길의 끝에까지 갔을 때 그녀는 다소 낭패한 얼굴이 되어
"어머, 여기가 아닌데!"
하고 말했다.
"어디로 가려고 하는데 그러니?"
R이 물었다.
"일단 팔팔올림픽대로로 접어들어야 돼요. 그렇지 않음 저도 길을 잘 몰라요."
그녀는 약간 걱정스러운 얼굴이 되어 말했다. 그리고 덧붙여
"걱정하지 마세요. 찾을 수 있을 거예요."
하고 말하고 다시 길을 바꾸었다. 다리를 건넜다. 그리고 고가도로로 접어들기도 했다.
"에이, 또 끼어드는구나!"

그녀는 신경질적으로 경적을 울려대며 앞차를 향해 말했다. 그리고 차들이 밀려 멈춰 서지 않으면 안 될 때에는 기어를 풀어놓고 손으로 자신의 어깻죽지를 주물렀다. 그녀의 얼굴에는 피로의 빛이 역력했다.
"그렇게 찾기가 힘드니?"
R도 걱정스러운 표정이 되어 말했다.
"저쪽 건너편에 보이는 바로 저 길인데 진입로가 어딘지 알 수 없어요."
그녀는 강 건너편을 턱으로 가리키며 말했다.
"내가 괜히 대전까지 가자고 했구나."
R은 혼잣말처럼 중얼거렸다.
"괜찮아요. 이제 곧 찾을 수 있을 거예요. 참! 거기 우유와 사과가 있어요. 시장하실 텐데 드세요."
R은 허리를 구부려 그의 발치에 놓인 검정색 핸드백을 들어 올렸다. 그리고 종이 박스에 든 우유를 꺼내어 마셨다. 차의 갑작스러운 요동으로 엎질러진 우유가 그의 콧잔등과 턱 언저리를 흘러내렸다. 그는 손등으로 닦았다.
"외투 자락에도 묻었어요. 여기 휴지가 있어요."
그녀는 운전석 앞에 놓여 있는 휴지가 든 종이 상자를 손으로 밀어주며 말했다.
"괜찮다. 이미 다 스며들었다."
R은 외투 자락에 묻은 우유를 툭툭 털어내며 말했다. 그리고 그는 사과 하나를 꺼내어 들고
"야! 참 굵기도 하구나! 이거 부사라는 거 아니냐?"
하고 말했다.
"우리 집에 많이 있길래 가져왔어요."
그녀는 계속 앞만 바라보며 말했다. R은 사과를 그의 외투 자락에

대고 쓱쓱 문질렀다. 그러자 그녀는 다소 엄격한 목소리로 말했다.
 "깎아서 드셔야 해요! 한국 사과는 거기 사과하고는 달라요! 농약을 얼마나 독하게 친다고요. 그 안에 칼도 들어 있어요."
 R은 핸드백 속을 더듬어 과도를 찾아냈다. 그리고 차의 요동에서 오는 불편함 때문에 서투른 동작으로 사과를 깎았다.
 "음, 맛있구나! 역시 사과는 한국 사과가 좋아. 너도 한 쪽 먹어 봐라."
 그는 사과를 한입 베어 물고 그녀를 돌아보며 말했다.
 "혼자 드세요. 저는 늘 먹는걸요."
 그녀가 말했다. 그는 우걱우걱 사과를 먹기 시작했다.
 "또 여기가 아니군."
 그녀는 어느 고가도로 밑을 빠져나올 때 이렇게 말했다. 그는 아무 말 하지 않고 사과만 먹고 있었다.
 "이러다간 대전까지 가기도 전에 지치겠네."
 그녀는 몹시 초조한 표정을 지어 보이며 말했다.
 "너무 걱정하지 말아라. 이렇게 헤매고 다니는 것도 드라이브라는 거 아니냐. 나는 이러는 통에 서울 구경을 하게 되는 거고."
 "이렇게 피곤한데 드라이브는 무슨 드라이브예요!"
 그녀는 짜증스러운 목소리로 소리쳤다. R은 몹시 곤혹스러운 표정으로 앉아 있다가 달래는 어투로 말했다.
 "제발 좀 침착해라. 운전을 잘한다는 건 어떤 상황에서건 침착하게 대처할 수 있다는 걸 말한다고 할 수 있겠지. 너는 운전석에 앉으면 늘 성미가 깡말라져서 탈이다."
 "그렇지만 벌써 두 시간 가까이나 이러고 돌아다녔는걸요! 선생님을 만나면 저는 언제나 이렇게 어디랄 것도 없이 피곤하게 운전을 하고 돌아다녀야 해요."
 그녀의 목소리는 노골적인 짜증이 섞여 있었다. R은 굳어진 얼굴로 아무 말 하지 않고 멍하니 앞만 바라보고 있었다. 한참 후 그는 다소 자괴적인 목소리로 중얼거렸다.

"내가 아무래도 빨리 운전을 배워야지. 이놈의 조수석에 앉기만 하면 나는 걸레가 된단 말이야."

그녀는 무표정한 얼굴로 아무 말 하지 않았다. 그는 그러한 그녀의 표정을 빠르게 살피고 나서 좀 더 시니컬해진 어투로 덧붙였다.

"아무래도 여자에게는 뭘 가르치는 것이 아니야. 내가 괜히 네게 운전을 배우라고 했던 게 잘못이야. 사실 난 지금까지 네가 운전을 배운 덕분에 얼마나 멸시를 받아왔냐?"

그녀는 여전히 그의 말에 대해서는 아무 말 하지 않고 운전에만 열중하고 있었다. 그리고 잠시 후 어느 길목에 이르렀을 때

"아이! 또 여기가 아닌데…… 이러다간 사고가 나겠어요!"

하고 갑자기 운전대를 주먹으로 쾅쾅 내리치며 발작적으로 소리쳤다. 다급해진 R은 소리쳤다.

"가지 말자! 가지 말자! 대전까지 갈 필요가 뭐냐? 날 고속버스 터미널에 내려주고 돌아가거라!"

그녀는 눈물이 글썽글썽한 얼굴로 다시 길을 바꾸었다. 그리고 두 사람은 한참 동안 아무 말 하지 않았다. R은 고개를 돌려 멍하니 창밖을 내다보고만 있었다. 한참 지난 후 J가 다소 침착성을 회복한 목소리로 말했다.

"미안해요. 길을 잘 몰라서 그래요."

R은 그녀의 말에는 아무런 대꾸도 하지 않고 여전히 창밖만 내다보고 있었다. 그러다가 잠시 후 빈정거리는 목소리로 말했다.

"나는 어제저녁에 귀국했어. 오 년 반 만에 돌아온 거지. 그런데 한국에 돌아오자마자 나는 이상한 함정에 빠져 들고 있다는 생각이 드네. 한국에 돌아온 첫날 밤부터 알지도 못하는 이상한 낯선 여관방에 갇히어 밤새도록 혼자 방을 지키고 있어야 했는가 하면……"

"미안해요. 간밤에 선생님을 여관으로 데리고 갔던 건 정말 잘못했다는 생각이 들어요."

J가 R의 말을 가로막으며 말했다. 그녀가 이렇게 말하자 R은 다소 누그러져서 이번에는 약간 장난기 어린 목소리가 되어 계속했다.

"게다가 나는 또 왜 너한테 이렇게 멸시에 찬 대우를 받아야 하는지 알 수가 없다. 아무리 생각해도 너는 나를 그렇게 멸시해야 할 권리가 있다는 생각이 들지는 않는다. 작년에 네가 돌아왔을 때도 사람들은 너를 이렇게 대하더냐?"

"제가 뭘 선생님을 멸시한다고 그래요?"

J는 다소 민망스러워하는 웃음을 지은 채 이렇게 말했다. R은 그러나 그녀의 말에는 아랑곳하지 않고 계속했다.

"나 같은 걸 위해서라면 굳이 이렇게 멋진 자가용을 몰고 나오지 않아도 좋았을 텐데. 왜 굳이 차까지 몰고 나와서 날 이렇게 주눅을 들이는지 모르겠구나. 어제저녁에도 그냥 택시를 탔더라면 얼마나 내 마음이 편했을까?"

그의 목소리는 여전히 약간 장난스러웠지만 그의 표정은 굳어 있었다.

"그렇지만 짐이 있는걸요."

J가 변명조로 말했다.

"택시로도 짐은 얼마든지 실을 수 있었을 거야."

R이 말했다. 그리고 그는 입을 다물었다. J도 더 이상 아무 대꾸 하지 않았다. 두 사람 사이에는 잠시 침묵이 흘렀다. 그 침묵을 틈타 그녀가 말했다.

"미안해요."

R은 아무 말 하지 않았다. 두 사람이 탄 차는 다리를 건너고 있었다. 오랜 침묵이 흐른 뒤 R은 이제 완전히 누그러진 목소리로 말했다.

"경부고속도로로 가면 안 되니?"

"그럴까요?"

그녀는 잠시 생각하고 난 끝에 이렇게 말했다. 그리하여 그들이 탄 차는 다리를 건너 경부고속도로로 접어드는 길을 향하고 있었다.

고속도로에 올라섰지만 차가 붐비기는 마찬가지였고 그녀는 여전히 불안해했다. R은 그녀에게 이제 표 파는 데를 지나면 곧 한가해질 테니 너무 걱정하지 말라고 일러주었다. 그의 이 말은 그녀의 불안을 달래는 데 어느 정도 효과가 있었던 것 같았다. 그녀는 이내 평정을 되찾은 듯했다. 그리고 표 파는 데를 지나니 과연 길은 훨씬 한산해졌다.

"한국 사람들 어때요?"

그녀가 먼저 입을 열었다.

"글쎄."

"아주 못생겼다는 생각이 들지 않아요? 제가 작년에 처음 돌아왔을 때는 다들 너무나 못생겨서 사람들 얼굴을 보면 토할 것 같았어요."

"물론 얼굴이야 그렇지. 그런데, 아직은 무어라고 말할 수는 없지만, 어제 공항에서 보니, 그리고 오늘 아침 담배를 사러 나갔다가 길거리에서 사람들을 보니, 무어라고 할까, 눈에 빛이 난다는 느낌을 받았어. 뭔가 활기가 있는 것 같기도 하고……."

그녀는 이해할 수 없다는 듯이 고개를 갸웃거렸다. 그리고 한국 사람들에 대한 이야기는 거기서 끝났다.

"요즈음은 좀 어떠냐? 데모는 여전히 계속 일어나느냐?"

이번에는 R이 물었다.

"말도 말아요. 잘사는 사람만 잘살고 못사는 사람은 점점 더 못살아요. 전에 선생님이 말씀하셨듯이 사람들의 심리에는 일이 잘되지 않을 때는 깽판 놓겠다는 심리가 다분히 있는 것 같아요. 구로 공단에 노동자들이 월급 때가 되면 모여서 그걸로 밤새도록 고스톱을 치는데 판돈이 한 사람에게 완전히, 한 푼도 없이 다 몰릴 때까지 한대요. 그까짓 쥐꼬리만 한 월급 있으나 마나 마찬가지니 한 사람 따는 사람이나 실컷 쓸 수 있도록 나머지 사람들은 모두 잃어준대요. 잃은 사람들은 물론 다음 달까지 빈털터리가 되지요. 그러니 한 사람의 따는 사람을 위해 다른 사람들은 모두 희생을 한다 이거지요. 참 한심해요, 한심해."

그러나 무엇이, 혹은 누가 한심하다는 것인지 애매했다. R은 다소 심드렁한 얼굴로 듣고 있다가 물었다.

"대체 누가 그런 소릴 하더냐?"

"누구한테 들었어요. 한국에는 요즈음 가진 자만 점점 더 부자가 되고 못 가진 자는 점점 더 가난해져요. 하루를 라면 한 끼로 때우는 사람도 있대요. 이 나라가 어떻게 되려는지 정말 모르겠어요."

그 밖에도 그녀는 많은 말을 했다. 듣고 있던 R이 말했다.

"신문에 보니까 한국에는 요즈음 한창 노사분규가 심한가 보던데 그럼 너는 거기에 대해서도 지지하는 거냐?"

"그거야 당연하지요. 가난한 사람이 제 몫을 차지하기 위해서는 빼앗아야지요. 그냥 달라고 하면 부자가 어디 주겠어요? 이 땅에 제 아버지가 부자가 아니고서야 어디 부자가 될 수 있겠어요?"

그녀는 그 밖에도 많은 말을 했다. 그녀의 어투는 대단히 열렬했고 격앙되어 있었다.

"너는 작년에 한국에 돌아와 보니 지식인들이란 모두 투사가 되어 있더라고 빈정거리더니 너도 그사이에 투사가 되어버렸구나."

R은 넌지시 웃으며 말했다. 그리고 계속하여

"너는 사 년 반 전에 네가 처음으로 빠리에 왔을 때 내가 했던 말을 지금 내게 하고 있구나."

하고 덧붙였다.

"그런가요?"

그녀가 약간 웃어 보이며 말했다.

"그런데 참, 너의 아버지 공장은 노사분규로 시달리지 않느냐?"

"아니요. 우리 공장에는 아직 그런 일이 없대요. 아버지가 미리 알아서 잘해 주신대요. 게다가 대기업에서나 그렇지 우리 같은 중소기업은 아무렇지 않아요."

잠시 침묵이 흐른 뒤 J가 입을 열었다.

"문학도 요즈음은 참여니 노동문학이니 하는 것이 아니면 어디 가서 말도 붙일 수 없어요. 선생님도 어디 가서 순수문학 이야기는 하지도 마세요. 선생님은 한국 실정을 전혀 모르니까 엉뚱한 말을 할 수도 있어요."

그 밖에도 그녀는 꽤 많은 이야기를 했다. 듣고 있던 R은 다소 짜증스러워하는 표정으로 그녀의 말을 중단시켰다. 그리고 그녀의 의견에 반론을 제기했다. 그의 생각은 대충 이런 것이었다. 오늘날은 상품의 마크 시대다. 물론 그것이 이상적인 현상은 아닐는지 모르지만 오늘날 인간의 삶에 지배적인 영향력을 행사하는 것은 상품의 마크다. 물론 싸르트르나 미테랑은 존경할 만한 사람이다. 그러나 사실 오늘날 싸르트르나 미테랑은 현대인들의 대중적인 열애의 대상이 되지는 못한다. 그보다는 오히려 아이 비 엠이나 비 엠 더블유나 마란츠가 훨씬 막대한 힘을 갖는다. 일본으로 말할 것 같으면, 일본이 오늘날 세계의 강대국의 하나로 부상했는데, 일본의 얼굴은 무엇이냐? 일본에서 쏘니, 미쯔비시, 혼다, 도시바를 빼고 나면 무엇이 있겠느냐? 또 소련이나 중국 등 공산국가들의 열등의식은 어디에 연유하느냐? 그들은 이렇다 할 상표를 가지지 못했다. 한국으로 말하면 이제 제법 괄목할 만한 상표들을 갖기 시작했다. 만약 세계인들이 사십 년 전과는 달리 한국을 어느 정도 괄목하게 되었다면 그것은 무엇 때문일까? 그것은 한국의 역대 독재자들 때문일까? 아니면 한국의 어느 지성인 때문일까? 그것은 단지 이제 막 알려지기 시작한 한국이 만든 몇몇 상표들 때문일 것이다. 이렇게 본다면 오늘날은 상표를 만드는 산업 부르주아가 주역으로 부상한 시대라고 할 수 있다. 지식인들은 그 부르주아 밑에서 주어진 일을 하는 샐러리맨으로 전락해 버렸다. 이러한 현상은 비록 이상적인 것은 아닐는지 모르지만 그것은 국제사회 속에 엄연히 나타나 있는 현실이다. 우리는 그 현실을 인정해야 하고 받아들여야 한다. 그리고 우리가 우리의 아이들에게 위대한 한국을 물려주기 위해서는 산업 부르주아가 착안하고 있는 거대한 상표를 만드는 일에 협조해야 한다. 또 우리는 어쩌면 거대한 상표를 창출해 내기 위해서 얼마간의 희생을 감수해야 할지도 모른다. 물론 절대적 희생을 요구해서는 안 될 일이다. 그러나 우리의 아이들을 위해서 우리는 아직도 우리에게 요구되는 희생을 기쁜 마음으로 받아들여야 할 때인지도 모른다.

그의 이러한 이야기는 물론 그의 신념에서 나온 것이라고 볼 수는 없었다. 오랫동안 외국에서 이방인으로 살아온 사람이면 누구나 가질 수 있는 단순한 애국심 외에 아무것도 아닐 것이다. 또는 단순히 알 수 없는 어떤 짜증스러움 때문에 한 말인지도 모른다. 그렇기는 하지만 그의 이야기를 듣고 그녀는 어느 정도 수긍을 하는 듯했다. 그리고 그녀는 그의 이야기를 듣고 있는 동안 거의 완전히 평정을 되찾은 듯했다. 그들은 대전을 들어서고 있었다.

"이제 어디로 가지요?"

대전시 안으로 들어와 신호등 앞에 멈춰 섰을 때 그녀가 물었다. R은 잠시 주위를 살피다가 마침 '유성'이라고 쓰인 표지판을 발견하고 말했다.

"우리 유성으로 가지."

"유성엔 왜요?"

그녀가 물었다.

"거긴 온천지잖아. 내가 알기론 그렇게 알고 있는데……."

"그건 그래요. 그렇지만 거길 가서 뭘 하죠?"
"우선 거기 가서 온천물에 목욕을 하고……."
그때 신호등이 바뀌었다.
"어떻게 할까요? 갈까요?"
그녀가 망설이며 말했다.
"가자니까?"
그가 말했다. 그녀는 유성으로 가는 길로 잡아들었다.
"거기 가서 뭘 하죠?"
그녀는 약간 걱정스러운 표정으로 말했다.
"뭘 하긴 뭘 해. 우선 온천물에 목욕을 하고, 그리고는 네 젖가슴에 내 얼굴을 좀 부벼대고, 그리고 네 젖을 만지고, 그리고 네 사타구니에 내 사타구니를 밀착시키고, 그리고 우리가 전에 매일 밤 그랬던 것처럼 몸을 섞고, 그리고 네 터럭을 만지작거리고……."
그녀는 약간 얼굴이 상기된 채 아무 말 하지 않았다. 그는 계속했다.
"네가 떠난 후로 난 얼마나 네 몸 구석구석을 그리워했던지 몰라. 물론 그동안 일에 바빠서 어느 정도 잊어버리기는 했지만…… 나는 이따금 우리가 익숙히 알고 있는 체위들이 떠올라 미칠 것만 같았어. 특히 내가 너를 뒤로 답싹 껴안고 내 몸이 네 속으로 들어간 상태로 쌕쌕거리며 누워 있던 그런 때가 떠오를 때마다 난 네가 얼마나 그리웠던지 몰라."
"그렇지만 여관에서는 싫어요."
그녀가 그의 말을 중단시키며 말했다.
"그러나 온천장은 여관과는 달라. 물론 여관이기는 하지만 서울의 여관들과는 다르지."
R은 온천물의 효능에 대하여, 동래와는 달리 유성 같은 덴 진짜 온천수일 거라는 데 대하여 그리고 온천물에 목욕을 깨끗이 하고

그녀와 몸을 섞게 되는 것은 좋은 징조일 것이라는 등의 이야기를 했다. 그가 그런 이야기를 하는 동안 그녀는 다시 한 번 여관에서 '그걸' 하는 것은 내키지 않는다는 말을 했다.

"설령 그것이 여관인들 어떻겠니. 남녀가 몸을 섞고 싶어 하여 마땅한 장소가 없어 여관엘 간다는 게 뭐가 어떻게 나쁘다는 거냐? 전에 프랑스에서 본 이태리 영화 생각나지 않니? 두 남녀가 매일 만날 수 있는 시간은 단지 야간열차 안에서, 그것도 한 시간뿐이야. 그러니까 그들은 매일같이 열차 안에서 섹스를 하고는 헤어지곤 하지."

"그렇지만 한국에서는 달라요."

"뭐가 다르단 말이냐? 프랑스에선 물론 우리에게 아파트가 있었지만 여기선 지금 당장 없는 걸 어떡하겠니? 그런데도 난 지금 너와 섹스를 하지 않으면 안 될 것 같거든."

유성에 도착했다. 유성에서 그들은 우선 은행을 들러 돈을 바꾸었다. 그녀가 가지고 있는 돈으로는 충분하지 않을지도 모른다고 했기 때문에 그들은 어제저녁 R이 그녀에게 내어놓았던 만 프랑 중에서 천 프랑을 한국 돈으로 바꾸기로 했던 것이다.

"우선 식사부터 하시지 않겠어요?"

은행에서 나왔을 때 그녀가 말했다. R은 동의했다. 두 사람은 어느 횟집으로 들어갔다. 그녀는 외국에서 그들이 함께 살 때 그가 이따금 몹시 생선회를 먹고 싶어 했다는 말을 하며 그에게 횟집으로 갈 것을 제안했던 것이다. 횟집에서 그녀는 모둠회를 시켰고 R은 모둠회가 뭐냐고 물었다. 그녀는 설명했다.

음식이 나왔다. R은 음식이 풍성하고 싱싱해 보여 입맛이 도는 것 같았다. 그는 주인 아낙네를 돌아보며

"참 잘 차렸네요."

하고 진심에서 우러나오는 것 같은 찬사를 했다. 탁자 맞은편에

앉았던 J는 그러나 그다지 잘 차린 것이 못 된다고 그에게 귀띔해 주었다. R은 이해할 수 없다는 표정이었다.
　R이 가장 먼저 집어 든 것은 회 접시 한 귀퉁이에 놓여 있는 미더덕이었다. 그것을 한 입 깨물고 그는 그 향기에 감탄했다. 그는 계속해서 미더덕만 주워 먹었다.
　"이것도 좀 드세요. 그것만 너무 먹으면 다른 걸 못 먹어요."
　그녀는 젓가락으로 접시의 다른 쪽에 있는 하얀 생선 살점을 집어 같은 접시의 다른 쪽, 말하자면 R이 앉아 있는 쪽으로 옮겨놓으며 말했다. 그는 젓가락으로 그녀가 옮겨놓은 생선 살점을 집어 들어 초장이 담긴 접시에 놓았다가 그녀가 건네주는 깻잎에 싸서 입으로 가져갔다.
　"이것도 나쁘지 않은걸."
　그는 다소 과장된 식욕을 나타내며 먹었다. 그러나 그녀는 별로 먹지 않고 R이 먹고 있는 것을 주로 거들거나 간섭만 하는 편이었다. 그리고 잠시 후
　"아줌마!"
하고 주인 아낙네를 불렀다.
　"여기 광어회는 하나도 없네!"
　그녀의 말하는 투는 오십 대의 다소 단단한 기반을 갖춘 부인이 나이가 약간 어리거나 처지가 궁핍한, 혹은 지위가 낮은, 말하자면 꾀죄죄한 장사아치 아낙네를 향하여 하는 그런 당당하고 자신감 있는 것이었다. R은 먹고 있던 것을 멈추고 약간 놀라워하는 얼굴로 그녀를 멍하니 바라보았다.
　"거기 있잖아요."
　주인 아낙네는 멀찌감치서 손가락으로 접시 쪽을 가리키며 쾌활한 목소리로 응수했다. 주인 아낙네에게는 J가 방금 한 말의 어투가 R이 느끼는 것과는 달리 훨씬 편하게 들리는지도 모를 일이었다.

"이거예요? 고작 세 점밖에는 안 되네, 뭐!"
그녀는 여전히 전과 똑같은 어투로 말했다. 그녀는 R이 자신의 어투에 놀라워하고 있는 것을 전혀 의식하지 못한 듯했고, 자신의 그러한 어투에 스스로 도취되어 있는 것 같기도 했다.
"세 점이면 됐지요! 광어 한 마리에 십육만 원이나 하는데 그 비싼 고기를 어떻게 많이 드립니까?"
주인 아낙의 어투도 역시 전과 마찬가지였다. 두 사람 사이의 대화는 여기에서 일단 끝났다. 그러나 그 순간부터 R은 어느 정도 먹는 데 의기소침해졌고 얼굴에는 일종의 근심기가 돌았다고 할 수도 있었다.
"그건 먹지 마세요. 고기만 드세요."
R이 젓가락으로 생선 밑에 수북하게 쌓아둔 무채같이 보이는, 그러나 무채는 아닌 흰 야채를 집어 올리려는 것을 보고 그녀는 말했다.
"왜? 이건 못 먹는 거니?"
R이 물었다.
"못 먹는 건 아니지만 그건 손님이 올 때마다 바뀌지 않고 똑같은 게 거푸 나오는 거예요. 그러니 여러 사람이 젓가락질을 한 더러운 거예요."
R은 말은 안 했지만 그럴 법한 이야기라는 듯이 약간 고개를 끄덕였다. R이 휑한 얼굴을 하고 있자 그녀는 다소 미안해하는 표정을 지으며 말했다.
"내가 아나요 뭐? 엄마가 그러데요."
사실 회 접시는 그러고 보니 처음에 보기보다는 별로 먹을 것이 없었다. 수북하게 쌓아 올린 야채를 먹지 못한다면 먹을 것은 거의 다 먹은 셈이었다.
"매운탕을 끓여달라고 할게요."

그녀가 말했다.
"그거 비싸지 않으니?"
그가 말했다.
"아니에요. 그건 회를 먹으면 공짜로 해주는 거예요."
"웬걸 공짜로야 주겠니?"
"정말이에요. 생선회를 뜨고 남은 뼈다귀 같은 것으로 매운탕을 끓여요."
"공짜라면……."
그는 이렇게 말했지만 이미 달리 무엇을 더 먹고 싶어 하는 표정은 아니었다. 그녀는 자리에서 일어나 주방 앞으로 가 매운탕 되느냐고 물었고 주방 안에 있던 아낙은 모둠회에는 매운탕이 따라 나오지 않는다고 했다. J는 돌아왔다. 잠시 후 그들은 일어나 식당을 나왔다.
"이제 어떻게 하죠?"
식당을 나온 뒤 그녀는 식당 안에서와는 달리 근심스러운 표정으로 말했다.
"어떻게 하긴 어떻게 해? 온천물이 나오는 여관으로 가야지."
"안 가면 안 돼요?"
"안 가는 것보다는 가는 게 훨씬 옳다."
"그렇지만……."
어느 여관을 들어서기까지 그들은 이런 대화를 끊임없이 계속해야 했다. 그들이 여관 현관문을 열기까지 마지막으로 나누었던 대화는 다음과 같은 것이었다.
"그럼 거기서 그런 건 안 한다고 약속해 주세요."
"정 그렇다면 그렇게 해보도록 하지."
"그렇게 해보도록이 아니에요!"
"알았다, 알았어. 너는 왜 그렇게 말이 많니?"

그들이 든 여관은 확실히 어젯밤에 R이 들었던 데보다는 훨씬 검소했다. 카운터에는 사십 대의 아낙네 한 사람이 지키고 있었을 뿐 다른 사람은 없었다. 그들이 안내된 방은 밝고 단순하고 침대가 있는 방이었다. R은 목욕을 했다. 그러나 그는 그다지 오랫동안 목욕탕 안에 있지는 않았다. 불과 오 분도 채 못 되어 팬티만 입은 채 나왔다. J는 목욕을 하기를 완강히 거부했고 소파에 붙어 앉은 채 침대 가까이에 다가가는 것마저도 완강히 거부했다.

"너 갑자기 왜 그러느냐?"

R은 이해가 가지 않는다는 듯이 물었다.

"그럼 제가 어떻게 할 수 있겠어요?"

"그렇지만 나는 지난번에 네게 미리 말하지 않았니. 내가 한국에 돌아가면 우선 삼 일 동안은 어디 호텔에 꼼짝하지 않고 들앉아 몸을 풀어야 할 것 같다고? 그리고 너는 거기에 대하여 알았노라고 했고?"

"그렇지만 우린 아직 결혼하지 않았잖아요!"

"결혼을 하지 않았기 때문이라고? 그럼 프랑스에서는 결혼을 했기 때문에 삼 년 반 동안이나 함께 살았더냐?"

"그렇지만 한국에서는 달라요!"

"무엇이 다르단 말이냐?"

"하여간 달라요. 여기는 프랑스가 아니란 말이에요."

이렇게 말하고 그녀는 다소 고집스러운 표정을 하고 소파에 버티고 앉아 있었다. 그러한 그녀를 침대에까지 불러다 벌렁 나자빠뜨리게 하는 데는 오랜 시간이 걸렸고 많은 말과 안내가 필요했다. R은 그녀가 자신을 너무나 피곤하게 한다고 느꼈을 것이고 또 때로는 수치스러움을 느끼기까지 했을 것이다. 그렇기는 하지만 어쨌든 그녀는 침대로 와 걸터앉았고 그리고 벌렁 나자빠뜨려졌다.

R은 우선 그녀의 젖가슴에 얼굴을 부벼댔다. 물론 처음에는 블

루진 속에 받쳐 입은 티셔츠 위였다. 그리고 한참 후 티셔츠를 걷어 올리고 브래지어 위에 얼굴을 부벼댔다. 그리고 다시 한참 후에는 브래지어가 걷어 올려진 젖통 위였다. 이와 같이 사정이 바뀔 때마다 그녀는 완강히 저항했고 오랜 실랑이를 해야 했다. 그리고 또다시 오랜 실랑이가 있은 뒤에서야 R의 오른손은 그녀의 블루진 하의의 지퍼를 열고 그 사이로 그녀의 팬티 속을 헤집고 들어가기에 이르렀다. 그러나 그의 오른손은 그녀의 블루진 바지의 지퍼 위에 붙어 있는 단추를 벗기지는 못했다. 왜냐하면 그녀는 너무나 완강하게 저항했기 때문이다.

그녀는 사타구니를 필사적으로 오그리고 있었다. 그렇기는 하지만 R의 오른손 가운뎃손가락은 그녀의 사타구니 사이의 살을 헤집고 들어가 그녀의 음부를 만졌다. 그의 오른손 가운뎃손가락에 의해 촉지되는 그녀의 음부는 이미 열려 있었고, 터럭들은 젖어 있었다. R은 입으로는 그녀의 젖꼭지를 세차게 빨아대면서 오른손 가운뎃손가락으로는 그녀의 음부의 가장자리를 만졌다. 그러나 그녀는 끝내 사타구니를 벌리지 않았다. R은 적어도 삼 분 가까이 입으로는 그녀의 젖꼭지를 빨고 오른손으로는 그녀의 닫혀 있는 사타구니 사이의 음부를 주무르기를 계속했다. 그녀의 입에서는 신음 소리가 새어 나오고 있었다. 그때쯤 해서 R은 그의 왼손을 아래로 내려 보내어 그의 오른손과 함께 그녀의 블루진 바지 단추를 벗기려고 했다. 그러나 이 새로운 R의 동작에 그녀는 심하게 놀라며 벌떡 일어나 앉으며 소리쳤다.

"안 돼요! 안 돼요!"

R은 몹시 피로한 얼굴로 벌렁 나자빠지며 광적으로 머리를 마구 좌우로 흔들어댔다. 그러고는 소리쳤다.

"너 날 미치게 하려느냐? 너 날 미치게 하려느냐? 왜 날 이렇게 피곤하게 하느냐? 왜 날 이렇게 피곤하게 하느냐?"

그리고 온몸을 뒤틀며 발작적으로 머리를 쥐어뜯었다. 그의 얼굴은 온통 땀으로 번들거렸다. 그러나 J는 아무 말 하지 않고 옷을 추슬러 입기 시작했다. 옷을 간추리기를 마친 그녀는

"선생님, 여기서 주무시고 내일 떠나세요. 저는 이만 갈래요."
하고 말했다.

"내가 이 낯선 여관방에서 혼자 자기 위해 여기 왔느냐? 나는 갈 데가 없는 줄 아느냐?"

그는 분노를 감추지 못하고 소리쳤다.

"그럼 저더러 어떡하란 말이에요?"

그녀가 말했다. 그리고 그녀는 그의 그 광적인 발작에도 불구하고 입을 꼬옥 다문 채 꼼짝하지 않고 앉아 있었다. 그녀의 표정은 약간 도도하게 보인다고 할 수도 있었다. R은 갑자기 벌떡 일어나 앉았다. 그리고 어느 정도 이성을 회복한 듯한 목소리로 말했다.

"하하하, 너는 내가 미치기라도 한 줄 아느냐? 괜찮다. 너는 내가 널 죽도록 사랑하는 줄 아느냐? 아니다. 나는 다만 네 자궁 속에 사정하기를 원했을 뿐이다. 너도 알다시피 전이나 지금이나 나는 너와 결혼하기를 원하지 않는다. 너는 한 가난한 남자를 밟아 뭉개고 일어선 거지. 이젠 내가 아무 필요가 없다는 거지? 너는 창녀 중에서도 가장 더러운 창녀야! 오 년 반 만에 처음으로 고국에 돌아와 우선 너하고 만난 것이 더럽게 수치스럽다!"

그녀는 여전히 입을 꼬옥 다문 채 꼼짝하지 않고 앉아 있었다. 한참 후 R은 일어나 옷매무새를 단정히 하고 목욕탕으로 가 찬물에 세수를 하고 돌아왔다. 그리고 말했다.

"네게 한 가지 부탁이 있는데 좀 들어주기 바란다."

그의 목소리는 그사이에 놀랍도록 침착해져 있었다. 그녀는 아무 말 하지 않고 그를 쳐다보았다.

"다름이 아니고, 만약 지금 우리가 나가면 아까 카운터에 앉아

있던 아주머니가 이상하게 생각할 것 아니냐. 사실 나는 지금 우리가 여관 문을 나서면 등 뒤에서 이상한 눈으로 우릴 쳐다볼 것 같은 생각 때문에 벌써부터 창피스러워진다."
 그의 말은 놀랍도록 차분했다.
 "그러니 네게 부탁할 것은, 내가 지금 밖에 나가 네 차 트렁크에서 내 짐을 꺼내 오겠다. 컴퓨터나 그 밖의 책 따위는 네 돈으로 산 것이니 그냥 두고 나는 내 원고 꾸러미와 헌 옷가지만 가지고 가면 된다. 네가 차 열쇠를 빌려준다면 나는 그걸 꺼내어 가지고 들어와 네게 열쇠를 돌려주겠다. 그리고 십 분 동안 앉아 있다가 나는 예사로운 태도로 나가 버스를 타고 대전까지 가겠다. 그런데 네게 부탁하고 싶은 것은 내가 떠난 뒤 내 체면을 생각해서 한 시간쯤 지난 후에 이 여관방을 떠나 차를 타고 서울로 가주었으면 하는 것이다."
 그녀는 귀담아듣고 난 뒤 자신의 핸드백 속에서 차 열쇠 꾸러미를 꺼내어 R에게 건네주었다. R은 조용히 방문을 열고 나갔다가 잠시 후 보자기에 싼 꾸러미를 겨드랑이 밑에 끼고 되돌아왔다. 그리고 십 분 동안 그들은 그야말로 아무 말 하지 않고, 꼼짝하지 않고 앉아 있었다. 정확히 십 분이 지났을 때 R은 자리에서 일어났다.
 "그럼 조심해서 올라가거라."
 그는 이렇게 말하고 조용히 문을 열고 그야말로 예사로운 걸음으로 여관을 나왔다. 그리고 겅정겅정 길을 건너 막 출발하려고 하는 대전행 버스에 올랐다. 버스는 그러나 출발해서 불과 십 미터도 못 가서 붉은 신호등 앞에 섰다. R은 다급한 목소리로 운전사에게 문을 열어달라고 했다. 그는 차에서 급히 뛰어내렸다. 그리고 왔던 길을 되돌아 여관으로 다시 들어갔다. 물론 그의 표정이나 태도는 누가 봐도 예사롭다고 말할 수 있었을 것이다.
 방문을 열었을 때 그녀는 서 있었다. 그녀는 이미 핸드백을 어깨에 메고 있었다. 그녀는 다시 나타난 R을 보고 깜짝 놀라는 표정이었다.

"미안하다. 내가 잊어버린 한 가지 질문이 있어서 되돌아왔다."

그녀는 아무 말 하지 않고 그의 질문을 기다리고 있었다.

"너는 내가 이젠 정말 싫으냐?"

그녀는 대답은 않고, 그 작은 입을 꼭 다문 채, 머리를 좌우로 두서너 번 저었다.

"그리고 또 다른 질문이 있다. 너 그사이에 남자가 생겼니?"

그녀는 아까와 똑같은 자세로 다시 머리를 좌우로 두서너 번 저었다. 그러나 이번에는 질문이 떨어지고 머리를 흔들기까지 약간의 시간적 틈이 있었던지도 모른다. 그러나 그것은 확실하지 않다. R은 계속해서 말했다.

"그렇다면 왜 그러니?"

그는 도무지 이해가 가지 않는다는 표정이었다. 그녀는 아무 말 하지 않고 눈도 하나 깜짝하지 않고 꼿꼿하게 앉아만 있었다.

"너의 이러한 태도의 이데올로기는 뭐니?"

R은 몹시 답답해하는 목소리였다. 그녀는 그의 이 말에 잠시 고개를 들어 그를 쳐다보기도 했지만 여전히 똑같이 고집스러운 표정으로 입을 다물고 있었다.

"어쨌든 좋다. 이젠 일어나거라. 한 시간 동안 기다릴 필요가 뭐 있겠느냐? 내가 고루한 사람이라 엉뚱한 염려까지 한다. 이제 그만 나가자."

그녀는 일어났다. 두 사람은 나란히 여관을 나왔다. 그녀는 여관 앞 길가에 세워둔 차의 문을 열고 서서 R이 떠날 때까지 단정한 태도로 기다려주었다. R은 다시 아까 버스를 탔던 데로 가 버스에 올라탔다. 그리고 떠났다.

대전 고속버스 터미널에서 대구로 가는 버스를 탔을 때는 이미 어둠살이 내리고 있었다. 의자 등받이를 뒤로 젖히고 기대었을 때

R은 비로소 몰려드는 피로를 느끼는 듯했다. 그러나 그는 도착한 이래로 처음으로 평온해진 얼굴이었다. 그는 어두워져 가는 차창 밖을 멍하니 내다보고 있었다. 그리고 곧 깊이 잠에 빠져 들었다.

R은 완전히 어두워진 뒤에서야 도착했다. 그는 한참 동안 좌우를 두리번거렸다. 그는 낭패한 표정이 되었다. 그는 겨드랑이 밑에 그의 짐 꾸러미를 깍지 끼고 길을 따라 네거리 쪽으로 걸어 내려갔다. 그러면서 쉴 새 없이 좌우를 두리번거렸다. 한참 만에야 길 건너편에 있는 주유소 하나를 발견했다. 그는 '삼천리 주유소'라고 쓰인 간판을 확인하고는 가까이에 있는 공중전화박스 쪽으로 갔다.

사십 대 여자의 쉰 목소리가 들려왔다. R은 잠시 당황한 표정이었다. 그는 조심스러운 목소리로 물었다.

"거기가 자야네 집이 아닙니까?"

"그런데요?"

사십 대 여인의 쉰 목소리가 대답했다.

"그럼 지금 전화 받는 사람은 누굽니까?"

"자야 큰언닌데요?"

"그럼 영남이 엄맙니까?"

"예."

R은 여기서 잠시 숨을 돌렸다. 그러고 나서 말했다.

"그럼 내 말을 잘 들으세요. 아뭇소리 말고 그냥 듣고만 계세요."

저쪽에서는 약간 겁에 찬 목소리로 "예." 하고 말했다. R은 계속했다.

"나 R인데……."

저쪽에서는 아무 말 하지 않는 대신 "아!" 하고 낮은 탄식을 터뜨렸다.

"나는 지금 삼천리 주유소 앞에 와 있다."

또다시 "아!" 하는 탄식 소리가 들려왔다.
"아뭇소리 하지 말고 그냥 듣고만 있어라."
"응."
"내가 갑자기 돌아왔다고 하면 아버지 어머니가 너무 놀라실 거다. 그러니 우선 아주 태연한 표정으로 아버지 어머니를 진정시킨 뒤 혼자 조용히 이리 좀 나오너라. 그사이에 집에서 이사를 갔으니 내가 집을 찾을 수 없지 않니."
"그래, 알았다."
저쪽에서 들려오는 목소리는 떨리고 있었다.
"다시 한 번 당부하는데 아버지 어머니 놀라시지 않도록 침착한 얼굴로 진정시켜라."
"그래, 알았다."
전화를 끊고 R은 차들이 질주하는 밤거리를 멍하니 바라보고 섰다가 호주머니에서 담뱃갑을 꺼냈다. 주정뱅이 하나가 비틀거리며 그의 앞을 지나갔다. 어디에선가 왁자지껄한 싸움판이 벌어지고 있었다. 담배 한 대를 다 태우고 꽁초를 차도 쪽으로 튕겨서 버리고 난 뒤 R은 문득 생각이 난 듯 공중전화 앞에 서 있는 방직공장 직공처럼 보이는 처녀에게 음력설이 언제냐고 물었다. 그녀는 그의 질문이 이해가 가지 않는다는 듯이, 경계하는 눈으로 그를 힐끔 보고는 벌써 지났다고 했다. 그녀는 양력 몇 월 며칠이 음력설이었다고 덧붙였지만 그는 그 정확한 날짜를 알아듣지는 못했다. 다만 꽤 오래전에 이미 지났다는 뜻으로만 알아들었다.
약 이십 분 뒤에서야 길 건너편 삼천리 주유소 앞에 다소 남루한 차림을 한 사십 대 아낙네 하나가 두리번거리고 있는 것을 R은 발견했다. R은 그녀 쪽으로 손을 들어 신호를 보냈다. 그녀는 곧 길 반대편에 서 있는 R을 알아보고 눈물을 질금질금 흘리며 차도를 건너왔다. 그러고는 R에게로 급히 다가와 손을 잡으며 쉰 목소리로 울었다.

　그녀는 우선 왜 이렇게 아무 연락도 없이 갑자기 왔느냐고 물었고, 얼마나 고생을 했느냐고 물었고, 왜 이렇게 얼굴이 수척해졌느냐고 물었고, 돈이 없어서 어떻게 했느냐고 물었고, 굶지는 않았느냐고 물었다. 그녀는 R이 차근차근 대답할 시간적 여유를 주지 않고 이런 질문들을 쉼 없이 했다. 그러고는 R의 겨드랑이 밑에 끼어 있는 보따리를 받아 들고 집으로 가자고 했다. 그들은 혈액원 앞으로 해서 자동차 정비공장 앞을 지나갔다. 길은 질퍽거렸다. 자동차 운전학원 앞을 지날 때에야 그녀는 생각이 난 듯 R을 돌아보며 박사학위는 땄느냐고 물었다. 뒤따라가던 R은 그렇다고 했다. 여인은 걸음을 멈추고 서서 어떻게 기쁨을 표시해야 할지 몰라 했다. 그들은 다시 걸었다. 길은 더러웠다.

"음력설도 지났는데 누나는 왜 집에 와 있나?"

R이 생각이 났다는 듯이 물었다.

"응, 영남이 공부 때문에 대구에 와 있다. 나는 공장에 댕긴다."

그녀는 쉰 목소리였지만 예사롭게 말했다.

"과수원은 어떻게 하고?"

"니 자형이 혼자 부친다. 농사만 지어서는 자식 공부 못 시킨다."

R은 아무 말 하지 않고 그의 누나를 따라 어두운 밤길을 걸어갔다.

"이십오 일 날 순자가 시집간다."

앞서 가던 R의 누나는 생각이 났다는 듯이 말했다.

"그래? 이십오 일이면 다 됐네! 어디로?"

"포항에."

공장에서 일을 마치고 나오는 듯한 청년 서너 명이 시시덕거리며 두 사람의 곁을 스치고 지나갔다.

"이제 다 왔다."

R의 누나는 염색공장 뒤편의 좁은 골목을 접어들면서 이렇게 말

했다. 그리고 어느 대문 앞에 이르러 허리를 굽히고 안으로 들어섰다. 대문을 들어서자마자 대문에서 정면으로 불과 이 미터 앞에 있는 문 하나를 열었다. 그것은 방이었다. 그녀는 말했다.

"아부지요, R이 왔심더!"

그의 가족들은 R이 아까 전화로 이미 당부해 두었기 때문이겠지만 한껏 억제된 태도로 그를 맞이했다. R의 늙은 아버지는 무슨 죄라도 짓기나 한 것처럼 "나는 아무렇지 않다.", "나는 아무렇지 않다."를 연발했고 R의 늙은 어머니가 조금이라도 흐트러져 걱정을 드러낸다 싶으면 이내 "왜 저러나?", "왜 저러나?" 하고 나무라기도 했다. 그러나 그가 그의 늙은 아내를 나무라는 것은 그의 아내의 잘못을 지적하기 위해서라기보다는 자신이 '아무렇지 않다'는 사실을 내세우기 위해서라고 볼 수 있었다. 그러나 짐짓 R이 그의 앞에 엎드려 절을 할 때 그는 자신의 눈언저리 주름살 사이로 번져 드는 눈물을 감추지는 못했다.

R의 늙은 아버지는 책상다리를 하고 앉아 있지 못하고 마치 재래식 변소에 앉아 있는 사람의 자세로 앉아 있었다. 말하자면 두 무르팍을 우뚝 세우고 양어깨가 거기에 닿을 만큼 몸을 웅크리고 앉아 있었다. 물론 이때 엉덩이는 방바닥에서부터 약 오 센티 정도 떨어져 있고, 가슴패기는 두 무릎 사이에 닿아 있었다. 이러한 자세는 그의 습관인지 모른다. 왜냐하면 그가 R의 절을 받을 때에도 그리고 그 후에도 내내 그 자세를 바꾸지 않았기 때문이다. 그러한 그의 자세 때문에 그가 입고 있는 색이 바랜 허름한 와이셔츠 위로 그의 등뼈의 마디들이 솟아 나와 있었고 짧은 바짓가랑이 밑으로 여윈 발목과 굵은 복사뼈가 내보였다. 무르팍 사이로 쳐들고 있는 그의 거무튀튀한 얼굴에는 깊은 주름살이 여기저기 마구 그어져 있었다. 두 볼은 움푹 들어가 있었다. 그리고 그는 눈이 한쪽 없었다. 그의 왼쪽 눈은 눈동자가 없이 우윳빛이었다.

R의 늙은 어머니는 다른 사람들처럼 감정을 억제하지 못한다는 이유로 남편으로부터, 딸들로부터 연신 핀잔을 받으면서도 아들 곁에 붙어 앉아 질금질금 울기를 멈추지 못했다. 그녀의 얼굴은 그녀의 남편이나 큰딸처럼 거무튀튀하고 병이 있는 것처럼 푸석푸석했다. 머리는 회색이었다. 그녀의 얼굴은 넓은 편이었고 코는 평평했다. 눈두덩 위에는 좁쌀보다 조금 큰 검정 사마귀들이 주렁주렁 달려 있었다. 그리고 두 눈에는 눈곱이 가득하고 눈언저리는 온통 짓물러 있었다.

그녀는 아까 R의 누나가 R을 처음 만났을 때 그러했던 것처럼 왜 아무 연락도 없이 갑자기 왔느냐, 얼마나 고생을 했느냐, 왜 얼굴이 이렇게 말랐느냐, 돈이 없어서 어떻게 했느냐, 그리고 굶지는 않았느냐 하는 등속의 질문들을 두서없이 퍼부었다. R은 이러한 그녀에게 자신은 전혀 고생을 하지 않았으며, 전보다 더 마르지도 않았으며, 보기와는 달리 몸무게가 더 줄지는 않았으며, 돈은 충분히 있었으며, 굶지 않았다는 것을 설명하려 했지만 그녀는 믿으려 들지 않았다.

한편 R을 가족에게로 인도해 왔던 R의 누나는 그녀 자신이 아까 길에서 동생을 처음 만났을 때 심한 감정의 동요를 나타냈다는 사실은 잊고 이제 그녀의 늙은 부모가 혹시 너무 심한 격정을 드러내지나 않을까 해서 수시로 두 노인에게 침착하라고 충고하고 타이르기에 바빴다. 가령 그녀의 아버지가 R의 절을 받으며 눈물을 내비쳤을 때 그녀는 그의 곁에 바짝 붙어 앉아 "아부지요, 고정하이소.", "인제는 아무 걱정하지 않아도 됩니다." 하고 말했고, 그녀의 어머니가 R에게 두서없는 질문을 해댈 때는 "숨이나 좀 돌리고 이야기해야지.", "전혀 안 말랐다. 갈 때나 지금이나 똑같다. 오히려 살찐 것 같다." 혹은 "그까짓 돈이야 어떻게든 했겠지." 하고 R을 대신하여 말하기에 바빴다. 그녀는 만약 그녀의 늙은 부모가 걱정을 내보이게 되면 그것은 곧 자신의 책임이라고 생각하는 듯했다.

가족들 중에서 가장 침착했던 사람은 R의 두 여동생들이었다. 그녀들은 R을 보고 숨김없는 기쁨을 나타냈다. 그러고는 이내 침착해졌다.

"순자는 시집갈 날을 받아놨다면서?"

R은 두 여동생 중 큰 여동생을 향하여 이렇게 말했다.

"응, 헤헤헤, 내 결혼식 날 손님들은 내 결혼 축하해 주러 오기보다는 오빠 보러 오게 생겼다."

그녀는 이렇게 말하고 웃었다. 그녀의 얼굴은 핏기가 없었다.

"너는 늘 네 오래비 오면 결혼한다고 하더니 결국 오래비 온 뒤에 결혼하게 되었구나."

R의 어머니가 말했다.

"헤헤헤."

R의 여동생이 웃었다.

"공장생활도 참 많이 하다가 시집간다. 국민학교 졸업하고 여태까지 공장생활 했으니 십 년도 넘었다. 이젠 공장생활 몸서리날 거다."

R의 어머니가 딸을 굽어보며 말했다.

R의 막내 동생은 오빠의 귀가에 기쁨의 함성을 한 번 지르고는 이내 전화통을 붙들고 R의 귀가를 알릴 만한 자리에 알렸다.

R은 그의 늙은 부모에게 절을 한 뒤 자신의 짐 꾸러미에서 두꺼운 책 두 권을 꺼내어 그의 아버지 앞에 내밀며 말했다.

"이것이 제 학위 논문입니다."

"내가 보면 아나?"

R의 아버지는 그의 앞에 놓인 약 육백 페이지쯤 되는 두 권으로 된 R의 논문을 자신의 앞으로 끌어당기며 말했다. 그리고 여기저기 젖혀보았다. 그가 책장을 펼칠 때마다 자잘한 타이프 글씨들이 가득가득 박혀 있었다. 그는 손가락에 침을 묻혀가며 제법 한참 동안

책장들을 넘겨보다가 책뚜껑을 닫고 책의 두께를 가늠해 보기도 했다. R의 누나와 동생들 그리고 어머니는 노인의 어깨 너머로 혹은 곁에 바짝 붙어 앉아서 그것을 들여다보고 있었다. 그러나 그들 누구에게도 이 물건은 그 두께나 무게 외에는 아무런 구체성이 없는 것처럼 보였다. R은 그의 아버지 옆으로 다가가 자신의 논문 일 권의 첫 페이지를 펼쳐 보이고 "Je dédit cette thèse à Monsieur R. Y., Philosophe analphabèthe, mon père."라고 쓴 것을 읽어 보이고는 그것은 "나는 이 논문을 문맹의 철학자 나의 아버지 R. Y. 씨에게 헌정한다."라는 뜻을 가지고 있다고 했다. 노인은 아들의 말이 무슨 말인지 쉬 알아듣지 못하는 것 같았다. 그래서 R은 이 논문이 아버지를 위해 바쳐지는 것이며 이 논문과 함께 아버지의 이름은 프랑스의 도서관에 남아 있게 되며 이 책을 읽는 사람들은 아버지의 이름을 보게 될 것이라고 말했다. 그제서야 노인은 어렴풋이나마 그것이 무엇인가 하는 것을 짐작했던지 쑥스러워하는 웃음을 지었다.

한참 뒤에서야, 다시 말하면 R의 가족들이 어느 정도 격정을 가라앉혔다고 여겨졌을 때에야 R도 다소 여유를 가지고 방을 한번 돌아다볼 수 있었다.

R의 가족들은 두 개의 방과 하나의 부엌을 쓰고 있었다. 아까 R의 누나가 대문을 들어서자마자 정면으로 불과 이 미터 떨어진 곳에 있는 문을 열었는데 그것이 첫 번째 방이었다. 두 번째 방은 이 첫 번째 방을 가로질러 가 맞은편 벽에 나 있는 조그마한 사잇문을 열면 된다. 그리고 부엌은 두 번째 방 혹은 속방으로 통하는 이 사잇문과 직각을 이루면서 오른쪽 벽면에 붙어 있는 역시 조그마한 사잇문을 열면 바로 거기다.

첫 번째 방은 약 세 평 남짓한데 문을 들어서면서 왼쪽으로는 커다란 옷장이 하나 거의 벽면 전체를 가리고 있었다. 옷장은 투박하고 조악한 싸구려라는 느낌을 주었다. 왜냐하면 옷장의 네 개의 커다란 문 위에 둥근 조각도로 매화나무 위에 앉은 새 같기도 한 것을 음각으로 파놓았는데 전혀 정교하지 못하여 그것이 무엇을 재현하고 있는가 하는 것을 얼핏 보아서는 잘 알아볼 수 없을 정도이기 때문이었다. 옷장은 온통 고동색이었다.

이 커다란 옷장 위에는 두 개의 커다란 종이 박스, 병풍, 푸른색의 커다란 이불 보퉁이, 대여섯 개의 우산, 석유난로 등이 얹혀 있었다. 이러한 물건들은 옷장과 천장 사이의 공간을 가득 채우고 있는데 모두 지독하게 먼지를 뒤집어쓰고 있었다.

이 방의 오른쪽 벽면에는, 그러니까 고동색의 커다란 옷장 맞은편에는 냉장고처럼 생긴 쌀통과 검은색 바탕에 자개가 박힌 커다란 찬장과 서랍이 여섯 층이 있는 서랍장과 그리고 옷걸이 하나가 구석에 놓여 있었다. 냉장고 모양을 한 쌀통은 본디 연두색이었을 것이나, 이 양철로 된 물건은 너무나 헐었기 때문에 처음의 그 순수한 연두색이 아니었다. 가령 이 쌀통의 허리 부분의 양철은 다소 우그러져 있는데 그 부분의 칠은 떨어져 나가고 녹슬어 있었다. 쌀통 위에는 전기밥통 하나가 얹혀 있었다.

자개가 박힌 찬장의 아랫부분은 검정색 바탕에 자개가 박힌 미닫이문이 두 짝 붙어 있었다. 그 속에는 무엇이 들어 있는지 알 수 없었다. 이 찬장의 하반부는 상반부에 비하여 약 십오 센티가량 앞으로 돌출되어 있었다. 이 찬장의 상반부는 두 짝의 유리가 끼워져 있기 때문에 세 층으로 된 선반을 볼 수 있는데, 유리를 통하여 보이는 선반들 위에는 헌책들이 무질서하게 꽂혀 있었다. 본래 이 공간은 커피잔이나 접시 따위를 모양 좋게 진열해 두기 위한 것이겠지만, 그런 것들은 하나도 없었다. 유리를 통하여 보이는 이 찬장의 내부는 모두 베니어합판으로 되어 있는데 거기에는 오랜 세월을 두고 먼지와 때가 묻었기 때문에 베니어합판의 목질을 알게 해주는 무수한 가느다란 선들이 뚜렷했다. 그리고 한쪽 귀퉁이는 습기로 인하여 합판의 켜들이 부풀어 올라 있었다. 이 찬장의 상반부는 하반부에 약 십오 센티가량 들어가 있기 때문에 하반부 위에는 십오 센티가량의 폭을 가진 공간이 있었다. 거기에는 멘톨이 든 병과 약봉지와 코카콜라 빈 병과 구두약과 뺀찌 등이 무질서하게 얹혀 있었다. 이 찬장의 상반부 위에는 함석판으로 된 헌 고리짝 하나와 라면 박스 하나와 연두색 천에 싸인 선풍기가 하나 얹혀 있었다. 선풍기는 키가 크기 때문에 천장에 완전히 닿아 있었다. 그리고 이 찬장의 상반부는 그다지 폭이 넓지 않기 때문에 그 위에 얹혀 있는 고리짝과 라면 박스는 찬장 위에서 앞으로 약간 돌출해 있었다. 따라서 찬장 위에 얹힌 물건들은 금방이라도 무너져 내릴 듯이 위태롭게 보였다.

　찬장과 붙여져 있는 서랍장은 쌀통이나 찬장보다 덩치가 크기 때문에 다른 것들보다 앞으로 많이 돌출해 있었다. 그 때문에 문 밖에서 얼핏 보면 방 건너편 오른쪽 구석에 두 번째 방으로 통하는 사잇문이 있다는 것을 알아보지 못하게 될 수도 있었다. 서랍장 위에는 찬장과 붙여 낡은 전축이 있고 전축의 턴테이블 위에는 두 개의 커다란 스피커가 포개어져 있었다. 그리하여 이 전축 스피커들은 찬장 위에 얹힌 고리짝과 같은 높이를 이루고 있었다. 이 전축의 맨 아래층에 있는 카세트를 넣는 부분의 뚜껑은 망가져 있었다. 이 전축은 아마도 고장이 났거나 고장이 나지 않았다 할지라도 오래전부터 쓰지 않았음에 틀림없었다. 왜냐하면 턴테이블 위에 스피커를 두 개 포개어 얹어놓은 품이 그랬다.

　서랍장 위 전축 옆에는 전화통과 약병, 그 밖에 전화번호를 적어놓은 공책 따위들이 어지럽게 얹혀 있었다.

　서랍장과 두 번째 방으로 통하는 사잇문 사이에는 약 오십 센티 폭의 공간이 있었다. 이 오십 센티 폭의 벽 모퉁이에는 옷걸이가 놓여 있었다. 그 옷걸이에는 여러 가지 옷들이 걸려 있어서 실제 옷걸이가 있다고 보기보다는 옷 무더기가 서 있다고 볼 수도 있었다.
 앞문이 붙어 있는 쪽 벽면에는 문에서 방으로 들어서면서 왼쪽으로 커다란 창문이 하나 나 있는데 그 창문에는 너무 거추장스럽게 긴 커튼이 양쪽으로 드리워져 있었다.
 문과 창문 사이에는 약 오십 센티 폭의 벽면이 있는데 거기에는 긴 직사각형의 거울이 걸려 있고 거울 바로 위에는 건전지를 넣어서 쓰는 직사각형의 벽시계가 하나 약간 기우뚱하게 걸려 있었다. 거울이 걸려 있는 못에는 방빗자루가 함께 걸려 있었다. 빗자루가 거울의 상반부를 가리고 있기 때문에 거울의 상반부에는 얼굴을 비추어 볼 수 없었다. 그리고 그 거울에는 무질서하게 손자국들이 묻어 있었다.
 창문 아래에는 헌 재봉틀이 놓여 있었다. 재봉틀 위에는 곡식이 든 커다란 자루가 얹혀 있었다. 그 곡식자루는 창문의 한쪽 측면을 가리고 있었다.
 이 방에서 유일하게 벽지를 바른 벽면을 볼 수 있는 벽은 문에 들어서면서 마주 보이는 벽, 즉 사잇문이 붙어 있는 벽인데, 거기에는 한가운데 눈이 하얗게 내린 들판과 야산 그리고 저만치 눈 덮인 기와집 지붕이 보이는 풍경을 담고 있는 동양화가 있는 커다란 달력이 걸려 있었다.
 황색 비닐장판이 깔려 있는 방바닥은 고르지 않고 울퉁불퉁하다는 것은 그 방을 걸어보면 금방 느낄 수 있었다. 특히 옷장이 있는 쪽으로는 심하게 내려앉아 있어서 육안으로도 금방 식별할 수 있었다.
 그러나 이 첫 번째 방은 R이 도착했을 때 냉방인 채로 아무도 없었다. R의 아버지의 말에 따르면 '요새는 식구가 없기 때문에' 불을 때지 않는다고 했다. R이 도착하여 그의 가족들을 처음으로 상면한 것은 이 첫 번째 방을 가로질러 가 두 번째 방으로 통하는 사잇문을 열었을 때였다. 이 방을 가로질러 갈 때 R은 그의 땀에 젖은 양말이 차가운 비닐장판 위에 쩍쩍 들어붙는 것을 느꼈다.
 두 번째 방 혹은 속방은 첫 번째 방 혹은 겉방보다 오히려 더 좁다는 것을 첫눈에 알아볼 수 있었다.
 이 방에는 우선 사잇문이 있는 벽면 왼쪽으로 십 년쯤 전에 유행했던 덩치가 엄청나게 크고 육중한 느낌을 주는 보르네오 옷장이 차지하고 있었다. 옷장은 너무 길기 때문에 첫 번째 방으로 통하는 사잇문을 약 이 센티가량 가리고 있었다.
 두 번째 방의 보르네오 옷장 위에는 일제 코끼리 전기밥통이 든 박스와 커피세트가 든 박스, 반상기 세트가 든 박스, 팔각 주안상, 커다란 이불 보퉁이, 손잡이가 떨어진 커다란 트렁크, 병풍, 석유풍로가 든 박스, 그 밖에 내용물을 알 수 없는 크고 작은 박스들이 첫 번째 방의 고동색 옷장 위보다 더 조직적으로, 더 반듯하게, 더 촘촘히 얹혀 있다. 이 물건들은 완전히 보르네오 옷장과 천장 사이의 공간을 메우고 있었다.
 보르네오 옷장 맞은편에는 벽면의 왼쪽으로부터 두 개의 커다란 책장이 있었다. 책장은 여섯 층으로 되어 있고 각 층마다 여러 가지 책들로 빽빽했다. 어떤 부분에는 책이 두 켜로 꽂혀 있었다. 책이 안으로 쑥 들어간 층에는 가구를 닦는 기름이 든 병이나 잉크병, 화장품 병 따위가 여기저기 얹혀 있었다. 책장에 꽂혀 있는 책들은 모두 지독한 먼지를 뒤집어쓰고 있었다.
 책장 위에는 몇 개의 박스들이 얹혀 있는데 책장의 폭이 박스들의 그것보다 좁기 때문에 박스들은 책장보다 앞으로 튀어나와 있었다. 그 박스들도 책장에 꽂혀 있는 책들과 마찬가지로 두꺼운 먼지를 뒤집어쓰고 있었다.
 책장과 잇대어 보르네오 경대가 놓여 있었다. 이 경대도 옷장과 마찬가지로 덩치가 크고 육중한 나왕으로 되어 있었다. 경대는 본래 세 짝으로 되어 있었을 것이다. 두 개의 서랍과 커다란 거울이 세워져 있는 가운데 짝과 그 양옆에 대칭을 이루는 여닫이문이 있는 짝들이 그것이다. 그러나 지금 경대는 가장 오른쪽에 놓일 짝이 없었다. 경대의 거울은 천장에 닿을 만큼 크지는 않지만 적어도 사람의 키만큼은 되었다. 경대 위에는 여러 가지 물건들이 어지럽게 얹혀 있었다.

경대는 벽에 바짝 붙여 설치해 놓았지만 경대의 거울은 벽면에 붙어 있지 않았다. 벽면에 문제가 있는지 방바닥에 문제가 있는지는 모르지만 옆에서 보면 경대의 거울은 벽면과 약 십오 도 각도를 이루며 앞으로 기울어져 있다는 것을 금방 알 수 있다.

경대의 오른쪽 면과 두 번째 방 오른쪽 벽면 사이의 공간에는 이불이 두어 채 쌓여 있었다. 이불 위에는 몇 개의 베개가 얹혀 있었다.

두 번째 방의 창문은 사잇문을 들어서면서 볼 때 왼쪽 벽면에 나 있었다. 이 창문 밖에는 쇠창살이 되어 있었다. 이 창문에도 역시 긴 커튼이 양쪽으로 드리워져 있었다.

창문 아래에는 책상이 하나 있는데 이 책상의 양옆에는 여러 개의 서랍들이 대칭을 이루고 있었다. 책상 위에는 책상 면이 긁힐까 봐서 그렇게 했겠지만 방바닥에 깔린 것과 똑같은 비닐장판을 잘라 덮고 그 위에 텔레비전을 올려놓고 있었다. 책상은 책장의 앞면과 완전히 붙여져 있었다. 그래서 책상 아랫부분에 꽂혀 있는 책들은 꺼낼 수 없었다.

책상과 보르네오 옷장 사이에는 어느 정도 간격이 있었다. 그러나 거기에는 연두색의 커다란 냉장고가 놓여 있었다. 냉장고는 키가 크기 때문에 창문에까지 이르렀다. 냉장고 위에는 손으로 짠 레이스가 덮여 있고 그 위에 몇 개의 병이 얹혀 있었다. 그러나 그 병들은 대부분 비어 있었다. 병 허리에는 뽀얗게 먼지가 쌓여 있었다.

냉장고와 보르네오 옷장 사이에는 아직도 약간의 공간이 있었다. 그 공간의 구석에는 옷걸이가 하나 놓여 있었다. 거기에도 역시 윗도리들이 걸려 있었다. 이 옷걸이 때문에, 아니 이 옷걸이가 없다고 할지라도 커다란 냉장고 때문에 보르네오 옷장의 한쪽 문은 자유롭게 열 수 없었다.

두 번째 방에 있는 이 모든 물건들은 첫 번째 방의 그것들에 비하면 좀 더 값비싼 것들이라고 볼 수도 있을 것이다. 그러나 이 모든 물건들은 오래전부터 한 번도 쓰지 않은 듯 온통 두꺼운 먼지를 뒤집어쓰고 있었다. 게다가 방이 너무 좁기 때문에 그것들은 쓸 수도 없는 것들이었다.

R의 아버지가 R로부터 절을 받은 것은 이 두 번째 방에서였다. 본래 자식이 부모에게 절을 할 때에는 문을 열어놓고 문밖에서 하는 것이 R 집안의 풍속이었기 때문에 R은 사잇문을 열어놓고 두 번째 방에 웅크리고 앉아 있는 바짝 여윈 노인을 향하여 절을 했어야 했다. 그러나 첫 번째 방의 서랍장이 툭 튀어나와 있었기 때문에 사잇문은 완전히 열리지는 않았다. 그래서 절을 받는 사람은 부엌으로 통하는 사잇문에 바짝 붙어 앉아야 했고 절을 하는 사람은 열어놓은 사잇문에 오른 팔꿈치가 닿지 않도록 왼쪽으로 비스듬히 비켜나서 하지 않으면 안 되었다. 물론 원칙으로 말하면 R은 마당에 나가서 돗자리를 깔고 열어놓은 방 안을 향하여 절하는 것이 더 나을 것이다. 그러나 첫 번째 방의 방문과 대문 사이의, 변소 앞에 있는 약 이 미터 폭의 바닥에 시멘트를 한 공간에는 이 이층 '양옥집'의 다른 방에 세 들어 사는 사람들의 물건들, 즉 두 대의 오토바이와 한 대의 자전거가 놓여 있었고, 게다가 R의 아버지가 첫 번째 방에 나와 앉기에는 첫 번째 방의 바닥이 너무 차가웠다. R의 가족들은 그래서 겨울에는 불이 잘 드는 두 번째 방에만 기거하는 것 같았다.

아무튼 R의 가족들은 두 번째 방의 그 많은 물건들 사이에 마련한 좁은 비닐장판 위에 모여 앉아 있었다. R도 역시 두 번째 방의 경대를 등지고 자리를 차지했다.

"웬 물건들이 이렇게 많아요?"

방을 둘러보고 난 R이 물었다.

"두 집 살림이니까 그렇지."

R의 어머니가 말했다.

"지하실에도 아직 있다. 다 버려야 할 텐데······."

R의 아버지가 말했다.

"집은 왜 이렇게 좁아요?"

R이 다시 물었다.

"그래도 이 집은 싸다. 방 두 개에 전세 칠백이다. 칠백만 원 가지고는 아무 데 가도 이만한 걸 못 얻는다."

R의 어머니가 대답했다.

"이사를 다니면서 방은 점점 좁아지고 물건은 점점 많아진다."

R의 아버지가 말했다.

"그래도 우리 살림만 있다면 이렇게 복잡하지는 않다. 영아 엄마 살림이 우리 살림보다 많다."

R의 어머니가 말했다. R은 아무 말 하지 않았다. 그사이에 R의 여동생들은 부엌으로 나가 이제 식구가 늘어날 터이니 첫 번째 방 아궁이에 연탄불을 지피고 있었다.

R을 둘러싼 R의 가족들의 대화는 전혀 두서가 없었다. 그들은 R이 그동안 얼마나 심한 고생을 했을까 하는 데 대하여 알고 싶어 했다. 알아봐야 이미 지난 일이기는 하지만. R은 자신이 전혀 고생하지 않았다는 것을 단적으로 입증해 보이기 위해서 거기서는 약 삼십 평 가까운 아파트에 혼자 살았으며 중고이긴 하지만 차를 굴렸으며 식사를 걸렀던 것은 단 한 번뿐인데 그것도 먹을 것이 없어서가 아니라 일에 몰두하느라고 그만 끼니때를 깜박 잊어버린 거였다는 등의 이야기를 했다. 그리고 R은 자신의 전 생애를 통하여 가장 유복하고 가장 행복하고 가장 안정된 마음으로 가장 집중적으로 일에

몰두할 수 있었던 시기였다고 덧붙였다. R의 가족들은 그러나 반신반의하는 표정들이었다. 특히 가족 중에 누군가가 면허증이 없는데 어떻게 차를 몰았느냐고 했다. R은 잠시 머뭇거리다가 거기서 면허증을 땄노라고 해버렸다. 그러나 R의 가족들은 그의 말을 전적으로 믿으려 들지는 않는 눈치였다. 그래서 R은 내친김에 컴퓨터도 한 대 샀는데 그건 너무 무거워서 들고 올 수가 없어 서울에다 뒀는데 며칠 후에 올라가면 가지고 올 것이고 거기에는 아버지를 위한 조그마한 선물도 하나 들어 있다고 했다.

R은 그의 가족들에게 몇 번이고 그의 부모의 건강 상태에 대하여 물었다. R의 이러한 질문에 대하여 R의 어머니는 잠시 망설이다가 R의 아버지는 이제 아무 일도 할 수 없는 상태라고 했다. 그녀에 따르면 R의 아버지는 이태 전부터 조금만 일을 하면 숨을 헐떡거리며 몹시 피곤해한다고 했다. R의 아버지 자신마저도 그녀의 이러한 말에 대하여 아무런 반박을 하지 않았다. 그리고 R의 누나는 R에게 지난 섣달에 어머니가 한 달을 꼬박 앓아누웠는데 뼈밖에는 남지 않았었다는 이야기를 했다.

"그때는 정말 너를 다시 못 보고 죽는 줄 알았다."

R의 어머니가 말했다. 그리고 그녀는 녹두죽을 먹고서야 기운을 회복했다는 말을 했다.

그리고 언제쯤이었던지는 모르지만 R의 어머니는 그녀의 아들에게 영아 엄마가 '이제는 잘한다'고 했다. 이 말에 대하여 R은 약간 굳어진 얼굴로 그게 지난 사월부터가 아니냐고 약간 비양조가 섞인 목소리로 말했다. 이 말에 R의 어머니는

"왜 쓸데없이 그런 편지는 보냈노? 그 편지 때문에 울고불고 얼마나 난리가 났다고."

하고 아들을 나무랐다. R의 아버지는 약간 걱정스러워하는 표정으로 영아 엄마가 이제는 잘한다고 했던 아내의 말을 두둔하려고 무

슨 말인가를 시작하려 했다. 그러나 R은 별반 들으려 하지 않았다.

이런 이야기를 하고 있을 때 사잇문이 열리고 보르네오 옷장 옆으로 해서 두 아이와 삼십 대 아낙네 하나가 두 번째 방으로 들어왔다. 이 세 사람의 출현은 다소 가라앉았던 좌중의 분위기를 다시 수런하게 했다.

두 아이 중 하나는 아홉 살쯤 먹은 계집아이였고, 다른 하나는 일곱 살쯤 되어 보이는 사내아이였다. 계집아이는 앞니가 없는 잇몸을 드러내고 홍홍 웃으며 들어와 R의 아버지 뒤에 쌓여 있는 이불 위로 겅충 뛰어올라 갔다. 일곱 살 난 사내아이는 바지허리를 두 손으로 붙들고 한 손에는 장난감 로봇을 든 채 들어왔다. 사내아이의 등 뒤에는 아낙네가 왼손으로는 사내아이 등허리를 가볍게 미는 듯한 태도로 들어섰다.

"왔어예?"

삼십 대 여자는 방으로 들어서면서 말했다. R은 잠시 어떻게 해야 할지를 모르는 듯 짧은 순간 머뭇거리다가 벌떡 자리에서 일어나 앉아 있는 그의 가족들의 머리 위로 손을 뻗어 그녀에게 악수를 청했다.

"오랜만이다."

악수를 하며 R은 이렇게 말했다. 그러고는 이내 제자리에 도로 앉았다.

"잘 있었어예?"

그녀는 R의 손이 자신의 손에서 이미 빠져나간 뒤에서야 이렇게 말했다. 곁에 섰던 R의 누나가 끼어들었다.

"신랑 각시가 모처럼 만났는데 인사가 뭐 그러나?"

가족들이 와르르 웃었다. 그러나 R은 웃지 않았다.

"아빠다. 인사해라."

삼십 대의 여인, 그러니까 R의 아내가 두 아이들을 보고 이렇게 말했다. 두 아이는 R이 앉아 있는 앞으로 나와 허리를 꾸벅 구부리며 "안녕하세요?" 하고 말하고 이내 다시 사람들 등 뒤로 사라지려 했다.
"절을 해야지, 그렇게 해서 되나?"
R의 어머니가 아이들 등에다 대고 말했다. 아이들은 이내 돌아서서 그 자리에서 코를 방바닥에 박고 동그랗게 엎드렸다가 발딱 일어나서는 다시 이불이 쌓여 있는 방 귀퉁이로 사람들을 헤집고 들어갔다. R은 그저 눈으로만 아이들을 좇으며, 약간 미소를 나타내는 듯하긴 했지만, 거의 아무런 감정도 얼굴에 나타내지 않았다. R의 얼굴을 얼핏 살펴본 R의 아내는
"아이들 보니 어때예?"
하고 서 있던 자리에서 앉으며 물었다. R은 두 아이들을 돌아보고 나서
"글쎄."
하고 말했다.
"용택아, 저게 니 아부지다."
R의 어머니는 이불더미로 기어오르려고 하는 사내아이를 뜯어내어 무릎 위로 끌어올리며 말했다.
"용택이가 꼭 아빠 닮았지예?"
R의 아내가 R에게 말했다. R은 사내아이의 얼굴을 물끄러미 건너다보고는
"글쎄, 잘 모르겠는데."
하고 말했다.
"영아야, 네 아빠 알아보겠나?"
R의 누나가 계집아이에게 물었다. 계집아이는 여전히 그 앞니 없는 잇몸을 드러낸 채 웃으며 고개를 좌우로 저었다.
"용택아, 아빠 보니 어떠노?"

R의 아내가 사내아이 쪽을 보며 물었다. 사내아이는 제 어머니의 이 말에 R 쪽을 힐끔 돌아보고는
"시시하네."
하고 마치 혼잣말처럼 말했다.
"영아는 누굴 닮아서 저렇게 이빨이 하나도 없나?"
R의 누나는 계집아이를 보고 놀려대고 있었다.
"영아는 꼭 순자를 닮은 것 같군."
R이 말했다. 그는 이렇게 말하고 재빨리 그의 아내의 표정을 살폈다. 그의 아내는 R의 이 말에 입을 삐쭉 한 번 내밀면서 히죽 혼자 웃고 있었다. 그녀의 웃음은 비웃는 듯한 것이었다. 그러나 그녀의 이러한 표정은 R을 제외하고는 아무도 보지 못했다.
이런 식의 이야기가 오가는 동안 두 번 혹은 세 번쯤 전화가 걸려왔고, R은 사잇문 건너 첫 번째 방으로 건너가야 했고 전화통에 대고 "예.", "안녕하세요?", "별고 없으십니까?", "별로 고생하지 않았습니다.", "고맙습니다.", "별거 아닙니다.", "한번 찾아뵙겠습니다." 등의 말을 했다.
자정이 가까워졌을 때에는 또 다른 두 사람의 방문객이 있었다. 그들은 시골에서 택시를 타고 올라온 R의 사촌형과 매형이었다. 그때부터 좌중은 더욱 수런해졌다. 이야기의 주제도 대단히 다양해졌다. 가령 그사이에 한국도 많이 '발전' 혹은 변했다는 이야기가 있었다. R은 거기에 대해서 수긍을 하며 한 예로 아까 고속버스에서 내렸을 때 삼천리 주유소밖에는 아무것도 알아볼 수 없을 만큼 바뀌었더라고 했다. 또 얼마 전에 있었다는 국회 청문회에 대한 이야기도 있었다. 그런가 하면 사람들은 R이 살던 나라에 대하여 알고 싶어 했다. R은 자신이 살던 나라에 대하여 이야기했다. 그러나 사람들은 그의 이야기가 전혀 실감이 나지 않는지 별로 귀담아 듣지 않는 것 같았다. 그래서 R은 하던 이야기를 흐지부지 중단하지 않

으면 안 될 때가 많았다.
　사람들이 이런 이야기들을 하고 있을 때 R의 아버지는 두 번 혹은 세 번 R에게 내일 아침에는 먼저 영아 외가에 다녀와야 한다고 말했다. R의 아내는 아무 말 하지 않고 듣고만 있었다. 그러나 R은 그의 아버지의 이러한 주장에 대하여 단호하게 반대했다. 왜냐하면, 그에 따르면, 우선 절에 가야 하고 그리고 R이 떠난 뒤 구 일 만에 돌아가신 할머니 산소에 가는 것이 원칙이기 때문이다. 곁에 앉은 R의 어머니는 걱정스러운 얼굴로 그게 순서일지는 모르지만 처가는 가까이 있으니 잠시 먼저 갔다 오는 게 옳다고 했다. 그러나 R은 자신의 주장을 굽히지 않았다. R의 아내는 아무 말 하지 않고 듣고만 있었다. R의 사촌형은 이러한 좌중의 약간 어색한 분위기를 바꾸어보려는 듯 어디를 먼저 가든 좌우간 고향에 올 때는 옷이나 한 벌 해 입고 오라고 했다. R은 여기에 대해서도 처음에는 잠시 반대했다. 그에 따르면 새 옷을 사 입기 위해서는 돈이 많이 들 텐데 지금으로서는 그런 데다 돈을 지불하고 싶지 않다는 것이었다. 그러자 R의 사촌형은 R이 옷을 잘 입고 고향에 와야 하는 이유에 대하여 피력하기 시작했다. 그러나 그의 설명은 대단히 모호하고 길었다. 그의 모호한 설명에도 불구하고 R의 어머니는 큰조카의 말에 동조했다. R의 매형도 동조했다. R의 아버지는 그 이유는 그의 조카와는 좀 달랐지만 아무튼 R이 새 옷을 한 벌 해 입는 것은 옳은 일이라고 했다. R도 끝내 동조했다.
　오랫동안 이런 이야기를 나눈 뒤 R의 아버지는 이제 충분히 따뜻해진 첫 번째 방으로 건너가 요를 깔고 누웠고 다른 사람들은 그 후에도 계속 떠들어댔다. 새벽 여섯 시가 가까워졌을 때 R의 사촌형은 고스톱을 한판 벌일 것을 제의했고 그래서 약 한 시간 가까이 화투판이 벌어지기도 했다. 물론 R의 가족 중에는 여기저기 자리를 잡고 누운 사람이 없는 것은 아니지만 두 아이를 제외하고는 아무도 실제로 눈을 붙인 사람은 없었다. 일곱 시가 넘었을 때 밥상이 들어와 둘러앉아 먹고 R의 사촌형은 이내 떠났다.

열 시가 조금 지나서 R은 그의 가족들에게 두 방에 쌓여 있는 물건들을 대거 내다 버려야 한다고 주장했다. R의 아버지는 사실 좀 내다 버리는 것이 옳다고 말했다. R의 어머니는 "살다 보면 다 필요한 것인데……." 하며 어느 정도 반대했다. R의 아내는 못 들은 척하고 부엌으로 나가 다른 일을 하고 있었다. 그러나 R의 주장은 완강했다. 그에 의하면 좁은 공간에 물건이 너무 많아서 사람을 위해 물건이 있는지 물건을 위해 사람이 있는지 모를 형국이라는 것이다. 그리고 그는 이렇게 물건에 짓눌려 사는 것은 정말 불행한 일이라고 했다.

R은 제일 먼저 쌀통을 내다 버려야 한다고 주장했다. 그러나 R의 어머니는 그것이 영아 엄마의 살림이라는 이유로 버리는 것을 꺼렸다. 그러나 R은 그것이 영아 엄마가 시집올 때 사 온 것이라는 이유만으로 버릴 수 없다는 데는 동의할 수 없다는 태세였다. 그러자 R의 아버지는 그것이 누구의 것이건 간에 지금 빈 것이 아니라 쌀로 가득 채워져 있으니 버릴 수 없다고 했다. 그에 따르면 쌀통을 버린다면 그 속에 든 쌀을 어디 둘 데가 없다는 것이다. 그래서 R은 한 발 물러서지 않을 수 없었다.

그다음으로 표적이 된 것은 전축이었다. 그러나 R의 어머니는 그 전축도 낡았기는 했지만 고장이 난 것은 아니라는 이유로 선뜻 버리는 것에는 동의하지 않았다. 그래서 R은 그 전축을 구입한 장본인인 R의 여동생에게 고장이 나지 않았다는 이유 때문에 쓰지도 않는 낡은 전축을 이 복잡한 공간에 두어야 한다는 건 우스운 일이라고 말했다. R의 여동생은 오빠의 말이 옳다고 했다. 그러나 R의 어머니는 버리는 것은 아까운 일이라는 표정이었다. 그래서 결국

버리는 대신에 R의 매형에게 주는 것으로 낙착을 봤다. R의 매형에게는 그것이 가을에 과수원의 새를 쫓는 데 요긴하게 쓰일 것이었다. 그런데 R로서는 그 건축을 누굴 주든지 버리든지 간에 당장 이 방에서 꺼내는 것이 중요했다. 그래서 R의 매형은 두 개의 커다란 스피커는 보자기에 싸서 지하실에 넣어뒀다가 다음에 가져가기로 하고 턴테이블과 다른 조각들은 따로 보자기에 싸서 오후에 내려갈 때 가지고 가기로 했다.

그다음으로 버림의 대상이 된 것은 재봉틀이었다. 물론 그 물건의 주인이라고 할 수 있는 R의 어머니는 완강히 거부했다. 그러나 재봉틀은 일 년을 두고도 한 번 쓸까 말까 한다는 이유로 R의 아버지와 여동생들은 내다 버리는 데 동의했다. 결국 R의 어머니는 버리는 것보다는 그것을 시집가기 전에 샀던 마산에 사는 둘째 딸이 다음에 올라오면 주기로 하자고 함으로써 한발 양보했다. 그러나 마치 작은 옷장처럼 생긴 재봉틀 전체를 마산까지 운반한다는 것은 쉬운 일이 아니라고 사람들은 말했다. 그래서 재봉틀 머리만 떼어놓고 나무로 된 구조물을 내다 버리기로 했다. 그래서 R과 R의 매형은 재봉틀 머리만 떼어내어 서랍장과 사잇문 사이의 공간, 즉 옷걸이 밑 깊숙한 데에 밀어 넣고 덩치가 큰 구조물은 골목 구석에 들어다 내놓았다.

다음에는 자개가 박힌 찬장을 들어내 버리기를 원했지만 그것을 버렸을 때 그 안에 든 내용물을 처리할 방도가 없다는 것을 알고 R은 포기했다. 서랍장도 같은 이유 때문에 손을 쓸 수가 없었다.

두 번째 방에서 우선 버려져야 한다고 생각된 물건은 냉장고였다. 왜냐하면 냉장고는 방에 비하여 너무나 크고, 또 막상 그걸 열었을 때 그 속에 든 것은 음식물이 아니라 헌 옷가지나 구두통, 그밖의 온갖 잡동사니들이었기 때문이다. R은 냉장고가 고장이냐고 물었다. R의 어머니는 말하기를 고장은 아닌데 옛날 것이어서 전기를 너무 먹기 때문에 몇 년 이래로 한 번도 쓰지 않았다고 했다. R의 아버지도 그건 버리고 여름 들면 좀 작은 걸로 전기가 덜 먹는 새 모델을 하나 사는 게 옳다고 했다. 그러나 R의 어머니는 그걸 버리려면 영아 엄마한테 물어봐야 한다고 귀띔했다. R은 그래서 부엌으로 통하는 문을 향하여

"영아야!"

하고 그의 아내를 불렀다. 그때까지 방 안에서 벌어지고 있는 일에 대하여 모르는 척하고 있던 그의 아내가 방과 부엌 사잇문을 열고 서서 황망히 R을 바라보고 있었다.

"이 냉장고 버려도 되겠지?"

그의 아내는 잠시 쭈뼛거리고 서 있었다. 그러고는 말했다.

"그렇지만 친정아버지가 사준 것인데......"

R은 아무 말 하지 않고 참을성 있게 그녀가 말을 마칠 때까지 기다렸다. 잠시 더듬거리던 그녀는

"그라이소 마. 그건 전기가 너무 먹어서 못 쓰긴 해예."

하고 말했다. 그녀는 '전기가 너무 먹어서'라는 근거 때문에 그걸 내다 버리는 데 동의해 준다는 듯이 이 말을 두어 번 되뇌었다. R은 자신의 매형에게 냉장고를 내다 버리는 일을 거들어줄 것을 부탁했다. 두 사람은 첫 번째 방과 두 번째 방을 잇는 사잇문을 근근이 통과하여 냉장고를 골목 구석까지 갖다 놓는 데 성공했다.

냉장고를 갖다 버리고 돌아와 보니 R의 아내는 그사이에 방에 들어와 벽에 등을 기대고 두 무릎을 세우고 앉아 있었다. 그녀는 아무 말 하지 않고 R의 거동을 올려다보고 있었다. R은 그러한 그녀를 모르는 척하고 경대의 서랍과 문을 열어보았다. 그 속에서 특별한 것은 없었다.

"영아야!"

R은 아랫목에 버티고 앉아 있는 그의 아내에게 말했다. 그녀는

아무 대답 하지 않고 R의 일거수일투족을 바라보고 있었다.
 "이거 갖다 버리면 안 되겠니?"
 아랫목에 버티고 앉아 있던 그의 아내는 잠시 아무 말 하지 않고 R을 올려다보고만 있었다. 그녀의 눈은 동양인 여자들의 그것처럼 쭉 찢어진 것이 아니라 서양의 옛날 초상화에 나오는 여자들의 눈처럼 둥그런데 한쪽 눈이 다른 쪽 눈보다 눈에 띌 만큼 더 컸다. 게다가 그녀의 두 눈동자는 약간 사팔뜨기처럼 보였다. 그리고 눈꺼풀은 멍이 든 것처럼 푸르스름했다. 그녀의 두 눈이 이와 같이 좀 이상하게 보이는 것은 그녀가 시집오기 전, 대학시절에 했던 쌍꺼풀 수술이 잘못되어 그런 것이었다. 게다가 그녀의 코에도 이상이 있었다. 그녀의 코는 매부리코처럼 아랫부분이 약간 오그라들어 있는데 콧구멍이 너무나 비좁다는 것을 누구나 첫눈에 느낄 수 있었다. 게다가 얼핏 보면 코도 약간 삐뚤하다는 느낌을 받을 수도 있었다. 그녀의 코도 역시 대학시절에 한 성형수술의 실패인데 나이가 들면서 코의 살이 두꺼워지면서 콧구멍이 점점 더 비좁아진 것이었다. 그녀의 입은 크고 입술은 두꺼웠다.
 "허이참, 그러면 다 갖다 내삐리뿌소 마! 저 책도 내삐리고 책상도 내삐리고…… 다 갖다 내삐리뿌소 마! 다 내삐리뿌소 마! 옷장도 내삐리고……."
 그녀는 R을 쳐다보며 대단한 기세로 소리쳤다. 그녀의 어투는 아까 냉장고를 갖다 내버리자고 했을 때와는 사뭇 달랐다. 그녀의 이 말에 R은 순간 눈꼬리의 근육을 부르르 떨었지만 이내 분노를 꿀꺽 삼키는 사람의 태도로 말했다.
 "그래, 책도 다 버릴 거야. 이까짓 책이 다 무슨 소용이 있어, 이 좁은 공간에?"
 그의 목소리는 약간 열에 들떠 있었다. 그는 호주머니에서 담배를 꺼내어 피웠다. 담배 한 대를 다 태운 다음 꽁초를 열려 있는 쇠창살 창문 밖으로 던지고는 우선 경대를 한쪽으로 밀어냈다. 그러고는 커다란 빈 박스 하나를 들고 들어와 책장에서 책을 빼내어 그 속에 던져 넣기 시작했다. 처음에는 책 하나하나를 이리저리 살피며 쓸 만한 것은 따로 제쳐놓기도 했다. 그러자 그의 아내가 벌떡 일어나 다가와서 "이것도 내삐리소!", "이것도 내삐리소!" 하고 아무 책이나 집어 들어 R에게 내밀며 빨리 버리기로 결정 내리기를 재촉했다. R은 여전히 억제된 목소리로 "응.", "응." 하면서 점점 빠른 속도로 책들을 박스 속으로 던져 넣었다. R의 아내는 R의 꺾이지 않는 기세에 다소 숙질먹해져서 처음에 앉았던 자리에 가 앉아서
"방이 쫍으면 이사를 나가면 될 거 아니라예?"
하고 R의 등에다 대고 다소 머뭇거리는 목소리로 말했다. R은 못 들은 척했다.
이윽고 박스에는 책들이 그득해졌다. R의 어머니와 매형이 와서 약간 걱정스러운 얼굴들로 책을 버리면 어떻게 하느냐고 했다. R은 웃으면서 자신은 이제 박사가 됐는데 이런 책들이 뭐 더 소용되겠느냐고 다소 허세에 찬 목소리로 말했다. 그제서야 R의 매형과 어머니는 그 책이 든 박스를 들어다 밖으로 옮겨갔다.
두 번째 박스가 들어왔다. R은 또다시 책들을 그 안에 던져 넣었다. 그가 던져 넣는 것 중에는 현대문학 통권 이 권, 삼 권, 사 권, 칠 권, 팔 권도 있었다. 잠시 후 R은 책장의 맨 꼭대기 층에 꽂혀 있는 일련의 대학교재, 『식품영양학개론』, 『발효학』, 『생화학개론』, 『식생활사』 등의 책들을 두 손으로 한꺼번에 무더기로 뽑아내며
"영아야! 이건 어떡할래. 네 거니까 네가 알아서 해라."
하고 말했다. R의 아내는 다시 일어나 R에게로 다가와 R이 내미는 책 하나하나를 건네받아 뒤적거리다가 망설이는, 그러나 어쩔 수 없다는 듯한 목소리로 "내삐리뿌소 마.", "내삐리뿌소 마." 하면서 책 하나하나를 다시 R에게 건네주었다. R은 그녀가 건네주는 것

들을 받아 박스 속으로 던져 넣었다. 결국 R이 한꺼번에 뽑아냈던 한 무더기의 책들은 대부분 R의 아내에 의해 R의 손으로 건너갔고 R의 손에서 다시 박스 안으로 던져졌다. 그중에 무슨 팸플릿같기도 한 얇은 책자 하나는 R의 아내에 의해 따로 제껴졌다.

책장에 꽂혔던 책들이 모두 선별되었을 때 책장 위에 얹혀 있던 박스들이 내려졌다. 거기에도 온통 책들로 가득 차 있었다. 박스 속에 들어 있던 책들은 그러나 열려지자마자 한꺼번에 모두 버려지는 쪽으로 보내어졌다. 그런데 그 박스 속에 든 책들 중에는 아직도 R이 임의로 처분할 수 없는 것들이 있었다. 그것은 열 권쯤으로 되어 있는 전집으로서 『수예 놓는 법』, 『요리하는 법』, 『가정의학상식』 따위였다. R은 다시 그의 아내를 불렀다. 그녀는 그것들을 한참 들여다보며

"버리자니 아깝고······."

하고 중얼거렸다. 그리고 잠시 후

"놔 두이소 마."

하고 말했다. R은 아무 말 하지 않고 그것을 한켠으로 밀어놓고는 그의 작업을 계속했다.

이제 책장 하나가 완전히 비워졌다. 빈 책장은 들어내어졌다. R은 남은 하나의 책장에 그가 선택한 책들로 채웠다. 그에 의하여 선택된 책들은 사전류와 헌 시집들이 대부분이었다. R의 아내는 그녀가 버리기를 반대하여 남겨두었던 열 권짜리 전집과 소책자를 남은 하나의 책장 위에다 쌓아 얹었다. 그리고 그녀는 경대를 밀어 책장에 바짝 붙여놓았다. 이제 두 번째 방에는 책장 하나와 냉장고가 떠난 자리만큼의 공간이 생겼다.

R은 마지막으로 책상을 버리려고 했다. 그러나 R의 아내는

"친정아버지가 사준 건데······ 버리지 마이소."

하고 처음에 모두 내다 버리라고 거세게 대들었던 것과는 달리 풀

81

이 꺾인 목소리로 말했다. 그래서 R은 곧 그걸 버리지 않기로 했다.

그 밖에도 R은 첫 번째 방의 찬장 위에 얹은 박스 하나를 내다 버렸다. 함석으로 된 고리짝은 그러나 내다 버릴 수 없었다. 거기에는 원고들로 가득했는데 먼지가 풀풀 날리는 원고 뭉치 하나를 꺼내어 두어 장 읽어보던 R은 그걸 도로 넣고 뚜껑을 닫아서 제자리에 올려놓았다. R의 아버지는 그러한 그에게 이사를 다니면서도 그것만은 버려선 안 된다고 생각했다고 말했다.

그날부터, 아니 그 전날 밤부터 R의 아버지와 어머니 그리고 여동생들은 첫 번째 방에 거처하기 시작했다. 두 번째 방 책상 위에 있던 텔레비전은 첫 번째 방 창문 밑, 그러니까 재봉틀이 있던 자리로 옮겨졌다.

저녁 아홉 시가 조금 지났을 때의 R의 아내는 두 아이를 데리고 두 번째 방으로 건너갔다. R의 다른 가족들은 자정이 가까워졌을 때까지 텔레비전을 보거나 아직도 못 다한 이야기들을 나누었다. 물론 그들은 앞으로 일주일 후에 있을 결혼식 준비에 관해서도 상의를 했다.

자정이 다 되었을 때 R의 어머니는 걱정스러운 표정으로 R에게 이제 그만 건너가 자라고 했다. R은 그러나 개의치 않고 그 후로도 오랫동안 첫 번째 방에 남아 있었다. 그러자 R의 아버지마저도 그만 건너가 자라고 했다. 그래서 R은 마지못해 그렇게 하기라도 하듯 일어나 두 번째 방으로 건너갔다.

두 번째 방에는 R의 아내와 아이들이 다리를 보르네오 가구 쪽으로 두고 머리를 경대 쪽으로 하고 나란히 누워 있었다. 아이들은 이미 잠들어 있었고 R의 아내는 자지 않고 있다가 R이 건너오자 일어나 첫 번째 방과 두 번째 방 사이의 사잇문을 걸어 잠갔다. R은 옷도 벗지 않고 맨 윗목, 그러니까 책상 쪽으로 바짝 붙어 누웠다. R의 큰 키에도 불구하고 책장과 보르네오 옷장 사이의 폭은 그의 머리나

다리를 책장이나 옷장에 닿게 하지는 않았다. 그러나 그가 만약 조금만 왼쪽, 즉 아랫목 쪽으로 내려와 눕는다면 보르네오 경대 때문에 그는 다리를 쭉 뻗고 누울 수는 없었을 것이었다. 왜냐하면 경대는 책장에 비해 툭 튀어나와 있었기 때문이다. R의 아내는 두 아이를 사이에 두고 반대편, 그러니까 가장 아랫목에 누웠다.
"불 끄까예?"
R의 아내가 물었다.
"응, 끄려면 꺼라."
R이 말했다. R의 아내는 자리에서 일어나 형광등을 껐다. R은 어둠 속에서 담배를 꺼내어 피워 물었다.
"장사는 잘되느냐?"
R이 물었다. R의 아내는 대답했다. 그녀에 따르면 지금까지 몇 년 동안 안 되다가 최근 들어서야 되기 시작한다는 것이었다. 요 얼마 전부터 한 달 평균 육십만 원은 올라오기 시작한다는 것이었다. 그래서 그녀의 친정아버지는 이제 와서 그 가게를 팔자니 아깝다고 그런다고 했다.
"그냥 계속하지. 이제사 터가 잡힌 가게를 왜 팔려고 그러니?"
R이 말했다.
"그렇지만 내가 없으면 장사할 사람이 있어야지예."
그녀가 말했다. 그리고 그녀는 덧붙여 그 가게는 전혀 그녀 자신의 것이 아니라 그녀의 친정아버지 것을 그녀는 다만 가서 일해 주는 것에 불과하다고 강조했다.
그 후로도 꽤 오랫동안 이야기를 나누다가 R은 이제 그만 자야겠다고 하며 책상 쪽으로 향하여 돌아누웠다. R의 아내는 어둠 속에서 일어나 두 아이를 타 넘고 건너와 R의 등 뒤에 붙어 누웠다. 그리고 두 손으로 R의 어깨를 잡아당겼다. R은 아무 말 하지 않고 몸을 새우처럼 웅크렸다. 그러자 그의 아내는 한번 멋쩍은 듯이 씨익 웃고는 다시 한 번 그의 어깨를 잡아당겼다. R은 그 순간 그녀의 손을 뿌리쳤다. R의 등 뒤에서 그의 아내가 한숨을 내쉬는 소리가 났다. R은 이내 잠이 들었다.

이튿날 아침 R은 창문 밖에서 들리는 스피커에서 흘러나오는 요란한 「대구의 찬가」 소리에 잠을 깼다. 깜짝 놀라 일어난 R은 시계를 들여다보았다. 일곱 시였다. 그리고 첫 번째 방으로 건너가 벌써 일어나 있는 그의 가족들에게 저 소리가 무슨 소리냐고 물었다. 그것은 쓰레기 수거차에서 나는 소리라고 했다.

그날 아침 R은 그가 주장했던 것처럼 그가 떠난 뒤 구 일 만에 세상을 떠난 할머니의 산소를 돌아보고 절에 들르기 위하여 집을 나섰다. R의 부모는 더 이상 처가에 먼저 갔다 오라고 권하는 대신 가기 전에 새 양복을 한 벌 사 입어야 한다는 것만은 양보하지 않았다. R은 거기에 대해서만은 결국 승복했다. R의 아버지는 만 원짜리 지폐 십여 장을 R의 아내에게 건네주며 함께 가 옷을 사주라고 했다.

집을 나서며 골목길을 빠져나올 때부터 R의 아내는 R의 팔꿈치의 옷자락을 잡았다. R은 잠자코 있었다. 그러나 그는 두 손을 호주머니에 잔뜩 찔러 넣은 채 몸을 웅크리고 있었다. R의 아내는 R의 팔꿈치의 옷자락을 잡은 채 만족한 얼굴로 걸어갔다.

기성복 파는 가게에서 바짓단을 꿰매는 동안 R의 아내는 R에게 와이셔츠 하나를 사 입으라고 권했다. 그러나 R은 원하지 않았다. 왜냐하면 그에 따르면 양복 외에 또 비싼 와이셔츠를 사 입는다는 것은 그의 가정형편에 맞지 않고 그리고 무엇보다도 그는 물건을 많이 가지고 싶지 않기 때문이라고 했다. 그리고 덧붙여 사람들은 많은 물건들을 가짐으로써 행복한 줄로만 알고 있는데 그는 그렇게 생각하지 않고 오히려 한국처럼 주택난이 심각한 나라에서는 물건을 많이 가지는 것은 우환이 될 수도 있다고 했다. 그러나 그의 아내는 그의 말을 이해하지 못한 듯 계속해서 그녀가 고른 와이셔츠를 한번 입어보라고 한사코 고집했다. R은 견디다 못해 그녀로 하여금 더 이상 와이셔츠를 입어보라는 말을 하지 못하게 하기 위하여 그렇게 하기라도 하듯 자신이 입고 있는 와이셔츠로 말할 것 같으면 프랑스에서 산 것인데 왜 굳이 국산을 사 입고 고향엘 가야 하느냐고 했다. 그제서야 R의 아내의 고집은 꺾이고 말았다. 그러나 R이 입고 있는 와이셔츠는 비록 프랑스에서 샀다고는 하지만 모로코 제품으로 불과 사십 프랑, 약 사천 원밖에는 주지 않았을 그런 것이었다.

바짓단이 완성되었을 때 R은 탈의실에 들어가 옷을 갈아입고 나왔다. R의 아내는 R이 벗어 들고 나온 헌 옷을 받아 들고 그녀의 친정아버지가 하는 꽃집으로 가고 R은 그길로 휑하니 떠났다. 그는 집에서 약속했던 대로 그날 저녁에 돌아왔다.

그날 밤에도 전날 밤과 마찬가지로 R은 늦게까지 첫 번째 방에서 텔레비전을 보다가 자정이 가까워졌을 때 두 번째 방으로 건너갔다. R의 아내는 불을 끈 채 누워 있다가 R이 건너오는 기척을 듣고 일어나 불을 켰다. 방 아랫목에는 두 아이가 책상 쪽으로 머리가 가도록 하여 누워 자고 있었고, 윗목에는 어젯밤처럼 머리가 책장과 보르네오 경대 쪽으로 향하고 발이 보르네오 옷장 쪽으로 향하도록 이부자리가 깔려 있었다. R의 아내는 그러니까 아랫목에 자고 있는 두 아이들 머리 위에 직각을 이루도록 누워 있다가 일어난 것이다. R은 어젯밤에 잤던 위치, 즉 책상 밑으로 가 누웠다.

"오늘 장사는 잘됐느냐?"

R이 물었다. R의 아내는 말하기를 오늘은 어느 초상집의 화환을 주문받아 만들어주었기 때문에 꽤 많은 돈을 벌었다고 했다. 또 어느 결혼식 집에는 신부가 드는 꽃다발을 하나 만들어 보냈는데 이미 다른 꽃집에다가 또 주문을 했다는 이유로 그녀가 만들어 보낸

것을 거절하므로 그녀는 "남의 좋은 일에 시끄럽게 하고 싶지는 않다. 그러나 이렇게 하면 좋지 않다!" 하고 약간 으름장을 놓자 그쪽에서는 알았다고 하면서 이내 돈을 지불하더라고 했다.

"무슨 일이 그런 일이 있나?"

R은 이해가 가지 않는다는 듯이 물었다. 그녀는 설명했다. 그녀에 의하면 R의 여동생의 친구 언니가 결혼을 하는데 R의 여동생이 같은 값이면 꽃다발은 그녀의 올케언니가 하는 꽃집에서 맞추라고 했다는 것이다. 그래서 신부 쪽에서는 쾌히 그렇게 하마고 했고 그래서 R의 아내는 그 주문에 따라 꽃다발을 만들었다는 것이었다. 그런데 신부가 드는 꽃다발 값은 본래 신랑 쪽에서 내기로 되어 있어서 신랑집에서는 이미 신부가 꽃다발을 주문한 것은 모르고 다른 데다가 또 주문을 해두었다는 것이다. 그래서 그쪽에서는 R의 아내가 꽃다발을 들고 찾아갔을 때 생각지도 않았던 꽃집에서 또 하나의 꽃다발을 만들어 들고 왔으니 이중으로 돈을 물게 생겼던 것이다. 그래서 R의 아내가 만들어 간 것을 가능하면 거절하고 싶었던 것이었다. 그러나 R의 아내의 입장에서 보면 비록 그 꽃다발 하나 만드는 데 원가가 많이 드는 것은 아니라 할지라도 몇 시간 동안 만든 것을 안 하겠다고 하니 신경질이 나서 '그렇게 하면 좋지 않다'는 식의 엄포를 놓았고 그쪽에서는 혹시 R의 아내가 결혼식장에 찾아와서 시끄럽게 하면 곤란하다는 생각에서 금방 돈을 지불했다는 것이었다.

"그쪽에서도 고의로 그렇게 했던 건 아니군."

R이 말했다.

"고의는 아니지만 얼마나 신경질 나예, 그래?"

R의 아내가 말했다.

잠시 후 R의 아내가 일어나 불을 껐다. 어둠 속에서 그녀는 옷을 갈아입는 것 같았다. R은 책상 밑으로 코를 박고 돌아누웠다. 그의 아내는 그의 등 뒤에 붙어 누워 어젯밤에 그렇게 했던 것처럼 그의 어깨를 끌어당기려 했다. R은 몹시 짜증스러운 동작으로 그녀의 손을 홱 뿌리치고 다시 책상 밑으로 코를 처박은 채 웅크리고 누웠다. 그의 등 뒤에서 그의 아내가 "흑." 하고 마치 흐느끼는 것 같은, 그러나 흐느끼는 소리는 아닌 소리를 냈다. 그러나 R은 꼼짝 않고 누워 있었다. 그리고 얼마나 시간이 흘렀을까 잠이 들었다.

이튿날 아침, R은 다시 쓰레기 수거차에서 흘러나오는 「대구의 찬가」에 잠이 깼다. R의 어머니에 따르면 어제는 연탄재를 버리는 날이고 오늘은 연탄재를 제외한 다른 쓰레기들을 버리는 날이라고 했다.

아침 식사를 마치고 난 뒤 R은 그의 부모와의 약속에 따라 오전 중에 잠시 처가에 다녀오기로 했다. R의 아내는 그녀의 친정아버지에게 전화를 했더니 그녀의 아버지는 집에서 만나는 대신에 R의 아내와 아이들이 그동안 살아온 꽃집에서 만나기를 원한다고 했다. R은 이유도 묻지 않은 채 좋다고 했다.

집을 나서 버스를 타러 가는 동안 R의 아내는 바지주머니에 두 손을 푹 찌르고 가고 있는 R의 한쪽 팔을 붙들고 그 팔짱에 자신의 팔을 끼웠다. 그리고 그녀는 대단히 만족한 얼굴로 갔다. R은 그녀가 하는 대로 가만히 있었지만 그 자세가 여간 어색하지 않은 듯 두 어깨를 잔뜩 웅크리고 있었다. 시내버스를 탔을 때에야 R은 그녀로부터 자유로울 수 있었다. 그러나 꽃집 앞에서 버스를 내리자마자 그녀는 다시 그의 팔짱에 자신의 팔을 끼워 넣었다. 그리하여 R은 두 어깨를 잔뜩 웅크린 채 꽃집 안으로 들어갔다.

꽃집에서 그는 그의 장인과 작은처남 그리고 뒤늦게 온 장모를 만났다. R의 장인은 R에게 R이 없는 동안 R의 아내가 두 아이들을 키우며 얼마나 누추한 데서 살았는가 하는 것을 직접 실감 나게 보여주기를 원하는 것 같았다. 그러나 R은 전혀 아무런 감정을 나타내 보이지 않았다. 약 한 시간 후에 그는 서울엘 가야 한다는 핑계로 나왔다. 꽃집에서 나온 그는 잠시 집에 들렀다가 서울로 가기 위해서 이내 다시 나왔다. 집에서 나올 때 R의 아버지는 그에게 십만 원을 여비로 주었다.

추풍령 휴게소에서 R은 전화를 했다. J였다.
"나 R인데…… 나는 지금 M 교수와 약속이 있어 서울로 가는 중이다."
"네에, 그래요?"
"나는 지금 추풍령 휴게소에서 전화를 하는데……."
"제가 나갈까요?"
"응, 그렇게 할래?"
"네에, 그러지요."
"지금부터 두 시간 반이나 혹은 세 시간 뒤에 내가 서울 도착할 거야."
"예, 알았어요. 그럼 제가 터미널에서 기다릴게요."
추풍령 휴게소에서 다시 출발한 고속버스의 비디오에는 중국 무술영화가 시작되고 있었다. 몇몇 승객들은 이어폰을 귀에다 꽂고 있었다. R은 차창 밖을 스쳐가는 풍경들을 내다보고 있었.
서울에 도착했을 때 J는 나와 있지 않았다. 잠시 주위를 두리번거리던 R은 우선 변소부터 다녀왔다. 변소에서 나왔을 때 사십 대 중반으로 보이는 두 아낙네가 지나가는 사람들에게 유인물을 나누어 주고 있었다. R은 그것을 받아 들고 터미널 마당으로 나섰다.
"심판의 날이 가까워오고 있습니다! 이 땅에 종말이 다가오고 있습니다!"
터미널 마당에는 한 남자가 메가폰을 들고 행인들을 향하여 목청껏 소리치고 있었다.

"예수를 믿으시오! 그렇지 않으면 당신들은 죽음을 면치 못할 것이오!"

메가폰을 든 남자는 고집스러운 표정으로 쉼 없이 지껄여 대고 있었다. R은 저만치 벤치가 있는 쪽으로 가 앉았다. 그가 앉아 있는 벤치에서 약 이십 미터 떨어진 데에서는 중 한 사람이 대자대비(大慈大悲)라고 쓴 시주함을 앞에다 두고 목탁을 두들기며 땅바닥에 코가 닿도록 절을 하고 있었다. 그 중은 규칙적으로 목탁을 두들겼고, 규칙적으로 일어났다 앉았다 하며 절을 하고 있었다. 그가 하는 염불 소리는 그러나 주변의 소음 때문에 들리지 않았다.

R은 방금 터미널 건물에서 나올 때 두 여자들로부터 받은 유인물을 펼쳐 보았다. 그것은 싸인펜으로 써서 복사를 한 것이었는데 필체가 대단히 조악했다. 그것은 서울 근교 어디에 있는 봉제공장의 노동자들이 만든 호소문이었다. 그 호소문에 따르면 그들이 일하는 공장의 사장은 미국인 아무개인데 그들은 오랫동안 열악한 노동조건과 일당 사천육백 원이라는 저임금에도 불구하고 일해 왔다는 것이다. 그런데 그러한 부당한 대우에 항의하는 노동운동이 최근 들어 일어나기 시작하자 미국인 사장은 일찌감치 돈을 다 챙겨서 본국으로 달아나고 빚더미밖에 없는 공장은 문을 닫아버렸다는 것이다. 따라서 그들 노동자들은 퇴직금은 물론 밀린 월급마저 받지 못한 채 밤낮으로 공장에 모여 항의농성을 계속하고 있다는 것이었다. 그 밖에도 그 호소문에는 아무개 신문과 아무개 신문은 그들의 입장을 정확히 보도하기는커녕 오히려 그 미국인 '사장놈'의 편에 서서 그들 노동자들의 처지를 왜곡되게 보도했다는 것이었다. 그러나 그 유인물은 차분하지 못한 조악한 문장력 때문에 잘 이해가 가지 않는 부분도 많았다.

R은 그 유인물을 대충 한번 훑어보고 나서 잠시 생각에 찬 얼굴을 하고 있다가 자리에서 일어나 공중전화박스로 들어가 그의 친구

한 사람에게 전화를 했다. 전화박스에서 나온 뒤에도 다시 약 십 분 가까이 주변을 서성이고 있었다. 그때 J가 나타났다.
"푹 쉬셨어요?"
그녀가 물었다.
"쉬는 게 다 뭐냐? 정신이 하나도 없다."
R은 약간 퉁명스럽게 말했다. 그러고는 잠시 후
"네 취직은 어떻게 됐니?"
하고 물었다.
"아직은 몰라요. 되겠지요. 뭐."
"아직도 모르면 어떻게 하니? 새 학기가 거의 다 돼가는데……."
R은 약간 어처구니없어 하는 표정을 지으며 말했다.
"약속은 몇 시에 하셨어요?"
"네 시에."
"그럼 아직 시간이 많군요. 식사부터 하셔야지요?"
"식사도 식사지만 그보다 우선 아버지 선물부터 하나 사야겠어. 이번에 내려가서 다른 사람 것은 못 샀어도 아버지 선물만은 하나 사 왔다고 말해 버렸다. 그럴 수밖에 없었어."
"그럼 저기 백화점으로 가요."
J가 말했다. 그들은 지하도 밑으로 해서 가까운 백화점으로 가 회중시계 하나를 샀다. R은 시계방 점원에게 한국에서 샀다는 표시가 전혀 없도록 해달라고 했다. 그래서 시계방 점원은 가격표를 떼어내는 것은 물론 시계를 넣을 상자나 포장지까지도 세심하게 살펴보았다. R은 육만 원을 지불했다. J는 시계방 점원이 건네주는 시계를 받아 자신의 검정색 핸드백 속에 넣었다. 그리고 그들은 그 백화점 오층에 있는 식당가로 가기 위하여 엘리베이터를 탔다.
식당에서 R이 처음으로 했던 말은 이 식당에 종업원들이 너무 많다는 이야기였다.

"저길 봐라. 저렇게 젊은 처녀들이 별로 손님도 없는데 저렇게 서서……."

J는 R이 가리키는 쪽을 한번 힐끔 돌아보고 나서

"너무 신경 쓰지 마세요."

하고 말했다. 그리고 그녀는 주문을 받으러 온 여자에게 불고기이 인분을 갖다 달라고 했다. R은 식사가 올 때까지 끊임없이 넓은 식당 안을 호기심 어린 눈으로 두리번거리고 있었다.

"부모님들은 어때요?"

J가 물었다.

"응, 많이 늙으셨더군. 어머니는 지난 섣달에 거의 돌아가실 뻔했다고 하더군. 날 다시 못 보고 돌아가시는가 했대."

R은 여전히 약간 퉁명스러운 목소리였다. J는 괴로워하는 표정을 지었다.

"그리고 이번에 내려가 보니 집에서는 내 여동생 결혼식 문제로 한창 바쁘더구먼."

"둘째 여동생요?"

"응, 오는 이십오 일이 결혼식 날이래."

두 사람은 잠시 R이 보고 온 그의 가족들에 대하여 이야기를 나누었다.

"아이들은 어때요? 많이 컸던가요?"

"응, 많이 컸더군."

"영아는 아빠를 알아보던가요?"

"아니. 오 년 반이나 떨어져 있었는데 어떻게 알아볼까?"

"용택이는 아빨 보고 뭐라고 해요? R 선생님과는 많이 닮았던가요?"

"날 닮았는지 어떤지는 잘 모르겠어. 그리고 그 녀석은 날 보더니 '시시하네.' 하고 말하더군."

"뭐라고요? 시시하다고 했다고요?"

"응."

J는 재미있다는 듯이 깔깔깔 웃었다. 그러고는 혼잣말처럼 웅얼거렸다.

"그 녀석, 제 아빠가 박산데 시시하다니……."

그 밖에도 그녀는 R이 보고 온 R의 두 아이들에 대하여 관심을 보였다.

"이번에 집에 가셔서 뭘 하셨어요?"

한참 후 그녀는 화제를 바꾸어 이렇게 물었다.

"응, 우선 책을 버렸지."

R은 시큰둥한 얼굴로 이렇게 툭 내뱉었다. J는 약간 의아해하는 표정으로 그를 쳐다보며 물었다.

"무슨 책을 버려요?"

"아무거나 대거 무더기로 처분했지. 어머니가 머리에 여다가 고물상에 갖다 주고 천오백 원을 받아왔더군."

"책은 왜 갖다 버렸어요?"

그녀가 이해가 가지 않는다는 듯이 물었다.

"응, 방이 너무 비좁고, 물건은 너무 많아서 책을 갖다 버릴 수밖에 별도리가 없더군."

그녀는 아무 말도 하지 않았다. R은 이번에 대구에 내려가서 본 두 개의 방에 대하여 이야기하고 결론적으로 말하기를 박사가 되어 돌아와 제일 먼저 해야 했던 일은 책을 갖다 버리는 것이었다고 다소 시니컬한 목소리로 말했다. J는 그의 이야기를 들으면서 한두 번 듣고 있기가 괴로운 듯이 이맛살을 찌푸리기도 했다.

음식이 왔다. J는 식사를 하는 동안 내내 R이 먹는 것을 돌보아 주고 있었다. R은 그녀의 그러한 배려를 전혀 의식하지 못하는 듯 다소는 과장된 식욕을 나타내며 먹었다. 그러나 그도 그녀와 마찬가지로 그다지 많이 먹지는 못했다.

  식사를 하던 중 R은 두어 번 물을 찾았다. 자신의 물컵에 든 것을 이미 다 마셔버린 것은 아직 식사가 시작되기 전이었다. 그는 일어나 물통이 있는 쪽으로 가려고 했다. J는 그를 만류하며 갖다 달라고 하면 갖다 준다고 했다. 그래서 R은 접대부 처녀를 불렀다. 그러나 접대부는 금방 오지 않고 약 이 분가량 딴전을 피우다가 왔다. 그리고 물 좀 갖다 달라는 말을 듣고도 약 이 분가량 딴전을 부리다가 주전자를 들고 와 그의 컵에 물을 따라주었다. 접대부가 돌아간 뒤 R은 J에게

  "확실히 한국에는 일손이 많은 것 같다. 그러니 저렇게 주전자를 들고 와 물을 일일이 따라주지. 여기다가 물통이나 주전자를 갖다 놓으면 제 손으로 따라 마실 것 아닌가."

  하고 말했다. J는 아무 대꾸도 하지 않았다.

  R이 또다시 물이 필요했던 것은 식사를 하고 있던 중이었다. R은 자신의 빈 컵을 들고 발딱 일어나 식당을 가로질러 가 자신의 컵에 물을 부어 왔다. 그의 이러한 태도는 오랜 객지 생활을 통하여 몸에 익은 습관임에 틀림없다. 왜냐하면 그가 또다시, 세 번째로 물이 필요했을 때에도 거의 습관적으로, 거의 무의식적으로 빈 컵을 들고 벌떡 일어났기 때문이다. 그러나 이번에는 J가 그를 만류하며 아직 한 모금도 마시지 않은 채로 있는 자신의 컵을 그에게 내밀며 그걸 마시라고 했다. R은 아무 말 하지 않고 그녀가 밀어주는 컵에 든 물을 쭈욱 들이켠 뒤 식사를 계속했다. 식사가 끝난 뒤에도 그는 빈 컵 하나를 들고 좌우를 두리번거리다가 잠시 후 컵을 탁자 위에 내려놓았다. 또 한 컵의 물이 필요했지만 이번에는 참는 것 같았다. 식사가 끝난 뒤 J는 손거울을 들여다보며 자신의 잇몸에 혹시 음식 찌꺼기가 끼어 있지나 않은가를 점검했고 R은 담배를 피웠다.

  "네 시에 어디에서 만나기로 했어요?"

그녀가 물었다. R은 약속 장소를 말해 주었다. 듣고 난 그녀는 여기서 과히 멀지 않다고 했다. 그리고 잠시 후 그녀는 또 다른 질문을 했다.

"M 교수와 만난 뒤 어떻게 하실 거예요?"

R은 잠시 머뭇거리다가 말했다.

"응, 아까 고속버스에서 내려 널 기다리는 동안 심심해서 남수네 집에 전화를 했어. 그 친구가 자기 집에 와서 자고 가라고 하더군."

"잘됐네요. 그런데 그분은 요새 어디 산대요?"

"응, 명일동이라는 데 산대."

두 사람은 이런 이야기를 나누다가 식당에서 나왔다. 식당에서 나온 그들은 R이 M 교수와 만나기로 약속한 장소 쪽으로 천천히 걸어가기 시작했다. 그들은 차들이 별로 붐비지 않으리라고 생각되는 길을 선택했지만 그들이 선택한 길에도 역시 차들은 붐볐다. 길을 걸으면서 R은 지난 며칠 동안 한국에 와보니 대도시는 너무나 비대해진 반면 시골은 텅 비었더라는 이야기를 했다. 그리고 생각했던 것보다도 훨씬 더 삶의 조건이 나쁘더라는 이야기도 했다. 그 밖에도 그는 그가 며칠 사이에 본 것에 대하여 다소 두서없이 이야기했다. J는 이따금 수긍을 하기도 했지만 전체적으로는 그저 듣고만 있는 편이었다. R은 이런 이야기를 하며 때로는 차도를 건너야 했기 때문에 이야기하기를 중단해야 했고 또 때로는 소음 때문에 목청을 돋우어 말하지 않으면 안 되었다.

길은 꽤 멀었다. 중간쯤에 이르렀을 때 J는 걸음을 멈추고

"R 선생님과 만나면 저는 늘 밑도 끝도 없이 걸어야 해요."

하고 말했다. 그녀의 얼굴에는 사실 피로의 빛이 역력했다. R은 그녀를 돌아보며

"얘! 너는 피곤하기만 하면 늘 그러는구나. 우리가 이태리 갔을 때도, 베니스에서……."

그러나 그녀는 그의 말을 끝까지 듣지 않고, 아니 끝까지 듣지 않기 위해서 그렇게 하기라도 하듯 다시 급히 걷기 시작했다.
"이건 산책이 아니냐? 지난여름에 네가 프랑스 왔을 때 내게 뭐라고 했니? 서울에서는 산책이 하고 싶어서 미칠 것 같았다고 하지 않았니?"
"그렇지만 이게 어디 산책이에요? 노동이지!"
R은 아무 말 하지 않았다. R 자신도 사실은 지친 얼굴이었다.
그들은 육교 밑을 지난 뒤 사람이 건널 수 없는 대단히 위험한 차도를 건너야만 했다. 그 길을 건너기 위해서는 좌우를 급히 살피고 힘껏 뜀박질을 하지 않으면 안 되었다. R은 J를 염려하여 그녀와 함께 길을 건너기 위해서 그렇게 하는 듯 그녀 쪽을 돌아보았다. 그러나 그녀는 그녀대로 고개를 잔뜩 오른쪽으로 돌려 밀려오는 차들의 흐름을 관찰하며 이제 곧 뛸 준비를 하고 있었다. 이윽고 그들은 와르르 뜀박질을 해서 길을 무사히 건넜다. 위험에서 일단 벗어난 지점에 이르렀을 때 J는 재미있다는 듯이 웃으며 혼잣말처럼 말했다.
"이렇게 뛰니까 저 차 안에 탔던 사람이 내다본다."
R은 그녀가 말한 '저 차' 라는 것이 어느 차를 말하는가 하여 얼른 고개를 돌렸지만 수없이 밀려가고 있는 차들 중에 어느 차를 말하는지 그로서는 알 수 없었다.
"너는 어떻게 그렇게 바쁘게 뛰어오면서도 차에 타고 있는 사람이 내다보는 걸 다 봤느냐?"
R은 핀잔조로 말했다.
"내다보니까 봤지요!"
그녀는 갑자기 짜증스러워하는 목소리와 표정으로 말했다.
"너는 언제나 다른 사람이 널 보고 있다고 생각하는 게 내겐 이해가 가지 않아."
"그만두세요!"

J는 역정 난 목소리로 그의 말을 가로막았다.
 R이 M 교수를 만나기로 약속한 장소를 약 백 미터 앞둔 지점에 이르렀을 때 그들은 헤어졌다. J는 어느 지하다방에서 R이 돌아올 때까지 기다리기로 했다. 두 사람이 헤어질 때 J는 R의 등에다 대고
 "너무 서두르지 마시고 천천히 이야기하다 오세요."
 하고 충고했다. R은 돌아보지도 않고
 "응."
 하고 말하고는 싱글싱글 웃으며 겅중겅중 걸어갔다.

 R은 M 교수를 만나 이야기를 나누다가 약 한 시간 반쯤 지난 후에 J가 기다리고 있기로 했던 다방으로 왔다. 날은 어두워지기 시작하고 있었다.
 "나가지요. 어디 다른 델 가기로 해요."
 J는 그가 나타나는 걸 보고 자리에서 일어나며 말했다.
 "그래. 굉장히 지루했지? 미안하다."
 R은 측은해하는 표정으로 그녀를 바라보며 그렇게 말하고 그녀와 함께 지하다방을 나왔다. 그들은 J의 제의에 따라 어느 제과점으로 들어갔다.
 "굉장히 지루했지?"
 제과점에 앉으면서도 R은 다시 한 번 그녀에게 그렇게 말했다. 그는 몹시 미안해하는 표정을 짓고 있었다.
 "괜찮아요. 그보다도 M 교수가 뭐라고 했는지나 이야기해 보세요?"
 R은 그녀에게 M 교수와 만나서 했던 이야기를 자세하게 들려주었다. 다 듣고 난 그녀는
 "그래도 요새 세상에는 M 교수만큼 반듯한 사람도 한국에는 흔치 않아요."

하고 자신의 의견을 한마디 던졌다.
 이야기가 다 끝났을 때 R은 다소 슬픈 표정을 지으며 J에게 자신은 그녀를 몹시 갈망하고 있다는 것을 말했다. 이 말에 대하여 그녀는
 "다음에요, 다음에 하세요."
 하고 말했다. R은 화가 난 표정으로 말했다.
 "왜? 도대체 왜 그러느냐?"
 "이데올로기가 뭐냐고요?"
 J는 웃으면서 되물었다. 그녀는 아마도 유성에서 R이 했던 말, "너의 그러한 태도의 이데올로기는 뭐냐?"라고 했던 말을 재미있는 말이라고 여겼던 것 같았다. R은 화가 난 표정으로 입을 다물었다.
 "그렇지만 한국에서는 조심해야 해요. 한국이 어떤 나란 줄이나 아세요?"
 J는 달래는 어투로 말했다.
 제과점에서 나왔을 때 날은 이미 완전히 어두워져 있었다. R은 J에게 그녀가 차 타는 데까지 바래다주겠다고 했다. 그러나 그녀는 한사코 괜찮다고 했다. 그녀의 고집에 못 이겨 R은 그녀를 그냥 혼자 보내며
 "밤길에 조심해라!"
 하고 소리쳤다. 그녀는 홱 돌아보며
 "리모쥬 촌 양반이나 조심해서 찾아가세요!"
 라고 말하고 급히 길을 건너갔다. 길 건너편에서 차를 기다리기 위해서 가로등에 어깨를 기대고 서 있는 그녀의 모습은 몹시 지쳐 보였다. R은 곧 택시를 잡아타고 낮에 친구가 일러준 데로 갔다.
 친구의 집에서 하룻밤을 자고 난 이튿날 R은 친구의 제의에 따라 오랜만에 서울 시내를 한번 돌아보기로 하고 그와 함께 나왔다. 그는 그의 친구와 함께 꽤 오랜 시간 시내를 여기저기 쏘다니다가 오후 세 시쯤에 J에게 전화를 걸었다. 그리고 네 시에 어제 만났던 터

미널에서 다시 만나기로 약속했다. 그러나 그는 세 시 반이 지났을 때에서야 그의 친구와 함께 터미널로 가는 지하철을 타기 위해 나설 수 있었다.

 지하철 안에서 R의 친구는 한사코 터미널에 내려 R이 고속버스를 타고 떠나는 것을 보고서야 집으로 돌아가겠노라고 했다. R은 그러한 그에게 고맙기는 하지만 그럴 필요가 없다고 했다. 그런데도 불구하고 이 친구는 극구 터미널까지 함께 가겠다고 했다. 어언 오 년 반 만에 만난 친구이니 그도 그럴 만했다. 그래서 결국 R은 그가 굳이 따라오지 말아야 하는 이유를 말하지 않으면 안 될 것 같았던지 자신은 지금 여자를 만나러 간다고 했다. R의 친구는 의아해하는 얼굴로 그를 쳐다보고 나서 그렇다면 알았노라 하고 R이 내리는 데서 내리지 않고 그대로 그 차를 타고 가버렸다.

 R이 터미널에 도착했을 때 그는 그를 초조하게 기다리고 있는 J를 발견했다. 그는 그녀에게 늦어진 이유를 설명하고 자신의 친구가 여기까지 따라오겠다고 해서 결국 떼어놓기 위해서는 여자를 만나러 간다고 했어야만 했다고 했다. J는 이 말을 듣고 씽긋 웃으며

 "왜 데리고 오시지 않고 그랬어요?"

 하고 말했다. 그리고 그녀는 아직 시간이 있으니 식사부터 하는 것이 좋을 거라고 했다. R도 그게 옳을 것 같다고 했다. 그래서 두 사람은 어제 낮에 갔던 백화점의 식당가로 올라갔다.

 식당으로 가는 길에 R은 그녀에게 그녀의 취직은 어떻게 되느냐, 그사이에 무슨 연락이라도 있느냐 하고 물었다. J는 그러한 그의 물음에 대하여 아직은 아무 연락이 없는데 오늘내일 곧 무슨 기별이 있을 거라고 했다. 그리고 R의 그 초조해하는 마음을 달래기 위해서 그렇게 하기라도 하듯 이렇게 덧붙였다.

 "아이, 너무 걱정하지 마세요. 어떻게 되겠지요, 뭐."

 "그렇지만 이제 며칠만 더 있으면 새 학기가 시작되는데 아직도

아무런 결정이 없다니 답답할 수밖에."

이렇게 말하고 난 R은 화제를 바꾸기 위해서 그렇게 하기라도 하듯 그가 어젯밤부터 오늘 오전 내내 함께 지냈던 그의 친구의 삶이며 오늘 낮에 시내에 가서 본 것들에 대하여 이야기했다. 그녀는 별로 말이 없이 듣고만 있었다.

J는 어제 보니 R이 한식을 그다지 즐기지 않는 것 같더라며 오늘은 양식을 먹어보는 것이 어떻겠느냐고 했다. R은 그게 좋을 듯하다고 했다. 그래서 그들은 어제 갔던 집 옆에 있는 양식집으로 갔다.

식사를 기다리면서 R은 그의 친구와 낮에 보고 온 것 중에 인상 깊었던 것들에 대하여 이야기했다. 가령 어느 백화점 엘리베이터에서 제복을 예쁘게 차려입은 얼굴이 종잇장처럼 하이얀 젊은 여자가, 말하자면 엘리베이터 걸이 한 층씩 오를 때마다 아무런 감정이 없는 그야말로 기계적이라고 할 수 있는 목소리로 "이층입니다. 올라갑니다.", "삼층입니다. 올라갑니다." "사층입니다. 올라갑니다." 하고 말하곤 했는데, 그것이 그에게는 아주 인상 깊은 한국의 풍물 중 하나라고 했다. 그는 말하기를 엘리베이터는 단추만 누르면 누구나 쉽게 작동할 수 있고 또 몇 층이냐 하는 것은 문자판을 보면 누구나 알 수 있는데 그 젊고 예쁜 여자가, 밖에 나가서 마음껏 연애나 할 나이에 거기에 붙어 서서 올라갔다 내려갔다 하며 "이층입니다.", "삼층입니다." 하고 별로 필요한 것 같지도 않은 말만 하루 종일 되풀이한다는 것을 생각하니 충격적이었다고 했다. 그리고 그는 덧붙여 그 목소리와 얼굴 모습이 너무나 애잔한 느낌을 주었기 때문에 마음이 아파 그녀에게 단 한 번만이라도 뜨겁게 섹스를 해주어야 하지 않을까 하는 마음이 들 정도였다고 했다. J는 까르르 웃었다. 그러고는 말하기를 R은 늘 여자들은 섹스를 해주기만 하면 위로가 되는 줄로 착각을 하고 있다고 핀잔조로 말했다. R도 씨익 웃었다.

식사가 왔을 때 R은 자신의 능숙한 양식 먹는 솜씨를 뽐내기라도 하듯 거침없이 먹었다. 그녀는 그러한 그를 아무 말 하지 않고 바라보고 있었다. R은 빵이 전혀 맛이 없다고 했다. 그리고 프랑스에서 먹던 빵 맛에 대한 이야기가 오갔다. 식사가 끝난 뒤 R은 보기와는 달리 먹은 것 같지 않다고 했고 J는

"그렇지요? 먹고 나도 허전하지요? 한국에서는 뭘 먹어도 먹고 나면 왠지 허전해요. 아무래도 한국 음식에 무언가 문제가 있는가 봐요."

하고 말했다. 그리고 그들은 J가 처음으로 빠리에 왔을 때 뽕삐두 근처의 어느 식당에 가서 먹었던 식사에 대하여 이야기했다. 잠시 후 그들은 식당에서 나와 아직 시간이 있었으므로 다방으로 갔다.

다방에서 그들이 나눈 대화는 식당에서 나누었던 것들과 유사한 것이었다. 조금 다른 것은 R이 자신은 외국에 나가 박사학위를 따온 사람인데 그가 공부한 전문기술을 가지고 무엇인가를 생산할 수 있도록 최소한 충분히 넓은 공부방 하나는 주어져야 하는데 자신에게 방 하나도 주어지지 않는다는 것은 너무하며 그것은 국가 전체로 보면 손실이라고 말했던 것이다. J는 이따금 보일락 말락 고개를 끄덕거리기도 했다.

그들은 여섯 시 반에 다방에서 나왔다. 왜냐하면 그녀가 R의 짐을 맡겨둔 짐 보관소 아주머니가 일곱 시까지만 문을 열고 일곱 시가 지나면 다음 날 아침 여덟 시에나 짐을 찾아갈 수 있다고 했기 때문에 늦기 전에 짐을 찾고 차표도 사야 했기 때문이었다. R은 그제서야 생각이 났다는 듯이 그동안 짐을 어디다 뒀었느냐고 물었다. 그녀는 차 트렁크 속에다 뒀었다고 했다. 그래서 R은 혹시 그녀의 가족 중 누군가가 그걸 열어보기라도 했다면 어떻게 하려고 그냥 며칠 동안 그걸 차 안에다 뒀었느냐고 물었다. 그녀는 빙그레 웃으며 아무도 열어볼 사람은 없다고 말했다. R은 잘 이해가 되지 않

는다는 얼굴이었지만 더 캐묻지는 않았다.
  R은 대구로 가는 일곱 시 차표를 샀다. 게다가 그것은 막차였다. 차표를 산 그는 J와 함께 그녀가 낮에 짐을 맡겨놓았다는 짐 보관소로 갔다. 그때는 여섯 시 사십오 분이었다.
  짐 보관소에는 그러나 문이 닫힌 채 아무도 없었다. 닫혀 있는 문 위에는 아침 여덟 시부터 저녁 일곱 시까지 문을 연다고 써 붙여놓았고 그 옆에다가는 만약 사람이 없으면 뒤로 돌아가 필름 파는 가게에 가서 문의하라는 내용의 쪽지도 붙어 있었다. 그래서 두 사람은 급히 필름 파는 가게로 갔다. 그러나 필름 파는 가게는 이미 문이 닫혀 있었다. J는 시계를 들여다보면서 다급한 목소리로 말했다.
  "일곱 시까지 오면 된다고 해놓고……."
  그녀의 목소리는 몹시 짜증이 난 사람의 그것이었다.
  "너무 걱정하지 말아라, 아직 시간이 있으니."
  R은 그녀를 달래듯이 말했다. 두 사람은 급한 걸음으로 다시 짐 보관소로 돌아왔다. 그러나 여전히 아무도 없었다. R은 닫혀 있는 문고리를 잡고 돌려보기도 했다. J는 짐 보관소 바로 옆에 있는 인형가게로 가 이제 문을 닫기 위하여 짐을 거두어들이고 있는 인형가게 남자 주인에게 물었다.
  "아저씨! 이 짐 보관소 아줌마 벌써 퇴근했어요?"
  그녀는 몹시 화를 내는 목소리였다.
  "아닐걸요. 그 아줌마 일곱 시에 퇴근하는데……."
  인형가게 주인은 시계를 들여다보고 나서 요 옆을 돌아가면 필름 파는 가게가 있는데 거기 가보라고 했다. 그러자 J의 말하는 어투에 약간 걱정이 됐던지 R이 나서서 말했다.
  "거기도 가봤거든요. 그런데 거기는 이미 문을 닫았더군요."
  그의 목소리는 J의 그것에 비해 대조를 이룬다고 할 만큼 차분하고 공손했다.

"일곱 시까지 오면 된다고 해놓고 이런 법이 어디 있어요? 차 시간은 다 돼가는데!"

J는 인형가게 주인을 꾸짖기라도 하는 듯한 목소리로, 거의 울상이 된 목소리로 소리쳤다. R은 그러한 그녀의 곁에 붙어 서서 염려스러워하는 표정으로 이제 곧 올 테니 걱정하지 말라고 타이르듯 말했다. 인형가게 주인은 차가 몇 시에 출발하느냐고 물었고 다음 차로 바꾸면 안 되느냐고 물었다. 그러자 J는 일곱 시 차가 막차이며 오늘 저녁에 꼭 내려가야 할 급한 일이 있다는 등의 말로 인형가게 주인을 더욱 궁지로 몰아넣었다. 낭패한 표정을 하고 있던 인형가게 주인은 터미널 안 홀을 이리저리 두리번거리고, 시계를 들여다보고 하며, 만약에 오늘 떠나지 못하게 되는 일이 생기면 아마도 차표는 환불될 것이라는 내용의 말을 우물쭈물 궁색하게 했다. R은 J를 한켠으로 약간 끌고 가서 인형가게 주인이 알아들을 수 없을 만큼 낮은 목소리로, 아무 상관도 없는 저 사람을 그렇게 몰아붙이면 어떻게 하느냐, 아직 시간이 남아 있으니 좀 더 침착하게 기다려라, 만약 일곱 시까지 안 오면 내일 내려가면 될 거 아니냐 하고 말했다. 듣고 있던 J는

"오늘 못 내려가면 어떡해요?"

하고 몹시 초조해하는 표정과 목소리로 소리쳤다. R은 다시 인형가게 쪽으로 돌아서서 아무 상관도 없는 그에게 걱정을 끼쳐 미안하다고 했다. 인형가게 주인은 R의 이 말에 오히려 황송한 듯 계면쩍어 하는 웃음을 씨익 웃고는 '손님들'의 사정은 이해가 간다고 말했다. 그리고는 잠시 더 기다려볼 것을 권유했다. R은 잠시 사이를 두고 장사는 잘되느냐고 물었고, 인형가게 주인은 고생만 했지 별반 안 된다고 대답했다. R은 이번에는 J 쪽으로 돌아서서 낮은 목소리로 저 인형가게 부부가 저 많은 인형들을 언제 다 거두어들

이고 집에 돌아가 저녁 식사 준비를 해서 식사를 할까 하고 물었다. J는 대답은 하지 않고 씨익 웃었다. 그리고 그녀는 이제 침착해져서 느긋하게 약 이삼 분간 기다렸다.

잠시 후 인형가게 주인은 홀 저편을 가리키며
"아줌마 저기 있네!"
하고 소리쳤다. R과 J는 돌아보았다. J는 홀 저만치에 허리를 굽힌 채 청소를 하고 있는 육십 대의 여자 쪽으로 급히 달려갔다. 그러고는 무어라고 황급히 말했고, 허리를 구부려 일하고 있던 여인은 당황한 얼굴로 빗자루와 쓰레받기를 내동댕이치고는 이쪽으로 달려왔다. 달려오면서 그녀는 앞치마 주머니에서 열쇠를 찾아 들었다.

R은 그 여인이 열어놓은 좁은 창고 안에서 자신의 트렁크를 발견하고 그걸 들어내어 들고 급히 고속버스 승차장 쪽으로 갔다. 시계는 일곱 시 이 분 전이었다.

"아버님 드릴 시계는 그 큰 트렁크 안에 넣어두었어요."
"응, 알았다. 그리고 네 취직이 확정되거든 전화해 다오."
"예, 알았어요. 언제 서울 올라오실 거예요?"
"아마도 동생 결혼식이 끝난 뒤에나 올 수 있겠지."

이런 대화를 빠르게 나누며 R은 차에 올랐다. 그러나 고속버스는 정작 일곱 시 오 분이 되어서야 출발했다. 차가 출발할 때까지 J는 저만큼 차 앞에 서서 차가 떠날 때까지 기다리고 있었다. R은 차창 안에서 그녀가 볼 수 있도록 손을 내저었다. 그것은 그녀에게 기다리지 말고 그만 돌아가라는 신호 같았다. 그녀는 그 신호를 이해했든지 못했든지 모르지만 아무런 응답이 없이 그 자리에 우두커니 서 있었다. 그러나 차가 출발하려고 후진을 하기 시작했을 때 그녀는 돌아서서 가기 시작했다. 날은 이미 어두워져 있었다.

R은 늦은 밤에서야 대구에 도착했다. 고속버스 하차장에는 자가용 영업을 하는 사람들이 손님을 잡으려고 어두운 길거리에 운집해

있다가 고속버스에서 내리는 사람들을 붙들고 수작을 걸었다. R은 집이 거기서 불과 사백 미터밖에는 안 되었지만 무거운 짐을 들고 질퍽거리는 밤길을 걸어갈 엄두가 나지 않는다는 듯 잠시 생각하다가 어느 운전사와 이천 원에 흥정을 하여 짐을 싣고 집으로 향했다.

R이 문을 열자 첫 번째 방에 이불을 덮고 엎드려 텔레비전을 보고 있던 그의 식구들, 그의 아버지와 어머니 그리고 두 여동생이 일제히 고개를 들었다. 그들은 모두 일어나 앉았다. 방이 너무 좁기 때문에 그들이 덮고 있는 이불은 방바닥 전체를 덮고 있었다. R은 들고 들어온 무거운 트렁크를 문켠, 말하자면 냉장고처럼 생긴 쌀통에 기대어놓고 가족들이 덮고 있던 두꺼운 이불 위에 앉았다. 첫 번째 방에서 일어나는 일련의 소요를 들은 R의 아내가 사잇문을 열고 첫 번째 방으로 빼끔히 얼굴을 내밀며

"왔어예?"

하고 R을 향하여 말했다. 그녀는 이불의 한 자락을 밀치며 사잇문을 열고 첫 번째 방으로 건너와 앉으며 저녁밥은 어떻게 했느냐고 물었다. R은 먹었다고 했다.

잠시 황망히 앉았다가 R은 트렁크를 열어 우선 그의 아버지의 선물을 꺼냈다. 그의 아버지는 꾸러미 속에 든 회중시계를 꺼내어 뚜껑을 열어보고 닫아보고 했다. 그리고 그는 말하기를 일정시대에는 이런 회중시계를 조끼 주머니에 넣고 다니는 사람이 일 개 면에서도 하나 있을까 말까였다고 했다. R의 어머니는 아무리 돈이 없더라도 아이들의 선물은 사 오지 않고 그랬느냐고 했다. 그녀는 아마도 그녀의 며느리 보기가 미안해서 마음에도 없는 말을 그냥 하는 듯했다. R은 말하기를 살 만한 것이 없더라고 했다.

R은 잠시 머뭇거리다가 그의 트렁크를 열어 그 속에 든 것들을 모두 꺼냈다.

그 속에 든 것은 컴퓨터 단말기와 자판과 모니터와 인쇄기, 그 밖

에 몇 통의 컴퓨터 디스켓과 책 몇 권 그리고 헌 옷 몇 가지와 속옷 몇 벌 그리고 양말 몇 켤레였다. R의 여동생들이 R이 꺼내놓은 컴퓨터가 어디에 쓰는 거냐고 물었다. R은 설명을 해서는 이해할 수 없다고 하며 이불 위에다 단말기를 놓고 그 위에 모니터를 얹고 그것 사이의 전선을 연결하고 그리고 자판을 단말기에 연결시키고, 텔레비전에 연결되어 있는 전선을 빼고 거기다 컴퓨터 전원선을 연결시켰다. 그리고 그는 컴퓨터 스위치를 올렸다. 잠시 후 단말기가 작동되는 소리가 났다. 그러나 모니터는 밝아지지 않았다. 왜냐하면 그의 모니터는 단말기와는 달리 백 볼트와 이백이십 볼트 겸용이 아니라 오직 이백이십 볼트에만 작동되는 것이었기 때문이었다. R은 결국 그의 가족들의 호기심을 채워주는 데 실패하고 스위치를 도로 내리고 전선들을 뺐다. 그러고는 잠시 방 안을 둘러보다가 일어나 인쇄기는 들어다 서랍장 위 전화통 옆에 얹어놓고 단말기와 모니터와 자판은 두 번째 방에 있는 책상 위에다 갖다 놓기 위하여 방 안 가득히 깔려 있는 이불 위를 밟고 가 사잇문을 열었다. 두 번째 방에는 아이들이 자고 있었고 경대와 보르네오 옷장 사이로 이부자리가 깔려 있었고 두 개의 베개가 경대 밑에 나란히 놓여 있었다.

R은 단말기와 모니터 그리고 자판을 두 번째 방 책상 위에 쌓아두고 첫 번째 방으로 도로 건너와 빈 트렁크를 접어 고동색 옷장 위에 얹었다. 그사이에 R의 어머니는 R의 트렁크에서 나온 헌 옷가지들을 챙겼고 R의 아내는 그것을 받아 두 번째 방으로 가지고 갔다. 이제 남은 것은 몇 권의 책뿐이었다. R은 그것들을 챙겨서 검은 바탕에 자개가 박힌 찬장의 유리문 앞, 그러니까 찬장의 상반부와 하반부 사이의 너비 십오 센티가량의 공간에다 쌓아 올렸다.

이제 모든 일은 끝났다. R은 첫 번째 방에 깔려 있는 이불 위에 앉은 채 양말을 벗어 텔레비전 옆에 던져두고 텔레비전을 멍하니 보다가 자정이 다 되어 두 번째 방으로 건너갔다. 그러나 그가 두 번째 방으로 건너가려고 사잇문을 당겼을 때 사잇문은 열리지 않았다. 그사이에 이미 두 번째 방으로 건너간 R의 아내가 문을 걸어 잠근 것이었다. R은 두어 번 문을 두들겼다. 잠시 후 R의 아내는 문을 열어주었다. 두 번째 방으로 건너온 R은 머리를 책장 쪽으로 하고 다리를 보르네오 옷장 쪽으로 가도록 하고 누웠다.

"불 끄까예?"

R의 아내가 물었다.

"응."

R이 대답했다. R의 아내는 불을 껐다. 그리고 자리에 누웠다. 어둠 속에서 R은 담배를 피워 물었다. 담배를 태우며 그는 그의 아내에게 어제와 오늘도 꽃집에 나갔었느냐고 물었다. R의 아내는 그렇다고 대답했다. R은 다시 장사는 잘되더냐고 물었다. R의 아내는 그저 그렇더라고 대답하고 나서 그 꽃가게는 그녀 자신의 것이 아니라 그녀의 친정아버지의 것이고, 그녀는 다만 도와주고 있는 셈이라고 했다. R은 알고 있다고 말하고 나서 그것이 누구의 것이든 장사가 잘되었느냐 어떠냐 하고 물어볼 수도 있는 일이 아니냐고 했다. 그리고 덧붙여 말하기를 요즈음은 계절이 영 꽃이 많이 팔릴 때는 아닌 것 같다고 했다. 그러자 R의 아내는 요새는 오히려 각급 학교 졸업식이 한창이기 때문에 꽃이 잘 나가는 철이라고 했다. 그리고 한참 후 그녀는 그녀의 친정아버지가 그 꽃가게를 이제 와서 팔자니 아깝고 그냥 두자니 장사할 사람이 없고 해서 몹시 난처해한다고 했다. 듣고 있던 R은 굳이 팔 거야 뭐 있겠느냐고 했다. 그리고 잠시 후 담배 한 대를 다 태운 뒤 책상 밑에 코를 박듯이 하며 돌아누웠다. 그가 돌아눕는 순간 그의 아내의 한숨 소리가 그의 등 뒤에서 들려왔다. 약 삼 분쯤 후 그녀는 단호하게 이불을 걷어 젖히고 자리에서 일어나는 기척이 났고 부엌으로 통하는 사잇문을 열고 밖으로 나가는 기척이 났다. 다시 약 삼 분쯤 지났을 때 그녀가 방으로 들어오

는 기척이 났다. 그리고 그녀는 다시 R의 등 뒤에 누웠다. R은 그때까지 꼼짝도 하지 않았다. 잠시 후 R은 잠들었다. 이튿날 아침 여섯 시 반, 대구의 찬가에 잠을 깼다. 그리고 그는 변소로 갔다.

 R의 가족들은 아침에 일찍 일어난다. 제일 먼저 잠에서 깨어나는 사람은 R의 늙은 아버지와 어머니다. 그들이 잠에서 깨어나는 시간은 세 시 반이다. 세 시 반에 일어난 R의 아버지는 머리맡에 놓인 담뱃갑에서 담배 한 대를 꺼내어 피운다. 그러고는 쿨룩쿨룩 마른기침을 하며 밖으로 나간다. R의 어머니도 함께 나간다. 그리고 커다란 대나무 광주리에다 전날 저녁 변소 뒤편 수돗가에 차곡차곡 쌓아두었던 시금치단들을 한 손에 두 단씩 갖다 담는다. R의 어머니는 시금치단 무더기에서 한 번에 두 단씩 떼어내어 일단 수돗물에 적셨다가 R의 아버지의 손으로 넘겨준다. R의 아버지는 R의 어머니의 손에서 건네받은, 물에 갓 축인 시금치단을 대나무 광주리 밑바닥에서부터 차곡차곡 담는다. R의 아버지는 R의 어머니의 손에서 물이 주르르 흐르는 시금치단을 건네받을 때마다 "……열서이, 열너이, 열다써, 열여써, 열입굽, 열여덟, 열아홉, 스물……." 하고 헤아린다. 그러나 그의 목소리는 그리 크지 않다. 왜냐하면 한 집에 다른 사람들이 함께 세 들어 살기 때문이다. 게다가 수도꼭지에서 흘러나오는 물소리가 한데 어우러져 있기 때문에 방 안에서 선잠을 깬 채 누워 듣노라면 R의 아버지의 시금치단 헤아리는 소리는 마치 비 오는 소리 같기도 하고 또 염불하는 소리 같기도 한데 물론 그것은 듣는 사람에 따라 다르게 들린다고 봐야 할 일이다. R의 아버지는 '열', '스물', '서른', '마흔' 등 열 단위를 말할 때는 다소 힘을 주어 말한다. R의 아버지의 수 헤아리기는 보통 백이나 백이십 정도에서 끝난다. 그때 R의 어머니가 어둠 속에서 말한다.

 "오늘은 몇 단인가요?"

R의 아버지의 목소리가 대답한다.
"두 접 수무닷 단이다."
그리고 R의 아버지는 몇 번 헛기침을 한다. 잠시 후 대문 열리는 소리가 나고 "끙끙." 무거운 짐을 들어 옮기느라고 애쓰는 소리가 난다. 그들은 젖은 시금치단들로 가득 찬 커다란 대나무 광주리를 골목 밖 공터의 말뚝에 매어둔 리어카에 갖다 싣는다. 그리고 밧줄을 이리저리 얽어매고 어둠 속으로 새벽 채소시장을 향한다.

일이 바쁠 때나 혹은 시금치단이 그다지 많지 않을 때에는 R의 아버지 혼자 간다. 그러면 R의 어머니는 강 건너에 있는 밭으로 가거나 직장에 가야 할 딸들의 아침 식사를 준비한다. 시장에 내어갈 채소가 없는 철에도 R의 아버지와 어머니는 오랜 습관 때문에 일찍 일어난다. 그러나 비닐을 덮어서 짓는 농사이기 때문에 철이라는 것이 뚜렷하지는 않다.

R의 여동생들은 대부분 일곱 시까지 잔다. 그들은 일곱 시에 일어나 변소엘 갔다가 부엌에 가 세수를 하고 머리를 빗고 아침밥을 먹고 그리고 직장에 간다. 그러나 그녀들은 좀 더 일찍 일어나야 할 때도 있다. 가령 R의 아버지가 몸이 아파서 일어나지 못하는 날은 R의 어머니가 그녀들 중 하나를 흔들어 깨운다. 그러면 일어나 R의 아버지 대신에 시금치단이 든 광주리를 실은 리어카를 끌고 새벽장에 가 팔고 돌아와 급히 머리빗질을 하고 아침밥도 먹지 못한 채 회사 봉고차가 기다리는 굴다리 건너편으로 달려가야 한다. 물론 그런 일은 그리 흔치는 않다. 그렇기는 하지만 지난해 가을부터는 그런 일이 잦다.

그녀들이 일찍 일어나야 하는 또 다른 경우는 흔히 농번기에 있는 일이다.(물론 농번기라는 것도 전통적인 의미에서의 그것과는 다르다. 여기서 농번기라 하는 것은 파종 때와 그리고 급히 많은 채소들을 묶어내야 하는 때를 말한다.) R의 어머니가 새벽같이 강 건너 밭으로 가야만 할 때에는 그녀들은 적어도 여섯 시에는 일어나 그녀 어머니 대신에 밥을 지어 먹고 여덟 시나 아홉 시, 또 때로는 채소가 잘 팔리지 않아 열 시나 열한 시가 되어서야 빈 리어카를 끌고 돌아올 R의 아버지의 아침밥상을 차려두어야 한다.

물론 그녀들 중 누가 야근을 할 때에는 예외가 된다. 야근을 하고 돌아와 낮에 자는 사람은 앞에서 말한 것이 전혀 적용되지 않았다. 그러나 다행히도 이태 전부터 R의 여동생들 중에는 아무도 야근을 하지는 않는다. 왜냐하면 R의 둘째 동생, 그러니까 며칠 후에 시집을 갈 여동생은 이 년 전부터 주간에만 일하는 공장엘 들어갔기 때문이다. 게다가 몇 주일 전부터 그녀는 공장생활을 작파하고 집에서 쉰다. 그리고 막내 동생은 그녀의 언니들과는 달리 상업고등학교를 나왔기 때문에 경리로 일한다. 그래서 그녀는 처음부터 야근이라고는 모른다. 그렇기 때문에 R의 아버지가 몸이 아파 새벽장에 나갈 수 없을 때나 그 밖의 이유로 해서 자고 있는 R의 여동생들 중 하나를 흔들어 깨워야 할 때에는 R의 어머니는 흔히 막내를 택한다. 그러나 몇 년 전, R의 큰 여동생, 그러니까 지금 마산에 살고 있는 여동생이 시집가기 전에는 R의 두 여동생, 그러니까 첫째와 둘째 여동생이 모두 주야 교대로 일했다. 물론 R의 누나가 시집가기 전에도 그랬다.

R이 대구의 찬가에 잠에서 깨어 담뱃갑과 라이터를 주머니에 넣고 첫 번째 방으로 건너가 서랍장 위에 얹힌 휴지를 둘둘 풀어 떼어들고 두툼한 솜이불 위를 밟고 가 첫 번째 방문을 열고 변소로 가던 날에도 R의 아버지와 어머니는 이미 잠자리에 없고 R의 여동생들만 아직 자고 있었다. 이제 R의 아내가 며칠 전, R이 돌아온 날부터 두 아이들과 함께 집으로 들어왔기 때문에 그녀들은 비록 아버지와 어머니가 새벽장엘 나갔다고 해도 아침밥 준비를 염려하지 않아도

되기 때문일 것이다.

변소는 수세식이다. 그러나 좌변기는 아니었다. R은 변소에 쪼그리고 앉아 담배를 피웠다. 그러나 담배 한 대를 다 태우기도 전에 밖에서 누가 문 두드리는 소리가 났다. R은 피우던 담배를 변기 속으로 빠뜨려 넣고 급히 밑을 닦고 일어나 그의 머리 위에 매달린 손잡이를 당겼다. 요란하게 물 흐르는 소리가 나면서 몇 방울의 물이 그의 눈두덩과 콧잔등 그리고 입술 언저리에 떨어졌다. 그는 손등으로 얼굴 위에 떨어진 물방울을 닦으며 허리를 굽혀 변기 안을 내려다보았다. 변기 안의 내용물은 흘러 내려가지 않고 물만 흐르고 있었다. 그는 손잡이를 다시 한 번 당겨보았지만 마찬가지였다. 그는 변소 문을 열고 변소에서 나왔다. 이 집에 함께 세 들어 사는 사람으로 보이는 사십 대 남자 하나가 변소 밖에서 서성거리고 있다가 R이 나오자 어깨를 스치듯이 하며 방금 R이 나온 변소 안으로 들어갔다. 그는 R과 얼굴이 마주쳤을 때 목례를 하거나 미소를 지어 보이지도 않았다. 그는 무표정했다. R은 변소 뒤, 이층으로 올라가는 계단 밑에 있는 수도를 틀어 손을 씻었다. 그리고 첫 번째 방문을 열었다. 첫 번째 방에는 그사이에 R의 여동생들이 일어나 이부자리를 개고 있었다. 이불을 개고 있던 R의 둘째 여동생은 R이 들어오는 것을 보고 변소엘 갔다 오느냐고 물었다. R은 그렇다고 했다. 그러자 그녀는 그럼 변기 속의 대변은 흘려 내렸느냐고 물었다. R은 물을 흘려 내렸지만 그것은 흘러가지 않고 그대로 있더라고 했다. 그러자 그녀는 그 변기는 설치할 때 앞으로 경사지게 하지 않아서 아무리 물을 흘려보내도 대변은 씻겨 내려가지 않는다고 했다. 그래서 매번 대변을 보고 나면 변소 귀퉁이에 세워놓은 나무작대기로 그걸 밀어내야 한다고 했다.

"그렇다면 그게 어디 수세식이냐?"

R은 이렇게 말하고 난 뒤

"하긴 그것도 수세식이긴 수세식이다. 손 수자 수세식."
하고 덧붙였다. 그러자 R의 둘째 여동생은 와르르 웃었다. 그때까지 잠이 덜 깬 눈으로 방바닥에 멍청히 앉아 있던 R의 막내 여동생도 깔깔깔 웃었다. R은 손을 닦을 수건을 찾느라고 잠시 두리번거리다가 두 번째 방으로 건너갔다. 두 번째 방에는 두 아이가 아직도 무질서하게 누워 자고 있었다. R은 이제 물기가 거의 다 말라버린 두 손을 바지에 쓱쓱 문지르고 담배 한 대를 꺼내 피웠다. 그 사이에 이불을 다 갠 R의 둘째 여동생이 두 번째 방으로 건너와 부엌으로 통하는 사잇문을 열고 부엌으로 나갔다. 아마도 아침밥을 준비하고 있는 R의 아내를 돕기 위해서인 듯했다.

그날부터 약 일주일 동안 R의 집안은 R의 둘째 여동생 결혼식 때문에 몹시 바빴다.
R의 아버지는 주로 돈을 맡아놓고 있다가 필요하다고 하면 내어주곤 했다. 그는 돈을 내어줄 때마다 그의 늙은 아내에게 돈을 아껴써야 한다고 주의를 주곤 했다. 그러나 R의 어머니는 그 돈이 모두 딸들이 번 것인데 그녀들이 시집갈 때 남들만큼은 못해 주더라도 되는 데까지는 힘껏 해줘야 할 것 아니냐고 했다. R의 아버지는 그게 누가 벌었거나 헛되이 돈을 쓰는 것은 옳지 않다고 했다. 게다가 그는 말하기를 R이 이제 돌아왔으니 장차 서울이나 그 밖의 어느 다른 도시에 취직이 되어 가게 되면 당장 셋방이라도 하나 얻어줘야 할 것 아니냐고 했다. 옆에서 듣고 있던 R은 그가 지금까지 대학을 나오고 유학을 하고 하는 동안 너무나 부모와 누이들의 신세를 많이 졌는데 이젠 공부를 다 마쳤으니 일 원 한 푼도 더 이상 집엣돈을 가져갈 생각을 할 수 없으며 만약 취직이 되어 다른 도시에 가게 된다 할지라도 다리 밑에서 자는 한이 있어도 셋방을 얻겠다고 돈을 달라고 하지는 않을 테니 염려하지 말라고 했다. 옆에서 듣고

있던 R의 아내는 아무 말 하지 않았다.
 R의 막내 여동생은 결혼식 당일을 제외하고는 그 전날까지도 직장엘 나갔다. 그러나 그녀는 저녁에 집에 돌아오면 그녀의 아버지와 그날 쓴 돈을 회계하느라고 바빴다. 알고 보니 이번 결혼식에 드는 모든 비용은 그동안 그녀가 벌어 모은 돈이었다. 물론 며칠 후에 시집을 가는 R의 둘째 여동생 자신도 그동안 벌긴 했지만 그녀가 번 것은 그동안 살아오는 데 썼고 그리고 R의 학비를 보내는 데 보태어졌던 것이다. 그래서 그녀는 십여 년 동안 일을 했지만 막상 시집갈 때가 되었을 때에는 한 푼도 없었던 것이다. 그래서 이번 결혼식에 드는 비용은 모두 그녀의 동생이 부담할 수밖에 없었던 것이다. R의 막내 여동생은 저녁때가 되면 어디서 가져오는지는 몰라도 한 무더기의 돈을 헤아려 그녀의 아버지에게 건네주곤 했다.
 R의 어머니와 둘째 여동생은 혼수를 사러 다니느라고 바빴다. 그녀들은 한복지는 모두 큰 시장에 있는 R의 아내의 친정어머니네 포목점에서 샀다. 이 일을 위해서 R의 아내가 따라가기도 했다.
 R의 아내는 특히 R의 여동생이 양장을 사거나 맞추는 데는 반드시 따라다녔다. 왜냐하면 R의 어머니와 여동생은 R의 아내야말로 그 분야에는 안목이 있다고 믿고 있었기 때문이었다.
 R은 그러나 일머리를 모르기 때문에 그 바쁘게 돌아가는 일에 끼어들 엄두도 낼 수 없었고 또 끼어들려 하지도 않았다. 그러면서도 그는 집안일에 전혀 참견하지 않으려고 했던 당초의 생각과는 달리 단 한 번만은 끼어들었다. 그것은 R의 둘째 여동생과 R의 아내가 함께 가 가구를 사서 저쪽(R의 둘째 여동생이 시집가는 집)으로 미리 보내고 돌아온 날이었다.
 R의 둘째 여동생은 처음에는 그녀의 어머니와 함께 다니며 물건을 샀는데 나중에는 R의 아내와 다니기를 더 좋아하게 되었다. 왜냐하면 R의 둘째 여동생 자신의 말에 따르면 어머니와 함께 다니면 늘

돈을 아끼느라고 싼 물건만 찾는데 '올케는 눈이 높아서' 모든 걸 비싼 걸로 사라고 한다는 것이다. 가구를 사던 날도 그랬다.
 그런데 문제는 가구점에 간 R의 아내가 집(말하자면 R의 아버지와 어머니, 그리고 막내 여동생)에서 예상했던 것보다 훨씬 값비싼 옷장과 경대를 사라고 강력히 권유했고 그 권유에 따라 R의 여동생은 큰마음 먹고 그만 그걸 사기로 해버린 데에 있었다. R의 아내는 기분 좋게 돈을 헤아려 지불했고 두 사람은 기분 좋게 집으로 돌아왔다. 그런데 R의 아내가 지불한 가구 값을 들은 R의 아버지와 어머니는 처음에는 몹시 당황했다. 그러나 이미 지나간 일을 가지고 누굴 나무랄 수도 없었다. 나무라기는커녕 두 노인은 그들의 며느리가 시누이 결혼에 돈을 아끼지 않고 후하게 해주는 데 오히려 감동을 했다.
 "다른 집에서는 며느리가 시누이 결혼 때 조금이라도 덜 해줄려고 해서 큰일 때 싸움이 나기도 한다는데 우리 집은 그 반대다."
 R의 아버지와 어머니는 번갈아 가며 몇 번이나 이 말을 되뇌었다. 그렇게 말을 하면서도 두 사람은 모두 생각지도 않게 지출되어 버린 금액에 내심으로는 당황하고 있었음에 틀림없었다. 왜냐하면 R의 어머니는 반농담 반진담으로,
 "쟤들이 장에 가면 물건을 좋은 걸 사서 좋기는 좋은데 돈을 너무 써서 그게 탈이지."
 하고 말하기도 했기 때문이다. 그때까지 가족들이 하는 일에 전혀 간섭하지 않던 R이 그때서야 끼었던 것이다.
 "대체 어떤 가구를 샀는데?"
 R이 이렇게 묻자 R의 아내는 가구점에서 가져온 카탈로그를 보여주었다. 그리고 그녀들이 사서 보낸 옷장과 경대와 똑같은 모델의 사진을 손가락으로 가리켜 보였다. 한참 그 카탈로그의 사진들을 들여다보고 있던 R은 갑자기 근심스러운 얼굴이 되었다. 그리고 그의

아내가 없는 틈을 타서 그의 아버지에게 엄밀한 목소리로 말했다.
"아버지, 이제 다시는 영아 엄마한테 돈을 맡기지 마세요."
R의 아버지는 R의 이 말에 몹시 민망스러워하는 얼굴을 하며 어떻게 대답해야 할지를 몰라 하고 있었다. 그래서 R은 급히 설명했다.
"영아 엄마는 자기와 똑같이 불행한 여자가 내 여동생 중에 하나 나오기를 바라고 있는 거예요."
R의 아버지는 몹시 의아해하는 얼굴로 그를 쳐다보았다. 곁에 앉았던 R의 어머니는 아들에게 무슨 말을 그렇게 하느냐고 나무랐다. 그러나 R은 개의치 않고 심각한 표정으로 계속했다.
"지금 저는 가구 값이 너무 비싸서 하는 말이 아니에요. 제가 하는 말은 다만 이렇게 덩치가 큰 옷장과 경대를 샀다는 점이에요. 저쪽에도 집이 없어 셋방살이를 한다는데 이렇게 큰 가구를 갖고 가면 이걸 어떻게 하겠어요? 필시 가구가 방의 반 이상을 차지하고 사람은 손바닥만 한 방바닥에 웅크리고 앉아 살아야 하겠지요. 제가 결혼을 해서 서울 신당동 산꼭대기 판잣집에 살 때 보세요. 내가 그만큼 사 오지 말라고 애원을 했지만 기어이 저 큰 보르네오 옷장과 경대를 사 왔어요. 저런 것들 때문에 살아가면서 사람이 얼마나 치이는가 하는 것을 한국 사람들은 모르고 있어요. 물론 습관이 되니까 그렇겠지요."
R의 아버지는 R의 말에 수긍했다. R은 계속했다.
"제가 돈이 아까워서 하는 말이 아니에요. 순자의 시집도 집이 없어 셋방에 살고 있다는 사실을 뻔히 알면서도 이렇게 엄청나게 큰 옷장과 경대를 사 보냈다는 것은 도무지 이해가 가지 않아요. 나는 영아 엄마가 한 일이 도무지 선의로 보여지지가 않아요."
R은 약간 흥분된 목소리로 말했다. R의 어머니는 R을 가로막으며 그래도 다른 집 며느리처럼 시누이 결혼에 적게 해주려고 하는 것보다는 낫지 않느냐고 했다.

"홍, 자기 돈 아닌 걸 가지고 다니며 기분 좋게 빼주면서 쓰는 건 나도 하겠다. 만약 그 돈을 자기가 벌었다면 달라질 거예요."

"누가 벌었든 간에 그렇지."

R의 어머니가 R의 말을 저지하려는 듯이 이렇게 말했다. R은 그러나 계속했다.

"영아 엄마가 시집올 때 저 일제 코끼리 전기밥통을 사 가지고 왔는데 결혼한 얼마 뒤에 장인 장모가 올라와서 일제 코끼리 전기밥통은 아껴야 한다고 하면서 기어이 국산으로 또 하나를 더 사주고 갔어요. 코끼리 전기밥통은 닦아서 소중하게 보관해 둔 지가 지금까지 팔 년이 됐어요. 이젠 압력밥솥이 나와서 저건 못 쓰게 되었지요."

R의 아버지와 어머니는 고개를 끄덕였다. R은 계속했다.

"영아 엄마는 내 책을 갖다 내버리는 한이 있어도 제 경대나 코끼리 전기밥통은 내다 버리지 않을 거예요. 방이 복잡해서 내가 새우처럼 웅크리고 자더라도 코끼리 전기밥통만 있으면 행복할 여자예요. 그런 거 때문에 싸우기도 많이 싸웠지요. 그러나 안 돼요. 절대로 제 물건은 양보하지 않아요. 그런 문제 때문에 우리가 하도 많이 싸웠기 때문에 일종의 반발심에서 순자한테도 이렇게 마구 아무 거나 사라고 하는 거예요."

"그렇지만 여자들은 다 그렇다."

R의 어머니가 말했다.

"아무리 여자들이 다 그렇다고는 하지만 영아 엄마는 해도 너무 해요. 내가 박사가 되어 돌아왔는데도 공부방 하나 없다는 걸 알지만 저 여자는 절대로 자기의 저 헌 경대는 버리지 못할 거예요. 그런 것 때문에 가장 소중한 것, 제 남편의 마음을 잃어버리는 줄은 모르지요."

그러나 그 문제에 대하여 R은 그 정도에서 물러서지 않으면 안 되었다. 왜냐하면 그녀의 어머니가 큰일을 앞두고 제발 시끄럽게 하지 말라고 애원하다시피 했기 때문이었다.
 R은 그의 둘째 여동생에게 그녀가 시집을 가는데 오빠로서 조그마한 선물도 하나 해주지 못해서 미안하다고 했다. R의 둘째 여동생은 오빠는 이제서야 공부를 마치고 돌아왔기 때문에 돈이 없는 것이 당연하고 따라서 선물 같은 것은 생각도 하지 않는다고 말하며 아무런 부담을 갖지 말라고 했다. R의 아내는 시누이의 결혼식에 선물로 신부가 예식장에서 드는 꽃다발 하나를 꽃집에서 만들어 주기로 했다.
 결혼식을 이틀 앞둔 날부터 가까운 친척들이 몰려들기 시작했다. 그리하여 R의 집 첫 번째 방과 두 번째 방에는 밤낮으로 사람들로 터져 나가는 듯했다. 결혼식 당일에는 이층에 사는 주인집 방 하나를 빌려두었지만 그것으로도 전혀 충분하지가 않았다.
 결혼식이 있던 날 오후에는 J에게서부터 전화가 걸려왔다. 그때 마침 R은 이층에 가 있었다. 그런데 누가 올라와 전화가 왔다고 그에게 전하였다. 그래서 R은 급히 내려갔다. R의 아내가 수화기를 들고 서서 R을 기다리고 있다가 건네주었다.
 J는 우선 전화를 하기가 왜 그렇게 까다로우냐고 하면서 몇 사람을 거쳐서야 비로소 통화를 한다고 했다. 그리고 그녀는 묻기를 지금 뭐 하느냐고 했다.
 "응, 지금 정신이 하나도 없어. 집에는 손님들로 가득해."
 그는 그의 등 뒤에 그의 아내가 버티고 서 있었지만 거침없이 이렇게 말했다. 그리고 계속하여
 "그런데 네 취직은 어떻게 됐니?"
 하고 물었다.
 "안 됐어요."
 "뭐라고?"
 "예, 그렇게 됐어요."

"알았다. 너무 걱정하지는 말아라. 어떻게 되겠지."

그 밖에도 그는 잠시 더 수화기에다 대고 무어라고 이야기를 더 하다가 다소 침통한 얼굴로 수화기를 내려놓고 돌아섰다.

"누구라예?"

그의 등 뒤에 기다리고 서서 R이 전화통에다 대고 하는 말을 듣고 있었던 그의 아내가 물었다. 그러자 R은 다소 화가 난 목소리로

"그런 건 왜 묻냐?"

하고 말하고 방을 나와 이층으로 올라갔다. 잠시 후 R의 어머니가 뒤따라 이층으로 올라와 다소 걱정스러운 얼굴로 아까 전화했던 여자가 누구냐고 물었다. R은 심드렁한 표정으로 아는 사람이라고 했다.

잔치의 마지막 날 밤, 그러니까 신랑 신부가 신혼여행을 다녀온 뒤 R의 집에서 하룻밤 자고 가던 날은 신방을 차려줘야 했기 때문에 R과 R의 매형과 마산에서 온 R의 첫 번째 여동생의 남편과 R의 딸, 이렇게 네 사람은 결국 시외버스 정류장 뒤편에 있는 여관에 가서 하룻밤 자고 와야 했다. 그 이튿날 R의 둘째 여동생은 그의 신랑과 함께 시집으로 가고 다른 손님들도 모두 떠나고 그리하여 잔치는 모두 끝났다. 잔치가 끝난 뒤 R과 R의 어머니와 아버지 그리고 R의 막내 여동생은 한차례 울었다.

"여보세요, J 교수님 좀 바꿔주시겠습니까?"

R은 서랍장 위에 얹힌 전화 수화기를 들고 서서 말했다. R의 아버지는 그의 뒤편 텔레비전 앞에 앉았다가 텔레비전을 끄고 일어나 밖으로 나갔다. 변소라도 가는 듯했다. R은 말했다.

"응, 난데……."

이렇게 말한 그는 계속하여

"그래, 그동안 정신이 하나도 없었다. 오늘에사 한가해졌다."

"응, 그런데 네 취직은 결국 안 되는 거냐?"
"허, 거참!"
"할 수 없지. 너무 상심하지 말아라!"
"나 A 교수를 한번 만나볼까 하여 서울엘 올라갈까 해."
"지금 출발할 거야?"
"응, 그렇게 할래?"
"그래, 알았다. 그럼, 전화 끊는다."

하고 사이를 두고 말하고 수화기를 내려놓았다. 그리고 첫 번째 방의 옷걸이에 걸린 바지를 벗겨 갈아입고 두 번째 방으로 건너가 두 번째 방 옷걸이에 걸린 그의 윗도리를 벗겨 들고 이내 첫 번째 방으로 건너왔다. 그사이에 R의 아버지는 방에 들어와 텔레비전 앞에 쪼그리고 앉아 있었다. R이 첫 번째 방의 고동색 옷장의 오른쪽 문을 열고 양말이 든 바구니에서 양말 하나를 골라 거기에 발을 끼워 넣고 있을 때 R의 아버지는 그의 등에다 대고 물었다.

"그런 사람들은 다 집이 있제?"

R은 잠시 그의 아버지가 무슨 말을 하는지 모르겠다는 듯이 그의 아버지 쪽을 돌아보고는

"누구 말입니까?"

하고 물었다. 그리고 다음 순간 그가 아까 전화를 할 때 'J 교수님'이라고 말했던 것을 그의 아버지가 들었다는 사실을 깨달은 듯

"그렇겠지요."

하고 말하고는 일어나 문을 열고 나와 문밖에 있는 그의 구두를 신었다.

그는 그의 아버지에게 서울엘 좀 다녀와야겠다고 하고 집을 나와 서울로 가는 고속버스를 탔다.

천안을 지날 때부터 고속도로는 심하게 붐비기 시작했다. 그리하여 R은 당초에 예상했던 것보다 거의 한 시간이나 늦어져서야 서

울에 도착했다.

　서울에 도착했을 때 J는 출구 앞에 서서 기다리고 있었다. R은 그녀에게 잠시 기다려달라고 하고 우선 급히 변소부터 다녀왔다.

　"많이 기다렸지?"

　변소에서 나온 R은 이렇게 말하고 늦어진 것에 대하여 변명을 하기라도 하듯, 그러나 화를 내는 듯한 목소리로 덧붙였다.

　"오 년 반 사이에 대중교통은 더 느려졌구먼. 대구에서 서울까지 전에는 네 시간이 채 걸리지 않았는데 지금은 거의 다섯 시간이나 걸렸어."

　J는 아무 말 하지 않았다.

　"네 취직은 왜 안 된다는 거냐?"

　R은 누구에게랄 것도 없이 몹시 흥분한 목소리로 이렇게 버럭 소리를 질렀다.

　"그렇게 됐어요."

　J는 의기소침한, 그러면서도 겉으로는 그것을 드러내지 않으려고 헛되이 애쓸 때 나타내게 되는 다소는 흐트러진 표정이었다.

　"젠장맞을! 젠장맞을!"

　R은 다소 허둥대는 걸음으로 터미널 앞 광장을 어디랄 것도 없이 급히 가려고 했다.

　"저기 차를 세워뒀으니 차를 타고 가요."

　J는 R의 등 뒤에서 이렇게 말했다. R은 가려던 걸음을 멈추고 돌아섰다. 그리고 아무 말 하지 않고 그녀를 따라 주차장에 주차해 있는 차들 사이를 지나 그녀의 차가 세워져 있는 데로 갔다.

　"어디 좀 조용한 데로 가자."

　차에 올라앉은 뒤에도 R은 여전히 흥분이 가라앉지 않은 목소리로 말했다.

　"그렇게 해요."

J는 이렇게 말하며 안경을 꺼내어 쓰고 안전벨트를 질러 맸다. 그러고는 시동을 걸기 전에,

"그런데 어디로 가지? 어디가 좋을까?"

하고 혼잣말처럼 중얼거렸다. R은 아무 말 하지 않고 그녀가 스스로 결정을 내릴 때까지 기다렸다. 그녀는 잠시 생각한 뒤에 말했다.

"한강 가엘 가볼까요? 한강은 그사이에 잘 정리해 놨어요."

R은 거기에 가는 것을 전혀 달가워하지 않는 표정이었으나

"아무 데로나 네가 아는 조용한 데로 가자. 가서 어떻게 됐는지 이야길 좀 들어봐야겠다."

하고 재촉하듯 말했다.

"그럼 한강에 가보기로 해요."

J는 이렇게 말하고 차를 출발시켰다.

"글쎄, 제 서류는 올리지도 않았대요."

한강을 향해 가면서 J가 말했다.

"그걸 어떻게 아니?"

R이 물었다.

"학교 기획실에 아는 사람이 있는데 그 사람이 제게 그러데요."

"메흐드! 메흐드!"

"서류를 올리면 제가 될 게 뻔하니까 그렇게 미리 밑에서 커트해 버린 거지요."

"그렇겠지."

J는 강변도로 밑으로 난 지하통로 앞에서 차를 세웠다.

"여기서 내려야 해요. 저 안에는 차가 들어갈 수 없을 거예요."

두 사람은 차에서 내렸다. 그리고 마치 터널처럼 생긴 지하통로로 해서 한강 가로 갔다. 그러나 거기는 전혀 조용하다고 할 수는 없었다. 물론 시민 휴식공간이라고 하여 만들어놓은 강가의 널따란 평지에는 사람이라고는 별로 눈에 띄지 않았다. 그러나 거기에서

보면 사방에, 그러니까 강 이쪽저쪽에 보이는 강변도로와 저만치 강 상류 쪽과 하류 쪽에 있는 다리 위로 차들이 줄을 지어 질주하고 있어서, 사방에서 들려오는 웅장한 소음으로 인하여 귀가 멍멍할 지경이었다.

"여기가 대체 뭐가 조용하다고 이런 델 데리고 오느냐?"

R은 차들이 질주하고 있는 사방을 빙 돌아보며 어처구니없어 하는 표정을 지으며 말했다. J는 처음에는 민망스러워하는 표정으로 씽긋 웃었지만 곧이어

"그렇지만 서울엔 어딜 가나 다 이런데 저더러 어떡하란 말이에요?"

하고 되려 화를 내며 소리쳤다. R은 화가 나는 것을 꿀꺽 삼키는 표정으로

"서울엔 다 이런 데밖에 없다고? 하긴 그럴지도 모르지."

하고 한껏 억제된 목소리로 말했다. 두 사람은 노랗게 말라죽은 잔디밭 사이로 난 길을 따라 강가를 향하여 걸어갔다.

"그래도 서울에서 한 가지 자랑할 만한 것이 있다면 한강이래요. 한강은 세느강보다 세 배나 넓을 거예요."

J가 말했다.

"그건 아마 너의 의견이 아니고 너의 아버지 말일 거야. 너의 아버지 같은 단순한 애국자가 성지순례라는 명분으로 빠리에 한번 관광을 가보면 세느강이 한강보다 폭이 좁다는 사실 하나만으로도 서울은 빠리보다 훨씬 아름답다고 단정하고 믿어버릴 수 있지."

R은 다소 심통 난 목소리로 말했다. J는 화가 난 얼굴로 소리쳤다.

"알았어요, 알았어!"

그러자 R은 약간 미안해진 듯 어투를 바꾸어, 변명하듯 J가 빠리를 마지막으로 떠나던 날 아침에 걸었던 오스테리츠 역에서 노틀담까지 이르는 세느 강변이 실제로 얼마나 예쁘더냐고 했다. 그리

고 거기에 어디 이렇게 소음이 엄청나더냐고 했다. J는 다소 가라앉은 표정으로 고개를 끄덕였다. R은 계속하여 한국에서는 걸핏하면 무조건 한국 것이 좋다고 사람들을 세뇌교육시킨다고 했다. J는 다시 고개를 끄덕였다. R은 다시 한 번 사방을 돌아보며 이렇게 덧붙였다.

"여기는 마치 무슨 커다란 공장 안에 들어온 기분이야."

"그렇지만 어떻게 해요. 서울이라는 데가 다 이런데요."

J가 말했다. R은 입을 다물었다. 두 사람은 걸어서 물가에까지 이르렀다. 그리고 물가의 시멘트 바닥에 앉았다.

"그래, 그 뒤에 B라는 작자 만나봤느냐?"

R이 물었다. 그러나 그는 이렇게 말하면서도 차들이 세차게 흐르는 강 건너편 도로와 저만큼 보이는 다리를 보느라고 대화에 전혀 집중하지 못했다.

"예, 만나봤어요."

J가 말했다.

"그래, 뭐라고 하더냐?"

R은 여전히 시선을 한곳으로 집중하지 못하고 사방을 두리번거리며 물었다.

"뭐라고 하긴 뭐라고 하겠어요. '다음 학기에도 잘해 봅시다.' 하데요. 흥, 그건 날 약 올리려고 하는 소리겠지요. 밑도 끝도 없이 내가 언제까지나 시간강사 노릇이나 하란 말이에요?"

J도 격분한 목소리였다.

두 사람은 이렇게 잠시 이야기를 나누다가 이내 일어났다. 그들이 자리에서 일어날 때 J가 말했다.

"선생님은 어딜 가나 앉기가 바쁘게 금방 일어나자고 해요."

그녀는 나무라는 어투로 말했다.

"그렇지만 이렇게 정신이 없는 데에 어떻게 더 앉아 있을 수 있겠니?"

　J도 일어났다. 두 사람은 다시 노오란 잔디밭 사이로 난 길을 따라 한강 시민휴식공원을 걸어 나왔다. 그리고 지하통로를 빠져나와 차에 올라탔다.

　"이제 어디로 가죠?"

　그녀가 물었다.

　"아무 데로나 어디 좀 조용한 델 가자니까!"

　R이 몹시 답답해하는 사람의 어투로 말했다.

　"그렇지만 어디가 조용한지 알아야지요."

　J가 말했다. R은 화가 난 표정으로 입을 다물었다. 잠시 후 그녀는 "그럼 알았어요."

　하고 말하고 차를 출발시켰다. 그리고 그녀는 팔팔올림픽대로를 따라 달리기 시작했다. 차 안에서 R은 내내 입을 굳게 다물고 아무 말 하지 않았다. J는 여의도 안으로 들어갔다.

　"어디 가서 식사부터 하셔야겠지요? 벌써 저녁시간이에요."

　R은 몹시 짜증스러운 표정으로 잠시 멍청히 앉아 있다가 시계를 들여다보고는 하는 수 없다는 듯이 동의했다. J는 어느 건물 앞에 차를 세웠다. 그리고 두 사람은 잠시 주위를 두리번거리다가 어느 건물 이층에 있는 순두부 백반을 파는 음식점으로 들어갔다.

　"C 대학 동문 불문학박사 일 호를 C 대학에서 쓰지 않으면 어디서 쓰겠냐고들 하며 모두들 흥분해요."

　음식점에 앉았을 때 J가 말했다 R은 세차게 담배를 뻑뻑 빨아대며 고개를 크게 끄덕였다.

　"내가 C 대학 출신이라는 사실이 그 사람한테는 겁이 났던 거지요. 지금까지 불문과는 그 사람의 아성이었는데 내가 거길 들어가면 이제 그 사람의 세력이 흔들리겠지요. 그러니까 아예 서류를 올릴 때 내 것은 빼버린 거지요."

R은 다시 고개를 끄덕였다. 그리고 그는 말했다.

"젠장맞을! 박사학위까지 따 가지고 와서 일 년 동안 그 사람 밑에서 시간강사 노릇을 한 게 억울하다. 교수 인사 문제가 일개 학과장의 농간에 모두 놀아나다니······."

그리고 그는 한국에는 모든 기관의 인사 문제에 문제가 있다고 하면서 프랑스에서와 같이 교수 채용을 위해서는 아그레가씨옹 같은 걸 치는 것이 옳다고 했다. 그리고 잠시 후

"그런데 대체 그 작자가 왜 너를 그렇게 싫어한대?"

하고 물었다.

"글쎄요. 가장 큰 이유 중 하나는 내가 C 대학 출신이라는 점이겠지요. 그리고 자기는 아직 따지 못한 박사학위를 했겠다······ 그래요, 지난번에는 술자리에서 술이 취해서 무슨 이야기 끝에 '네가 똑똑한 줄은 알아! 그런데 너무 도도하고 건방져!' 하고 소리를 질렀어요."

R은 약간 어이가 없어 하는 얼굴로 멍하니 그녀를 바라보다가

"어떻게 그런 소리까지 하게 됐니?"

하고 물었다.

"콤플렉스가 많은 사람이에요."

"대체 뭘 보니 네가 그렇게 똑똑하다는 거냐?"

여기서 R은 껄껄껄 웃었다.

"그러게 말이에요. 하나도 똑똑한 데가 없는데······ 선생님께는 언제나 똑똑하지 못하다고 구박을 받는데······."

"그래서 내가 뭐라고 하던? 쓸데없이 술자리 같은 데는 어울리지 말아야 한다고 하지 않았니."

"내가 뭘 그렇게 술자리에나 어울렸다고 그래요? 그 사람이 퇴근 시간만 되면 어디 술자리에 어울릴 사람이 없나 하고 이 사람 저 사람 불러 술판을 마련하다 보니 한두 번 마지못해 따라가게 된

거지요. 그 사람은 하루도 술을 먹지 않고는 못 배기는 사람이에요. 정히 사람이 없으면 학생들과도 어울려 술을 마셔야 하는 사람이에요."

"할 수 없지 어떡하겠니. 너무 상심하지 말아라. 심약한 사람은 이런 일로 자칫 등신이 되겠다. 제발 마음 단단히 먹어라."

"저는 아무렇지 않아요."

"왜 아무렇지 않기야 하겠니? 너는 나한테까지 굳이 그렇게 말할 필요는 없다."

"취직이야 어딘들 되겠지요 뭐."

"그래. 시간이 지나가면 어딘들 안 되겠니."

"저는 아무렇지 않아요. 다만 R 선생님이 실망하실 것이 마음에 부담이 돼요."

"나는 물론 실망이 안 되지는 않는다. 그러나 어떡하겠니. 하는 수 없지. 그건 그렇고 이제 너는 어떻게 할 생각이냐? 네가 말했듯이 그 사람 밑에서야 이제 시간강사는 더 할 필요가 없고…… 어디 다른 데 알아본 데는 없느냐?"

"사실은요, 그동안 강원도에 있는 K 대학에 알아봤어요."

"그래? 그럼 왜 진작 이야길 해주지 않았니?"

J는 약간 미소를 지어 보이고는 말했다.

"될지 안 될지 확실하지도 않은 이야길 미리 할 필요는 없잖아요."

"안 된다 한들 그렇지. 좌우간 이야기나 해봐라."

"작년 여름방학 때 제가 프랑스에 가기 전에요, 신문에 초빙 광고가 났길래 서류를 한번 내봤지요. 그리고 프랑스로 떠났어요. 물론 기대는 하지 않았어요. 전공이 제 전공과 약간 달랐으니까요. 그런데 돌아와 보니 면접 보러 오라는 통지서가 와 있데요. 물론 안 됐지요. 뒤에 알고 보니 학교에서는 미리 내정해 두고 형식적으로 신문광고를 냈대요. 그렇기는 하지만 그때 그 대학 학과장 교수가 저를 보고 인상이 참 좋다고 생각했던가 봐요. 그때 제가 면접을 보러 갔다가 마침 그 도시에 친척 오빠 한 사람이 그 학교 체육과에 교수로 있는 사람이 있어서 그 집에서 잤는데 제가 떠난 뒤에 불문과 학과장이 그 친척 오빠 댁으로 전화를 했더래요. 그리고 하는 말이 인상이 참 좋다고 하더래요. 이번에는 못 쓰지만 다음에 기회가 있으면 꼭 한번 쓰겠다는 말을 하더래요. 게다가 그 뒤에 저는 제 글이 실린 책 한 권을 그 학과장에게 보내줬어요. 그런 일이 있고 해서 그쪽에서는 저를 좋게 생각하고 있어요."

"응, 그거 고무적인 일이구먼. 그런데 네 글이 실린 책을 한 권 보내줬다고 했는데 무슨 글이 실린 책이었니?"

여기서 J는 약간 난처해하는 표정으로 망설이다가 말했다.

"아이, 그런 게 있어요. 다음에 말할게요."

"젠장! 너는 늘 그런 식이구나. 뭐가 그리 대단한 건데 또 비밀이냐? 아마도 C 대학 교지에 무슨 글 하나를 실었던가 보군."

R은 약간 심통 난 목소리로 말했다. 그러나 J는 R의 이 말에 전혀 화내지 않고 오히려 재미있다는 듯이 웃으며

"그래요. 그런 거예요."

하고 말했다.

그 밖에도 두 사람은 한참 동안 음식점에 앉아서 이야기를 나누었다. 그들은 한강 가에 갔을 때보다는 확실히 더 그들의 대화에 집중할 수 있었다. 그들은 약 한 시간쯤 지난 뒤에 음식점에서 나왔다. 밖은 이미 완전히 어두워져 있었다.

"오늘 밤에는 어디서 주무실 거예요?"

차가 세워져 있는 데로 가며 J가 물었다. 그러자 R은 다시 아까 한강 가에 갔을 때와 같은 짜증이 되살아나는 듯 퉁명스러운 목소리가 되어 말했다.

"젠장, 서울에서는 너하고 만나면 밥 먹는 것 외에는 아무것도 할 일이 없는 것 같군."

"그럼, 저더러 어떡하란 말이에요? 저도 미칠 것 같단 말이에요."

J는 약간 히스테릭한 목소리로 소리쳤다. 차에 올라앉은 뒤 R은 몹시 화가 난 얼굴로 고개를 푹 수그리고 있었다. J도 아무 말 하지 않았다. 두 사람은 차 안에 올라앉은 채 약 십 분가량 아무 말 하지 않고 있었다.

"어디 여관에 데려다 드릴게요. 가 주무세요. 내일은 A 교수를 만나봐야 할 거 아니에요."

J가 먼저 입을 열었다.

"젠장맞을! 그놈의 여관에서 혼자 자는 건 싫다!"

R은 자제하지 못하고 이렇게 버럭 소리를 질렀다.

"그럼 저더러 어떡하란 말이에요!"

J는 다시 히스테릭한 목소리로 소리쳤다. 그리고 잠시 후

"그럼 알았어요. 호텔에 가요. 호텔이 얼마나 비싼지나 아세요?"

이렇게 말하고 J는 차를 출발시켰다. 그리고 그녀는 국회의사당을 한 바퀴 돌아 어느 커다란 호텔 앞에서 차를 세웠다.

"들어가 보고 삼만 원이 넘으면 그냥 나오지 뭐."

호텔 앞에서 R은 다소 위축된 목소리였다.

"그렇게 해요."

J가 말했다. 두 사람은 차에서 내려 호텔 안으로 들어갔다. 호텔의 홀에는 가슴에 일장기가 그려져 있는 명찰을 단 관광객들로 붐볐다. R은 카운터로 가 이 호텔에서 하룻밤 자는 데 얼마냐고 물었다. 카운터에 있던 사람은 육만 원이라고 했다. R은 양어깨를 한번 쓰윽 들었다가 내리며 돌아섰다. 뒤에 섰던 J가 얼마라고 하느냐고 R에게 물었다. R은 그녀의 손목을 나꿔채다시피 하고는 호텔을 나오며 육만 원이라고 하더라고 했다. 그러자 그녀는 까르르 웃었다.

호텔에서 나온 R은 빠리에서 별 네 개짜리 호텔에서 하룻밤 잤는데 사만 원밖에는 하지 않았고 로마에서도 이만 원 남짓했는데 서울에서 웬 호텔비가 그렇게 비싸냐고 투덜거렸다. J는 여전히 견딜 수 없다는 듯이 깔깔깔 웃고 있었다. R은 길 건너편에 있는 잔디밭으로 들어가 나무에다 대고 오줌을 눴다. 오줌을 누면서 그는 고개를 들어 그의 앞에 우뚝 서 있는 건물 하나를 쳐다보고 있었다. 오줌을 다 누고 그는 다시 길을 건너 J가 기다리고 있는 곳으로 돌아왔다.

"저 건물이 세계에서 제일 크다고 자랑하는 순복음교회예요."

R이 차에 올라타려고 할 때 J가 말했다. R은 차에 올라타려다 말고 힐끔 돌아보며 말했다.

"응, 그래? 저게 그 유명한 순복음교회라는 거구먼. 그러나 겉으로 봐서는 전혀 커 보이지 않는데?"

"밤에 봐서 그렇지 낮에 보면 그 규모가 엄청나대요."

그녀는 차를 출발시켰다.

"이젠 어디로 가지요?"

그녀가 물었다. 호텔에 들어갔다 나온 뒤로 어느 정도 풀이 죽어 있던 R은

"글쎄."

하고 말했다. 그리고 잠시 후

"시내나 한번 나가볼까?"

하고 말했다. J는 처음에는 지금 시각에 시내를 나가면 길이 막혀 고생을 할 것이라고 했지만 이내 생각을 바꾼 듯 그의 제의에 동의했다. 그리고 그녀는 어두운 밤길로 차를 몰았다.

시내로 들어온 그들은 전에 화신 백화점이 있던 자리 옆에 있는 어느 이층 다방으로 올라가 자리를 잡았다. R은 J에게 전에 이 다방에서 노시인 K 씨를 만나 이러저러한 이야기를 나누었다는 것이며 전과는 달리 이 다방이 이토록 한산한 걸 보니 요즈음은 다방도 장

사가 잘 안 되는 것 같다고 했다. J는 오늘이 휴일이기 때문에 그럴 수도 있고 또 그동안 서울의 문화의 중심권이 강북에서 강남으로 옮겨졌기 때문에 그렇다고 했다. 그리고 강남의 어느 구역에 가면 굉장히 화려하고 붐빈다는 이야기도 했다.

약 삼십 분 후에 그들은 다방에서 나와 종로 4가 쪽으로 차를 달렸다. 파고다 공원 앞을 지나면서 길이 다소 한산해졌다. 그래서 R은 J에게 이렇게 자꾸 어디랄 것도 없이 갈 것이 아니라 차를 길가 주차장에 세워두고 내려 산보라도 해보는 것이 어떻겠느냐고 했다. J는 그러나 이렇게 어둠침침한 길을 걸어 다니면 위험하다고 했다. R은 J의 말이 어처구니없다는 어투로 이 서울 시내 한가운데서 뭐가 그리 위험할 게 있느냐고 했다.

"정말이에요. 서울이라는 데가 어떤 덴지 알기나 하세요? 이런 데를 걷고 있으면 봉고차로 실어간대요."

"그렇지만 네 혼자 걷는 게 아닌데?"

"남자가 곁에 있어도 그렇대요."

"그렇지만 너 같은 서른세 살이나 먹은 여자를 잡아다가 뭐에 쓴다냐?"

"선생님은 몰라서 그래요. 부녀자고 뭐고가 없대요. 대낮에도 실어간대요. 그리고 남자들도 잡아간대요. 잡아다가 여자들은 어디 술집 같은 데 팔아넘기고 남자들은 섬에다 보내서 일을 시킨대요."

R은 허허 웃었다. 그리고 말했다.

"설마."

열 시가 가까워졌을 때 R은 결국 J더러 어디 가까운 여관에다 데려다 달라고 했다. J는 여관을 찾기 위하여 이리저리 차를 몰고 다녔다. 그리고 그들은 어느 어두운 길거리에서 저만치 앞에 보이는 입간판 하나를 발견하고 그 앞에 차를 세웠다. R은 차에서 내리기 전에 그녀에게 자신은 지금 그녀를 얼마나 원하는가, 그녀와 알몸

이 된 채 하룻밤 깊이 자지 않고는 자신의 몸에 쌓인 피로가 풀릴 것 같지 않다고 말했다. 그러나 J는

"들어가 주무세요, 선생님. 오늘은 안 돼요."

하고 말했다.

"그럼 할 수 없지. 나는 이 서울에 돌아온 뒤 왜 이렇게 천덕꾸러기가 되었는지 모르겠구나."

R은 이렇게 말하고 차에서 내려 약 십 미터쯤 앞에 여관처럼 보이는 건물 쪽으로 혼자 걸어갔다. 그의 등 뒤에서 J가 그녀의 차에 시동 거는 소리가 났다.

그러나 R이 여관으로 여기고 다가갔던 건물 앞에 이르렀을 때 그것은 여관이 아니라 무슨 음식점 같은 것이라는 사실을 확인했다. 그리고 그는 짧은 순간 망설이다가 곧 뒤돌아서서 막 출발하려는 J를 향하여 달려갔다. J는 차를 막 출발시키려다가 멈추고 차 문을 열고 들어서는 R에게 무슨 일이냐고 물었다. R은 저기 보이는 건물이 여관이 아니라 무슨 음식점 같은 거라고 했다. 그리고 농담기 어린 목소리로 대낮에도 사람을 잡아간다는 이 서울의 한밤중에 자신을 혼자 내버려두고 가버렸다면 그는 어떻게 할 뻔했느냐고 했다. 그녀는 웃었다. 그러고 나서

"어디로 가야 여관이 있지요?"

하고 물었다. R은 잠시 기억을 더듬다가 세검정 쪽으로 가면 여관이 많을 거라고 했다.

"그럼, 세검정으로 갈까요?"

그녀는 이렇게 말하고 세검정을 향하여 차를 몰았다.

세검정으로 가면서 R은 전에 R이 갔던, R이 한국을 떠나기 얼마쯤 전에 J와 함께 들기를 원했지만 기어이 마다해서 결국 R 혼자 묵었던 호텔을 찾을 수 있을 테니 거기로 가자고 했다. J는 빙그레 웃으면서 아무 말 하지 않고 R이 말한 그 호텔 쪽으로 차를 몰았다.

"그렇지만 거긴 비쌀 텐데요."
한참 후 J가 말했다.
"비싸면 얼마나 비쌀라고. 오 년 반 전에 거의 이만 원쯤 했던 걸로 기억하는데 지금은 한껏 올라봐야 삼만 원쯤 하겠지."
J는 반신반의하는 표정을 지었지만 아무 말 하지 않고 길만 바라보고 차를 몰아갔다. R은 자신이 굳이 호텔에서 자려고 하는 걸 변명이라도 하듯 덧붙였다.
"내가 프랑스에서 박사학위를 받아온 사람인데, 그리고 지난번에는 빠리에서 출판사를 찾아다니다가 노틀담 근처에 있는 별 네 개짜리 호텔에서 자보기까지 한 사람인데 한국 와서 그까짓 호텔에 한번 못 잘라고?"
J는 여전히 아무 말 하지 않고 소리 없이 빙그레 웃었다.
호텔 뜰 안으로 들어서면서 무궁화 네 개가 나란히 그려져 있는 현관을 발견한 J가 말했다.
"하이고! 무궁화가 네 개나 되는데……."
"이따위 호텔이 뭔 무궁화가 그리도 많아. 까짓것, 값이나 한번 알아보고 오지 뭐."
J는 R에게 자신은 차에 있을 테니 혼자 가서 물어보고 오라고 했다. R은 차에서 내려 현관문을 열고 들어가 리셉션에 서 있는 제복을 단정히 입은 남자에게로 다가갔다. 그리고 하룻밤 자는 데 얼마냐고 물었다. 남자는 오만 원이라고 했다. R은 두 눈을 둥그렇게 뜨고 양어깨를 으쓱해 보인 다음 오 년 반 전에 자신이 이 호텔에서 하룻밤 잤는데 그때는 불과 이만 원밖에 안 했다고 했다. 제복을 입은 남자는 그러나 오 년 반 전에도 그것보다는 더 했을 거라고 하며 이 호텔이 무궁화 네 개짜리라고 했다. R은 호텔을 나와 차가 세워져 있는 곳으로 갔다. J는 호텔에서 나오는 R을 보고 차를 돌려 호텔 뜰을 빠져나갈 준비를 하고 있었다.

"얼마나 한대요?"

차 문을 열고 들어서는 R을 향하여 그녀가 물었다.

"오만 원이나 한대, 지랄하고."

R은 차에 들어앉으며 이렇게 말했다. J는 그럴 줄 알았다는 듯이 이번에는 전혀 웃지도 않고 부지런히 차를 몰아 호텔 뜰을 나왔다.

그들은 다시 세검정 골짜기를 거슬러 내려와 오른쪽으로 난 대로로 접어들었다. 그들은 그사이에 사뭇 차창 밖을 내다보며 여관을 찾고 있었다. 오른쪽으로 길을 꺾어 든 뒤 잠시 후에 두 사람은 길 건너편에 여관이 하나 있는 것을 발견했다.

"어떻게 하지요?"

J는 계속 차를 몰아가면서 이렇게 물었다.

"어떻게 하긴 어떻게 해? 좀 더 올라가다가 차를 돌릴 만한 데가 있으면 돌려서 다시 가면 되지."

R이 말했다. 잠시 후 그들은 그들이 가고 있는 대로에서 오른쪽으로 빠지는 소로를 발견했다. J는 차를 오른쪽으로 꺾어, 거기서 바로 차를 돌렸다. 그들이 거슬러 올라왔던 대로를 다시 내려가기 위해서는 거기서 좌회전을 해야 했다. 그런데 J는 이때 차를 돌려 세운 뒤 빨간 신호등이 켜져 있는데도 불구하고 다소 경사가 심한 비탈길 아래로 차를 밀어 내려갔다. 그리고 차의 앞 절반쯤을 대로에 물리게 한 채 차를 중지시켰다. 순간 R은 위험을 느끼고 다급하게 소리쳤다.

"야! 너무 들어왔다! 저쪽에서 차들이 저토록 밀려오는데."

좌회전을 하기 위해서는 왼쪽에서 오는 차들을 다 보내야 하고 그러기 위해서는 충분히 뒤에서 기다렸어야 했다. 그러나 이미 어쩔 수가 없었다. 그들이 탄 차의 뒤쪽으로는 심한 오르막이고 게다가 왼쪽에서 밀려오는 차들을 피하기에는 너무 늦었다. 왼편 대로의 저 밑에서부터 세차게 밀려 올라오고 있던 차들은 대로에 어중간하게 머리를 내밀고 섰는 회색 르망 승용차를 발견하고 다급하게 경적들을 울려댔다. 그러나 다행히도 모든 차들은 그 어중간하게 서 있는 차를 피해 갔다. 그러나 어떤 차에서는 차창 밖으로 고개를 내민 사람이 무어라고 소리를 치고 가기도 했다. 한참 후 차들이 뜸해지고 J는 차를 몰아 무사히 좌회전을 했다. R은 아무 말 하지 않았다.
"저는 안 올라갈래요. 그냥 올라가세요, 선생님."
여관 앞에 차를 세우고 나서 J는 R을 돌아보며 말했다.
"알았다."
R은 더 이상 아무 말 하지 않고 차에서 내렸다.
"내일 아침 A 교수와의 약속 시간에 너무 늦지 않게 가세요."
J는 R의 등에다 대고 이렇게 말했다.
"알았다."
R은 다시 이렇게 말했다. 그가 여관 문을 밀고 들어서려 할 때 J의 차가 출발하는 소리가 그의 등 뒤에서 들렸다.
R이 든 여관은 일층과 이층이 공중목욕탕이었다. 그래서 그는 삼층으로 올라가야 했다. 그는 방에 들어서자마자 몹시 피곤한 기색으로 침대 위에 벌렁 몸을 던졌다. 그리고 아주 오랫동안 멍하니 천장을 쳐다보았다. 거의 삼십 분이나 그렇게 천장을 쳐다보고 누웠던 그는 갑자기 벌떡 일어났다. 그리고 주머니에서 수첩과 만년필을 꺼냈다. 수첩에서 그는 아무것도 쓰지 않은 페이지를 열어 거기다가 이렇게 썼다.

경마장에서 생긴 일

이것은 그가 쓰고자 하는 어떤 글의 제목 같았다. 왜냐하면 그는 이것을 그가 펼쳐 든 수첩의 상단 중앙에다 썼기 때문이다. 이렇게 쓰고 난 그는 잠시 생각에 잠기다가 다시 그 제목처럼 보이는 글줄 아래에서부터 써 내려가기 시작했다.

　　나는 당신에게 경마장에서 내가 본 것에 대하여 이야기해 드리려고 합니다. 경마장에서 어떤 일이 일어났는지 아십니까? 나는 마사회에 친구 한 사람을 가지고 있습니다. 그 친구는 내가 지금 당신에게 하는 이야기들이 모두 사실이라는 것을 증명해 줄 수도 있습니다.
　　나는 지금 경마장에서 오는 길입니다. 나는 우선 경마장의 위치부터 설명해 드릴 필요성을 느낍니다. 경마장에서 나오면 길이 있습니다. 그 길은 남쪽으로 뻗어 있습니다. 그 길을 따라가다 보면 교차로가 나옵니다.

　　여기까지 써 내려간 그는 그러나 몹시 피곤한 기색으로 수첩을 닫고 만년필 뚜껑을 닫았다. 그리고 아무렇게나 픽 쓰러졌다. 그는 이내 잠들었다.

　　이튿날 아침 R은 일어나 머리맡에 놓인 주전자의 물을 마시고 담배를 피워 물고 변소로 가 대변을 보고 이를 닦고 세수를 한 뒤 여관을 나왔다. 그는 여관 앞에 나와 서서 황망히 주위를 한 바퀴 휘 돌아본 뒤 버스 정류장으로 가 버스를 탔다. 버스는 복잡했다.
　　"다른 집 아이들은 몇 가지씩을 시키는데 우리는 속독 한 가지라도 시키자고."
　　R의 앞자리에는 삼십 대 후반의 아낙네 하나가 앉아 있고, 그녀 옆에 역시 삼십 대의 아낙네 하나가 앉을 자리가 없어서 서 있었다. 앉아 있는 여인은 서 있는 여인에게 속독이야말로 아이들에게 꼭 가르칠 만한 것이라는 사실에 대하여 말하고 있었다. 서 있는 여자는 그러나 그다지 의견이 없는 듯 앉아 있는 여자가 하는 말에 다만

수긍을 하고 있었다.
"남들이 한 권 읽을 때 두 권만 읽을 수 있어도 그게 어디야."
앉아 있는 여자가 서 있는 여자에게 말했다.
"그렇지."
서 있는 여자가 동의했다. 두 사람은 그 후로도 오랫동안 아이들의 교육의 어려움과 돈 많은 사람들의 자식들에게 시키는 '과외열풍'에 대하여 이야기했다.
A 교수와 만나기로 약속한 장소에 도착했을 때 R은 약속 시간보다 한 시간 반이나 일찍 왔기 때문에 우선 가까운 어느 다방으로 올라가 신문을 보고 커피를 마셨다. 그러나 그는 거기서 한 시간 반을 다 보낼 수는 없었다. 왜냐하면 그 다방에는 텔레비전을 너무 크게 틀어놓았기 때문이었다. 그는 삼십 분도 채 못 되어 그 다방에서 내려왔다. 그리고 약속 장소에서 그다지 멀리 떨어지지 않은 주변을 어슬렁거리다가 서점 앞에 서서 진열장에 진열된 잡지의 표지들을 바라보기도 하고 구멍가게에 들어가 우유를 사 마시기도 했다. 그러고도 아직 시간이 사십 분가량이나 남아 있었기 때문에 인근에 있는 다른 다방으로 내려가 어항 옆에 자리를 잡고 앉아 물고기들을 바라보다가 커피 한 잔을 마시고 아까 본 것과 같은 신문을 뒤적거리다가 약속 시간을 약 십오 분 앞두고 다방에서 나왔다. R은 정확히 십이 분 먼저 나와 기다렸지만 A 교수는 약속 시간보다 거의 삼십 분 뒤에서야 나타났다.
R은 A 교수와 약 한 시간 반가량 함께 있었다. 그사이에 R은 A 교수와 커피를 마셨고 갈비탕을 먹었고 껌 하나씩을 받아 들고 나와 식당 앞에서 헤어졌다.
A 교수와 헤어진 R은 다시 그가 오늘 아침 맨 처음으로 갔던 이층 다방으로 올라가 오늘 아침에 읽었던 신문을 몇 번 뒤적거리다가 문득 생각이 난 듯 호주머니에서 동전을 찾아 쥐고 전화박스 쪽

으로 갔다. 그리고 전화박스에서 나와 카운터로 가 커피 값을 지불하고 다방을 나왔다. 다방에서 나온 즉시 그는 버스를 탔다.

약 한 시간쯤 뒤 그는 화신 앞에서 버스를 내렸다. 그리고 어젯밤에 J와 함께 들렀던 다방으로 올라갔다. 시계를 한번 힐끔 들여다 보며 다방을 들어선 그는 다방 안을 한 바퀴 휘둘러보고 난 뒤 탁자 하나를 차지하고 앉았다. 그리고 탁자 위에 얹힌 신문을 펴 들었다. 약 십오 분쯤 뒤에 몹시 여위고 남루한 차림을 한 노파 하나가 그의 앞으로 다가와 껌 한 통을 내밀었다. R은 이백 원을 주고 그걸 받아 호주머니에 넣었다. 그리고 다시 약 십 분가량 신문으로 얼굴을 가린 채 앉아 있었을 때 이번에는 구두닦이 청년이 와서 구두를 닦지 않겠느냐고 했다. R은 이제 곧 손님이 오면 나가야 한다는 이유로 거절했다. 다시 이십 분가량 흘렀을 때 그는 그때까지 들고 있던 신문을 접어 한켠으로 밀쳐두고 그때 마침 다방으로 들어서는 예의 그 구두닦이 청년을 불러 자신의 구두를 벗어주고 구두닦이 청년이 들고 있던 슬리퍼를 받아 신었다. 구두를 벗어주며 R은 구두닦이 청년에게

"이까짓 헌 구두는 닦으나 마나 한가진데······."

하고 웅얼거리며 말했다. 그러고 나서 R은 곁을 지나가는 다방 여자를 불러 칡차 한 잔을 갖다 달라고 했다.

R이 칡차 한 잔을 다 마시고 막 담배 한 대를 꺼내어 물려고 할 때 다방 문이 열리고 안경을 쓴 뚱뚱한 남자 하나가 나타나 잠시 두리번거리다가 R을 발견하고 손을 들어 보였다. 그의 뒤에는 키가 작고 얼굴이 검은 검은색 가죽잠바를 입은 남자가 따라오고 있었다.

"야, 이거 얼마 만인가?"

뚱뚱한 남자는 성큼성큼 R의 앞으로 걸어와 양팔을 벌려 R을 껴안았다가 놓았다. 그 순간 뚱뚱한 남자에게서 진한 술 냄새가 났다.

"잘 있었소?"

R이 말했다.
"나야 그럭저럭 지냈지. 자네야말로 객지에서 얼마나 고생했겠나?"
뚱뚱한 사나이의 목소리는 컸다. 그는 R의 맞은편 자리에 앉기 전에 그를 따라온 검은 가죽잠바를 입은 남자에게 안쪽 자리로 들어가 앉으라고 했다. 가죽잠바의 남자는
"이거 실례가 많습니다."
하고 말하고 R의 맞은편 왼쪽 자리로 들어가 앉았다. 뚱뚱한 사나이는 R의 정면에 앉으며 R이 그동안 더 여위었다고 말했고, 그러나 전혀 늙지는 않았다고 말했다. R은 그 뚱뚱한 남자에게 그동안 몸이 많이 는 걸 보니 형세가 좋아진 것 같다고 했고, R의 이 말에 뚱뚱한 사나이는 가죽잠바 차림의 사나이 쪽을 돌아보며 와르르 웃었다. 가죽잠바의 남자도 웃었다. 뚱뚱한 사나이는 한바탕 웃기를 마치고 나서 R이 떠난 지가 벌써 칠 년이나 팔 년쯤 되지 않았느냐고 물었고 R은 오 년 반이라고 정정했다. 그리고 뚱뚱한 사나이는 R의 아내와 아이들은 잘 있느냐고 물었고, R의 아내가 R이 없는 오 년 반을 기다렸으니 이제 잘해 주어야 한다고 강변했다.
R과 그 뚱뚱한 사나이가 이런 대화를 나누고 있는 동안 그 뚱뚱한 사나이 옆에 앉아 있던 가죽잠바의 키 작은 남자는 두 사람 사이의 대화에 직접 끼어들지는 못하면서도 때로는 따라 웃기도 하고 때로는 고개를 끄덕이기도 했다. 한참 뒤에야 뚱뚱한 사나이는 생각이 났다는 듯이 그의 곁에 앉은 가죽잠바의 남자를 R에게 소개했다. 가죽잠바의 남자는 앉았던 자리에서 엉덩이만 번쩍 쳐들고 머리는 R 쪽으로 쭉 내민 자세에서 오른손을 내밀었다.
"R 박사님은 댁이 대구라고 들었습니다."
악수를 마치고 자리에 앉은 가죽잠바의 남자가 말했다.
"예, 그렇습니다."

R이 말했다.

"제 고향은 청송에서 약간 더 들어가는⋯⋯."

그러나 R은 그의 말의 뒷부분은 알아듣지 못했다. 그러면서도 그는 그저 형식적으로

"예, 그렇습니까?"

하고 말했다. 가죽잠바의 남자는 계속해서, R과 뚱뚱한 남자 사이의 이 만남에 자기가 끼어들 생각은 전혀 없었는데, 뚱뚱한 사나이가 심심한데 함께 가자고 했고, 그러나 알지도 못하는 사람을 만나는 델 자기는 따라갈 필요가 없다고 했고, 그러던 차에 우연히 뚱뚱한 사나이가 R의 집이 대구라고 하는 것을 들었는데, 그 말을 듣고, 그렇다면, 뚱뚱한 사나이가 만나러 가는 사람이 대구 사람이라면 자기와 동향이라고 할 수 있어서 함께 가볼 수도 있지 않을까 하고 생각하게 되었고, 결국 여기에 오게 되었다고 말했다.

"사실은 여기 오기 전에 직장 앞에서 이 형과 동동주 한잔을 했지."

뚱뚱한 사나이가 R과 가죽잠바의 남자 사이에 끼어들어 말했다. 덩치로 보아서는 뚱뚱한 사나이가 훨씬 연장자인 것처럼 보이는데 뚱뚱한 사나이가 키 작은 가죽잠바를 '형'이라고 부른 것이 이해가 가지 않는 듯 R은 잠시 두 사람을 번갈아 바라보았다.

"술을 한잔하면서 자네 이야길 했지. 그리고 자넬 만나러 가는데 같이 가지 않겠느냐고 내가 먼저 제의를 했지. 안 따라오려고 하는 걸 내가 어떠냐고 하면서 잡아끌고 왔지."

뚱뚱한 사나이는 그의 마지막 말이 농담이라는 걸 밝히기 위해서 그렇게 하기라도 하듯 가죽잠바 쪽으로 돌아보며 컬컬컬 웃었다.

"대구에서 청송까지는 동부터미널에서 버스를 타면 불과 두 시간 거리 아닙니까. 두 시간 거리라면 결국 한동네나 마찬가지고 그러니까 R 박사와 나는 결국 동향 사람이 아닙니까."

가죽잠바는 R에게 동의를 구하듯 이렇게 말했다. R은 고개를 그저 뜻 없이 끄덕이며
"그렇다고 할 수도 있겠지요."
하고 말했다.
"R 박사와 내가 고향 사람이 아니었다면 저는 여기까지 굳이 따라오지 않았을 겁니다. 우리가 서로 한 고향 사람이기 때문에……."
R은 그저 고개를 끄덕이며 "예——예." 하고 중얼거렸다.
R과 가죽잠바 사이에 소개가 완전히 이루어졌을 때 뚱뚱한 사나이는 R에게 이제 일어나 어디 가 한잔하자고 했다. R은 슬리퍼를 신고 있는 자신의 두 발을 가리키며 좀 더 기다려야 한다고 했다. 그러자 뚱뚱한 사나이와 가죽잠바는 R의 발을 내려다보고는 '컬컬컬', '칼칼칼' 웃었다.
"자네 많이 기다렸구먼?"
뚱뚱한 사나이가 말했다.
"이럭저럭 한 시간 가까이 기다린 셈이군요."
R이 말했다. 뚱뚱한 사나이는 다시 '컬컬컬' 웃으며
"자네가 얼마나 인내심을 가지고 기다릴 수 있는가 어디 두고 보자 하고 우리는 일부러 느긋하게 출발했지."
하고 말했다. R은 대답 대신 씨익 웃었다. 잠시 후 구두닦이 청년이 R의 구두를 들고 왔다.
"박사가 뭔 구두를 그렇게 낡은 걸 신고 다녀?"
뚱뚱한 사나이가 구두를 신고 있는 R을 굽어보며 말했다.
"그래도 이거 프랑스에서 사 신고 온 거예요."
R이 말했다. 뚱뚱한 사나이는 컬컬컬 웃었다.
뚱뚱한 사나이가 R과 가죽잠바를 데리고 간 곳은 다방에서 그다지 멀리 떨어지지 않은 어느 좁은 골목 안에 있는 조그마한 술집이었다. 밖에서 보면 낡은 시멘트 벽면에 주황색 페인트칠을 한 목재

문짝 하나가 있고 그 문짝의 왼쪽 상단에서 약 이 미터 떨어진 벽면에 팔절지 크기만 한 창이 하나 붙어 있었다. 그 창은 밖에서 봐서는 다만 큰 식당 건물 뒤에 붙어 있는 공기구멍처럼 보인다. 이 창 곁에 조그마한 아크릴 입간판이 없었다면 그 주황색 페인트칠을 한 목재 외짝문이 술집이라는 것을 아무도 식별해 낼 수 없었을 것이다.

주황색 페인트칠을 한 문을 열고 들어서면 길쭉한 삼각형의 홀이 있는데 그것은 대단히 비좁고 어두운 공간이었다. 삼각형의 오른쪽 구석에 끼어 조그마한 탁자가 하나 있고 찬장이 벽면에 붙어 있다. 그리고 몇 가지 주방도구들이 보였다. 이 좁은 삼각형의 오른쪽 면은 다른 벽면들과는 달리 벽지를 바른 대신 커튼이 쳐져 있었다.

뚱뚱한 사나이가 R과 가죽잠바를 데리고 그 돌아설 틈이 없이 좁은 홀에 들어섰을 때 거기에는 아무도 없었다. 뚱뚱한 사나이는 큰 소리로

"여기 아무도 없어요?"

하고 소리치고 주위를 두리번거렸지만 불과 두 평도 안 되는 이 좁은 공간에서는 그토록 크게 소리치며 두리번거릴 필요도 없는 일이었을 것이다. 뚱뚱한 사나이는 왼편 벽면에 드리워져 있는 커튼을 확 젖혔다. 그 커튼 뒤에는 마치 다락방처럼, 그러나 다락방처럼 높지는 않은 역시 조그마한 사다리꼴의 공간이 하나 더 있었다. 거기에도 역시 아무도 없었다. 뚱뚱한 사나이는 거기로 올라가면서 그의 뒤에 서 있는 R과 가죽잠바에게 올라오라고 했다. R과 가죽잠바는 올라갔다.

이 다락방처럼 보이는 공간도 불과 두서너 평밖에는 안 되어 보였다. 천장은 낮고 벽면은 불규칙하게 울퉁불퉁했다. 벽면에는 크고 작은 액자들이 올망졸망 걸려 있고 그 사이사이의 벽지를 바른 벽 위에는 온통 깨알같이 쓴 낙서들로 가득했다. 어떤 부분에는 커다란 붓으로 휘갈겨 쓴 한문도 있었는데 그것은 판독하기 힘들 만

큼 난삽한 것이었다. 그리고 왼쪽 벽면, 그러니까 골목과 면한 쪽 벽면에는 아까 밖에서 보았던 마치 공기구멍처럼 보였던 창이 하나 있었다. 그러나 그 창은 열 수 있는 것이 아니라 다만 유리 한 장이 끼워져 있는, 다만 밖의 빛을 들어오게 하기 위해 내어놓은 구멍이라고 할 수 있었다. 그러나 그 봉창은 채광을 위해서도 충분한 크기가 못 되었다. 게다가 그 봉창의 유리 위에는 창호지가 발려 있고 그 창호지 위에는 연필이나 볼펜 따위로 쓴 자잘한 낙서가 가득했기 때문에 채광 효과는 더욱 감소된다고 할 수 있었다. 그래서 뚱뚱한 사나이는 이 다락방처럼 생긴 공간엘 들어서자마자 우선 천장에 매달린 형광등부터 켜야 했다.

이 좁은 공간의 한가운데에는 탁자 하나가 놓여 있었고 탁자 양쪽으로 헌 송판으로 만든 등받이가 없는 긴 의자가 놓여 있었다. 이 다락방처럼 보이는 공간이야말로 이 술집의 홀이고 바깥에 있는 삼각형의 공간은 주방인 듯했다.

뚱뚱한 사나이는 다락방처럼 보이는 사다리꼴의 중간에 올라섰을 때 마주 보이는 벽면에 등을 기대고 앉으며 다른 두 사람에게 앉으라고 했다. R은 뚱뚱한 사나이의 옆자리에 가 앉았고, 가죽잠바의 남자는 이 두 사람을 마주 보고 탁자 건너편에 앉았다.

"여기 어때? 아주 멋지지?"

뚱뚱한 사나이가 물었다. R은 수염이 꺼칠꺼칠한 자신의 턱을 왼손으로 어루만지며 크고 작은 액자들과 작은 선반과 벌레처럼 자잘한 낙서들로 뒤덮인 벽들을 돌아보며 피시시 웃기만 했다. 뚱뚱한 사나이는 이 술집이 지치고 가난한 작가나 화가들 그 밖에도 약간 '홰까닥한 사람들'이 들르는 데라고 했다. R은 여전히 피시시 웃고 있었다.

그때 커튼이 걷히면서 얄상하게 생긴 사십 대 초반의 여인이 삼각형의 공간에 서서 다락방처럼 생긴 공간 안을 올려다보며

"오셨어요? 선생님은 이게 몇 년 만이에요?"

하고 주로 뚱뚱한 사나이 쪽으로 눈을 고정시키고 말했다. 뚱뚱한 사나이는 작년에 왔으니까 결국 햇수로는 이 년 만이라고 하면서 마담은 그사이에 더 젊어지고 더 예뻐지고 더 날씬해졌다고 했다. 그리고 오늘 온 것은 다름이 아니라 재작년 외상값을 좀 갚을까 해서이며 모처럼 외상값을 받게 되었으니 '싸비쓰'로 술을 좀 내와야 할 일이라는 따위의 말을 했다.

맥주병들이 날라져 왔고, 김, 건어물 조각, 땅콩, 건포도 따위가 담긴 접시가 날라져 왔고, 세 개의 유리컵이 날라져 왔다.

"축하하네."

뚱뚱한 사나이는 R 앞에 놓여 있는 유리컵에 맥주를 따르며 말했다. 가죽잠바의 사나이는 뚱뚱한 사나이의 손에서 맥주병을 빼앗다시피 하여 뚱뚱한 사나이 앞에 놓인 유리컵에 맥주를 따랐고, R은 가죽잠바의 손에서 맥주병을 건네받아 가죽잠바 앞에 놓인 유리컵에 맥주를 따랐다. 그들은 이제 각기 자기 앞에 놓인 술잔을 들어 허공으로 내밀어 세 개의 술잔을 한 번 부딪친 뒤 각기 입으로 가져가 마셨다. 뚱뚱한 사나이는 반 잔쯤 마신 다음 탁자 위에 내려놓았고, R은 한 모금만 홀짝 마신 뒤 내려놓았으며, 가죽잠바의 사나이는 한꺼번에 급히 다 들이켜고 나서 그의 빈 잔을 R 앞으로 내밀며 왼손으로는 맥주병을 찾고 있었다. 그러고는 숨이 찬 목소리로

"R 박사, 이거 한잔 받으시지요."

하고 말했다. R은 당황한 표정으로 잠시 머뭇거리다가 그가 내미는 빈 잔을 받았다. 그가 받아 들고 있는 술잔 안에는 맥주 거품이 아래로 모여 고여 들고 있었다. 가죽잠바의 남자는 그의 입술 언저리에 묻은 맥주 거품을 손등으로 재빠르게 한번 쓱 문지르고 나서 R이 들고 있는 유리컵에 맥주를 따랐다.

뚱뚱한 사나이와 가죽잠바는 R에게 R이 살았던 나라는 어떻더냐

고 물었다. R은 그가 본 것에 대하여 여러 가지 손짓을 해가며 이야기하기 시작했다. 두 사람의 청중은 처음에는 왕성한 호기심을 보이며 R의 이야기에 귀를 기울였지만 점차 믿어지지 않는다는 표정이었고 곧 주의가 산만해졌다. 게다가 R이 자신의 이야기를 체계 있게 하는 데에 무엇보다도 문제가 되는 것은 두 사람의 청중들이 이따금 던지는 엉뚱한 질문들이었다. 가령 R이 그가 살았던 나라의 교육제도에 대하여 이야기하고 있을 때 불쑥 거기에 선생들의 월급이나 생활수준 그리고 사회적 지위 등에 대하여 묻는다든가, 그 나라의 중등학교 교사들의 월급이나 생활수준 그리고 사회적 지위 등에 대하여 이야기할라치면 또다시 불쑥 거기 선생들도 애들을 두들겨 패느냐 하고 묻는다든지, 거기 사람들의 의식구조에 대하여 말하고 있는 중에 거기 여자들은 예쁘냐 혹은 거기 여자와 섹스를 해봤느냐는 등의 질문을 던지는 것이 그것이었다. 그런가 하면 R이 다시 거기 사람들의 가족제도나 남녀관계의 특이성이나 모랄 등에 대하여 이야기하고 있을 때 청중들은 거기 여자들의 음모의 색깔이나 촉감 따위에 대하여 알기를 원했다. 그리하여 R은 이내 뒤죽박죽이 되었고 세 사람 사이의 화제는 금방 다른 데로 옮겨 가버리게 되었다.

세 사람 사이에 이제 화제에 올라와 있는 문제는 '동양의 정신문화'와 그 우월성에 관한 것이었다. 이 화제를 주로 이끌어가는 것은 뚱뚱한 사나이였다. 그는 공자와 맹자, 노자와 석가모니 등의 이름을 입에 오르내렸고, 화엄경, 법화경을 오르내렸으며 기독교 사상과 '동양철학' 사이의 '유사성'에 대하여 설명하려 했다. 그런가 하면 요가의 신비나 소녀경의 원리가 모세가 홍해를 가르는 것과 '같다' 혹은 '유사하다' 또는 '같은 원리일 수 있다'는 데 대하여 납득시키려 했다. 그 밖에도 '단 사상', '단전호흡', '마인드 컨트롤', '이율곡의 이기론' 등의 단어가 자주 쓰였다. 그리고 뚱뚱한 사나이는 그런 이야기들과는 별도로 일 년쯤 전부터 심심해서 그는 성경학교에서 성경을 가르치고 있다는 이야기도 했다.
 R은 별로 말하지 않고 그저 뜻 없이 이따금 고개만 끄덕이고 있었다. 그의 앞에는 술이 가득 담겨 있는 세 잔의 유리컵이 나란히 놓여 있었다. 뚱뚱한 사나이와 가죽잠바의 사나이가 쉬지 않고 술을 부어주었기 때문에 미처 마시지 못한 술잔들이 밀려 있는 것이었다. 탁자 건너편에 앉아 있는 가죽잠바의 남자는 아까부터 두 팔을 탁자 위에 얹은 채 고개를 푹 수그리고 있었는데 이따금 고개를 들어 R을 향하여
 "R 박사! 반갑습니다."
 "R 박사! 우리는 같은 고향입니다."
 "R 박사! 이렇게 만나서 기쁩니다."
 하고 느닷없이 말하곤 했다. R은 그에게 굳이 'R 박사'라고 부르지 말고 그냥 'R' 또는 'R 씨'라고 부르라고 했다. 그러자 가죽잠바의 사나이는 이미 몹시 취한 목소리로, 그리고 다소는 의아해하는 표정으로 R이 외국에서 많은 고생을 하면서 박사학위를 받아왔는데 왜 '박사'라는 말을 붙이지 않아야 되느냐고 반박했다. 게다가 이렇게 반박하는 그의 태도는 진지하고 열렬했다. 그래서 R도 진지한 태도로 '박사'라는 것을 R이 있던 나라에서는 한국에서와는 달리 그렇게 '대단한 것'으로 생각하지는 않는다고 하면서, R이 박사학위를 취득했다는 것은 박사학위 논문을 썼다는 말이고 박사학위 논문을 썼다는 것은 따지고 보면 R이 전공하는 분야의 어떤 문제에 대하여 연구하여 어떤 규칙성, 말하자면 원리를 발견했다는 것이며 박사학위를 받아 박사가 되었다는 것은 그 분야의 전문적 연구를 인정받아 하나의 전문인이 된 것에 불과하며 그것은 근본적으로 전기 기술자가 전기 기술자 자격증을 받아 전기 기술자가 되었다는 것이나 크게 다름이 없는 일로 결코 인격적으로나 사회신분에 있어서의 고매함이나 우월함을 나타내는 것이 아니라고 할 수 있

는데, 가죽잠바의 남자가 굳이 'R 박사', 'R 박사' 하고 말끝마다 '박사'라는 칭호를 붙이는 것은 어쩌면 R 자신에 대한 단순한 인간적인 존경이라기보다는 가죽잠바 남자의 R이라는 인간에 대한 일종의 편견일 수도 있다고 생각할 수 있는데, 그것은 R 자신에게 대단히 거북스러운 것이 될 수도 있지 않겠느냐고 하며, 예를 들어 멘델이 완두콩을 관찰하여 유전의 법칙을 발견하여 그의 사후에 박사학위를 받았는데, 그가 한 일은 완두콩을 관찰하여 어떤 규칙성을 발견해 냈다는 것 외에 아무것도 아니지 않느냐고 하고, 나아가 한국에서는 공연히 박사라는 것을 우러러보거나 흠모하는 경향이 있는데 이러한 풍조는 사농공상이라는 직업에 대한 좋지 못한 오랜 가치관에 기인한다고 볼 수도 있는데, 그것은 만인평등이라는 만고의 윤리관에 비추어 심히 유감된 풍조이며 이러한 풍조는 역사적으로 볼 때 전문직의 발달을 저해해 왔으며 이러한 풍조는 오늘날까지도 남아 있어서 사람들은 걸핏하면 '공부한다'라는 말을 내세우기도 하는데 그것은 '공부하지 않는 사람'에 대한 위협이며, '공부'라는 것이 한국에 있어서는 개인적 취미나 일 또는 삶의 일부가 아니라 대사회적인 자기과시나 엄포처럼 들릴 때가 있다고 했다. R의 이 설명은 가죽잠바와 뚱뚱한 남자에게 상당히 설득력이 있었음에 틀림없다. 왜냐하면 뚱뚱한 남자는 R의 이야기를 듣고 고개를 끄덕이며 옳은 말이라고 했고 가죽잠바 자신은 아무 말 하지 않고 끝까지 듣고 난 후 뚱뚱한 사나이 쪽을 돌아보며 다음과 같이 말했기 때문이다.

"이 사람 틀렸는데...... 이 사람 안 되겠어! 비록 당신 말이 맞다고는 할지라도 이 한국 바닥에서 당신처럼 생각해서는 아무짝에도 쓸모가 없어요."

가죽잠바의 남자는 이미 'R 박사'라는 말 대신에 '이 사람' 혹은 '당신'이라는 칭호를 쓰고 있었던 것이다. 그리고 그는 계속하여

"여보시오, R 형, 당신 안 되겠어. 당신 다시 외국으로 나가야겠

어. 이 바닥에서 살기는 힘들겠어."

하고 말했다. 그러고는 다시 뚱뚱한 사나이 쪽으로 돌아보며

"이 친구 한국에서는 못 살아가겠어. 힘들겠어."

하고 말했다. 사실 그의 목소리나 표정으로 보아서는 R에 대하여 갑자기 큰 실망감을 느끼고 있는 것 같기도 했다. R은 빙그레 웃으며

"할 수 없지요, 한국이 그렇다면. 그렇지만 내 생각은 그래요."

하고 말했다. 가죽잠바의 남자는 그의 말에는 아랑곳하지 않고 계속해서

"안 되겠는데. 그런 생각을 가지고는 한국에서는 안 되겠는데……."

하고 혼자 중얼거렸다.

뚱뚱한 사나이는 가죽잠바의 그 밑도 끝도 없이 중얼거리는 '안 되겠는데', '틀렸는데' …… 하는 말을 중단시키기 위해서 그렇게 하기라도 하듯 노래를 부르자고 했다. 그리고 자기 자신은 곁에 있는 기타를 들고 다소는 과장된 바리톤으로 느릿느릿 '찔레꽃, 하얀 꽃…….'을 불렀다. 그 노래는 가사로 보나 멜로디로 보나 본래 대단히 애조를 띤 노래인 듯했지만 뚱뚱한 사나이의 그 과장된 바리톤과 너무 느린 창법은 이 노래의 정조를 삭감하고 있다고 할 수도 있었다. 그렇기는 하지만 그의 바리톤은 노래에 따라서는 훌륭한 효과를 나타낼 수도 있었을 것이다.

노래 부르기를 마친 그는 이제 고개를 푹 수그리고 있는 가죽잠바에게 노래를 한 곡 부르기를 요구했다. 그러나 이 가죽잠바의 어깨를 손으로 약간 흔들어보기도 했다. 그러나 마찬가지였다. 뚱뚱한 사나이는 가죽잠바가 아마도 잠든 것 같다고 하면서 이번에는 R에게 R이 살던 나라의 노래를 한 곡 불러보라고 했다. 그때서야 고개를 푹 수그린 채 자고 있는 것 같았던 가죽잠바가 고개를 번쩍 쳐들

고 R을 쳐다보았다. R은 뚱뚱한 사나이에게 전혀 아는 노래가 없다고 했다. 그러나 뚱뚱한 남자는 믿으려 들지 않았다. 그리고 커튼 저쪽에 있는 술집 주인 여자를 큰 소리로 불러들여 와 R의 노래를 들어보자고 했다. 그녀는 이내 들어와 탁자 한 귀퉁이에 앉았다. R은 그래서 한참 생각한 끝에 R이 살던 나라의 텔레비전에 자주 나오는 한 소절밖에 안 되는 구두선전 노래를 단숨에 불러버렸다. 그러나 뚱뚱한 사나이와 가죽잠바와 그리고 술집 여주인은 서로 쳐다보며 그게 뭐냐고 했다. 그리고 다른 걸로 하나 불러보라고 강요했다. R은 그래서 '앵두나무 우물가에……'를 R이 살았던 나라의 말로 R 자신이 심심풀이로 번역한 것을 불렀다. 다 듣고 난 세 사람은 이번에는 다소 멍청해져 있었다. 잠시 후 뚱뚱한 사나이가
"그거 앵두나무 우물가에가 아니냐?"
하고 말했다. 다른 두 사람도 그제서야 칼칼칼 웃었다.
그들이 그 술집에서 일어날 때에 탁자 위에는 서른 개 가까운 빈 맥주병들이 흩어져 있었고 가죽잠바의 남자는 자리에서 일어나기가 무섭게 와당탕 넘어졌다. 뚱뚱한 사나이는 재작년 외상값을 갚고 오늘 먹은 것을 달아놓은 페이지에 싸인을 하고 그리고 가죽잠바의 겨드랑 밑을 바투 잡고 삼각형의 주방을 지나 주황색 목재 문을 열고 밖으로 나왔다. 밖은 이미 어두워져 있었다. 앞서 나온 R은 몹시 허리가 아픈 듯 등허리를 두드리거나 주무르면서 두 사람이 나오기를 기다리고 있었다.
술집에서 나와 뚱뚱한 사나이에 의해 깍지 끼인 채 골목을 걸어가고 있던 가죽잠바는 느닷없이 'R 박사의 귀국 환영파티'를 해야 한다고 고집했고, 그의 고집은 전혀 꺾이지 않았고, 그리하여 한참 동안 길에서 옥신각신하다가 세 사람은 다시 어느 이층에 있는 맥줏집으로 올라갔다. 새로 옮겨 앉은 술집에서 다시 맥주를 주문했지만, R은 겨우 입술만 축이는 정도였고, 가죽잠바는 여전히 고개

를 푹 수그리고 앉았느라고 전혀 마시지 못했고, 뚱뚱한 사나이만 서너 잔 마셨다. 그 이층 맥줏집에서는 그러나 그리 오래 앉아 있지는 못했다. 가죽잠바가 오줌을 누러 갔다 오면서 넘어지는 바람에 탁자 위에 얹힌 것들을 모조리 엎어버리고 말았기 때문이었다.

그 이층 맥줏집에서 나온 뒤에도 가죽잠바는 또다시 'R 박사 귀국 환영파티'를 주장하며 또 어느 골목 쪽으로 뚱뚱한 사나이와 R을 잡아끌었다. 뚱뚱한 사나이는 여전히 벙글벙글 웃으며 취한 것 같으니 이제 그만 가야 되지 않겠느냐고 했다. R은 낭패한 표정으로 저만큼 떨어진 데에 서 있었다. 그때 비가 부슬부슬 내리고 있었다.

어둠 저쪽에서 한참 동안 실랑이를 하던 뚱뚱한 사나이는 가죽잠바를 바투 끼고 오며 여유 있게 그의 과장된 바리톤을 계속하고 있었다. 그리고 R더러 가죽잠바가 한사코 R의 귀국 환영파티를 주장하니 따라가는 것이 어떻겠느냐고 했다. R은 단호히 반대했다. 그는 가죽잠바를 택시 태워 보내자고 했다. 그러나 가죽잠바는 택시를 타지 않겠다고 뚱뚱한 사나이의 손을 뿌리치고 어두운 골목 쪽으로 달아나려 하다가 그만 심하게 길바닥에 넘어지고 말았다. 뚱뚱한 사나이는 여전히 벙글벙글 웃으며 그를 일으켜 세우며 정히 한잔 더 해야겠다면 '레벤 호프'로 가자고 했다. 그러자 뜻밖에도 가죽잠바의 남자는 다소 정신이 든 목소리로 거기는 안 된다고 했다. 뚱뚱한 사나이는 왜 안 되느냐, 정히 술을 더 먹자고 고집할 양이면 거기에 가자고 다소 짓궂게 으름장을 놓아댔고, 가죽잠바는 약간 겁에 질린 사람처럼 거기는 안 된다고 되풀이했다. 그래서 R은 '레벤 호프'가 무엇이냐고 물었다. 뚱뚱한 사나이는 레벤 호프가 무엇인지도 모르냐고 되물었다. R은 정말 모른다고 했다. 그러자 뚱뚱한 사나이는 R에게 독일어로 '호프'는 맥주라는 뜻이고 '레벤'이란 무엇이라고 했는데 R은 뒷엣것은 길거리의 소음 때문에 알아듣지 못했다. '레벤 호프'라는 말에 대한 이러한 뜻풀이에도 불구하고 R에게는 그것이 무엇인가 하는 데 대한 의문은 여전히 남아 있었다. 그래서 그는 다시 한 번 그것이 무엇이냐고 뚱뚱한 사나이에게 물어볼 수밖에 없었다. 뚱뚱한 사나이는 말하기를 그것은 술집 이름이라고 했다. 그래서 R은 레벤 호프가 어딘데 이 가죽잠바의 남자가 한사코 거기는 안 된다고 하느냐고 물었다. 그러자 뚱뚱한 사나이는 벙글벙글 웃으며 거기는 가죽잠바의 아내가 '부업으로' 하는 맥줏집이라고 했다. R은 흥미 있다는 표정으로 굳이 한 잔 더 하겠다면 거기에 가는 게 좋겠다고 말함으로써 뚱뚱한 사나이에 동조했다. R까지 레벤 호프로 가자고 하자 가죽잠바는 끝내 그럼 가자고 했고, 그래서 세 사람은 비가 추적추적 내리는 길가에서 택시를 잡으려고 서 있었다. 가죽잠바는 택시를 기다리느라고 서 있는 동안 두어 차례 뚱뚱한 사나이의 팔에서 빠져나와 차도로 비틀비틀 나갔다가 미끄러운 아스팔트 바닥에, 그것도 달려오는 차 바로 앞에서 나자빠지는 바람에 R과 그 주변에 섰던 모든 사람들의 입에서 일제히 경악의 소리가 튀어나오도록 하기도 했다.

  가까스로 한 택시에 합승한 뒤 약 이십 분쯤 달렸을 때 어느 어두운 로터리에서 세 사람은 내렸다. 뚱뚱한 사나이는 R과 가죽잠바에게 자기가 먼저 가서 어떤 '조치'를 취하여 놓을 테니 한 십 분쯤 뒤에 오라고 하고 빗속으로 사라졌다. R은 비가 추적추적 내리는 가로등 밑에 가죽잠바와 함께 우두커니 서 있었다. 다행히도 가죽잠바는 아까 택시를 타기 전처럼 비틀거리지는 않았다. 그는 그사이에 눈에 띌 정도로 정숙해져 있었다. 약 십 분쯤 뒤에 뚱뚱한 사나이가 벙글벙글 웃으며 나타나 다 됐다고 했다. 뚱뚱한 사나이는 말하기를 가죽잠바의 아내더러 가죽잠바가 지금 좀 취했으니, 가죽잠바 취한 모습을 그의 아내가 보면 속이 상할 수도 있는 일이니, 가게에 있지 말고 집으로 들어가 있으면 가죽잠바와 레벤 호프에서 한잔 더 하고 곧 집으로 들여보내겠다고 했다는 것이다. 그래서 지금 가죽잠바의 아내는 레벤 호프에 없다고 했다. 가죽잠바는 뚱뚱한 사나이의 이 조치에 대단히 만족해하는 편이었다. 그리고 다소 활기를 되찾은 표정으로 가자고 했다.

레벤 호프는 꽤 깨끗하고 크고 화려한 술집이었다. 술집 종업원들은 세 사람이 들어서자 싱글싱글 웃었다. 가죽잠바는 이제 대단히 양순해졌다. 겉으로 보아서는 거의 취한 것 같지 않아 보였다.

고등학생쯤으로 보이는 젊고 가느다란 몸매의 여자가 세 사람이 잡은 자리에 술을 날라왔다. R은 이제 더 이상 마시지 않았다. 그의 얼굴에는 피로의 기색이 역력했다.

"우리 오늘 밤 R 박사 귀국 환영파티를 해줄 양이면 아예 오입도 한 번 시켜줘야 할 일이 아니겠어?"

뚱뚱한 사나이가 가죽잠바에게 넌지시 말했다. 가죽잠바는 이제 훨씬 차분해져서 그렇게 하자고 했다. R은 피시시 웃으면서 정히 오입을 시켜주겠다면 방금 술을 날라왔던 여고생처럼 보이는 저 여자가 좋겠고 그 밖에 다른 어떤 여자도 싫다고 했다. 그러자 가죽잠바는 몹시 난색을 지으며 혹 누가 들을까 봐 염려가 된다는 표정으로 그건 안 된다고 했다. R은 그렇다면 오입은 안 하겠다고 딱 잘라 말했다. 그러자 뚱뚱한 사나이는 다소 섭섭해하는 표정으로 R을 향하여 R이 비록 객지에서 고생을 안 했다고는 말하지만 얼마나 고독했겠느냐고 말하고 자기가 R의 성적 굶주림을 헤아려 생각한다는 것은 뚱뚱한 사나이 자신의 R에 대한 최대의 애정의 표시가 아니냐고 말했다. 그래서 R은 자신은 객지에서 성적으로도 그다지 굶주렸던 것 같지는 않다고 말했다. 그러자 뚱뚱한 사나이는 믿으려 들지 않았으며 굳이 그렇게 남의 호의를 사양할 필요가 뭐 있느냐고 했다. 게다가 그는 완강했다. 그래서 R은 약간 난색을 짓다가 내친김에 자신은 어젯밤에도 여자와 잤다고 말해 버렸다. 그제서야 뚱뚱한 사나이는 몹시 의아해하는 표정으로 R을 바라보다가 다소는 서운해하는 표정으로 '오입' 문제를 일단락 냈다.
 뚱뚱한 사나이와 R은 약 반 시간쯤 후에 레벤 호프를 나와 육교 밑에서 비를 피하며 택시를 잡느라고 섰다가 한참 뒤에서야 택시를 잡아탔다.
 "저 친구도 고민이 많아서 저래."
 택시 안에서 뚱뚱한 사나이는 나지막한 목소리로 R에게 말했다.
 "마누라가 저렇게 괜찮은 술집을 하고 돈을 좀 벌기 시작하자 저 친구를 떼어버리고 싶어 하는 것 같애. 그러니까 저 친구는 자신의 취한 모습을 마누라한테 보이기가 싫은 거지."
 R은 별로 듣고 있지 않은 표정이었지만 그저 형식적으로
 "예에, 그래요?"
 하고만 말했다. R은 뚱뚱한 사나이의 아파트 앞에서 내려 뚱뚱한 사나이의 아파트에서 자고 이튿날 뚱뚱한 사나이가 출근할 때 함께 나왔다.

 뚱뚱한 사나이와 시내까지 함께 와서 헤어질 때에는 몹시 심하게 비가 내리고 있었다. R은 비를 피하기 위하여 어느 건물의 추녀 밑에 서 있다가 가까이 보이는 다방으로 올라갔다. 아직 이른 시간이어서 다방에는 손님이라곤 없었다. 다방 종업원으로 보이는 한 사람의 남자와 두 사람의 여자가 손걸레로 다방 안 구석구석을, 이를테면 카운터 위, 창문틀, 탁자와 의자 등받이들을 닦고 있었다. 그들은 R이 문을 열고 들어서는데도 그것을 전혀 의식하지 못한 듯 돌아보지도 않고 그들의 일에 열중하고 있었다. 실내에는 네 군데 벽 모서리에 설치된 커다란 스피커에서 이미 오래전에 유행이 지난 재즈가 울려 나오고 있었다. 그 소리는 대단히 시끄러웠다.
 세 사람 중 한 사람의 남자는 그의 고급스러운 양복으로 보나, 그의 약간 배가 나온 뚱뚱한 몸매로 보나, 그리고 그의 다소 준엄한

느낌을 주는 표정으로 보나 고용인이 아니라 이 다방의 고용주인 것처럼 보였다. 두 여자 중 젊은 여자는 특히 뮤직박스의 커다란 유리 칸막이를 대단히 정성을 기울여 닦고 있었다. 세 사람은 지금 쾅쾅 울려 퍼지는 음악 소리를 듣고 있는지 안 듣고 있는지 모르지만 그 음악의 리듬과는 맞지 않는 손놀림으로, 그러면서도 대단히 규칙적인 동작으로 걸레질을 하고 있었다.

다방의 한 탁자 앞에 앉은 R은 신문을 펴 들었다. R은 신문의 사회면에서 인신매매단의 수법이 갈수록 간악해져 가고 있다는 내용의 기사를 읽었다. 그 기사는 일례로 최근에 인신매매단은 봉고차에 생활필수품을 싣고 주택가에 나타나 일반 시중가격보다 싼값에 파는데 가정주부들이 몰려들어 그것을 마구 사는 바람에 물건은 금방 동나고 물건을 사지 못한 아낙네들에게 인신매매단 남자들은 저쪽 어디에 가면 물건이 많이 있으니 봉고차를 함께 타고 가면 살 수 있다고 꾀어 가정주부들을 태운 뒤 어딘가로 데리고 가버린다는 것이었다. 그런가 하면 최근에는 서울의 한 여고생이 학교를 파하고 집으로 돌아오는 길에 봉고차에서 내린 남자 한 사람이 성남으로 가는 길을 묻기에 가르쳐주고 있는데, 갑자기 그 남자가 가스총을 쏘아 실신했는데, 그녀가 깨어났을 때 그녀는 두 손이 꽁꽁 묶인 채 어느 산속에 와 있더라는 것이었다. 그녀는 정신을 차리고 세 사람의 남자가 못 보는 틈을 이용하여 몰래 봉고차에서 빠져나와 칠흑같이 어두운 숲 속에서 하룻밤을 보내고 이튿날 아침 몰래 산을 내려와 파출소에 신고를 했는데 그녀가 들어간 파출소는 경북 영주 어디였다는 것이다. 그런가 하면 R은 같은 사회면에서 어느 지방 도시의 외곽에 있는 저수지에 모 대학교 학생 하나가 변사체로 발견되었다는데 그의 눈은 튀어나와 있었고, 몸은 부풀어 있었으며, 등과 가슴에는 검은 반점이 나 있고, 두 손목에는 상처가 있었다는 내용의 기사도 읽었다.

R은 뮤직박스의 칸막이 유리를 닦고 있는 여자를 향하여 음악 소리를 좀 낮추어줄 수 없겠느냐고 물었다. 젊은 여자는 아무 말 하지 않고 쥐고 있던 걸레를 한켠에 내려놓고 뮤직박스 안으로 들어가 음악 소리를 낮추었다. 그러나 음악 소리는 조금 낮아진 듯하기도 했지만, 약간 습기 차다고 느껴지는 그 다방 안에는 여전히 견디기 힘든 꽝꽝 울려대는 소리였다. R은 일어나 공중전화 쪽으로 갔다.
"네에?"
J의 목소리였다.
"응, 난데……."
R이 말했다.
"아직 안 내려가셨어요?"
"응."
"어디서 잤어요?"
"X 씨 댁에서."
"A 교수와는 만났어요?"
"응."
"뭐라고 하셔요?"
"응, 그냥…… 그런데 나 지금 시내에 있는데 너 좀 나와줄 수 없겠니?"
"제가요?"
"응."
"어디서요?"
"터미널 쪽에서 만나기로 하지."
"몇 시에요?"
"지금."
"지금은 안 돼요."
"그럼 열한 시쯤?"

"그래요."

R은 전화박스에서 나오며 시계를 들여다보았다. 그리고 다시 자리에 앉아 신문을 뒤적거렸다. 그리고 커피 한 잔을 마시고 다방을 나왔다. 밖에는 여전히 비가 쏟아지고 있었다. 그는 지하철을 타고 터미널에서 내렸다. 시계는 아홉 시를 가리키고 있었다.

R은 우선 터미널 건너편에 있는 어느 지하다방으로 내려갔다. 다방을 들어서면서 R은 카운터 위에 얹힌 신문을 들고 홀을 가로질러 빈자리로 가 털썩 주저앉았다. 그리고 그는 다시 읽기 시작했다. 약 이십 분쯤 지났을까 그의 등 뒤편 어느 자리에서 갑자기 육십쯤 되었다고 느껴지는 한 노파의 절규하는 듯한 목소리가 들려왔다.

"너희가 언제 한번 와보기나 했느냐?"

그 목소리는 높고 카랑카랑한, 정확한 서울 사람의 억양이었다. 그 소리는 갑자기 다방 안에 짜랑짜랑 울려 퍼졌고, 그때까지 다른 탁자들에서 들리던 낮은 대화 소리들이 일시에 멎어버렸다.

"내가 언제 너희들에게 돈을 달라고 했어? 내가 병들어 죽었다 한들 너희들이 한번 와보기나 하겠니?"

노파의 목소리는 단호했다. 그러나 노파의 이러한 절규에도 불구하고 그녀의 말 상대는 아무 소리도 하지 않았다. 물론 R은 뒤돌아 앉아 있었기 때문에 지금 앙칼진 목소리로 절규를 하고 있는 노파는 물론 그녀 앞에 앉아 있을 그녀의 상대도 볼 수는 없었다. 노파는 계속하여 소리쳤다.

"나는 너를 키울 때 그렇게 하지는 않았어, 며늘아이도 그렇지. 그 애는 내가 어디 사는지나 아니?"

분노에 찬 노파의 목소리는 적어도 삼사 분 동안 지속되었다. 노파는 때때로 "조심해, 이 녀석아!"라는 말을 했고, "너는 지금 너 자신이 어떤 지경에 처해 있는지 알기나 하니?"라는 말도 했고, 그 밖에도 '미술학원', '에어로빅', '영식이'라는 말을 입에 올리기도 했다. 노파의 그 거침없는 꾸짖음 소리가 계속되는 동안 다방 안의 다른 어떤 소리도 들리지 않았다. 게다가 노파 맞은편에 앉아 있을 그 어떤 사람의 가령 "고정하세요.", "제발 작은 소리로 말씀하세요." 또는 "그만 하세요." 따위의 말은 전혀 들려오지 않았다. 그리하여 노파는 지금 상대도 없는데 혼자 저토록 소리치고 있는 것이나 아닐까 하는 생각마저 들 지경이었다.

"아무리 이야기해도 소용없어. 너는 너대로 나는 나대로 살면 그뿐이지. 이젠 그만 일어나."

이렇게 노파의 목소리는 결론을 짓고 딱 멎었다. 그리고 곧이어 자리에서 일어나는 기척이 나더니 따박따박 하이힐 뒷굽이 인조대리석 바닥에 부딪치는 소리가 났고, 한 여인과 그녀의 뒤를 따르는 한 남자가 R이 앉은 왼편 통로를 거쳐 카운터 쪽으로 갔다. 여인은 얼핏 옆모습으로 보아서는 물론 육십 대 초반이라고 할 수 있었지만, 그녀의 단정하게 빗어 틀어 올린 뒷머리며 알맞은 키와 그녀가 입은 고급스러워 보이는 원피스와 오른쪽 겨드랑이 밑에 끼고 있는 흰색 핸드백과 그리고 정갈한 하이힐 소리 등으로 봐서는 사십 대 초반이나 삼십 대 중반이라는 착각을 일으킬 수도 있었다. 이러한 느낌은 물론 그녀를 뒤에서 보았을 때 그렇다는 말이다. 앞에서 보았더라면 아마도 다른 느낌을 받았을 수도 있었을 것이다. 한편 그녀를 뒤따르는 남자로 말하면 그는 단정한 머리며 단정하게 차려입은 다소 무거운 색깔의 양복이며 흰 와이셔츠며 화려한 넥타이 따위로 보아 삼십 대 초반이라는 느낌을 주었다. 그들은 카운터 앞에서 잠시 지체한 뒤에 곧 문을 열고 나갔다.

그들이 나간 뒤 그때까지 숨을 죽이고 있던 낮은 대화 소리들이 다시 여기저기에서 되살아나기 시작했다. R은 다시 신문을 읽기 시작했다. 잠시 후 그는 커피 한 잔을 주문하여 마시고 담배 한 대를 태운 뒤 자리에서 일어나 카운터로 가 돈을 지불하고 다방을 나왔다.

R은 J와 만나기로 약속한 다방으로 향했다. R이 J와 만나기로 약속한 곳은 방금 R이 나온 지하다방이 있는 건물의 바로 옆에 있는 지하다방이었다. R은 다시 옮겨 앉은 다방에서 다시 신문을 읽고 커피를 마시고 그리고 담배를 피웠다. J는 열한 시가 지났지만 나타나지 않았다. 열한 시 이십 분경에 껌 파는 노인이 와서 R은 이백 원을 주고 껌 한 통을 받아 호주머니에 넣었다. 그리고 다시 신문 속으로 고개를 묻었다. J는 열한 시 사십 분에 급히 다방 문을 열고 들어서서 다방 안을 두리번거렸다. R은 그녀의 출현을 보고서도 아무런 신호도 보내지 않고 그의 신문에서 고개를 들지 않았다. J는 R을 발견하고 다가와 R의 맞은편 자리에 앉으며

"늦어서 미안해요."

하고 말했다. R은 아무 말 하지 않고 신문을 그의 얼굴 앞에서 걷어내어 그의 옆, 빈자리에 내려놓았다. 그러고는 계속 아무 말 하지 않고 탁자 위에 얹힌 담뱃갑에서 담배 한 개비를 꺼내어 입술로 가져갔다. 그리고 담배에 불을 붙였다. J는 아무 말 하지 않고 그의 맞은편에 다소곳이 앉은 채 그의 일거수일투족을 바라보고 있었다. R은 담배연기를 허공에다 대고 후 내뿜으며 말했다.

"왜 나는 서울에 돌아와서 아무짝에도 쓸데없는 일에 나의 시간을 죽여야 할까?"

그의 목소리는 대단히 우울했다.

"미안해요."

J가 말했다.

"프랑스에 있을 때는 잠자는 시간, 밥 먹는 시간을 제외하고는 모두 일에 종사하는 시간이었지. 물론 산책도 했지. 그러나 산책하는 시간마저도 그때는 일하는 시간의 연장이었지. 산책을 하면서도 나는 늘 일을 생각했거든. 그러나 한국에 돌아와서 나는 계속 누군가를 지루하게 기다려야만 해. 이러다가는 큰일 날 것 같아."

R의 목소리는 대단히 초조해하는 그런 것이었고 얼굴은 거의 울상이었다.

"돌아오신 지가 얼마 되지 않아서 그렇겠지요. 이제 곧 괜찮아질 거예요."

J가 달래듯이 말했다. R은 여전히 우울한 목소리로 웅얼거렸다.

"어제는 A 교수가 약속 시간보다 삼십 분이나 지나서 나오더니……."

"A 교수가 삼십 분이나 늦게 나왔어요?"

J는 A 교수의 처사가 부당하다는 듯이 말했다. R은 계속했다.

"또, 어제 오후 X 씨는 내가 얼마나 인내심을 가지고 기다리는가를 보기 위해 일부러 한 시간이나 늦게 왔다고 하질 않나……."

"일부러 늦게 나왔대요?"

J는 다시 기가 막히다는 듯이 이렇게 말했다. R은 계속했다.

"그리고 너는 또 오늘 사십 분이나 늦질 않나……."

"미안해요."

J는 다시 다소곳한 표정으로 말했다. 그리고 잠시 침묵이 흘렀다.

"A 교수가 뭐라고 해요?"

J가 물었다. R은 이야기했다. 이야기하는 동안 R은 다시 명랑해졌다. J는 다시 간밤에 R이 어디서 잤느냐고 아까 전화로 물었던 질문을 했다. R은 자신은 간밤에 X 씨 댁에서 잤는데 X 씨 집엘 가기 전에 가죽잠바와 어울려 자리를 옮겨가며 세 번씩이나 술을 먹어야 했다는 말을 했다. 이 말을 하면서 그는 다시 우울한 목소리가 되었다. 그는 말하기를 자신은 프랑스에서 박사학위를 받아왔는데, 그리고 돌아올 때는 그의 계속적인 글쓰기를 혹시 한국에서 어떤 이유에서든 하지 못하게 되면 어쩌나 하는 초조감을 가지고 돌아왔는데 알지도 못하는 사람의 술주정을 받으며 비를 추적추적 맞으며 밤거리를 쏘다닌 자신의 어젯밤 일이 여간 이상하지 않다

고 말했다.
"그렇지요? 한국에서는 이상하게도 늘 그런 쓸데없는 일에 휘말려 들게 돼요."
J가 말했다.
R은 또 한국에서는 그가 한동안 살았던 나라에서 보고 듣고 느낀 것을 말할 필요가 없고 또 말하지 않아야 한다고 전제하고 나서 R이 그동안 만난 사람들, 이를테면 A, Q, H, X 그리고 가죽잠바 등은 처음에는 늘 R에게 왕성한 호기심을 가지고 R이 살았던 나라에 대하여 무엇인가를 알아보려고 들지만 그들은 우선 구체적으로 자기가 알고자 하는 것이 무엇인가를 정확히 모르고 있고, 막상 R이 무엇인가를 이야기하려고 하면 그들은 오히려 어떤 반감 같은 것을 느끼는지 곧이들으려 하지 않거나 금방 싫증을 느끼며, 그래서 그들에게 말해 줄 수 있는 것은 고작해야 수박 껍질에 바늘 끝을 찔러 보는 거와 같이 극히 표면적인 것뿐이라고 했다. J는 R의 말에 동의했다. 그리고 그녀 자신도 작년에 돌아왔을 때 R이 느낀 것과 똑같은 심정이었다고 하며, 아무도 함께 말할 사람이 없었으며, 특히 그녀의 가족들은 그녀가 보고 듣고 느낀 것을 이야기할라치면 나중에는 이상한 눈으로, '혹시 그사이에 빨갱이가 된 건 아닌가 하는 눈으로' 그녀를 바라보곤 했으며 그래서 정말 '아무하고도 말할 수 없다는 사실 때문에' 답답해했다고 말했다. 이렇게 말할 때 그녀는 다소 활기를 띠었다.
"오늘 내려가실 거예요?"
한참 후 J가 물었다. R은 잠시 머뭇거리다가 대답했다.
"그래야지. 이 서울에서는……."
그리고 그는 다시 약간 격분한 목소리로 계속했다.
"이 서울에서는 나한테 다만 나의 시간을 헌 휴지처럼 소각해 버리라는 눈에 보이지 않는 압력이 있어. 여기서는 휴식도 대화도……."

"그러니까 빨리 내려가시면 될 거 아니에요!"

J는 히스테릭한 목소리와 표정으로 다급하게 R의 말을 가로막으며 소리쳤다. 그리고 두 사람은 다시 한참 동안 아무 말 하지 않고 앉아 있었다. 한참 지난 뒤 J가 입을 열었다.

"점심 식사 하셔야지요?"

그녀의 목소리는 차분했다.

"그래야겠지. 우리가 만나면 식사하는 것 외에는 달리 할 일이 없으니까."

R은 여전히 우울한 목소리였다. 두 사람은 자리에서 일어났다. 그리고 다방을 나와 우산을 받쳐 들고 지난번에 R이 서울에 올라왔을 때 그의 아버지 선물을 샀던 바로 그 백화점 오층에 있는 식당가로 갔다. 그들은 전에 갔던 한식집으로 가 R은 갈비탕을 시켰고, J는 아무것도 시키지 않은 채 R의 맞은편에 앉아 R이 갈비탕을 먹는 동안 그를 지켜보고 있었다.

R이 식사를 하고 있는 동안 J는 R에게 그저께 밤에 그가 잤던 세검정에 있는 여관은 그가 처음 돌아오던 날 밤에 잤던 그 여관과 같은 이상한 데는 아니더냐고 물었다. R은 말하기를 거기는 비록 화려하지는 않았지만 전혀 이상한 데는 아니었으며 그런 데라면 J가 거리낌 없이 R과 함께 가 잘 수도 있을 거라고 했다. 그리고 그는 프랑스에서는 그토록 여러 지방의 호텔들을 돌아다니면서 잤지만 아무런 거리낌이 없었는데 세검정의 여관은 그와 별반 다르지 않았다고 했다. J는 아무 말 하지 않고 듣고만 있었다.

식사를 마친 뒤 식당을 나올 때 카운터에 앉아 있던 사람은 R에게 껌 하나를 내밀었다. R은 거절했다. 엘리베이터 안에서 R은 J에게 한식집마다 꼭 껌을 주는 걸 보면 껌도 아마 한국의 전통요리 중 하나인 모양이라고 다소 심술궂은 목소리로 말했다. J는 아무 말 하지 않고 약간 웃는 듯 마는 듯했다.

백화점을 가로질러 나오면서 R은 J에게 자신은 어디에 가서 J의 알몸을 껴안고 하룻밤 같이 잠들지 않으면 온몸이 썩어서 흐느적흐느적 흘러내릴 것같이 피곤하며 그렇게 하지 않으면 이 서울에서는 아무짝에도 쓸모없는 사람이 될지도 모른다는 초조감이 생긴다고 했다. J는 아무 말 하지 않았다. 백화점 밖을 나설 때 R은 그리고 자신은 오늘 대구로 내려가고 싶지 않다고 했다. 그러자 J는 몹시 다급한, 그리고 신경질적인 큰 소리로
"내려가시지 않으면 어떻게 한단 말이에요?"
하고 버럭 소리를 질렀다. 그녀가 너무나 크게 소리쳤기 때문에 그들 주위에 있던 사람들이 다 들을 정도였다. R은 몹시 당황하여
"알았다, 알았어!"
하고 다급하게 말했다. 그리고 대단히 격분한 얼굴로 백화점을 나갔다.
백화점 밖에는 비가 내리고 있었다. R은 비가 오는데도 불구하고 빗속으로 걸어 나갔다. J는 R의 등에다 대고
"이거 쓰고 가요! 그렇게 비가 많이 오는데……."
하고 말하며 자신이 들고 있던 우산을 급히 펼치려고 했다. R은 내닫던 걸음을 잠시 멈추고 돌아보았다. 그녀는 우산을 펴려고 애쓰고 있었지만 우산은 펴지지 않았다. 그녀는 급한 목소리로
"어머! 이거 왜 펴지지 않지? 집에 있길래 아무거나 하나 들고 나왔는데…… 어머, 이거 좋은 건가 봐! 누구한테 한번 물어……."
그녀가 '어머, 이거 좋은 건가 봐.' 하고 말하는 순간 잠시 걸음을 멈추고 돌아섰던 R은 경멸에 찬 목소리로
"좋은 거면 너 혼자 써라!"
하고 말하고 빗줄기가 쏟아지는 속으로 성큼성큼 걸어갔다. J는 그의 뒤에서 다소 쑥스러워하는 미소를 R의 등에다 보내고 급히 곁에 선 다른 사람에게 우산 펴는 법을 물어 우산을 편 뒤 종종걸음으

로 R의 뒤를 따라갔다. 그러나 R은 이미 지하도 입구로 들어서고 있었다. J는 우산을 접고 지하도 계단을 내려가고 있는 R을 급히 따라갔다. R의 옆에 이르렀을 때 그녀는 말했다.

"미안해요."

R은 여전히 경멸에 찬 미소를 입술에 머금은 채 아무 말 하지 않았다.

그는 지하도를 통하여 터미널로 가 표를 사고 그리고 대구로 가는 고속버스를 탔다. 고속버스는 빗속으로 달리기 시작했다.

저녁 무렵에 R은 대구에 도착했다. 그가 집에 도착하였을 때 그의 아버지와 어머니는 방금 그들의 일, 다음 날 새벽에 시장으로 실어갈 채소 단들을 묶어서 변소 뒤에 있는 수돗가에 쌓아두기를 마치고 방에 들어가 앉는 중이었다. 따라서 두 사람은 하루 종일 강 건너 밭에서 묻혀온 흙먼지로 얼굴이 뿌우옇게 되어 있었다. 바로 이 순간에 R이 첫 번째 방문을 열고 들어선 것이다.

R은 방으로 들어서자마자 그사이에 무엇인가 방에 변화가 있었다고 느꼈던지 방을 두리번거렸다. 그리고 그는 검정색 바탕에 자개가 박힌 찬장 위에 얹힌, 함석으로 된 고리짝 위에 천으로 싼 선풍기가 또 하나 더 늘어서 두 개가 얹혀 있는 것을 발견했다. 두 대의 선풍기는 똑같이 천장에 닿아 있었는데 금방이라도 넘어질 듯 위태롭게 얹혀 있었다. 그리고 그것을 싸고 있는 천에는 똑같이 지독한 먼지가 쌓여 있었다.

"웬 선풍기가 또 하나 있어요?"

R은 무엇인가 좋지 않은 예감이라도 드는 듯한 얼굴로 물었다.

"꽃집에 있던 걸 가져온 거다. 꽃집을 팔았단다."

R의 어머니가 대답했다. R은 그의 윗도리를 벗어 옷걸이에 걸어두고 사잇문을 열고 두 번째 방으로 건너갔다.

두 번째 방에는 우선 책상이 하나 더 늘어나 있었다. 그 책상은 철판으로 된 것인데 몹시 낡은 것이었다. 그것은 사잇문을 들어설 때 정면으로 보이는 위치, 경대 옆, 전에는 이불이 쌓여 있던 자리에 놓여 있었다. 그 책상에는 의자가 하나 딸려 있었고, 책상 위에는 두 층으로 된 책꽂이가 얹혀 있었다. 책꽂이에는 여러 가지 동화책들과 국민학교 이학년 교과서들이 꽂혀 있었고, 책꽂이의 빈칸에는 플라스틱으로 만든 인형들과 인형을 위한 여러 가지 소품들, 이를테면 의자와 식탁, 우유병이나 조그마한 머리빗 따위가 있고, 깡통으로 된 저금통이나 연필깎기 기계 따위가 놓여 있었다. 책상의 한쪽에는 몹시 낡은 동화책들이 약 일 미터 높이로 쌓여 있었다.

책상의 왼편에 있는 경대에도 변화가 있었다. 지금까지 그 경대는 맨 오른쪽에 놓일 짝이 없었는데 이제 그것이 제자리에 놓여 경대는 완전한 모습을 갖추고 있었다. 그리하여 이제는 사잇문을 열고 들어설 때 맞은편에 보이는 두 번째 방의 벽면은 책장과 경대 그리고 새로 들어온 철판으로 된 책상으로 한 치의 여유도 없이 가득 메워져 있었다.

경대 위 맨 왼쪽에는 쏘니 전축 세트가 얹혀 있었다. 그 전축에 딸린 두 개의 스피커는 경대의 왼쪽에 있는 책장의 빈칸에 놓여 있었다. 그리고 그 경대의 맨 오른쪽에는 플라스틱으로 된 두 개의 네모난 바구니가 쌓여 있었는데 거기에는 수북하게 장난감들이 담겨 있었다. 거기에 담긴 장난감들이란 아이들이 무엇인가를 임의로 조립할 수 있도록 만든 플라스틱으로 된 여러 가지 모양의 자잘한 조각들과 크고 작은 장난감 차들과 로봇들이었다. 그것들을 모두 자루에 넣는다면 적어도 한 말은 될 것이다. 경대의 가운데 짝 위에는 약 스무 가지의 크고 작은 인형들이 놓여 있었다. 개중에는 높이가 거의 일 미터 가까운 곰도 있고 올빼미나 개구리 모양을 한 것도 있었다. 그런데 그 인형들은 하나같이 모두 꼬질꼬질 때가 묻어 있었다. 가령 곰 인형의 경우는 원래 하얀 털을 가졌을 테지만 너무나 오랫동안 방 안에서 굴러다니며 먼지와 손때를 타서 지금은 완전히 본래의 색깔을 잃어버렸다.

쇠창살로 격자가 되어 있는 창문 아래에 놓여 있는, 이 방에 본래부터 있던 책상 위에는 열흘 전에 R이 갖다 얹어놓은 컴퓨터의 단말기와 모니터와 그리고 자판이 얹혀 있었다. 그러나 책상 위의 면적은 그것들을 올려놓고 작업을 하기에 충분하지 않기 때문에 R은 처음에 그것들을 갖다 얹을 때 기계들을 모두 책상의 오른편으로 몰아 벽면으로 향하도록 돌려놓았다. 이렇게 책상 위의 공간을 최대한 절약하여 컴퓨터를 올려놓았기 때문에 책상 위에는 어느 정도 빈자리가 있었다. 그 빈자리에는 그사이에 낯선 텔레비전 한 대가 얹혀 있었다. 그리고 그 책상의 아래에 있는 공간에는 레코드판들이 가득히 쌓여 있었다.

책상과 보르네오 옷장 사이의 공간, 전에 냉장고가 있던 자리에 이번에는 아이들의 옷을 넣는 높이 약 일 미터의 흰 비닐을 씌워 만든 옷장이 놓여 있었다. 그 옷장 위에는 다시 두 개의 꼬질꼬질하게 때가 묻은 인형이 얹혀 있었다. 또, 첫 번째 방으로 통하는 사잇문 왼쪽에 있는 약간의 빈 벽에는 기저귀 따위의, 주로 유아의 속옷을 넣어두는 천으로 만든 함 같은 것이 걸려 있었다. 그런가 하면 경대의 커다란 거울과 벽면 사이의, 거울이 약간 앞으로 기울어져서 약 오 도 각도를 이루며 생긴 틈서리에는 어린아이들에게 한글 글자와 영어 알파벳을 익히게 하기 위하여 만든 두루마리로 된 커다란 걸개그림이 둘둘 말린 채 끼워져 있었다. 그 밖에도 방에는 내용물을 알 수 없는 박스라든가 온갖 잡동사니들이 더 불어나 있었다. 대부분의 이 새로운 물건들은 몹시 낡은 것들이었다. 기존에 있던 물건들에다가 다시 새로운 물건들이 더 보태어졌기 때문에 방 안에는 정말 서너 사람이 겨우 눕거나 앉을 수 있을 비닐장판이 깔린 방바닥 외에는 한 치의 틈도 없었다.

 R은 어이가 없어 하는 얼굴로 방 안을 돌아보다가 컴퓨터와 텔레비전이 얹혀 있는 책상으로 다가가 무엇인가를 급히 찾기라도 하듯 서랍들을 이것저것 열어보았다. 그 책상의 오른쪽에 있는 서랍들에는 R 자신의 물건들, 가령 잉크병이라든가 컴퓨터 디스켓들이 든 종이 상자라든가 또는 담뱃갑들이 들어 있었고, 왼쪽 서랍들에는 R의 딸의 물건들, 이를테면 인형들에게 입히는 옷이라든가 미술 시간에 쓰는 크레용이나 피리, 하모니카 그리고 조그마한 전자 오르간 따위가 들어 있었다.

 "이게 지옥이지 어디 사람 살 덴가?"

 R은 두 번째 방으로 건너오는 그의 어머니에게 말했다. 그의 어머니는 사태가 좋지 않게 돌아가리라는 것을 미리 예견하기라도 한 듯 걱정스러워하는 얼굴이었다. R의 두 아이들은 R이 두 번째 방으로 들어섰을 때 좁고 어둠컴컴한 방바닥에 앉아 책상 위에 얹힌 텔레비전에서 방영되고 있는 어린이 프로그램을 보고 있었다. R의 아내는 그때까지 R이 돌아온 것을 모르고 부엌에서 찬송가를 나직한 목소리로 부르며 저녁 식사 준비를 하고 있었다.

 "그래도 어떡하냐? 아무 소리 하지 말고 그냥 살아라."

 R의 어머니는 그녀의 아들이 몹시 화를 내고 있는 것을 부엌에 있는 며느리가 볼까 봐 걱정이 되는 듯 낮은 목소리로 아들을 달래었다.

 "그렇지만 이게 뭐야? 이렇게 물건이 많아서야 어디 숨이라도 쉴 수 있겠어?"

 R은 누구에게랄 것도 없이 버럭 소리를 질렀다. R이 이렇게 소리를 지르자 부엌에 있던 그의 아내가 찬송가 부르기를 멈추고 두 번째 방과 부엌 사이의 문을 열고

 "왔어예?"

 하고 말했다. R은 잔뜩 찌푸린 얼굴을 한 채 그녀의 그 말에는 대

답도 하지 않았다. R의 아내는 도로 문을 닫았다. R은 몹시 고통스러워하는 표정으로 머리를 좌우로 내저었다. 그리고 그는 몹시 답답한 듯 첫 번째 방으로 급히 갔다가 다시 두 번째 방으로 왔다가 그리고 다시 첫 번째 방으로 갔다가 두 번째 방으로 되돌아오곤 했다. R의 어머니는 걱정스러운 얼굴로 그러한 아들을 달래보려고 애썼다.
"이건 날 죽이려 드는 거지! 내가 그토록 답답해하면서 물건들을 갖다 버렸는데 또 이렇게 가지고 왔으니."
R은 소리쳤다. 부엌에 있던 R의 아내가 다시 사잇문을 열고 서서 말했다.
"꽃집이 팔려서 가져온 건데 어떻게 하란 말이라예?"
그녀가 이렇게 말하자 R은 더욱 화가 나는 듯
"너는 이런 물건들이 없으면 못 사느냐? 물건들에 치여서 어디 숨이나 쉬겠느냐?"
그러나 R의 아내는 좀 더 기세 좋게 소리쳤다.
"그렇지만 아이들이 쓰던 물건인데 어떡하란 말이라예? 방이 좁으면 이사 가면 될 거 아니라예?"
"이사? 나는 너도 알다시피 돈이 없어!"
R이 말했다. R의 아내는 입을 다물고 문을 닫았다. R은 몹시 화가 난 얼굴이었지만 무슨 생각에서였던지 여기서 자제했다. 그리고 첫 번째 방으로 건너갔다. R의 어머니는 여전히 걱정스러운 얼굴로 R을 따라와 어떻게든 돈을 좀 마련해 볼 테니 전세방을 하나 얻어서 R이 그의 식솔들을 데리고 따로 이사를 나가야 되지 않겠느냐고 말했다.
"제발 그런 소리 말아요. 무슨 돈이 있어서 이사를 나간단 말이야? 돈이 있다 할지라도 그렇지. 내가 왜 늙은 부모를 두고 이사를 나간단 말이야? 나는 절대로 아버지 어머니 내버려두고 나가지 않아."
R은 이렇게 말하고 계속해서

"흥, 영아 엄마 친정에서는 내가 다른 생각을 못하도록 아예 늦기 전에 떠맡기자고 부랴부랴 꽃집을 팔고 보낸 거지."
하고 중얼거렸다.

그날 밤, R은 다른 날보다 일찍 두 번째 방으로 건너왔다. 잠자리에서 불을 끄고 누운 그는 담배에 불을 붙여 물었다. 그리고 그의 아내를 불렀다.
"영아야!"
"예."
그의 아내가 약간 겁에 찬 목소리로 대답했다. R은 잠시 사이를 두고 사잇문 건너 첫 번째 방에서 누워 있을 그의 가족들이 들을 수 없을 만큼 충분히 작은 목소리로 입을 열었다.
"내가 프랑스에 있을 때 네게 보낸 긴 편지에 이미 상세하게 썼듯이 나는 도무지 너하고 함께 살아야 할 이유를 알지 못한다."
R의 아내는 아무 말 하지 않고 듣고 있었다. 그녀는 이제 올 것이 왔다는 듯이 숨을 죽이고 있었다. R은 계속했다.
"나는 나의 긴 외국생활을 통하여 끊임없이 내가 너와 함께 살아야 할 이유에 대하여 생각해 봤지만 끝내 그것을 알아내지 못했다."
그때 R의 아내가 말했다.
"허이참! 사는 데 무슨 이유가 필요해예? 다른 사람들은 뭐 꼭 이유가 있어서 살아예? 그냥 사니까 사는 거지예."
R이 잠시 기다렸다가 말했다.
"그래, 네 말이 맞을 것이다. 사람들은 대부분 그들 부부가 함께 사는 데에 있어 그들이 함께 사는 이유를 언제나 낱낱이 따지어보며 살아가지는 않을 것이다."
"그런데예?"
R의 아내는 다그치듯이 이렇게 말했다.

"그런데 내가 왜 이렇게 너와 함께 살아야 할 이유가 없다는 말을 하느냐 하면 우리가 더 이상은 함께 살지 않아야 할 이유가 너무나 뚜렷하기 때문이지."

"그것이 뭐라예?"

"그것이 무엇이냐고? 거기에 대해서는 우리가 함께 살았던 이 년 반 동안의 결혼생활을 통하여 너 자신도 너무나 뚜렷이 알고 있을 것이다. 게다가 나는 거기에 대하여서도 편지에다 이미 충분히 썼다."

"그게 뭐라예?"

R의 아내는 다시 물었다.

"모르느냐? 너는 정말 몰라서 나한테 묻는 거냐?"

R이 되물었다. R의 아내는 아무 말 하지 못했다. R은 잠시 후 계속했다.

"이제 와서 나는 잘잘못을 따지고 싶지 않다. 나는 다만 우리가 서로 운명적으로 혹은 천성적으로 서로 맞지 않아서 그렇다고 생각할 뿐이다."

"그렇지만 아이들이 있잖아예?"

R의 아내가 말했다.

"그렇지. 우리 사이에는 아이들이 있지. 그러나 거기에 대해서도 이미 편지에다 썼듯이 그것도 내가 너와 함께 살아야 할 절대적인 이유가 되지는 못한다."

"그럼 부부가 함께 사는 데 절대적인 이유는 뭐라예?"

R의 아내가 다시 다그쳤다. R이 말했다.

"물론 아까도 말했듯이 부부가 함께 사는 데에는 반드시 어떤 이유가 있어서 사는 것은 아닐 것이다. 내가 여기서 말하는 절대적인 이유라는 것은 우리가 함께 살지 않아야 할 그 이유들을 능가할 수 있는 어떤 이유를 말하는 것이다. 물론 우리 사이에 아이들이 있다는 사실도 큰 문제임에는 틀림없다. 그러나 이 문제에 대하여 나는 이미 편지에다 해결 방안을 제시했다."

R의 아내는 다시 아무 말 하지 않았다. 잠시 후 R은 계속했다.

"방금 이야기하다 네가 중간에 끼어드는 바람에 중단되었는데, 사실 너라는 사람은 어떤 점에서 보면 남들과 다름없는, 아니 어떤 관점에서 본다면 남들보다 더 훌륭한 구석이 있을 수도 있는 사람일 수 있다. 나 같은 사람을 만나지 않았더라면 너도 남들처럼 살아갈 수도 있었을 것이다."

그때 R의 아내가 입을 열었다.

"당신이 어떤데예?"

"흥, 내가 어떠냐고? 글쎄, 내가 어떠냐고 물으니 갑자기 대답하기가 참 어렵다는 생각이 드는구나. 내가 어떠냐고 하는 문제에 대해서는 여러 가지 차원에서 대답할 수 있겠지. 가령 한 사람의 시민으로서의 나, 한 사람의 학자로서의 나, 한 사람의 아들로서의 나, 그리고 한 사람의 아버지로서의 나, 그 밖에도 여러 가지 관점에서 내가 어떠한가 하는 데 대하여 말할 수 있겠지. 그런데 여기서 문제가 되는 것은 너와의 관계에 있어서 내가 어떠하냐 하는 거겠지. 그리고 거기에 대해서는 이미 나와 이 년 반 동안을 살아봤기 때문에 너 자신이 너무나 잘 알고 있지. 네가 굳이 내가 어떠냐고 물으니 말해 보겠는데 나는 너와의 삶에서 전혀 행복을 느끼지 못할 만큼 예사롭지가 못한 거지. 그 원인이야 누구에게 있든, 나는 너와의 이 년 반 동안의 결혼생활을 통하여 거의 하루도 빠짐없이 싸웠을 만큼 예사롭지가 않지. 우리는 날만 새면 싸웠고, 눈만 뜨면 싸웠지. 찻간에서도 싸워야 했고, 다방에서도 싸워야 했고, 남의 집을 방문해서도 싸워야 했지. 우리는 서울에서 이 년 반 동안 하루도 빠짐없이 서로를 할퀴면서 살아야 했지. 마치 상대를 할퀴기 위해서 함께 사는 것 같았지. 내가 어떠냐고 물으니 하는 말인데 나는 너의 남편이라는 점에서 보면 이러했던 거지."

"그 원인이 어디 있다고 생각해예?"

"그 원인이 어디 있느냐고? 그것에 대하여 나는 이제 더 따지고 싶지 않다. 왜냐하면 그것은 너무나 복잡하기 때문이다. 물론 나의 입장에서 보면 나는 그것이 너에게 있다고 할 수 있을 것이고, 너의 입장에서 보면 너는 다르게 말할 수 있기 때문이다. 그러니 아예 따지지 않는 것이 가장 현명하다. 거기에 대해서 왈가불가하는 것은 이젠 무의미한 일일 뿐이고, 또 새로이 싸우자는 말밖에는 안 된다."

"그렇지만 프랑스에 갔다 온 후로 내가 뭐 잘못한 것이 있어예?"

"아니, 아니!"

"그러면 왜 그래예?"

"왜 그러냐고? 그럼 내가 한 가지 묻겠다. 너는 앞으로 나하고 살면서 전처럼 그렇게 나하고 싸우지 않을 자신이 있니? 한번 솔직히 말해 보렴."

R의 아내는 아무 말 하지 못했다. 잠시 후 R이 계속했다.

"그렇지? 너도 앞으로 우리가 다시 함께 살아간다면 싸우지 않을 자신이 없지? 나도 그렇다. 사실 그렇다. 나는 너와 마찬가지로 우리가 다시 함께 살아간다면 전처럼 싸우지 않을 자신이 전혀 없다. 그것이 문제다. 물론 그사이에 내가 돌아와 보니 너는 이렇다 하게 잘못하는 일이 있는 것 같지는 않더라. 그러나 요 얼마 사이의, 너의 생활 태도는 아마도 너의 천성에서 흘러나오는 대로가 아니라는 것은 내가 손바닥 들여다보듯이 뻔히 안다. 다시 한 번 묻겠는데 너는 나와 다시 함께 살아간다면 나와 그렇게 싸우지 않고 살아갈 수 있을 것 같으냐?"

R의 아내는 다시 아무 말 하지 못했다. 잠시 후 R이 말했다.

"우리는 사실 여러 가지 점에서 너무나 서로 맞지 않았지."

그때 R의 아내가 끼어들었다.

"누구는 꼭 맞아서 살아예?"

"그렇겠지. 사람들은 모두 서로 꼭 맞아서 사는 것만은 아닐 거야. 그러나 우리 사이는 너무나 서로 맞지 않으니까 문제지."

"뭐가 그렇게 맞지 않아예?"

"뭐가 맞지 않느냐고? 그럼 내가 묻겠는데 우리 사이는 별문제가 없을 만큼 서로 웬만큼 맞는다고 생각하니?"

R이 말했다.

"뭐가 맞지 않는지나 말해 보이소. 내가 먼저 물었잖아예?"

R이 잠시 아무 말 하지 않고 있다가 입을 열었다.

"그것은 네가 잘 알 텐데? 앞으로 다시 우리가 함께 살아간다면 싸우지 않고 살 수 있을 자신이 둘 다에게 없을 만큼 무엇인가 극히 서로 맞지 않는 거지."

"그게 뭐라예? 거기나 말해 보이소."

"우리는 우선 자라온 경제적 환경에 있어서 서로 달랐지. 그러다 보니 경제적 삶의 방법에 있어서 우선 너와 나 사이에는 많은 이견이 있을 수밖에 없었지."

그때 R의 아내가 그의 말을 가로막으며 말했다.

"우리 집이 뭐가 부자라고 그래예? 우리 집도 이제는 돈이 없어예."

"글쎄, 너의 집도 별로 부자가 아니라는 사실을 나도 알고는 있다. 특히 지난 오 년 반 사이에 너의 친정집이 여태 같은 집에 그대로 살고 있는 것을 보았을 때 그동안 너의 아버지가 전과 같이 부동산에 손을 많이 댄 것 같지는 않고, 그렇다면 큰돈은 못 벌었으리라 여겨진다. 한국에서는 부동산에 전혀 손을 대지 못했다면 가난해질 수밖에 없는 것이니까. 내가 여기서 너와 내가 서로 자라온 경제적 환경이 다르다고 하는 말은 상대적인 것이다. 너는 네가 대학을 다닐 때 우리나라에 부동산 오름세가 한창 좋아서 너의 아버지는 몇십 년 동안 이렇다 할 직업은 없었지만 많은 돈을 벌 수 있었고 따라서 너는 별로 돈 쓰는 데 아쉬움이 없이 살아왔다. 한편, 나는 똥구루마를 끄는 아버지와 공장에 다니는 여동생들이 만들어 보내는 돈으로 상도동 산꼭대기에 있는 골방에서 자취를 하면서 이틀씩 사흘씩 주기적으로 굶으면서 학교를 다녔다. 이런 차원에서 나와 내가 자라온 환경이 다르다는 말이지. 네가 서양식 귀족의 후예이고 내가 노예의 자식이었다는 말은 아니다. 이러한 우리 두 사람 사이의, 성장시의 경제적 환경의 다름 때문에 우리가 결혼한 뒤 우리는 우선 경제생활의 방식에 있어서도 많은 불화를 가져왔다. 사실 말이 나왔으니 말인데, 나는 이따금 생각하기를 네가 나처럼 가난한 사람과 만나지 않았다면, 절약을 미덕으로 살지 않고 어느 정도의 사치야말로 곧 행복이라고 생각할 수 있는 남자를 만났다면, 메이커 있는 옷장과 경대를 들여놓는 것을 행복으로 생각할 수 있을 만큼 너그러운 사람을 만났다면 너는 필시 훌륭한 한 사람의 부인이 되었을 수도 있었으리라 생각된다. 그러나 불행히도 나는 그렇지가 못했다."

그때 R의 아내가 끼어들었다.

"그러면 이제부터라도 돈을 벌면 될 거 아니라예?"

"나는 지금 네가 질문했던 무엇이 우리 사이에 맞지 않느냐는 데 대하여 말하고 있다. 내 이야기를 중간에서 방해하지는 말아라. 그것은 다른 문제에 속한다."

R의 아내는 아무 말 하지 않았다. R은 계속했다.

"둘째로 우리는 성격에 있어서나, 사고방식에 있어서나, 취미에 있어서나, 이상에 있어서나 그리고 신앙에 있어서마저도 서로 다르다. 이러한 것들의 다름이야말로 우리 사이의 불화의 보다 근본적인 원인이 되었다."

그때 R의 아내가 약간 도전적이라고 할 수 있는 목소리로 끼어들었다.

"내가 예수 믿는다는 거를 누가 그랬어예?"

"누가 그랬냐고? 지금 그것이 문제가 아니다. 나는 지금 네가 나한테 물은 우리 사이에 무엇이 서로 맞지 않느냐 하는 데 대하여 대답하고 있다. 게다가 나는 네가 그사이에 예수를 믿고 있다는 것을 나무라지 않는다. 나는 다만 우리 사이가 얼마나 서로 다를 수 있는가 하는 것만 말하고 있을 뿐이다."

"내가 예수 믿는다는 거를 누가 그랬는지나 말해 보라니까예?"

R의 아내가 다시 도전적인 목소리로 다그쳤다. 그것을 알기만 하면 그게 누구든 당장에라도 요절을 내겠다는 듯한 태세였다.

"네가 예수 믿는다는 것을 누가 나한테 말했느냐 하는 것이 중요한 것이 아니다. 게다가 나는 그것을 두고 너를 지금 나무라는 것이 아니지 않느냐?"

"그렇지만 나는 그것을 알아야겠어예. 내가 먼저 물었으니 어서 거기나 말해 봐예."

R의 아내가 다시 다그쳤다. 잠시 후 R이 말했다.

"아무도 그것을 나한테 말한 사람은 없다."

"그러면 어떻게 그걸 알았어예?"

"네가 나한테 보냈던 몇 번의 편지를 보고 알았지. 내 전공이 뭐니? 나는 글을 읽고 거기에 숨어 있는 여러 가지 사실들을 캐내는 것이 어쩌면 내 전공이라고 할 수도 있지. 내가 너의 편지를 읽으면서 그 정도 사실쯤이야 알아내지 못하겠니?"

R의 아내는 아무 말 하지 못했다. R은 계속했다.

"방금도 말했듯이 네가 예수 믿는다는 것이 죄가 된다고 나는 생각하지는 않는다. 다만……."

"그런데예? 그런데 뭐가 문제라예?"

"그런데 문제는 네가 예수를 믿기 시작했다는 사실은 너와 내가 서로 얼마나 맞지 않는가 하는 것을 단적으로 말해 주는 한 예가 되기 때문에 하는 말이다. 너도 알다시피 어머니가 날 낳을 때 절에 가서 백 일 동안 불공을 드려서 낳았다고 한다. 물론 우스운 이야기다. 나는 그것을 내 출생의 필연성으로 생각하지는 않는다. 그러나 문제는 다른 데 있다. 내가 떠난 이후로 줄곧 절에 가서 내 건강을 빌었을 어머니의 입장에서 보면 며느리가 느닷없이 예배당에 나간다는 사실이 얼마나 염려스러운 일일 수 있었겠는가 하는 것이다. 그렇지 않겠느냐?"

R의 아내는 아무 말 하지 못했다.

"이렇듯 한 가정에 있어 정신적 부담을 줄 수도 있을 일을 네가 서슴지 않고 행할 수 있다는 것은 너와 나 사이에 말하자면 너무나 궁합이 맞지 않는다는 말밖에 더 되겠느냐? 나는 지금 아까 네가 물었던 우리 사이에 무엇이 서로 맞지 않느냐 하는 데 대하여 대답하고 있다. 말이 나왔으니 말인데 만약에 아내가 남편과 그야말로 별 문제가 없다면 예수를 믿다가도 남편의 종교를 따라 바꿀 수도 있는 것이 우리가 보편적으로 생각할 수 있는 일이 아니겠니?"

"그렇지만 지금이라도 예수 안 믿으면 될 거 아니라예?"

R의 아내는 마지못해 하는 목소리로 이렇게 말했다.

"뭐 그럴 필요 없다. 예수를 믿게 되는 것도 너의 천성에 해당하는 것일 테고, 나는 너의 그 천성을 굳이 억제하라고까지 말하고 싶지는 않다. 게다가 이젠 그럴 필요도 없는 일이고······."

이렇게 말하고 R이 다시 담배 한 대를 피워 물었다. 침묵이 흘렀다. 잠시 후 R의 아내가 입을 열었다.

"그럼 지금 나한테 무엇을 원하는 거라예?"

"무엇을 원하느냐고? 나는 이미 편지에다가 충분히 뚜렷하게 밝혔듯이 너와 이혼하기를 원한다. 그리고 너에게 나와 이혼할 것을 요구한다."

이때 R의 아내는 긴 한숨을 내쉬었다. 그리고 다시 침묵이 흘렀다. R의 아내가 입을 열었다.
"그런 생각을 왜 하게 되었어예?"
"무슨 생각?"
그러나 R의 아내는 여기에 대해서 어떻게 설명을 해야 할지를 모르겠다는 듯이 잠시 말을 못하고 있었다. 그래서 R은 대답을 기다리다 못해 먼저 말했다.
"너하고 이혼하려는 생각 말이냐?"
"예."
"내가 왜 너하고 이혼하려는 생각을 하게 되었느냐고? 그것은 너와의 삶이 워낙 불행했기 때문에 하게 된 거지. 너는 내가 그런 생각을 하고 있다는 사실을 전에는 몰랐느냐?"
"아니, 내가 묻는 말은 언제부터 그런 생각을 하게 되었느냐는 말이라예?"
"언제부터? 그걸 너는 모르느냐? 내가 이혼을 해야 한다고 생각하기 시작한 것은 우리가 결혼생활을 시작할 때부터였다고 하는 것이 옳겠지."
"혹시 프랑스에 간 뒤부터 한 건 아니라예?"
"물론 프랑스에 살면서 보다 확고하게 그렇게 생각하게 되었던 것도 어느 정도 사실이야."
"그게 무엇 때문이라예."
"그게 무엇 때문이냐고? 프랑스에서 나는 그 사람들이 사는 걸 보고 느꼈지. 왜 서로 맞지 않는 사람과 함께 주야로 서로를 할퀴며 살아야 하는가 하는 생각을 하게 된 거지."
"아니, 내 말은 어떤 계기로 그런 생각을 하게 되었느냐는 말이에요."
"어떤 계기? 글쎄, 어떤 특별한 계기가 있었다는 생각은 들지 않아."

R의 아내는 입을 다물었다. 잠시 동안 두 사람 사이에는 침묵이 흘렀다. 한참 지난 뒤 R의 아내가 입을 열었다.

"내가 잘못했어예."

"네가 뭐 잘못했느냐?"

R이 물었다. 잠시 머뭇거리다가 R의 아내가 입을 열었다.

"내가 혼전에 남자관계가 있었던 거예."

"응! 너는 그걸 가지고 내가 지금 말하는 줄로 아느냐?"

"예."

"그런데 난 그것 때문에 너하고 이혼해야 한다고 생각하지는 않는다."

"그럼 뭐라예?"

R의 아내가 다소 의아해하는 목소리로 물었다.

"응, 물론 네가 혼전에 남자들이 있었고 전혀 순결하지 않았다는 것도 나한테는 불쾌한 일이었다. 나는 너도 알다시피 혼전에 한 번도 여자관계가 없었다. 그런데 너는 여러 남자와 이미 그런 일이 있었으니 내가 아무렇지 않았다고 하면 그건 거짓말이겠지. 그러나 그건 이미 지나간 일이니까 어떻게 하겠니? 내가 너하고 이혼해야 한다고 생각하게 되는 것은 그것 때문이 아니다. 그건 이제 와서는 이혼 사유로 적합하지 않을지도 모른다."

"그럼 뭐라예?"

R의 아내가 다시 다그쳤다.

"내가 너하고 이혼을 해야 한다고 생각하게 되는 것은 그런 것이 아니라 너하고 그 밑도 끝도 없이 싸워야만 하는 그런 것이 싫어서일 것이다."

"그게 뭐라예?"

"그건 어쩌면 우리가 궁합이 맞지 않는다고나 할까. 암튼 너하고 나 사이에 그 엄청난 불협화들이다. 말이 나왔으니 말인데, 너는 절대로 나를 키워줄 사람이 아니다. 너는 그럴 만한 정신적인 능력이 되지 않는다. 너는 나의 책을 내다 버리는 한이 있어도 너의 헌 경대만은 절대로 버릴 수 없는 여자다. 너한테는 나의 문학이니 이상이니 하는 것이 모두 쓸모없는 것이다. 내가 문학박사라는 것이 너한테는 사실 아무 의미가 없다. 그것 때문에 내가 대학교수가 될 수도 있고 대학교수가 되면 돈도 제법 벌 수 있을 테고 그리고 너는 대학 동창들에게 너의 남편이 대학교수라는 것 때문에 뻐길 수도 있다는 것 외에는 본질적으로 내가 문학박사라는 것이 너하고는 아무 상관도 없다. 그렇지 않으냐?"

R의 아내는 아무 대답 하지 못했다. R은 계속했다.

"나는 나의 장래를 위해서, 나의 문학을 위해서 너와 이혼해야만 한다는 것을 안다. 그렇게 해야만 나는 정신적 자유를 가지고 내 할 일을 해 나갈 수 있을 것이다. 그리고 너도 마찬가지다. 너 또한 너와 전혀 맞지도 않는 사람과 함께 살면서 평생을 서로 할퀴며 살 필요가 뭐냐?"

"그렇지만 아이들은 어떻게 할 거라예?"

"응, 아이들 문제에 대해서는 이미 내가 편지에다 상세히 밝혔다. 그럼 내가 다시 한 번 내 생각을 네게 말할 테니 잘 들어라. 나는 원칙적으로 아이들을 내가 키우기를 원한다. 그러나 나는 아이들이 내 소유물이라고 생각하지는 않는다. 그리고 아이들은 네가 그동안 키워왔으니 키운 정도 있을 거라고 생각한다. 그래서 나는 네가 원하는 대로 따라서 하겠다. 만약 네가 두 아이 중 하나를 데려다 키우기를 원한다면 나는 하나를 키우겠다. 네가 두 아이 모두를 키우겠다면 나는 동의한다. 그리고 두 아이 모두 키우기를 원하지 않는다면 나는 기꺼이 두 아이를 키우겠다. 그리고 네가 어디에 살든 네가 아이들을 보기를 원한다면 나는 언제든지 기꺼이 아이들을 데리고 가서 너와 만나게 할 것이다. 또 내가 아이들을 보기를 원할 때는 너 역시 아이들을 내게로 데리고 와 내가 아이들을 만날 수 있도록 해야 할 것이다. 그리고 네가 두 아이를 일 년씩 번갈아 가며 키우기를 원한다면 나는 그렇게 하겠다. 나는 내가 어느 아이를 키우든 방학이 되면 어머니에게로 보내어 방학 동안 어머니와 함께 지내도록 하겠다. 물론 너한테 방해가 되는 일이 생긴다면 그렇게 할 필요는 없겠지."

R의 아내는 아무 말 하지 않았다. 두 사람 사이에는 잠시 침묵이 흘렀다. 한참 후에 R이 입을 열었다.

"나는 너하고 이혼해야 한다는 것을 알고 있고, 이미 이혼하겠다고 굳게 마음을 먹었다. 지난번에 보낸 나의 긴 편지에서 나의 뜻은 이미 충분히 밝혀졌으리라고 본다. 그런데 한국에 돌아와 보니, 한국에는 사실 여자들에게 경제적인 여건이 너무나 나빠서 이혼을 만만히 할 수 있는 형편이 못 된다는 생각이 든다. 남자들이야 돈을 벌 수 있기 때문에 이혼을 한다고 해도 실제적으로 큰 충격이 없을 수 있지만 여자들은 그렇지가 못하다는 생각이 든다. 그래서 내가 이미 편지에서도 썼듯이 나는 만약 우리가 이혼을 하게 된다면 그럴 필요가 없을 때까지 나의 수입의 반을 매달 너에게 보내줄 생각이다."

R이 이런 이야기를 한참 하고 있을 때였다. 그때까지 아무 말 하지 않고 있던 R의 아내가 R의 이야기와는 아무 상관도 없이 다소 은밀한 목소리로, 무슨 긴한 비밀 이야기라도 하는 어투로 입을 열었다.

"그런데예…… 그런데예, 시집간 아가씨에게 무슨 문제가 있었어예."

이렇게 말하고 그녀는 잠시 입을 다물고 있었다.

"무슨 문제?"

R이 물었다.

"아가씨는 이걸 오빠가 알까 봐 겁을 내고 있어예."

R의 아내가 말했다.

"무엇을?"

R이 물었다.

"말하지 않을래예. 아가씨는 이걸 오빠가 알까 봐 겁을 먹고 있어예."

R의 아내가 말했다.

"응, 그래? 그렇다면 말하지 말아라."

R이 말했다. R의 아내는 그러자 몹시 심각해하는 한숨을 내쉬며 말했다.

"아가씨는 이걸 오빠한테는 절대로 말하지 말라고 했어예. 아가씨는 혼전에 남자가 있었어예."

"그래서?"

R은 약간 격앙된 목소리로 다그쳤다. R의 아내는 계속했다.

"한번은 울면서 꽃집으로 찾아왔데예. 어떻게 하면 좋겠느냐고요. 아가씨가 사귀던 남자가 아가씨를 버리고 배를 타러 간대예. 아가씨는 아이도 있었던 것 같애예? 저의 친정아버지도 이미 다 알고 있어예."

"그래서?"

R은 벌떡 자리에서 일어나 앉으며 건넌방에서도 들릴 만큼 큰 소리로 다그쳤다. R의 아내는 당황한 목소리로

"왜 이렇게 소리를 질러예?"

하고 말했다.

"그래서?"

R은 더욱 크게 소리를 질렀다. R의 아내는 아무 말 하지 못하고 있었다. R은 다시 큰 소리로 말했다.

"그래서 어쨌단 말이냐?"

R의 아내는 숨을 죽이고 있었다.

"왜 그 이야기를 나한테 하느냐? 그래서 어쨌단 말이냐?"

R은 다시 한 번 소리쳤다. R의 아내는 어둠 속에 누운 채 아무 대답을 하지 않았다. 잠시 후 R이 말했다.
"너하고는 도저히 살 수 없다는 것을 다시 한 번 확인했다."
R은 이렇게 말하고 책상 밑으로 코를 박고 도로 누웠다. 그의 등 뒤에서는 그의 아내의 몹시 당황한, 절망감에 찬 한숨 소리가 들려왔다. R은 잠시 후 잠이 들었다.

이튿날 아침 R이 눈을 떴을 때 R의 아내는 이미 부엌에 나가 일을 하고 있었다. 첫 번째 방으로 가 보니 R의 아버지와 어머니는 새벽 채소시장으로 간 뒤였고 R의 막내 여동생은 일어나 이불을 개고 있었다. 변소를 다녀온 R은 두 번째 방으로 건너와 물건들로 가득한 방에 우두커니 앉아 담배를 피우고 있었다. 잠시 후 쓰레기 수거차에서 흘러나오는 대구의 찬가가 들려왔고, 부엌에서 일하던 R의 아내는 부지런히 밖으로 나가 대문 밖에 있는 쓰레기통을 들어 내가는 기척이 났다. 잠시 후 R의 아내는 부엌 사잇문을 열고 얼굴을 들이민 채 자고 있는 아이들, 그중에서도 아홉 살 먹은 딸애에게 이제 일어나 학교 가야 한다고 소리쳤다. 아이들은 그러나 아무리 소리쳐도 일어나지 않았다.
"가시나 니 학교 안 갈래?"
R의 아내는 다시 악을 쓰며 소리쳤다. 잠시 후 아이들이 일어났다. R의 아내는 이제 일어나 앉은 딸에게 세수를 하라고 소리쳤고, 그녀의 딸은 일어나 세수를 하고 왔다. R의 아내는 머리빗을 찾아와 딸의 머리를 오랫동안에 걸쳐 빗겨주었고, 머리를 틀어 올려 철사로 된 그물망 같은 것에 넣어 묶어주었다. 그러고 난 뒤 밥상을 차려왔다. R의 여동생과 딸은 밥상 앞에 앉아 밥을 먹었다. R의 아내는 그녀의 딸이 밥을 먹고 있는 동안 그녀가 학교에 가지고 가야 할 각종 준비물들을 챙기고 있었다. 그녀는 그것을 하나도 빠뜨리

지 않고 챙기기 위해서 딸이 늘 가방에 넣어 다니는 가정연락부라는 노트에 적힌 것을 참고로 하고 있었다. 그녀가 챙겨주어야 하는 것은 미술 시간에 쓰는 크레파스와 도화지, 가위와 풀, 색종이와 고무줄, 컴퍼스와 각도기, 체육복과 모자, 실내화와 도시락, 폐품과 저금할 돈 따위였다. 그 밖에도 무엇에 쓰이는지 알 수 없어도 이백 개의 주스 빨대, '물질 주머니', 학교에서 우유를 정기적으로 받아 먹겠다는 부모 확인서, 한 달 우유 값 그리고 버스비였다. 그것들을 다 챙겨주었을 때서야 R의 딸은 집을 나섰다. 그러나 그녀는 약 오 분쯤 뒤에 되돌아왔다. 왜냐하면 산수 공책을 잊어버리고 갔기 때문이었다.

R은 그의 아내와 무엇인가 대화를 할 양으로 방에 우두커니 앉아 담배를 피우며 기다리고 있었지만 그녀는 그를 피하고 있다고 할 수 있었다. 그녀는 끊임없이 무엇인가 부지런히 일을 하고 있었다. 게다가 잠시 후에는 시장에 갔던 R의 아버지와 어머니가 돌아왔고, 그녀는 다시 일할 거리가 생겼던 것이다. 그녀는 R의 아버지와 어머니를 위하여 아침밥을 차려왔다.

"이제는 영아 엄마가 우리한테 잘한다."

아침밥을 먹으며 R의 어머니가 말했다. R의 아버지도 수긍했다.

"전에는 가당찮았겠지요?"

R이 물었다.

"전에는 정말 우리 집 밥 안 먹을 줄로 알았다. 네가 떠난 뒤 처음에는 꼭 미친 줄 알았다. 무슨 말을 못했다. 말만 하면 토라져서 하루 종일 입을 쑥 내밀고 있었다. 그래서 겁이 나서 아무도 말을 못 붙였다. 그런데 인제는 아무 걱정 없다."

R의 어머니가 말했다. 그녀는 몹시 행복해하는 얼굴이었다. R은 아무 말 하지 않았다.

"이제사 말이 나왔으니 말인데 네가 간 뒤에는 가당치도 않았다.

말도 말아라. 이미 지나간 이야기니까 하는데 네가 떠난 이듬해 내가 네 편지를 뜯어 봤다고 얼마나 당했던지 피를 다 토했다."
"쓸데없는 소리!"
R의 아버지가 그녀의 말을 못하도록 소리쳐 가로막았다.
"이야기하세요. 제가 알아야 될 거 아니에요."
R이 말했다.
"이제는 다 지나간 이야기니까 한다. 한번은 네 편지가 왔는데 겉봉에 네 아버지 이름이 쓰여 있길래 나는 급한 마음에 쭉 찢어 봤다. 그런데 그 속에는 영아 엄마 앞으로 되어 있더구나. 꽃집으로 연락을 해서 네 편지가 왔다고 했지. 집에 와서 편지가 찢어져 있는 걸 보고는 우리 둘을 앉혀놓고 '아버님, 어머님, 아무개 집에는 아들이 며느리 앞으로 온 편지는 몇 년 동안 한 번도 찢어 보지 않았다는데 이렇게 남의 편지를 마음대로 찢어 봐도 되느냐.' 하고 가당찮게 말하더라. 그래서 내가 할 수 없이 빌었다. 겉봉에 네 시아버지 이름으로 되어 있어서 너한테 온 건 줄 몰랐다. 내가 죽일 년이다 하고. 그때 마산 애 시집가는 날을 받아두고 집안이 시끄러울까 봐 아무 말 하지 못했다. 이튿날 내가 얼마나 속이 상했던지 일어나 보니 베개에 피가 흥건하더라. 그래도 나는 피를 토한 것을 모르고 있었는데 그때 잔치 때문에 집에 와 있던 네 외삼촌이 누님은 왜 입에 그렇게 피가 묻어 있느냐고 해서야 알았다."

R은 아무 말 하지 않았다. R의 아버지도 아무 말 하지 않고 부지런히 밥을 먹고 있었다. R의 어머니가 덧붙였다.
"그러나 이제 괜찮다. 우리한테 잘한다."
"그래, 이제는 아무것도 나무랄 데 없다."
R의 아버지도 덧붙였다.
"그게 언제부터였지요? 지난해 사월부터였지요? 그렇지요?"
R이 물었다.

"지랄한다. 왜 그런 편지는 보내서 그렇게 집안을 시끄럽게 했느냐? 울고불고 야단이 났다. 네가 오면 어떻게 하든지 타이르겠다고 했다. 이제 절대로 그런 맘 먹지 말아라."

"그래요. 그 편지를 받고부터 저 여자는 아버지 어머니에게 개처럼 잘하려고 한 거지요. 나하고 붙어살기 위해서."

"그렇지만 어찌 됐거나 이만만 해도 나는 행복인 줄 안다."

R의 어머니가 말했다.

R의 아내는 하루 종일 교묘하게도 R과의 대화하는 것을 피했다. 그녀는 쉬지 않고 무엇인가 일을 찾아 했다. 저녁에 일이 다 끝난 뒤에는 방에 들어와 아이들에게 동화책을 읽어주기도 했다. 그래서 R이 그녀와 다시 이야기를 할 수 있게 된 것은 결국 잠자리에서였다.

R은 그가 이혼을 해야 하는 이유에 대해서 이야기했다. 그는 이혼을 하지 않는다면 그녀와 끊임없는 싸움으로 평생을 보내거나, 아예 백치가 되어버릴 것이라고 했다. 그러나 R의 아내는 아무 말 하지 않았다. R은 그가 그녀와 이혼을 했을 때 그가 그녀를 위해서 해줄 수 있는 것에 대하여 이야기했다. 그러나 그녀는 아무 대답도 하지 않았다. 약 두 시간 동안 혼자 지껄이던 R은 끝내 지쳐서 잤다.

이튿날은 휴일이었기 때문에 R의 여동생은 집에서 쉬었다. 그녀는 R에게 R이 외국에서 박사학위를 받아왔는데 공부방도 하나 없이 이렇게 있어서는 안 될 것이라고 하면서 경주쯤에 가서 집을 한 채 사보기로 하자고 했다. 물론 돈이 충분한 것은 아니지만 그동안 그녀가 벌어 모은 얼마간의 돈에다 지금 그들이 살고 있는 방의 전세금 칠백만 원을 보태고 그리고 얼마간 빚을 내어 보태면 살 수도 있을지 모른다고 했다. 그래서 R은 그날 그의 막내 여동생과 경주로 갔다. 경주에서 하루 종일 집을 보러 다녔지만 거기도 집값은 만만치 않았다. 그들이 아무리 계산해 보아도 집을 사기는 힘들었다. 그들은 저녁때 돌아왔다.

집에 돌아와 보니 R의 아내는 R이 아침에 집을 떠날 때와 마찬가지로 부엌에서 부지런히 일을 하고 있었다. R과 R의 막내 동생이 돌아왔을 때도 그녀는 잠시 부엌 사잇문을 열고 "왔어예?" 하고 인사했을 뿐 다시 부엌에서 오랫동안 그녀의 일을 계속했다.

그날 밤 R은 아이들에게 이제 동화책을 읽어주고 있는 그의 아내에게 조용히 집을 나가 집에서 가까운 어느 다방에 가 이야기를 좀 하자고 했다.

"무슨 이야기를 할라꼬예?"

그의 아내는 그 약간 사팔뜨기로 보이는 눈을 들어 R을 쳐다보며 이렇게 말했다.

"글쎄, 할 말이 있으니까 그렇지!"

R이 말했다.

"알았어예."

그녀는 이렇게 말하고 그녀의 빨간색 잠바를 입었다.

다방에 앉아 R은 다시 그가 왜 이혼을 해야 하느냐 하는 데 대해서, 그리고 이혼을 했을 때 그는 어떻게 그녀에게 보상을 할 것이냐 하는 데 대하여 이야기했다. 그러나 그녀는 시종일관 입을 굳게 다문 채 아무 말 하지 않았다. 약 삼십 분 뒤에 그들은 다방을 나왔다. 집으로 돌아온 뒤 R의 아내는 다시 아이들에게 동화책을 읽어주기 시작했다.

"네에."

J의 목소리였다.

"난데…… 나 지금 서울 올라가는데……."

R이 말했다.

"무슨 일로 올라오세요?"

"응, M 교수한테 전화를 했더니 나더러 꼭 Y 씨를 한번 만나보라고 강력히 권유하더군. 그래서 Y씨를 한번 만나볼까 하여……."

"왜 M 교수님이 Y 씨를 만나보라고 하셨을까요?"

"글쎄, 나도 잘은 모르겠어. 좌우간 꼭 한번 만나보라고 당부를 하기에 내일 한번 만나볼까 해서 올라가는 거야."

"그럼, 제가 나갈까요?"

"응, 그럴래?"

전화를 마치고 R은 서울로 가는 고속버스를 탔다.

J는 터미널에서 기다리고 있었다.

"그동안 대구에서 뭘 하셨어요?"

그녀가 물었다.

"응, 집을 한 채 살까 하고 경주엘 갔다 왔어."

R이 말했다.

"집을요?"

J가 의아해하는 표정으로 R을 쳐다보며 물었다. R은 다소 시니컬한 목소리로 대답했다.

"응, 내가 외국 가 박사학위를 따 가지고 돌아와 제일 먼저 해야 했던 일은 책을 내다 버리는 것이었고, 그걸 버려봐야 별 소용이 없다는 걸 알고 이젠 무슨 복부인이나 된 것처럼 낯선 동네에 집을 보러 다니게 된 거지."

"그래서 샀어요?"

J가 물었다.

"아니, 너무 비싸더구먼. 나는 생각하기를 그런 데는 집값이 싼 줄 알았는데 거기도 울산에서 돈을 번 투기꾼들이 몰려온대."

두 사람은 터미널에서 나와 주차장을 가로질러 J의 차가 세워져 있는 데로 갔다.
"이혼 문제는 어떻게 됐어요?"
차에 올라앉았을 때 J가 물었다.
"응, 그거? 이젠 시작됐지. 지난번에 올라왔을 때까지는 집에 잔치가 있어서 일을 벌일 수가 없었지."
J는 이해가 간다는 듯이 고개를 끄덕였다.
"지난번에 내려간 뒤부터 시작됐지."
"그래서 뭐라고 해요? 하겠대요?"
"그쪽에서야 물론 안 하겠다고 하지 뭐. 그러나 해야지."
"될 것 같아요?"
그녀는 R을 쳐다보며 물었다.
"될 것 같으냐가 뭐냐? 반드시 해야 될 일인데. 이혼을 해야 한다는 것은 나의 소신이야. 그러나 물론 내가 이혼을 한다는 것은 반드시 너와 결혼을 하기 위해서는 아니야. 그렇기는 하지만 그건 우선 나를 위해서, 내 문학적 장래를 위해서는 절대 필요한 일이지."
"그래요. 알고 있어요. 저를 위해서가 아니라 선생님 자신을 위해서라도 반드시 이혼을 해야 해요."
J는 다소 격정적인 목소리였다.
"내가 전에도 네게 말했듯이 시간은 걸릴 거야. 아마도 한 학기 동안은 끌 거야."
"그래요. 당장 그렇게 쉽게 되는 일은 아닐 거예요."
J가 그의 말을 시인했다. R은 이런 식의 대화가 왠지 쑥스러워지는 듯 화제를 바꾸기 위해서 그렇게 하기라도 하듯 물었다.
"그런데 J야, 이렇게 자주 차를 몰고 나와도 되는 거냐? 너의 집에서 급히 쓸 일도 있을 텐데?"
"괜찮아요."
J가 말했다. 그리고 덧붙여

"제 찬걸요."

하고 말했다. R은 의아해하는 눈으로 그녀를 돌아보며

"네가 실업자나 다름이 없었는데 웬 차를 다 샀느냐?"

하고 물었다. J는 웃으며 말했다.

"사실은요…… 작년 여름방학 때 프랑스에 갔다가 돌아와…… 선생님이 지난번에 저더러 그러셨잖아요. 박사가 너무 궁상맞게는 살지 말라고요. 그래서 집에 돌아와서 박사가 차도 없이 이게 뭐냐고 농담으로 그랬더니 아버지가 당장 차를 사주시데요."

"응, 그래? 너는 차를 샀으면 샀지, 왜 날 찍어대는 거냐? 그건 그렇고 왜 지난번에 그렇게 말하지 않았니?"

J는 아무 말 하지 않고 웃었다.

"진작 그런 줄 알았다면 나는 그렇게 부담감을 느끼지 않아도 되었을 텐데……."

그들이 탄 차는 주차장을 빙 돌아 나왔다.

"어디로 갈까요?"

J가 물었다.

"이게 네 차라면 어디 좋은 델 가기로 하지? 오늘은 날씨도 이렇게 좋은데."

R은 차창 밖으로 파아란 하늘을 쳐다보며 말했다.

"그럴까요? 그렇게 해요."

그녀는 처음에는 이렇게 선선히 말하고 나서 잠시 후 물었다.

"그런데 어디가 좋은 데지요?"

"그걸 내가 어떻게 아나? 나야 리모쥬 촌놈이잖니."

J는 어디로 갈까 하고 생각하는 눈치였다. R이 생각이 났다는 듯이 말했다.

"우리 남산엘 가보기로 하지."

"남산에요? 남산엔 왜요?"

"왜는 왜니? 내가 아는 데는 거기뿐이고, 게다가 우리가 전에 연애하던 시절에 자주 갔던 데니까 한번 가보고 싶어지는 거지."

"그렇지만 내가 남산을 찾을 수 있을지 모르겠네요."

"남산을 못 찾다니? 서울에서 남산만큼 찾기 쉬운 데가 어디 있다고. 서울 어디서나 남산을 빤히 보이는데. 바로 저기가 남산이 아니냐?'

R은 차창 밖으로 보이는 남산을 가리켜 보이며 말했다.

"제 말은 남산으로 가는 길을 찾을 수 있을지 모르겠다는 뜻이에요."

J의 목소리는 약간 짜증이 섞여 있었다.

"남산으로 가는 길은 내가 잘 알지."

R은 다소 여유 있는 목소리로 말했다. 그들이 탄 차는 R이 지시해 주는 대로 우선 제3한강교를 건너 한남동 쪽으로 달렸다. J는 무엇인가 몹시 불안해하는 눈치였다. R은 그녀의 옆에 앉아 길을 지시해 주며 서울에서는 그래도 남산만 한 데가 없다는 이야기며 그들이 처음 연애에 불붙어 있을 때 밤에 남산에 가서 J의 뼈가 으스러지도록 껴안았던 이야기며 그리고 약수터 가에서 처음으로 그녀의 젖꼭지에 입술을 댔던 따위의 이야기를 농담처럼 말했다. R이 이런 이야기를 하고 있는 동안 J는 사뭇 아무 말 하지 않고, 아무 표정도 나타내지 않고, 길만 바라보고 있었다.

국립극장 앞을 지나 남산으로 오르는 길과 남산을 빙 돌아 남대문 쪽으로 빠지게 되는 갈림길에 가까워지고 있었을 때 R은 그녀에게 남산 꼭대기로 올라가기 위해서는 이제 곧 왼쪽으로 차를 꺾어야 한다고 일러주었다. 그러나 J는 그의 말을 주의 깊게 듣지 않았던지 그만 오른쪽 길로 접어들어 버렸다.

"왼쪽으로! 왼쪽으로!"

그 순간 R이 이렇게 소리쳤다. 그러자 J는 깜짝 놀라며

"어디요? 어디요?"

하고 말했다. 그러나 이미 늦었다.

"남산 꼭대기로 올라가자고 했잖니. 남산 꼭대기로 올라가려면 왼쪽으로 갔어야지. 그러나 상관없다. 어디서 돌릴 수 있을 거야. 좀 가다보면 쉴 만한 데도 있어."

R이 말했다. J는 오른쪽 길을 따라 장충단공원 쪽으로 돌아 숭의 음악당 뒤편 길로 접어들었다. R은 이 길이 봄이 되면 얼마나 많은 꽃이 피는가, 그러나 서울의 어디보다도 사람들이 붐비지 않는다는 등의 이야기를 했다. 그러나 J는 길이 휘어질 때마다 몹시 불안해했다. 그리고 이내 피로한 기색을 드러냈다. 게다가 R이 말했던 것과는 달리 차를 돌릴 만한 장소도 없었고 주차해 둘 만한 데도 마땅치 않았다. J는 사뭇 아무 말 하지 않고 운전에만 열중하고 있었다. 그래서 R은 그녀에게 다소 미안해져서 무슨 말이라도 해야 할 것만 같이 느꼈던지

"여기가 그 유명한 안기부라는 데지? 너의 둘째 오빠 지금 여기 일하고 있겠네?"

하고 정보기관이 있는 뒷길을 달릴 때 철조망이 쳐진 데를 가리키며 말했다. 그녀는 그러나 역시 아무 말 하지 않았다. 그들이 탄 차는 결국 그 길의 끝, 말하자면 남산 야외음악당 쪽으로 빠져나와 버렸고, 대로에서 J가 어찌해야 할지를 모르고 초조해했기 때문에 R이 상세히 길 지시를 하여 그들은 국립도서관 앞에 있는 소월시비 앞에다 차를 세우기에 이르렀다. 두 사람은 이제 차를 거기에 세워 두고 차 안에서 쉬기로 했다.

그들은 거의 한 시간 동안 차 안에 그대로 앉아 이야기를 나누었다. 그들 사이에 우선 화제에 올랐던 것은 R의 이혼 문제에 관한 것이었다.

"홍, 그 여자한테는 내가 전혀 실용품이 아니라 한갓 사치품에 불

과해. 그 여자를 위해서는 돈이나 잘 벌어다 주는 남자가 필요하겠지. 문학박사라는 게 뭐야? 나는 하나의 액세서리에 불과한 거지."
R이 말했다.
"왜 사랑하지도 않으면서 놓아주지 않을까?"
J가 혼잣말처럼 중얼거렸다.
R은 다시 이번에 집을 사기 위해서 돌아다녔던 이야기를 했다. 듣고 있던 J는 다소 슬픈 목소리로 말했다.
"집이 있는 사람은 몇 채씩이나 되고 정작 필요한 사람은 하나도 없고…… 세상은 정말 불공평해요."
약 한 시간쯤 차 안에 앉아 이런 이야기를 나누다가 R은 이제 쉴 만큼 충분히 쉬었으니 남산 꼭대기에 올라가 보는 것이 어떻겠느냐고 했다. J는 잠시 망설이다가 어떻게 올라가야 되느냐고 했다. R은 그래서 그들의 바로 오른편에 보이는 남산으로 오르는 길을 가리키며 바로 저리 올라가면 되지 않느냐고 했다. J는 차를 돌려 R이 가리키는 길로 접어들려 했다. 그러나 그 길은 일방통행이었다. 즉 남산에서부터 내려오는 차들만 다닐 수 있고, 올라갈 수는 없는 길이었다. 그래서 그들은 다시 차를 돌려 아까 차를 세워두었던 바로 그 자리에 도로 세우고 서로 마주 보며 잠시 깔깔 웃었다. 그리고 J는 차에서 내려 먼지떨이를 트렁크에서 꺼내와 차 유리와 차체에 묻은 먼지를 털었다. 그녀가 차를 닦고 있는 동안 R은 차 안에 그대로 앉아 담배를 태우며 차창 밖으로 보이는 그녀를 향해 씨익 웃어 보이기도 했다. J도 청소를 하면서 차 안에 앉아 있는 그를 향하여 약간 미소를 지어 보였다.
"이젠 뭘 하죠?"
차 안에 다시 들어앉으면서 J가 물었다. R은 그녀에게 차를 여기다 세워둔 채 걸어서 남산 꼭대기까지 갔다 오자고 했다. 그러자 그녀는 한숨을 푹 내쉬면서 올라가면 뭘 하느냐고 했다. 그래서 R은 여기 이렇게 몇 시간이고 앉아 있는 것보다는 낫지 않느냐고 말했다. 그러자 그녀는 다시, 차를 정식 주차장이 아닌 데다가 세워두고 가도 될까 하고 망설였다. R이 괜찮을 거라는 이유를 여러 가지로 설명을 했다. 그제서야 그녀는 못 이긴 듯이 그럼 그렇게 하자고 하면서 차에서 내렸다.

"어디로 해서 올라가지요?"

차에서 내려서며 그녀가 물었다.

"바로 이리로 올라가면 되잖아."

R은 바로 차 앞에 있는 계단을 가리키며 말했다. 그들은 계단을 밟고 산을 오르기 시작했다. 그러나 불과 오십 미터도 못 가서 R은 J를 돌아보며

"그만두자. 올라가면 뭘 하겠니?"

하고 약간 서글퍼하는 목소리로 말했다. 뒤따라오던 J가

"왜요?"

하고 의아해하며 물었다. R은 말하기를 우선 사람이 너무 많고, 다 올라갔다 내려오면 지칠 것 같다고 했다. J는 아무 말 하지 않고 피씩 웃었다. 그들은 다시 차가 세워져 있는 데로 내려와 차 안에 들어앉았다. 그들은 아무 말 하지 않고 차창 밖을 지나가는 사람들을 내다보고 있었다. 한참 후 J는 생각이 난 듯 지난번에 가지고 갔던 컴퓨터는 작동이 잘되더냐고 물었다. R은 시선은 멍하니 차창 밖을 향한 채 괜히 그걸 대구까지 가지고 갔다고 했다. J는 의아해하는 표정으로 R을 돌아보며

"왜요?"

하고 물었다.

"우선 전기가 백 볼트라서 모니터가 작동이 안 되더군."

그러자 J가 말했다.

"우리 집에는 백 볼트도 되고 이백이십 볼트도 되는데……."

"그러나 그것보다도 그걸 갖다 놓을 데가 있어야지. 그걸 사용하려면 우선 널찍한 방과 널찍한 책상이 있어야 하는데 도무지 그걸 사용할 공간이 없더군."

그리고 그는 계속해서 그가 그걸 가지고 가 어디다 어떻게 쌓아 두었는가 하는 데 대하여 설명했다. J는 아무 말 하지 않았다. R은 약간 격앙된 목소리가 되어 말했다.

"나는 한국에 돌아올 때 그 흔한 일제 카메라 하나 사 들고 들어오지 않았다. 나는 내가 쓰던 컴퓨터 하나밖에는 아무것도 사 오지 않았다. 나는 그것을 내 일생의 가장 소중한 벗으로 삼고 한 사람의 전문인으로서 다른 아무 생각 않고 살아보리라고 생각하고 돌아왔다. 그러나 한국에서는 나에게 그걸 갖다 놓을 공간을 주지 않는다. 그건 너무 가혹하다."

J는 아무 말 하지 않고 듣고만 있었다. 이따금 R의 말에 동조하는 뜻으로 보이는 가느다란 한숨을 지어 보이기도 했지만 그 뜻은 확실치 않았다.

"이젠 어디로 가지요?"

한참 후 J가 물었다. R은 머뭇거리다가 차로 남산엘 올라가자고 했다.

"아이, 어떻게 또……."

그녀는 다소 눈에 띄게 역정을 내면서 말했다. R은 그럼 올라가지 말자고 했다. 그러자 J는

"그럼 올라가요."

하고 말했다. 그리고 덧붙였다.

"하긴 달리 어디 갈 데가 없잖아요."

그녀는 차를 완전히 돌린 뒤 물었다.

"어디로 해서 가면 되지요?"

R은 아까 그들이 왔던 숭의음악당 뒷길로 도로 갈 수밖에 없다고

했다. 그리고 그는 길을 지시하기 시작했다.

숭의음악당 뒷길로 완전히 접어들기까지 그녀는 몹시 불안해하는 기색이었고, R은 그녀에게 침착하라고 타일렀다. 숭의음악당 뒷길로 완전히 접어든 뒤 길이 한가해졌을 때 R은 그녀에게 전에 그들이 이쯤에 앉아서 서로 껴안고 있었으며, 이쯤에서 그가 최초로 그녀의 젖가슴을 만졌으며 하는 등의 이야기를 다소 능청스러운 목소리로 말했다. J는 아무 말 하지 않고 길만 보고 있었고, 이따금 길이 심하게 휘어질 때마다 짜증스러운 표정을 지었다. 그들은 결국 남산 꼭대기에 있는 주차장에 차를 세웠다.

차에서 내려 그들은 팔각정까지 걸어 올라갔고, 남산타워 지하에 있는 우체국에서 R이 프랑스에 있는 그의 친구들에게 보낼 그림엽서 몇 장을 샀다. 그리고 다시 내려와 주차장 앞에 있는 식당에서 저녁 식사를 하고 그리고 남산을 내려왔다.

"이젠 어디로 가지요?"

J가 물었다.

"글쎄."

R이 말했다. 날은 이미 어두워져 있었다.

그들이 탄 차는 일단 시내로 내려왔다. 종로에서 두 사람은 차에서 내려 잠시 다방에 들르기도 했다. 그러나 그들이 들른 다방에는 음악 소리가 몹시 시끄러웠고, 무엇보다도 그들을 참을 수 없게 했던 것은 유리로 칸막이 된 뮤직박스 안에 들어앉아 마이크에다 대고 코맹맹이 소리로 무어라고 지껄여 대는 디제이 남자의 목소리였다. R은 그 소리에 견딜 수 없다는 듯이 얼굴을 찌푸렸다. J도 마찬가지였다. 그래서 두 사람은 이내 다방에서 나왔다.

"미국문화라면 뭐든지 무조건 좋아 발광하던 우리 젊은 시절에만 저런 게 있었던 줄 알았는데 아직도 남아 있군."

다방을 나오면서 R이 말했다. 그리고 덧붙여

"저 남자의 목소리는 꼭 우리가 로마에서 봤던 그 호모의 목소리와 똑같다."

두 사람은 다시 차에 올라앉았다.

"어디로 가지요?"

다시 J가 물었다.

"글쎄, 너는 나한테 묻지 않고 너 자신이 어딘가 알아서 갈 수는 도무지 없느냐?"

R은 다소 화가 난 목소리로 버럭 소리를 질렀다. 그러자 J는 약간 찔끔해져서

"그럼 알았어요. 우리 집 있는 쪽으로 가요."

하고 말하고 어두운 밤길을 달리기 시작했다. R은 아무 말 하지 않고 멍청한 눈으로 차창 밖만 내다보고 있었다.

약 삼십 분 동안 차를 달린 뒤 J는 어느 환하게 불이 켜져 있는 휴게소 앞에 차를 세웠다. 두 사람은 차에서 내려 넓은 홀 안으로 들어갔다. 거기는 거의 사람이 없었다. 그들은 홀 한 귀퉁이에 있는 탁자 앞에 가 앉았다. R은 그들이 들어온 데가 어디인지를 모르겠다는 듯이 창문 밖을 두리번거렸다. 창문 밖은 어두웠고 저만큼 그리 길지 않은 다리가 보이는데 다리 위로는 수많은 차들이 불을 밝힌 채 질주하고 있었다.

"여기가 어딘지 모르겠어요?"

J는 R의 표정이 재미있다는 듯이 약간 장난스러운 웃음을 지으며 물었다. R은 모르겠다고 했다. J는 여기가 바로 인공폭포 옆이 아니냐고 했다. 그러나 R은 여전히 그가 와 있는 데가 어디인지 잘 이해가 가지 않는다는 표정이었다. J는 R이 앉아 있는 뒤편을 가리키며 바로 저것이 인공폭포라고 했다. R은 그의 등 뒤를 얼핏 한 번 돌아보았다. 그의 뒤 창문 밖에는 다만 검은 어둠뿐인 듯했다.

두 사람은 약 한 시간 동안 그 환하게 불이 켜진 휴게실에 앉아 있

었다. 거기는 눈에 피로를 주지 않을 만큼 충분히 밝았고 그리고 사람이 거의 없어서 조용했다. R에게는 거기가 편한 것 같아 보였다. 그래서 R은 시내에서 보였던 그 신경질적인 표정을 더 이상 짓고 있지는 않았다. 오히려 그는 다소 활기를 띠고 이야기했다. 그가 한 이야기는 주로 지난 이십여 일 동안 그가 한국에 돌아와서 본 단편적인 것들이었다. 따라서 그의 이야기는 그다지 조리 있다고 말할 수는 없었다. 그리고 그는 또한 그들이 프랑스에 살 때의 이야기도 했다. 가령 그들이 들렀던 시골의 카페라든가, 그들이 차를 타고 달렸던 시골길이라든가 또는 그들의 프랑스 친구들에 대하여 이야기했다. 그러나 J는 전체적으로 R의 이야기에 깊이 끼어들지는 않았다.

"이젠 어디 가 주무셔야지요?"

거의 한 시간쯤 지났을 때 J가 말했다. R은 몹시 우울한 얼굴로 아무 대답 하지 않았다. 벌써 열한 시가 가까워지고 있었다. 두 사람은 이제 할 이야기가 동이 난 듯 아무 말 하지 않고 앉아 있었다. 한참 지난 뒤 R이 입을 열어 오늘 밤에는 어디 함께 가 섹스를 해야 할 것이라고 말했다.

"안 돼요."

J는 몹시 걱정스러운 얼굴로 말했다.

"왜 안 된다는 말이냐?"

R은 버럭 소리를 질렀다.

"선생님은 아직 이혼을 하신 것은 아니잖아요."

J가 말했다.

"이혼을 안 했다고? 그럼 프랑스에서는 내가 이혼을 했기 때문에 나하고 살았니?"

"그렇지만 프랑스하고 한국은 달라요. 한국이 어떤 덴지나 아세요?"

R은 몹시 우울한 표정으로 입을 다물고 있었다. 잠시 후 J는 달

래는 어투로 어디 여관에 데려다 줄 테니 오늘은 그냥 자라고 했다. R은 알았다고 하며 자리에서 일어났다.

휴게소에서 나온 J는 차를 몰아 아까 휴게실에 앉아서 보았던 다리 쪽으로 향했다. 다리를 건널 때서야 R은 아까 그들이 앉아 있었던 휴게소의 위치가 어디였던가 하는 것을 깨달았다는 듯이

"아하, 여기였구나!"

하고 차창 밖을 내다보며 혼잣말처럼 웅얼거렸다.

"이제 어딘지 아시겠어요?"

J가 물었다.

"응, 이제 알겠어. 이 길로 곧장 가면 김포공항이잖아?"

"그래요."

두 사람은 김포공항 쪽을 향하여 잠시 달렸다.

"어디로 가지요?"

J가 물었다.

"아무 데로나 가지 뭐. 내가 어디 정해 놓고 갈 데가 있남?"

R은 볼멘소리로 이렇게 말했다. J는 약간 안절부절못하는 표정으로 아무 말 하지 않았다. R은 멍한 눈으로 차창 밖을 내다보고 있었다. 붉은 네온싸인이 켜져 있는 예배당의 십자가들이 검은 도시 위로 우뚝우뚝 솟아 있었다. R은 혼잣말처럼 중얼거렸다.

"여기가 정말 한국인가? 여기가 정말 육백 년 역사를 가진 서울인가? 어딜 가나 온통 십자가들이군. 여기는 흡사 유럽의 공동묘지에 온 기분이 드는군."

"아이, 너무 부정적으로만 보지 마세요."

J가 끼어들었다.

"내가 부정적인가? 그럴지도 모르지. 그러나 내가 거짓말을 하지 않고 내 느낌 하나를 숨김없이 말해도 된다면 서울은 밤이 되면 온통 거대한 공동묘지처럼 십자가들만 살아난다는 거야."

J는 아무 말 하지 않았다. 잠시 후 그녀는 저만치 보이는 '한성장여관'이라고 쓰인 네온싸인을 발견하고

"저기 여관이 있네요."

하고 말하고 차를 왼쪽으로 돌렸다. 거기는 R이 한국에 처음으로 돌아오던 날 밤에 잤던 여관과 그리 멀리 떨어지지 않은 데 같았다.

"젠장, 나는 결국 한국 돌아와 처음에 감금되었던 그 동네로 되돌아온 것 같군."

차가 여관을 향하여 골목길을 들어가고 있을 때 R은 한숨 섞인 목소리로 말했다. 그러자 J는 차를 여관 앞에다 세우고 R에게 말하기를 들어가 보고 전에 갔던 여관처럼 이상하고 기분이 나쁜 데 같으면 도로 나와서 다른 데로 가자고 했다. R은 그러마고 하고 차에서 내려 여관 안으로 들어갔다. 약 오 분쯤 뒤에 R은 여관에서 나왔다. 그리고 여관 현관 앞에 차를 세워두고 차 안에 들어앉아 R이 나오기를 기다리고 있는 J에게 이만하면 괜찮다고 했다.

"그럼 됐네요. 들어가 푹 쉬세요. 저는 이제 돌아갈게요."

J는 열려져 있는 차창 밖을 내다보며 이렇게 말했다. R은 그러한 그녀에게 함께 올라가지 않겠느냐고 했다. J는 달래는 어투로 안 된다고 했다. R은 우울한 얼굴로 고개를 끄덕였다. J는 시동을 걸었다. 그리고 차를 출발시켜 골목길을 빠져나갔다. R은 돌아서서 여관 안으로 들어갔다.

이튿날 아침 R은 일찍 일어났다. 그리고 곧 여관에서 나와 버스를 타고 C 대학으로 갔다. 거기서 그는 약 삼십 분간 어느 교수를 만나 담소를 나누었다. 그리고 그는 버스를 타고 시내로 나갔다. 시내에서 그는 신문 한 장을 사 들고 어느 다방으로 들어가 커피를 마시며 읽었다. 그는 전화박스로 가 Y 씨에게 전화를 했다. 그는 다방에서 나와 급한 걸음으로 지하철역으로 가 지하철을 타고 Y 씨를 만

나러 갔다. Y 씨와는 불과 십 분간 담소를 나누었다. Y 씨와 악수를 하고 헤어진 R은 다시 지하철을 타고 시내로 돌아왔다. 시내로 나온 그는 잠시 시내를 혼자 서성이다가 공중전화박스로 가 J에게 전화를 했다.

전화박스에서 나온 R은 약 한 시간가량 시내를 쏘다녔다. 그리고 J와 약속한 장소로 갔다.

"Y 씨와 만나서 무슨 이야길 하셨어요?"

J가 물었다.

"응, 전혀 별말 없었어."

R은 약간 피로한 목소리로 말했다.

"그런데 왜 M 교수가 Y 씨를 만나보라고 했을까요?"

"글쎄? 나도 모르겠어."

"좀 더 자세히 이야기해 보세요. 무슨 말을 했는지."

"응, 내가 Y 씨에게 아마도 무엇인가 부탁할 게 있으리라고 생각해서 M 교수가 나더러 완강히 Y 씨를 만나보라고 권유한 것 같다고 했지. 그랬더니 Y 씨는 아마도 그런 것 같다고 하면서 대체 내가 그에게 부탁할 것이 무엇이냐 묻더군. 그래서 나는 그가 우선 나에게 무엇을 도와줄 수 있는지에 대하여 모르고 있다고 했지. 그리고 나는 또 무엇을 그에게 부탁하고 싶은지 솔직히 잘 모르겠다고 했지. 그리고 헤어졌지. 이것이 모두야."

R은 약간 피로한 목소리였다.

"간밤에 들었던 여관은 괜찮았어요? 처음에 잤던 여관과 같이 그렇게 이상한 데는 아니었어요?"

J가 물었다.

"응, 거기는 전혀 이상한 데가 아니었어. 넓은 복도가 있고 복도 양옆으로 방들이 있는데 소박했고, 보이들도 그렇게 많지 않았어. 마치 유럽에서 호텔에 들었을 때처럼 마음이 편했어."

그리고 계속하여 R은 그들이 유럽에서 들렀던 여러 지방의 호텔들에 대하여 이야기했다.

"그렇지만 루흐드에서는 전혀 그렇지 않았어요. 거기는 마치 우리나라 설악산에 있는 여관에 든 것 같았어요."

"거기야 원체 외지 사람들이 들락거리니까 그렇겠지. 좌우간 간밤에 잤던 여관에서는 마음이 그런 대로 편했어."

"오늘 아침에 그 여관에서 몇 시에 나왔어요?"

"응, 아마 일곱 시 반쯤 나왔을걸."

"오늘 아침에 거길 갔었어요. 그런데 벌써 나가셨다고 하데요?"

"응, 그래? 그래, 가보니 어때? 그만하면 조용하고 소박하지?"

J는 약간 웃어 보이며 고개를 끄덕였다.

잠시 후 두 사람은 자리에서 일어났다. 다방에서 나온 그들은 지하도 밑으로 해서 길을 건넜다.

"여기 들어가 구두 한 켤레 사 신어요."

지하도에서 나왔을 때 J는 어느 구둣방 앞에 멈춰 서서 저만치 앞서 가는 R의 등에다 대고 이렇게 말했다. R은 그녀를 돌아보며 구두는 웬 구두를 사느냐, 얼마나 비쌀 텐데 하고 말했다. J는 그렇지만 그 낡은 구두를 신고야 어찌하겠느냐고 했다. R은 그래서 새 구두는 발뒤꿈치를 깨문다고 했다. J는 밴드를 사 붙이면 될 거 아니냐고 했다. 그러자 R은

"그렇지만 이 구두는 프랑스에서 사 신고 온 거야."

하고 말했다. J는 약간 웃어 보이며 집에 구두표가 하나 있기에 가지고 왔으니 돈이 얼마 들지 않아도 살 수 있다고 했다. 그제서야 R은 그렇다면 한 켤레 사 신겠노라고 하며 J를 따라 구둣방 안으로 들어가 구두 한 켤레를 사 신고 약간 쑥스러운 듯 벙글벙글 웃으며 나왔다. 구둣방에서 나와 J는 가까운 약방으로 R을 데리고 가 밴드를 사서 그에게 내밀며 발뒤꿈치에 붙이라고 했다. R은 구두가 새

것이긴 하지만 편해서 괜찮다고 했다. J는 말하기를 지금 당장은 괜찮지만 이제 좀 걸으면 발이 아파질 것이라고 하며 그걸 붙일 것을 강요했다. R은 허리를 굽혀 양말을 벗겨 내리고 발뒤꿈치에 밴드를 붙였다.

"어디로 갈까요?"

J가 물었다.

"너는 나한테 어디로 갈까 하고 묻지 않을 수 없니?"

R이 말했다.

"알았어요."

J는 이렇게 말하고 앞장서서 지하도를 내려가기 시작했다. 그리고 그녀의 차가 세워져 있는 데로 갔다. R은 그녀를 따라갔다. 그녀는 차에 올라앉아 운전석 의자의 간격을 조정하고 안전벨트를 질러매고 뒷거울을 들여다보며 차를 출발시켰다.

"오늘같이 날씨가 좋은 날은 어디 시외로라도 나가보면 좋을 텐데."

R일 혼잣말처럼 중얼거렸다.

"시외 어디요?"

J가 물었다.

"가령, 전에 우리가 함께 갔던 서해 바닷가 같은 데."

"안 돼요. 거기는 너무 멀어요. 그리고 저는 길을 잘 몰라요."

잠시 후 그들이 탄 차는 팔팔올림픽대로 위로 올라섰다. 그리고 행주대교를 넘어 행주산성 쪽을 향하고 있었다.

"여기가 어딘지 아세요?"

행주대교를 넘어서자 J는 오른쪽 소로를 접어들며 물었다.

"알지. 저기가 행주산성 아니냐? 내가 전에 고등학교 선생질 할 때 학생들을 데리고 소풍을 왔었지."

R이 말했다. 그리고 그는 이런 델 뭐가 좋다고 데리고 오느냐고

했다. 그러자 J는 갑자기 소리치며 그렇지만 서울에서는 달리 갈 만한 데가 없는데 어떻게 하란 말이냐고 했다. 그녀가 소리치는 바람에 R은 화가 치밀어 오른 것 같았지만 곧 억제하는 표정이었다. 그래서 두 사람 사이에는 잠시 어색한 침묵이 흘렀다. 잠시 후 J가 말했다.

"이쪽은 요새 모두 요식업을 하는 집들뿐이에요."

J는 연도에 즐비해 있는 집들을 가리키며 말했다. R은 잠시 딴 생각을 하는 듯 아무 말 하지 않고 있다가 문득 생각이 난 듯 불쑥 말했다.

"너는 이런 데 요식집이 많다는 걸 어떻게 아니?"

"제가 아나요? 남들이 더러 데리고 왔으니까 알지요."

J는 약간 쑥스러워하는 표정을 지으며 말했다.

그들은 행주산성 앞 주차장에 차를 세워놓고 잠시 머뭇거리다가 행주산성 안에 들어가기로 하고 입장권을 샀다. J가 입장권을 사고 있는 동안 R은 잠시 변소를 다녀왔다. 그리고 두 사람은 산성 안으로 들어갔다.

행주산성을 들어서는 초입에 있는 등받이가 없는 벤치에 그들은 햇살을 등지고 앉았다. J는 R에게 구두가 발을 깨물지 않느냐고 물었고 R은 괜찮다고 했다. 그리고 그들은 한국에는 정말 갈 만한 데가 없다고 하면서 그들이 살았던 리모쥬의 아파트 뒤편에 있는 로랑스 공원의 한적함에 대하여 이야기했다. 그들은 R의 이혼에 대한 이야기를 다시 한 번 잠시 거론했고 R이 그동안 사러 다녔던 경주 부근의 시골집들에 대해서도 다시 이야기했다.

"경주는 그래도 한국의 다른 도시하고는 달리 한국적 정취가 아직은 어느 정도 남아 있어. 빠트리스가 한국에 오게 되면 경주에는 데리고 갈 만해."

R이 말했다. 그리고 그는 땅바닥에 나뭇가지로 경주 외곽 어느

마을에서 R이 사고 싶어 했던 고옥의 평면도를 그림으로 그려 보이며 이야기했다. 듣고 있던 J가 말했다.

"경주에 있는 우리 경주 집은 요새 값이 올라 일억 이천이나 한대요."

"거기는 그쯤 할걸. 그러나 그쪽은 시장통이라서 시끄러울 거야. 나는 계림 쪽에 있는 큰길에서 좀 들어앉은 기와집들이 좋아 보이더라. 그런데 그런 집들은 보기보다는 그다지 비싸지는 않다고 하더라."

약 한 시간 가까이 나란히 앉아 이런저런 이야기를 나눈 뒤 R은 벤치에서 일어나 허리가 아픈 듯 등허리를 손등으로 툭툭 두들기면서 J가 앉아 있는 벤치 주변을 왔다 갔다 했다. 그리고 J에게 이제 일어나 산성 안으로 좀 더 들어가 보자고 했다. J는 핀잔조로 R은 어디를 가나 지긋하게 앉아 있지 못하고 늘 금방 가자고 한다고 했다. R은 거의 한 시간이나 앉아 있었는데 뭐가 금방이냐고 했다. 그리고 덧붙여 자신은 말띠기 때문에 언제나 말처럼 어딘가 자꾸 가지 않으면 안 된다고 했다. 그러나 J는 쉬 일어날 기색이 아니었다. 그녀는 등으로 햇살을 받으며 그 벤치에 그대로 앉아 있는 것을 원하는 것 같았다.

그때 한 쌍의 중년 남녀가 J가 앉아 있는 벤치 주변에 와 여자는 나뭇가지 끝을 엄지와 집게손가락으로 살포시 잡고 포즈를 취하고 남자는 저만치 떨어진 데 서서 카메라를 조작했다.

"참 어지간히도 사진 찍을 데가 없다. 여기가 뭐 좋다고 여기서 사진을 찍냐?"

J는 포즈를 취하고 있는 여자가 들을 수 없을 만큼 낮은 목소리로 이렇게 말했다. 그리고 그녀는 이제 어쩔 수 없다는 듯이 벤치에서 일어났다.

두 사람은 산성 안을 향하여 천천히 걷기 시작했다. 걸으면서 R은 동양인들은 참 지독하게 사진을 찍어댄다고 했다. 그리고 두 사람은 빠리에서 일본인 관광객들이 흡사 사진 찍으러 유럽에 온 것처럼 사진을 찍어대던 것에 대하여 이야기했다. R은 계속하여 한국에는 좁은 국토에 사람이 너무 많을 뿐만 아니라 그 많은 사람들이 너무 대도시에 집중되어 있는 것이 한국 사람들의 커다란 불행 중 하나라는 말도 했다. J는 별로 말하지 않았다. 그녀는 산성을 돌아 올라가면서 두어 차례 몹시 피곤한 기색으로 R을 만나기만 하면 늘 밑도 끝도 없이 걸어야 한다고 했다. R은 그러한 그녀에게 좀 더 힘을 내라고 했다.

산성을 돌아 나오면서 공중변소 앞을 지날 때 J는 R에게 다소 엄한 목소리로 변소를 다녀오라고 했다. R은 처음에는 변소에 갈 마음이 없다고 했다. 그러나 다음 순간 아무래도 변소엘 다녀오는 게 낫겠다고 하며 그녀를 남겨두고 변소로 갔다. 변소에서 나오며 그는 그녀에게 아무래도 변소에 갔다 온 것은 잘한 일 같다고 하며 그녀가 어떻게 R이 변소를 다녀와야 할 때라는 것을 아느냐고 물었다. J는 그걸 왜 모르느냐고 했다.

산성을 나올 때 R은 약간 다리를 절었다. J는 그에게 왜 다리를 저느냐, 구두가 발뒤꿈치를 깨무느냐 하고 물었다. R은 약간 깨문다고 했다. J는 거보라고 하면 밴드를 하나 더 붙이겠느냐고 했다. R은 괜찮다고 했다. 두 사람은 행주산성을 빠져나왔다.

행주산성에서 나온 뒤 그들은 주차장 옆에 있는 식당에서 식사를 하고 꽤 오랫동안 차 안에 앉아 있었다. 그때 R은 J에게 오늘 밤에는 반드시 함께 어디로 가 그녀의 젖꼭지를 만지작거리면 서로 사타구니를 붙인 채 자야 한다고 했다. 그렇게 해야만 R은 자신의 감각이 되살아나게 되고, 이 어려운 한국에서 소신을 잃지 않고 살아갈 수 있을 것 같기 때문이라고 했다. 그러나 J는

"안 돼요. 선생님은 아직 이혼 문제가 끝나지 않았잖아요."

하고 말했다. R은 몹시 화가 난 얼굴로 두 손을 가랑이 사이에 찔러 넣고 어깨를 우뚝 세운 채 고개를 푹 수그리고 앉아 있었다. J는 그러한 그를 돌아보며 오른손으로 그의 뺨을 한 번 쓰다듬으며 쌩긋 웃고는

"화났어요?"

하고 말했다. R은 아무 말 하지 않았다.

잠시 후 그들은 행주산성을 출발했다. 날은 이미 어두워지고 있었다.

"어떻게 할까요? 어디로 가실 거예요?"

그 요식집들이 즐비한 소로를 거쳐 행주대교로 들어서면서 그녀가 물었다.

"아무 데로나 데려다 줘. 내가 어디 갈 데가 정해져 있기나 한가?"

R이 말했다. 그의 목소리는 우울과 피로감에 싸여 있었다.

"그럼 간밤에 주무셨던 그 여관으로 모셔다 드릴까요?"

J가 물었다. R은 아무 말 하지 않았다. J는 김포공항 앞으로 차를 몰았다. 그때 R이 서글퍼하는 목소리로 말했다.

"얼마 전에 내가 저기로 해서 한국에 돌아왔는데 나는 여태 갈 데가 없어 헤매고 다니는구나."

그러자 J가 히스테릭한 목소리로 소리쳤다.

"그럼 저더러 어떡하란 말이에요!"

R은 분노에 찬 얼굴로 그녀를 돌아보았다. 그러나 그는 끝내 억제하고 아무 말 하지 않았다.

"미안해요. 소리를 질러서."

한참 침묵이 흐른 뒤 J가 말했다. R은 아무 말 하지 않았다. J는 한성장여관 앞에서 차를 세웠다. R은 아무 말 하지 않고 차에서 내렸다. 그리고 여관 안으로 들어갔다. 그의 등 뒤에서 J가 차에 시동 거는 소리가 났다.

이튿날 아침 R은 여관에서 나와 버스를 타고 고속버스 터미널로 갔다. 그리고 버스를 타고 대구로 내려갔다.

R이 집으로 돌아왔을 때 R의 아내는 집에 없었다. 그녀는 아침에 친정에 간다고 하고 나갔다고 했다. 저녁때 그녀는 돌아왔다. 그녀는 돌아오자마자 우선 R의 아버지와 어머니에게 자신이 돌아왔다는 것을 보고하고 이내 부엌으로 들어갔다. 부엌에서 그녀는 밥을 지었고, 밥상을 차려 들고 들어왔고, 식사가 끝난 뒤에는 설거지를 했다. 설거지가 끝난 뒤에는 빨래를 했다. 그리하여 그녀가 일을 마치고 방으로 들어와 두 아이들을 무릎 사이에 끼고 앉아 『황금 로보트』를 읽어주기 시작했을 때는 아홉 시가 넘어서였다.

"영아야, 우리 밖에 나가 이야기 좀 하자."

R은 두 아이를 무릎 사이에 끼고 앉아 책을 읽기 시작하는 그의 아내에게 이렇게 말했다. 그녀는 못 들은 척하고 계속해서 읽고 있었다. R은 다시 한 번 똑같은 말을 했다. 그제서야 그녀는 고개를 들고 말했다.

"잠깐만 기다리소. 이 책 마자 읽어주고예."

그리고 그녀는 다시 그림책으로 고개를 숙였다.

"그런 거 읽어주지 않아도 돼!"

R은 약간 격앙된 목소리로 말했다. R의 아내는 더 이상 어쩔 수 없다는 듯이 읽고 있던 책을 아이들에게 넘겨주고 일어나 그녀의 빨간색 잠바를 주워 입었다. 두 사람은 부엌으로 해서 집을 나와 집에서 가까운 다방으로 갔다.

"그래, 너는 어떻게 할 생각이냐?"

다방에 앉아서 R이 물었다.

"뭐를예?"

R의 아내는 전혀 그의 의중을 모르겠다는 표정으로 되물었다.

"이혼 말이다."

R이 말했다. 그의 아내는 그녀의 두툼한 입술을 굳게 다물고 아무 말 하지 않았다. R은 억제된 목소리로 말했다.

"너는 이런 식으로 입을 다물고 버틴 지가 이 년 반, 아니 팔 년이지. 그렇게 남의 말에 입을 굳게 다물고 미련을 부리면 그 결과는 늘 정해져 있었지. 끝에 가서는 좋지 못한 말이 오가고 주먹이 오가게 되는 거지. 이것이 우리가 서울에서 이 년 반 동안 살았던 모습이다. 너는 또다시 그런 삶을 시작하려고 드는구나."

그제서야 R의 아내는 초조한 얼굴이 되어 입을 열었다.

"그렇지만 아이들은 어떻게 해예?"

"아이들은 어떻게 할 것이냐 하는 데 대해서 나는 이미 이야기했다."

이렇게 말하고 나서 R은 지난번에 했던 말을 되풀이했다. R의 이야기가 끝났을 때 R의 아내는 다시 아이들을 위해서라도 R이 양보를 하라고 잘 알아들을 수 없을 만큼 입속에 넣고 웅얼거리는 소리로 말했다. 그러나 R은 아이들을 위해서라도 하루속히 이혼을 해야 한다고 주장했다. 왜냐하면 아이들을 위해서 그토록 밤낮을 가리지 않고 부모가 싸우는 것은 좋지 않기 때문에 일찌감치 헤어지는 것이 낫다고 했다. 그래야만 그는 아이들 교육에 대한 장기적인 계획도 세울 수 있다고 했다. 그리고 아이들을 핑계로 이혼을 하지 않겠다고 하는 것은 옳지 않다고 했다. R의 아내는 아이들을 핑계로 이혼을 안 하려고 하는 것이 아니라고 극구 부인했다.

이런 식으로 약 삼십 분 정도 이야기를 계속했다. R의 아내는 이제 몹시 풀이 죽은 표정과 목소리로 애원하기 시작했다.

"아가씨도…… 혼전에 그런 일이 있었다는 걸 생각해서라도 우리도 그냥 살아예."

"흥, 이제사 나올 게 나오는구먼. 너는 내가 이혼을 하자는 편지를 보냈을 때 마음속으로 이렇게 생각했겠지. 네가 순자의 비밀을 알고 있으니 내가 돌아와서 너하고 이혼을 하자고 나오면 너는 네가 알고 있는 그 비밀을 최후의 카드로 제시한다, 그러면 나는 꼼짝 못하고 이혼하자는 소리를 못할 것이다 하고. 그러나 나는 순자의 보호자도 아니고 따라서 순자의 삶에 책임을 질 수도 없는 일이지. 순자의 삶과 우리의 삶은 전혀 별개의 것이지. 너는 나하고는 아무 상관도 없는 일을 가지고 내 목을 조르겠다는 것이지. 그걸 가지고 내 목을 조르고 평생을 함께 살아보겠다는 것이지. 그러나 네가 한 가지 알아둬야 할 사실은 나는 나하고는 아무 상관도 없는 일을 가지고 남편의 목을 조르고 평생 살겠다는 여자와 함께 살 만큼 바보는 아니라는 사실이지. 물론 내가 순자를 위해서는 너에게 목이 졸린 채 너와 함께 사는 것이 옳다고 생각할 수도 있겠지. 그러나 그건 좁은 생각이야. 그렇게 된다면 우리 사이에 싸움이라도 벌어지게 되면 너는 말끝마다 순자 일을 들먹거리겠지. 너는 이 카드를 가지고 한번 재미를 톡톡히 봤다고 생각할 테니까. 이렇게 되면 나는 평생 숨을 못 쉬고 살겠지. 그리고 여기서 네가 한 가지 알아둬야 할 사실은 내가 그 일로 목이 졸려 너하고 함께 산다고 할지라도 언젠가 너는 그걸 발설하고야 말 것이라는 사실이지. 우리가 살아가다가 큰 싸움이라도 벌어지는 날에는 너는 순간적인 충동에 의하여 그걸 순자 신랑에게 고자질하게 될 것은 뻔한 일이지. 너는 내가 이혼 말을 꺼내자마자 대번에 이 카드를 내보인 인물인데 내가 너와 이혼하지 않는다고 네가 그걸 묻어둘 사람이지 싶으냐? 나는 그렇게 생각하지 않는다. 그러나 무엇보다도 여기서 중요한 사실은 남편의 약점이라고 생각하는 걸 미끼로, 남편의 목을 조르며 평생을 살겠다고 나오는 여자와 산다는 것은 끔찍한 일이라는 거지. 너도 그렇지. 너는 너의 남편의 숨통을 조르면서 평생을 함께 살려는 그 발상에 무엇인가 비참한 데가 있다는 생각은 들지 않니?"

R의 아내는 비참해하는 표정을 지으며 R의 말에 수긍했다. R은 계속했다.

"게다가 나는 일전에 너하고 이혼을 하자고 하면서 너의 혼전 남자관계를 이유로 내세우지는 않았어. 그건 어쩌면 너의 인격을 생각해서였는지도 몰라. 그런데도 너는 순자가 그 사실을 오빠가 알까 봐서 겁을 내고 있다는 말까지 해가며 내게 그걸 말한 거지."

R의 아내는 자신의 말이 실수였다고 말했다. 그러나 그녀는 곧이어 '그 집도 그렇게 사는데' R도 '그렇게' 그녀와 함께 살자고 했다. R은 "어떻게?" 하고 물었다. R의 아내는 다시 아무 말 하지 못했다. 잠시 후 R이 말했다.

"그럼 좋다. 나는 그동안 너하고 대화로써 무엇인가 해결해 보려고 했다. 그러나 나는 그것이 안 된다는 것을 알았다. 나는 이제 우리의 이혼을 재판에 회부할 수밖에 없다고 생각한다."

그러자 R의 아내는 갑자기 정색이 되었다. 그리고 당황한 얼굴로 말했다.

"조금만 더 기다려보이소. 생각을 더 해보겠어예."

"좋아. 그럼 생각을 해보렴."

R은 그제서야 조그마한 가능성이 보인다는 듯이 그의 아내에게 이렇게 말했다. R은 이제 그가 이혼을 했을 때 그녀의 생계를 위해서 어떻게 해줄 수 있는가 하는 데 대하여 이야기하기 시작했다. 그는 그의 친구들에게 빚을 얻어서라도 얼마간의 돈을 해줄 것은 말할 것도 없고, 장차 그가 취직하여 받게 될 수입의 절반을 매달 송금해 주겠다고 했다. R의 아내는 아무 말 하지 않고 듣고만 있었다. 약 삼십 분 뒤에 일어나 집으로 돌아왔다. R의 아내는 집으로 돌아오자마자 아직도 자지 않고 있는 아이들을 무릎 사이에 끼고 다시 그『황금 로보트』를 읽어주기 시작했다.

R은 부산으로 가는 고속버스를 탔다. 고속버스의 비디오에서는 영화가 진행되고 있었다.

첫 장면은 호텔방에서 삼십 대의 여자와 사십 대의 남자가 섹스를 하고 있는 것이었다. 화면에는 너무나 피사체를 클로즈업했기 때문에 일그러져 있는 여자의 얼굴과, 남자의 팔뚝밖에는 보이지 않았다. 약 일 분쯤 뒤의 장면은 이제 섹스를 마친 두 남녀가 침대 위에 나란히 누워 담배를 피우고 있는 것이었다. 그들은 무엇인가 대화를 나누고 있었다. 그러나 R은 이어폰을 끼고 있지 않았기 때문에 그들의 대화는 들을 수 없었다. 다시 장면이 바뀌었을 때는 어느 커다란 호텔의 리셉션이었다. 거기에는 삼십 대로 보이는 젊고 잘생긴 한 사람의 남자가 몇 사람의 뚱뚱한 오십 대의 남자들과 대화를 나누고 있었다. 그 잘생긴 남자는 젊고, 성실하고, 패기에 찬, 그리고 장래가 대단히 촉망되는 사업가처럼 보였다. 그는 대단히 공손하면서도 당당한 그리고 확신에 찬 태도로 그의 주위에 있는 오십 대의 뚱뚱한 남자들에게 무엇인가 설명하고 있었다. 오십 대의 남자들은 미소를 띤 채 이따금 고개를 끄덕이기도 했다. 젊은 남자는 이제 그의 설명을 마치고 오십 대의 남자들과 악수를 나누고 그 호텔의 몇 층엔가로 올라가고 있었다. 다시 장면이 바뀌었을 때는 아까 섹스를 하던 두 사람의 남녀가 옷을 챙겨 입고 그들의 방을 나서고 있었다. 두 사람이 호텔방을 나섰을 때 복도 저만큼 아까 호텔 리셉션에 있던 삼십 대의 그 잘생긴 남자가 긴 복도를 따라오고 있는 모습이 보였다. 그는 복도를 따라오다가 이제 막 호텔방을 나서는 두 남녀를 발견하고 갑자기 걸음을 멈추었다. 호텔방에서 나서던 여자도 갑자기 굳어버린 얼굴로 동작을 멈추고 섰다. 복도를 걸어오고 있던 남자와 방금 호텔방에서 나온 여자 사이의 거리는 약 사오 미터가량이었다. 두 사람은 얼어붙은 표정으로 서로 마주보며 서 있었다. 영문을 모르는 사십 대 남자는 지금 그의 옆에 얼어붙은 표정으로 서 있는 여자와 역시 얼어붙은 표정으로 그의 앞에 서 있는 남자를 번갈아 가며 바라보다가, 무엇인가 깨달은 듯이 몹시 난처해하는 웃음을 한 번 씨익 웃고는, 여자를 혼자 내버려둔 채, 맞은편에 서 있는 남자 옆으로 해서 황급히 사라졌다. 그는 얼어붙은 얼굴로 서 있는 젊은 남자의 곁을 지날 때 가벼운 목례를 했다. 다시 장면이 바뀌었을 때는 불이 켜져 있는 커다란 한옥이었다. 아까 호텔 리셉션에서, 그리고 호텔 복도에서 보았던 그 잘생긴 남자는 그의 차에서 내려 집 안으로 들어가고 있었다. 여섯 살과 여덟 살쯤 먹어 보이는 사내아이와 계집아이가 집으로 들어서는 그 남자의 팔에 달려들어 안겼다. 남자는 두 아이에게 선물 꾸러미를 하나씩 안긴 채 그들을 데리고 집 안으로 들어갔다. 집 안에는 아무도 없는 것 같았다. 젊은 남자는 두 아이들을 떼어놓고 자신의 서재로 들어가 앉아 무슨 깊은 생각에 빠진 표정을 하고 있었다. 그의 서재에는 여러 가지 건축 투시도와 설계도들이 벽에 붙어 있었다. 다시 장면이 바뀌었을 때는 거실에서 장난감을 가지고 놀고 있던 두 아이들이 벌떡 일어나 무어라고 소리를 치면서 달려 나갔다. 그리고 이제 현관문을 들어서고 있는, 영화의 첫머리에 호텔방에서 사십 대 남자와 섹스를 했던 그 삼십 대 여자를 향하여 달려들어 팔에 안겼다. 그 여자는 아이들을 한 번 안아준 뒤 조심스러운 걸음으로 집으로 들어와 방으로 들어갔다. 방으로 들어간 그녀는 옷을 갈아입었다. 그때까지 서재에 앉아서 깊은 생각에 잠겨 있던 예의 그 젊고 잘생긴 남자는 이윽고 자리에서 일어나 지금 들어와 옷을 갈아입고 있는 여자의 방으로 들어갔다. 여자는 처음에는 깜짝 놀라는 표정이었지만 이내 표정을 바꾸어 다소 도도한 미소를 입가에 띤 채 지금 방으로 들어와 그녀의 앞에 우뚝 서 있는 남자를 쳐다보았다. 남자는 분노에 찬 표정으로 그녀를 쏘아보았다. 여자는 여전히 그 도도한 미소를 머금은 채 상대를 쏘아보았다. 이윽고 남자는 손을 들어 여자의 뺨을 갈겼다. 여자는 침대 위로 쓰러졌다. 남자는 쓰러진 여자에게 달려들어 마구 그녀의 옷을 벗겼다. 여자는 여전히 상대를 무시하는 듯한 미소를 머금은 채 옷을 벗지 않으려고 발버둥 쳤다. 그러나 남자의 난폭한 손길에 그녀의 옷은 이내 벗겨지고 말았다. 남자는 대단히 성급하게 자신의 와이셔츠와 런닝을 벗어 던지고 바지의 지퍼만을 내린 채 지금 옷이 벗겨진 채 침대 위에 쓰러져 있는 여자에게로 달려들었다. 여자는 그를 물리치려고 앙탈을 부렸다. 그러나 남자는 난폭하게 달려들어 여자의 가랑이를 벌려놓고 상체를 우뚝 세운 채 대단히 거칠게 허리의 앞뒤 운동을 해대기 시작했다. 카메라는 이제 허리 운동을 해대고 있는 남자의 상체를 정면으로 잡고 있었다. 지금 상체를 뻣뻣하게 세우고 허리 운동을 하고 있는 남자의 얼굴은 굳어 있었다. 이따금 그의 입술이 일그러지기도 했다. 그의 표정은 분노에 찬 것이라고 할 수 있을 것이다. 카메라는 다시 침대 위에 누운 채 발버둥 치고 있는 여자의 모습을 위에서 내려다보며 잡고 있었다. 여자는 앙탈을 부리면서도 입술에는 여전히 그 상대를 무시하는 듯한 도도한 미소를 잃지 않고 있었다. 화면에는 다시 지금 허리 운동을 하고 있는 남자의 모습이 정면으로 비쳤다. 남자는 천천히 똑같은 자세와 표정으로 대단히 난폭하게 그의 허리 운동을 계속했다. 다시 화면에는 지금 침대 위에 누워서 앙탈을 하고 있는 여자가 정면으로 보였다. 여자는 이제 약간 놀라워하는 듯이 두 눈을 둥그렇게 떴다. 그녀의 입술에는 미소가 번졌는데 그 미소는 처음의 그 상대를 무시하는 듯한 도도한 것이 아니라 어떤 만족감에서 오는 그런 것이었다. 이제 카메라는 대단히 기계적으로 난폭한 허리 운동을 하고 있는 남자를 등 뒤로 비스듬히 잡고 있었다. 남자는 여자의 세워 올리고 있는 두 무르팍을 두 손으로 잡고 쩍 가랑이를 벌린 채 상체를 뻣뻣하게 세우고 그의 거친 허리 운동을 계속하고 있었다. 일, 이, 삼, 사, 오, 육, 칠, 팔, 구,

십⋯⋯. 그의 허리 운동은 기계적이다. 그의 겨드랑이 밑으로는 지금 침대 위에 누워 있는 여자의 얼굴이 보였다. 그녀는 놀라움과 만족감에 찬 얼굴이었다. 잠시 후 남자는 갑자기 여자 위로 픽 쓰러졌다. 여자는 그녀의 위에 쓰러져 있는 남자를 두 팔로 껴안고 누운 채 입술에는 만족의 미소를 짓고 있었다. 다시 장면이 바뀌었을 때는 밤하늘을 날고 있는 커다란 비행기가 삽입되었다. 그리고 다음 장면에서는 경주 시내를 달리고 있는 감색 승용차가 멀리 보였다. 배경이 경주라는 것을 금방 알 수 있게 해주는 것은 여기저기 보이는 커다란 왕릉들이었다. 다시 장면이 바뀌었을 때 화면에는 경주 보문단지에서 흔히 볼 수 있는 무슨 기념관처럼 대단히 규모가 큰 한식 건물이 정면으로 보였다. 그리고 지금 설계도를 앞에 놓고 대여섯 명의 헬멧을 쓴 사람들에게 둘러싸여 다소 엄격한 표정으로 무엇인가를 지시하고 있는 예의 그 젊고 잘생긴 남자의 모습이 보였다.

    R은 따분해하는 표정으로 고개를 돌려 차창 밖을 내다보았다. 그가 탄 버스는 경주를 지나고 있었다. 그는 한참 동안 차창 밖으로 보이는 경주를 내다보고 있다가 다시 고개를 돌려 비디오를 쳐다보았다.

    지금 화면에는 예의 그 남자가 비가 내리는 어두운 밤길을 차를 몰고 가고 있었다. 그의 표정은 언젠가처럼 다소 근엄하고 성실해 보이고 그리고 다소 우울해 보였다. 밖에는 비가 내리기 때문에 차의 유리창에는 브러시가 규칙적으로 좌우로 움직여 부채꼴로 차 유리의 빗물을 닦아내고 있었다. 그때 저만치 비가 내리는 어두운 밤길에 밝고 산뜻한 옷차림의 젊고 앳된 여자가 손을 들어 차를 세웠다. 차는 그녀 앞에 멎었다. 비에 젖은 여자가 급히 차에 올라탔다. 그녀는 대학생으로 보이는데 젊고 예뻤다. 그녀는 흰 치아를 드러내고 웃으며 운전석에 앉은 그에게 무어라고 말했다. 그는 웃지 않고, 여전히 근엄한 표정으로 고개를 끄덕였다. 그리고 그는 차를 출발시켰다. 잠시 후 차는 어느 현대식 건물 앞에 멎었다. 대학생으로 보이는 젊고 예쁜 여자는 차에서 내려 불이 켜져 있는 건물 현관으로 달려 들어갔고, 그녀를 내려준 감색 승용차는 다시 어두운 소나무 숲길을 따라 사라져갔다. 장면이 바뀌었을 때 화면은 어느 커다란 건축설계 사무실 같은 데였다. 예의 그 대학생으로 보이는 젊고 예쁜 여자가 사무실에 있는 직원들에게 인사를 하고 있었다. 그녀는 그녀에게 배당된 자리에 가 앉았다. 다시 장면이 바뀌었을 때 예의 그 젊고 잘생긴 남자가 그의 감색 승용차에서 내려 건물 안으로 들어가고 있었다. 건물 입구에 서 있던 수위처럼 보이는 사람이 그에게 거수경례를 했다. 그는 여전히 그 근엄한 얼굴로 그 건물 안 복도를 걸어가고 있었다. 몇몇 사람들이 그의 앞에 허리를 구부려 인사를 했다. 그는 젊고 예쁜, 대학생으로 보이는 여자가 앉아 있는 사무실 앞 복도를 지나가고 있었다. 젊고 예쁜, 대학생으로 보이는 여자는 얼핏 고개를 들어 지금 복도를 걸어가고 있는 젊고 잘생긴 남자를 유리창을 통하여 보고 깜짝 놀라는 표정을 지었다. 다시 장면이 바뀌었을 때 그 젊고 예쁜, 대학생으로 보이는 여자가 무슨 결재서류와도 같아 보이는 것을 들고 어느 사무실의 문을 두드리고 있었다. 그리고 그녀는 문고리를 틀어 문을 열고 들어갔다. 안에는 예의 그 젊고 잘생긴 남자가 그의 커다란 책상 위에 고개를 수그린 채 부지런히 무엇인가 일에 열중하고 있었다. 젊고 예쁜, 대학생으로 보이는 여자는 그의 앞에 서 있었다. 그러나 남자는 고개를 들어 지금 그의 앞에 몸 둘 바를 모르며 서 있는 젊고 예쁜, 대학생으로 보이는 여자를 쳐다보지도 않고 그녀가 내미는 서류만을 검토했다. 그것을 돌려주면서야 그는 고개를 들어 상대를 보았다. 그러나 그는 여전히 근엄한 표정이었을 뿐 상대를 아는 척도 하지 않았다.

   R은 다시 피곤한 표정으로 차창 밖으로 고개를 돌렸다. 그리고 한참 동안 창밖을 멍하니 내다보고만 있었다. 약 십 분쯤이나 지났

을 때서야 그는 다시 고개를 돌려 비디오 쪽으로 시선을 던졌다.
 젊고 잘생긴 남자와 젊고 예쁜, 대학생으로 보이는 여자가 파아란 잔디밭 위를 걷고 있었다. 두 사람의 복장은 모두 산뜻한 색깔의 가벼운 것이었다. 여자는 파라솔을 받쳐 들고 있었다. 남자는 이제 더 이상 그 근엄한 표정이 아니라 대단히 즐거워하는 그런 표정이었다. 두 사람은 장난스럽기까지 했다. 그들은 잠시 걷다가 키스라도 할 듯이 서로 마주 보고 섰다. 여자는 파라솔을 기울여 화면을 가렸다. 다시 장면이 바뀌었을 때 두 사람은 오피스텔과도 같아 보이는 방의 침대 위에서 섹스를 하고 있었다. 장면은 바뀌어 이 영화의 최초의 호텔방에서 사십 대 남자와 섹스를 했던 삼십 대 여자가 그녀의 친구들로 보이는 삼십 대 중반의 잘 차려입은 여자들과 고급 양주를 파는 술집의 둥근 탁자 앞에 둘러앉아 대화를 나누고 있었다. 배경이 되고 있는 술집 실내는 대단히 넓고 한산하고 그리고 화려해 보였다. 그녀들은 모두 길고 흰 담배를 손가락 끝에 낀 채 피우고 있었다. 이 영화의 처음에 호텔방에서 사십 대 남자와 섹스를 했던 그 여자는 그러나 그녀의 동료들과는 달리 그리 말이 많지 않았다. 그녀는 지금 수다를 떨고 있는 그녀의 동료들을 바라보며 잔잔한 미소를 머금은 채 듣고만 있었다. 그녀의 그 미소는 다소 도도하다고 할 수 있었다. 그리고 그녀의 표정은 그녀의 다른 동료들과는 달리 대단히 진지했다. 화면에는 다시 하늘을 날아오르는 비행기가 삽입되었다. 그리고 다시 경주 시내를 달리는 택시가 보였다. 택시는 소나무가 울창한 숲길을 달리고 있었다. 예의 그 삼십 대 여자는 차창 밖으로 보이는 소나무들을 내다보며 잔잔한 미소를 보내고 있었다. 그녀는 어느 고급스러운 빌라 앞에서 택시를 내렸다. 그리고 건물 안으로 들어갔다. 건물 안은 앞에서 젊고 잘생긴 남자와 젊고 예쁜, 대학생처럼 보이는 여자가 섹스를 하던 바로 그 오피스텔과도 같아 보이는 데였다. 실내에는 그 젊고 잘생긴 남자가 그의 작업대 앞에 앉아 대단히 진지한 표정으로 일에 몰두하고 있었다. 그가 하고 있는 일은 건축설계 같았다. 그의 등 뒤에는 젊고 예쁜, 대학생으로 보이는 여자가 실내복을 입고 앞치마를 두른 채 쟁반에 차를 들고 와 그의 책상 귀퉁이에다 내려놓았다. 그때 현관문이 열리고 삼십 대 여자가 들어선 것이었다. 그녀는 예의 그 도도한 미소를 띤 채 그녀가 들어온 실내를 한 바퀴 여유 있는 표정으로 돌아보았다. 그리고 지금 앞치마를 두른 채 엉거주춤 서 있는 젊고 예쁜, 대학생으로 보이는 여자를 발견하고 그녀를 아래위로 한 차례 천천히 훑어보며 대단히 여유 있는 미소를 띤 얼굴로 고개를 끄덕였다. 책상에 앉아 일에 여념이 없던 남자는 벌떡 일어났다. 그리고 분노에 찬 얼굴로 지금 안으로 들어선 여자를 쏘아보며 무어라고 말했다. 곁에 서서 안절부절못하고 있던 젊고 예쁜, 대학생으로 보이는 여자는 몹시 난처해하는 표정으로 그녀가 입고 있던 앞치마를 벗으며 남자를 향하여 무어라고 말했다. 남자는 대단히 근엄하고 단호한 표정으로 그러한 그녀에게 무어라고 명령했다. 그리고 그녀의 팔을 당겨 그의 등 뒤로 끌어 가리고 삼십 대 여자와 정면으로 마주 섰다. 삼십 대 여자는 여전히 그 여유 있고 도도한 미소만을 머금은 채 두 사람을 바라보고 있었다.

 R은 그의 의자에 기댄 채 잠시 잠들어 버렸다. 부산에서 차를 내린 그는 공중전화박스 안으로 들어가 그의 수첩을 꺼내어 들고 전화를 걸었다. 잠시 후 그는 공중전화박스에서 나와 택시를 잡아탔다. 거의 한 시간 가까이 지났을 때 그는 택시에서 내렸다. 날은 이미 저물어가고 있었다. 택시에서 내린 그는 주위를 두리번거렸다. 저만치 길 건너편에서 키가 크고 몸매가 날씬한 젊은 남자 하나가 몹시 반가워하는 얼굴로 R을 향하여 크게 손을 흔들어 보였다. R도 그를 향하여 손을 흔들었다.

 "야, 이거 얼마 만인가?"

키가 큰 사나이는 성큼성큼 길을 건너오며 R에게 말했다. 그는 젊은 시절의 알랭 드롱과 너무나 많이 닮은 얼굴이었다. R은 활짝 웃으며 그와 악수를 했다. 두 사람은 한참 길에 서서 그동안 지냈던 이야기를 나누었다.

"자네 어른들은 집에 계시는가?"

길을 건너 어느 소로로 접어들었을 때 R이 물었다.

"아니, 지금 서울 가시고 안 계신다."

알랭 드롱을 닮은 남자가 말했다.

"아하! 모처럼 인사를 드리려고 했는데, 오는 날이 장날이구먼. 그런데 서울 어디 가셨니? 화곡동?"

"그래. 거기 가 계신다."

"그 집은 여태 안 팔았니?"

"아직 안 팔았다. 그걸 팔아야 개업을 할 것 같은데 요새는 집이 잘 안 팔린단다."

"집을 팔려고 내놨나?"

"그래."

"자네 누님들은 모두 여전히 서울에 살고 있는가?"

"그래. 자네가 왔다는 이야길 듣고 언제 한번 봤으면 하더라."

그들은 이런 대화를 나누면서 천천히 걸어 어느 해수욕장에 이르렀다. 알랭 드롱을 닮은 남자는 여기가 어딘지 알겠느냐고 R에게 물었다. R은 전혀 모른다고 했다. 알랭 드롱을 닮은 남자는 광안리 해수욕장이라고 말해 주었다. 두 사람은 어두워지고 있는 해변을 따라 천천히 걷기 시작했다.

"지난번에 전화를 했을 때 들으니 자네 혼처가 났다고 하더니 그래 어떻게 됐는가? 결혼하기로 했는가?"

R이 물었다.

"아니, 별 볼일 없다."

알랭 드롱을 닮은 남자가 비시시 웃으며 말했다.
"서른넷이나 됐는데 자넨 너무 고르는 건 아닌가? 고르다가 장가 가겠는가?"
R은 가벼운 농담조로 말했다.
"글쎄 말일세."
알랭 드롱을 닮은 남자도 허허허 웃으며 이렇게 말했다. 그리고 최근에 있었던 그의 혼사에 대하여 이야기하기 시작했다. 그에 따르면 최근에 두 여자와 선을 봤는데 한 여자는 소아과 의사이고 다른 한 여자는 치과 의사인데, 전자는 나이도 서른 미만이고 얼굴도 그만하면 예쁘다고 할 수 있는 데 반하여, 후자는 나이도 서른이 넘었고 얼굴도 전혀 예쁘지 않더라는 것이었다. 물론 알랭 드롱 자신에게는 젊고 예쁜 소아과 의사가 훨씬 마음에 들 수밖에 없었다는 것이었다. 그러나 그 여자 쪽은 알랭 드롱을 그다지 마음에 들어 하는 것 같지 않았고, 게다가 알랭 드롱의 노부모가 궁합을 보고 와서는 완강히 거부해서 결국 파기되어 버렸다는 것이었다. 한편 나이가 많고 얼굴이 못생긴 치과 의사로 말하면, 그 여자 쪽에서는 알랭 드롱에게 홀딱 빠져서 결혼을 하자고 했고, 또 알랭 드롱의 노부모까지도 궁합이 괜찮으니 결혼을 할 테면 하라고 하는데, 알랭 드롱 자신이 전혀 마음에 들지 않았다는 것이었다. 알랭 드롱은 계속하여 다소 격분한 목소리로 도대체 궁합이라는 것이 뭐냐고 말했다. 그리고 하는 말이 그의 노부모가 서울로 올라가 버린 것도 사실은 이번 혼사 문제로 그와 의견 충돌이 있었기 때문에 화가 나서 가버린 거라고 했다. 듣고 있던 R은 어떻게 말해 주어야 할지를 몰라 하고 있다가 그 치과 의사라는 여자가 얼굴이 얼마나 못생겼기에 그러느냐고 물었다. 알랭 드롱은 대답하기를 너무나 못생겨서 쳐다보고 싶지도 않을 정도였다고 했다. R은 고개를 끄덕였다. 알랭 드롱은 여전히 화가 난 목소리로 도대체 궁합이라는 게 뭐냐고 R에게 물었다. 그는 그의 노부모들의 그 '케케묵은' 생각에 대하여 다소 격앙된 어투로 말했다. R은 어떻게 말해 주어야 할지를 몰라 곤혹스러워하는 표정으로 걷고 있다가 입을 열었다.

"글쎄. 물론 점쟁이에게 물어보는 그 궁합이라는 것은 우리가 볼 때 근거가 없는 우스운 것이겠지. 그러나 나는 보다 넓은 의미에서, 혹은 보다 유연한 의미에서의 궁합이라는 것에는 어느 정도 수긍이 가는 데가 있어."

그러자 알랭 드롱은 의아해하는 표정으로 R을 돌아보았다.

"물론 점쟁이들이 말하는 그 궁합이라는 걸 내가 신봉하는 것이 아니야. 그러나 우리가 현실 생활에서 어떤 사람과 어떤 사람 사이에는 화합이 잘되지만 어떤 사람과 어떤 사람 사이에는 불화가 계속되는 예는 얼마든지 볼 수 있지 않은가? 그런 의미에서 본다면 궁합이라는 것은 우리가 금방 수긍할 수 있는 것이 아니겠는가?"

그러나 알랭 드롱은 여전히 이해가 가지 않는다는 표정이었다. 그는 확실히 파기된 그의 혼사 문제로 앞뒤를 가리지 못하고 있는 것 같았다. R은 조심스럽게 계속했다.

"물론 자네야 결혼을 해보지 않아서 그런 걸 이해하지 못할 것일세. 그러나 나는 결혼생활을 해봐서 잘 알지. 내 생각에는 궁합이라는 것은 어쩌면 섹스의 하모니를 말하는 것일 수도 있다는 생각이 들어. 이런 차원에서 본다면 궁합이라는 것은 프로이트의 생각과도 어느 정도 상통하는 데가 있다고 볼 수도 있겠지. 사실 어떤 여자와는 섹스를 해도 별반 쾌감을 느끼지 못하는데 어떤 여자와는 대단한 쾌감을 느끼게 되는 수가 있는 거 아니겠어? 이때 섹스에 둘 다 만족을 느낀다면 사실 두 사람의 생활에도 큰 불화가 없을 수 있어. 반대로 섹스에 불만을 느낄 때 대개 보면 불화가 잦은 것 같애. 물론 반드시 그런 건 아니겠지만."

R은 여기서 잠시 말을 멈추고 바다 쪽을 바라보았다. 그리고 그

는 다시 입을 열었다.

"내 생각에는 사람마다 나름대로 기(氣)라는 것을 가지고 있는 것 같애. 그런데 가령 남자가 기가 셀 때 여자는 대부분 남자에게 순응하고 살 수가 있지. 그러나 반대로 여자가 기가 세고 남자가 기가 약할 경우 여자는 남자에게 불만을 가질 수 있고 이때 여러 가지 불화가 초래될 수 있다고 봐. 이런 경우 어쩌면 서로 궁합이 맞지 않는다고 말할 수도 있겠지. 그러나 물론 그 기라는 것을 측정할 수 있는 아무런 방법이 없지. 우선 그 개념부터가 모호한 것이니까."

알랭 드롱은 R의 말에 어느 정도 수긍을 하는 것 같기도 했지만 전적으로 동의하는 것은 아닌 것 같았다. 그래서 R은 물었다.

"자네가 일전에 선을 봤다는 그 소아과 의사라는 여자를 두고 한 번 생각해 보세. 혹시 자네는 그 여자를 봤을 때 왠지 기가 죽는다는 느낌 같은 것을 받지 않았던가? 그리고 그 여자는 뭔지 모르지만 자네를 압도한다는 느낌 같은 건 들지 않았던가?"

그러자 알랭 드롱은 잠시 생각하더니 듣고 보니 그런 것 같기도 했다고 말했다. 그리고 덧붙여 사실 그 여자는 뭔지 모르게 차가운 느낌을 주었다고 말했다. R은 빙그레 웃으며 고개를 끄덕였다. 그리고 그는 계속했다.

"거보게. 어떻게 보면 그 여자는 자네보다 기가 셀지도 모르네. 여자가 기가 세면 남자는 대부분 몹시 위축되어 버릴 수가 있지. 사실 결혼을 한다는 것은 어떻게 보면 대단히 위험한 투기라고 볼 수도 있어. 그러니까 신중하게 하는 게 좋아. 사실 이제사 말이 나왔으니 말인데, 나는 내 마누라와 이혼을 하려고 하고 있는 중일세."

알랭 드롱은 깜짝 놀란 표정으로 R을 돌아보았다. R은 계속했다.

"나는 내 마누라와 이 년 반 동안 함께 살았지. 나는 그 이 년 반 동안이 지옥과 같았어."

"왜 그러는가? 무슨 문제가 있는가?"

알랭 드롱은 약간 걱정스러워하는 표정으로 물었다. R은 대답했다.

"부부 사이의 문제라는 것은 워낙 두 사람 사이에만 은폐되어 있는 것일 뿐만 아니라, 극히 개별적이고 구체적인 것들이어서 그걸 객관적으로 남에게 말한다는 것은 여간 어려운 일이 아니야. 나는 몇 가지 차원에서 그 여자와는 절대 더 살아서는 안 된다고 생각해. 첫째 그 여자와 살면 나는 경제적으로 절대로 가난에서 헤어날 수가 없어. 그 이유에 대해서 나는 구체적인 몇 가지 사례를 들어 말할 수밖에는 없어. 내가 결혼을 하고 신혼생활을 할 때였어. 나는 그때 고등학교 교사를 하고 있었지. 결혼을 한 첫 달, 어느 날 퇴근을 하고 집에 돌아와 보니 내 마누라가 시집올 때 받은 패물들 중 하나인 금반지를 전당포에다 잡혔다고 하더군. 나는 깜짝 놀랐지. 어디에 돈을 쓰려고 금반지를 잡혔느냐고 물었지. 그랬더니 한다는 말이 특별히 쓸데는 없는데 다만 돈이 떨어지니 왠지 마음이 불안하고 허전해서 그걸 잡혔다고 하더군. 나는 어이가 없었지. 한 달 전에 월급을 타다 줬는데 그사이에 다 써버렸다는 것도 그렇지만 며칠만 참으면 다시 월급을 타는데 어디 특별히 쓸데도 없이 다만 마음이 불안하고 허전하다는 이유만으로 그 이자 비싼 전당포에다 반지를 갖다 잡혔으니. 나는 그때 엄청난 절망을 느꼈지. 아무리 선생 월급이 적다고는 하지만 내가 타다 주는 월급이 이렇게 모자라서 그 엄청나게 이자가 무서운 전당포에 빚을 얻어다 써야만 한다면 나는 장차 어떻게 이 가난에서 헤어날 수 있을까 하는 생각에 내가 마음속으로 느낀 좌절감은 실로 엄청난 것이었어. 내 마누라는 아마도 현진건의 소설에 나오는 빈처가 먹을 것이 없어 물건을 들고 나가 잡힌다는 이야기에 크게 감동을 받았던 것 같애. 아마도 내 마누라는 시집을 가면 그렇게 감동적으로 남편을 위하여 내조해 보리라고 굳게 마음먹기라도 했던 것 같애. 왜냐하면 내가 그날 퇴근하고 돌아왔을 때 내 마누라는 약간 자랑스러워하고 있다고 느낄 수도 있을, 아니면 과장된 감상에 빠져 있다고도 할 수 있는 표정으로 반지를 전당포에 잡혔다는 사실을 고했으니까. 나는 화를 냈지. 그랬더니 찔찔 울더군. 찔찔 우는 걸 보니 마음이 약해지더군. 그래서 달랬지. 다음에는 절대 그러지 말라고. 그리고 며칠 뒤 월급을 타 와서 반지를 찾아왔지. 그런데 다음 달에 또 잡혀버렸더군. 그리고 다시 월급을 타 와서 갚았지. 그다음부터는 내 잔소리가 듣기 싫어 나 모르게 잡혀버렸더군. 이렇게 몇 달이 지나니 이젠 정말 그것을 잡히지 않으면 안 될 급한 일이 생기더군. 그래서 급기야는 나마저도 이젠 그걸 갖다 전당포에 잡히는 데 동의하지 않을 수 없게 되더군. 내 마누라는 나중에 친정에 가서 돈을 얻어다가 반지를 찾아왔지. 그리고 끝내는 팔아먹었지. 나는 결국 그 여자 친정에까지 무능한 사람으로 되게 된 거지."

알랭 드롱은 고개를 끄덕였다.

"물론 그 여자가 특별히 목돈을 들고 가서 써 제낀 것은 없어. 게다가 나한테는 그런 돈도 없었으니까. 그러나 그 여자가 날 그런 식으로 등신 만든 것을 일일이 나열한다면 끝도 없이 많지. 그러다 보니 나는 점차 잔소리꾼이 될 수밖에 없었고 그 여자는 날 쩨쩨한 사람이라고 비웃었지. 그 여자에게는 믿는 데가 있었지. 돈이 없으면 친정에 가서 얼마간 얻어오면 된다고 생각하고 있는 거지. 나는 이런 차원에서 볼 때 기라는 것은 다만 신체적, 혹은 정신적인 것뿐만 아니라 삶의 외부적 조건도 포함하는 것이라고 생각해. 사실 가난한 사람은 언제나 기가 죽고 쩨쩨하지만, 돈이 있는 사람은 배짱이 두둑하고 언제나 자신감이 있지. 나의 아버지와 어머니, 그리고 여동생들이 팔 년 동안 그 여자한테 눌려 기를 펴지 못하고 살아왔지. 그 여자는 시집 식구들을 만만히 보기가 이를 데 없었지. 어쨌든 나는 이런 차원에서 우선 내 마누라와 절대 화합될 수 없었지. 둘째,

그 여자는 절대 날 키워줄 여자가 아니야. 다시 한 번 예를 들지. 이런 일이란 언제나 구체적인 사례를 들어 말할 수밖에 없는 것이니까. 고등학교 교사생활을 하면서 결국 경제적 좌절감 때문에 나는 어딘가로 탈출하지 않으면 안 된다는 생각을 하게 되었고, 그리하여 프랑스로 가기로 마음먹게 되었지. 그리고 급기야는 학교를 그만두고 공부를 하기 시작했지. 기세 좋게 사표를 던져버리고 돌아오던 날이었어. 그때는 마침 방학 때였으니까 내 마누라는 대구에 가 있었지. 그날은 음력 섣달그믐이었어. 나는 마지막 월급을 받아쥐고 대구로 내려갔지. 대구로 내려가서 식구들에게 내가 사표를 내고 왔다고 했지. 어머니는 걱정스러운 표정이더군. 나도 물론 앞으로 살아갈 일을 생각하니 마음속으로 걱정이 태산 같았지. 그러나 나는 집에 걱정을 끼치지 않기 위해서 겉으로 내색을 할 수는 없었어. 내 마누라는 아무 말 하지 않더군. 나는 어머니의 걱정을 조금이라도 잊어버리게 하기 위해서 그렇게 하기라도 하듯 마지막으로 받아온 월급봉투를 어머니에게 드렸지. 그리고 건넌방으로 건너갔지. 그런데 건넌방에 와보니 마누라는 주둥이를 쭉 빼물고 토라져 있더군. 나는 전혀 영문을 알지 못했기 때문에 도대체 왜 또 그렇게 하고 있느냐고 물었지. 그러나 말을 하지 않더군. 나는 몇 번 다그쳐 물었지. 그제서야 그 여자는 소리를 빽 내지르며 한다는 말이 월급봉투를 왜 자기에게 가져오지 않고, 자기의 한마디 허락도 없이 어머니에게 주었느냐고 하더군. 나는 그 순간 그 여자를 목 졸라 죽여버리고 싶은 충동이 일더군. 나는 그때까지 근 이 년 동안 월급을 받았지만 한 번도 월급봉투를 어머니에게 갖다 준 적이 없었어. 왜냐하면 나는 서울에 살았고 어머니는 대구에 살았으니까. 그 마지막 월급봉투를 어머니에게 드렸던 것이 비로소 처음이었지. 그런데 그 한 번 월급봉투를 어머니에게 드렸다는 것 때문에 내 마누라는 주둥이를 빼물고 토라져 있었던 거지. 게다가 그날 나는 사표를 내고 돌아오던 날이었어. 내 마음속에 있는 근심을 헤아려주기는커녕 월급봉투를 자기에게 가져오지 않는다는 이유 때문에 그러고 있었던 거지. 나는 그날 집에 있으면 아마도 그 여자를 죽여버릴 것만 같아서 집을 나왔지. 그리고 동래 온천에 가서 혼자 잤지. 이튿날, 그러니까 설날 아침에 나는 부산 시내를 혼자 어슬렁거리고 다니다가 범어사에 올라가 절을 하고, 다시 대구로 올라갔지.”

듣고 있던 알랭 드롱은 한숨을 내쉬었다. R은 계속했다.

“내가 프랑스로 떠났던 것은 그 여자와의 삶이 너무나 몸서리쳐졌기 때문이었고 그 여자가 너무나 보기 싫어서였지. 그런데 그 여자는 아직도 떠나지 않고 버티고 있지. 내가 이제 박사가 되어 돌아왔으니 기가 많이 죽었지. 그러나 그것 때문에 더욱 떠날 수 없는 거지.”

두 사람은 어느덧 광안리 해수욕장이 끝나는 지점에까지 와 있었다. 알랭 드롱은 R에게 어디 가서 저녁을 먹자고 했다. 그리고 그는 몹시 망설이는 표정으로 횟집으로 가겠느냐 아니면 그냥 다른 음식점으로 가겠느냐 하고 물었다. R은 횟집으로 가자고 했다. 두 사람은 해수욕장 가에 있는 환한 불이 켜져 있는 커다란 횟집으로 들어갔다. 횟집으로 들어갔을 때 종업원이 그들을 맞이하면서 이층으로 갈 것이냐, 아래층에 앉을 것이냐 하고 물었다. 알랭 드롱은 다시 망설이고 있었다. 뒤에 섰던 R이 이층으로 가자고 했다. 두 사람은 이층으로 올라갔다. 계단을 오르면서 알랭 드롱이 R에게 말했다.

“자네는 뭐든지 그렇게 선선히 결정을 내릴 수 있어서 속이 시원하다.”

R은 그러나 그의 말을 이해하지 못한 듯 물었다.

“뭘 말인가?”

“응, 자네는 횟집엘 갈 것이냐, 다른 음식점엘 갈 것이냐 물었을 때도 그랬고, 이층에 갈 것이냐, 아래층에 앉을 것이냐 하고 물었을 때도 금방 결정을 내렸잖은가. 나는 그런 걸 결정해야 할 때는 늘 망설인단 말이야."

R은 하하하 웃었다. 그리고 말했다.

"그리고 그 결정을 내리기까지 짧은 순간 동안 마음은 뭔가에 억눌려 있는 것 같고?"

"그래! 바로 그래."

알랭 드롱이 말했다.

두 사람은 이층에 있는 방에 앉았다. 잠시 후 횟집 종업원이 올라와 무엇을 먹겠느냐고 물었다. 알랭 드롱은 벽에 붙은 식단표를 쳐다보며 다시 망설이고 있었다. 그때 R이 말했다.

"모둠회를 먹지? 그리고 공기밥과."

그러자 알랭 드롱은 금방 만족한 표정으로

"그러세."

하고 말했다. 그리고 그는 다시 말했다.

"거보게. 자넨 이번에도 그렇게 쉽게 결정을 내렸지 않는가. 나는 그게 잘 안 된단 말이야."

R은 다시 하하하 웃었다. 그러고 나서 말했다.

"사실 그러이. 나도 전에는 자네가 말하는 것과 같은 심리, 말하자면 일종의 협심증이라는 것이 있었네."

"그래! 맞아. 그건 말하자면 협심증과 같은 것이야."

"그런데 나는 그 협심증을 프랑스에 가서 버려버렸지."

"프랑스에서? 어떻게?"

"한 조그마한 여자한테서 배웠지. 그 여자는 대단히 배짱이 좋은 데가 있었어. 그건 말하자면 배짱이라고 할 수도 있을 거야. 암튼 그 여자는 뭐든 정말 경쾌하게 결정을 잘 내려버리는 여자였지."

알랭 드롱은 재미있어하는 표정으로 R을 쳐다보았다. R은 계속했다.

"말이 나왔으니 말인데 나는 프랑스에서 한 여자와 살았지. 그러나 내가 내 마누라와 이혼하겠다고 마음먹은 것은 그 여자 때문은 아니야. 내 마누라와 나 사이의 문제는 내가 그 여자를 알기 이전부터 계속되어 왔으니까. 그건 그렇고, 그 여자한테는 늘 마음이 편한 구석이 있었어. 가령 아까 말했던 경제적인 삶에 대해서 말하자면 나는 그 여자와 살면서 한 번도 돈을 아껴 써야 한다는 문제로 잔소리를 할 필요가 없었지. 그 여자는 나보다 훨씬 더 절약할 줄 알았거든. 말이 나왔으니 말인데 내 마누라는 물건밖에는 몰라. 내 마누라는 옷장이나 경대, 코끼리 전기밥통을 소유하는 것이 그 여자의 존재 이유인 것처럼 느껴질 때가 많아. 그러나 내가 지금 말하는 여자는 그런 것에 대하여 거의 백치처럼 관심이 없어. 이런 점에서도 나는 늘 마음에 들어 했어. 그 여자는 지독하게 돈을 아낄 줄도 알지만 나를 위해서는 뭐든지 해주려고 했지. 내가 갖고 싶어 하는 그 비싼 몽블랑 만년필을 사주었고, 컴퓨터를 사주고 했지. 그러나 그녀 자신은 먹는 것까지 아꼈어. 그 여자는 나보다 일 년 더 빨리 공부를 마치고 돌아갔는데 그 여자가 떠난 뒤 나는 경제적 감각을 잃어버렸다는 생각이 들 지경이었어. 왜냐하면 너무나 오랫동안 나는 그 여자에게 그런 문제를 모두 맡겨버리고 있었던 터였거든. 그뿐만 아니라 그 여자는 나한테 쓸데없는 일로 신경을 쓰도록 하지 않았지. 그러다 보니 나는 내 일에만 전념할 수 있었지."

"야아! 그 재미있는 이야기구나."

알랭 드롱은 호기심에 찬 얼굴로 그의 이야기에 열중했다.

"그 여자에게는 몇 가지 장점이 있었지. 그중 가장 중요한 것은 그 여자와 함께 있으면 나는 매사에 자신감이 생기고 소신이 생긴다는 거지. 그건 어디에 연유하는 것인지는 모르지만 그 여자와 함께 살면서 나는 필요 없는 소심증이나 협심증을 버렸다는 생각이 들어."

이렇게 시작한 R의 이야기는 상당히 길었다. 그사이에 식사가 날라져 왔다. R의 이야기는 식사를 하면서도 계속되었다. 알랭 드롱은 시종일관 대단한 흥미를 가지고 그의 이야기에 귀를 기울였다.
"결국 아까 말했듯이 궁합이 맞고 안 맞고 하는 것이 없다고 말할 수는 없어. 그리고 그것은 섹스의 하모니와 어쩌면 밀접한 관계가 있는 것 같기도 해. 나는 내 마누라와 이 년 반 동안 살았지만 내 마누라와의 섹스는 언제나 피로한 노동이었고, 증오의 몸짓이었어. 아무리 말을 해봐도 소용없고, 물어뜯고 싸움을 해봐야 소용이 없으니 결국에는 지치고 지쳐서 하게 되는 광적인 작태에 불과했다는 생각이 들어. 그런데 반하여 프랑스에서의 그 여자와의 섹스는 언제나 새롭고, 언제나 깊은 쾌감을 주는 것이었거든. 그리고 그 여자와 나 사이에는 어떤 문제가 생기면 언제나 대화로써 해결할 수 있었지. 말이 나왔으니 말인데 현재 그 여자와 나 사이에는 얼마간 문제가 없는 것은 아니야. 그러나 나는 절망하지 않아. 그 여자와는 아무리 해결하기 어려운 심리적 갈등이 있다고 해도 언젠가는 얼마간의 노력을 경주하면 반드시 해결되었으니까. 그런 데 반하여 나는 나의 마누라와 한 번도 진심으로 화해한 적이 없었어. 어떤 문제가 생기면 언제나 끝에 가서는 물고 뜯고 싸우기에 이르게 되지. 그리고 나중에는 지쳐서 그만 잊어버리게 되지. 이렇게 본다면 궁합이라는 걸 정말 무시할 수 없지 않을까? 물론 우리는 그 궁합이라는 걸 측정할 수 있는 보다 신빙성 있는 방법을 몰라. 실제로 함께 얼마간 살아보는 것 외에는. 그러나 한국에서는 그것도 쉬운 일이 아니지 않은가. 이런 차원에서 보면 서양에서 요즈음 한창 유행하는 동거생활이나 계약결혼은 수긍이 가. 서로 맞지 않는 사람끼리 만나 평생을 서로 할퀴고 사는 것은 사랑도 아니고 한갓 비열한 타성에 불과한 일일지 몰라. 암튼 우리가 보다 객관적이고 보다 신빙성 있는 궁합 보는 법을 알 수만 있다면 인류를 위해 대단히 유용한 것이 될 거야."
알랭 드롱은 고개를 끄덕였다.

"이렇게 생각해 보면 궁합이 좋지 않다는 이유로 자네 결혼을 반대했던 어른들을 일방적으로 나쁘다고만 몰아세울 일이 아닐지도 몰라."

알랭 드롱은 다시 고개를 끄덕였다. 두 사람은 식당을 나왔다. 밖은 이제 완전히 어두워져 있었다. 그들은 다시 광안리 해수욕장을 따라왔던 길을 천천히 되돌아갔다. 두 사람은 알랭 드롱이 기거하고 있는 집으로 갔다. 집에는 아무도 없었다. 그들은 새벽 두 시가 될 때까지 여러 가지 이야기를 나누다가 잤다. 이튿날 아침 그들은 일어나 알랭 드롱이 일하고 있는 병원으로 함께 갔다. 거기서 R은 열 시가 조금 지날 때까지 있다가 나왔다. 왜냐하면 환자들이 너무 많았기 때문에 알랭 드롱은 전혀 한가하지가 않았기 때문이었다.

병원에서 나온 R은 부산 시내를 어디랄 것도 없이 약 두어 시간 헤매고 돌아다녔다. 그러다가 문득 생각이 난 듯 공중전화박스 안으로 들어갔다.

"네에."

J의 목소리였다.

"응, 나야."

R이 말했다.

"거기가 어디세요? 서울에 올라오셨어요?"

"아니, 여긴 부산이야."

"부산엔 무슨 일로 내려가셨어요?"

"응, 알랭 드롱을 만나러 왔지."

"아, 그러세요? 그분은 어떻게 지내요? 잘 지내시던가요?"

"응, 그런데 문득 한 가지 생각이 떠올라 전화를 한다."

"뭔데요?"

"우리는 지금 현재 둘 다 실업자지 않니?"

"그런데요?"

"지금 우리에게는 시간이 많지 않니? 그러니 이러한 기회를 이용해서 한 달쯤 한국을 한번 구석구석 돌아다니며 구경을 해보면 어떻겠니?"
"그 좋은 생각이네요. 그러나 저는 못 가요. 선생님 혼자 가세요."
"젠장, 나 혼자 무슨 재미로 다니겠니."
"그렇지만 저는 못 가요."
"그럼 알았다."

공중전화박스에서 나올 때 R은 화가 나 있었다. 그는 길바닥에 있는 돌멩이를 툭툭 걷어차면서 다시 걷기 시작했다. 그러다가 그는 버스를 탔다. 버스는 터미널로 향하고 있었다. R은 인도 쪽 창문 곁에 있는 자리에 앉았다. 그는 멍한 눈으로 차창 밖을 내다보고 있었다. 어느 높은 빌딩 앞을 지날 때 차창 밖으로 노파 하나가 지나가고 있었다. R은 고개를 돌려 지금 차창 밖 높은 빌딩 앞 인도를 지나가고 있는 노파를 내다보았다. 그 노파의 얼굴은 검정이라도 묻힌 듯 검었다. 그리고 전혀 기력이 없어 보였다. 그녀는 몹시 피로한 듯 어깨를 힘없이 늘어뜨린 채 걸어가고 있었다. 그녀는 걸어가면서 무엇인가를 힘없는 표정으로 먹고 있었다. 그녀가 먹고 있는 것은 삶은 강냉이 알갱이이거나 아니면 땅콩 부스러기인지 모른다. 그녀는 약간 고개를 옆으로 기우뚱하게 기울인 채 힘없이 씹고 있었다. 그녀는 서울의 길거리에서나 다방 같은 데 껌을 들고 다니며 파는 노파들과 별반 다름이 없다고 말할 수도 있을 것이다. 그러나 그녀에게는 한 가지 인상적인 데가 있었다. 그것은 그녀가 입고 있는 옷이었다. 그녀는 흰 무명 저고리와 무명 치마 같아 보이는 옷을 입고 있었다. 그러나 그녀의 치마저고리는 그렇게 깨끗해 보이지는 않았다. R은 고속버스 정류장에서 내려 대구로 가는 차를 탔다.

대구에 왔을 때 R의 아내는 두 아이를 무릎 사이에 끼고 앉아 그

림 동화책을 읽어주고 있었다. R이 방으로 들어섰을 때 그녀는 잠시 고개를 들어 그를 쳐다보며

"왔어예?"

하고 말했다. 그 순간 그녀의 서로 크기가 다른 두 눈은 완전히 사팔뜨기처럼 보였다. 그녀는 다시 고개를 수그리고 그림 동화책을 읽기 시작했다.

이튿날 R의 여동생은 R에게 다시 한 번 집을 사기 위해서 대구 시외로 나가보자고 말했다. 그래서 R은 그의 어머니와 막내 여동생 그리고 그의 아들을 데리고 집을 보러 다녔다. 그러나 역시 가격이 만만하고 쓸 만한 집을 찾아내지는 못했다.

"네에."

J의 목소리였다.

"응, 난데…… 난 지금 금강 유원지에서 전화를 걸고 있어."

R이 말했다.

"무슨 일로 또 서울에 올라오세요?"

"응, 오늘 아침에 A 교수한테서 전화를 받았는데 이번 학기에 강의를 좀 해달라고 하더군."

"예, 그러세요? 잘됐네요. 몇 강좌나요?"

"자세히는 몰라. 아마도 두 강좌인가 봐."

"내일 만나기로 했는데 미리 책을 좀 사 봐야 될 것 같아서 지금 서울로 올라가는 길이야."

R은 세 시간 후에 시내에 있는 어느 큰 서점에 있는 휴게실에서 만나기로 약속하고 전화를 끊었다. 전화를 마치고 그는 다시 고속 버스에 올라탔다.

J는 이미 나와 있었다. J는 R이 와 자리에 앉기가 바쁘게

"시장하시지 않으세요?"

하고 말하고 매점으로 가 빵과 주스를 담은 쟁반을 들고 왔다.

"어느 대학이에요?"

"응, C 대학 P 분콘가 봐. 아침에 C 대학에서 학교버스를 타고 사십 분이면 갈 수 있대."

"잘됐네요. 둘 다 실업자인 것보다는 한 사람이라도 일을 하게 돼서 그래도 낫네요."

J는 빵을 우걱우걱 먹고 있는 R을 바라보며 말했다.

"그까짓 시간강사하는 걸 뭐 일한다고 할 수 있나?"

"그래도요."

R은 만약 작년에 J가 먼저 들어오지 않고 R이 먼저 돌아왔더라면 아마도 취직은 훨씬 수월했을 거라고 했다. J는 아무 말 하지 않았다. R은 계속하여 자신에게는 지금 취직이 되느냐 안 되느냐 하는 것이 문제가 아니라 우선 하루속히 이혼 문제가 해결돼서 정신적 자유를 가지고 오래전부터 외국에서 생각해 왔던 일을 착수하는 것이 더 시급하다고 했다. J는 이혼 문제는 어떻게 진행되고 있느냐고 물었다. R은 생각해 보겠다고 하더라고 했다.

휴게실에서 나와 두 사람은 서점 안으로 들어가 R이 이제 하게 될 강좌에 필요한 책들을 찾아보았다. 그러나 R은 끝내 아무것도 사기를 원치 않았다. 두 사람은 서점을 나왔다. 그리고 서점 옆에 있는 다방으로 가 자리를 잡았다. R이 앉은 맞은편 벽, J의 머리 위쪽에는 직사각형의 조그마한 액자가 하나 걸려 있었는데 그 액자 속에는 붓으로 다음과 같이 쓴 글이 들어 있었다.

이런 친구가
되게 하여 주소서
비겁하지 않으며

비굴하지도 않고
물러서지 않으나
미련하지 않으며
허식된 위장보다
솔직한 모습으로
……

R은 고개를 쳐들고 한참 동안 그 문구를 눈으로 읽고 있었다. 그가 그것을 읽고 있는 동안 J는 R이 무엇을 보고 있는가 궁금하다는 듯이 머리를 돌려 그가 보고 있는 것을 얼핏 한번 돌아보기도 했다.
"한국에서는 어딜 가나 저런 문구들이군."
액자에 쓰인 글을 다 읽고 난 R이 시큰둥한 표정으로 말했다.
"그게 어떤데요?"
J가 물었다.
"저게 어떠냐고? 우선 저 글에는 누가 누구에게 이러저러한 친구가 되게 해달라는 것인가 하는 게 뚜렷하지가 않다. '내가 그에게'인지, '그가 나에게' 인지, '내가 너에게' 인지, '너가 나에게' 인지, 아니면 '그가 너에게' 인지 도무지 아리송하기만 해. 그리고 저 글이 '그가 나에게' 이러저러한 친구가 되게 해달라는 뜻이라고 한다면 '나' 는 지금 '그' 가 이러저러하지 못하다는 사실을 '너' 에게 한탄하고 고자질하는 것밖에 안 되지. 그리고 '내가 그에게' 이러저러한 친구가 되게 해달라는 뜻이라면, '나' 는 저렇게 해달라고 할 일이 아니라 제 스스로 그렇게 하면 되지 않는가? 저 글은 마치 밥상 앞에 앉은 사람이 '내' 가 밥을 먹게 해주소서 하고 말하는 거나 마찬가지지. 밥을 퍼먹으면 될 일을 가지고 공연히 '밥을 먹게 해주소서.' 하고 말한다면 우스운 소리가 되는 거나 마찬가지지. 그러나 그것보다도 더 비열한 것은, 저 글이 만약 '내가 그에게' 이러저러한 친구가 되게 해달라는 뜻이라면 '나'라는 존재는 '그'에게 대한 자신의 도덕성을 '너'에게 은근히 자랑하는 것 외에는 아무것도 아니라는 사실에 있지. 그리고 또 한 가지 엄청나게 재미있는 것은 저 글귀는 어쩌면 한국인들의 대인관계의 한 위기를 말해 주고 있다는 사실이지. 저런 낯간지러운 글귀를 굳이 이렇게 사람들이 들락거리는 다방에다 걸어두어야 한다는 사실은 그런 글귀가 때로는 어떤 사람을 위해서는 도움이 된다고 생각하기 때문에 걸어놓은 거 아니겠어? 그렇다면 한국에는 '내가 그에게' 정직하지도 못하고 비굴하고 비열한 사람이 많이 있다는 말이 아닌가."

"아이, 그렇게까지 비약할 건 뭐가 있어요?"

J가 나무라듯 말했다.

"아니야. 저 이상한 글이 버젓이 이런 다방에까지 걸려 있다는 것에는 뭔가 생각할 게 많아. 저 글에서 나는 일종의 강박관념을 느껴. 저 글이 만약 '내가 그에게' 이러저러한 친구가 되게 해달라고 기도하는 문구라고 가정해 보면 지금 '나'로 지칭되어 있는 기도자는 분명히 '그'라는 존재를 어떻게 취급해야 할까 하는 데 대한 몹시 심한 강박관념에 사로잡혀 있다고 볼 수밖에 없어. 만약에 '나'라는 존재가 '그'를 어떻게 대해야 할까 하는 데 대한 아무런 콤플렉스가 없다면 왜 굳이 그런 소리를 해야 할까? 말이 나왔으니 말인데 나는 한국에 돌아와 비로소 한국의 특이성을 하나 발견했어. 너는 내가 처음에 한국에 돌아왔을 때 한국에 돌아오니 어떠냐고 물었지. 나는 그때 아직 아무것도 발견하지 못했어. 그런데 나는 최근에서야 한 가지 발견한 게 있어."

"그게 뭔데요?"

J는 흥미를 나타내며 물었다.

"그건 뭐고 하니 한국에서 나는 나로서 존재할 수 없다는 거야."

J는 R의 뜻하지 않은 말에 약간 의아해하는 표정을 지으며 쳐다

보았다. R이 말했다.
 "한국에서는 나는 '나'가 아니라, 내 아버지의 아들이고, 내 누이들의 오빠이고, 내 아들의 아버지이고, 내 아내의 남편이고, 내 스승의 제자이고, 내 선배의 후배이고, 내 동향인의 동향인이고, 내 이웃의 이웃이고…… 나는 이러한 타인들과의 관계를 맺고 있기 때문에 비로소 나일 수 있는 것만 같아. 내가 무엇이냐 하고 물으면, 한국에서는 이렇게 대답해야 돼. 나는 나의 아버지의 아들이고, 내 아들의 아버지이고, 내 아내의 남편이고, 내 동향인의 동향인이고…… 그렇게 대답하지 않고 나는 나다라고 대답하면 아무도 이해하지 못해. 프랑스에서는 그렇지 않았지. 거기서 나는 우선 나일 뿐 다른 아무것도 아니었던 것 같아. 설령 내가 남들과 어떤 관계를 맺고 있었다고는 할지라도 그것은 내 존재의 본질적인 것이 아니었던 것 같아. 그런데 한국에서 '나'라는 것은 타인들과 맺고 있는 수많은 관계 외에는 아무것도 아닌 것 같아."
 R은 잠시 뜸을 두고 계속했다.
 "일전에 대구에서 시내버스를 탔는데 이런 일이 있었어. 버스 안에 자리가 없어서 나는 버스 뒤편에 서 있었어. 내 바로 앞에 있는 자리에는 한 마흔쯤 되어 보이는 키가 작고 남루한 차림을 한, 차림새로 봐서는 시골에서 막 올라온 농부처럼 보이는 사람이 하나 앉아 있었어. 그는 챙이 달린 빨간색 모자를 쓰고 있었는데 그 모자에도 몹시 때가 묻어 있었어. 그런데 그 남자가 갑자기 고개를 돌려서 있는 나를 쳐다보며, 마치 내가 그와 아는 사람이거나 한 것처럼, 그리고 내가 그와 동행이거나 한 것처럼 내게 말을 했어. '월산 아재는 숙모 돈 쬐비고, 인동 아주매는 조카 돈 쬐비고…….' 분명히 술에 취한 것 같지는 않았어. 그렇다고 특별히 정신이 이상한 사람처럼 보인다고는 할 수도 없었어. 시골에서는 그저 평범한 농부일 거야."

R은 담배를 한 대 피워 물고 계속했다.

"나는 그 사람이 나를 홱 돌아보며 한 그 밑도 끝도 없는 말을 곰곰이 생각해 봤어. 그리고 이런 생각을 했어. 어쩌면 그 사람은 사람 사이의 관계에 어떤 강박관념 또는 노이로제 같은 것에 걸려 있을지도 모른다고. 왜냐하면 그 남자가 한 말을 분석해 보면 그것은 적어도 몇 가닥의 인간관계를 말해 주는 것 외에는 아무것도 아니거든. 그리고 이 사람에게 문제가 되는 것은 '아재'가 '숙모' 돈을 쬐비고 '아주매'가 '조카' 돈을 쬐볐다는 것이고, 그 때문에 이 두 사건은 그 남자의 머리에서 떠나지 않는 것이 되어 엉뚱하게 알지도 못하는 나한테 불쑥 그런 소릴 하는 거 아니겠어? 그가 만약 A라는 사람이 B라는 사람의 돈을 훔치고 C라는 사람이 D라는 사람의 돈을 훔쳤다고 생각한다면 그것은 예사로운 일로 여겨질 수 있겠지. 여기서 문제가 되는 것은 아재가 숙모의, 아주매가 조카의 돈을 쬐볐다는 것이지. 그 사람의 머릿속에는 그 자신을 포함한 모든 그 주변의 사람들이 다 어떤 관계로 얽혀 있고 그 관계야말로 개개인의 존재보다 더 중요한 것이라고 여기고 있는지도 모른다는 생각이 들더군. 그리고 그것은 한국인들의 보편적인 한 생각의 특이성이고.

그런데 나는 한국에 와서 보니 때로는 그 관계라는 것이 개인을 말살시킨다는 생각이 들어. 가령 나의 경우는 내가 알지도 못하는 사람과 동향인이라는 사실 때문에 결국 밤늦도록 비를 맞으며 술주정을 받아줘야 했고, 내가 전혀 좋아하지도 않는 여자의 남편이라는 사실 때문에 목이 졸려 있지. 그런가 하면 또 다른 한 모드가 있는데 그건 바로 너의 경우지. 너는 프랑스에서 나와 함께 삼 년 반이란 세월을 밤마다 살을 맞대고 살아왔지만 한국에 돌아와서는 단지 나와 부부관계가 아니라는 사실 하나 때문에 부당하게 날 멸시할 수 있다고 생각하지. 너에게 있어 나는 유부남이라는 것 외에는 아무것도 아니야. 그것이야말로 가장 믿을 수 있는 나에 대한 너의 정의야. 내 아내의 경우와 너의 경우는 행동 방식은 반대라 할지라도 같은 차원, 같은 이데올로기, 즉 인간 사이의 관계가 인간 개개인의 구체적인 존재보다도 더 중요하다는 데 있지."

J는 여기서 웃기 시작했다. R은 계속했다.

"그래, 프랑스에서는 밤에나 낮에나 쌕쌕거리며 섹스를 해도 괜찮지만 한국에서는 손 하나 대도 안 되는 것처럼 여기는 너를 보면서 너는 내가 버스에서 본 그 이상한 남자와 다를 바 없는 인간관계의 신앙을 숭배하는 사람이라는 생각을 해."

J는 여전히 재미있다는 듯이 웃었다. 그리고 말했다.

"그래요. 이젠 무엇인가 명료해졌어요. 이젠 머리가 맑아져요."

과연 그녀의 얼굴에는 기쁨이 차 있었다. R은 그러나 아랑곳하지 않고 계속했다.

"비록 프랑스에서는 어떤 짓을 했다고 해도, 전에 그토록 빨던 남자라 할지라도, 한국에 돌아와서는 유부남이라는 이유로 그 이상한 여관에 혼자 두고 집으로 돌아갈 수 있었기 때문에 너는 성녀였던 거지."

R의 목소리는 차분했지만 시니컬했다. J는 계속 웃었다. 그리고 말했다.

"그래요. 맞아요. 그 말을 듣고 보니 이제 머리가 맑아져요. 저도 한국에 처음 돌아왔을 때는 그게 너무 이상했어요. 지금은 다 잊어버렸지만. 선생님 이야길 듣고 보니 이제 정신이 맑아져요."

"그뿐이 아니야. 내가 그동안 한국에 돌아와 텔레비전 드라마를 보노라면, 특히 가정 드라마를 보노라면, 그 이야기들이란 하나같이 나른하고 안락한 인간관계의 유희를 즐기는 이야기들뿐이라는 생각이 들어."

"그래요. 정말 그래요."

J는 그녀 곁에 놓인 물컵의 물을 벌컥벌컥 마셨다. R은 그러한 그

녀에게 이제 머리가 맑아졌으면 오늘 밤에는 어디에 가야 한다고 말했다. J는 아무 말 하지 않고 웃고 있었다.

다방을 나와 차에 올라탔을 때 R은 다시 한 번 오늘 밤에는 어딘가 가자고 했다. 그러나 그녀는

"안 돼요."

하고 말했다. R은 언성을 높여

"왜 안 된다는 말이냐?"

하고 소리쳤다. J는 거기에 대해서는 아무 대답도 하지 않고 차를 출발시켰다. 그리고 그녀는

"우리 공항에 가요."

하고 말했다.

"공항엔 왜?"

R이 물었다.

"며칠 전에 거길 갈 일이 있어 가봤는데 좋데요."

그녀가 말했다. R은 아무 말 하지 않았다. J는 공항으로 가기 위해서 팔팔올림픽대로를 달렸다.

공항에 도착했을 때는 이미 날은 완전히 어두워져 있었고, 주차장은 텅 비어 있었다. 차에서 내려 J는 훤하게 불이 켜져 있는 홀 안으로 들어가기 위해 유리문을 손으로 밀었다. 그러나 문은 잠겨 있었다. 물론 홀 안에는 사람들이 더러 있긴 했다.

"문이 잠겼어. 돌아가자. 여기 들어가면 뭘 하나?"

R이 약간 퉁명스럽게 말했다.

"저쪽에 문이 열려 있을 거예요. 저 봐요. 저 안에 사람들이 있잖아요."

J는 이렇게 말하고 다른 문을 밀어보았다. 역시 잠겨 있었다.

"돌아가자니까. 이미 문을 닫을 시간인가 봐."

R이 다시 한 번 말했다.

"아직 닫지는 않았을 거예요. 밤에 떠나는 비행기도 있잖아요. 저쪽에 보세요. 아직 사람들이 들어가고 있잖아요."

J는 이렇게 말하고 약 이십 미터 저쪽에 보이는 열린 문을 향하여 쪼르르 달려갔다. R은 그녀의 등에다 대고

"이렇게 경찰이 많이 서 있는데 들어가면 뭐 하냐?"

하고 소리쳤다. 사실 홀 안에는 제복을 입은 경찰들이 여럿 눈에 띄었다. 그러나 J는 R의 말을 듣지 않고 열려 있는 문 쪽을 다가갔다. R도 그녀의 뒤를 따라갔다. 그때 마침 이십 대로 보이는 한 쌍의 남녀가 R과 J를 앞서 열려 있는 문 안으로 들어가고 있었다. 그러나 그 두 남녀는 문을 들어서자마자 문 안에 지키고 섰던 경찰에 의해 정지당했다. 경찰은 그들에게 무슨 일로 왔느냐고 묻는 것 같았고 남자는 그냥 왔다고 대답하는 것 같았다. 경찰은 이미 시간이 늦어서 문을 닫았으니 들어갈 수 없다고 말하는 것 같았다. 문밖에서 듣고 있던 R은 J를 보고

"거봐라. 이미 너무 늦었다고 하지 않던?"

하고 약간 짜증스러운 목소리로 말했다. J는 몹시 쑥스러워하는 표정으로 R에게

"괜히 여기 오자고 해놓고······."

하고 말했다. R은 어이가 없다는 표정을 지으며

"누가 오자고 했는데? 오자고 했던 건 네가 아니냐?"

하고 볼멘소리로 말했다.

"알았어요, 알았다고 하잖아요!"

J는 대단히 히스테릭한 목소리로 이렇게 소리치고는 휙 돌아서서 차가 세워져 있는 쪽으로 걸어갔다. R은 머리를 절레절레 내저으며 저만큼 앞서 가고 있는 그녀를 따라갔다. 차에 올라앉아 잠시 멍한 눈으로 창밖을 내다보고 있던 R이 몹시 억제된 목소리로 말했다.

"J야, 여기에 오자고 했던 건 네가 아니었니?"

"알았어요, 알았단 말이에요!"

J는 이렇게 빽 소리를 치고는 신경질적으로 차를 몰아 공항을 빠져나왔다.

"메흐드! 메흐드!"

R은 창문 쪽으로 고개를 돌린 채 혼자 중얼거렸다. 잠시 후 J는 충분히 가라앉은 목소리로 R 쪽을 돌아보며

"그래요. 제가 잘못했어요. 미안해요."

하고 말했다. 그때까지 멍하니 차창 밖을 내다보고만 있던 R은 폭발적인 목소리로 소리쳤다.

"'미안해요! 미안해요!' 너는 순간순간 늘 미안하다고 하고는 또 날 고통에 빠뜨리는구나! 미안하다고만 하면 모두 끝나는 거고."

그리고 그는 다시 고개를 돌려 멍하니 창밖을 내다보고 있었다.

"어디로 가실 거예요?"

잠시 후 J가 말했다.

"어디는 어디야, 여관이지! 나 같은 게 어디 갈 데가 있나? 지난번에 갔던 그 여관 앞에서 세워라."

R은 퉁명스럽게 말했다.

그들은 R이 말하는 여관, 즉 한성장여관 앞에 이르렀다. R이 여관 앞에서 차를 내릴 때 J는 다시 한 번

"미안해요."

하고 낮은 목소리로 말했다.

"알았다, 알았어!"

R은 이렇게 말하고 여관 안으로 들어갔다.

이튿날 아침 R은 한성장에서 나와 버스를 타고 A 교수를 만나러 갔다. 그러나 A 교수와의 약속 시간은 정오였기 때문에 그는 약 네 시간을 어디서 흘려보내지 않으면 안 되었다. 그래서 그는 대학가

에 있는 세 군데 다방에 들러 삼십 분, 이십 분 그리고 오십 분씩 각각 앉아서 세 부의 다른 신문을 읽었고 또 그 사이사이에 두 군데 서점에 들어가 책들을 둘러보기도 했다. 물론 책을 사지는 않았다.

정오에 그는 A 교수를 만나 점심 식사를 함께 하고 커피를 함께 마시고 헤어졌다. A 교수와 헤어진 뒤 그는 대학도서관에 들러 르몽드 한 달치를 훑어보았다. 도서관에서 나와 그는 다시 아침에 처음으로 갔던 다방에 들어가 J에게 전화를 했다.

"제가 곧 그리고 갈게요."

J가 말했다. 그녀는 약 사십 분 뒤에 다방에 들어섰다. 그녀는 들어오자마자 R에게 나가자고 했다. R은 일어났다. 그녀의 차는 다방 앞에 세워져 있었다.

"너 이 동네에 이렇게 와도 괜찮겠니? 너와 함께 있던 선생들이나 내가 가르치던 학생들이 널 보면 쑥스러워지지 않겠니?"

오른편 차 문을 열며 R이 물었다.

"괜찮아요. 뭐가 겁난다고. 이젠 다 끝났는데……."

J는 이렇게 말하고 운전석에 들어앉았다. 그리고 그녀는 어디랄 것도 없이 급히 차를 몰았다. 대학가에서부터 완전히 벗어났을 때서야 그녀는 입을 열었다.

"어디로 갈까요?"

"난 네가 그렇게 호기 있게 차를 모는 걸 보고 오늘은 나한테 그 질문을 안 하고 어딘가 알아서 갈 줄 알았더니 오늘 또 묻는구나."

J는 쑥스러운 듯 웃었다. R이 말했다.

"어디 좋은 델 가자니까. 전에 우리가 갔던 서해 바닷가 같은 데……."

"거긴 너무 멀어요."

어느덧 두 사람이 탄 차는 김포공항 쪽으로 향하는 팔팔올림픽대로를 달리고 있었다.

"젠장, 또 여기구나. 그렇게 기세 좋게 어디라도 갈 것 같더니."

R은 오른편으로 보이는 국회의사당을 내다보며 이렇게 말했다.

"제가 아는 길은 이 길밖에는 없으니까 그렇죠."

잠시 아무 말 하지 않고 창밖만 내다보고 있던 R이 문득 생각이 났다는 듯이 기왕에 이쪽으로 방향을 잡았으면 아예 강화도까지 가는 게 어떻겠느냐고 했다. J는 너무 멀다고 했다. R은 강화도 하니까 생각이 난다고 하면서 전에 고등학교 교사로 있을 때 직장 동료 몇몇이 거길 갔는데 어느 섬으로 가는 나루터 근방에 그 고장 사람들의 춤판이 벌어졌는데 그 춤꾼들 중에 끼어 있던 젊은 아낙네 한 사람의 모습이 잊혀지지 않는다고 하면서, 그 춤추는 모습은 흡사 국민학교 계집애가 운동회에서 춤추는 모습과 같이 곰살스럽더라고 했다. 그리고 덧붙여 지금 생각해 보면 그날은 아마도 그 고장의 무슨 민속축제일이었던 것 같았다고 했다. 그런 이야기를 하고 있을 때 그들이 탄 차는 어느덧 행주대교를 건너 행주산성 쪽으로 향하고 있었다.

"또 여기로 오냐?"

R은 어이가 없다는 어투로 이렇게 말했다. J는 그녀 자신이 생각해도 그녀가 또 같은 데로 가고 있는 것이 약간 어이가 없다는 듯 쑥스러워하는 웃음을 한 번 웃어 보이고는 이내 표정을 바꾸어

"여기 말고 다른 데 어디 갈 데가 있어야지요."

하고 버럭 짜증 섞인 목소리로 소리를 질렀다.

"메흐드! 메흐드!"

요식집들이 즐비한 소로로 접어들었을 때 R은 차창 쪽으로 고개를 돌린 채 밖을 향하여 이렇게 소리를 질렀다. J는 지난번에 왔을 때 주차시켰던 바로 그 자리에 차를 대었다. 그리고 두 사람은 차에서 내렸다.

"한국에서는 정말 어디 갈 데가 없어요."

J는 산성 앞에 있는 휴게소 벤치로 가 앉으며 이렇게 말했다.
 "왜 없을라고? 그래도 구석구석 돌아다녀 보면 예쁜 데도 많을 거야. 가보지 않고 늘 이런 데만 오니까 그렇지."
 R은 볼멘소리로 말했다.
 한 젊은 부부가 아이를 데리고 산성에서 나오고 있었다. 남자는 여자와 아이를 뒤에 두고 약 십 미터 뛰어가 저쪽으로부터 걸어오고 있는 여자와 아이를 카메라에 담기 위하여 카메라를 눈에 댄 채 쪼그리고 앉았다. 그러나 잘되지 않았던지 다시 일어나 좀 더 멀리 달려가 웅크리고 앉았다. 여자는 아이의 시선을 카메라 쪽으로 보내게 하기 위하여 남자가 앉아 있는 쪽을 손으로 가리켜 보였지만 아이는 다른 방향으로 고개를 돌린 채 아장아장 걸어오고 있었다. 그러다가 아이는 곧 길바닥에 넘어졌고 "앙." 하고 울음을 터뜨렸다. 아이 어머니는 깜짝 놀라며 넘어진 아이를 일으켜 세우고 가슴이며 무르팍에 묻은 흙먼지를 털어주며 아이를 달래기 시작했다.
 "한국의 젊은 남자들은 마누라와 아이들 사진 찍어주는 재미로 사는 것 같군."
 R이 말했다.
 "그러게 말이에요. 저렇게 사진들 찍어서 뭐에 쓸려고……."
 J가 말했다. 그들은 이제 과다한 사진의 무용함에 대하여 이야기했다. 약 십 분쯤 지난 후 J가 말했다.
 "어제 선생님이 하신 말씀을 듣고 집에 돌아가 곰곰이 생각해 보니 정말 선생님 말씀이 맞다는 생각이 들었어요."
 "무슨 말?"
 "그 있잖아요. 왜, 사람들이…… 한국에서는 개인보다 그 개인이 맺고 있는 다른 사람들과의 관계가 더 중요하다고 했던……."
 "응, 그거? 맞지, 그럼 내 말이 언제 틀리더냐?"
 R이 말했다.

"그래요. 그것은 정말 예리한 지적이었어요."

"그러니까 박사 아니냐."

"아이, 알았어요. 그렇게 빼기지 마시고…… 어젯밤에 집에 돌아가 곰곰이 생각해 보니…… 그래요. 갑자기 머리가 맑아져요. 그리고 모든 게 이젠 명료해졌다는 생각이 들었어요. 그전에는 뭐랄까…… 머리가 몹시 무거웠는데……."

그녀는 R의 어제 이야기를 듣고 난 뒤의 그녀 자신이 느꼈던 감정을 말로 표현하려고 했지만 잘되지 않는 것 같았다. R은 그녀가 하고자 하는 이야기를 알아들으려고 애쓰듯 잠시 그녀 쪽으로 고개를 약간 기울이고 있었다. 그러나 그녀는 그다지 많은 말을 하지는 못했다.

그들 사이에 이제 화제에 올라 있는 것은 R의 이혼에 관한 이야기였다.

"나는 그 여자한테 전혀 실용품이 아니고 한갓 사치품일 뿐이지. 내가 박사가 아니라면 그다지 미련을 갖겠어? 그러나 박사라는 게 뭔가? 그게 그 여자한테 정말 실용적인 걸까?"

"왜 사람들은 좋아하지도 않으면서 놓아주지 않을까?"

J는 혼잣말처럼 중얼거렸다.

"게다가 나하고는 아무 상관도 없는 엉뚱한 문제를 가지고 내 목을 조르려고 하니……."

R이 말했다.

"그게 뭔데요?"

J가 물었다.

"응, 그런 게 있어. 나중에 이 문제가 해결되고 난 뒤에 이야기해 줄게."

J는 무엇인가 짐작이 가기라도 한다는 듯이 약간 미소를 지은 채 고개를 끄덕였다. 잠시 후 R은 약간 침통하고 비장한 목소리로 말

했다.

"나는 내가 해야 할 일, 내가 할 수 있는 일을 이 손바닥 들여다보듯이 보는 듯해. 너도 알다시피 나는 프랑스에서 오 년 반 동안 나 자신을 확인했어. 나는 거기서 많은 원고를 썼어. 그것도 남의 나라 말로. 그런데 정작 내 나라에 돌아와서는 아무것도 할 수 없으니…… 인적, 물적 환경이 너무나 지랄 같애. 오 년 반 만에 돌아와 나는 우선 책을 버려야 하질 않나, 복부인처럼 집이나 보러 다녀야 하질 않나. 나한테 늘 초조해지는 것은 이러다가 내가 금방 지쳐버려 아무것도 할 수 없게 되어버리지나 않나 하는 거야."

"세상은 참 불공평해요."

J는 이렇게 말하고 약간 멈칫거리다가

"우리 집에서는 아버지가 며칠 전에 저더러 제 이름으로도 아파트를 하나 사두자고……"

하고 쌩긋 웃어 보이며 말끝을 흐렸다.

"사둘 수 있으면 사두지. 글을 쓰는 일을 하는 데도 주거환경도 어느 정도는 갖추어져야 하겠더라. 지금 생각해 봐도 대학 시절에 나는 참 미련했다는 생각밖에는 안 든다. 누우면 관 속에 든 것 같은 골방에서 공부하겠다고 해보니 몸만 상했지 뭘 해낼 수가 있나."

그들은 계속해서 한국에는 얼마나 많은 크고 작은 천재들이 집 한 칸에 발목이 묶여 그들의 재능을 펴보지 못하고 사라지는가 하는 데 대하여 이야기했다.

한참 후 그들은 매점에서 아이스크림을 사 먹었다. 아이스크림을 다 먹은 뒤 R은 J에게 이젠 일어나지 않겠느냐고 물었다.

"가면 어디로 간단 말이에요?"

"아무 데로나."

"아무 데로나, 어디요?"

"정 갈 데가 없으면 산성 안에라도 한번 더 들어가 보지."

"아이참! 들어가면 또 이내 나오자고 하실 텐데 뭐 하려고 또 돈 내고 들어가요?"

"그럼, 아무 데도 안 가려면 아이스크림이나 하나 더 사 먹자."

R은 풀이 죽은 목소리였다.

"또 먹어요? 아이참!"

그리고 그들은 아무 말 하지 않았다. 이미 날은 어두워지기 시작하고 있었다. 그들은 차가 세워져 있는 데로 가 지난번처럼 또 한참 동안 차 안에 앉아 있었다. 차가 출발하기 전에 R은 어디론가 가 J와 섹스를 해야 한다고 말했다. J는 아무 말 하지 않았다. 그러나 R은 침통한 목소리로 다시 한 번 같은 말을 했다. J는 다소 역정을 내면서 이젠 돌아가야겠다고 했다. 그리고 그녀는 R에게 오늘 밤은 어디로 갈 것이냐고 물었다. R은 화가 난 목소리로 명일동에 사는 자신의 친구 집으로 데려다 달라고 했다. J는 차를 출발시켰다.

팔팔올림픽대로에 올라섰을 때 J는 퍽 피곤해하는 목소리로 명일동이 어딘지 잘 모른다고 했다. R은 그래서 천호동까지만 데려다 주면 거기서 찾아가겠다고 했다.

"아! 지금 이 시간에 천호동까지 갔다가 돌아오면 제가 얼마나 힘이 드는지나 아세요."

J는 몹시 피곤한 얼굴이었다.

"정 그렇다면 아무 데서나 날 내려주고 가거라."

R이 말했다.

"알았어요. 그럼 천호동까지 데려다 드릴게요."

J가 말했다. 그녀는 어두운 길을 달렸다.

천호동에 도착했을 때 R은 그녀에게 다방에 들어가 커피를 한 잔 마실 것을 제의했다. J는 처음에는 그냥 돌아가겠다고 했지만 곧 생각을 바꾸어 차에서 내려 가까운 다방으로 R을 따라 들어갔다. 그러나 그들이 들어간 다방은 몹시 지저분하고 어수선했다. 게다가 열댓 명의 젊은이들이 전자오락을 하고 있어서 대단히 시끄러웠다. 그래서 두 사람은 불과 오 분도 안 되어 다방에서 나왔다.
"이젠 가세요. 남의 집에 가면서 너무 늦게 가면 안 되잖아요."
다방에서 나온 뒤 J가 달래는 목소리로 말했다.
"그래, 그렇지만 너는 꼭 이렇게 돌아가야 하느냐?"
R은 울적해하는 목소리로 말했다.
"예, 그만 돌아갈게요."
J는 이렇게 말하고 차에 올라앉았다. 그러고는 차 밖에 서 있는 R을 향하여 손을 한 번 들어 보이고 차를 출발시켰다. R은 뒤에 서서 저만치 멀어져 가는 J의 차를 바라보고 섰다가 육교를 건너 버스 정류장으로 가 명일동으로 가는 버스를 탔다.

이튿날 R은 일찍 나오지 않으면 안 되었다. 그의 친구가 일찍 출근을 했기 때문이었다. 친구의 집에서 나온 그는 버스를 타고 어제 갔던 대학도서관으로 갔다. 거기서 그는 오전 내내 책들을 뒤져 보았다. 그리고 어제 읽었던 르 몽드를 다시 꺼내서 몇몇 기사를 골라 읽었다. 점심 때 그는 도서관에서 나와 중국집으로 가 간짜장 한 그릇을 먹고 역시 껌 하나를 받아들고 나와 다방에 가 커피를 마셨다. 그리고 J에게 전화를 했다.
처음에 그녀는 오늘 오후에는 바쁘다고 했다. 그러나 곧이어 나가마고 했다. 그래서 그들은 그저께 만났던 시내에 있는 그 큰 서점의 휴게실에서 다시 만나기로 하고 전화를 끊었다.
R은 J와의 약속 시간보다 근 한 시간이나 일찍 도착했기 때문에 우선 서점 안으로 들어가 책들을 뒤져 보았다. 그러나 아무것도 사지는 않았다. 약속 시간이 다 되어 그는 휴게실로 갔다. J는 아직 와 있지 않았다.
R의 맞은편 저만치에 떨어진 탁자에 대학생으로 보이는 앳된 여

자가 혼자 앉아 무엇인가를 쓰고 있었다. 그녀는 주변의 소음에도 불구하고 그것을 전혀 의식하지 못하는 양 대단히 진지한 표정으로 잔뜩 고개를 수그리고 글쓰기를 계속하고 있었다. 그녀의 얼굴 아래 탁자 위에 펼쳐져 있는 하얀 공책에는 자잘한 글씨들이 생겨나고 있었다. 그녀는 이따금 고개를 들고 볼펜의 머리로 그녀의 약간 벌어진 입술 사이로 보이는 이빨에 부딪치기도 하며 그녀가 쓴 것을 검토해 보기도 했다. 이때 그녀의 표정은 삼류 청춘 드라마를 담고 있는 영화에서 볼 수 있는 젊은 여주인공의 그것처럼 전혀 현실감이 나지 않는 과장된 진지함이 보였다. 또 그녀는 때때로 글쓰기를 멈추고 재빠르게 탁자 위, 그녀의 왼쪽 팔꿈치 곁에 놓여 있는 주스잔에 담겨 있는 녹색 빨대로 입을 가져가 주스를 빨기도 했다. 그러나 그녀는 한 번도 눈을 들어 다른 사람, 이를테면 그녀 앞 저만치에 앉아 있는 R을 바라보지 않았다. 어쩌면 그녀는 맞은편에 앉아 있는 R을 전혀 의식하지 못하고 있는지도 모른다. 왜냐하면 그녀는 R이 이 휴게실에 들어와 그의 자리에 앉은 이후로 한 번도 고개를 든 적이 없는 것 같기도 했기 때문이었다. 혹은 그녀는 그녀의 맞은편 의자 등받이에 약간 기대어 앉아 담배를 피우고 있는 R의 있음을 의식하고 있는 것 같기도 하다. 왜냐하면 그녀가 이따금 글쓰기를 멈추고 볼펜 머리로 이빨을 가볍게 두들기며 그녀가 쓴 것을 읽고 있을 때나, 그리고 특히 그녀의 입술을 주스잔에 꽂혀 있는 빨대로 옮겨갈 때나 그녀의 동작은 자연스럽다고 할 수 없을 만큼 고개를 많이 수그리고 있었고, 또 행동의 속도가 빨랐기 때문이다. 게다가 그녀는 R이 그의 자리에 와 앉은 이후 거의 이십여 분 동안 한 번도 고개를 든 것 같지 않았다고 했는데, 그 사실마저도 어쩌면 그녀가 그녀의 맞은편에 앉아 있는 R을 의식하고 있다는 증거가 될 수도 있다. 왜냐하면 일반적으로 사람들은 글을 쓸 때 아무리 그가 쓰고 있는 글에 몰두하고 있다 할지라도 자신도 모르게 간간이 고개를 들어 시선을 다른 데로 돌리게 될지도 모르기 때문이다.

그러나 그녀의 이러한 약간 부자연스럽게 보인다고 할 수도 있을 일련의 행동들, 말하자면 필요 이상으로 고개를 수그리고 하는 글쓰기와 글 읽기 그리고 빠른 주스 빨기는 그다지 오랫동안 지속되지는 않았다. R이 탁자에 와 앉은 지 불과 이십여 분 후에 그녀는 불현듯 그녀가 펼쳐놓고 있던 공책을 닫고 그것을 왼팔로 끼고 일어났다. 그러고는 뒤로 돌아서서 탁자들 사이로 해서 총총히 걸어 나갔다. 그런데 그녀가 자리에서 일어나 뒤돌아설 때까지의 그 짧은 순간의 동작도 그다지 자연스럽지는 않았다고 말할 수 있었다. 왜냐하면 그녀는 자리에서 일어나 오른손으로 의자를 약간 탁자 밑으로 밀어 넣고 돌아설 때까지도 그녀의 앞에 앉아 있는 R을 한 번도 쳐다보지 않았기 때문이다. 일반적인 경우 이러한 때에, 특히 오랜 글쓰기를 하고 난 경우라면 더욱더, 한번쯤 고개를 들게 되는 것이 예사이고, 고개를 드는 통에 맞은편에 앉아 있는 사람 쪽으로 얼굴이나 시선을 향하게 되는 것이 또한 예사라고 생각할 수 있다. 그녀가 탁자들 사이로 해서 저만큼 걸어 나가고 있을 때의 뒷모습만은 그러나 나무랄 데 없을 만큼 자연스러웠다.

R은 시계를 들여다보았다. J는 아직 나타나지 않았다. R은 그의 주변에 혹시 무엇인가 읽을 만한 것이 없는가 하고 찾기라도 하듯 주위를 두리번거렸다. 그러나 그의 주변에는 신문도 잡지도 없었다. 그러다가 그는 문득 앉은 채로 상체를 우뚝 세우며 고개를 번쩍 쳐들고 그의 앞 휴게실 입구 쪽을 바라보았다. 그리고 다음 순간 약간 의아해하는 표정으로 약 이십 초 동안 그의 앞을 멍하니 바라보고 있었다. 이때 그의 시선은 왼쪽에서 오른쪽으로 약 오 도 각도로 이동해 갔다고 할 수도 있었다. 그리고 그는 상체를 우뚝 세우고 고개를 번쩍 든 채 잠시 생각에 잠긴 눈을 하고 있다가 이내 예사로운

표정으로 돌아와 뻗쳐 올리고 있던 상체를 낮추고 그의 앞에 놓인 주스잔을 들어 입으로 가져갔다. 휴게실 입구의 낮은 칸막이 너머로는 이제 서점의 책들이 보일 뿐이었다.

그로부터 약 오 분쯤 뒤에 J가 나타났다. 그녀는 작은 키에 파마기가 있는 약간 곱슬곱슬한 머리를 뒤로 묶었다. 그리고 그녀는 자주색 원피스를 입고 있었다. 그녀는 여느 때보다 다소 잘 차려입었다는 느낌을 줄 수도 있었다. 그녀가 그에게로 다가오고 있는 동안 R은 눈으로 그녀의 이러한 차림새를 겨냥해 보고 있는 것 같았다. 그녀는 아무 말 하지 않고 조용히 그의 앞에 와 앉았다.

"너는 왜 아까 왔다가는 날 바라보다가 그냥 저쪽으로 가버렸니?"

"언제요?"

J가 되물었다.

"언제는 언제니? 한 오 분쯤 전이지."

R이 말했다.

"오 분쯤 전에요? 모르겠는데요."

J가 웃으며 말했다.

"네가 모르면 누가 아니? 저기 서 있다가 저쪽으로 쫄랑쫄랑 가 놓고는."

R은 휴게실 입구의 낮은 칸막이 너머를 손으로 가리키며 말했다.

"모르겠는데요."

J는 R이 가리키는 쪽을 돌아보지도 않고 이렇게 말했다. R은 언짢은 표정으로 입을 다물었다.

"우리 모처럼 영화나 하나 볼까요?"

J는 화제를 다른 데로 돌리기 위해서 그렇게 하기라도 하듯 이렇게 제안했다. R은 내키지 않는다는 표정이었지만 그녀를 따라 자리에서 일어났다.

"영화를 볼꺼면 음란한 걸로 보기로 하자."

길거리로 나왔을 때 R은 약간 심술궂은 목소리로 이렇게 말했다.

"아이! 그런 거 말고요…… 지금 소련 영화가 하나 들어와 있는데…… 안나 카레리나 말이에요."

"응, 그거 괜찮아 보이기는 하더라."

R은 이렇게 말했지만 썩 달가워하는 표정은 아니었다. J는 택시를 잡았다. 그리고 그들은 택시를 타고 극장으로 향했다.

영화가 막 시작되고 있을 때 R의 왼손은 J의 오른손을 잡으려 했다. 그녀의 왼손과 오른손은 그러나 즉시 R의 왼손을 잡아 R의 왼쪽 무릎 위로 옮겨다 놓았다. 이때 그녀의 시선은 화면 쪽으로 고정되어 있었다. R은 계면쩍은 낯으로 피씩 웃으며 그녀의 옆얼굴을 돌아보았다. 그녀는 입을 꼬옥 다문 채 꼼짝하지 않고 화면만 응시하고 있었다. R도 화면 쪽으로 고개를 돌렸다. 약 이 분쯤 뒤에 R의 왼손은 다시 J의 허벅다리 위로 옮아갔다. J의 두 손은 다시 자신의 오른쪽 허벅다리 위로 옮아온 R의 왼손을 들어 옮겨 R의 왼쪽 무릎 위로 갖다 놓았다. 약 오 분쯤 뒤에 R의 왼팔은 허공으로 올라가더니 J의 어깨 위로 걸쳐지려 했다. 그러나 그때 J의 상체는 미리 그 낌새를 알고 있었다는 듯이 앞으로 수그러지면서 R의 왼팔을 피했다. 그리고 J는 말했다.

"이러지 마시고 영화나 보세요."

R은 몹시 볼멘소리로

"메흐드!"

하고 낮게 중얼거리고는 화면 쪽으로 눈을 고정시켰다. 그러고는 영화가 끝날 때까지 줄곧 화면만을 바라보았다.

영화관에서 나온 그들은 영화관 옆으로 약간 돌아가 있는 한식집으로 들어가 앉았다. 밖은 이미 완전히 어두워져 있었다.

"어땠어요?"

영화에서 받은 감동이나 느낌들을 흐트리지 않기 위해서 그렇게 하기라도 하듯 영화관에서 나온 뒤 그 한식집 탁자 앞에 와 앉을 때까지 아무 말 하지 않았던 J가 먼저 입을 열었다. R은 식단표가 붙어 있는 벽면을 바라보며 그녀의 물음에는 아무 대답을 하지 않았다.

"그 영화 어땠어요?"

J는 다시 물었다.

"너는 어떻던?"

R은 약간 퉁명스럽게 물었다.

"먼저 말해 보세요. 그럼 저도 말할게요."

J는 보채듯이 말했다.

"너는 늘 영화만 보고 나면 나한테 먼저 말하라고 하는구나. 이젠 너 스스로 말할 줄 알아야지. 프랑스에서부터 한 번도 너 혼자 뭘 생각하고 말하지를 않는구나."

"알았어요. 어서 이야기해 보기나 해요."

J는 약간 초조해하는 얼굴로 재촉했다. R은 담배를 한 대 피워 물고 잠시 뜸을 두었다.

"다른 사람들이 보고 와서 다들 애매하다고 하데요."

J는 R에게 화두를 던지기라도 하듯 이렇게 말하고 여전히 약간 초조해하는 얼굴로 R의 입이 떨어지기를 기다리고 있었다.

"애매하지는 않아."

이윽고 R이 입을 열었다.

"그렇지요! 전혀 애매하지는 않지요?"

J가 재빨리 끼어들었다. R은 그녀의 말에는 아랑곳하지 않고 계속했다.

"몇 군데 약간 무리가 있긴 하지만 그만하면 잘 만들었어. 허리우드풍과는 달리 셋트나 연기가 훨씬 현실감이 나는 게 눈에 띄더군. 가령 처음 몇 장면의 실내묘사 같은 건 완전히 유럽 영화 수준이더군."

"그렇지요! 저도 그렇게 생각했어요."

J는 이렇게 끼어들어 말하고 잠시 머뭇거리다가

"그런데 뭘 말하려고 하는 영화예요?"

하고 물었다. 이때 그녀의 표정은 마치 그녀가 마음속으로 생각하고 있는 것이 맞는지 어떤지 알아보겠다는 그런 것이었다고 할 수도 있었다.

"말하자면 그 영화의 주제가 무엇이냐 하는 문제냐?"

R이 물었다.

"예."

J가 대답했다.

"그야 감상자에 따라 어느 정도 다르게 말할 수도 있겠지. 그래, 너는 그게 뭐라고 생각하니?"

"아이, 먼저 말해 보세요. 그러면 저도 말할게요."

J가 다시 초조해진 얼굴을 하고 보채었다. R이 입을 열었다.

"그야 뭐 뻔한 거지. 내가 일전에 말했듯이 인간의 인습적 관계라는 것이 개인을 억압하고 있다는 사실을 지적하고 있다고 볼 수 있지."

"그렇지요! 저도 그렇게 생각했어요."

J는 재빨리 끼어들었다. R은 그녀의 말에는 아랑곳하지 않고 방금 한 자신의 말을 증명하기 위해서 영화의 마지막 부분에 나왔던 여주인공의 독백을 그 증거로 댔다.

"그래요! 나도 그렇게 생각했어요."

J는 이렇게 말하며 웃음을 지었다. 그녀의 웃음은 그녀가 마음속으로 생각했던 것들이 모두 맞다는 것이 확인되어 흐뭇해하는 그런 웃음이었다. R은 영화에 대한 평을 좀 더 계속했다. 그리고 덧붙여 그 영화의 원작자인 톨스토이는 이미 백 년 전에 '그런 주제'를 가지고 있었으니 그는 확실히 인생에 대한 천재다운 통찰력을 가진

거라고 했다. 그가 그런 이야기를 하고 있는 동안에 J는 얼굴 가득히 미소를 머금은 채 열심히 그의 이야기를 듣고 있었다.
"너는 어떻게 봤니?"
이야기하기를 마친 R이 J를 건너다보며 물었다. 그녀는 여전히 미소를 잃지 않은 채로, 그리고 대단히 진지한 표정으로
"저 있잖아요…… 저…… 제 생각도 결국은 똑같아요. 그런데 사람들은 모두 이 영화가 애매해서 무슨 말을 하려고 하는 건지 잘 모르겠대요."
하고 무엇인가를 말하려고 몹시 애를 쓰면서 더듬거렸다.
"미국 영화에 익숙해 있는 관객들에게는 그렇게 보일 수도 있겠지."
R은 그녀의 이야기를 끊지 않으려고 그렇게 하는 듯이 혼잣말처럼 중얼거렸다.
"그렇지만 결코 이 영화는 애매한 영화는 아니지요? 그렇지요?"
R은 아무 대답 하지 않고 그녀의 다음 말을 기다렸다.
"그런데도 그 영화를 보고 온 사람들은 누구나가 다 애매하다고만 해요."
"그렇지만 나는 너에게 그 영화를 본 다른 사람들의 반응을 듣자는 것이 아니라 그 영화에 대한 너의 의견을 듣자는 거야."
R이 참지 못하겠다는 듯이 이렇게 말했다.
"그래요. 제 생각은요…… 음…… 제 생각은요."
J는 잠시 생각에 잠긴 표정으로 약간 고개를 수그리고 있다가 고개를 들며 다시 말했다.
"제가 하고 싶었던 이야기를 이미 선생님이 다 말해 버린걸요."
R은 피씩 웃었다. 그의 웃음은 상대에게 모멸감을 주기 위해서 일부러 웃는 웃음 같기도 했다. 그리고 그는 그때부터 그의 시선을 다른 데, 즉 J의 등 뒤편에 있는 탁자에서 고기와 소주를 먹고 있는

네 사람의 남자들 쪽으로 보내고 있었다. 식사가 날라져 왔을 때도 그는 잠시 동안 식사를 할 생각은 하지 않고 그쪽으로 시선을 보내고 있었다. 그리고 식사를 하면서도 눈은 그쪽으로 가 있었다. J는 아무 말 하지 않고 고개를 수그린 채 그녀 앞에 놓인 음식을 먹고 있었다. R은 그러한 그녀에게 한 번도 시선을 보내지 않고 입으로는 우물우물 음식을 씹으면서도 눈은 그쪽으로 가 있었다.

"J야!"

R은 여전히 그의 시선을 J의 뒤편 탁자에서 고기와 소주를 먹고 있는 네 사람의 남자 쪽으로 보낸 채 그녀를 불렀다.

"예."

J가 고개를 들었다. R은 여전히 그의 시선을 다른 데로 보낸 채 말했다.

"나는 이 서울이야말로 송두리째 하나의 소설이라는 생각이 들어."

J는 무슨 말인지 이해가 가지 않는다는 표정으로 그를 쳐다보았다. R은 여전히 시선을 다른 데로 보내고 있었다.

"나는 서울에서 내가 매일매일 보고 듣는 것들이 너무나 비현실적으로 느껴져. 저길 보렴. 저 탁자에서 술을 마시는 사람들을 좀 보렴."

J는 고개를 돌려 R이 바라보고 있는 것을 힐끔 한번 돌아보았다. 그리고 R을 쳐다보았다. R은 이제 시선을 돌려 J를 바라보며 말했다.

"나는 한국에 돌아온 지 이제 거의 한 달이 됐지. 그동안 나는 흡사 내가 허구의 세계 속에 살고 있다는 생각이 문득문득 들어. 가령 길에서 보는 사람들의 표정 하나하나가, 버스에서 듣는 대화들의 토막들이, 그리고 지금 저기에서 술을 마시고 있는 남자들의 동작 하나하나가 모두 나한테는 허구적으로 보여. 왜냐하면 그런 것들은 모두 그 원인도 결과도 그리고 의미도 알 수 없는 것들이기 때문이지."

J는 다시 한 번 고개를 돌려 그녀의 뒤를 돌아보았다.

"이 서울에서는 내가 길을 걸어가거나, 너와 만나 대화를 나누거나, 이렇게 식당에 앉아 식사를 하거나, 그리고 아침에 일어나 변소로 가 대변을 보거나, 길가에서 오줌을 누거나, 나의 일거수일투족은 모두 허구의 세계에서 기획되어 있는 행동들에 불과하다는 생각이 들기도 해. 나, R이라는 존재 자체가 어느 소설가에 의해 허구적으로 만들어진 것에 불과할지도 모른다는 생각이 들어. 나, R이 지금 너, J에게 말하고 있다는 것마저도 현실적인 것이 아니라 어느 소설가에 의해 쓰이고 있는 것에 지나지 않는 것이 아닐까 싶어. 나는 너에게 섹스하기를 요구한다, 그러나 너는 회피한다, 이런 것도 나에게는 너무나 재미있는 서울이라는 거대한 허구 속에서 일어나고 있는 알 수 없는 사건들이라고 생각돼. 나는 이따금 내가 날마다 보고 듣고 느끼고 하는 것들을 하나도 빠짐없이 낱낱이 기록해 두면 세상에서 가장 완벽한 하나의 소설이 되리라는 생각이 들어. 그걸 있는 그대로 기록해 두면 대단히 신비한 느낌을 자아내게 하는 하나의 거대한 예술 작품이 되리라고 생각해. 물론 그런 유형의 소설이 나오면 무식한 독자들은 전혀 이해하지 못하겠지. 어느 시대든지 참된 소설의 독자는 언제나 무식하게 마련이지."

그는 여기서 잠시 말을 멈추었다가 약 오 초 뒤에 다시 시작했다.

"사실 나, R을 주인공으로 지금 소설을 쓰고 있는 작가로 말하면 그는 도무지 인기라고는 없는 작가일 수도 있어. 인기가 있는 소설을 만들려면 그는 우선 주요 인물을 좀 더 매력 있는 사람으로 만들어야 했을 거야. 그렇게 하기 위해서 그는 가령 나의 용모가 대단히 준수하다고 해야 할 테고 너의 얼굴이 남들보다 빼어나게 수려하다고 해야 할 거야. 그러나 사건이 돌아가는 꼴로 봐서는 나를 주인공으로 하여 지금 소설을 쓰고 있는 그 작가는 도무지 그런 소리를 할 만큼 융통성이 있는 것 같지는 않아. 하긴 그의 생각이 옳긴 해. 얼굴이 잘났다 못났다 하는 것이 오늘날과 같은 시대에 도무지 무슨 의미가 있을까? 그런 것들은 보다 단순했던 지난 시절의 독자들을 솔깃하게 하기 위해서는 필요했던 거겠지."

"그렇지만 선생님은 빠리에서 선생님 자신을 보았다고 하셨잖아요."

그때 J가 웃으며 끼어들었다.

"그래, 나는 빠리에서 나 자신을 봤지. 그러나 우리가 이렇게만 말한다면 그게 무슨 소린지 우리를 주요 인물로 하여 지금 소설을 쓰고 있는 그 고달픈 소설가의 독자들은 알아듣지 못할 거야. 그러니 그 소설가와 그 소설가의 독자들을 좀 도와주는 의미에서 그게 무슨 말인가 하는 것에 대하여 이야기하기로 하자. 어느 해든가 한 번은 나는 빠리에 혼자 올라갔지. 샹젤리제 근처의 어느 지하도를 지나갈 때 저만큼 앞에 웬 동양인 남자 한 사람이 걸어오고 있었어. 한국 사람이거나 일본 사람이거나 아니면 중국 사람임에 틀림없었어. 빠리에서야 흔히 동양인들을 길에서 보지만 키가 훤출하고 살결이 희고 눈이 커다랗고 윤곽이 확실한 서양인들 사이에서 동양인들은 대부분 키도 작고 살결도 노리땡땡하고 눈도 쪽 찢어지고 코가 납작해서 도무지 눈에 띄기가 않는 것이 보통이지. 그런데 내가 샹젤리제 근처의 지하도에서 본 그 문제의 동양인으로 말하면 삼십대 초반으로 보이는데 동양인 치고는 키도 그만하면 큰 편이고, 얼굴도 준수하고, 화려하게 차려입은 것은 절대 아니지만 수수하면서도 단정한 차림새 등으로 하여 정말 나무랄 데 없는 사람이라고 느껴졌어."

J는 재미있다는 듯이 깔깔 웃고 있었다.

"그리고 무엇보다도 그의 얼굴에는 어떤 품위 같은 것이 서려 있다고 느껴졌는데 그건 말하자면 그의 얼굴에서 풍겨지는 지성미 같은 것이었어. 그는 '세련된' 것과는 전혀 거리가 멀고, 굳이 말한다면 '고상하다' 고 하는 것이 나을 그런 모습이었어. 그때 내가 받은 솔직한 인상으로 말하면 그는 어느 나라에서 왔는지는 모르지만 어쩌면 상당히 지체가 높고, 젊고 깨끗한 한 사람의 지성인이라고 느껴졌어. 사람들의 눈에 확 뜨이는 얼굴은 아닐지 몰라도 적어도 나에게 있어서만은 참으로 동양인도 저만하면 괜찮아. 동양인의 얼굴에는 정말 서양인의 얼굴에서는 볼 수 없는 독특한 매력이 있다 하는 생각을 갖게 하는 얼굴이었어. 그리고 나는 다음 순간 알 수 없는 질투심을 느꼈지. 그리고 나의 초라하고 꾀죄죄한 모습이 약간은 부끄러워졌지. 그와 나 사이의 거리는 불과 십 미터도 안 되었을 거야. 나는 저만큼 오고 있는 그를 피하려고 약간 얼굴을 옆으로 돌린 채 길옆으로 비켜 갔지. 그런데 얼핏 고개를 돌려보니 그 동양인이 바로 나의 앞으로 걸어오고 있지 않겠어. 나는 그에게 길을 비켜 주기 위해서 얼른 몸을 옆으로 피했지. 그 순간 그도 나를 피하느라고 나와 같은 쪽으로 비켜섰지. 그래서 그와 나는 서로 부딪칠 만큼 딱 마주쳤지. 그리고 그다음 순간에야 나는 그 동양인이 바로 커다란 거울에 비친 나 자신이라는 것을 발견했어."

"하여튼 선생님도 알아줘야 돼."

J는 깔깔깔 웃으며 핀잔조로 말했다.

"물론 내가 내 자랑을 하고 있는 게 되고 말아서 지금 나를 등장인물로 하여 소설을 쓰고 있는 그 소설가의 독자들에게는 미안하지만, 한 가지 확실한 사실은 그때 나는 질투심을 느꼈을 만큼 나를 한 사람의 타인으로 바라보았다는 사실이지."

R도 껄껄껄 웃으며 말했다. 그리고 계속했다.

"내가 한 말이 모두 사실이라면 나도 용모가 많이 모자라는 인물은 아닐지도 몰라. 그러나 그런 것이 무슨 소용이 있을까? 삼류 소설가들만이 그런 것에 천착하겠지. 어쨌든 지금 나를 등장인물로 하여 소설을 쓰고 있는 그 소설가는 그의 독자들에게 인기를 끌기 위해서는 그런 것에 관심을 가져야 할 것이고 그리고 남들보다 탁월한 의지나 도덕성 따위가 있는 것처럼 그려야 할지도 몰라. 그렇게 하기 위해서는 내가 비록 아침마다 똥을 누고, 이따금 급할 때는 길가에서 오줌을 눈다 할지라도 그런 건 쓰지 않는 게 나을 거야. 왜냐하면 그런 것들까지 쓰면 독자의 도덕성에 대한 변별력에 혼란을 야기할 수 있기 때문이지. 뿐만 아니라 그는 몇 가지 점에서 한국 독자들에게는 비난을 받을 수도 있다는 사실을 아는지 모르겠어. 왜 그가 비난을 받을 수 있느냐고? 그야 뻔하지. 내가 한국에 돌아와 한국이 지구상에서 제일 좋은 나라라고 생각한다고 한다면 나를 등장인물로 하여 소설을 쓰는 소설가는 용서받을 수 있을 뿐만 아니라 그의 소설은 한국 독자들에게 대단히 흐뭇한 감동을 줄 수 있겠지만, 한국에 돌아와 보니 이러저러한 것이 이러저러하다고 느낀 나의 느낌을 있는 그대로 숨김없이 쓴다면 그는 한국 독자들의 자존심을 건드렸으므로 유죄일 수 있기 때문이지. 사실 말이 나왔으니 말인데, 종래의 소설가들이나 독자들이나 그리고 평론가들은 어떻게 보면 고질적인 사람들이지. 그들은 이 세상이 도저히 자초지종을 알 수 없을 만큼 혼란스럽다는 사실을 굳이 외면하려 드는 사람들이야. 소설이라는 문학 장르가 교육을 위해서 유해한 것일 수 있다면 그것은 전당포 노파를 도끼로 쳐 죽인 청년의 이야기를 썼기 때문이 아니라 그 청년의 행위의 동기와 자초지종을 너무 단순화시켰다는 거야. 평론가들은 그렇게 세상을 단순화하여 모든 것이 가해적인 것처럼 만들어놓은, 어떻게 보면 도저히 구제 불능의 모조품을 보고 목청을 높여 찬사를 보냄으로써 먹고살지. 그리하여 소설의 독자는 세상사가 언제나 가해적이고 어떤 목적을 향하여 진행되는 질서 정연한 것이라고 믿어버리게 되는 거지. 그것이야말로 지금까지 소설이 끼쳐온 해독이었지. 그러나 그것도 옛날 말이야. 오늘날 소설 독자의 주류는 고작해야 이십 대 초반의 미혼 여자들이니까. 나이가 든 성인 남자들은 소설을 읽지 않지. 왜냐하면 그들은 소설에 묘사된 현실이 그들이 실제로 살아가는 현실보다 훨씬 단순하여 마치 만화처럼 되어 있다는 것을 느끼고 있기 때문이지. 그러나 나는 이제 감이 잡혀. 내가 만약 내 앞에 펼쳐진 허구적 서사물을 글로써 구축한다면 지금 저 탁자에 둘러앉아 고기와 술을 먹고 있는 사람들의 동작 하나하나와 저 알 수 없는 표정들을 하나도 소홀히 해서는 안 된다는 것을. 그런데 때로는 겁이 나. 왜냐하면 내가 날마다 보고 듣는 허구의 단편들이 너무나 강렬하기 때문에 그걸 언어로써 완벽하게 재현할 수 없을지도 모른다는 생각이 들기 때문이지."

여기까지 말하고 R은 식어버린 육개장을 퍼먹기 시작했다.

식당에서 나왔을 때 비가 추적추적 내리고 있었다. 두 사람은 인근에 있는 다방에 들어가 앉았다. 우울한 낯으로 앉아 있던 R이 말했다.

"거봐라. 인간의 인습적 관계라는 것이 얼마나 한 개인을 고통 속으로 빠뜨리느냐? 나의 경우도 그렇지. 내 마누라는 나와 결혼했다는 관계 때문에 나를 파멸시키겠다고 하고, 너는 또 나와 결혼하지 않았다는 사실 때문에 나를 부당하게 괴롭힐 수 있다고 생각하지. 나한테 유일한 죄는 결혼했다는 거지."

J는 아무 말 하지 않고 웃었다. R은 계속해서 오늘 밤에는 어딘가로 함께 가야 한다고 주장했다. J는 처음에는 어떻게 말해야 할지를 몰라 하는 얼굴로 다만 웃고 있었다. 그러다가 말했다.

"사실은 저도 괴로워요."

그러자 R은 이해가 가지 않는다는 표정으로 말했다.

"괴롭다면 왜 안 가느냐?"

J는 다시 웃고 있었다. R은 다시 한 번 오늘 밤에는 함께 가자고 했다.
"가기는 어디로 간단 말이에요?"
J는 급기야 다소 역정을 내는 목소리로 말했다. R은 아무 말 하지 않고 입술을 깨물었다. 그리고 이내 그들은 다방을 나왔다. 밖에는 여전히 비가 추적추적 내리고 있었다.
두 사람은 육교를 건너 명동을 지났다. 어느 커다란 건물 현관 추녀 밑에는 칠팔 명의 여자 고등학생들이 불빛 아래 나란히 서서 마치 무대 위에 서 있는 것과 같은 태도로 이제 막 노래라도 한바탕 부를 것처럼 하고 있었다. 그녀들 중 하나는 몹시 수줍은지 옆으로 돌아서서 손으로 입을 가린 채 그녀의 곁에 있는 동료의 귓전에다 대고 킥킥 웃고 있었다. 행인들은 걸음을 멈추고 그녀들을 바라보기도 했다. 그 행인들 사이에는 어깨로부터 허리로 무어라고 쓴 흰 띠를 두른 젊은 남녀들이 행인들을 붙들고 무슨 책자 같은 걸 펼쳐 보이고 있었다. 잠시 후 나란히 서 있던 여고생들은 일시에 입을 모아 찬송가를 부르기 시작했다. 방금 몹시 수줍어하던, 얼굴이 평평한 여자 아이도 돌연 뻔뻔스러워진 얼굴로 입을 짝짝 벌리며 노래를 부르기 시작했다.
R은 걸음을 멈추고 그녀들 앞에 서서 경멸에 찬 표정으로 그녀들을 쳐다보고 있었다. J는 그의 소매를 잡아끌며 보지 말라고 했다. R은 그러나 아랑곳하지 않고 조소에 찬 미소를 흘리며 그녀들의 입들을 바라보았다.
그리고 버스 정류장으로 가는 길에 어느 백화점 앞을 지났다. 백화점은 이미 문을 닫았는데, 문이 닫힌 백화점 안에는 제복을 차려 입은 백화점 점원 여자들이 마치 군인들이 사열을 받듯이 일렬로 서 있었다. 양복을 차려입은 중년 남자 하나가 열을 짓고 서 있는 여자들 앞을 사열관처럼 근엄한 얼굴로 지나가고 있었다. R은 불이 환한 백화점 안의 이런 기이한 의식을 들여다보며 푸하하 웃었다.
"아이, 너무 부정적으로만 보진 마세요."
J가 말했다.
"내가 부정적이라고? 모두 미쳤어!"
R은 버럭 소리를 질렀다.
버스 정류장에서 J는 이제 어떻게 하겠느냐고 물었다. R은 몹시 화가 난 얼굴로 소리쳤다.
"어떡하긴 어떡해? 당장 서울에서 가장 더러운 여관으로 가 섹스를 해야지!"
J는 애원하는 얼굴로 이젠 돌아가야 한다고 했다. R은 격분한 목소리로 웅얼거렸다.
"오늘 하루도 결국 너 때문에 다 망쳐버렸구나. 내일은 강의를 해야 하는데 강의 준비도 하지 못하고……."
"그러니까 빨리 가란 말이에요!"
J는 발을 동동 구르다시피 하며 소리쳤다.
"난 피곤해 죽을 것 같애. 왜 내가 아무 의미도 없이 이렇게 쏘다녀야 하나?"
R은 울상이 되었다.
잠시 후 R은 혼자 버스를 탔다. 그리고 용산역 부근에서 내려 여관을 찾아 헤맸다. 가까스로 여관 하나를 발견한 그는 들어갔다. 그는 비에 젖어 있었다. 이튿날 아침 그는 일찍 일어나 학교로 가 강의를 하고 대구로 내려갔다.

R이 집으로 왔을 때 R의 아내는 집에 없었다. 그녀는 아침에 친정에 간다고 하고 나갔다고 했다. 그녀는 저녁때 돌아왔다. 그녀는 돌아오자마자 부엌으로 들어갔다. R의 아버지와 어머니는 강 건너 밭에 가고 아직 돌아오지 않았다. 아직 저녁밥을 지을 시간은 아니

었다. R은 부엌 사잇문을 열고 그녀를 불렀다.

"영아야!"

그러나 그녀는 대답은 하지 않고 눈을 들어 그를 쳐다보고만 있었다.

"들어오너라. 할 이야기가 있다."

"무슨 할 이야기라예?"

R의 아내는 그녀의 약간 사팔뜨기같이 보이는 눈으로 빤히 R을 쳐다보며 물었다.

"글쎄, 들어오너라. 나는 네가 부엌에서 일하는 것을 원하지 않는다."

R의 아내는 방으로 들어왔다. 그녀는 두 무릎을 세우고 벽에 등을 기대고 앉았다.

"그래, 생각해 봤느냐?"

R이 물었다.

"뭐를예?"

그녀는 눈을 들어 그를 쳐다보며 되물었다.

"몰라서 묻느냐?"

R이 되물었다. R의 아내는 아무 말 하지 않고 손으로는 방바닥에 떨어져 있는 실밥 같은 물건을 주워 들고 만지작거리고 있었다.

"너는 몰라서 묻느냐?"

다시 한 번 R이 다그쳤다. R의 아내가 말했다.

"왜 이렇게 서둘러예? 왜 서울에 갔다 오면 이렇게 서둘러예? 서울에 누가 있어예? 누가 이혼하라고 독촉을 하는 사람이 있어예?"

"아니, 아무도 나한테 이혼하라고 독촉하는 사람은 없다. 나는 다만 내가 너하고 이혼해야 된다고 생각하기 때문에 이혼하려고 할 뿐이다."

"그런데 왜 갑자기 이혼하려 해예?"

"갑자기라고? 전혀 갑작스러운 일이 아니야. 나는 서울에서 너하고 살면서 줄기차게 너하고 이혼하자고 했지. 그런데 너는 지금처럼 미련을 부리며 견뎌온 거지."

R의 아내는 아무 말 하지 못했다. 그녀는 계속해서 두 손으로 방바닥에서 주운 실밥을 만지작거릴 뿐이었다.

"그래, 너는 생각해 본다고 했는데 생각해 봤으면 이야길 해야 할 일이 아니니. 그렇지 않으냐?"

R의 아내는 아무 말 하지 않았다. R은 다시 똑같은 말을 몇 번 되풀이했다. 그제서야 R의 아내는 입을 열었다.

"아직 더 생각해 봐야겠어예."

그녀는 피씩 웃으며 말했다.

"언제까지 생각한다는 말이냐? 나는 너와 이혼하자고 한 지가 팔 년이다."

R의 아내는 아무 말 하지 않았다. R은 답답해하는 표정으로 머리를 내저었다. 잠시 후 그녀는 말했다.

"누구는 시집가기 전에 그런 일이 있어도 괜찮고 누구는 안 괜찮아예?"

"무슨 일이냐?"

"아, 그렇지 않아예, 그래? 누구는 시집가기 전에 남자가 있었어도 괜찮고 누구는 안 괜찮아예?"

그녀는 약간 여유 있는 미소를 지으며 다시 말했다.

"아하! 또 순자 이야기로구나. 나는 너하고 이혼하려고 하는 것이 우선 너의 혼전 남자 편력 때문이 아니라고 했다. 게다가 순자는 우리와 아무런 관계가 없는 제삼자가 아니냐? 왜 제삼자의 일을 가지고 너는 이혼을 하지 않겠다고 하느냐?"

"그렇지만, 그렇지 않아예, 그래? 누구는 괜찮고 누구는 안 괜찮은 게 어디 있어예?"

"그래, 네가 원하면 순자의 이야기를 가서 고자질해라. 그래야 옳다고 생각한다면. 그리고 나하고는 하루속히 헤어지자."

R의 아내는 아무 말 하지 않았다. R은 몹시 답답해하는 표정으로 머리를 내젓다가 말했다.

"프랑스에서 본 영화 하나가 생각난다. 한 여자가 그의 남자로부터 이혼을 당하지 않기 위해서 십삼 년 동안 휠체어를 타고 다리병신 흉내를 내지. 남자는 그 여자와 이혼을 하기를 원하지만 그 여자가 불구자가 된 것이 자기 때문이라는 죄책감 때문에 이혼을 못하지. 그리고 그는 불행한 부부생활의 고통 때문에 점차 마약중독자가 되어가지. 여자는 남자가 점차 마약중독자가 되어가는 것을 보면서도 다만 그 남자와 이혼을 하지 않으려는 욕심 때문에 십삼 년 동안이나 용케도 휠체어에 앉아 불구자 흉내를 내지. 그러다가 막판에 가서는 그 여자가 다리병신이 아니라는 사실이 발각되지. 그러자 그 여자는 어쩔 줄 몰라 하며 막 달아나다가 베란다에서 떨어져 죽지."

R의 아내는 아무 말 하지 않고 약간 재미있어 하는 표정으로 듣고만 있었다. 그러나 그때 R은 이야기를 중단하지 않으면 안 되었다. 왜냐하면 강 건너 밭에 갔던 R의 아버지와 어머니가 돌아오는 기척이 났기 때문이었다. R의 아내는 벌떡 일어나 밖으로 나가버렸다. 그녀는 대단히 상냥한 목소리로 두 노인에게 인사하고는 이내 부엌으로 들어갔다. 따라서 R은 더 이상 말을 계속할 수 없었다. R은 몹시 피곤한 기색을 하고 방바닥에 웅크리고 누워 팔을 벤 채 잠들어 버렸다. R의 아내는 부엌으로 나가 저녁밥을 짓고, 밥상을 차려 들어오고, 설거지를 하고 그리고 빨래를 했다. 그녀가 다시 방으로 들어와 두 아이를 무릎 사이에 끼고 앉아 그림 동화책을 읽어주기 시작했을 때는 거의 열 시가 가까웠다.

열 시에 R은 다시 그의 아내를 데리고 집으로 나와 가까운 다방으로 들어갔다. 그러나 그녀는 그녀의 두꺼운 입술을 굳게 다문 채 아무 말도 하지 않았다. 약 삼십 분 뒤에 R은 몹시 피곤한 표정을 지으며 그만 일어나 돌아가자고 했다. 어두운 골목길을 약 이 미터 앞서 걸어가고 있던 R이 갑자기 걸음을 멈추고 돌아섰다. 그리고 그의 아내의 얼굴을 들여다보며 불쑥 말했다.

"이럴 때 사람들은 여자를 목 졸라 죽이고 싶은 충동이 생기지 않겠니?"

R의 아내는 굳어버린 얼굴을 하고 그 자리에 멍청히 서 있었다. R은 계속했다.

"이렇게 숨통이 막히도록 아무 말 하지 않고 미련을 부리는 사람을 볼 때 목 졸라 죽이고 싶은 생각이 들지 않겠니?"

R의 아내는 이제 겁에 질린 얼굴이었다. R은 계속했다.

"나는 아까 저녁 먹기 전에 잠시 잠이 들었는데 꿈에 네가 내 목을 조르고 있었어. 나는 너무나 숨이 막혀 몸을 뒤척거리다가 어떻게 내가 너의 목을 조르게 되었어. 네 목을 조르다가 잠에서 깨었지."

R의 아내는 새파랗게 질린 얼굴을 하고 말을 못하고 서 있었다. R은 돌아섰다. 그리고 어둠 속에서 혼자 씨익 웃었다. R의 아내는 겁에 질린 태도로 그의 뒤를 따라오고 있었다.

집에 돌아온 두 사람은 자리에 누웠다. R은 여전히 책상 밑에 가 누웠고, R의 아내는 R에게서 떨어져서 아이들과 함께 아랫목에 가 누웠다. 그리고 말했다.

"흥, 이혼은 내 쪽에서 요구해야겠어예! 나도 이제 당신하고 살고 싶지 않아예! 이놈의 집에서 한시도 더 살고 싶지 않아예!"

"그래, 이제 이혼을 할 생각이냐?"

"그러지 뭐. 흥, 누구는 이 집에서 살고 싶어서 사는 줄 아나?"

"그럼 생각해 보겠느냐?"

"생각해 보고 말고 없이 내일 당장 이혼해예!"

R의 아내는 흥분된 목소리로 소리쳤다. 그리고 두 사람 사이에는 잠시 침묵이 흘렀다. 한참 뒤 R이 말했다.

"그러나 나는 네가 그런 식으로 일시적 충동에 의해 이혼을 하자고 해도 나는 그런 걸 받아들일 수는 없어. 이성적으로 생각해서 그런 소릴 하는 게 아니라, 너는 지금 충동적으로 그런 말을 하는 거야. 무엇보다도 나는 너한테 네가 이혼을 한 뒤에도 충분히 살아갈 수 있도록 어떤 대책을 마련해 주기 전에는 네가 이혼을 하자고 해도 할 수 없어. 이 한국에서는 여자가 경제적으로 열세에 있기 때문에 여자가 이혼을 한다는 것은 여자의 입장에서 보면 그리 만만한 일이 아니야. 그런데도 너는 일시적 충동으로 그런 소릴 하는 거지. 물론 나는 이혼을 한다는 것이 절대적인 원칙이야. 그러나 나는 너한테 아무런 대책을 마련해 주지 않고 이혼할 수는 없어. 나는 너와의 결혼생활을 통하여 한 가지 양심에 가책이 되는 것은 내가 가난했기 때문에 네가 어쨌든 고생을 했다는 사실이다. 물론 그것은 나의 잘못이라고 할 수는 없다. 나는 월급을 타서 한 푼도 헛되이 쓰지 않고 네게 갖다 주었다. 내가 가난했던 것은 내 아버지가 부자가 아니었기 때문이고, 이 사회가 구조적으로 그렇게 되어 있었기 때문이었다. 그렇기는 하지만 역시 내 마음이 가볍지는 않다."

그러자 R의 아내는 어둠 속에서 쌔액 웃었다. R은 고개를 들어 그러한 그녀를 한번 돌아보고 나서 계속했다.

"그래, 나는 내가 너한테 어떻게 해줄 수 있는가 하는 것에 대해서 좀 더 생각해 보기로 하겠다."

이렇게 말하고 R은 입을 다물고 혼자 깊은 생각에 잠겨 있었다. 그러다가 잠이 들었다.

이튿날 아침, R의 아내는 친정엘 갔다 온다고 하며 나갔다. 그리고 그녀는 그날 저녁때 돌아왔다. 그날 밤 R은 그녀에게 그가 생각한 그녀의 생계 대책에 대한 안을 이야기했다. 그는 그의 아내에게 그의 아내가 미국으로 이민을 가면 어떻겠느냐고 말했다. 그리고 그는 그가 왜 그 안을 제시하게 되었는가 하는 데 대하여 설명했다. 우선 한국이라는 데는 미국과는 달라서 이혼을 하고 살고 있으면 주위에 살고 있는 그녀의 친척들이 이상한 눈으로 볼 수 있고, 무엇보다도 친정 부모 가슴에 못을 박는 일이 될 것이기 때문이었다. 아예 미국 같은 델 나가면 그녀는 그런 콤플렉스를 느끼지 않고도 살 수 있을 것이기 때문이었다. 둘째, 그녀가 비록 삼류 대학이긴 하지만 한국에서는 대학을 나왔는데, 한국에 있으면 그녀의 학벌에 합당한 취직이 될 수 있다고 보기는 힘들고, 그렇게 되면 그녀는 어쩌면 생계를 위해 공장에라도 다녀야 할지도 모르고 그렇게 되면 그것은 그녀의 부모 가슴에 못을 박는 일이 될 수도 있다는 것이었다. 게다가 한국에서 직장엘 다닌다고 해봐야 그녀는 자립하기 힘들 것이라고 생각되기 때문이었다. 미국 같은 델 가면 보다 많은 가능성이 있고, 거기서는 좋은 사람을 만날 수도 있을 거라고 했다. 그 밖에도 그는 몇 가지 이유를 더 댔다. 그리고 그는 그가 살아본 외국에서는 한국보다 확실히 서민에게는 낫더라는 데 대하여 여러 가지 예를 들어 설명했다. 그리고 그녀가 만약 외국엘 가겠다고 마음을 먹는다면 거기에 따르는 수속은 말할 것도 없고, 어떻게 해서든지 상당한 돈을 만들어주겠다고 했다. 그리고 미국에서 출세해 있는 친구에게 연락을 해서 그녀가 살아가는 데 도움을 줄 수 있도록 부탁을 하겠다고 했다. 끝으로 그는 만약 그녀가 외국 나가기가 두려우면 R은 그녀를 거기까지 데려다 주겠다고 말했다. R의 아내는 그의 이야기를 듣고 있었다. 그리고 말했다.

"그럼, 나도 유학을 시켜줘예."

"그걸 원한다면 그렇게 하렴. 나는 입학 수속에 대하여 알아보겠다. 그리고 네 공부에 필요한 돈을 어떻게 해서든지 보내겠다."

"그래예. 나도 오 년 반 동안 유학을 해보고 나서 그때 가서 이혼을 하든지 말든지 결정을 하겠어예."

R은 어이가 없다는 듯이 웃었다. 그러나 억제하고 다시 그의 이야기를 계속했다.

이튿날부터 R은 그의 몇몇 친구들에게 전화를 했다. 그러면서도 그녀와의 대화를 계속했다. 그의 아내는 아침이 되면 친정엘 간다고 하고 나가고 저녁때는 돌아와 부엌에 들어가 일했다. 열 시가 가까이 되어서야 그녀는 방에 들어왔다. R이 이야기할 때 그녀는 이따금 코웃음을 치기도 했지만 듣고 있는 것 같기도 했다. 그 무렵에 R의 아버지는 몸이 아프다고 하면서 일을 나가지 못하고 자리에 누워 있었다. 그에 따르면 온몸에 힘이 하나도 없고 머리가 아프다는 것이었다.

며칠 후였다. 오전에 R은 다시 그의 아내와 이혼에 관한 이야기를 계속했다. 그의 아내는 보르네오 옷장에 등을 기대며 두 무릎을 세운 채 앉아 있었다. 그녀는 R과의 대화를 하면서도 눈으로는 아들에게 그림 동화책을 읽어주고 있었다.

"너는 그렇게 하면 일이 되는 줄 아느냐? 그렇게 미련을 부리면 나와 함께 살 수 있으리라고 생각하느냐? 너의 친정에서는 그렇게 버티라고 지시하더냐?"

그러자 R의 아내는 그림 동화책에서부터 고개를 들고 상대를 무시하는 듯한 웃음을 한 번 웃고는 소리쳤다.

"흥, 누구는 시집가기 전에는 남자가 있어도 괜찮고 나는 안 되는 거라예! 세상에 그런 불공평한 법이 어디 있어예?"

R은 갑자기 몹시 격분한 얼굴이 되어 말했다.

"응, 너는 또 그 소리로구나! 나는 팔 년 동안 네가 혼전에 그런 일이 있었다는 것을 아무한테도 말하지 않았다. 그건 너의 인격을 생각해서였다. 그런데 너는 말끝마다 순자 이야기를 하는구나. 좋다. 내가 너의 그 더러운 과거를 덮어줄 게 뭐냐."

"흥, 더러운 과거 좋아하시네! 누구는 안 그래예. 왜 나만 보고 그래예!"

"좋다. 그럼 나도 이 이야길 우리 가족에게 모두 말하겠다."

그러자 R의 아내는 갑자기 기가 죽었다. R은 벌떡 자리에서 일어났다.

"일어나! 저 방에 가서 아버지 어머니께 이야길 하자."

그녀는 고개를 푹 수그린 채 아이의 그림 동화책을 들여다보고 있었다.

"일어나라니까!"

R은 언성을 높여 소리쳤다. R의 아내는 일어났다. R은 사잇문을 열고 첫 번째 방으로 건너갔다. R의 아버지는 누워 있었고, R의 어머니는 텔레비전을 보고 있었다.

"이리 건너오란 말이야!"

R은 첫 번째 방으로 건너가 두 번째 방에 엉거주춤 서 있는 그의 아내에게 소리쳤다. 그녀는 건너왔다. 영문을 모르는 R의 아버지가 벌떡 자리에서 일어나 앉았다.

"제가 영아 엄마한테 들으니 순자가 시집가기 전에 남자가 있었다고 하데요. 말끝마다 나한테 그 소리를 하는데 그게 사실입니까?"

R의 어머니는 아무 말 못했다. R은 몹시 흥분한 목소리로 계속했다.

"그런 이야기가 나왔으니 나도 할 말이 하나 있어요. 내가 그동안 아무한테도 그런 이야길 하지 않았는데 이 여자도 혼전에 여러 남자와 관계를 맺었어요. 그중 하나는 내 고등학교 때 같은 반에 다녔던 애였어요. 나는 그걸 팔 년 동안 묻어주었는데 이 여자가 나한테 말끝마다 순자 이야길 가지고 오금을 거니 내가 말하는 겁니다."

R의 어머니는 아무 말 하지 않았다. R의 아버지가 R에게 소리

쳤다.

"듣기 싫다! 저리 가거라! 이 바보 같은 자식아!"

그리고 그는 도로 자리에 누웠다. R의 아내는 한숨을 푹 내쉬었다.

"나는 이 여자하고 절대로 살 수 없어요."

그러나 그는 더 말을 할 수가 없었다. 왜냐하면 그의 아버지가 소리를 치며 살든지 말든지 보기 싫으니 빨리 이 방에서 나가라고 했기 때문이었다. R의 아내는 얼른 일어나 두 번째 방으로 건너갔다. 잠시 후 R도 두 번째 방으로 건너왔다. R의 아내는 옷을 갈아입고 있었다. 옷을 다 갈아입은 뒤 사잇문을 열고 첫 번째 방에 있는 R의 아버지와 어머니에게 친정엘 다녀오겠다고 하고 부엌으로 해서 나갔다.

담배 한 대를 피우고 나서 R은 첫 번째 방으로 건너갔다. R의 아버지와 어머니는 아무 말 하지 않고 있었다. R은 두 사람에게 자신이 이혼을 해야 하는 이유에 대하여 설명했다.

"그렇지만 저 애들은 어떻게 하려고 그러느냐?"

R의 어머니는 울상이 되어 물었다. R은 다시 설명했다. R의 아버지는 듣고 있는지 어떤지는 모르지만 아무 말 하지 않고 돌아누워 있었다. 약 두 시간 뒤에서야 R의 아버지는 입을 열었다.

"그럼 왜 진작 말하지 않았느냐?"

R은 설명했다. R의 아버지는 소송을 하면 안 되느냐고 물었다. R은 가능하지 않을 것 같다고 했다. 그리고 그 이유를 설명했다.

R의 아내는 그날 밤 돌아오지 않았다. 이튿날 R은 강의가 있었기 때문에 서울에 올라갔다. 서울에서 그는 미국에서 몇 년 살다가 온, 공무원으로 일하고 있는 그의 친구 한 사람을 만나 이야기를 나누었다. 그리고 그는 여관에서 하룻밤을 자고 강의를 마치고 대구로 돌아왔다. 그는 이번에는 J에게 전화하지 않았다.

집에 돌아와 보니 R의 아내는 친정에 가고 없었다. 그 사이에 돌아오지 않았느냐고 물으니 그사이에 돌아와서는 아침이 되면 친정에 간다고 하고 나간다고 했다. R의 아버지는 여전히 아파 누워 있었다.

"우리한테 와서 고개를 푹 수그리고 잘못했다고 하더라."

R의 어머니가 말했다.

"뭘 잘못했대요?"

R이 물었다.

"그건 말하지 않고 그냥 잘못했다고만 하더라. 그래서 내가 거봐라, 내가 예수 믿지 말라고 그만큼 그럴 때 왜 안 들었느냐고 했더니 아무 말 하지 않고 날 뚫어져라 하고 빤히 쳐다보더라."

"참, 기가 막힌 여자예요. 어디서 배웠는지는 모르겠는데 말만 하면 사람을 빤히 노려보는 버릇이 생겼더군요. 제가 없는 사이에도 그랬어요?"

"전에 내가 예수 믿지 말라고 했다가 혼났다. 눈알이 빠져라고 날 쳐다보더라. 말은 안 하고."

R은 아무 말 하지 않고 한숨을 내쉬었다.

"이제 와서 우리더러 어떻게 하면 좋겠느냐고 하더라. 그래서 네 아버지가 우리한테 묻지 말아라, 당사자하고 결정을 내려라 하고 말했다."

"그랬더니 뭐라고 해요?"

"그랬더니 한참 아무 말 하지 않고 앉았다가 나가면서 '이혼 안 해조예.' 하고 말하더라. 그래서 내가 말하기를 우리가 이혼을 하라고 했나 당사자하고 이야기할 일이지 왜 우리한테 와서 이혼을 하느니 안 하느니 그런 말을 하느냐고 했지. 그랬더니 아무 말 하지 않더라."

R은 두 번째 방으로 건너갔다. 두 번째 방에는 아이들이 놀고 있었다. R은 아이들 곁에 멍청히 앉아서 담배를 피우고 있었다.

저녁때 R의 아내가 돌아왔다. 그녀는 돌아오자마자 R의 아버지와 어머니에게 자신이 돌아왔다는 사실을 보고하고 부엌으로 들어가 일을 했다. R은 벌떡 일어나 부엌 사잇문을 열고 그녀에게 들어오라고 했다.

"무슨 할 이야기가 있어예?"

그녀는 부엌에 선 채 R을 빤히 쳐다보며 영문을 모르겠다는 듯이 말했다.

"나는 네가 우리 집 부엌살림을 살기를 원하지 않는다. 그냥 내버려두고 들어오너라."

R의 아내는 들어왔다. 그녀는 무릎을 세우고 등을 벽에 기댄 채 앉았다. R은 이야기하기 시작했다. 그러나 그의 아내는 듣고 있지 않았다. 게다가 R이 이야기하던 중간에 잠시 변소에 다녀오는 사이에 그녀는 어느새 부엌으로 나가버렸다. 그리고 그녀는 늦게까지 일했다.

그날 밤에도 R은 그의 아내를 데리고 다방으로 갔다. 그녀는 그러나 그의 말을 귀담아듣지 않았을 뿐 아니라 이따금 코웃음을 치기도 했다. 그래서 R은 말하기를 정히 그렇다면 R은 그녀의 친정아버지와 어머니를 만나서 이야기할 수밖에 없다고 했다. 그러자 그녀는 이내 새파랗게 질리면서 그녀의 친정아버지 어머니만은 괴롭히지 말아달라고 했다.

이튿날 아침 R이 눈을 떴을 때 R의 아내는 여전히 부엌에 나가 일을 하고 있었다. 그날 오전에 R은 다시 이야기를 시작했지만 그의 아내는 아무 말 하지 않고 R을 빤히 노려보고만 있거나 아니면 이따금 코웃음을 치곤 했다. 화가 난 R은 결국 그녀의 친정아버지와 어머니를 만나지 않을 수 없다고 하고 벌떡 일어나 전화를 했다. R이 옷을 주워 입고 나갈 때 그의 등에다 대고 R의 아내는 말했다.

"우리 친정아버지와 엄마를 괴롭히기만 해봐라, 씹팔, 나는 가만히 있을 줄 아나!"

R은 아무 말 하지 않고 집을 나왔다.
R은 그의 아내의 친정아버지와 어머니를 만났다. 그리고 자신이 이혼해야만 하는 이유를 말했다. R의 아내의 친정아버지는 다소 도전적인 목소리로 이유가 뭐냐고 따졌다. R은 그들이 살아온 내력을 이야기했다. R의 아내의 친정아버지는 '조건이 뭐냐'고 다그쳤다. R은 하는 수 없이 R의 아내는 혼전에 다른 남자들과 관계가 있었다는 말을 할 수밖에 없었다. 그러나 R의 아내의 친정아버지는 다소 비웃는 듯한 표정으로 말했다.
"요새 여자들이 안 그런 여자가 어디 있는데?"
R은 입술을 깨물었다. 그리고 말하기를 단순히 이혼하지 않아야 된다는 명분 때문에 이혼을 하지 말라고 종용한다면 그것은 결국 R 자신은 말할 것도 없고 그들의 딸, 즉 R의 아내까지도 피 말라 죽게 하는 처사라는 것을 알아야 한다고 말했다. 이런 식으로 약 세 시간 이상 이야기하다가 R은 그들과 헤어졌다.
그날 저녁 R은 다시 그의 아내와 다방으로 갔다. 그리고 말하기를 이 일은 결국 법정에 가서 해결하지 않으면 안 된다고 했다. 그러자 R의 아내는 다시 풀이 죽어서 제발 생각할 시간을 좀 달라고 했다. 그래서 R이 묻기를 얼마나 시간이 필요하냐고 했다. R의 아내는 한 달간의 여유를 달라고 했다. R은 동의했다. 그들은 집으로 돌아왔다. R의 아내는 다시 아이들에게 그림 동화책을 읽어주기 시작했다. 그리고 이튿날 아침에는 여느 때나 마찬가지로 부엌으로 나가 일을 했다.

R은 대구 고속버스 터미널에서 그와 동년배인 약간 뚱뚱하고 서글서글한 남자와 만났다.
"내가 너무 늦게 왔재?"
뚱뚱하고 서글서글한 남자는 R과 악수를 하며 자신이 약속 시간에 맞추어 도착하지 못한 것을 사과했다. 그리고 그는 차가 밀려서 그랬다고 약간 변명하려고 했다.

"뭐 십 분밖에는 늦지 않았는 걸 가지고,"

R이 말했다. 두 사람은 서울로 가는 고속버스를 탔다.

"자네는 내일 강의가 없다면서 왜 서울 올라가는가?"

뚱뚱하고 서글서글한 사나이가 물었다.

"응, 강의는 없는데 춘천에 가야 할 일이 있어서."

R이 말했다. 그들은 서울에 도착하여 종로 3가로 가 여관에서 함께 잤다. 이튿날 아침 이른 시간에 여관에서 나와 그들은 지하철역 입구에서 악수를 하고 헤어졌다. R은 그길로 춘천으로 갔다. 그러나 R은 운이 나쁘게도 그가 만나고자 했던 사람을 만나지 못하고 점심 식사로 짜장면 한 그릇을 먹고 서울로 가는 기차를 탔다. 청량리역에서 내린 R은 J에게 전화를 했다.

"네에."

J의 목소리였다.

"난데, 나 춘천에 갔다가 헛걸음하고 지금 청량리역에 와 있어. 게다가 돈이 다 떨어져서 이젠 꼼짝 못하게 생겼어."

"어머, 그래요? 그럼 제가 나갈게요."

그녀는 재미있다는 듯이 웃으며 말했다.

전화를 끊고 난 R은 J와 만나기로 약속한 시내에 있는 큰 서점 옆 꽃다방으로 갔다. 날은 이미 어두워지고 있었다. J는 아직 오지 않았다. R은 피로에 지친 버얼건 얼굴로 물을 한 잔 쭈욱 들이켜고 신문을 펴 들었다. J는 약 이십 분 뒤에 나타났다. 그녀는 아래위로 두꺼운 블루진을 입고 있었다.

"너는 날 만날 때면 일부러 옷을 아무렇게나 입는구나."

R이 말했다. J는 펄쩍 뛰듯이 하면서 말했다.

"아니에요. 제가 무슨 옷이 있나요?"

R은 아무 말 하지 않고 약간 피로한 표정으로 웃을 뿐이었다.
"이혼은 어떻게 됐어요?"
그녀가 물었다.
"응, 한 달만 여유를 달라고 하더군."
"한 달요?"
R은 고개를 끄덕였다.
"될 것 같아요?"
"되겠지. 정승도 제 하기 싫으면 그만인데 싫으면 못 사는 거지. 중요한 것은 결국 내가 이혼을 하겠다는 의지야."
R은 계속하여 그사이에 있었던 몇 가지 사건, 즉 R이 결국에는 이혼 문제를 양가 부모에게까지 말했다는 말을 했다.
"그래요. 이혼은 될 것 같네요."
다 듣고 난 J가 말했다. 그리고 그녀는 R에게 저녁 식사를 해야 되지 않느냐고 물었다. 그리고 두 사람은 일어났다.
다방을 나왔을 때 날은 이미 완전히 어두워져 있었다. 그들은 다방을 나와 가까이에 있는 한식집으로 들어갔다. J는 집에 돌아가서 먹겠다고 하며 자신의 것은 주문하지 않고 R의 것만 주문했다.
"그동안 강의는 어떻게 하셨어요? 잘하셨어요?"
그녀가 물었다.
"응, 이럭저럭했지."
R이 말했다.
음식이 날라져 왔다. J는 음식 냄새에 이맛살을 찌푸리더니 심한 헛구역질을 했다. R은 그의 앞에 놓인 음식을 먹기 시작했다. 음식을 먹는 동안 R은 그다지 말을 하지 않았다. 그리고 그는 그다지 많이 먹지도 않았다.
"주무시고 내일 내려가셔야겠지요?"
R이 먹기를 마쳤을 때 J가 물었다.

"응, 아무래도 그래야겠지. 지금이야 차가 있겠나?"
R이 말했다.
"나도 돈이 많지는 않아요."
J는 그녀의 지갑을 열며 말했다. 그녀의 지갑에는 만 원짜리 지폐가 넉 장쯤 들어 있었다. 그녀는 그중 두 장을 꺼냈다.
"야, 이만 원 가지고 되겠니? 오늘 밤 여관비 하고 나면……."
R이 말했다. J는 아무 말 하지 않고 다시 한 장을 더 꺼내어 R에게 건네주었다.
"이제 어디로 가실 거예요?"
식당에서 나와 J가 물었다.
"글쎄."
R이 말했다.
"차를 저쪽에다 세워뒀으니 일단 차를 타기로 해요."
J가 말했다. R은 J를 따라 차가 세워져 있는 데로 가 차에 올라탔다.
"어디로 가서 주무실 거예요?"
운전석에 앉아서 J는 안전벨트를 질러 매고 안경을 쓴 뒤 이렇게 말했다.
"글쎄."
R이 말했다.
"지난번에 가셨던 데로 가실래요?"
J가 물었다.
"지난번에 갔던 데 어디?"
R이 되물었다.
"우리 집 근방에 있는……."
J가 말했다.
"한성장 말이냐?"

R이 말했다.
"예."
J가 말했다.
"그러지."
R이 말했다. J는 차를 출발시켰다. 한성장여관까지 가는 동안 R은 별로 말하지 않았다. 한성장 앞에서 R은 차에서 내려 여관 안으로 들어갔다. J는 이내 차를 출발시켰다.

이튿날 아침 R은 한성장에서 나와 시내로 가는 버스를 탔다. 시내에서 그는 우선 다방에 들러 커피를 마시고 신문을 읽었다. 그리고 일어나 J에게 전화를 했다.
"안 돼요. 오늘은 바빠요."
"무슨 일이 있는데?"
"할 일이 있어요."
"그렇기는 하지만……."
"그렇지만 지금은 안 돼요. 이따 열한 시에 만나기로 해요."
"그러자."
전화를 마친 후 R은 시계를 들여다보았다. 시간은 아홉 시를 조금 넘고 있었다. R은 그러나 곧 다방에서 나왔다.
"시민 여러분! 시민 여러분! 나라를 잃어버린 월남을 보십시오! 공산주의는 단연코 이 땅에서 뿌리 뽑아야 합니다!"
R이 다방에서 나왔을 때 길거리에는 푸른색 바탕에 커다란 고딕체로 '멸공'이라고 쓰고 지붕 위에는 두 개의 확성기를 단 승용차 한 대가 그의 앞을 서서히 지나가며 확성기에서 이런 말을 하고 있었다. 그 승용차의 운전석 옆에 앉은 남자는 마이크에다 대고 끊임없이 지껄여 대고 있었고 뒷좌석에 앉은 사람은 창문으로 무슨 유인물을 인도 쪽으로 홱홱 뿌리고 있었다. 행인들 중에는 길바닥에

뿌려진 유인물을 줍는 사람들도 있었지만 대부분은 그 큰 확성기 소리에도 무표정한 얼굴로 제 갈 길을 가고 있었다. R은 확성기 소리를 내는 차와 반대 방향의 길로 걸어갔다.

"시민 여러분! 친애하는 시민 여러분! 우리의 자유와 행복과 민주주의를 파괴하려고 하는 공산주의를 이 땅에서 뿌리 뽑아야 합니다! 나라를 잃어버린 저 월남을 보십시오!"

R의 등 뒤에서는 오랫동안 확성기 소리가 사라지지 않았다.

열한 시에 R은 어제저녁에 J와 만났던 꽃다방으로 갔다. J는 아직 와 있지 않았다. R은 얼굴 가득히 신문을 펴 들었다. 약 이십 분쯤 지났을 때 J가 다방 안으로 들어섰다. 그녀는 어두운 색 원피스를 입고 있었다.

"네가 전에 프랑스에 살 때 종종 그런 말을 했듯이 한국에서는 정말 남자가 여자를 따라다니는구나."

R이 약간 시니컬한 목소리로 말했다.

"그만두세요!"

J는 자존심이 상해하는 사람의 목소리로 말했다.

"그러나 사실이지 않으냐? 프랑스에서와는 달리 한국에 들어와 나는 늘 너를 기다려야 하고, 너는 늘 조금씩 거부하고……."

"그만두세요. 선생님은 이혼을 못했잖아요."

"그건 그렇지. 나는 아직 이혼을 못했지. 그렇기는 하지만 프랑스에서도 난 이혼을 하지는 않았었지."

"그만두세요!"

J는 한층 더 병적인 신경질이 섞인 목소리로 소리쳤다. R은 억제된 표정으로 입을 다물었다. 그리고 담배를 한 대 피워 물었다. 한참 지난 후 R이 입을 열었다.

"사람들은 내가 살았던 나라에서 내가 그동안 보고 듣고 느낀 것에 대해 들으려 하지 않아. 사람들은 날 만나면 우선 프랑스에 대하여 물어. 나는 이야기하지. 그러나 사람들은 믿으려 하지 않고 들으려 하지 않아. 그래서 나는 이따금 몹시 고독해져."

R은 여기서 잠시 사이를 두고 계속했다.

"그런데 무엇보다 견딜 수 없는 것은 그 프랑스에서 나와 함께 살면서 나와 함께 프랑스를 보았던 너마저 이제는 프랑스에서 보았던 모든 것을 인정하려 들지 않는다는 거야. 그래서 이제 와서는 이런 생각이 들기도 해. 지구 저편에 프랑스는 실제로 있는 것일까, 나는 무슨 긴 꿈에서 깨어난 것은 아닐까 하는."

여기서 J는 깔깔 웃었다. 그러고는 말했다.

"나도 처음에는 그랬어요. 아무도 내 말을 귀담아들으려 하지 않으니 내가 혹시 바보가 된 건 아닌가 하는 생각까지 들었어요."

이제 그녀는 유쾌해져 있었다. R은 그러나 우울한 목소리로 계속했다.

"로브 그리예의 「지난해 마리엥바드에서」가 생각나는군. 남자 주인공은 여자 주인공에게 그들은 지난해 마리엥바드에서 만났고 거기서 사랑을 했고 그리고 여자 주인공은 남자 주인공더러 일 년만 기다려달라고 했고 그래서 남자 주인공은 일 년을 기다렸고 그래서 지금 다시 만났다고 주장하지. 그런데 여자 주인공은 남자 주인공의 이러한 주장을 모두 부인하지. 그녀는 지난해 마리엥바드에 간 적도 없고, 남자 주인공을 만난 적도 없고 그리고 일 년을 기다려달라고 한 적도 없다고 말하지. 뤼시엥 골드만은 이 영화에 대하여 평하기를, 이 영화에서 남녀 주인공의 관계는 현대의 모든 남녀 관계를 대변하고 있다고 했는데 그 말이 옳았어."

J는 다시 깔깔 웃고 있었다. 그녀는 완전히 유쾌해져 있었다. R은 다소 추억에 잠긴 표정으로 프랑스에서 그들이 한때 돈이 떨어져 먹을 것이 충분하지 않아 J가 늘 입이 궁금해했는데 그즈음에 어느 집 배나무 가지가 담장 너머로 드리워져 있다가 길바닥의 아스팔트

위로 잘 익은 배를 뚝뚝 떨어뜨려 박살을 내고 있었는데 그것을 밤에 나가 주워다 흙이 묻은 부분은 잘라내고 깎아 나누어 먹던 일이며, 봄에 들에 고사리가 지천으로 돋아나 있는 것을 보고 그것을 꺾어다 말려 한국에 보내면 채소 장사를 하는 R의 어머니에게 약간의 돈이 생기게 해줄 수 있으리라는 생각에 두 사람이 들을 돌아다니며 고사리를 꺾는데 R은 금방 싫증을 냈지만 J는 마치 시골 아낙네처럼 지칠 줄 모르고 고사리를 꺾던 일이며를 이야기하기 시작했다.

"그때 내가 한참 고사리를 꺾다가 'J야.' 하고 부르면 '예.' 하고 햇볕에 빠알갛게 탄 얼굴로 돌아보며 대답하던 네 모습이 떠올라 때로는 가슴이 찡해지기도 해."

그러나 그녀는 곧 자제된 표정이 되며 말했다.

"그렇지만 나는 이제 서울이 좋은걸요. 프랑스를 생각하면 저는 늘 배고팠던 기억과 선생님한테 구박받던 것밖에는 생각나지 않는걸요."

그러자 R은 몹시 의아해하는 표정으로 두 눈을 둥그렇게 뜨고는, 다소 서운해하는 목소리로 말했다.

"그러니?"

"예."

J가 대답했다. 그녀는 이렇게 말하고 꼬옥 입을 다문 채 재빠르게 R의 표정을 살폈다. R은 억울해하는 표정으로 말했다.

"그렇지만 네가 나한테 구박을 받았다면 그건……."

그러나 그때 J가 갑자기 신경질적인 표정과 목소리로 R의 말을 가로막으며 말했다.

"그래요! 따지고 보면 모두 제 잘못이에요. 제가 공부를 못했으니까 그렇지요."

R은 그녀의 신경질적인 반응에 의기소침해져서 잠시 말을 멈추고 있다가

"그래? 너는 그런 것만 떠올리는구나. 그러나 난 솔직히 말해서 그런 건 생각나지 않아. 다만 내게 떠오르는 것은 우리가 어려웠던 시절의 몇몇 장면들이야. 가령, 몹시 추운 초겨울에 방을 구하기 위하여 다녔던……."
 하고 웅얼거렸다. 그는 웅얼거리며 말하기는 했지만 다소 고집스럽고 확신에 찬 그런 목소리였다고 할 수 있을 것이다. 이렇게 말하고 난 그는 잠시 후 이번에는 약간 장난기 섞인 어투로 입을 열었다.
 "그런데 이 서울에서 네가 가진 게 뭐니? 너는 실업자에다가……."
 이때 J가 그의 말을 가로막았다.
 "그렇지만 서울에서는…… 그래요. 서울에서도 나는 아무것도 없어요. 실업자에다가…… 그렇지만 서울에서는…… 그렇지만 서울에서는……."
 R은 약간 빈정거리는 듯한 표정으로 J를 건너다보고 있었다.
 "그래요. 서울에서도 저는 아무것도 없어요. 실업자에다 나이가 서른셋이나 되도록 시집도 못 가고…… 그리고 때로는 남들처럼 시집가고 싶기도 해요. 그래요. 남들처럼 시집가고 싶기도 해요."
 R은 아무 말 하지 않고 그녀를 건너다보고 이었다. 그러나 더 이상 빈정거리는 표정은 아니었다. 잠시 후 그는 심드렁한 표정으로 입을 열었다.
 "그렇게 시집가고 싶으면 가야겠지."
 "그렇다고 시집가겠다는 뜻은 아니에요. 다만 때로는 가고 싶어지기도 한다는 말이지요."
 "그럴 수도 있겠지. 그렇지만 너는 좀 기다릴 수도 있지 않니?"
 "그렇지만 R 선생님은 이혼을 할 수 없잖아요."
 이때 R은 다소 의아해하는 얼굴로 그녀를 바라보고는

"너는 내가 이혼을 하지 못하기라도 바라는 것 같구나."

하고 말했다.

"그런 게 아니에요. 선생님은 선생님 자신을 위해서라도 이혼을 해야 해요. 그래요. 선생님을 위해서는 반드시 선생님 부인과 이혼을 해야 해요."

J는 다소 비장한 표정을 지어 보이며 말했다.

"그래. 나는 내 이혼을 위해 최선을 다하고 있어. 나는 이혼해야만 한다는 게 내 소신이기도 해."

R이 말했다. 한참 뒤 두 사람은 다방에서 나왔다. 날씨는 화창한 봄날이었다.

"우리가 전에 서해 바닷가에 갔을 때가 이맘때였지?"

R은 하늘을 쳐다보며 이렇게 말했다. 그러고는 계속해서

"이제 나는 고국에 돌아와 첫 봄을 맞이하는군."

하고 말했다. J는 아무 말 하지 않았다.

"이렇게 좋은 날은 어디 차를 타고 멀리 갔으면 좋겠군."

R이 말했다. 그러나 J는 오늘은 차를 타고 나오지 않았다고 했다. R은 약간 언짢아하는 표정으로, 그러나 약간 시니컬한 목소리로 말했다.

"너는 날 만날 때마다 제일 못한 옷을 입어야 하듯이 날 만날 때는 차를 타고 다니지 않는 게 좋겠군."

"아니에요! 제가 언제 일부러 제일 못한 옷을 입었다고 그래요. 옷이 없으니까 그렇지요. 선생님이 언제 제 옷을 한 벌 사주기라도 했나요? 그리고 차도 그렇지요. 실업자가 뭔 차를 타고 다녀요? 걸어 다니지."

그녀의 목소리는 농담조로 변명을 하는 것이었다.

"그럼 할 수 없지. 이렇게 좋은 날은 걷는 것도 괜찮을 테니까. 우리 산책이나 좀 하지."

"그러지요 뭐."

　J는 이렇게 말하고 선선히 그를 따라 걷기 시작했다. 잠시 걷던 그녀는 그럴 줄 알았으면 차를 가지고 나올 걸 그랬다고 했다. R은 그래서 만약 차를 몰고 나왔더라면 J는 운전을 하느라고 이내 피곤해했을 것이고, 그렇게 되면 R 자신은 또 조수석에서 몸 둘 바를 몰라 해야 했을 거라고 했다. 그러자 J는 걷는 것보다는 아무래도 차를 타고 다니는 것이 더 편하다고 했다. 그래서 R은 그렇다면 지금 집으로 돌아가 차를 몰고 나와 날씨도 좋고 한데 어디 멀리 가는 게 어떻겠느냐고 했다. 그러나 J는 잠시 생각하고 나서 그건 안 된다고 했다. 왜냐하면 집에까지 굳이 돌아가 차를 몰고 나온다는 것은 대단히 번거롭고 귀찮은 일이기 때문이라고 했다. R도 그녀의 말에 수긍했다. 그리고 그는 덧붙여 집으로 돌아가 차를 가지고 나오지 않을 일이면 굳이 '차를 가지고 나올 걸 그랬다.' 하고 후회할 일도 아니지 않느냐고 했다.
　두 사람은 길을 따라 걸었다. 때로는 길을 건너기 위해서 신호등이 바뀔 때까지 기다려야 했고 또 때로는 지하도 밑을 지나가기도 했다. 그리고 다방에 들러 커피를 마시기도 했다.
　J는 곧 피곤해했다. 한 번 혹은 두 번쯤 그녀는, R을 만나기만 하면 늘 밑도 끝도 없이 걸어야 한다는 말을 하기도 했다. 그래서 R은 이것은 산책이 아니냐, 이렇게 걷는 것이 얼마나 건강을 위해서 유익한 것이냐 하고 말했다. J는 그렇지만 이 뜨거운 햇볕 속을 지향 없이 걷는다는 것은 노동이라고 했다. 그래서 R은 그럼 택시를 타자고 했다. 어디로 꼭 가야 할 데가 있는 것은 아니지만 J가 피곤해하니 좌우간 택시를 타는 게 옳을 거라고 했다. 그러나 그녀는 뜻밖에도 선뜻 동의했다. 그녀는 택시를 잡기 위해 서성거렸고 그다지 어렵잖게 곧 택시를 하나 불러 세웠다. J와 R은 탔다.
　"어디로 가려고?"

택시에 올라앉자마자 R이 물었다.

"어디는 어디에요. 집에 가서 차를 몰고 나와야지요. 이렇게 밑도 끝도 없이 걷는 것보다야 낫겠지요."

J는 이렇게 말하고 운전사에게 그녀가 사는 데를 댔다.

"그래, 그게 좋은 생각이야. 이 좋은 봄날 서울 시내에서 먼지를 뒤집어쓰고 타박타박 걷기보다는 차를 타고 어디 한번 휑하니 다녀오는 것이 정신을 위해서나 육체를 위해서나 좋은 일이야."

R은 금방 기분이 좋아져서 이렇게 말했다. 그녀도 과히 기분이 언짢은 표정은 아니었다.

택시가 그녀가 사는 아파트 동네를 들어설 때 그녀는 R에게 여기는 몇 단지고 저기는 몇 단지고 하며 동네를 설명해 주었다. 그리고 이 동네는 다른 동네와는 달리 한국에서는 그래도 주거환경이 괜찮은 데라고 하며, 자기 집에 와본 친구들은 한결같이 이 아파트 동네는 흡사 외국 같다고들 말한다고 했다. R은 심드렁한 표정으로 차창 밖을 내다보며 나쁘지 않다고 했다.

이윽고 J는 어느 높은 아파트 건물 앞에 있는 길가에서 차를 세우라고 운전사에게 말했다.

"저기 네거리에 서 있으세요. 제가 곧 차를 몰고 나올게요."

택시에서 내리면서 그녀는 R에게 빠르게 지시했다. R은 그러마 하고 그녀가 가르쳐준 이삼십 미터 앞에 보이는 네거리로 가 서성거리며 주변을 휘둘러보고 있었다. 그다지 외국 같다는 느낌을 주지는 않았다. 그러나 한국에서는 그래도 제일 주거환경이 좋은 데라고 하니 그러려니 하고 있었다.

잠시 후 J의 차가 길모퉁이를 돌아왔다. 그녀는 R이 서 있는 데보다 약 십 미터 더 가서 차를 세웠다. R은 차가 세워진 데로 달려갔다. 차 문을 열기 전에 R은 잠시 멈칫했다. 왜냐하면 차 안에 들앉은 J의 옆얼굴이 너무나 화가 난 표정이었기 때문이었다.

"빨리 타세요!"

J는 R을 돌아보지도 않고 이렇게 말했다. R은 차에 올라탔다. J는 다소 히스테릭하다고 할 수 있는 동작으로 차를 출발시켰다.

차가 출발한 지 얼마 안 되어 R은 차창 밖 오른편 길가에 있는 철거 대상처럼 보이는 판잣집들을 가리키며 아무리 이 동네가 외국 같다고 하지만 저런 판잣집들이 즐비한 곁에서 아파트 주민들은 그다지 행복하지 않을지도 모른다고 했다. 그리고 덧붙여 외국에 나가서 살아봤지만 외국에 어디 이런 아파트 곁에 저런 판잣집 있더냐고 했다. J는 말하기를 그래도 사람들이 모두 와보고는 흡사 외국에 온 것 같다고 하더라고 했다.

"외국에 나가보질 않아서 그런 소릴 하겠지."

R이 말했다.

"그렇겠지요."

J가 말했다. 그리고 두 사람 사이에는 잠시 침묵이 흘렀다. 아파트 구역에서 완전히 벗어났을 때서야 J가 입을 열었다.

"어디로 갈까요?"

"어디 좋은 델 가자니까? 어디 조용한 시골 같은 데."

"아이, 기름도 없단 말이에요!"

J는 몹시 안절부절못해하면서 병적으로 초조해하는 표정으로 소리쳤다.

"기름이야 어디 가 사 넣으면 되지 않느냐?"

R은 J의 갑작스러운 반응에 질린 듯이 다급하게 이렇게 말했다.

"돈이 어디 있다고요?"

J는 다시 소리쳤다. 그들이 탄 차는 그사이에 팔팔올림픽대로 위로 올라서 있었다.

"메흐드! 메흐드!"

R은 차창 밖으로 고개를 돌린 채 혼잣말처럼 웅얼거렸다.

"어디로 갈까요? 시골로 갈까요?"

J는 다시 소리쳤다.

"시골은 무슨 시골? 여기 아무 데나 세워다오. 나는 아무 데서나 내리겠다."

R이 다급하게 소리쳤다.

"그만큼 차 가지고 나오자고 못살게 굴어놓고 지금 와서 왜 또 내리겠다고 해요?"

J는 흥분을 감추지 못하고 소리쳤다.

"내가 차를 가지고 나오자고 못살게 굴었다고?"

R은 어이가 없어 하는 목소리로 이렇게 물었다. 그리고 덧붙여 "아무 소리 말고 빨리 아무 데나 세워라. 나는 네가 지금 제정신이 아니라고 생각한다. 이런 차 타고 다니다가는 사고 나서 제명대로 살지도 못하겠다."

하고 소리쳤다. 그러나 J는 차를 세우지 않고 계속 달리고 있었다. R은 흥분한 목소리로 말했다.

"아까 차를 몰고 길모퉁이를 돌아올 때 보니 네 얼굴에는 온통 히스테릭한 짜증이 발렸더구나. 내가 왜 이따위 차를 얻어 타야 되니? 내가 너한테 이렇게 괄시를 받아야 할 이유가 없다."

"알았어요! 알았단 말이에요!"

J는 미친 듯이 버럭 이렇게 소리치며 거의 발작적으로 헉헉 소리를 냈다.

"여기! 여기다 세워라! 당장 세우란 말이야!"

R도 맞받아 소리쳤다.

"알았어요. 그럼 잠깐만 더 기다려요. 이 길에서는 차를 세울 수 없어요."

그녀는 R이 소리치며 차를 세우라고 하는 바람에 다소 기가 죽어 가라앉은 목소리로 이렇게 말하고 잠시 후 올림픽대로를 빠져나왔다. 그리고 어느 버스 정류장 근방에까지 가 차를 세웠다. R은 차에서 내렸다. J는 차를 몰고 사라졌다. R은 차에서 내린 뒤 손으로 머리카락을 움켜쥐고 한숨을 내쉬었다. 잠시 후 그는 버스를 타고 고속버스 터미널로 갔다. 그러나 그날은 마침 토요일이었기 때문에 터미널에는 사람이 많았다. 그래서 R은 약 네 시간 동안 기다리지 않으면 안 되었다. 네 시간을 꼬박 기다려 차를 타고 떠났다.

    R이 집으로 돌아왔을 때 R의 아내는 집에 없었다. 그녀는 아침에 친정에 갔다 오겠다고 하며 났다고 했다. R의 아버지는 몸이 아파 누워 있었다. 그는 머리가 몹시 아프고 온몸에 힘이 하나도 없다고 했다. R의 어머니는 이제 그동안 소작으로 부쳐왔던 강 건너 밭을 돌려줘야겠다고 했다. 왜냐하면 R의 아버지가 이젠 더 이상 농사를 지을 수 있을 것 같지 않기 때문이라고 했다. R은 그들 곁에 한참 앉아 있다가 두 번째 방으로 건너왔다.
    두 번째 방에는 전축에서 취학 전 아이들을 위한 영어가 시끄럽게 흘러나오고 있었다. 그러나 아이는 그걸 듣고 있는 것 같지는 않았다. R은 아이에게 전축을 끄는 것이 어떻겠느냐고 물었다. 아이는 그렇게 하라고 했다. R은 전축을 껐다. 잠시 후 R의 어머니가 건너왔다. 그리고 말하기를 R이 없는 사이에 R의 아내가 R의 아버지와 어머니가 있는 방으로 와 어떻게 하면 좋겠느냐고 묻더라고 했다. 그래서 R의 아버지와 어머니는 이혼 문제에 관한 한 R과 상의할 일이라고 했다고 했다. 그러자 R의 아내는 왜 R의 아버지와 어머니는 아들이 그렇게 버릇없이 이혼을 하겠다고 하는데도 말리지 않느냐고 항의했다고 했다. 그래서 R의 아버지와 어머니는 그동안 무수히 말렸지만 안 되는 것을 어떻게 하느냐고 했다고 했다. 그러자 R의 아내는 자신은 절대 이혼을 안 해주며 자기도 유학을 보내주면 한 오 년쯤 나가 있다가 돌아와서 생각해 보고 그때서야 이혼을 해주든지 어떻게 하든지 할 것이라고 했다고 했다. 그래서 R의 아버지와 어머니는 이혼을 하든 말든 그들에게는 상관없는 일이니 그들에게 와서 이혼을 안 하겠다고 말할 건 없지 않느냐고 했다고 했다. 끝으로 R의 아내는 이제 예수를 믿지 않겠다고 했다고 했다.

"흥! 그 여자는 내가 지금이라도 이혼 안 하겠다고만 한다면 그 날부터 '할렐루야!' 하고 미쳐 날뛸걸."

듣고 있던 R이 웃으며 말했다.

저녁때 R의 아내는 돌아왔다. 그녀는 돌아오자마자 R의 아버지와 어머니에게 자신이 돌아왔다는 것을 보고하고 부엌으로 나가려고 했다. R은 그러한 그녀에게 이젠 부엌에 나가지 말라고 했다. 그러자 그녀는 부엌에 나가는 대신 아이들에게 그림 동화책을 읽어주기 시작했다.

"어델 갔었더냐?"

R이 물었다.

"친구한테 갔어예, 왜? 그런 건 왜 물어예?"

R의 아내는 무뚝뚝하게 대답했다.

"왜는 왜니? 그냥 물어볼 수도 있는 일이 아니니?"

R이 변명하듯 말했다.

"흥, 남자들은 다 그렇게 비겁한 인간들이지! 내 친구도 이혼해서 혼자 사는데 가도 혼전의 남자관계 때문에 결국 이혼당했대예."

"그러니? 너희 친구들 중에 그런 사람이 많으니?"

"영숙이도 그렇고, 계숙이도 그렇고, 상숙이도 그렇고……."

"참 심각하기는 심각하구나."

R이 혼잣말처럼 중얼거렸다.

이튿날 아침 R의 아내는 친정엘 다녀오겠다고 하고 옷을 차려입고 나갔다. 그날은 R의 시집간 여동생이 왔다. 그녀는 시집간 이후로 친정엘 올 수가 없었던 것이다. 왜냐하면 R의 막내 여동생이 그녀에게 전화를 해서 집안이 몹시 시끄러우니 당분간 친정엘 오지 말라고 했기 때문이었다. 그러나 그녀는 아버지가 몸이 아프다는 소식을 듣고 오지 않을 수 없었던 것이다. 그녀는 신랑과 함께 오지 않고 혼자 왔다. 그녀는 겁에 질린 표정으로 R 앞에 앉아 있었다. R은 그녀에게 말했다.

"너도 이미 들었겠지만 영아 엄마가 너의 혼전 남자관계를 가지고 계속 나한테 물고 늘어진다. 나는 지금 와서 너를 나무라지 않겠다. 왜냐하면 나에게도 어느 정도 책임이 있기 때문이다. 내가 오빠로서 할 일을 다하지 못했기 때문이다. 그리고 네가 그 문제를 너의 신랑에게 고백을 하느냐 안 하느냐 하는 것도 나는 상관하지 않겠다. 네가 알아서 해라. 나는 너한테 한 가지만 충고할 것이 있는데 잘 들어두어라."

R의 여동생은 고개를 끄덕였다. R은 계속했다.

"너는 영아 엄마가 나발을 불고 다니면 이혼을 당할 수도 있다. 게다가 영아 엄마의 성질로 봐서는 그걸 나발 불지 않을 사람이 아니다. 우선 너는 그것을 각오해야 한다."

R의 여동생은 알았다고 했다. R은 계속했다.

"물론 내가 너를 위해서라면 영아 엄마와 이혼을 하지 않고 살아야 한다고 생각할지도 모른다. 그러나 반드시 그런 건 아니다."

그러자 R의 여동생이 말했다.

"아니다. 내가 이혼을 당해도 좋으니 오빠는 그 여자하고 이혼해야 한다. 나는 오빠가 없는 동안에 영아 엄마한테 내가 할 수 있는 만큼은 해줬다. 내가 내 문제를 영아 엄마한테 말했던 것은 그만큼 인간적으로 믿고 의지했기 때문이었는데 당장 내 문제를 걸고넘어지는 것을 보면 내가 이혼당하더라도 오빠가 그런 여자하고 사는 게 나는 싫다."

곁에 있던 R의 어머니가 끼어들었다.

"그래, 공장에 댕기며 월급 때가 될 때마다 우리 몰래 얼마씩 돈을 떼어 제 올케한테 줬다. 혼자 사는 데 얼마나 어렵겠나 싶어서지."

R의 여동생도 그녀의 어머니의 말에 시인을 했다. R은 계속했다.

"글쎄, 너하고는 개인적으로 아무 감정이 없으면서도 그 여자는 당장 너를 걸고넘어진다. 네가 그 여자를 찾아가 울면서 네 이야기를 하니 그 여자는 마음속으로 기뻤겠지. 그 여자가 본래 그런 여자야. 그 여자는 전부터 늘 내 여형제들 중에 누가 자기처럼 되기를 바라고 있다는 것을 내가 몰랐던 것은 아니야. 게다가 내가 지난번에 영아 엄마 친정아버지를 만났더니 '요새 여자들 안 그런 여자들 어디 있노.' 하고 오금을 걸더라. 그렇기는 하지만 내가 만약 너 때문에 이혼하지 않는다고 하면 영아 엄마는 평생을 두고 오금을 걸 것은 말할 것도 없고, 큰 싸움이라도 한번 벌어지는 날에는 일시적 충동으로 나발을 불고 돌아다니게 될 것이다. 그러니 어떻게 보면 그 여자와 내가 이혼을 하느냐 안 하느냐 하는 문제는 너의 문제와 사실 별반 관계가 없다. 그러니 내가 너를 위해서 내 이혼을 안 할 수는 없는 일이다."

R의 여동생은 그렇다고 했다. R은 계속했다.

"그건 그렇고 내가 너한테 하고자 하는 말은 너는 이혼당하는 날까지는 순수한 마음으로 살아야 한다는 것이다. 너는 이혼을 당하지 않기 위해서가 아니라 너의 아버지와 어머니 그리고 나를 생각해서라도 사는 날까지는 너의 신랑과 그 집 식구들에게 잘해라."

R의 여동생은 알았다고 했다. R은 계속했다.

"내가 볼 때 너의 신랑은 비록 돈은 없지만 훌륭한 구석이 있는 사람이더라. 그쪽에서 만약 이혼을 하자고 하거든 아주 조용히 이혼을 해라."

R의 여동생은 알았다고 했다. R은 계속했다.

"영아 엄마는 내가 그 여자 혼전 남자관계를 가지고 이혼을 하려는 것으로 몰아붙이며 너를 걸고넘어진다. 그러나 네가 한 가지 알아둬야 할 사실은 내가 그것 때문에 그런 것이 아니라는 것이다. 그 여자가 비록 혼전에 그런 관계가 있었다고 할지라도 인간적으로 그렇게 비열하지 않았더라면 나는 그냥 살았을 것이다."

R의 여동생은 수긍했다.

R의 여동생은 약 두 시간 뒤에 돌아갔다. 그녀는 돌아갈 때 그녀의 아버지가 앓아누운 것이 마음이 아픈 듯 눈물을 흘렸다. R의 아내는 저녁때 돌아왔다. 그녀는 그녀의 취직을 부탁하기 위해서 그녀의 친구들을 만나고 왔다고 했다.

저녁 무렵에 R은 서울에 도착했다. 그는 차에서 내려 우선 변소로 가 소변을 보고 공중전화박스로 갔다.

"네에."

J의 목소리였다.

"나 오늘 서울 왔는데 우리 좀 만날까?"

R이 말했다. 그의 목소리는 여느 때와는 달리 단호했다.

"그래요."

그녀가 말했다.

"어디서 만날까?"

"글쎄요. 어디가 좋을까요?"

그녀가 물었다.

"꽃다방에서 만날까?"

그가 물었다.

"그래요."

그녀가 말했다.

"그럼 내가 우선 저녁을 좀 먹어야 하니까, 앞으로 한 시간 뒤에 만나지."

그가 말했다.

"좋아요."

J가 말했다. R은 전화를 끊었다.

R은 가까운 한식점으로 들어가 육개장 한 그릇을 먹었다. 그는 이제 곧 먼 길을 떠나려는 사람처럼 두 손과 입과 턱을 부지런히 움직여 국물 한 방울 남기지 않고 다 먹은 뒤 마지막으로 큰 깍두기 하나를 버적버적 씹었다. 그러고는 벌떡 일어나 물주전자가 있는 데로 가 물을 한 잔 철철 넘치도록 따라 쭈욱 들이마셨다. 빈 물컵을 탁자 위에 탁 소리가 나도록 내려놓고 탁자 위에 있는 휴지를 한 장 꺼내어 입을 쓱 닦았다. 그러고는 돈을 지불하고 나와 급히 지하철에 올라탔다.

J는 이미 나와 있었다. 그녀는 보라색 원피스를 단정하게 입고 핸드백을 무릎 위에 얹어놓은 채 다소곳이 앉아 있었다. R이 그녀 앞에 나타났을 때에도 그녀는 보일락 말락 하는 작은 미소를 머금기 시작했을 뿐 불필요한 몸 움직임이 없이 꼿꼿하게 앉아 있었다.

"응, 벌써 와 있었구먼!"

R은 그녀의 맞은편 자리에 털썩 몸을 던지듯이 앉으며 이렇게 말했다. 그녀는 아무 말 하지 않고 그 보일락 말락 하는 미소만을 머금은 채 꼼짝하지 않고 앉아 있었다. R은 그녀의 그 말 없는 태도는 전혀 아랑곳하지 않고 와이셔츠 앞섶을 엄지와 집게로 가볍게 당겼다 놓았다 하며

"어, 날씨가 이제 더워졌구먼. 이런 날에는 개고기라도 먹어야 할 것 같은데."

하고 말했다. 그러고는 길게 트림을 한 번 하고 나서

"빠흐동! (Pardon!)"

하고 고개를 꾸벅 수그려 보이며 말했다. 그러고 나서 그는 고개를 돌려 다방 안을 한 바퀴 휘둘러보고 나서

"잘 지냈는가?"

하고 다소 호탕한 목소리로 소리쳤다. J는 아무 말 하지 않고 눈으로만 그의 그러한 태도를 관찰하고 있었다. 그녀의 입술에는 여전히 그 보일락 말락 하는 미소가 흐르고 있었다.

"아, 자넨 오늘 옷을 잘 차려입었구먼. 그 앉은 매무새도 여간 정숙해 보이지가 않는군. 귀부인 태가 확 나는군."

J는 여전히 아무 말 하지 않고 예의 그 보일락 말락 하는 미소를 유지하고 있었다. R은 계속했다.

"그래, 그동안 잘 지냈어? 나야 뭐 염려지덕에 몸 건강히 이럭저럭 지냈지. 한국에 와보니 그런대로 살 만하군. 이번 여름에는 개라도 한 마리 잡아먹고 몸보신을 좀 해야겠어."

R은 이렇게 말하고 빠르게 J의 표정을 살폈다. 그녀는 여전히 그 보일락 말락 하는 미소만을 입술꼬리에 유지하고 있었다. 그러나 그녀는 이제 양미간에 약간 나타나 보이는 불안과 근심을 감추지는 못했다. R은 계속해서 약 삼사 분가량을 이와 같이 대단히 허허로운 목소리로 한국은 살 만하다는 둥, 자신은 그사이에 몸이 좀 이는 것 같다는 둥, 올해는 정력에 좋다는 뱀을 좀 먹어야겠다는 등의 말을 했다. 그리고 중간에 또 한 번 밑도 끝도 없이 J의 옷과 앉은 매무새를 칭찬했다. 그러다가 그는 느닷없이 불쑥 이렇게 물었다.

"자네, 오늘 나한테 뭐 부탁할 게 있지?"

그때까지 아무 말 하지 않고, 꼼짝하지 않고, 그러면서도 약간은 근심과 두려움의 빛을 띠고 꼿꼿이 앉아 그 보일락 말락 한 미소를 짓고 있던 그녀는 그 순간 몸을 움찔하며 R을 직시했다. 그리고 잠시 당황한 빛을 감추지 못하고 멈칫거리다가

"왜요?"

하고 물었다.

"응, 자넬 보니 오늘 뭔가 내게 부탁할 게 있어 보이는 것 같아서."

R은 여전히 그 허허로운 목소리로 이렇게 말했다. J는 무엇인가 입을 열어 말을 할까 말까 하는 표정이었으나 끝내 입을 열지 못했다. 그녀의 그러한 얼굴을 참을성 있게 관찰하고 있던 R은 빙그레 웃으며 말했다.

"부탁할 게 있으면 하게. 망설일 거 없네. 자네와 내가 어떤 사인가? 동창에다가 막강한 친구에다가…… 부탁하지 못할 게 무어 있겠는가? 게다가 서울에 와서 내 그동안 얼마나 자네 신세를 졌나?"

J는 다시 입을 약간 움직일 듯 말 듯 하다가 끝내 입을 열지 못하고 있었다. 이제 그녀의 입술에는 더 이상 미소가 남아 있지 않았다. 그녀의 양미간에는 불안과 망설임뿐이었다. 그녀는 이제 눈을 들어 R을 쳐다보지 못하고 잠시 주저거리다가 고개를 들어

"왜요? 왜 물으시지요?"

하고 말했다.

"왜는 왜니? 아무래도 자네가 내게 뭔가 진지하게 부탁할 게 있는 것 같아 보여서 그런다니까."

R은 이렇게 말하고 그녀의 눈을 직시했다. 그녀는 불안에 찬 눈으로 잠시 머뭇거리다가

"그래요."

하고 말했다.

"그렇지! 내가 틀리지 않았군. 그래, 해보게. 우리 사이에 그까짓 부탁 하나 못 들어줄라고?"

R은 여전히 그 허허로운 목소리로 말했다. 그러나 J는 여전히 망설이고만 있을 뿐 입을 열 듯 말 듯 하면서도 끝내는 입을 열지 못하고 있었다. 약 이삼 분 동안 이러한 그녀를 참을성 있게 관찰하고 있던 R이 먼저 입을 열었다.

"그렇게 말을 못하겠으면 내가 물어볼까?"

"그렇게 하세요."

R의 이 말을 기다렸다는 듯이 J가 얼른 말했다. R은 빙그레 웃으면서 천천히 담배 한 대를 피워 물었다. 그리고 말했다.
"자네 남자 있지?"
잠시 후 J는 겨우 들릴락 말락 하는 작은 목소리로
"네에."
하고 대답했다.
"그래? 거 잘됐구먼. 축하허네."
R은 담배연기를 허공에 후 내뿜었다. 그러고는 계속했다.
"그러니까 자네가 부탁하고 싶어 하는 것은 말하자면 남자가 생겼으니 R 너는 이제 사라져달라 하는 것이로구먼. 그렇지 않은가?"
J는 이제 눈을 내리깔고 꼼짝하지 않고 앉아 있었다. 잠시 침묵이 흐른 뒤
"음, 그래서 자네는 지난여름에 프랑스를 다녀간 이후로 편지가 뜸했구먼."
하고 R은 생각에 잠긴 얼굴로 말했다.
"그게 아니에요."
J는 다급한 목소리로 말했다.
"변명할 거 뭐 있는가? 그리고 거짓말할 필요가 뭐 있겠는가?"
"그게 아니고요……"
"그게 아니면 무엇인가?"
"죄송해요."
J는 고개를 떨구었다.
"뭐, 그게 죄송해야 할 일인가?"
R이 말했다. 다시 잠시 침묵이 흐른 뒤
"그래, 결혼을 하기로 했는가?"
하고 R이 물었다. 그의 목소리는 나직하게 가라앉아 있었다.
"네에."

J는 여전히 작은 목소리로 대답했다. 그러나 이렇게 말할 때 그녀는 단호한 결심이나 하는 듯 입술을 약간 오무렸다.
"음, 거 잘됐구먼."
R은 담배꽁초를 재떨이에 부벼 껐다. 그러고 나서 말했다.
"그런 줄 알았다면 내가 한국에 돌아와서 그토록 자네 신세를 지지 않았을 텐데. 나는 그것도 모르고 주책 맞게 자네한테 듬뿍 신세를 졌군."
"그게 아니에요. 제가 결혼을 하겠다고 한 건 최근이에요."
J는 다급하게 이렇게 말했다. R은 냉소에 찬 얼굴로 그녀를 바라보았다. J는 계속 다급하게 말했다.
"물론 알았던 것은 지난 여름방학 때 프랑스를 다녀온 직후부터였어요. 저쪽에서는 오래전부터 결혼하자고 해왔지만…… 그렇지만 선생님도 알다시피 저는 결혼할 수 없잖아요. 그래서 저는 안 된다고 했어요. 그러다가…… 그러다가 얼마 전에서야 그러겠다고 해버렸어요."
그녀는 여기에 이르러서야 다소 기력을 회복해서 덧붙였다.
"물론 저는 안 된다고 했지요. 저쪽에서는 왜 안 되느냐고 자꾸 묻데요. 그리고 안 된다는 말만 가지고는 물러설 수 없다고 하데요. 그러다가…… 그러다가 그만 귀찮은 생각이 들데요. 그래서 얼마 전에 그렇게 하자고 해버렸지요."
"음, 거 잘했네. 그런데 왜 얼마 전인가?"
"왜냐고요? 그건 선생님 때문이었지요. 제가 선생님을 버리고 결혼을 할 수는 없는 일이잖아요. 그러나 우리는 결혼할 수도 없잖아요. 그런데 저도 이따금은…… 그래요. 늘 그런 건 아니에요. 아주 이따금은 결혼이 하고 싶기도 해요. 그래요. 이따금은요. 선생님 제 심정 이해하시겠지요? 그렇지요?"
그녀는 격정적인 표정과 목소리로 마치 연극 대사를 말하듯이 말했다.

"응. 이해해야겠지."

R은 심드렁한 목소리로 말했다. 그리고 덧붙여

"자네가 언제 결혼을 하겠다고 승낙을 했느냐 하는 게 뭐 그리 중요하겠어? 그런 건 전적으로 자네 문제지."

R은 다시 담배를 피워 물고 담배연기를 허공에다 후 내뿜었다. 잠시 침묵이 흐른 뒤 이번에는 J가 먼저 입을 열었다.

"저쪽에서는 절 사랑해요."

그녀는 지금까지와는 달리 약간 당당해진 어투였다.

"아암, 그럴 테지."

R은 냉소를 지으며 이렇게 말했다. 그리고 잠시 생각에 잠기다가 한결 나직하게 가라앉은 목소리로, 무슨 비밀 이야기를 하듯 은밀한 목소리로 물었다.

"그래, 자네는 그 남자에게 자네가 나와 함께 프랑스에서 삼 년 반 동안 살았다는 이야길 했는가?"

J는 잠시 주춤거리다가 말했다.

"제가 어떻게 그런 말을 남한테 할 수 있겠어요? 결혼을 안 하면 안 했지."

"거 잘했다. 그런 허튼소린 안 하는 게 낫다."

R은 입가에 냉소를 머금은 채 이렇게 말하고는 계속했다.

"자네를 그토록 사랑하는 그 남자가 총각인지 아니면 한 번 결혼을 했던 사람인지는 모르겠다만 만약 자네가 그런 소릴 하면 큰 충격을 받을 것이다. 일반적으로 총각은 성욕으로 앞뒤를 가리지 못하기 때문에 자네가 나하고 삼 년 반 동안을 살았다고 해도, 속으로는 비록 큰 고통이 있을지언정 겉으로는 그런 건 상관없으니 결혼하자고 할 것이다. 그러나 그는 이내 그의 고통 때문에 바람을 피우게 되고 그리고 끝내는 파탄에 이르게 될 수도 있다. 한편 그가 만약 한 번 결혼을 한 적이 있는 사람이라면 총각과는 달리 여자를 어느 정도 알기 때문에 이성적으로 판단하여 볼 것이다. 그래서 그가 만약 재산이나 지위가 어느 정도 있는 사람이라면 굳이 결혼을 하지 않을지도 모른다. 그렇기는 하지만 그런 경우라 할지라도 자네는 박사라는 그 간판 때문에 결혼을 할 수도 물론 있다. 어쨌든 입을 꼭 다물고 있는 게 너를 그토록 사랑한다는 그 사람을 괴롭히지 않는 일이 된다. 알아듣겠느냐?"

J의 표정은 일그러졌다. 그리고 그녀는

"네에."

하고 작게 대답했다. R은 냉소를 지었다. 그러고는 다시 침묵이 흘렀다. 잠시 후 J가 먼저 입을 열었다.

"물론 제가 선생님이 있기 때문에 결혼할 수 없다는 건 저도 알아요. 선생님만 생각하면 저는 가슴이 아파요. 그렇지만……."

그녀의 두 눈에는 눈물이 가득 고여 들었다.

"알았어요, 알았어."

R은 다소 짜증스러워하는 목소리로 그녀의 말을 가로막았다. 그러나 J는 계속했다.

"그렇지만…… 그렇지만 저도 이따금은…… 아주 이따금은…… 그래요, 늘 그런 것은 아니에요."

그녀는 여전히 그 격정에 찬, 연극 대사를 말하는 듯한 목소리로 말했다. 그녀의 두 눈에는 눈물이 주르르 흘러내리고 있었다. R은 차가운 미소를 입가에 머금은 채 다시 짜증스러워하는 목소리로 그녀의 말을 가로막았다.

"글쎄, 알았어요."

잠시 침묵이 흐른 뒤 R은 약간 헛웃음을 웃어 보이며 입을 열었다.

"내가 이런 걸 물을 필요가 없는 일이지만, 그리고 이런 걸 물어보려고 하니 약간은 창피스러워지기까지 하네만 만약 그게 용납이 된다면 한 가지 물어보겠네."

"그렇게 하세요."

J는 오른손으로 옷소매 끝을 당겨 그녀의 코언저리에 흘러내리고 있는 눈물을 쓱 닦으며 이렇게 말했다. R은 여전히 쑥스러워하는 웃음을 웃으며 말했다.

"그 사람도 외국 가서 공부하고 왔느냐?"

J는 대답 대신 작게 고개를 끄덕였다.

"미국이냐?"

J는 다시 고개를 끄덕였다.

"대학교수냐?"

J는 다시 고개를 끄덕였다.

"C 대학이냐?"

이번에 그녀는 고개를 좌우로 천천히 가로저었다.

"S 대학이냐?"

이번에 그녀는 잠시 생각하다가 고개를 끄덕이지도 가로젓지도 않고 그대로 있었다. 이렇게 묻는 사이에 J의 표정은 방금까지 눈물을 흘리던 때와는 달리 다소 도도해져 있다는 느낌을 받을 수도 있었다. R은 이러한 일련의 질문을 마치고 다시 허허로운 목소리로 돌아와 말했다.

"미안허네. 치사하게 그런 걸 다 물어봐서…… 내가 왜 굳이 그런 걸 물어보나 하면 자네가 혹시나 잘못 생각해서 나처럼 시간강사나 하는 그런 사람을 고르지나 않았나 하는 노파심 때문일세."

R은 이렇게 말하고 나서 잠시 생각에 잠기는 얼굴이었다. 그러고 나서 계속했다.

"그래, 잘됐네. 나로 말할 것 같으면 한국에 돌아와 자네한테 그러지 않아도 될 신세를 져서 쑥스러우이. 그동안 밥도 많이 사주었지. 그리고 지난번에는 돈까지 줬지. 그러나 할 수 없지. 이미 지난 일이니까. 진작 말해 주었더라면 좋았을 텐데…….”

"그건 최근이에요.”

"그래, 최근이든 최근이 아니든 그건 매한가지야. 자네는 이제 결혼하겠다고 승낙했고 나로서는 어찌하겠는가? 모든 게 자네 감정상의 문제가 아닌가?"

J는 아무 말 하지 않았다. R은 계속했다.

"자네는 내가 오늘 자네 이야기를 듣고 질투가 나서 발광이라도 하리라고 생각했겠지. 그리고 자네는 전에 종종 나더러 질투심이 강하다고 했지. 그러나 자네도 지금 보다시피 나는 그다지 발광을 하지는 않는 것 같기도 하네. 그렇지 않은가?"

"그래요."

"질투로 말하면 자네가 나보다 심한 사람이었지. 전에 마드모아젤 류 사건으로 자네는 죽는다고 방바닥을 주먹으로 두들기며 소리소리 지르지 않았던가? 사실은 그 사건이라는 게 아무것도 아니었는데도. 그러나 난 그렇지가 않네."

J는 괴로운 표정으로 얼굴을 일그러뜨린 채 외면했다. R은 계속했다.

"하긴 이럴 때 자네의 추억거리를 위해서는 내가 얼마간 고통스러운 표정이라도 지어야 할 일이고 술이라도 퍼마셔야 할 일이겠지만 나는 굳이 그런 연기를 하기가 좀 어줍잖고, 술로 말할 것 같으면 한국의 소주는 보르도나 꼬냑과는 달리 질이 좋지가 않아서 함부로 먹을 일이 못 되지.”

R은 여기서 잠시 멈추고 다시 담배 한 대를 피워 물었다. 그리고 담배연기를 후 내뿜고는 계속했다.

"자네가 전에 종종 말한 바에 따르면 한국에서는 남자가 여자를 따라다닌다고? 그런 것 같데. 내가 보고 듣고 느낀 바에 의하면 한국 여자들은 남자들이 많이 따라다닌 걸 무슨 관록으로 간주하는 경향이 있는 것 같데. 내가 한국에 와서는 그동안 자네를 따라다닌 셈이 됐네. 그러나 자네가 진작 말해 주었더라면 내가 굳이 자네 관록의 호적부에 입적되지 않아도 되었을 텐데 하는 심정도 약간은 드네. 지금 생각하면 약간 쑥스러우이."

"죄송해요."

"죄송할 거 뭐 있남? 이미 지난 일."

R은 이렇게 말하고 담배를 재떨이에 부비어 끄고 다시 다른 담배 한 개비를 꺼내어 물고 불을 붙였다.

"죄송해요. 죄송해요."

J는 그사이에 이렇게 말했다. 잠시 후 R은 생각에 잠긴 눈으로 담배를 피우다가 혼잣말처럼 중얼거렸다.

"그래, 할 수 없지. 이럴 때 프랑스 사람들은 '셀라비! (C'est la vie!)'라고 말하지. 모든 게 자네의 감정상의 문젠데 내가 자네의 감정이야 어찌할 수 있겠나? 내가 외국에서 공부를 하고 돌아와 고작 한 여자의 감정을 어찌해 보려고 헛되이 정열과 시간을 낭비한다면야 어디 되겠나?"

"그래요."

"그래, 그럼 우리 이만 일어나기로 함세."

"네에."

그러나 자리에서 일어나기 전에 R은 잠시만 기다려달라고 하고 한마디 덧붙였다.

"오늘 차 값은 내가 내도록 해주게. 우리가 프랑스에 살 때 자네는 종종 농담 삼아 말하기를 서울에서 우리의 연애시절에 늘 자네가 돈을 냈다고 했지. 하긴 자네 말에는 다소 억울한 데가 없었던 것은 아니었네. 그야 어찌되었든 오늘은 내가 내기로 함세."

"그렇게 하세요."

두 사람은 자리에서 일어났다. R은 차 값을 지불했다. J는 그동안 밖에 나가 R이 나올 때를 기다리고 있었다. 밖은 완전히 어두워져 있었다. 두 사람은 잠시 다방 앞에 서 있었다.

"우리 모처럼, 전에 프랑스에서 그렇게 했던 것처럼 잠시 산책이나 할까?"

R은 어떻게 해야 할 바를 몰라 하며 서 있는 J에게 이렇게 말했다.

"네에, 그렇게 해요."

J는 선선히 대답했다. 두 사람은 천천히 걷기 시작했다.

"정말 모처럼 이렇게 산책다운 산책을 한번 해보는군. 서울에서는 비로소 처음인 것 같군."

"죄송해요."

J가 낮은 목소리로 말했다.

"뭐 죄송할 게 있는가? 그런 소리 말게."

R이 말했다. 두 사람은 잠시 아무 말 하지 않고 걷기만 했다. 한참 후 R이 입을 열었다.

"자넨 전에 이따금 날 에고이스트라고 했지."

"죄송해요."

"죄송할 게 뭐 있는가?"

"아니에요, 선생님은 전혀 에고이스트가 아니에요."

"그렇지. 자네는 아무 생각 없이 흔히 한국의 젊은 여자들, 대학물이라도 먹었다는, 몇 권 소설책이나 읽었다는, 그리고 「바람과 함께 사라지다」라는 영화에 감동을 깊이 받았다는 우리 세대의 젊은 부인네들이 그녀들의 아둔한 남편들을 기죽이는 데 흔히 사용하는 언어들에 다소 익숙해 있고, 그런 언어들로 내게 말할 때가 더러 있었지. 가령, '질투한다', '에고이스트다' 혹은 '복수한다'는 등의 말이 그런 거지."

"죄송해요."

"그렇기는 하지만 자네 말처럼 나는 확실히 대소간에 에고이스트일 수도 있지. 그러나 에고이스트라는 것도 상대적인 개념일 거야. A는 B에 비해 에고이스트일 수 있고 A는 C에 비하여 전혀 에고이스트가 아니라고 할 수도 있지. 다시 말하면 같은 에고이스트라고 할지라도 정도의 차이가 있을 수 있는 거지. 또 한편으로는 A라는 에고이스트는 어떤 점에서 보면 확실히 대단한 에고이스트지만 다른 점에서 보면 전혀 에고이스트가 아니라고 할 수 있을 때도 있지. 가령 A가 음식을 먹을 때 다른 사람보다 더 많이 먹으려고 하기 때문에 에고이스트라고 말할 수도 있겠지만, 일을 할 때 몸을 사리지 않고 다른 사람의 몫을 한다는 점에서 보면 전혀 에고이스트가 아니라고 볼 수도 있지. 이런 차원에서 나는 나 자신을 돌이켜보면 나는 상대적으로 에고이스트가 아닐지도 모른다는 생각이 들 때도 있지."

"그래요. 선생님은 전혀 에고이스트가 아니에요. 그건 제가 아무렇게나 지껄였던 말이에요."

"그러나 나는 역시 상대적으로 에고이스트일 수도 있지. 왜냐하면 사람들은 나름나름으로 에고이스트이지만 나름나름으로 에고이스트가 아닐 수도 있으니까."

여기서 잠시 R은 말을 멈추고 서서 담뱃갑을 꺼내어 담배를 피워 물었다. 그리고 다시 걸음을 옮겨놓으며 계속했다.

"물론 생각해 보면 자네한테 내가 잘해 주지 못했던 것도 없는 게 아니야. 지난번에도 자네는 프랑스에서의 삶을 돌이켜보면 배고팠던 기억과 나하고 싸웠던 기억밖에는 안 난다고 했지. 하긴 가슴이 아프이. 그러나 이번 기회에 한 가지 꼭 짚고 넘어가기로 함세. 이것이 우리의 마지막일 테니까. 우선 자네가 나하고 싸웠다면 그것은……"

"알고 있어요."

J가 황급히 그의 말을 가로막으며 이렇게 말했다. 그러나 R은 계

속했다.

"물론 알고 있겠지. 그러나 차제에 꼭 짚고 넘어가자는 거지. 그러니까 잘 들어두게. 자네와 내가 싸웠던 것은 거의 대부분이 자네의 공부 때문이었지."

"그래요. 제가 공부를 못해서 그랬다는 것을 알아요. 그러니까 저는 선생님과 함께 살면 선생님께 전혀 도움이 되지 않고 늘 방해만 된다고 생각했어요."

"염려해 줘서 고마우이. 그리고 자네가 나와 함께 살 때는 늘 배고팠던 기억밖에는 안 난다고 했는데 거기에 대해서는 정말 할 말이 없네. 그리고 실로 마음이 아프이. 굳이 변명을 하자면 내가 돈이 없는 사람이니까 그랬겠고 또 내 아버지가 부자가 아니라서 그랬겠지. 그러다 보니 내 아버지는 자네 아버지만큼 돈을 보내주지 못했지.

그런데 여기서 한 가지 더 덧붙인다면 자네가 그토록 배가 고팠다면 거기에는 나와는 아무 상관이 없는 또 다른 하나의 이유가 있지는 않았나 하는 생각이 들기도 한다는 거지. 그것은 무엇인고 하면, 자네는 '가난하다', '배고프다' 하는 것을 때때로 무슨 자랑처럼, 혹은 옛 인도의 고행하는 수도사들처럼 일부러 수행해야 하는 고행으로 여기는, 말하자면 자네의 지적 내지는 정서적 허영의 액세서리처럼 간주하는 경향이 있는 것 같기도 한, 순전히 나의 오해일 수도 있는, 그런 기질 때문에 다소는 과장되게 자네의 기억 속에 남아 있지나 않는가 하는 생각 말일세. 물론 그것은 나의 억측일 수도 있네. 잠자코 들어보게. 내가 왜 이런 생각을 하기에까지 이르렀느냐 하면, 프랑스에서 우리는 어쨌거나 삼십 평 가까운 아파트에 살았고, 중고차이긴 했지만 차를 굴리기도 했고, 그리고 우리는 씨떼(학교식당)에서 언제나 먹을 수 있었기 때문이지. 씨떼의 음식이 형편없는 것이라고 나는 도무지 생각하지 않거든. 거기에서는 비단 우리만 먹는 것이 아니라 프랑스 학생들은 물론 때로는 교수들까지 와서 먹지 않는가? 정말 돈이 떨어져서 거의 먹을 게 없었던 날이 없었던 건 아니지. 그러나 그건 그리 많은 날이 아니었어. 삼 년 반을 통하여 불과 열흘이나 됐을까? 그렇긴 하지만 내가 여기서 인정해야 할 것은 내가 생각하는 '가난하다', '배고프다'와 자네가 생각하는 그것들 사이에는 얼마간의 차이가 있을 수도 있다는 거지. 하긴 이런 이야기를 길게 한다는 것은 온당한 일이 못 되지. 왜냐하면 이젠 모두 끝난 일이니까."

이때 J가 말했다.

"그렇지만 선생님은 이혼을 하지 않았잖아요."

"바로 그거지. 그것이야말로 언제나 나의 죄명일 수밖에 없지. 나는 이혼을 하지 못했기 때문에 언제나 유죄지. 그렇기는 하지만 나는 한국에 돌아와 나의 이혼을 위하여 여러 가지로 애써왔지. 게다가 자네도 알다시피 내 아내는 한 달 동안 기다려달라고 했지. 그 한 달은 아직 다 되지 않았지. 내가 이런 이야길 하니 마치 내가 이제 곧 이혼을 할 것이니 기다려주십시오 하고 말하기 위해서 이러는 것처럼 들릴 것 같아 또 쑥스러워지네. 그러니 그만 함세. 이미 그건 중요한 일이 아닐세. 내가 이마에다 '나는 곧 이혼할 테니 나하고 섹스를 해주십시오.' 하고 써 붙이고 서울 시내를 돌아다닐 필요를 못 느끼듯이 내가 곧 이혼할 테니 나하고 결혼하자고 말해서 될 일이 아니지 않은가?"

"그렇지만 선생님은 이혼을 한다고 해도 저와 결혼하실 거 아니잖아요. 그리고 절 사랑하지도 않잖아요."

여기서 R은 잠시 의아해하는 표정으로 그녀를 돌아다보다가 다소 짜증스러워진 목소리로 계속했다.

"그건 그래. 자네도 알다시피 나는 내가 이혼을 한다고 해도 자네와 꼭 결혼을 해야 한다고 생각하지는 않아. 그리고 내가 내 마누라와 이혼을 하겠다는 것도 자네와 새로 검은 양복을 입고 예식장을 걸어 들어가기 위해서가 아니라는 것도 이미 알 거야."

"알아요."

J가 말했다. R은 계속했다.

"나는 자네에 대한 하나의 타성이 있는 것 같애. 섹스의 타성이지. 내가 자네를 사랑하느냐고? 그건 나도 잘 모르겠어. 한 가지 확실한 것은 나는 자네와 섹스하는 것을 주기적으로 좋아한다는 거야. 늘 그런 건 아니지만 나는 자네의 유방을 주무르기를 좋아하고, 자네의 터럭들을 어루만지기를 좋아하고 그리고 자네의 자궁 속에다 사정하기를 좋아하지. 물론 다른 여자들도 틀림없이 유방과 자궁과 터럭을 가지고는 있을 거야. 그러나 자네도 알다시피 나는 그다지 많은 여자들과 섹스해 보지는 않았어. 그래서 난 다른 여자들이 어떤지 잘 모르고 따라서 다른 여자들에게서 그다지 주기적으로 심한 욕정을 갖지는 않아. 그러다 보니 나는 자네의 자궁 속에 사정하기를 좋아하게 된 것 같애. 게다가 나는 자네와 섹스하는 것이 나쁘지 않다고 매번 생각해 왔지. 게다가 자네는 내가 프랑스에서 했던 말, 즉 내가 이혼을 하더라도 자네와 결혼을 하기를 원하지 않는다는 말뜻을 이미 알고 있지 않은가?"

"알아요."

"'알아요, 알아요.' 하지만 자넨 오해를 해왔구먼."

"아니에요. 무슨 말인지 알아요. 그렇긴 하지만 한국에서는 다르지 않아요?"

"달라도 할 수 없지."

잠시 침묵이 흘렀다. R은 걸음을 멈추고 다시 담배에 불을 붙였다. 그리고 말했다.

"좌우간 나는 우리의 프랑스에서의 동거 삼 년 반을 돌이켜볼 때 자네가 생각하는 것처럼 그렇게 크게 가책을 느끼지는 않는 것 같애. 내가 만약 다시 한 번 처음으로 되돌아가 자네와 함께 살게 된다고 해도 나는 그때와 똑같이 살 것 같애. 그렇기는 하지만 배가 고팠다는 것만은 역시 마음에 걸리기는 해."

"그래요, 선생님. 선생님은 누구보다도 객관적으로 생각하고……."

"그렇게 칭찬해 주지 않아도 좋으이."

R은 J의 말을 가로막으며 이렇게 말했다.

"아니에요. 선생님은 제가 본 세상의 어떤 사람보다도 객관적이고 논리정연하고 그리고 정당해요."

"흥, 그래서 나는 늘 사람들에게 배반당해야 하는 거겠지."

"죄송해요."

"죄송할 거야 뭐 있겠나? 자네한테는 이번이야말로 이 R로부터 벗어나 그 궁상맞고 배고픈 삶을 더 이상 지속하지 않아도 될 절호의 기회일 텐데."

"죄송해요."

"어쩌면 자네가 현명한지도 모르지. 자넨 현명한 구석이 있는 인물이니까. 이제 생각나는데, 전에 우리 대학원 동기 중 한 사람이었던 여자가 그녀의 남자를 버리고 결혼한 데 대해 자네는 일고의 여지도 없이 '잘했다'고 촌평하지 않았던가. 나는 때때로 자네의 그 과단성 있는 결정에 경이와 경의를 갖게 되지. 사실 나로 말하면 액세서리로서가 아닌 그야말로 폐결핵 같은 가난과 병든 노부모가 있는 것 외에 가진 것이 무어 있는가?"

"죄송해요, 선생님. 모든 게 제 잘못이에요. 정말이에요. 모든 게 제 잘못이에요."

그들은 길을 돌아 처음에 출발했던 지점, 즉 꽃다방 앞에 이르렀다.

"어디로 가실 거예요, 선생님?"

J가 물었다. R은 그녀의 물음에는 대답하지 않고
"차를 어디다 세워두었나? 자네가 차를 타고 떠나는 걸 보고 가겠네."
하고 말했다.
"저쪽에다 세워뒀어요."
J가 손가락으로 약 삼십 미터 저쪽을 가리키며 말했다.
"가세. 내가 자네 차 타는 데까지 바래다주지."
그들은 차가 세워진 데까지 이르렀다.
"안녕히 가세요, 선생님."
J는 차 문을 열고 서서 말했다.
"응, 잘 가게."
R은 손을 한 번 들어 보이고 뒤돌아섰다. 그러고는 걸었다. 그런데 약 삼십 미터가량 걸어가다가 그는 갑자기 혼자 씨익 웃었다. 그러고는 홱 돌아서더니 J의 차가 있는 데로 갔다. J는 이제 막 차에 시동을 걸고 있었다. R은 차 문을 열고 들여다보며
"얘, J야 한 가지 할 말이 있어 왔다."
하고 말했다. 그러고는 차에 올라앉았다. J는 다시 나타난 R을 보고 당황해하는 얼굴이었지만 이내 평정을 되찾고 차의 시동을 껐다. 그러고는 두 손을 운전대 위에 얹은 채
"무슨 말씀이세요?"
하고 말했다. R은 아까 다방에서, 그리고 산책길에서 보여주었던 어투와는 전혀 다른, 말하자면 다소 초조하고 다급한 목소리로 말했다.
"모든 것이 좋다. 그런데 내가 돌아서려고 하니 한 가지 마음에 걸리는구나. 그것이 무엇인고 하니 네가 나를 버리고 결혼하겠다고 마음의 결정을 내린 게 어떤 일련의 오해 같은 데서 비롯되지나 않았나 하는 거다. 만약에 어떤 오해가 너와 나 사이의 긴 세월 동안

의 삶을 송두리째 파괴해 버리는 동기가 되었다면 그것은 슬픈 일이고 그것은 어리석은 일이고 그리고 그것은 죄악일 수도 있다."

"그렇겠지요."

"가령, 너는 아까 내가 마치 이혼을 하지 않는 것처럼, 이혼에 그다지 애를 쓰고 있지 않은 것처럼 알고 있다는 느낌을 어느 정도 받기도 했는데 만약 네가 정말 그렇게 생각했다면 그것은 우선 오해다. 물론 그사이에 내가 너를 만나도 나는 내 이혼이 되어가는 자초지종을 많이 말하지는 않았다. 때로는 그 이야기를 너무 길게 하지 않으려고 의식적으로 애쓰기도 했다. 나는 그것에 대하여 오래 이야기하기보다는 다른 이야기하기를 더 좋아했다. 왜냐하면 이혼 문제로 말하면 그것은 결국 내가 해결해야 하는 것이고 또 그것을 일일이 너에게 말한다는 것은 때때로 내키지 않는 일이었기 때문이다."

"그렇지만 선생님은 이혼을 할 수 없잖아요."

J 역시 아까 다방에서 그리고 산책길에서 보여주었던 어투와는 약간 다른, 말하자면 다소는 다급해지고 저돌적인 목소리가 되어 이렇게 말했다. R은 약간 의아해하며 말했다.

"너는 혹시 내가 이혼을 못하기를 바라고 있는 것은 아니니?"

"아니에요. 제가 미쳤어요, 그런 생각을 하게?"

J는 정색을 하며 이렇게 말하고 덧붙였다.

"선생님은 저를 위해서라기보다는 우선 선생님 자신을 위해서라도 반드시 이혼을 해야 해요."

"그래, 바로 그렇다. 그래서 나는 내 이혼을 위해 최선을 다하고 있을 뿐만 아니라, 그리고 또 나는 반드시 이혼한다. 그것은 내 소신이기도 하다."

R의 목소리는 약간 과장된 과단성을 띠고 있다고 여겨질 수도 있었다. 그는 계속했다.

"그리고 너는 아까 내가 비록 이혼을 한다고 할지라도 너와 결혼을 하지는 않는다고 말했는데 그것도 오해일 수 있다. 물론 프랑스에서 나는 그런 생각을 안 한 건 아니다. 말하자면 나는 계약결혼이나 동거생활을 하는 것이 더 정당할 수 있다고 생각했다. 그러나 네 말처럼 한국에서는 경우가 다를 수도 있다는 것을 나는 어느 정도 인정한다. 만약 그래야만 한다면 나도 결혼할 수 있다."

"아니에요. 그럴 필요는 없어요."

"그리고 내가 아까 널 사랑하지 않는 것처럼 말했는데 그것도 커다란 오해를 남길 수 있는 말이다. 나는 다만 흔히 쓰는 '사랑'이라는 단어가 늘 어줍잖다고 느껴졌기 때문에 그렇게 말했을 뿐이다. 나는 너를 사랑한다."

"그렇지만 프랑스에 살 때 선생님은 한 번도 저와 결혼하겠다거나 저를 사랑한다고 하시지는 않았잖아요."

"글쎄, 바로 그것이 오해일 수 있는 거지. 사실 나는 프랑스에서 우리가 함께 살 때 너에게 아무런 약속도 해주지 않았었지."

"그래요, 선생님은 저에게 아무런 약속도 해주지 않았어요."

"그래, 맞다. 그러나 내가 굳이 너에게 어떤 약속을 했어야만 했겠니? 너는 나와의 삼 년 반 동안의 삶을 통하여 내 됨됨이가 어떠하다는 것을 잘 알지 않느냐? 우리의 삶 자체가 모두 약속이었지 않았느냐?"

"그건 그래요. 그렇지만 선생님은 한 번도 저와 결혼해 주겠다고 말한 적은 없어요."

"글쎄, 그건 어쨌거나 내 잘못일 수도 있다."

"그리고 저는 결혼이 하고 싶기도 해요. 선생님과 살면서도 이따금은요. 늘 그런 것은 아니지만요."

여기서 J는 다시 격정에 찬 목소리로 변하면서 눈물을 주르르 흘렸다.

"그래, 어떻게 보면 나는 미련스러운 사람이다. 비록 속내 마음이 어떠하다 할지라도 사람과 사람 사이에는 때때로 어떤 몸짓이 필요할 거다. 특히 여자에게는. 때로는 '사랑한다', '결혼하겠다'는 등의 말이 필요할 거다. 그러나 나는 그렇게 하지 않았다. 그래서 오해가 일어날 수도 있다는 걸 생각하지 않았다는 것은 나의 큰 잘못일 수 있다. 그 점에 대해서는 사과한다. 그렇지만 프랑스에서 내가 한국에 돌아가면 이혼을 하고 너와 결혼을 하겠다는 말을 하고 살았어야만 했겠니? 내가 그런 말을 하지 않았던 것은 당사자의 인격을 위한 최대한의 배려야."

"그건 그래요. 그렇게 하지 않아야 했어요."

"그렇다면 그건 역시 오해가 아니냐? 나는 너를 사랑한다. 그리고 너와 결혼하기를 원한다."

R은 다소 어색한 목소리로, 그리고 극적으로 이렇게 말했다. J는 여전히 아무 말 하지 않고 운전대 위에다 두 손은 얹고 있었다.

"그래, 나는 늙은 아버지와 어머니 그리고 아이들이 둘 있다. 그것이 문제라면 나는 다 버리겠다. 그리고…… 그리고 너하고만 살겠다."

R의 목소리는 미숙한 배우가 대사를 읊조리는 것 같았다.

"아니에요, 그게 아니에요. 그런 것 때문이 아니에요."

J는 고통스러워하는 표정을 지으며 말했다.

"제가 선생님 곁에 있으면 저는 늘 선생님을 괴롭힌다는 것을 알아요. 그것이 괴로워요. 제가 선생님을 떠나 결혼을 하겠다는 데에는 가장 중요한 이유가 바로 그것이에요. 선생님은 제가 없으면 휠씬 나아질 거라고 저는 생각해요."

J의 목소리는 여기서 약간 히스테릭하게 울부짖는 것이 되었다.

"그것은 오해다. 그것이야말로 너의 가장 큰 오해 중 하나다. 너는 네가 내 곁에 있어서 늘 나를 괴롭히기만 한다고 생각하지. 그것은 너의 일종의 자기최면과 같은 거라고 나는 생각해. 물론 프랑스에서는 너의 일 때문에 어느 정도 고통을 받았다. 그리고 짜증이 나기도 했다. 그리고 너는 늘 그 죄책감 때문에 나한테 눌려 살았지. 지금도 생각이 나는 장면이 있어. 내가 컴퓨터 앞에 앉아 막 짜증을 부리고 화를 내고 있으니 너는 너무나 다급해서 내게 '돈을 줄 테니 제발 화내지 마세요.' 하고 애원했지. 나는 그때 네 얼굴을 떠올리기만 하면 가슴이 미어지는 것같이 아파. 얼마나 괴로우면 저런 소릴 다 하나 싶어 네가 그런 소릴 하면 나는 더 이상 화를 내지 못하곤 했지."

여기서 R은 실제로 슬픔에 찬 얼굴이었다.

"그러나 모든 게 오해야. 네가 나의 일에 계속적으로 방해가 될 수 있다고 생각하는 것은 오해야. 한국에서 나는, 전에도 네게 말했듯이, 이제 절대로 너의 일 때문에 나의 일을 지체하는 일은 없을 거야. 내가 한평생 너의 일 때문에 내 일을 지체할 만큼 어리석지는 않아. 그러니 너는 더 이상 그런 일로 날 괴롭힐 것이라는 생각을 할 필요가 없다."

여기서 J의 표정은 약간 마비된 것 같기도 하고, 약간은 무감각하다고나 할까, 아니면 졸린 듯한 표정이라고나 할까, 어쨌든 조금 전과 같이 그렇게 고뇌에 찬 표정과는 사뭇 다르다고 할 수 있었다. 그러나 그녀의 그러한 표정에서 무엇을 읽어야 할지는 알 수 없다고 하는 것이 옳다. R은 계속했다.

"한편, 나로 말할 것 같으면 너를 필요로 해. 네가 생각하고 있는 것과는 달리 나는 네가 이제부터 나에게 큰 도움을 줄 수도 있고 늘 믿고 의지할 수 있는 사람이라고 생각해. 사실 이 서울에서 나는 너밖에 없어. 나한테는 지금 네가 없다면 안 될 것같이 이 서울 생활이 힘들어. 내가 전에도 더러 그런 말을 했듯이 경제적인 이유로도 나는 너를 필요로 해."

"그래요. 선생님은 언제나 정당하고 솔직하게 말했어요."
"말이 나왔으니 말인데 프랑스에서 한번은 산책길에서 네가 나더러 한국에 돌아가서 학교 선생하는 것이 귀찮고 싫으면 한 삼 년쯤 해보다가 그만두고 들앉아 글이나 쓰라고 했지. 그리고 돈은 네가 벌겠다고. 물론 그건 될 법한 말은 아니지만 네 말에 나는 얼마나 감동했던지 몰라. 사실 솔직히 말하면 나는 이 서울 바닥에서 그리고 이 세계에서 너만큼 나를 잘 알고 내가 필요로 하는 것이 무엇인가 하는 것을 그때그때 알아서 해줄 수 있는 사람이 달리 있다고 생각하지는 않아. 말하자면 너는 나에 대하여 철저히 알고 있는 거지. 한번은 내가 갑자기 걷잡을 수 없는 심한 욕정에 사로잡혔지. 그러나 그때 우리는 섹스를 해서는 안 되는 입장이었지. 그래서 너는 딱해하는 얼굴로 한참 나를 바라보다가 너의 입 안에 내가 사정할 수 있도록 해주었지. 나는 그때 고맙다고 했지. 왜냐하면 너는 그만큼 내가 필요로 하는 것이 무엇인가 하는 것을 알아내고 필요한 것이면 무엇이든 해주려고 했기 때문이지. 네 말처럼 너는 배고프게 살면서도 내가 몽블랑 만년필을 갖고 싶어 한다는 것을 알고 사주었지. 내 몸에 미열이 날 때 너는 나보다 먼저 알았지. 너는 내가 피곤하다는 것을 내 눈을 보면 금방 알아낼 수 있었지. 그런데도 너는 나를 괴롭히기만 하고 늘 나에게 방해가 된다고 믿고 있어. 그것은 너의 자기최면이고 또 오해일 뿐이야."

여기서 일단 말을 멈추고 R은 약 오 분 동안 피로한 기색으로 앉아 있었다. 그러고 나서 다시 입을 열었다.

"그러나 내가 무엇보다 잘못했던 것은 역시 내가 프랑스에 살 때 너에게 때때로 어떤 약속을 해주지 않았다는 점이겠지. 그래서 나는 에고이스트고."

여기서 R은 잠시 고통스러워하는 표정으로

"아아! 내가 왜 그토록 미련하게만 생각했을까?"

하고 혼잣말처럼 중얼거렸다. J는 그러한 그를 돌아보고 있었다. 그러나 그녀는 여전히 그 마비된 표정으로 아무 말 하지 않았다. R은 곧이어

"그렇지만 내가 아무런 약속을 굳이 하지 않아서 내 내심을 네가 전혀 간파하지 못했다고야 할 수 있겠니? 내가 굳이 말하지 않았다 할지라도 너는 내 뜻을 모두 헤아리고 있었다고 믿었는데……."

"그건 그래요."

J가 말했다.

"그렇지. 나는 비록 너에게 내가 한국에 돌아가면 이혼을 하고 너와 결혼을 하겠다고 말하지는 않았지만 다른 식으로, 보다 실제적인 차원에서 충분이 납득이 갈 수 있는 언질을 수없이 줬지. 우리는 거기서 끊임없이 한국에 돌아간 이후의 장래에 대하여 진지하게 설계를 했었지."

"그건 그래요. 그런데 제가 선생님에게 정이 떨어졌던 것은 지난 여름에 프랑스에 갔을 때였어요. 그때 선생님은 온통 컴퓨터에만 미쳐 있었지요."

"그래, 그건 어쩌면 내 잘못일 수 있다. 용서해 다오. 그렇지만 나도 할 말은 있다. 만약 네가 나처럼 거기에 남아서 혼자 일 년을 더 살았다면 어떻게 됐겠니?"

J는 아무 말 하지 않았다. 그러나 그녀는 이해가 간다는 듯이 약간 고개를 끄덕였다. 그러나 잠시 후

"그러고도 저는 선생님이 처음 돌아오던 날 유성에 가서 그렇게 미쳐 날뛰는 것에도 정나미가 떨어졌어요."

하고 말했다. R은 억울해하는 눈으로 그녀를 쳐다보았다. 그러나 곧 억제된 목소리로

"그렇지만 그날 나는 비행기에서, 또 서울의 여관방에서도 한숨도 자지 못했다는 것을 알아야 한다. 나는 너무나 피곤했어. 지금도

그렇지만."

하고 말했다. J는 다시 고개를 끄덕였다.

두 사람은 그 후로도 한참 동안 차 안에 앉아 이야기를 계속했다. 두 시간쯤 지난 뒤에서야 R은 결론을 내리듯이 이렇게 말했다.

"그래, 나는 아무래도 아까 그냥 가버리지 않고 다시 돌아와 이렇게 길게 이야기를 나누기를 잘했다고 생각한다. 왜냐하면 우리가 어떤 오해 때문에 우리의 오랜 삶을 한순간에 파괴해 버린다면 그것은 슬픈 일일 뿐만 아니라 죄악일 수 있기 때문이다. 사실 사람들은 살아가면서 알게 모르게 때로는 무지로 인하여 때로는 알량한 자존심을 지키기 위하여 자기와 남 사이에 큰 슬픔을 남기는 우를 범하기도 한다. 물론 사람이란 완전한 존재가 아니기 때문에 언제나 오해를 낳고 끝내 아무것도 해결하지 못한 채 살아가는 건지도 모르지만…… 그렇기는 하지만 최대한의 노력으로 불필요한 오해를 풀어보려고 하는 것은 도덕적일 수 있다. 내가 만약 아까 이런 이야기를 하지 않고 그냥 가버렸다면 그건 얼마나 슬픈 일이겠는가?"

"그래요."

J가 말했다. R은 담배 한 대를 피워 물었다. 그리고 그것을 천천히 다 태우고 나서 이렇게 말했다.

"그래, 그럼 이렇게 하자."

"어떻게요?"

J가 물었다.

"우리 이럴 것이 아니라 내일 다시 한 번 만나서 좀 더 얘기해 보기로 하자. 어쩌면 이 문제를 우리는 한순간의 자존심에 맡길 일이 아니라 보다 진지하게 해결해야 할 거야. 내일 아침 너희 집에 전화를 할 테니 오늘 돌아가 충분히 생각해 보고 내일 다시 만나 얘기해 보자."

"그렇게 해요."

"그래, 그럼 난 가겠다."

R은 차에서 내렸다. 그리고 몹시 피로한 걸음걸이로 걸어가기 시작했다. 그의 등 뒤에서는 J가 차에 시동을 거는 소리가 났다. R은 천천히 걸어서 종로 3가 쪽으로 갔다. 그리고 지난번에 뚱뚱하고 서글서글한 남자와 묵었던 그 여관이 있는 골목으로 잡아들었다.

여관방에 든 그는 몹시 피곤한지 양말도 옷도 벗지 않고 침대 위로 벌렁 몸을 던졌다. 그리고 아무 표정 없이 멍청한 눈으로 천장을 바라보고 있었다. 거의 삼십 분가량 천장만을 응시하고 있던 그는 문득 몸을 일으켜 세웠다. 침대에서 벌떡 몸을 일으켜 세운 그는 가방에서 공책을 꺼내고 만년필을 꺼냈다. 그러고는 아무것도 쓰지 않은 공책의 페이지를 열고는 다음과 같이 썼다.

경마장은 네거리에서……

이것은 그가 이제 쓰고자 하는 어떤 글의 제목인 듯했다. 왜냐하면 그는 이것을 펼쳐진 공책의 왼쪽 면의 상단 가운데다 썼기 때문이다. 그리고 그는 그 아래에다가 계속해서 다음과 같이 써 내려가기 시작했다.

경마장은 네거리에서 북쪽으로 구백삼십사 걸음. 서쪽으로 칠백팔십 걸음 그리고 다시 북쪽으로 팔백오십팔 걸음 가면 된다. 네거리에서 북쪽으로 구백삼십사 걸음 가면 길은 네 갈래로 나 있다. 계속 북쪽으로 이어지는 길과 동서로 난 길과 그리고 걸어온 길이 그것이다. 경마장으로 가려면 여기서 서쪽으로 난 길을 잡아들어야 한다. 거기서 서쪽으로 칠백팔십 걸음을 가면 길은 다시 네 갈래가 된다. 계속 서쪽으로 이어지는 길과 남북으로 난 길과 그리고 걸어온 길이 그것이다. 경마장으로 가려면 여기서 오른쪽 다시 말하면 북쪽으로 난 길을 잡아들어야 한다. 거기서 북쪽으로 팔백오십팔 걸음 가면 거기가 곧 경마장이다.
 그러나 경마장이 네거리에서 북쪽으로 구백삼십사 걸음, 서쪽으로 칠백팔십 걸음 그리고 다시 북쪽으로 팔백오십팔 걸음 떨어진 데에 있다는 사실을 아는 것은 아무런 의미가 없다. 문제는 지금 그 길을 걷고 있다는 증거를 댈 수 있어야 한다.

여기까지 써 내려간 그는 그러나 몹시 피곤한 듯 공책을 덮어 한 켠으로 밀쳐두고 다시 침대에 누웠다. 잠시 후 그는 팔을 뻗어 전깃불을 껐다. 그리고 곧 잠이 들었다.

이튿날 아침 잠에서 깬 R은 일어나 앉아 담배 한 대를 피우고 나서 J에게 전화를 했다.
“열 시에 어제 갔던 그 꽃다방에서 만나기로 하지.”
“그렇지만 거긴 싫어요.”
“뭐, 어떠냐?”
“그럼, 그렇게 해요.”
전화를 마친 R은 변소로 가 대변을 보고, 이빨을 닦고, 머리를 감고, 세수를 하고 그리고 여관을 나섰다. 길거리에서 그는 신문을 사 들고 가까운 다방으로 들어가 커피를 마시며 펼쳤다. 그는 어느 지방 도시 가까이에 있는 저수지에서 변사체로 발견된 대학생에 관한 기사를 읽었다. 열 시 십 분 전에 그는 다방에서 나와 약 삼백 미터를 걸어 꽃다방으로 갔다.
 J는 아직 나와 있지 않았다. 그러나 그녀는 그다지 많이 늦지는 않았다. 열 시 십 분이 조금 지나서 다방 문을 열고 들어섰다. R은 그녀를 발견하자 자리에서 일어나 그녀 쪽으로 걸어갔다. 그러고는 다른 데로 가자고 했다. 두 사람은 곧 다방을 내려왔다. 그러고는

길을 따라 천천히 걷기 시작했다. 약 오백 미터쯤 아무 말 하지 않고 걷다가 어느 지하다방으로 내려갔다. 거기는 마침 음악 소리가 나지 않았다.

"그래, 간밤에 잘 생각해 봤니?"

R이 물었다. J는 잠시 멈칫거리다가 결심이나 한 듯이 입을 열었다.

"그래요, 생각해 봤어요."

그러나 그녀는 말을 계속 잇지 못했다. R은 그녀를 건너다보고 있었다. 잠시 후 그녀는 계속했다.

"물론 제가 선생님을 버리고 결혼한다는 것은 온당한 일이 아니라는 것을 알아요. 저는 그러고도 아무하고도 결혼을 할 수 없잖아요. 제가 어떻게 결혼을 하겠어요. 그러나…… 그러나…… 그런데도 전 이따금은…… 그래요, 늘 그런 건 아니에요. 이따금은 저도 결혼을 하고 싶기도 해요. 그건 저의 감정상의 문제가 아니에요? 그렇지요? 그러나 우리는 결혼을 할 수가 없잖아요. 선생님은 제 심정 이해하시지요? 그렇지요? 이해하시지요?"

J는 처음에 보여주었던 결의에 찬 표정과는 달리 이번에는 약간 흘린 듯한 표정으로 마치 독백을 하듯이 말했다.

"그래요. 물론 저는 선생님을 버릴 수 없다는 걸 알아요. 그렇지만……"

"그렇다면 너는 왜 결혼을 하겠다고 했니?"

J의 말을 참을성 있게 듣고 있던 R은 갑갑해하는 표정으로 이렇게 물었다.

"그래요, 저는 물론 선생님을 버릴 수는 없다는 걸 알아요. 그렇지만 우리는 결혼할 수가 없잖아요. 그런데도 저는 이따금은…… 그래요 늘 그런 건 아니에요. 아주 이따금은 결혼이 하고 싶기도 해요."

이렇게 말할 때 그녀는 과장되게 자신의 어떤 감정을 표현하려고 애쓸 때 짓게 되는 양미간을 잔뜩 찌푸린 얼굴이었다. R은 아무 말 하지 않고 피로한 표정으로 앉아 있었다. J는 계속했다.
"그래요, 제가 어떻게 선생님을 버릴 수 있겠어요? 저쪽에서는 그러나 줄곧 저에게 결혼하자고 해왔어요. 그러나 제가 어떻게 결혼할 수가 있어요? 그렇지요, 선생님? 그래서 저는 사뭇 안 된다고 했지요. 그러다가…… 그러다가……."
여기서 J는 두 눈을 허공으로 보내고 있었는데 그녀의 두 눈에는 눈물이 가득히 고여 들고 있었다. R은 여전히 피로한 기색으로 멍하니 그녀를 건너다보고 있었다. J는 마치 시를 읊조리듯이 계속했다.
"그러다가 그만 귀찮아졌어요. 그래서…… 그래서 그렇게 하겠다고 말해 버렸어요. 그러나 그것은 얼마 전의 일이었어요. 정말이에요."
R은 여기서 잠시 그녀에게 말을 멈추어달라고 하고 자리에서 일어나 변소로 갔다. 그가 소변을 보고 다시 내려왔을 때 그녀는 그사이에 평정을 되찾고 차분하게 앉아 있었다.
"내가 한 가지 물어볼 게 있어."
자리에 앉으면서 R이 말했다.
"뭔데요?"
J는 이제 제정신이 되어 R이 무엇인가를 말하겠다는 데 다소 반가운 듯이 이렇게 말했다. R은 담배를 한 대 피워 물며 말했다.
"내가 처음 한국에 돌아온 이튿날 우리가 유성엘 갔었지. 그날 내가 너더러 너 혹시 남자가 있느냐고 물었지. 그런데 너는 그때 말은 않고 고개를 가로저었었지."
R은 이렇게 말하고 나서 재빠르게 그녀의 얼굴을 살펴보았다. 그녀의 얼굴에는 약간의 낭패감이 스치고 지나갔다. R은 계속했다.
"그런데 그날 내가 혹시 너한테 그 질문을 할 때 부정의문문으로 물었던 건 아니니? 그래서 너는 서양 언어의 구조에 익숙해 있어서 습관적으로 긍정의 대답을 하기 위하여 머리를 좌우로 가로저었던 것은 아니니? 그렇지 않아서야 어찌⋯⋯."

이렇게 말하며 R은 다시 한 번 재빠르게 J의 얼굴을 살펴보았다. J는 상체를 꼿꼿하게 세우고 앉은 채 입술에 그 보일락 말락 하는 미소를 지으며

"그럼 그렇게 물으시지 않았던가요? 저는 그렇게 들었는데요."

하고 말했다. 그 순간 R의 입술은 미세하게 부르르 떨었다. 그리고 억제된 목소리로 말했다.

"그런데도 불구하고 나는 네가 머리를 가로젓길래 남자가 없다는 뜻으로 받아들였구나. 그렇다면 너는 꼬뮤니까시용에 문제가 있다. 언제나 네가 그랬듯이 말이다. 네가 정말 남자가 있다는 뜻으로 머리를 가로저었다면 그렇게 머리를 젓는 대신에 '예.' 하고 말을 했었더라면 더 명료하게 알아들었을 텐데. 암튼 그날 너는 너의 꼬뮤니까시용에 실패를 했다."

J는 여전히 상체를 꼿꼿하게 세운 채 예의 그 보일락 말락 하는 미소를 머금은 채 꼼짝하지 않고, 눈 하나 깜짝하지 않고 그를 쳐다보고 있었다. R은 말을 멈추고 피로한 기색으로 허공을 바라보았다. 그가 그러고 있는 동안 J가 입을 열었다.

"어제도 선생님이 말씀하셨듯이 모든 건 저의 감정상의 문제가 아니겠어요? 그렇지요, 선생님?"

R은 아무 말 하지 않고 허공만을 멍하니 주시하고 있었다. J는 그 사이에 다시 예의 그 극적인 목소리로 말했다.

"그래요. 저도 선생님을 버릴 수 없다는 걸 알아요. 선생님을 생각하면 저는 때로는 너무나 슬퍼요. 정말이에요. 그러나 저도 이따금은⋯⋯ 늘 그런 건 아니에요⋯⋯ 아주 이따금은⋯⋯."

그녀도 허공을 쳐다보고 있었다. 그리고 그녀의 눈에는 다시 눈

물이 주르르 흘러내리고 있었다. R은 그녀의 그러한 표정을 피로한 눈으로 멀건히 건너다보고 있었다. 그러다가 그는 갑자기 입을 열었다.

"그래, 모든 건 네 말처럼 네 감정상의 문제다."

"선생님도 어제 그렇게 말씀하셨잖아요, 그렇지요?"

그녀는 약간 기력을 회복한 얼굴로 오른손으로 옷소매를 잡아당겨 양쪽 볼의 눈물을 닦으며 말했다.

"그래, 내가 그렇게 말했다. 그런데 나는 여기서 한 가지 너에게 진지하게 충고할 것이 있다."

"그게 뭔데요?"

"그것이 무엇인고 하니 너를 사랑한다는 그 사람에게 너는 나와 삼 년 반 동안 프랑스에서 함께 살았다는 걸 이야기해야 한다는 점이다."

"그걸 제가 왜 말해야 해요?"

여기는 J는 깜짝 놀라는 표정으로 이렇게 물었다. 그리고 덧붙여

"어제저녁에는 선생님 자신이 제게 그걸 말하면 안 된다고 하셨잖아요?"

하고 당황한 목소리로 말했다. R은 그녀의 말에는 아랑곳하지 않고 계속했다.

"말하는 것이 옳다. 네가 진실로 그 사람을 사랑한다면 그 사람을 속이지는 말아라."

"그렇지만 제가 결혼을 안 하면 안 했지 왜 남한테 그런 소릴 다 해야 하나요?"

"내가 전에도 몇 번 이야길 해주었지만 나는 대학을 졸업하고 여자고등학교에서 교편을 잡았었지. 그때 김향숙이라고 하는 여선생한테 나는 홀딱 빠져 정신을 잃고 있었지. 그래서 청혼을 했지. 그런데 그 여선생은 안 된다고 했지. 그러나 나는 그 안 된다는 말을

될 수도 있다는 말로 해석했지. 왜냐하면 안 될 만한 확실한 이유가 있다고 나는 생각하지 못했고 게다가 내가 청혼을 했을 때 그 여자는 기쁜 표정으로 쌩끗 웃으며 안 된다고 했거든. 그래서 비록 그 여자가 말로는 안 된다고 했지만 될 수도 있다고 생각하고 정신이 없이 지냈지. 그러던 어느 날 성적전표를 그 여자에게 전해 줘야 할 일이 있어서 교육회관 지하다방에서 오전 열 시에 만나기로 했지. 나는 그 여자를 밖에서 따로 만난다는 기쁨 때문에 아홉 시부터 나가 그 주변을 서성거리고 다녔지. 그때 나는 문득 빨간 티셔츠를 입은 여자가 웬 키 큰 남자의 팔에 어깨를 맡긴 채 저쪽에서부터 오고 있는 모습을 발견했어. 처음에 나는 내 눈을 의심했지. 그러나 가까이 다가왔을 때 나는 그 여자임을 확인했어. 그 여자는 날 못 본 척하며, 이미 늦었는데도 불구하고 그 남자의 팔에서부터 벗어나려고 미미한 노력을 하며 내 앞을 스쳐 지나갔지. 나도 못 본 척하고 그냥 지나칠 수밖에 별도리가 없었지. 그리고 열 시가 될 때까지 돌아다니다가 약속 장소로 내려갔지. 그 여자는 와 있었어. 그 여자는 무슨 나쁜 짓을 몰래 즐기다가 들킨 계집애처럼 쌩끗 웃었어. 나는 성적전표를 건네주고 곧 다방을 나왔어. 그리고 나는 이내 그 학교를 떠나버렸어. 그 후 그 학교 제자를 만나서 들어보니 그 여자는 그 뒤에 결혼을 해서 학교 근방의 아파트에서 살면서 애 둘을 낳아 키운다고 하더군.

물론 지금쯤 그 여자의 관록의 호적부에는 나도 입적되어 있겠지. '문학청년 R'이라고. 그러나 나는 그 여자에 대해서 떠올리면 그 마지막으로 본 무슨 나쁜 짓을 은밀히 즐기다가 들킨 계집애처럼 쌩끗 웃던 그 웃음밖에는 아무것도 기억나지 않아. 그 여자는 결국 자신에게 빠져 정신을 잃고 있는 나를 바라보며 속으로 즐기고 있었지. 그러다가 내가 훌쩍 떠나버리니까 이제 더 이상 즐길 것이 없다고 생각했던지 그 덩치 큰 남자와 결혼을 해서 애 낳고 살기 시작했던 거겠지. 그러나 나는 그 여자의 관록의 호적부에 입적된 것을 그다지 나쁘게 생각하지는 않아. 왜냐하면 그 여자는 나 말고 달리 이렇다 할 이름을 입적시키지는 못했을 테니까. 왜냐하면 그 여자는 키가 작은 데다가 전혀 얼굴이 예쁘지 않으니까. 그렇기는 하지만 나는 이따금 그 덩치 큰 남자에게 미안해지기도 해.

그 여자가 조금이라도 사려 깊은 데가 있는 여자였더라면 그 여자는 그때 헛되이 시간과 정열을 낭비하고 있는 그녀보다 나이가 더 어렸던 나에게 차분하고 자상한 목소리로 진술하게 안 되는 이유를 말해 줄 수도 있었을 거야. 그랬더라면 아마도 나는 그 여자에 대하여 보다 큰 추억을 가질 수도 있었을 거야."

듣고 있던 J는 R이 그 여선생의 부당성을 지적할 때는 그녀 자신도 어느 정도 격분한 표정을 지었고 R이 마지막 부분의 말을 할 때는 고개를 끄덕이기까지 했다. R은 계속했다.

"그러니 나는 너의 한 사람의 친구로서, 또 삼 년 반 동안 애정을 나누었던 사람으로서 너에게 충고한다만 지금이라도 너는 그 사람에게 네가 삼 년 반 동안 나와 함께 살았다는 사실을 이야기해야 한다."

"그렇지만 그 사람도 제가 마음에 큰 상처를 받고 있다는 걸 이미 어렴풋이 눈치 채고 있는 것 같던데요 뭐."

J가 이렇게 말했다. 그 순간 R은 하던 말을 멈추고 허탈한 표정으로 그녀를 멍하니 바라보다가 대단히 허탈한 목소리로 말했다.

"상처? 그 말은 꼭 영화 제목 같구나."

R은 담배를 뻑뻑 피우며 멀건히 허공을 바라보고 있었다. 그러고는 혼잣말처럼 중얼거렸다.

"너는 나하고의 삼 년 반 동안의 삶을 '상처'라는 말로 일축해 버리는구나."

"미안해요."

J는 몹시 민망스러워하는 표정이 되어 안절부절못하며 이렇게 말했다. R은 여전히 허공을 바라보며 계속했다.

"내가 프랑스에 가기 전에, 우리가 연애하던 시절에 너는 노상 상처가 어떠느니 하고 말하고는 질금질금 울곤 했었지. 그래서 난 수첩을 꺼내어 하얀 페이지를 펼쳐놓고 크게 '상처'라고 쓰고 난 뒤 무엇이 상처냐고 물었지. 그러자 너는 눈물을 거두고 맹한 눈으로 내가 쓴 것을 들여다보고 있었지. 그리고 나는 설명했지. 인간의 심리나 감정이 어떤 외부적 자극에 의해 되어지는 결과를 너는 무조건 '상처'라는 단어로 일축해 버리는 데 쾌감을 느낀다, 이런 용어들로 세상의 모든 미세한 것들을 단순화한다는 것은 대학원에서 문학을 공부한다는 사람으로서 심히 옳지 않은 일이다, 따라서 이제 다시는 이런 말을 함부로 입에 올리지 말라는 등의 말을 하며 수첩 위에 쓰인 글자 위에 힘차게 엑스(X) 표를 했지. 기억이 나느냐?"

"네에."

"그 후 너는 그 말을 쓰지 않았다. 프랑스에서 삼 년 반 동안 내가 기억하기로는 한 번도 그런 말을 쓰지 않았어. 그런데 서울에 돌아와 보니 일 년 사이에 너는 그 말을 되찾았구나. 그리고 삼 년 반 동안의 우리의 삶을 그 말로써 일축해 버리는구나."

"죄송해요, 선생님."

R은 다시 허공에다 대고 길게 담배연기를 내뿜고는 계속했다.

"그래, 네가 나하고 산 삼 년 동안 너는 어떤 상처를 입었니?"

J는 아무 말 못하고 계면쩍게 웃었다. R은 다시 허탈한 목소리로 중얼거렸다.

"좌우간 내가 자네한테 그렇게 큰 상처를 입혔다니 미안하네. 용서하게."

"죄송해요, 선생님."

J는 여전히 안절부절못했다. R은 여전히 허공만 멀건히 쳐다보

고 있었다. 잠시 후 J는 참지 못하겠다는 투로 이렇게 말했다.
 "그렇지만 선생님, 저는 선생님만 만나면, 선생님 앞에서는 언제나 아무 말도 할 수가 없는걸요. 다른 사람하고 만나면 그렇지가 않아요. 다른 사람들은 모두 내가 말하면 너무너무 재미있어 해요. 물론 제가 다른 데 가서 말할 때는 선생님한테서 얻어들은 말을 써먹기는 하지만요. 그래요. 저는 사실 그동안 선생님한테서 너무나 많이 배운 건 사실이에요. 그러나 다른 사람들한테 가면 모두 내 말을 경청하고 그리고 저는 막히지 않고 말할 수 있어요. 그러나 선생님 앞에만 서면 저는 언제나 꼼짝도 할 수 없어요."
 "사람들이 네 말을 안 들을 이유가 있겠니? 프랑스 갔다 온 문학박사의 말인데."
 R은 빈정거리는 어투로 말했다. 그러나 눈은 여전히 허공에 고정시키고 있었다. 그리고 피로에 지친 목소리로 입을 열어
 "J야!"
 하고 불렀다. 그녀는 고개를 번쩍 쳐들며
 "네에."
 하고 대답했다. R은 천천히 입을 열어 말했다.
 "나는 안타까운 심정으로 한 가지 말해 두고자 한다."
 "네에."
 J는 정신을 가다듬듯 상체를 약간 일으켜 세우며 대답했다. R은 계속했다.
 "너는 나, R과의 이당띠떼(identité)를 포기하는 순간부터 허공에 발을 들여놓는 것이 될 것이다."
 J의 얼굴에는 순간 공포의 빛이 스치고 지나갔다. 그리고 갑자기 안절부절못하다가 입을 열었다.
 "그래요. 저는 선생님을 버릴 수는 없어요. 제가 어떻게 선생님을 버릴 수 있단 말이에요. 저는 그럴 수 없어요."

J는 울부짖듯이 말했다. R은 여전히 허공만을 주시하고 있었다. 그러다가 천천히 고개를 돌려 J를 바라보며 말했다.

"그렇다면 너는 그 남자에게 네가 삼 년 반 동안 나와 함께 살았다는 말을 해줘야 한다."

"싫어요! 결혼을 하지 않으면 될 거 아니에요. 내가 왜 그딴 사람한테까지 그런 말을 해야 해요? 전 싫어요!"

J는 히스테릭한 목소리로 이렇게 소리쳤다. R은 천천히 말했다.

"네가 그 남자와 결혼하지 않겠다면, 정말로 결혼하지 않겠다면, 하루 빨리 그 말을 해주어야 한다. 그리하여 그 사람이 더 이상 불필요한 정열을 낭비하지 않도록 해주어야 한다. 네가 그 사람에 대한 조그마한 진실이 있다면 오늘 오후에라도 당장 말해 주어야 한다. 그리고 가능하면 보다 차분하고 성실하게 말해 주어야 한다."

"그러나 오늘 오후에는 안 돼요. 며칠 후에 만날 거예요."

"만약 네가 그런 말을 했는데도 불구하고 결혼을 하자고 한다면 그때는 어쩌면 그 남자가 진실로 너를 사랑한다고 볼 수도 있을지 모르겠다. 그리고 그때는 네가 결혼하는 것이 좋을 듯도 하다. 어쨌든 내 생각에는 그 남자에게 객관적으로 너를 판단할 수 있도록 충분한 자료를 제공하는 것이 좋을 것 같다."

"그건 그래요."

"그럼 그렇게 하겠니?"

"그렇게 해볼게요."

두 사람의 이야기는 여기에서 끝을 맺었다. 그리고 두 사람은 헤어졌다. 헤어지기 전에 그들은 J가 며칠 후 그 남자를 만나본 결과를 R이 전화를 하면 알려주기로 약속했다. J와 헤어진 R은 학교 근방의 여관에 들어 자고 이튿날 강의를 하고 그리고 대구로 내려갔다.

R이 집으로 돌아왔을 때 R의 아내는 집에 없었다. 그녀는 아침에

친정에 갔다 오겠다고 하며 나갔다고 했다. R의 아버지는 여전히 누워 있었다. R의 어머니는 R에게 이제 그동안 소작으로 부쳐왔던 강 건너 밭을 돌려주었다고 했다. 이제 R의 아버지는 그의 생업을 작파한 것이었다. R은 잘했다고 했다. 왜냐하면 농사는 지어봐야 돈도 못 벌고 고생만 했기 때문이라고 했다. 그러나 R의 어머니는 이제 어떻게 먹고살까 하는 게 걱정이라고 했다. R은 걱정하지 말라고 했다.

  두 번째 방의 전축에서는 기독교 계통의 협회에서 만든 레코드에서 아이들의 동화가 시끄럽게 흘러나오고 있었다. 그러나 아이는 그걸 듣고 있는 것 같지는 않았다. R은 아이에게 전축을 끄는 것이 어떻겠느냐고 했다. 아이는 그렇게 하라고 했다. R은 전축을 껐다. 잠시 후 R의 어머니가 건너왔다. 그리고 말하기를 R이 없는 사이에 R의 아내가 R의 아버지와 어머니가 있는 방으로 와 어떻게 하면 좋겠느냐고 했다고 했다. 그래서 R의 아버지와 어머니는 이혼 문제에 관한 한 R과 상의할 일이라고 했다고 했다. 그러자 R의 아내는 왜 R의 아버지와 어머니는 아들이 저 나이가 됐는데도 살림을 내보내지 않느냐고 했다고 했다. 그래서 R의 아버지와 어머니는 말하기를 살림을 내보내려니 첫째 돈이 없고 둘째 R 자신이 전혀 원하지 않는다고 했다고 했다. 그러자 R의 아내는 자신은 절대 이혼을 안 해주며, 자기도 유학을 보내주면 한 오 년쯤 나가 있다가 돌아와서 생각해 보고 이혼을 해주든지 말든지 하겠다고 했다고 했다. 그래서 R의 아버지와 어머니는 이혼을 하든지 말든지 우선 그들이 이혼을 하라고 아들에게 명령했던 것이 아니니 그들에게 와서 이혼을 안 하겠다는 말을 할 필요는 없다고 했다고 했다. 그러자 R의 아내는 이제 예수를 안 믿겠다고 했다고 했다. R의 어머니는 왜 몇 해 전에 R의 아내에게 그녀가 예수를 믿지 말라고 했을 때 코대답도 하지 않고 그렇게 눈으로 노려보기만 했느냐, 그때 말을 들었다면 이런 일이 없을 것 아니냐 하고 말했다고 했다. 그러자 R의 아내는 말하기를 "어무이는 아무것도 모르면서 그런 말 말아예! 그 사람이 이혼할려고 하는 게 내가 예수 믿는다고 그런 줄 알아예?" 하고 했다고 했다. R은 웃었다.

이튿날부터 R은 그의 아내가 자신과 이혼을 했을 때 자립할 수 있도록 하게 하기 위해서 그녀의 취직 자리를 구하러 그의 친구들 몇 사람을 만나보기도 했다.

며칠 후 R은 J에게 전화를 했다.
"그래, 이야길 했니?"
R이 물었다.
"예."
J가 대답했다.
"그래, 뭐라고 하더냐?"
"충격받은 거 같아요."
"아암, 그렇겠지. 그래, 그래도 결혼하자고 하더냐?"
"아니요."
"거봐라."
"아이 신경질 나요. 왜 내가 그딴 사람한테까지 그런 이야길 했어야 하지요? 난 속상하단 말이에요!"
J는 사실 몹시 짜증이 난 목소리였다.
"네 심정은 이해가 간다. 그러나 어떻게 하겠니? 그래, 이젠 없었던 일로 하자. 이젠 모두 잊어버리고 새 마음으로 살아가자. 나한테는 이번 일이 참 고통스러운 것이었다. 좀 더 굳센 마음으로 기다려다오."
"예, 알겠어요."
그녀가 말했다. R은 끝으로 그녀에게 이번 주일에는 서울에까지 올라가지 않고 P시에서 자고 이튿날 강의를 하고 그냥 대구로 내려올 생각이니 그가 강의를 마친 뒤 오후 네 시에 p역에서 그녀와 만나자고 했다. 그녀는 알았다고 했다. R은 전화를 끊었다.

그 후 며칠 동안 R은 다시 그의 아내가 자신과 이혼한 뒤에 생계를 꾸려나갈 수 있도록 하기 위해서 몇 군데 돌아다녔다. 그러나 그는 성공하지 못했다. 그는 늘 초조한 얼굴로 집으로 돌아오곤 했다. R의 아내는 R이 집에 없을 때 R의 아버지와 어머니에게 어떻게 하면 좋겠느냐, 아이들은 어떻게 하면 좋겠느냐, 왜 이혼을 말리지 않느냐, 왜 아들을 따로 살림 내보내지 않느냐, 예수는 이제 안 믿겠다는 등의 말을 했다고 했다. 그리고 끝에 가서는 절대로 이혼해 주지 않는다, 오 년 반 동안 유학을 보내주면 유학을 갔다 와서 생각해 보고 이혼을 해주든지 말든지 생각해 보겠다고 했다고 했다.

하오 네 시 정각, R은 p역에 도착했다. 역전 광장을 들어서면서 그는 우선 르망 승용차 몇 대가 세워져 있는 주차장으로 가보았다. 그러나 거기에 J의 차는 보이지 않았다. 대합실로 들어가 보았다. 거기에도 J는 없었다. R은 다시 역전 광장으로 나와 주위를 둘러보았다. 어디에도 그녀의 모습은 보이지 않았다. R은 역사 현관 계단에 걸터앉았다. 그리고 광장 입구 쪽을 멍하니 바라보고 있었다. 날씨는 더웠다.
서울에서 내려오는 기차가 도착할 때마다 R은 출구 쪽으로 가 서 있었다. 그러나 출구에서 빠져나오는 사람들 중에 J의 모습은 보이지 않았고 그래서 다시 돌아와 역사 앞 계단에 주저앉곤 했다. 그의 얼굴은 햇빛에 그을고 먼지와 땀으로 더러워져 있었다.
다섯 시가 다 되어 그는 출구로 가 마지막으로 한 번 더 서울에서 내려오는 기차를 기다렸다. 그러나 다섯 시 오 분에 도착했던 기차가 다시 출발을 했는데도 J는 보이지 않았다. R은 지칠 대로 지친 어깨를 하고 역을 나와 오랫동안 그가 걸터앉아 있었던 계단을 밟아 내려왔다. 광장을 빠져나오기 전에 그는 다시 한 번 르망 승용차들이 몇 대 보이는 주차장을 돌아보았다. 그러나 아무리 둘러보아도 J의 차는 보이지 않았다.

그가 막 포기하고 돌아가려고 하는 순간 그는 역전 광장 입구의 한 모퉁이를 돌아 걸어오고 있는 J를 발견했다. 그녀는 두꺼운 블루진을 아래위로 입고 있었다.

"왜 이렇게 늦었니?"

R은 피로로 인하여 목이 쉬어 있었다.

"고속도로가 막혀서……."

J는 얼버무렸다. 그녀는 기력이 없는 무표정한 얼굴이었다.

"고속버스를 타고 왔느냐?"

"네에."

그녀는 그러나 그녀가 한 시간 이상이나 늦어진 것에 대해서는 사과하지 않았다.

"어디 들어가 좀 쉬자. 난 너무 지쳤다."

R이 말했다. J는 아무 말 하지 않고 그를 따라갔다. 두 사람은 길 건너편에 있는 지하다방으로 내려갔다.

"어떻게 됐니? 만나서 이야기했더니 뭐라고 하던?"

다방에 앉았을 때 R이 물었다.

"충격 받은 얼굴이지요 뭐."

J가 말했다.

"그래, 그 이야길 듣고도 결혼을 하겠다고 하던?"

R이 물었다.

"아이! 이젠 다 끝났어요!"

J는 약간 히스테릭하게 말했다.

"좀 자세히 이야기해 봐라. 뭐라고 하던?"

"아이도 있느냐고 하데요. 그래서 사실대로 이야기했지요. 아이! 미치겠어요. 왜 내가 남들한테 그런 이야기까지 해야 되지요?"

"그래도 결혼하겠다고 하던?"

"아니요."

R은 빙그레 웃으며 말했다.

"거봐라."

"어휴, 저 웃는 거 좀 봐! 이젠 속이 시원하세요?"

J는 약이 오른 얼굴로 이렇게 말했다. 그러고는 이내 우울한 얼굴이 되어 서글퍼하는 목소리로 말했다.

"그런데 나는 왜 그딴 사람한테까지 그런 이야길 했어야 했는가 하는 생각을 하면…… 나는 왜 굳이 그런 이야길 남한테 하지 않으면 안 되나 하는 걸 생각하기만 하면……."

"너는 그 얘길 한 걸 후회하니?"

"아니요. 그렇지만 내가 왜 나하고는 아무 상관도 없는 남한테 그런 이야길 해야 하나 하는 걸 생각하면……."

"물론 네 심정은 이해가 간다. 그래도 그건 해야 할 일 아니냐?"

"몰라요!"

J는 소리쳤다. J의 기세에 눌려 R은 이제 달래는 듯한 목소리로 말했다.

"이젠 다 끝났다. 이제부터는 없었던 일로 하고 잊어버리자. 나도 잊어버리겠다. 나한테는 참 견디기 힘든 홍역이었다."

그때 J가 말했다.

"이젠 모두 끝났어요. R 선생님하고도요."

그녀는 단호한 목소리였다.

"그건 또 무슨 소리냐?"

R은 의아해하는 표정으로 말했다.

"정말이에요. 오늘 제가 온 것은 R 선생님하고도 모든 게 끝났다는 걸 말하기 위해서에요. 이제 우리 다시는 만나지 말아요."

J의 목소리가 예사롭지 않게 단호한 걸 알고 R은 물었다.

"너 그 남자하고 끝난 게 아니니?"

"끝났어요! 모든 게 다 끝났어요! 그리고 R 선생님하고도요!"

"그럼 왜 또 이러느냐? 이젠 제발 날 더 이상 필요 없이 괴롭히지 말아다오. 날 좀 무엇인가 생각하게 내버려 다오. 난 너무나 피곤해."

R은 애원하는 듯한 목소리로 말했다.

"정말이에요. 이제 다시는 R 선생님을 안 만날 거예요. 그리고 다른 아무도요."

J는 여전히 단호한 목소리로 소리쳤다. R은 몹시 피곤한 얼굴로 물었다.

"너는 아직도 그 사람을 좋아하니?"

"좋아하면 뭘 해요? 이젠 모두 끝난걸요."

R은 J의 얼굴을 멀건히 쳐다보았다. J는 눈물이 가득 담긴 눈으로 허공을 멀건히 바라보고 있었다. R의 얼굴에는 극심한 피로의 빛이 역력했다.

"날 좀 괴롭히지 말아다오."

R은 억제된 목소리로 이렇게 말했다.

"R 선생님, 제발 우리 이제 더 이상 만나지 말아요, 네? 부탁이에요. 내가 다른 사람을 만나겠다는 뜻은 아니에요. 나는 더 이상 아무도 만나지 않아요. 그러니 우리 더 이상 만나지 말아요, 네?"

J는 이제 R을 달래듯이 말했다. R은 쓸쓸한 표정으로 혼잣말처럼 중얼거렸다.

" '만나다. 만나다' …… 이 얼마나 이상하고 쓸쓸한 말이냐? 프랑스에서 우리 사이에는 이 '만난다' 는 말을 쓴 적이 없었는데……

우리는 늘 함께 있었으니까. 그러나 이 한국에 돌아와 보니 우리는 늘 만나는 것 외에는 아무것도 아니구나."

J는 그러나 듣고 있지 않았다. 그녀는 초조하게 시계를 한 번 들여다보고는 말했다.

"어쨌든 이제 저는 다시는 선생님을 만나지 않을 테니 그리 아세요!"

두 사람은 이런 식으로 약 오 분가량 계속했다. 그사이에 J는 두서너 번 시계를 들여다봤고, R에 대해서는 대단히 귀찮아하는 표정이었다. 한편 R은 처음에는 억제된 목소리로 그녀를 달래려고 했고, 그러다가 피로한 기색을 띠었고, 그러고는 화가 치민 표정이었지만 그 화를 터뜨리지는 못하고 있었다. 그러던 차에 우연히 R이 이렇게 물었다.

"그런데 J야, 지난번에 네가 강원도에 있는 K 대학 불문과 학과장에게 네 글이 실린 책을 하나 보내줬다고 했는데 그게 무슨 글이었니?"

R이 이 질문을 했던 것은 분명히 J의 그 막무가내의 '이젠 더 이상 만나지 않겠다' 라는 말에서부터 화제를 다른 데로 돌려보려는 데 있었다. 왜냐하면 이렇게 말할 때 R의 목소리는 예의 그 달래는 듯하면서도 약간은 비굴하다고 할 수도 있는 그런 것이었으니까. 그런데 이 질문을 받은 J는 뜻밖에도 그때까지의 그 단호하고 냉혹한 표정에서부터 벗어나 잠시 주춤거리다가 난처해할 때 짓게 되는 일종의 헛웃음을 지으려 애쓰며 말했다.

"아아! 그거요? 그거 제가 선생님께 말씀드리지 않았던가요? 그거……? 그럼 제가 말할게요. 전에 R 선생님이 신춘문예에 내보라고 하면서 써주신 문학평론 있었잖아요……? 그걸 제가 작년에 공부 마치고 돌아올 때 짐 속에 넣어가지고 온다고 했었잖아요……? 그리고 선생님 자신이 그때 공항에서 내가 짐 속에 넣어가지고 간다고 하니까 잘했다고 하셨잖아요……?"

"그래, 그건 너를 위해 써준 거 아니냐."

R은 무엇보다 J가 이제 누그러진 것에 만족해하는 표정으로 이렇게 말했다.

"그래요. 그걸 가지고 와서 지난 일 학기 동안 들여다보고 그냥 버릴 만한 것이 아닌 것 같아서 제가 좀 고쳐서…… E 교수님한테 보여드렸어요……. 제가 방학 때 프랑스에 나가기 전에…… 손을 좀 봤어요……. 그래서 D 문예지에 내봤는데…… 그리고 저는 잊어버렸어요……. 그런데 프랑스에 갔다가 돌아와 보니 당선됐다는 통지서가 우리 집에 와 있데요……. 물론 선생님한테 알리려고 했었지요……. 그러고도 또 알려드려야 하고요……. 그러다가…… 그래요……. 죄송해요……. 그만 깜박 잊어버렸어요……. 당선됐다고 하니 기쁘데요. 그래도 되지요, 선생님?"

"물론이지. 잘됐네. 그런데 그때 가지고 갔던 원고가 두 개였는데 어느 게 됐니?"

"「이야기와 '이야기'의 시간」요."

"다른 건 안 냈니?"

"그건 안 냈어요."

"그것도 내보지 않고 그랬니?"

R은 기뻐하는 표정을 지으며 이렇게 말했다.

"그런데요…… 하이, 말도 마세요. 그걸 발표하고 나니 얼마나 말이 많은지…… 얼마나 제가 욕 얻어먹었는지…… 사람들이 뭐라고 했는지 아시기나 하세요……? 저는, 아유, 얼마 동안은…… 요새 세상이 어떤 세상인지 아시지요……? 무슨 이런 글이 다 있느냐고 들 해요……. 저는 얼마 동안은 사람들을 만날 수가 없었어요."

"평이 좋았나 보구나. 그래 누가 뭐라고 했단 말이냐? 글이란 평이 많이 쏟아져야 좋은 거야."

"아이, 그런 게 아니고요……. 요새 누가 이런 글을 써요……? 그런 글을 써놓으면 사람들이 뭐라고 하는지 아시기나 하세요……? 그래서 많이 제가…… E 교수님께서…… 그래요……. 많이 뜯어고쳤어요……. 우리 과에 있는 P 교수가 뭐라고 했는지 알아요? 절 보고 말하는 거하고 글 쓰는 거하고는 다르다고 했어요……. 요즈음 세상이 어떤 세상인데…… 그걸 읽은 사람마다 만나기만 하면…… E 교수님 때문에 된 거예요……. E 교수님께서 억지로 들이밀은 거…… 그것도 글이냐고 하데요……. 많이 뜯어고쳤으니까 된 거지, 그냥은 어림도 없어요……."

J가 이렇게 밑도 끝도 없이 더듬거리고 있는 동안 R은 오른손으로 턱을 고인 채 아무 말 하지 않고 경멸에 찬 눈으로 그녀를 건너다보고 있었다. 정신없이 지껄여 대고 있던 J는 R의 심상찮은 눈길을 의식한 듯 문득 지껄여 대기를 중단하고 어찌할 바를 몰라 하다가 황망히 탁자 위를 내려다보고 있었다. 이제 그녀의 얼굴에는 더 이상 그 애써 짓고 있던 헛웃음은 남아 있지 않았다. 그녀가 말하기를 마치고 이제 침묵이 찾아든 것을 확인한 R은 경멸에 찬 미소를 지으며 천천히 입을 열었다.

"나는 내가 미련스럽게 참을성이 있는 사람이라고 생각한다."

J는 고개를 들고 의아해하는 눈으로 그를 쳐다보았다. R은 잠시 후 그의 말을 맺었다.

"이럴 때 내가 너의 따귀를 한 대 갈기지 않는 걸 보면."

그러자 J가 갑자기 안절부절못하며 병적인 목소리로 소리쳤다.

"그래요! 제가 남의 글을 내 이름으로 냈으니 잘못이지요!"

R은 여전히 그 냉소에 찬 얼굴로 말했다.

"그런 게 아니라는 건 너도 알잖아?"

"제발 그런 눈으로 날 바라보지 마세요! 무서워요!"

J는 여기서 두 눈을 크게 뜨고 공포에 찬 얼굴을 지어 보였다. 그

러나 그녀의 이러한 표정은 다소 과장되어 있다는 느낌을 받을 수도 있었다. 왜냐하면 그녀는 실제로 공포에 찬 사람이 지을 수 있는 표정에 비하면 양미간을 너무나 심하게 찌푸리고 있었기 때문이다.

"무섭다고? 흥, 무서운 건 바로 너다!"

"제가 무섭다고요? 제가 왜 무서워요?"

J는 방금 지었던 그 공포에 찬 얼굴에서 이번에는 몹시 어이가 없다는 듯한 얼굴이 되어 이렇게 말했다. 그러나 그녀의 이러한 표정도 그다지 자연스럽지는 않다고 말할 수 있다. 왜냐하면 그녀는 필요 이상으로 두 눈을 크게 뜨고 있었기 때문이다.

"왜 네가 무서우냐고? 너는 사람을 죽일 수도 있을 테니까."

"무슨 말이에요? 제가 왜 사람을 죽여요?"

그녀는 헛웃음을 지으며 이렇게 말했다. R은 말을 잇지 못하고 몹시 피로한 표정으로 머리를 내저었다. 그리고 나서 한껏 억제된 표정으로 입을 열었다.

"그래, 너는 정말 네가 무엇을 잘못했는지 모르고 있느냐?"

"제가 잘못한 건 R 선생님 글을 제 이름으로 낸 것이지요, 뭐!"

J의 이 말에 R은 몹시 흥분하며 소리쳤다.

"네가 날 가지고 놀 작정이냐, 지금? 그게 말이라고 나 앞에서 하고 있느냐?"

"잘못했다고 하면 될 거 아니에요? 그래, 제발, 잘못했어요."

J는 미친 사람처럼 고개를 가로 저어대며 소리쳤다.

"무엇을 잘못했다는 말이냐?"

"R 선생님 글을 제 이름으로 낸 거요!"

"아이 야 야! 내가 지금 그것 때문에 화를 내고 있는 줄 아느냐?"

R은 몹시 지친, 핏발 선 눈으로 그녀를 건너다보며 말했다.

"그게 아니면, 제가 선생님한테 진작 알려드리지 않은 거요? 그건 제가 잘못했다고 빌지 않았어요? 그래요, 잘못했어요."

R은 몹시 답답하다는 표정으로 말했다.

"그것도 사실은 납득이 가지 않는다. 그러나 그게 중요한 게 아니라……."

"제가 진작 알려드리지 않아서 미안해요. 그러나 거기에는 이유가 있었어요."

"이유가 뭐냐?"

"제가 진작 편지를 쓰려고 했는데…… 편지를 쓰려고 했는데…… 그러다가 그만……."

"뭐가 그러다가냐?"

"진작 편지를 쓰려고 했는데…… 그러다가 그만 깜박 잊어버렸어요. 그럼 됐어요?"

"그런데 내가 지난번에 네게 물었을 때는 왜 말하지 않았니?"

"그만둬요! 그만둬!"

J는 이제 몹시 다급한 절망적인 사람이 입을 크게 벌린 채 가슴을 들먹거리며 헉헉 소리를 내며 호흡하는 그런 몸짓을 하고 있었다. R은 그러한 그녀를 쏘아보며 냉소에 찬 목소리로 말했다.

"그만둬라. 나는 네가 연기를 잘한다는 것을 안다. 일부러 그렇게 헉헉거릴 필요는 없다."

그러자 그녀는 사실 금방 그녀의 그 가슴을 들먹거리며 하는 헉헉거림을 멈추고 갑자기 차분해져서 이번에는 소리 없이 눈물을 주르르 흘렸다. R은 빙그레 냉소를 지으며

"이번에는 또 울기를 선택했구나. 제발 그만둬라. 나도 이젠 지칠 대로 지쳤다. 너는 필요할 때는 언제나 눈물을 주르르 흘릴 수 있다는 걸 내가 안다. 그러나 너는 한 번도 진실한 눈물을 흘리지는 못했다. 스컹크가 악취를 풍기듯이, 오징어가 먹물을 뿜어내듯이 너는 언제나 자기방어를 위해서는 눈물을 흘릴 수 있는 재주를 가졌다는 것을 안다."

"그럼 저더러 어떡하란 말이에요?"

이번에 J는 눈물 흘리기를 중단하고 단호한 목소리로 도전적으로 소리쳤다. 그러고는 손목시계를 들여다보았다. 이러한 J를 멀건히 바라보고 있던 R은 여전히 그 차가운 얼굴로 말했다.

"그러나 내가 진짜 화를 내고 있는 것은 네가 지금에사 나한테 그 얘길 한다는 게 아니다. 물론 그것도 납득이 가지 않는 일이긴 하지만 그건 그렇다 하고……."

"그럼 그게 아니면 뭐예요? 선생님한테 진작 말씀드리지 않았던 건 정말 죄송해요."

J는 초조한 목소리로 이렇게 끼어들어 그의 말을 가로막았다. R은 답답해 미치겠다는 목소리로

"그게 아니래도! 그게 아니래도! 너는 정말 내가 왜 화가 나 있는지 모르고 있느냐?"

"몰라요."

R은 절망적인 피로의 기색으로 멀건히 그녀를 바라보다가 슬픈 표정으로 말했다.

"J야, 너는 프랑스에 살 때는 그러지 않았는데 한국에 돌아온 뒤 어떻게 된 거 아니냐? 자가용 몰고 다니니까 사람이 그렇게 되더냐?"

J는 그러나 들으려고 하지 않았다. 그녀는 자리에서 일어나려고 했다. R은 앉으라고 했다. J는 다시 앉았다. 그러나 그녀는 미친 사람처럼 안절부절못하고 시계를 들여다보기도 하고, 주위를 두리번거리기도 하고, 그리고 다시 이젠 집에 가야 한다고 하며 벌떡 자리에서 일어났다가는 R의 눈치를 살피고는 다시 주저앉기도 했다. R은 그러한 그녀를 묵묵히 관찰하고 있다가 그녀가 다시 자리에 앉아 약간 진정하는 기미를 보이는 순간을 기다려 이렇게 물었다.

"너는 정말 방금 무엇을 잘못했는지 모르겠느냐?"

그러나 이번에도 그녀는 전혀 안정되어 있지 않았다. 그녀는 병

적인 표정과 목소리로 소리쳤다.

"제가 선생님 글을 내 이름으로 냈으니 잘못이지요!"

R은 절망적인 피로의 기색을 띠고는 이제 그만 일어나자고 했다. 두 사람은 일어나 다방을 나왔다.

다방을 나온 뒤 J는 R을 뒤에 내버려둔 채 R로부터 달아나려는 듯이 혼자서 다급하게 차도를 건너갔다. 그러고는 몹시 초조해하는 얼굴로 좌우를 두리번거렸다. 택시라도 잡아타고 도망을 가려는 듯한 태세였다. 그러나 별다른 방법을 찾지 못하자 이제 두리번거리기를 멈추고 길 건너편에 섰는 R 쪽을 건너다보았다. R에게 건너오라고 하는 듯한 표정이었다. 길 이쪽에서 그녀의 행동거지를 냉소를 지으며 관찰하고 있던 R은 그녀가 행동하기를 포기하고 이쪽을 건너다보고 있는 것을 보고서야 그도 길을 건너갔다. 그는 그녀에게로 다가가 술을 한잔 마시지 않으면 안 된다고 했다.

"안 돼요! 이젠 집에 갈게요."

J는 몹시 낭패한 표정이었지만 달래는 듯한 은근한 목소리가 되어 말했다. 그러나 R은 아랑곳하지 않고 단호한 목소리로 술을 마시지 않으면 안 된다고 했다. 그러나 J는 울상을 하고 발을 동동 굴러댔다. R은 냉소에 찬 눈으로 그녀가 발 구르기를 멈출 때까지 지켜보았다. J는 이내 발 구르기를 멈추었다. 그러고는 다시 달래는 듯한 목소리로 돌아와

"그럼 혼자 드시고 가세요, 네? 전 가봐야 해요."

하고 말했다.

"혼자서 내가 왜 술을 먹어! 내가 일없이 혼자 술이나 퍼마시는 사람인 줄 아느냐?"

R은 역정을 내며 소리쳤다. 두 사람은 적어도 십여 분간 술집 앞에서 승강이를 벌였다. 그러던 중 한번은 J가 반복적으로 '집으로' 돌아가야 한다고 하자 R은 참지 못하고 이렇게 버럭 소리 질렀다.

"집, 집, 집! 누구는 집이 없는 줄 아느냐!"
행인들도 다 들을 수 있을 만큼 큰 소리로 이렇게 고함을 쳤던 R은 그러나 바로 다음 순간 소리를 낮추어
"하긴 나는 전세방이지만……."
하고 풀이 죽은 소리로 웅얼거렸다. 한참 뒤에서야 J는 '삼십 분 동안만'이라는 단서를 몇 번이나 강조하며 산낙지와 소주를 파는 허름한 술집 안으로 들어서기에 이르렀다.
술집에 들어간 뒤 R은 이제 무엇인가를 단호하게 말하려고 벼르고 있는 사람처럼 우선 담배를 한 대 피워 물었다. 그러나 그의 이러한 태도나 표정과는 달리 J는 엉덩이를 의자에 반만 붙인 채 당장에라도 일어설 자세를 취하고 끊임없이 시계를 들여다보곤 했다.
"너는 날 등신으로 아느냐?"
R이 막 이렇게 말을 시작하려 했을 때 산낙지 접시가 탁자 위에 날라져 왔고 그와 동시에 J는 접시를 바라보며 공포에 찬 눈을 하고 찢어지는 듯한 비명을 내질렀다. 질겁을 한 R은 접시 쪽으로 눈을 돌렸다. 접시에는 작게 잘린 낙지 다리들이 접시 가득히 꿈틀거리고 있었다. R은 접시를 날라 왔던 오십 대의 통통한 아낙네에게 다른 안주가 없느냐고 물었다. 오십 대의 뚱뚱한 아낙네는 산낙지 외에는 아무것도 다른 건 없다고 했다. R은 그녀에게 접시를 가져가 낙지를 죽여서 가져오라고 했다. 낙지를 죽여서 가져오라는 말에 오십 대의 통통한 여자는 어안이 벙벙한 듯이 잠시 어찌할 바를 몰라 하고 있었다. 그때 J가 말했다.
"아줌마! 뜨거운 물에 살짝 데쳐주세요."
오십 대의 통통한 여자는 억울해하는 표정으로 산낙지라는 게 다 이런 거 아니냐고 했다. R은 그녀에게 물론 산낙지라는 게 다 그런 거라는 건 알지만 오늘은 영 기분이 그렇지 않아서 그런다고 말했다. 오십 대의 통통한 여자가 산낙지 접시를 도로 가지고 간

뒤 J는 R에게 방정을 떨어서 미안하다고 했다. R은 피곤한 기색을 한 채 아무 말 하지 않았다.

R은 말하기를 포기한 듯 아무 말 하지 않고 서너 잔 거푸 깡소주를 마셨다. 그러나 J는 전혀 마시지 않았을 뿐만 아니라 팔짱을 낀 채 불안한 눈으로 시계만 들여다보았다. 그리고 R더러 술을 너무 마시지 말라고 하며 술병을 빼앗아 한켠으로 감추는 등 수선을 피우기도 했다. 그녀가 이렇게 수선을 피울 때 R은 경멸에 찬 목소리로

"네가 언제부터 그렇게 끔찍이도 내 건강을 염려해 주었느냐?"

하고 말하기도 했다. 그러나 J는 마치 자신이 R이 술 마시는 것을 말려야 할 의무나 권리가 있기나 한 것처럼 고집스럽게 술병을 앗아가 뒤로 감추곤 했다. 그래서 R은 그다지 마실 수 없었다.

뜨거운 물에 데쳐진 산낙지 접시가 날라져 왔지만 J도 R도 손을 대지도 않았다. R은 두어 잔 더 마신 뒤 무엇인가 새로 이야기를 시작하려고 했지만 J가 너무나 초조한 기색으로 시계를 들여다보고 일어났다 앉았다 하며 자신은 이제 갈 테니까 R 혼자 '천천히 드시다' 라고 하는 통에 다시 말을 시작할 수가 없었다. 게다가 뜨거운 물에 데쳐진 낙지 접시가 날라져 왔을 때 J가 심한 헛구역질을 해댔기 때문에 R은 그때부터 사뭇 아무 말 하지 않았다. 그리하여 그들은 불과 이십 분이 채 안 되어 술집을 나왔다. 술집을 나올 때 R은 오십 대의 퉁퉁한 여인에게 소란을 피워 미안하다고 했다.

서울로 가는 고속버스 터미널에서 J는 R에게 이젠 돌아가라고 했고, R은 분노에 찬 얼굴로 그는 오늘 밤 갈 데도 없고 게다가 돈도 떨어졌으니 J와 함께 서울로 올라가는 수밖에는 도리가 없다고 했다. 물론 J는 R을 떨쳐버리려고 발을 동동 굴러보기도 했고, 가슴을 들먹거리며 숨을 헉헉거리기도 했고, 은근한 목소리로 달래보려고도 했지만 막무가내였다. 그래서 그녀는 결국 서울로 가는 막차의 표 두 장을 샀다.

서울에 도착하여 터미널을 빠져나올 때는 이미 늦은 시간이었다. J는 R에게 주차장에 차를 세워뒀으니 차를 타고 가자고 했다. R은 잠시 의아해하는 눈으로 J를 돌아보았지만 아무 말 하지 않고 그녀를 따라 텅 빈 주차장을 가로질러 갔다.

"어디로 데려다 드릴까요?"

안전벨트를 질러 매고, 안경을 꺼내 쓰고, 시동을 걸고, 헤드라이트를 밝히고 나서 J가 물었다.

"나 같은 게 어디 갈 데가 있어야지."

R이 말했다.

"그럼, 한성장으로 데려다 드릴게요. 선생님께서 거기가 편하다고 하셨잖아요."

"편하다고? 흥, 나는 여관방에나 데려다 주면 그만인 그런 인간으로 알았나?"

R은 다시 분노에 찬 목소리로 말했다.

그들이 탄 차는 팔팔올림픽대로를 달려 한성장 앞 대로변에 다다랐다. 시간은 밤 열한 시를 지나고 있었다.

"그럼 들어가 주무세요."

차를 길가에 세우고 J가 말했다.

"싫다! 나는 오늘 밤에는 여관에서 자지 않겠다!"

R은 단호하고 고집스럽게 말했다.

"그럼 저더러 어떻게 하란 말이에요?"

J는 초조한 빛으로 물었다. R은 말하기를 오늘은 그녀와 함께 여관엘 가 자거나, 그렇지 않으면 J의 아파트 앞 주차장 차 안에서 자거나 하겠다고 했다. J는 그게 될 법한 말이냐고 했다. 약 이십 분 동안을 이런 식으로 승강이를 하다가 J는 어디 다방에라도 가지 않겠느냐고 했다. R은 그렇게 하자고 했다. 그래서 그들은 차에서 내려 약 삼십 미터 전방에 보이는 지하다방으로 내려갔다.

다방에 앉아 R은 여전히 아까 p역 앞 지하다방에서 무엇 때문에 자기가 그토록 화를 냈던지 정말 모르겠느냐고 다그쳐 물었다. 그러나 J는 여전히 그녀의 잘못은 남의 글을 제 이름으로 냈다는 것과 그녀가 진작 그 글이 당선됐다는 사실을 R에게 알리지 않았다는 거라고 반복적으로 말했다. 그리고 그녀는 반복적으로 그건 미안하다고 했다. 그러나 R은 피로한 기색으로 고개를 내저으며 그게 아니라고 했고, J는 왜 그가 그토록 분노하는가 하는 것을 알고 있으면서 모르는 척하는 거라고 주장했다. 그리고 그 모르는 척하는 것이야말로 R로서는 무서운 일이라고 했다. 그러나 그녀는 듣는 둥 마는 둥 했다. 약 삼십 분 뒤 두 사람은 다방을 나왔다.

"이젠 그만 여관에 들어가 주무세요, 네?"

다방을 나서면서 J가 말했다.

"싫다! 오늘은 절대로 여관에서 자지 않는다!"

R이 소리쳤다.

"아까 돈이 없다고 하셨지요! 여기 돈이 있어요."

J는 자신의 지갑에서 만 원짜리 지폐 한 장을 꺼내어 내밀며 말했다. R은 세차게 그것을 뿌리쳤다. 그 바람에 돈은 J의 손에서 빠져 길에 떨어졌다. J는 뒤에서 바닥에 떨어진 돈을 다시 주워 들고 와 애써 애교를 부리며 R의 호주머니 속에 쑤셔 넣었다. R은 분노에 찬 동작으로 자신의 호주머니에서 그걸 꺼내어 박박 여러 번 찢어버렸다. 그러고는 아무 데로나 홱 뿌렸다. 그러고는 뒤도 돌아보지 않고 J의 차가 있는 데로 성큼성큼 걸어갔다.

"왜 이래요, 왜!"

J의 경악 소리가 그의 등 뒤에서 들려왔다. 차가 세워져 있는 데까지 와서야 그는 걸음을 멈추고 돌아섰다. 저만치 어둠 속에서 J는 징징 울면서 길바닥에 허리를 구부려 헛되이 돈 조각들을 찾으려 하고 있었다. 잠시 후 그녀는 돈 조각 찾기를 포기하고 미친 듯이

씩씩거리며 자신의 차가 있는 데로 와 차 문을 열고 들어갔다. 그러고는 R 쪽 문은 열어주지도 않고 시동을 걸었다. R은 차 앞을 가로막아 서며 차 문을 열라고 했다. J는 잠시 동안 문을 열어주지 않을 듯이 버티다가 이내 포기하고 문을 열어주었다. R이 차 안에 올라앉았을 때 J는 운전대를 붙들고 소리소리 지르며 미친 듯이 통곡을 했다. 그녀는 광적으로 핸들을 두 주먹으로 두드리는가 하면, 두 발로 바닥을 쾅쾅 굴러대기도 하고, 또 머리가 천장에 부딪히도록 온몸을 들썩들썩하기도 했다. 그녀의 그 광포한 행동은 약 오 분가량 지속되었다. 길 가던 사람들이 걸음을 멈추고 차 안을 힐끔힐끔 들여다보기도 했다.

"날 경찰서에 데려다 다오. 경찰서에 가서 자고 싶다. 나는 한국에 돌아와서 J 박사님 덕분에 유치장에서 한번 자야겠다. 날 경찰서에 데려다 주고 나면 너는 너의 아버지 어머니가 널 비육시켜 주는 아파트로 돌아가 편안히 잘 수 있을 것이다."

R은 그녀의 그 광적인 기세에 지지 않으려는 듯이 단호한 목소리로 이렇게 소리쳤다. 그러자 과연 그녀는 갑자기 약간 숙질먹해졌다. 그 틈을 타서 R은 말했다.

"내가 돈 만 원보다 못하냐? 내 앞에서는 늘 거짓 눈물만 흘려대더니 오늘에서 돈 만 원 때문에 비로소 진짜 슬픔에 찬 눈물을 흘려대는구나."

"그렇지만 우리같이 가난한 사람이 돈 만 원이 어디서 생기기나 하나요?"

J는 슬프게 울부짖으며 이렇게 말했다.

"웃기지 마라! '우리같이 가난한 사람?' 나는 늘 너의 그 말에 지나치게 감동을 받곤 했었지. 그러나 이젠 달라. 가난한 건 나지 네가 아니야. 너는 그런 말을 하면서 지금껏 가난한 한 남자를 용케도 이용해 왔고 용케도 능멸해 왔지."

J는 아무 말 하지 않고 계속 흐느꼈다. 한참 지난 뒤에야 그녀는 조용해졌다. 그리고 말했다.
"전 이제 집으로 돌아갈게요."
R의 목소리는 결의에 찬 것이었다.
"너네 집에 어떤 덴지는 모르지만 나는 오늘 밤 널 보내주지 않는다."
그러자 J는 다시 미쳐 날뛰기 시작했다. 그녀는 두 눈을 부릅뜨고, 가슴을 들먹이며 헉헉 소리를 내며 숨을 쉬기도 했고, 두 손으로 자신의 머리를 쥐어뜯기도 했고, 두 주먹으로 핸들을 마구 두들겨대기도 했고, 소리소리 지르며 발을 쾅쾅 굴러대기도 했다. R은 다시 경찰서로 자신을 데려다 주면 될 거 아니냐고 말했다. R의 이 말에 J는 다시 기가 꺾이어 이내 은근한 목소리가 되어
"왜 제가 집으로 가면 안 된다는 거예요?"
하고 물었다.
"왜냐고? 너는 늘 너의 집을 무슨 성전이나 되는 것처럼 수시로 나에게 암시를 주곤 했는데 네가 오늘 밤 거기에 들어가지 않으면 그 성전에서 무슨 지랄이 날 것인가 하는 것이 보고 싶기도 해서 그런다. 하긴 너희 집이라는 것도 따지고 보면 쁘띠 부르주아에 지나지 않는다는 걸 내가 모르는 바는 아니지만."
그리고 그는 계속하여 혼잣말처럼 덧붙였다.
"한국의 쁘띠 부르주아만큼 귀족 행세를 하려 드는 족속들이 세상에 또 어디 있을라고…… 그 족속들은 별것도 아닌 것들이 사람을 깔보기가 이를 데 없어."
그러자 J는 의외로 태연을 가장하는 어투로
"그럼 그렇게 해요! 오늘 밤에는 마침 집에 아무도 없으니까요."
하고 말했다. 그리고 그녀는 이제 집으로 돌아갈 것을 포기한 듯 그녀가 앉아 있는 운전석 의자를 뒤로 물렸다. 밖에는 이제 행인들

도 뜸했다. 이제서야 R은 지금까지 내내 가슴에 묻어두었던 말을 할 기회가 왔다는 듯이 입을 열기 시작했다.
"나는 오늘 밤 너 같은 여자와 섹스를 하기 위하여 이러는 것이 아니다. 너 같은 여자와 섹스를 한다는 것은 정열을 낭비하는 일에 지나지 않는다. 나는 너를 절대로 사랑하지 않는다. 이젠 정말 끝났다. 지난번에 내가 널 사랑한다고 했었는데 그건 모두 거짓말이었다. 그럼 내가 왜 너를 붙들어 두느냐? 나는 내가 오 년 반 만에 고국에 돌아온 이후 두 달 동안 너라는 여자를 만나서 받았던 수많은 수모와 스트레스를 좀 풀지 않으면 안 된다는 생각 때문에 이렇게 붙들어 두는 거다."
"그렇게 하세요."
J는 이제 자신이 아무리 발버둥을 쳐봐도 올 것이 오고야 말았다는 듯이 다소는 자포자기적인 목소리로, 그리고 애써 태연을 가장하는 목소리로 이렇게 말했다.
"나는 한국에 돌아오자마자 너라는 여자를 맨 처음으로 만났는데 그것이 가장 재수 없는 일이었고 가장 수치스러운 일이었다. 나는 한국에 돌아와 첫 사람을 잘못 만난 거지. 나는 돌아올 때 너라는 인간을 믿고 돌아왔는데 그것이야말로 어리석은 일이었다. 왜냐하면 너는 나의 그러한 생각과는 달리 나를 귀찮은 인간, 처리하기 곤란한 존재로 여기고 있었던 거다. 그리고 너는 우선 날 맞이할 만한 능력도 못 되는 사람이었기 때문이지. 물론 이 모든 것은 내가 너무나 순진했던 까닭이다. 나는 네가 사 년 반 전에 프랑스에 날 찾아왔을 때······."
"그때 전 R 선생님을 찾아갔던 건 아니에요!"
J는 R의 말을 중단시키며 이렇게 말했다.
"그래, 지금 와서 네가 뭐라고 지껄이든 간에 한 가지 확실한 것은 그때 너는 편지로, 그리고 전화로, '만약 R 선생님께서 허락하신다면' 이란 단서를 붙이며 프랑스로 갈 수 있는 서류 일체를 만들어 줄 것을 부탁했다는 것이지. 그리고 일 년 뒤 프랑스에서 데 어 아 (D.E.A.) 학위를 마치고 돌아간 뒤에도 '만약 R 선생님께서 허락해 주신다면' 다시 프랑스로 가고 싶다라는 간곡한 편지와 전화를 해 왔다는 것이다. 그러니 지금 와서 날 찾아오지 않았다고 말할 필요는 없지."

"그렇지만 저는 그때 R 선생님과 그렇게 살려고 갔던 건 아니란 말이에요!"

J는 다시 항변했다.

"그렇겠지. 너는 늘 성녀였으니까. 그래서 너도 나와 마찬가지로 섹스를 즐겼지."

여기서 J는 입을 다물었다. R은 계속했다.

"네가 사 년 반 전에 날 찾아왔을 때 나는 우선 널, 나 혼자는 꿈에도 생각할 수 없었던 레스토랑에 데리고 가 먹였지. 왜냐하면 너보다 일 년 전에 내가 처음으로 빠리에 도착했을 때 나는 두려워서 먹지 못했고, 먹지 못했기 때문에 더욱 두려웠기 때문이었지. 그러나 너는 내 뜻을 알지 못하고 왜 내가 돼지처럼 무식하게 자꾸 먹으라고만 하느냐고 나한테 짜증을 내기도 했다. 그러나 난 밥투정을 하는 어린애를 달래듯이 하며 먹으라고 했다."

여기서 R은 담배 한 대를 피워 물었다. 그리고 계속했다.

"그 후 너는 생각했던 것과는 달리 네가 스스로 공부를 해낼 만큼 능력이 되지 않는다는 것을 알았을 때 정말 당황했지."

"그때 논문을 써주지 않았으면 될 거 아니에요?"

J가 말했다.

"이제 너는 그렇게 말하는구나. 그러나 난 논문을 써주지 않을 수 없었지. 왜냐하면 너는 찔찔 울어댔고 밤낮으로 성화를 부렸으니까. 지금도 생각나는데 한번은 이런 일이 있었지. 우리 반에서 같이 공부하던 자멜이 돈이 없어서 그의 데 어 아 논문을 타이핑하지 못해 쩔쩔매고 있었지. 나는 때마침 내 데 어 아 논문을 이미 다 마쳤고 발표까지 했던 터라 사흘 동안 내 타자기를 들고 가 타이핑을 해줬지. 그러고 나서 그만 심한 치질에 걸리고 말았지. 물론 내가 치질에 걸렸던 것은 비단 자멜의 논문을 타이핑해 줬던 것 때문만은 아니었어. 그전부터 나는 줄곧 우리들의 과제물이나 세미나 준비 그리고 내 논문 쓰는 일 따위로 몇 달 동안 내내 의자에 앉아 있었으니까. 어쨌든 자멜의 논문을 다 타이핑하고 온 이튿날 아침 나는 변기 가득히 벌건 피똥을 쌌지. 그러고는 들어와 잠시 침대 위에 엎드려 있었지. 그때 네가 들어와 내가 너의 원고 쓰기를 하지 않고 엎드려 있다고 성화를 부렸지. 나는 방금 피똥을 싸고 온 사람더러 어떻게 의자에 앉으라고 할 수 있느냐고 했지. 그러자 너는 '우리' 일은 하지 않고 남의 일은 왜 해서 치질까지 걸려서 돌아오느냐고 소리를 질렀지. 물론 네가 그때 그 지랄을 했던 것은 이해가 가기는 해. 왜냐하면 나와 다른 동료들은 거의 다 논문을 마쳤는데 너는 그때까지도 도무지 말이 되지 않는 누더기 원고 몇 장밖에는 없었으니까. 어쨌든 이제 와서 너는 나더러 왜 그때 네 논문을 써주었느냐고 말하지는 못한다."

J는 아무 말 하지 않았다. R은 계속했다.

"그러나 내가 네 논문을 써주게 된 데는 또 다른 이유가 있었지. 그건 무엇인고 하니 너의 아버지가 나의 아버지보다 더 많은 학비를 보내오는데 만약 네가 학위를 받지 못하고 돌아간다면 너는 얼마나 면목이 없으며 또 너의 아버지는 얼마나 상심할까 하는 생각 때문이었지. 너의 아버지도 나의 아버지만큼이나 나이가 많았지. 그러나 그런 것보다 더 중요한 이유는 나는 너를 기쁘게 해주고 싶었던 거지. 나는 네가 풀 죽어 있는 것보다는 기뻐하는 모습을 보기를 더 좋아했으니까. 내가 너에게 문학평론 원고를 써주었던 것도 결국은 마찬가지 이유에서였지."

"그러나 제게 그까짓 박사가 다 무슨 소용이 있으며 문학평론가가 다 무슨 소용이 있나요?"

J가 말했다. R은 잠시 J를 바라보고 나서 계속했다.

"글쎄, 너는 우선 입을 닥치고 좀 더 듣는 게 좋아. 나는 물론 너 같은 돌대가리를 박사로 만들어버리고 문학평론가로 만들어버린 것을 후회하고 있어. 내 일생일대의 가장 수치스럽고 가장 후회스러운 일은 그때 내 일을 제쳐놓고 네 박사학위 논문을 써주었다는 거지. 너도 알다시피 나의 늙은 아버지는 하나밖에 없는 아들을 밤낮으로 기다렸지. 그는 글을 모르기 때문에 손수 편지 한 장 쓸 수 없었지. 그는 오 년 반 동안이란 세월을 벽만 바라보며 아들이 돌아오기를 기다렸지. 또 지난겨울에 어머니는 사경을 헤매는 병석에서 아들의 이름만 불렀다더군. 이런 늙은 부모의 기다림에도 불구하고 나는 네 논문을 써주느라고 시간을 빼앗겨 일 년 이상 일 년 반 가까이나 귀국을 늦추지 않으면 안 되었지. 그것이야말로 나의 전 외국생활을 통하여 가장 수치스러운 일이 된 거지. 그것 때문에 나의 전 외국생활은 한마디로 불명예스럽고 무가치한 것이 되어버린 거지."

여기서 R은 잠시 고통스러운 표정을 하고 있었다. 그리고 잠시 후 계속했다.

"물론 그때는 그럴 만한 사정이 있었지. 그 사정이란 무엇이었나? 그때 너는 지금은 죽었다는 N 교수한테 일 년 반 뒤에는 학위를 따서 돌아갈 수 있다고 편지를 써비린 터였고 나는 네가 남과 한 약속을 지킬 수 있도록 해주고 싶었던 거지. 그러나 그보다 더 중요한 이유는 내가 먼저 학위를 마치고 한국으로 돌아갔을 때 너 혼자 남아 있을 것을 나는 상상할 수가 없었기 때문이지. 그리고 또 한 가지 이유가 있었다면 나는 네가 돌아가면 꼭 취직이 될 줄 알았고 그렇게 되면 '우리'는 경제적인 어려움에서 벗어날 수 있으리라고 생각했던 거지."

여기서 R은 잠시 씁쓸한 미소를 지었다. 그리고 계속했다.

"그러나 취직을 하리라고 믿고 보냈던 너는 취직은 하지 못하고 네 아버지 돈으로 산 자가용이나 몰고 다녔고, 내가 힘들여 만들어 놓은 박사 겸 문학평론가는 사교계에 드나들며 연애를 즐기고 지냈지."

"제가 무슨 사교계에 드나들었다고 그래요?"

J가 이렇게 끼어들었다. 그녀의 이러한 항변에는 아랑곳하지 않고 R은 계속했다.

"그렇지. 말하자면 사교계를 드나들면서 시뉴아 남자와 눈이 맞았지. 그래서 내가 돌아왔더니 까닭 없이 박대했던 거지. 삼류 드라마와 같은 이야기지. 한마디로 말하면 결국 나는 내 손으로 너라는 여자를 키웠던 덕분에 고쟁이를 쓴 거지."

J는 여기서 몹시 쑥스러워하는 표정을 지으며 그의 말을 가로막았다.

"그런 말씀 말아요."

R은 씁쓸한 목소리로 계속했다.

"지난 여름방학 때 너는 모시로 된 저고리를 입고 프랑스엘 왔었지. 그때 너는 나한테 이렇게 말했니. '미안해서 어떡하지요. 생각하면 괴로워요.' 하고. 그래서 나는 이렇게 말했지. '그런 생각하지 말아라.' 하고. 그리고 잠시 후 나는 또 이렇게 말했지. '네가 정히 그렇게 괴로우면 이렇게 하려무나. 한국에 돌아가거든 놀지 말고 부지런히 공부나 해서 책을 내게 되면 그걸 너의 어머니 이름으로가 아니라 나의 어머니 이름으로 헌정을 하면 어떨까? 그렇게 하면 너는 무엇인가 보상했다는 느낌이 들지 않을까?' 하고. 그러자 너는 몹시 기뻐하며 그게 좋은 생각이라고 했지."

"미안해요."

J는 작은 소리로 말했다. R은 계속했다.

"그러나 나는 네가 책을 꾸려낼 만한 재간이 있다고 꼭 믿어서 그런 말을 했던 건 아니다. 다만 네가 방학을 마치고 돌아가 헛되이 시간을 보내지 않고 열심히 공부하도록 하기 위해서였다."

R은 여기서 숨을 돌렸다. 그러고는 계속했다.

"뭐 달리 할 말이 있겠느냐? 한마디로 말하면 박사, 문학평론가를 만들어주었기 때문에 나는 결국 배반을 당했고 그리고 능멸을 받게 된 거지."

J가 이때 항의조로 끼어들었다.

"제가 언제 R 선생님을 능멸했다고 그래요?"

R은 그녀를 멍청히 돌아보고 나서 말했다.

"그래, 너라는 여자는 자신이 한 짓의 실체가 무엇인가 하는 것을 스스로 알지 못할 만큼 아둔하고 뻔뻔스럽다. 그래서 내가 가르쳐주자는 거지."

R은 잠시 멈추었다. 그리고 계속했다.

"한국에 돌아와 보니 너 주변 사람들이 모두 프랑스에서 데 어아 학위라는 것과 문학박사 학위를 따오고 덤으로 문학평론가까지 됐다고 하니 모두들 너를 하늘처럼 생각하지?"

"그러나 그게 다 무슨 소용이 있어요? 그런 거 모두 제가 한 게 아닌데요. 저는 괴롭기만 할 따름이에요."

"물론 처음에는 그랬겠지. 그러나 나중에는 남들이 하늘처럼 떠받드는 통에 스스로 도취되어 버린 거겠지. 너의 본색을 잘 모르는 네 주변의 얼빠진 남자들은 네 앞에서는 설설 기었겠지. 조그마한 여자가 그 짧은 기간 동안에 그만큼 많은 걸 해냈으니까. 그러니 네가 지난번에 내게 말했듯이 사람들은 모두 네가 하는 말을 넋을 잃고 귀를 기울이겠지. 그러나 R이라는 남루한 친구는 다르지. 그도 그럴 수밖에 없는 게 J라는 여자가 이룩한 모든 것은 결국 R 자신이 한 것에 불과하니까. 그래서 짜증이 나기도 하겠지. R만 이 세상에 없다면 모든 것은 J의 오리지날한 것이 될 텐데 말이야."

J는 여기서 화가 난 목소리로 항변했다.

"물론 제가 R 선생님한테 제 박사학위 논문을 쓰는 데 도움을 많이 받은 것은 사실이에요. 그러나……."

"도움을 받은 것이 아니라, 다 써준 것이나 마찬가지지!"

R은 J의 말을 가로막으며 이렇게 못 박아 말했다. J는 잠시 할 말을 잊고 있다가 계속했다.

"그래요. 다 써준 거나 마찬가지예요. 그러나 그때 써주지 않았더라면 제가 비록 그토록 빨리 논문을 끝낼 수는 없었다 할지라도 몇 년 더 지나면 할 수 있었을 거 아니에요."

"하, 하, 하! 나는 네가 그런 말을 하리라고 생각했다. 그러니 차제에 우리 한 가지 꼭 짚고 넘어가기로 하자. 나는 네가 너 스스로 논문을 쓸 수 있다고 판단했다면 미친 지랄병한다고 내 논문을 제쳐놓고 너의 논문을 써주었겠니? 너는 지금 뭔가 잊어버리고 있는 모양인데 너는 너 스스로는 결코 그 논문을 쓰지는 못한다."

J는 아무 말 하지 못하고 고개를 떨구었다. R은 덧붙였다.

"너는 네 논문의 서론 하나 쓰지 못했다. 그래서 결국에는 나한테 빨리 쓰지 않는다고 짜증을 부렸다. 그리고 내가 너에게 제발 결론만은 네 손으로, 내가 손을 하나도 대지 않고 순전히 네 손으로 써보라고 했다. 그러나 열흘이 지난 뒤에 결국은 내가 썼다. 그건 오히려 이해가 가는 일이었다. 왜냐하면 너는 네 논문을 쓰지 않았기 때문에 결론도 쓸 수가 없었던 거지. 물론 그 논문을 쓰기 위해서 너는 텍스트를 읽었고 참고 문헌을 읽었지. 이런 점에서 보면 그 논문을 쓰는 데 너의 노력이 삼 할은 되리라고 나는 인정한다. 그렇다면 너는 칠 할만 더 노력했더라면 너 스스로 해낼 수 있었을 것인가? 그러나 그런 문제는 수치의 문제가 아니다. 그게 문제다."

이때 J는

"그렇지만 제가 그까짓 박사학위가 무슨 소용이 있어요?"

하고 말했다. R은 곧 받아 말했다.

"그렇겠지, 이 R 앞에서는. 그러나 다른 데 가면 꽤 유쾌한 관록들이겠지."

"제가 그 박사학위를 가지고 지금 무엇에 써먹고 있다고 그래요? 저는 아무것도 하고 있지 않잖아요? 저는 지금 실업자예요."

여기서 R은 잠시 J를 멀건히 바라보고 있다가 갑자기 어투를 완전히 바꾸어 낮고 은밀한 목소리로 물었다.

"그럼 너는 대학에 다시는 취직하지 않을 생각이니?"

J는 잠시 머뭇거리다가 이렇게 말했다.

"그렇지만 한국의 대학교수들이라는 게 저보다 뭐 특별히 나은 줄 아세요? 다 그렇고 그런데요 뭐."

"그럴지도 모르지. 그러니까 너라는 사람은 비록 가짜 문학박사, 가까 문학평론가이지만 추호도 양심의 가책을 느끼지 않고 누구보다도 더 당당하게 살아갈 테지."

"양심의 가책을 느끼면 뭐 해요? 다 그렇게 살아가는데."

여기서 R은 어이가 없다는 듯이 말을 잇지 못하고 멍청히 그녀를 바라보고만 있었다. J는 R이 자신을 예사롭지 않은 눈으로 바라보고 있다는 것을 의식하고 고개를 돌려 그를 바라보며 농담으로 그런 말을 했다는 듯이 씽긋 웃었다. 그러나 R은 웃지 않았다. 다만 그녀를 멍청히 바라보고만 있었다. 그러자 J는 다시 고개를 돌려

"아이! 농담이었어요."

하고 말했다. 그러나 R은 여전히 멍청한 눈으로 그녀를 바라보고 있다가

"아니야. 너라는 여자는 농담을 즐길 만큼 명석하지가 않아."

하고 혼잣말처럼 중얼거렸다. 그러고는 잠시 동안 아무 말 하지 않고 무슨 생각에 잠긴 듯이 멍하니 앞만 바라보고 있었다.

길가에 있는 술집에서 세 사람의 남자와 그들을 따라 두 사람의 여자가 문을 열고 나왔다. 세 명의 남자들은 사십 대 중반으로서 하나같이 양복들을 차려입었고 적당히 뚱뚱했다. 그들을 따라 나온 여자들로 말하면 하나는 삼십 대 중반 또는 사십 대 초반으로 보이는데 큰 키에 한복을 화려하게 차려입었고, 다른 하나는 이십 대로 보이는데 통이 좁은 가죽으로 된 매우 짧은 미니스커트를 입었다. 남자들은 여자들을 돌아보며 무어라고 유쾌하게 농담을 하는 것 같았고, 이십 대 여자는 쑥스러운 듯 손으로 입을 가리고 깔깔깔 웃어댔다. 그러나 한복을 차려입은 여자는 이십 대 여자와는 달리 남자들의 농담에 그다지 심한 반응을 나타내지 않았다. 그녀는 입술 그득히 조용한 미소를 머금고 있었다. 그러나 그녀가 미소를 짓고 있는 것은 방금 남자들이 한 농담 때문이 아니라 그녀 자신의 습관이거나 아니면 의례적인 것일지 모른다. 왜냐하면 그녀의 그 미소는 이십 대 여자의 그 자지러지는 듯한 웃음과는 너무나 달랐기 때문이다.

잠시 술집 앞에서 무엇인가를 지껄여 대던 세 사람의 남자들은 이제 두 여자를 남겨둔 채 R과 J가 타고 있는 르망 승용차 바로 앞에 주차되어 있던 어두운 색깔의 승용차에 올라앉았다. 차에 올라앉은 뒤에도 차창을 내다보며 두 여자에게 무엇인가 유쾌하게 지껄였다. 한복을 차려입은 여자는 열려 있는 차창에다 대고 약 사십오 도 각도로 허리를 구부려 인사했다. 가죽으로 된 짧은 미니스커트를 입은 여자는 열려 있는 술집 문에 기대어 손을 흔들었다. 잠시 후 세 사람의 남자가 탄 차는 희미한 가로등 밑으로 해서 사라졌다. 차가 떠난 뒤 한복을 차려입은 여자는 잠시 R과 J가 들앉아 있는 차 안을 한번 힐끔 들여다보고는 이내 술집 안으로 들어가 버렸다. 그녀가 R과 J가 들앉아 있는 차 안을 들여다볼 때 그녀의 입술에는 아까 세 남자를 배웅할 때 머금고 있었던 그 그윽한 미소는 더 이상 남아 있지 않았다. 시간은 벌써 새벽 두 시가 가까워지고 있었다.

"J야."

차창 밖에서 이런 일이 일어난 뒤에도 약 십 분쯤이나 침묵을 지키고 있던 R이 J를 불렀다.

"네."

J가 대답했다.

"너는 아까 p역 앞 다방에서 내가 왜 그토록 화가 치밀어 올랐던가 하는 것을 정말 모르고 있었구나!"

"예, 정말 몰라요. 왜 그랬어요?"

"그래, 그럼 설명해 주마."

R은 이렇게 말하고 나서 다시 서글퍼하는 표정으로 담배 한 대를 피워 물었다. 그러고는 계속했다.

"내가 그 원고를 너에게 써줄 때는 네가 너의 이름으로 어디다 내어 당선되게 하기 위해서였다. 왜냐하면 한국에서는 비록 학위가 있다 할지라도 여자는 취직을 하기가 남자에 비해 더 어렵고 하니 네가 만약 문학평론가라는 관록을 하나 더 가지게 되면 보다 수월하지 않을까 하고 생각했기 때문이다. 나는 내가 그 글을 쓸 때 네가 그것이 당선된 뒤에 양심의 가책을 느끼라고 써준 건 아니다. 나는 네가 잘되는 것이 곧 내가 잘되는 것이고 내가 잘되는 것이 곧 네가 잘되는 것이라고 생각했던 거다. 그래서 나는 네가 아까 그 원고 중 하나가 D 잡지에 당선되었다는 말을 처음 했을 때 그냥 기뻤다. 그런데 문제는 너의 그 납득이 가지 않는 묘한 태도와 말이다."

R은 여기까지 차분한 목소리로 말했다. 그런데 이때 J가 불쑥 끼어들었다.

"제가 어떡했는데요?"

J가 이렇게 말하자마자 R은 다시 절망적인 피로로 얼굴이 일그러

졌다. 그러고는 역정이 난 목소리로 버럭 이렇게 말했다.
"어떻게 했느냐고? '저…… 그 있잖아요……? 저…… 있잖아요?' 하고 말했지. 야! 너는 왜 그렇게 말해야 하니?"
이때 J는 다시 히스테릭한 반응을 일으키며 언성을 높여 말했다.
"제가 뭘 잘못했다고 그래요?"
"뭘 잘못했느냐고?"
R은 버럭 소리를 질렀다. 그러고는 울분을 참지 못하는 사람처럼 눈을 좌우로 두리번거리고 나서 단숨에 다음과 같이 말했다.
"야! 네가 아까 했던 말은 무엇이었니? 그것은 한마디로 말하면, 'R아, 너의 글 그 자체는 형편없었는데 내가 그걸 뜯어고쳐서 된 거니까 이젠 네 것이 아니니 그리 알아라.' 하는 말 아니냐?"
R의 기세에 눌려 J는 잠시 아무 말 하지 않았다. R은 계속했다.
"그래, 네가 과연 그 원고를 뜯어고칠 재간이 된다고 믿고 있니? 네가 고쳤다면 무얼 얼마나 고칠 수 있다는 말이냐? 네가 그걸 뜯어고쳐 안 될 걸 되게 할 수만 있다면 내가 네 논문을 붙들고 그 고생을 하지 않았어도 되었을걸!"
여기서 R은 잠시 숨을 몰아쉬었다. 이 틈에 J가 끼어들었다.
"그렇지만…… 물론 제가 고치지는 않았어요. 그렇지만 E 교수님께서……."
"E가 뭘 안다고! 그래, 그까짓 게 뭐 그리 대단하다고 너는 프랑스에서는 그러지 않더니 갑자기 'E 교수님께서'라고 하면서 하늘같이 떠받들더구나! 야! 그 조무래기 교수가 내 글을 고칠 수 있다고 생각하니? 그리고, 뭐, '그냥은 안 돼요.', '많이 뜯어고쳤어요.', 'E 교수님께서 억지로 들이밀어서 된 거'라고? '그것도 글이냐?' 야! 네가 날 가지고 놀려고 드니? 내가 그렇게 소신이 없는 사람으로 보이던? 내가 내 글을 쓸 때 그렇게 소신 없이 쓰던? 내가 그 글을 써줄 때 너같이 돼먹지 못한 인간에게 그토록 모욕이나 받자고 써준 줄 알아?"

여기서 R은 흥분을 참지 못하고 씩씩거리며 숨을 몰아쉬고 있었다. 한참 후 그는 다소 가라앉은 목소리로 혼잣말처럼 중얼거렸다.

"여기 한 가지 무서운 음모가 있지."

"음모는 무슨 음모란 말이에요!"

J가 끼어들었다. R은 생각에 잠긴 얼굴로 계속했다.

"그래, 사람은 물질적으로는 도와주더라도 정신적으로는 도와주어서는 안 되지. 정신적으로 도움을 받은 사람은 그에게 도움을 준 사람이 늘 그의 자존심 위에 드리워진 그림자가 되지. 물론 그릇이 큰 사람은 그렇지 않아. 그릇이 큰 사람은 조그마한 정신적 도움도 늘 잊지 않고 기억하려고 하지. 그리고 그는 자신이 입은 정신적 도움보다 더 큰 도움을 되돌려 줄 수도 있지. 그러나 너같이 그릇이 작은 사람은 자기가 얻은 것을 모두 자신의 오리지날한 것으로 믿고 싶어 하는 거지. 그래서 그는 자신에게 그 도움을 준 사람이 빨리 뒈지기를 바라는 거지."

"하이참! 그게 무슨 소리예요? 말도 안 되는 소리를 왜 해요?"

"말도 안 되는 소리라고? 그러나 말이 되지. 나는 결국 너에게 박사학위 논문을 써주고 문학평론가를 만들어주었기 때문에 결국 너한테 배반당한 거지. 내가 널 키워주었기 때문에 네가 아무렇게나 지껄여 대는 줄로만 알았던, 그 이유를 알 수 없는 '복수'를 당한 거지."

"그만두세요, 그만둬!"

J는 여기서 히스테릭하게 소리쳤다.

"야! 그럼 왜 내가 프랑스에서 처음 돌아왔을 때, 네가 K 대학에 네 글이 실린 책을 보냈다고 네가 말했을 때, 무슨 글이었나 하고 내가 물었는데도 불구하고 너는 말하지 않았니? 그래, 내가 프랑스에 있었을 때에는 잊어버리고 편지에 쓰지 않았다고 치자. 그런데 내가 돌아온 뒤에는, 그리고 내가 물었을 때에는 왜 말하지 못했니?"

R이 이렇게 말하자 J는 다시 자신의 머리를 쥐어뜯으며 소리쳤다.
"그래요! 제가 잘못했다고 했잖아요! 내가 죽일 년이에요! 제발 날 좀 살려주세요!"

그녀는 이런 말을 마구 해대면서 다시 미쳐 날뛰기 시작했다. R은 분노에 찬 눈으로 멍하니 아래를 내려다보고만 있었다. 약 오 분쯤 뒤에 이젠 어느 정도 가라앉은 J가 R에게 물었다.

"그럼 제가 어떻게 말했어야 했어요?"

R이 그제서야 머리를 들고 하소연하는 어투로 말했다.

"너는 우선 아무런 사족을 달지 말고 그냥 그 글이 당선되었다고만 말했어야지. 설령 그 글이 네 말처럼 많이 뜯어고쳐졌다고 할지라도, 그리고 설령 E가 그걸 손댔다 할지라도 너는 오히려 그런 건 잠시 감추었어야지. 우선 아무런 다른 말 없이 그게 됐다고만 말했더라면 나는 기뻐했을 거야. 그러고 난 뒤, 만약 그 글을 정말 고쳤다면, 한참 뒤에 덧붙여 조심스럽게 글을 좀 고쳤다고 말했어야지. 그리고 무엇보다도 너는 그 글이 실린 책을 한 번쯤 나한테 보여주었어야지. 내가 한국에 돌아온 지 두 달이 넘도록 너는 글을 보여주기는커녕……."

"그래요, 제가 그 책을 보여드릴려고 했는데……."

"너는 아까 나한테 말할 때 그 글이 당선되었다는 사실을 말하려는 것이 아니라 그 글은 내가 쓴 게 아니라 너와 E가 쓴 것이라는 말을 하려는 것밖에 더 되느냐?"

R은 목이 메어 있었다. J는 무엇인가 변명을 하고 있었지만 R은 듣고 있지 않았다. 약 이십 분가량 꼼짝도 않고 고개를 푹 수그리고 있던 R은 피로에 찬 얼굴을 들어 J를 돌아보았다. J는 운전대 위에 두 손을 얹은 채 앞만 바라보고 있었다.

"J야."

R이 불렀다. 그녀는 운전대 위에 두 손을 올려놓은 채 돌아보지

도 않고 대답도 하지 않았다. 그런데도 불구하고 R은 계속했다.

"내 이번에는 널 소설가 만들어줄까?"

J는 아무 말 하지 않고 잠시 R의 진의를 헤아려보는 듯이 뜸을 둔 뒤 보일락 말락 머리를 가로저었다. 그러자 R은 다시 말했다.

"그럼 쎄나리스트 만들어줄까?"

이번에도 J는 아무 말 하지 않고 약간 도도한 표정으로 고개를 든 채 보일락 말락 머리만 가로저었다.

"그럼 영화평론가는 어떨까?"

이번에도 그녀는 똑같이 고개를 가로저었다. R은 다시 본래의 위치로 돌아와 고개를 푹 수그렸다. 그러고는 마치 잠들어 버리기라도 한 것처럼 꼼짝하지 않았다. 그렇게 그들은 약 삼십 분가량 앉아 있었다. 세 시쯤 되었을 때 J가 말했다.

"이젠 어디로 가보기로 하지요."

R은 동의했다.

"어디로 가지요?"

R은 고속버스 터미널로 가자고 했다. J는 차를 출발시켰다. 그들이 탄 차는 새벽안개로 뿌우연 가로등 밑을 달리기 시작했다.

"결국 내가 보기 좋게 고쟁이를 진 거지. 박사를 만들어주고 문학평론가를 만들어주었기 때문에 결국 나는 너한테 네가 종종 입버릇처럼 말하던 '복수'를 당한 거지."

R은 쓸쓸한 미소를 지으며 혼자 중얼거렸다.

"아이! 고쟁이는 무슨 고쟁일 졌다는 말예요. 그런 소리 말아요."

J가 다소 민망스러워하는 표정을 지으며 말했다.

"그런데 J야, 너 지금 임신했지?"

R은 이렇게 물었다. J는 펄쩍 뛰며

"아이! 무슨 말씀을 하세요? 자지도 않고 무슨 임신을 해요?"

하고 말했다. 그리고 덧붙였다.

"아이! 이러다간 정말 큰일 나겠네! 대체 왜 그런 생각을 하세요?"
"왜 그런 생각을 하느냐고? 너는 엊저녁에 p역 앞 술집에서 그리고 그전에도 한 번 헛구역질을 했지. 그런데 그 헛구역질이 우리가 프랑스 있을 때 네가 이따금 했던 그것과 똑같았거든."
"아이! 제발 그런 생각 하지 마세요! 자지도 않고 무슨 임신을 해요?"
J는 이렇게 말했다. 잠시 후 R이 다시 입을 열었다.
"J야, 너는 만약 네가 나 대신 내 논문을 쓰다가 시간을 잃어 일 년 동안 프랑스에 혼자 남아 있었다면 네 심정은 어떠했겠니?"
"그야 뭐…… 미쳐버리겠지요."
J는 잠시 생각하다가 이렇게 말했다.
"그럼, 또 하나 더 묻겠는데, 네가 만약 나 대신에 내 논문을 써 주다가 늦어져 일 년 더 있다가 돌아와 보니 내가 다른 사람과 눈이 맞아 너를 까닭 없이 박대한다면 너는 어떻게 했겠니?"
J는 잠시 주저거리다가
"'괘씸한 것 같으니라고!' 하고는 그냥 내버려두지요 뭐."
하고 말하고는 쌩끗 웃었다. 그러나 R은 그녀의 말을 알아듣지 못했다. 왜냐하면 그녀는 이렇게 말할 때 입속에 넣어 웅얼거렸기 때문이다. 그래서 R은 상체를 그녀 쪽으로 가까이 가져가며 뭐라고 했느냐고 되물었다.
J는 다시 말했다.
"물론 괘씸하겠지요. 그러니 '괘씸한 것!' 하고는 그냥 내버려둔다고 했어요."
그러나 이번에도 R은 그다지 뚜렷하게 알아들은 것 같지는 않았다. 그래서 그는
"뭐라고 했니? '괘씸한 것!' 하고는 그냥 내버려둔다고 했니?"
하고 물었다.

"예."

J가 대답했다. 이제 확실히 알아들은 R은 상체를 일으켜 세우고 앞을 멍하니 바라보며 혼잣말처럼 웅얼거렸다.

"'괘씸한 것!' 하고는 그냥 내버려둔다고?"

이 말을 몇 차례 혼자 되풀이하던 R은 갑자기 어투를 바꾸어 단호하고 완고한 목소리로 말했다.

"야! 지금 대전으로 가자!"

R의 이 말이 떨어지자 J는 다시 한숨을 푹 내쉬고는 어떻게 거기까지 가느냐, 자신은 지금 너무나 피로하다, 그리고 거긴 가서 뭘 하느냐, 안 가면 안 되느냐 하는 등의 말을 하며 때로는 짜증을 내보기도 하고 때로는 달래보기도 했다. 그러나 R은 완고한 표정으로 들은 체도 하지 않았다.

경부고속도로 진입로 부근에 이르렀을 때, J는 그러나 고속도로로 올라가는 길과는 다른 오른쪽 길로 갑자기 차를 꺾었다. R은 깜짝 놀라며 소리쳤다.

"안 갈 거야? 안 가고 될 줄 알아!"

그러나 J는 애교를 부리는 미소를 지으며 급히 차를 몰아 언덕 위에 커다란 건물이 서 있는 데로 들어갔다. 그리고 그녀는 여기가 새로 옮긴 국립도서관이라고 했다. 주차장에는 R과 J를 제외하고는 인적이라고는 없었다.

"왜 너는 네 마음대로 이리 와!"

차가 주차장 안에 대어졌을 때 R은 몹시 화가 나 씩씩거리며 소리쳤다. J는 아무 말 하지 않고 예의 그 애교 부리는 웃음만 짓고 있었다. 약 오 분쯤 씩씩거리고 있던 R은 소변을 보기 위해 차를 내렸다. 그러고는 시멘트 기둥에 대고 바지 앞을 풀었다. 그때 그의 등 뒤에서 '붕붕' 하고 차 시동 거는 소리가 났다. R은 바지 앞을 풀다가 말고 급히 돌아서서 차 있는 데로 달려갔다. 그러고는 J가 앉아 있는 쪽 문을 열고 그녀의 왼쪽 어깨를 거머쥐고 끌어당기며 소리쳤다.

"이리 내려와! 난 널 죽여버릴 테야! 당장 내려와!"

겁에 질린 J는 시동을 끄고 두 손을 앞으로 내밀어 R의 주먹을 피하려고 하며

"갈려고 했던 것이 아니에요! 다만 차를 좀 더 밀어 넣으려고 했단 말이에요!"

하고 소리쳤다. 잠시 이렇게 승강이를 한 끝에 R은 다시 그 시멘트 기둥으로 가 급히 오줌을 갈기고 바지 지퍼를 올리며 차 안으로 되돌아왔다.

"하이참! 차를 앞으로 좀 더 당겨놓으려고 했을 뿐인데…… 그럼 제가 아무리 선생님을 혼자 두고 갈까 봐서요?"

J는 억울해하는 목소리로 이렇게 말했다.

"그럴 수도 있겠지. 그렇다면 내가 잘못했다. 미안하다."

R이 말했다. 그리고 약 삼 분쯤 뒤에 다시 입을 열었다.

"야! 너는 네가 내 대신에 내 논문을 써주고 일 년 동안이나 거기 혼자 남아 네 일을 마치고 돌아와 내가 바람이 나서 널 까닭 없이 구박해도 '괘씸한 것!' 하고는 그냥 내버려둔다고?"

R은 그사이에 어느 정도 식어버린 분노를 되살리려는 어투로 이렇게 말했다.

"네에!"

J는 조그마한 목소리로, 그러나 단호하게 대답했다. 그러자 R은 핏발 선 눈으로 멍하니 앞만 바라보고 있었다. 약 오 분 동안을 꼼짝하지 않고 앉아 있던 그는 갑자기 J 쪽으로 몸을 돌려 그녀의 블루진 앞자락 사이의 티셔츠 위에 자신의 얼굴을 처박았다.

"어머! 왜 이러세요?"

공포에 찬 목소리로 이렇게 말하며 J는 몸을 피하려고 했다. R은 두 손으로 그녀를 붙들고 자신의 얼굴을 그녀의 가슴 위에 부벼대

기 시작했다.

"어머! 무서워요! 제발 이렇지 마세요!"

J는 두 손으로 R의 머리를 밀어내려고 하면서 이렇게 말했다.

"난 지금 너무 아프다. 아! 잠깐만 가만히 있거라! 난 몸이 뒤틀린다!"

R은 정말로 앓는 사람의 목소리로 이렇게 말하며 필사적으로 그녀의 티셔츠 위에 얼굴을 부벼댔다.

"일부러 이러시지요?"

J는 징징 우는 목소리로 이렇게 말했다.

"일부러 그러기는 왜 일부러 그러니? 가만히 있거라. 난 지금 죽을 것 같다."

R은 계속해서 앓는 소리를 내며 그녀의 가슴팍에 얼굴을 부벼댔다. J는 이제 가만히 있었다. R은 계속해서 얼굴을 부벼대면서 오른손으로는 그녀의 티셔츠의 밑자락을 블루진 바지에서부터 빼내려 하고 있었다. J는 물론 저항을 했지만 R은 계속해서

"제발 가만히…… 제발…… 가만히……."

하고 죽어가는 소리를 내며 그의 오른손을 결사적으로 그녀의 티셔츠 밑으로 밀어 넣었다. 그리고는 브래지어를 걷어 올리고 다시 티셔츠를 걷어 올렸다. 이제 R은 그녀의 드러난 젖꼭지 위에다 그의 눈을 갖다 대고 부벼대기 시작했다 그때 그녀의 가슴에서는 역한 땀냄새가 푹 풍겼다. R의 눈두덩에 의하여 마찰되고 있는 그녀의 두 젖꼭지는 이내 톡 볼가져 올랐다. 그때 J의 입가에서는 가느다란 한숨 소리가 흘러나왔고, 그녀의 두 손은 그와 동시에 R의 머리통을 끌어당겼다. 그리고 그녀는 R이 자신의 젖가슴에다 보다 잘 얼굴을 부벼댈 수 있도록 가슴을 앞으로 쑥 내밀었다. 그 순간 R은 그녀의 젖꼭지 위에 자신의 눈두덩을 부벼대면서 피식 경멸에 찬 웃음을 혼자 웃었다. 물론 J는 그것을 볼 수 없었다.

약 삼 분 가까이 J의 젖꼭지를 자신의 눈언저리에다 대고 부벼대던 R은 이제 그것을 입으로 빨기 시작했다. 그리고 눈으로는 그녀의 젖무덤 위에 난, 브래지어에 눌려서 생겼을 금들을 바라보고 있었다. 그러나 그때 J가 두 손으로 그의 머리통을 세게 끌어안았기 때문에 R은 더 이상 그녀의 젖무덤 위에 패어 있는 선들을 바라볼 수 없었을 뿐만 아니라 코가 막히어 숨을 쉴 수도 없었다. 그래서 그는 머리를 약간 옆으로 틀어 숨을 쉴 수 있도록 해보려고 해야 했다. 그의 콧구멍이 그녀의 살더미에서 약간 빠져나올 때마다 시큼한 땀냄새가 콧구멍 가득히 밀려 들어왔다. 그래서 R은 코로 숨 쉬는 대신에 젖꼭지를 물고 있는 입의 한쪽 가장자리를 열고 공기를 빨아들이지 않으면 안 되었다. J는 여전히 가벼운 신음 소리를 내며 온 힘을 다하여 R의 머리통을 끌어당겨 그의 입과 코와 이마를 자신의 젖통 위에다 밀착시켰다. R은 J의 그 신음 소리를 들으면서 그녀의 가슴에 얼굴이 처박힌 채로 입을 일그려 다시 한 번 피식 경멸에 찬 웃음을 웃었다.

오 분 가까이 J의 가슴에 얼굴을 박고 있던 R은 갑자기 그녀에게서부터 떨어져 나와 몸을 일으켜 세우고 나서 말했다.

"아! 이젠 괜찮아졌어."

"정말 괜찮아졌어요?"

J는 걱정스러워하는 눈으로 그를 건너다보며 이렇게 말했다.

"응, 아까는 정말 온몸이 뒤틀리고 창자가 끊어지는 것 같았는데 이제는 안정이 돼."

R은 이렇게 말하고 창문을 열고 숨을 한 번 크게 들이마셨다. 그러고는 담배 한 대를 꺼내어 피웠다. 그사이에 J는 몸을 R 쪽으로 돌리고 여전히 그 동정에 찬 눈으로 그를 바라보고 있었다. 몇 모금 담배를 빨고 난 R은 꽁초를 창문 밖으로 던지고는 다시 J 쪽으로 몸을 돌렸다. 그러고는 왼손으로는 그녀의 등 뒤를 받치고 오른손은

그녀의 티셔츠 속으로 넣어 걷어 올려져 있는 브래지어 밑으로 튀어나와 있는 왼쪽 젖꼭지를 손바닥으로 마찰시켰다. J는 상체를 엉거주춤 R 앞으로 내민 채 움직이지 않고 가만히 있었다. R의 오른손 손바닥에 의해 부벼지고 있는 그녀의 왼쪽 젖꼭지는 톡 볼가져 있었다. R은 왼손으로 가볍게 그녀를 끌어당겨 그녀의 입술 가까이로 자신의 입술을 가져갔다. J는 대단히 진지한 표정으로 눈을 스르르 감았다. R은 무표정한 낯으로 그녀의 입술에 자신의 입술을 갖다 대고 밀착시켰다. 그리고 오른손으로는 그녀의 유방을 마구 주물러대기 시작했다.

약 삼 분쯤 후에 R은 그의 오른손을 꺼내어 왼손과 함께 그녀의 상체를 끌어당겼다.

"어떻게요? 어떻게 하란 말이에요?"

J는 그녀의 상체를 끌어당기는 R의 두 손이 자신에게 어떤 자세를 요구하는 건지 모르겠다는 듯이 약간 다급한 목소리로 이렇게 말하며 엉거주춤 자신의 상체를 R 쪽으로 쑥 내밀었다. R은 그의 오른팔을 그녀의 허리께로 보낸 채 힘껏 그녀를 껴안았다. J도 그녀의 두 팔을 R의 목에 힘껏 감았다.

잠시 후 R의 오른손은 그녀의 엉덩이 쪽으로 가 엉덩이를 끌어당겼다.

"어떻게요? 어떻게 하란 말이에요?"

J는 이렇게 말하며 그녀의 하체를 밍그적거려 R 쪽으로 옮겨놓았다. 그러나 그녀의 발치에는 차의 변속기가 있기 때문에 그녀의 하체가 R 쪽으로 다가가는 데는 한계가 있었다.

"이쪽으로 건너와."

R이 말했다.

"알았어요! 잠깐만요."

J는 그 어투로 봐서는 몹시 귀찮아하는 듯이 말했지만 그 행동하

는 태도로 봐서는 필사적으로 다급하게 몸을 움직여 R이 앉아 있는 쪽으로 건너왔다. 그러고는 두 팔을 그의 목에다 감고 자신의 몸을 R의 상체에 밀어붙였다. R은 왼팔로는 그녀의 허리를 감아 잡고 오른손으로는 의자 옆에 있는 손잡이를 당겨 의자 등받이를 뒤로 쓰러지도록 했다.

"어머! 이 차가 이렇게도 되네!"

R과 J의 몸이 의자 등받이와 함께 뒤로 넘어질 때 J는 자신의 차의 의자가 뒤로 젖혀질 수 있다는 것을 전혀 몰랐다는 듯이 이렇게 말했다. 그러고는 자신의 입술을 R의 입술에 갖다 대고 빨았다. R의 오른손은 이제 J의 사타구니 사이로 들어가 그녀의 음부가 있는 부근의 블루진 위를 마구 마찰시켰다. J는 그때 가랑이를 약 삼십 도 가량 벌렸다.

약 오 분가량 뒤로 드러누운 채 자신의 몸 위에 얹혀 있는 J의 몸을 왼손으로 부둥켜안고 그러면서도 끊임없이 오른손으로는 그녀의 사타구니 사이의 음부 부근의 블루진 위를 주물러대고 있던 R은 이제 몸을 일으켜 세우려 애썼다. 그는 가까스로 상체를 약간 일으켜 세우고 나서 J의 상체를 세워져 있는 운전석 의자 틈서리로 해서 뉘었다. 그의 오른손은 그러한 그의 자세의 변화에도 불구하고 끊임없이 J의 사타구니 사이에서 블루진 위를 쓰다듬기를 멈추지 않았다. 그리고 이제 약 육십 도 정도로 벌어져 있는 그녀의 다리 사이로 자신의 하체를 옮겼다.

어느 정도 안정된 자세가 되었을 때 R은 왼손으로는 누워 있는 J의 오른쪽 젖통을 쉴 새 없이 주물러대면서 오른손으로는 그녀의 블루진 하의의 단추를 벗기려고 했다. 그러나 J는 필사적으로 저항했기 때문에 R의 오른손은 단추를 벗길 수 없었다. 그래서 R의 오른손은 이제 블루진 지퍼를 열려고 했다. 그러나 그것마저도 J가 두 손으로 R의 오른손을 밀어내는 바람에 이룰 수 없었다. 게다가 그즈음

에 J가 갑자기 깜짝 놀라며 벌떡 일어나 앉으며 겁에 질린 목소리로
"저기 누가 와요!"
하고 말하는 바람에 R의 오른손은 중단하지 않으면 안 되었다.
"오긴 누가 온단 말이야?"
R이 말했다. 두 사람은 하던 동작을 멈추고 숨을 죽이고 있었다. 밖에는 아무런 변화가 없었다. 약 일 분쯤 지난 뒤에 J는 다시 누웠다. 그리고 R의 오른손은 다시 J의 사타구니 사이에서 두꺼운 블루진 위를 마찰시키기 시작했다. 약 이 분쯤 뒤에 J는 다시 급히 몸을 일으키며
"정말이에요!"
하고 겁에 질린 목소리로 말했다. 두 사람은 하던 일을 멈추고 꼼짝하지 않고 귀를 기울였다. 그러나 밖에는 여전히 아무런 기척도 없었다. 약 일 분쯤 뒤에 그들은 다시 몸을 눕혔다. 그런데 그때 갑자기 헤드라이트 불빛이 차 안 천장에 와 부딪쳤다. 그리고 잠시 후 그들이 들어 있는 차 뒤편 저쪽으로부터 승용차 한 대가 달려 들어오고 있었다. 그리고 그 승용차는 두 사람이 들어 있는 차 바로 옆자리에 와 멎었다.
"벌써 도서관엘 오는가 보다."
R이 말했다.
그로부터 약 오 분쯤 지난 후에 그들은 차를 몰아 국립도서관을 나왔다.
"이제 어디로 가지요?"
J의 목소리는 그사이에 한결 부드러워져 있었다.
"글쎄, 터미널로 가보지."
R의 목소리도 이제는 가라앉아 있었다.
J는 고속버스 터미널 뒤편 후미진 곳에 차를 세웠다. 시간은 새벽 다섯 시를 조금 지나고 있었다. 그들은 약 두어 시간 동안 차 안

에 우두커니 앉아 있었다. 그사이에 R은 J의 어깨를 어루만지기도 하고 티셔츠 위로 젖통을 주무르기도 했다. J는 이제 더 이상 아무런 저항도 하지 않았다. R이 그녀의 어깨나 젖통을 어루만질 때 그녀는 이제 조용한 눈으로 그를 쳐다보고 있었을 뿐이다. 이러한 때에 그녀의 입술에는 조용한 미소가 어려 있었다.

일곱 시쯤에 그들은 잠시 차에서 내려 터미널 안으로 들어갔다가 나왔다. 터미널 안으로 들어설 때 J는 커다란 유리문에 비친 그녀 자신과 R의 모습을 보고

"정말 내가 키가 너무 작다."

하고 명랑한 목소리로 말했다. J의 말처럼 그녀는 R에 비하여 키가 너무 작고 얼굴이 수척했으며, R은 그녀에 비하여 키가 너무 크고 머리는 헝클어져 있었다.

일곱 시 반이나 되었을 때 그들은 터미널 주차장을 빠져나와 경부고속도로 위를 달리기 시작했다.

"뭐 굳이 대전까지 갈 거 있겠나? 아무 데나 으슥한 데면 되지 않겠니?"

R이 말했다.

"그래요. 그게 좋겠어요."

J가 말했다.

그들이 탄 차는 판교에서 고속도로를 벗어났다. 그리고 광주로 가는 국도를 잡아들었다.

광주로 가는 길목에 그들은 저수지 하나가 있다는 것을 알아냈다. 보슬비가 부슬부슬 내리는 저수지 가에는 드문드문 낚시꾼들이 눈에 띄기도 했고 저수지 안쪽으로는 농부들이 보이기도 했다. 저수지 가에 차를 세우고 나서 R은 저수지 건너편에 이제 새순들로 어우러진 나무들이 우거져 있는 야산 하나를 손으로 가리켰다. 그리고 그들은 저수지 가를 돌아 R이 가리켰던 야산으로 기어오르기

시작했다.
 그들은 거기서 우선 긴 포옹을 했다. 그리고 J는 묵은 묘지가 있는 아래의 경사가 약한 낙엽 위로 가 누웠다. R은 그녀의 머리맡에 앉아 그녀의 티셔츠 목으로 손을 넣어 그녀의 젖퉁을 만졌다.
 그러나 그들이 선택한 야산은 멀리서 보던 것과는 달리 그다지 숲이 우거지지도 않았고 그다지 조용하지도 않았다. 저 아래 저수지 가에 앉아 있는 낚시꾼들의 말소리가 바로 곁에서 듣는 것처럼 들려왔다. 게다가 바닥이 몹시 험하고 축축했다. R은 그녀에게 전혀 마땅하지 않다고 하며 광주로 가자고 했다. 그러나 그녀는 R은 언제나 어디 가면 이내 가자고 한다고 핀잔을 주면서 그냥 그대로 오랫동안 누워 있었다. 그녀는 멍하니 하늘을 바라보며 소리 없이 눈물을 주르르 흘리기도 했다. R은 그러한 그녀에게 아직도 그 남자를 생각하고 있느냐고 했다. J는 계속해서 그 소리 없는 눈물을 흘리며 그 남자도 불쌍한 사람이라고 했다. R은 그녀에게 지금까지 있었던 모든 일은 없었던 것으로 할 테니 이젠 더 이상 아무것도 다른 생각은 말라고 했다. 그리고 덧붙여 비 온 뒤 땅이 더 단단해진다는 말도 있다고 했다. J도 이 말에 고개를 끄덕였다. 약 한 시간쯤 후에 그들은 산을 내려와 다시 광주로 가는 국도를 달렸다.
 광주를 들어설 때 R은 그가 본 외국의 소도시들과는 달리 상당히 지저분하다고 했다. 말은 하지 않았지만 J도 그렇게 느끼는지 이맛살을 찌푸렸다.
 차를 세워두고 그들은 길을 따라 걷다가 중국집에 들어가 식사도 하고 다방에도 들어갔다. 다방에서 변소를 나녀왔던 J는 변소가 몹시 지저분하다고 하면서 다시 이맛살을 찌푸렸다. 다방을 나온 뒤 R은 J의 손을 잡고 어느 여관 골목으로 들어가려고 했다. J는 몹시 놀란 기색으로 어디로 가느냐고 물었다. R은 여관으로 간다고 했다. J는 R의 손에서부터 빠져나가며 싫다고 했다. R은 그녀에게 이런 읍에 있는 여관이 의외로 서울에 있는 여관보다 깨끗하고 넓을 수 있다고 했다. 그러나 J는 내키지 않는 얼굴이었다. R은 계속해서 한국에서는 주택 사정이 나빠 만만히 아파트를 가질 수 없기 때문에 때로는 여관에서 섹스를 하는 것이 자연스러울 수도 있다고 했다. 그러나 그녀는 그를 따라 여관에 들어갈 기색이 전혀 아니었다. 그래서 화가 난 R은 그럼 서울로 가자고 했다. 그래서 그들은 차를 세워둔 데까지 와서 도로 차를 타고 서울로 향했다.

차에 올라탄 뒤 처음에 R은 미친 사람처럼 머리를 마구 좌우로 흔들어대며 고통스러워했다. 그러나 J는 아무 말 하지 않고 조용한 미소만을 머금은 채 빠르게 차만 몰았다.

"왜 안 된다는 말이냐?"

R은 고통스러운 표정으로 소리 질렀다. 그러나 J는 여전히 아무 말 하지 않고 예의 그 미소만을 머금은 채 차를 몰았다. R은 끊임없이 볼멘소리로 여관엘 들어가지 않을 바에는 왜 광주까지 갔느냐, 물론 광주가 지저분하긴 했지만 한국이란 서울이 조금 낫기는 하지만 다 그렇다는 게 현실이 아니냐는 등의 말을 했다. 그래도 J는 여전히 아무 말 하지 않았다. 약 십 분 동안 고통으로 몸을 뒤틀던 R은 문득 이렇게 물었다.

"J야, 넌 무슨 결벽증이 있는 거 아니냐?"

"저도 그렇다는 생각이 들어요."

J가 말했다. 그리고 덧붙였다.

"저는 우리가 프랑스에 함께 살 때도 늘 그것 때문에 괴로워했어요."

그녀는 정말 괴로워했다는 것을 나타내기 위하여 심하게 얼굴을 찌푸리며 말했다. 그러자 R은 그녀의 그 말을 거짓말이라고 했다. 왜냐하면 그녀도 R과 마찬가지로 쾌락을 추구했기 때문이라고 했다. 그리고 J는 위선적이라고 했다. 그러자 J는 웃었다. 그리고 말했다.
 "저도 사실은 괴로워요. 그러나 잘 안 돼요."
 광주에서 터미널까지 오는 동안 R은 내내 지껄였다. 그가 한 말은 J는 아무래도 이상하다는 것이었다. 왜 오늘 새벽 국립도서관 주차장에서 그리고 저수지에서 그렇게 즐기던 사람이 여관엔 들어가지 않겠다는 것이냐, 게다가 프랑스에서는 때때로 R이 소홀히 하면 불만을 나타내기도 했는데 한국에 와서는 갑자기 성녀가 되었느냐, J의 그러한 심리적 기현상은 일종의 정신질환일 수도 있다는 등의 이야기를 했다. J도 자신이 아무래도 그런 것 같기도 하다고 했다. R은 말했다.
 "나는 이따금 너의 어머니 교육에 문제가 있다는 생각이 들기도 해. 내가 너를 처음으로 관심을 두기 시작했던 것은 우리가 대학원에 다닐 때였어. 그때 어느 교수의 연구실에 우리는 강의를 듣기 위해 모여 있었지. 그때 그 교수는 그의 제자들, 특히 여학생들이 학부를 졸업하고 취직이 되었나 안 되었나를 알아보기 위해서 '김영란, 자네는 어디 나가나?', '이순애, 자네는 어디 나가나?' 하고 물었지. 그때 너는 너와 친하게 지냈던 K 씨와 둘이 가까이 붙어 앉아 '나는 어디 나가나 하고 물으면 꼭 홀에 나가나 하고 묻는 것 같더라.' 하고 낮은 소리로 말하고 킥킥거렸지. 다른 사람들은 아무도 듣지 못했지만 나는 그 소리를 엿들었어. 너의 그 말이 나한테는 대단히 인상적이었어. 너의 그 말에서 나는 무어라고 할까, 일종의 도덕적 강박관념 같은 걸 느꼈어. 왜 '어디 나가나 안 나가나?' 하는 물음에 너는 왜 하필이면 홀에 나가나 안 나가나 하고 묻는 것처럼 들리까? 나는 너의 그 말에서 어쩌면 너는 너의 어머니로부터 오랫동안 받아온 많은 금기에 강박관념을 느끼고 있다는 생각이 들었어. 그리고 너는 대단히 위험한 데가 있는 여자라는 생각이 들었어. 왜냐하면 너는 가장 두려워하는 홀에 나가고 싶어 하는 충동이 너의 마음속에 일렁이고 있을지도 모른다고 생각했거든."

J는 깔깔깔 웃었다. 그리고 R의 말이 어느 정도 맞다고 했다. R은 계속했다.

"너는 네가 가지고 있는 그, 말하자면 일종의 도덕적 강박관념 혹은 결벽증이 어쩌면 나와 너를 망치고 있을지도 모른다고는 생각하지 않니?"

J는 고개를 끄덕였다.

"저도 때로는 견딜 수 없어요."

"그럼 왜 너는 나하고 섹스하기를 기피하니? 지금이라도 가야 한다."

R이 말했다.

"지금은 안 돼요. 그럼 다음에는 꼭 하세요."

"다음에는 틀림없이 할 것이냐?"

"예, 그래요. 다음에는 틀림없이 할게요."

강남 고속버스 터미널 부근의 어느 아파트 주차장에 차를 세워두고 R과 J는 한 시간 이상 차 안에 앉아 있었다. 두 사람은 모두 지칠 대로 지쳐 있었다.

세 시쯤에 R은 이제 대구로 내려가야겠다고 했다. J는 그렇게 하라고 했다. 그녀와 헤어지기 전에 R은 J에게 이제는 필요 없는 생각은 하지 말고 오직 앞으로 그들이 어떻게 살아갈 것인가 하는 데 대해서만 생각하기로 하자고 했다. J는 그렇게 하겠다고 했다. 헤어지기 전에 두 사람은 슬픈 표정으로 서로를 한참 동안 바라보았다.

J가 탄 차가 주차장을 빠져나가는 것을 보고서야 R은 터미널로 향했다. 그러나 그날은 마침 토요일이었기 때문에 차표가 많지 않았다. R이 산 차표는 일곱 시에나 출발하는 것이었다. 그래서 R은 그때부터 약 네 시간 동안 터미널 주변을 혼자 왔다 갔다 하면서 차 시각이 될 때까지 시간을 흘려보내야 했다. 네 시간 동안 그는 다방

에 가 있기도 하고 서점에 들어가 책들을 둘러보기도 하고 또 전자오락실을 삐끔삐끔 들여다보기도 했다. 그사이에 그는 또 어느 한 식집에 들어가 설렁탕을 한 그릇 먹기도 했다. 이렇게 근 네 시간을 흘려보내고 그는 고속버스를 탔다. 그리고 내내 잤다.

R이 집에 도착했을 때 R의 아내는 집에 없었다. 그녀는 아침에 나가고 아직 돌아오지 않았다고 한다. R의 어머니는 말하기를 R이 없는 사이에 R의 아내가 R의 아버지와 어머니에게 와서 어떻게 하면 좋겠느냐고 물었다고 한다. 그리고 하는 말이 그녀가 이제 아이들을 키우며 십 년만 고생하면 모든 것은 그녀의 차지가 될 것인데 그녀로서는 이혼해 줄 수 없다고 했다고 했다. 그리고 R의 아버지에게 방을 얻어 나갈 테니 방을 얻을 수 있도록 돈을 달라고 했다고 했다.
"십 년을 고생하면 뭐가 모두 자기 차지가 된다는 말이에요?"
R은 이해가 가지 않는다는 표정으로 물었다.
"글쎄. 십 년만 있으면 네 아버지와 내가 죽을 테고 그렇게 되면 자기가 모두 임자가 된다는 뜻인갑다."
R은 웃었다.
저녁때 직장을 파하고 돌아온 R의 막내 여동생은 일전에 영아 엄마가 자기한테 하는 말이 영아 엄마는 애들을 떼어놓고 오 년 동안 유학을 갈 것이고, 그 비용은 '아가씨 오빠', 즉 R이 대주겠다고 했다고 자랑하더라고 했다. 그래서 그녀는 이혼은 어떻게 할 거냐고 물었더니 이혼은 유학을 갔다 와서 생각해 보고 해주든지 말든지 하겠다고 했다고 했다. R은 웃었다.

며칠 뒤 R은 오후 다섯 시경에 서울에 도착했다. 그는 곧바로 지하철을 타고 꽃다방으로 갔다. J는 나와 있지 않았다. 그녀는 R이 도착한 뒤 약 오 분쯤 뒤에 다방 문을 열고 나타났다. 그녀는 흰색 블라우스에 보라색 스커트를 입고 있었다. 그녀는 방긋 웃으며 다가왔다.

"오늘은 예쁘게 차려입었구나."

R은 빙그레 웃으며 말했다.

"내가 언제 선생님을 만날 때마다 일부러 보기 싫은 옷만 골라 입었다고 그래요? 옷이 없으니까 그렇지요. 선생님이 언제 제 옷을 한 벌 사주기나 했나요?"

J도 웃으며 말했다. R은 빙그레 웃었다. 그리고 말하기를 지난번에 약속했듯이 오늘 밤에는 틀림없이 여관엘 함께 가 하룻밤 자야 한다고 말했다. J는 그의 말에는 아랑곳하지 않고 그냥 웃고 있었다. R은 약간 초조해진 얼굴을 하고 말했다.

"정히 네가 마음을 잡을 수 없다면 우리 어디 점쟁이한테라도 가서 궁합을 한번 보기로 할까?"

J는 방긋 한 번 웃고는 상체를 R 쪽으로 내밀며 진지한 표정과 목소리가 되어 말했다.

"저도 그런 생각을 해봤어요. 어디 점쟁이한테 가 한번 물어보기라도 하면 어떨까 하고요. 답답해서 그렇지요."

R은 그녀의 그 방긋 웃는 얼굴과 성실한 태도에 금방 흡족해진 듯 자신감에 찬 목소리로 말했다.

"물어보나 마나일 거야. 프랑스에서 삼 년 동안이나 우리는 서로를 충분히 확인했잖아. 궁합이라는 건 어떤 점에서 보면 섹스의 하모니를 말한다고 볼 수도 있는데 그것으로 말하면 우리는 이미 잘 알고 있잖아."

R은 그리고 그들이 전에 얼마나 많은 멋진 섹스, 기억할 만한 섹스를 했던가 하는 데 대하여 J의 기억을 되살리려고 했다.

"너 우리가 작은 아파트에 살 때 했던 거 생각나니?"

J는 대답은 하지 않고 약간 얼굴을 붉힌 채 웃고 있었다. R은 계

속했다.

"그때 너는 밀린 네 공부를 한답시고 방을 따로 쓰자고 나한테 고집했지. 나는 그렇게 하라고 했지. 그래서 나는 바깥방에서 혼자 잤지. 불과 이틀 지난 뒤, 아침 여덟 시쯤에 얼핏 눈을 떠보니 네가 내 방에 건너와 내 침대 곁에 우두커니 서 있더군. 나는 담요 자락을 걷어 올리며 들어오라고 했지. 너는 들어왔지. 그리고 거의 점심때가 될 때까지 계속했지."

"정말 그때는 몇 시간 동안이나 그랬을까요?"

J도 즐거워하는 표정으로 웃으며 물었다.

"글쎄, 시간을 재보지 않아서 알 수는 없지만 아마도 거의 네 시간은 될걸. 막 마치고 잠시 나란히 누워 있으려니까 마드모아젤 김이 벨을 눌렀잖니. 그때 시계를 보니 열두 시가 다 됐던데."

J는 웃고 있었다.

"그날 나는 마드모아젤 김 보기가 민망스러워서 혼났어."

"왜요?"

"평소에는 안 그랬는데 그날따라 내 몸에서 네 냄새가 났거던."

"정말 그때 그랬어요?"

"응, 여느 때는 네 아랫도리에서 냄새가 잘 나지 않는데 그날따라 온통 내 몸 구석구석에서 네 아랫도리 냄새가 물씬물씬 났거든. 아마도 마드모아젤 김이 그 냄새를 알아챘을 거야."

"설마 그럴 리가 있나요?"

"그 너구리 같은 노처녀가 그걸 눈치 채지 못했을 줄 알아? 어쨌든 그 섹스는 가히 기념할 만한 것이었지."

J는 웃고 있었다. R은 계속했다.

"우리의 밀월에도 그랬지. 한 달 동안 하루도 빠짐없이······."

"그때는 흡사 그걸 하기 위해서 생겨난 사람 같았어요. 내가 학교에 갔다 오면 우두커니 창문에 붙어 서서 날 기다리고 있었어요.

J는 핀잔이라도 하듯 말했다. R은 아랑곳하지 않고 계속했다.

"첫날밤에는 세 번 했잖아. 그리고 세 번 다 수준급이었지."

"네 번이었어요."

J가 정정했다.

"그랬던가? 리모쥬에 이사 가던 해 겨울에도 밤낮을 가리지 않고 겨울 내내 그랬지. 네 시간은 몰라도 두 시간짜리는 흔했지."

"그런데, 선생님은 실업자형이었어요. 밤에보다는 낮에 잘했어요."

여기서 R은 컬컬 웃었다. 그리고 말했다.

"밤에는 공부하고 사색하고 그리고 자야지."

"그렇지만 밤에는 거들떠보지도 않을 때도 있었잖아요."

"밤에도 하기야 했지. 물론 낮에도 많이 하긴 했지만."

"거짓말 말아요."

그들은 웃었다.

"우리가 익숙해 있는 체위의 종류가 얼마나 되는지 아니? 얼마 전에 내가 한번 헤아려봤더니 열 가지는 훨씬 넘어."

J는 가느다란 미소를 머금은 채 그녀 자신도 마음속으로 헤아려 보는 듯 눈을 약간 위로 치뜨고 있었다.

"그런데 그건 헤아려보려고 하면 자꾸 혼돈이 되곤 해서 끝까지 헤아려내질 못하곤 해. 끝까지 헤아려보지 않고도 열 가지는 훨씬 넘어."

J도 그렇게 생각했다는 듯이 보일락 말락 고개를 끄덕여 보였다.

"무엇보다도 내가 마음에 들어 하는 것은 내가 손만 하나 까딱해도 너는 금방 알아채고 내가 원하는 자세로 몸을 바꾼다는 거지."

"한두 번 해봤어야지요."

J는 눈가에 가득히 웃음을 담은 채 이렇게 응수했다.

"내가 가장 친숙하게 생각하는 자세는 네가 돌아눕고 내가 뒤에서 널 답쑥 껴안고 하는 거야."
"그렇지만 그럴 때 선생님은 그냥 껴안고만 있겠다고 약속해 놓고는 늘 움직여 댔어요. 처음에는 물론 내 속에 들어온 채 가만히 있어요. 그러나 일 분도 안 돼서 다시 움직여 대기 시작했어요."
R은 웃었다.
"좋기야 앉아서 하는 게 좋지. 그러나 그건 네가 너무나 버둥거려서 때로는 걱정스러워."
"나는 그렇게 할 때마다 꼭 죽을 것만 같았어요."
"그런데 내가 한 가지 잘되지 않는 것이 있는데 그건 네가 침대 위에 무릎을 꿇고 엎드리고 내가 뒤에서 하는 거야. 그건 좋기는 한데 오래 견딜 수가 없거든. 언젠가는 그걸 꼭 잘해 볼 생각이야."
"하이고! 그게 무슨 말이에요? 고작 생각한다는 게 그거예요?"
J는 나무랐다. 그러면서도 그녀는 웃고 있었다.
"때때로 나는 나의 몸과 너의 몸이 대화를 나누고 있다는 생각이 들어. 우리의 상체는 따로 떨어져 있지만 우리의 아래에서는 또 다른 우리가 대화를 나누고 있다는 착각이 강하게 들 때도 있어. 가령 우리가 마주 보고 나란히 누운 채로 허벅다리를 세우고 둘 다 아랫도리를 움직여 대고 있노라면 나는 늘 또 다른 우리가 대화를 나누고 있다는 환상이 강하게 들곤 했지."
J는 얼굴을 붉힌 채 조용한 미소를 머금고 있었다.
"우리가 처음으로 할 때 너는 너무나 크게 소리를 질러댔어. 내가 네 속으로 들어가자마자 너는 찢어지는 비명을 지르기 시작했어."
"내가 그렇게 크게 소리를 질러댔던가요?"
"크게가 다 뭐냐? 거의 오 분 동안은 그치지 않고 비명을 질렀지. 위층에 있는 사람들이 들을까 봐서 손으로 네 입을 가렸을 때서야 비로소 조용해졌지."
"그때는 날씬한 유선형이…… 날씬한 유선형의 배〔舟〕가 내 몸

속으로 들어오는 것 같았어요. 그래요. 아주 날씬한 유선형이⋯⋯ 날씬한 유선형이 내 몸속으로 밀려 들어오는 것 같았어요. 그 뒤로도 얼마 동안은 그걸 할 때마다 나는 늘 날씬한 유선형의 배가 미끄러져 들어온다고 느꼈어요."

J는 꿈꾸는 듯한 시선으로 이렇게 말했다.

"나는 처음부터 그렇게 잘할 수 있으리라는 생각은 못했어. 게다가 그 일 년 전에 온양온천에서는 너를 발가벗겨 놓고도 못했으니까."

"처음에 나는 그렇게 좋다는 생각은 못했어요. 다만 유선형의 배가 내 몸속으로 들어온다는 기억밖에는 안 나요. 그러나 그날 두 번째로 할 때는 저도 참 좋다고 느꼈어요. 그래요. 두 번째부터는 저도 참 좋았어요."

"나는 네가 어떤 순간에 절정에 이르는가 하는 걸 알지. 너는 그 순간이 가까워지면 코맹맹이가 되어 킹킹 울기 시작하지. 그러고는 울음소리가 점점 고조되어 가면서 두 손으로는 내 등허리를 쥐어뜯기 시작하지. 그럴 때 나는 네가 하도 고통스러운 표정으로 몸을 뒤틀며 울어대기 때문에 얘가 혹시 어디가 아픈 거 아닌가 하고 걱정이 돼서 하던 짓을 멈추고 어디 아프냐고 묻기도 했었지."

J는 웃고 있었다.

"또 때로는 온몸을 움칠움칠하며 규칙적인 파장으로 심한 진동을 일으키기도 하지. 어떤 때는 그 진동이 하도 심해서 혹시 죽을려고 이러는 건 아닐까 하고 걱정이 되기도 하지. 네가 한바탕 내 등허리를 쥐어뜯으며 울고 나면, 그리고 온몸이 들썩거리도록 심한 진동을 일으키고 나면 너의 아래는 곧 말미잘처럼 닫혀버리지. 그걸 다시 열려고 하면 여간 힘들지 않아. 일단 한 번 닫히고 난 뒤 다시 하려고 하면 너는 거기가 불이 붙는 것처럼 따갑다고 했지. 그래서 어떤 때는 너의 아래가 닫히기 전에 끝낼려고 서둘러야 할 때도 있었지."

J는 여전히 웃고 있었다.

"그러고 나면 너의 두 눈은 풀리고 이튿날 아침이면 핼쑥한 얼굴로 나에게 싹싹하게 해줬지."

"내가 뭐 언제는 싹싹하지 않던가요?"

J가 항의조로 말했다.

"너는 늘 싹싹한 편이긴 했어. 그러나 특히 그 침을 맞고 난 이튿날에는 늘 애절한 눈으로 내가 잠에서 깨어날 때까지 날 지켜보고 앉아 있곤 했지."

"어유, 잘난 척하지 마세요."

"암튼 너는 늘 나한테 녹초가 되어버리곤 했지."

"그래서 안용환 씨가 나하고 사는 게 어떠냐고 물었을 때 대뜸 한다는 말이 '한 삼 일 동안은 해롱해롱한다' 고 말했어요? 하이참, 어떻게 남한테 그런 말을 할 수가 있어요?"

J는 눈을 흘기며 말했지만 그녀의 입술에는 여전히 미소가 가득했다. R은 참을 수 없다는 듯이 킥킥킥 웃음을 터뜨리고는 말했다.

"그 친구가 너하고 사는 게 어떠냐고 물을 때는 좋으냐 나쁘냐 하는 것을 묻는 건데 그럼 달리 뭐라고 대답을 할 수 있겠니? 그래서 나는 다른 건 말하지 말고 단 한 가지만 이야기하겠다고 하면서 우리가 한 번 하고 나면 네가 한 삼 일은 해롱해롱한다고 했지. 그 친구는 고개를 끄덕이며 이해하겠다고 하더군."

J는 손으로 입을 가린 채 참을 수 없다는 듯이 웃었다. 그리고 나무라듯이 말했다.

"하이참! 아무리 그렇지만 그게 뭐예요? 대뜸 한다는 말이 '삼 일은 헤롱헤롱한다' 예요? 기가 막혀!"

"달리 무슨 말이 더 필요하겠니? 암튼 내가 보기에는 너는 늘 만족해했어."

"꼭 자기는 그렇지 않았던 것처럼 말하네요."

"물론 나도 그랬지. 나는 다른 사람들이 우리보다 더 잘 맞으리라고 생각하지는 않아."

"그렇지만 제가 그걸 어떻게 알아요? 다른 사람들과 해봤어야 알지요."

J는 약간 장난기 섞인 목소리로 이렇게 말했다.

잠시 후 R은 이제 일어나자고 했다. J는 아무 말 하지 않고 앉아 웃고만 있었다.

"오늘 밤에는 틀림없이 가야 된다. 그렇지 않으면 우리는 영영 다시 갈 수 없으리라는 불길한 예감이 들어 견딜 수 없다."

R은 간곡한 목소리였다.

"알았어요."

J는 여전히 그 미소를 머금은 채 앉아 이렇게 말했다. 그리고 잠시 후

"가기 전에 먼저 우리가 정말 맞나 어떤가 점쟁이한테 한번 가 물어보면 어떨까요?"

하고 말했다.

"그러지 뭐. 가보나 마나일 거야."

R은 흔쾌히 승낙했다. 그리고 어디로 가면 용한 점쟁이를 만날 수 있을까 하고 물었다. J는 그녀의 어머니가 서대문 쪽 어디에 있는 점쟁이가 용하더라고 하는 것을 들었다고 했다. 그래서 두 사람은 서대문 쪽 어디에 있다는 점쟁이 집으로 가기 위해서 일어나 다방을 나왔다. 밖은 그사이에 완전히 어두워져 있었고, 비가 내리고 있었다.

J는 급히 택시를 잡았다. 두 사람은 '용한' 점쟁이가 있다는 서대문 쪽으로 향했다. 거기에 도착하여 R은 안을 향하여 큰 소리로 점 보러 왔다고 말했다. 마루에 섰던 젊은 여자가 열려 있는 방문

안으로 고개를 들이밀고 누군가를 향하여 손님이 왔다고 했고, 방 안에서는 중년 남자의 목소리가 오늘은 시간이 지났으니 내일 아침에 오라고 하라고 했고, 마루에 섰던 젊은 여자는 다시 R과 J를 향하여 오늘은 늦었으니 내일 아침에 오라고 했다. 그래서 두 사람은 점쟁이 집에서 나와 서울역 쪽으로 걸어갔다.

"사실은요……."

어두운 빗길을 걸으면서 J는 이렇게 말했다.

"사실은요…… 지난번에 저도 한번 점쟁이 집에 가봤어요. 제 올케언니가 굉장히 용한 점쟁이가 있으니 아가씨도 꼭 한번 가보라고 회사에서 전화를 해왔데요."

"응, 그래? 어떻게 용한데?"

R은 무관심한 어투로 물었다.

"너무 화내지는 마세요, 제가 점이나 보러 다닌다고."

J가 말했다.

"화는, 내가 왜 쓸데없이 화를 내니?"

R이 말했다.

"글쎄, 하이참, 여자들이란 하나같이 다 극성맞아서…… 올케언니가 하도 용하다고 극성을 부리기에 어떻게 용하더냐고 물었지요. 그랬더니 글쎄, 배우자가 될 사람의 성을 알아맞힌다나요……."

여기까지 말하는 동안 J는 누구에 대해서랄 것도 없이 빈정대는 어투였다. 어떻게 보면 그녀는 자신의 '극성스러운' 올케언니에 대하여 빈정거리는 것 같기도 하고 또 어떻게 보면 그 문제의 점쟁이에 대하여 빈정거리는 것 같기도 했다. 그러나 다음 순간부터는 어투가 바뀌어 다소 진지해지기 시작했다.

"그런데 모두들 맞다고들 해요. 우리 올케언니가 보고 와서는 참 할 말이 없다고 하데요. 그래서 성화에 못 이겨 올케언니와 함께 가봤지요. 그런데…… 그런데…… 저도 사실은 놀랐거든요."

여기까지 말한 그녀는 이제 더 이상 빈정거리는 어투가 아니었다.
"그래, 어떻게 용턴?"
R은 그다지 흥미를 느끼지 못하는 목소리로 이렇게 물었다.
"허어연 노인이었어요. 처음에 나이와 생일만 댔을 때는 별로 아는 것 같지가 않았어요. 한참 후 생시를 대라고 하데요. 그래서 시를 댔더니 갑자기 나를 한참 동안 빤히 바라보데요. 나는 왜 그러나 했지요. 한참 동안 나를 바라보더니 함께 갔던 올케언니더러 밖에 좀 나가 있으라고 하데요. 그러더니 나 혼자 앉혀놓고서야 말을 하데요."
"뭐라고?"
"우리가 프랑스에서 함께 살았던 것도 다 알데요."
"응, 그래? 그 점쟁이 참 용타."
R은 컬컬컬 웃으면서 말했다.
"그리고 저더러 하는 말이 참으로 기구한 팔자라고 하데요."
"그래, 네 신랑 될 사람 성도 알아맞히던?"
R은 약간 장난스러운 어투로 물었다.
"예."
J가 대답했다.
"뭐라고 하던?"
"그런데요……."
"그런데요 뭐?"
"그런데 저는 그 사람 말이 꼭 맞다고 생각하지는 않아요."
"뭐라고 하던데? 그래, R씨라고 하던?"
R은 약간 답답하다고 느낀 듯 이렇게 물었다.
"아니요."
J가 말했다.
"그럼 뭐라고 하던? 지난번에 네가 말한 그 사람 성이던?"

이렇게 말하면서 R의 목소리는 어느새 다소 초조해져 있었다.
"예."
J가 말했다.
"그 사람 성이 김씨거나 이씨거나 박씬가 보군."
"아니요. 그렇게 흔한 성은 아니에요."
"흔하지 않은 성이 뭔데."
R은 다소 심술스럽게 말했다.
"저더러 이렇게 말하데요. '그대의 배필은 강씨이니라.' 하고요."
이렇게 말하면서 J는 고개를 돌려 힐끔 R의 표정을 살폈다. R은 굳게 입을 다문 채 얼굴에는 근심기로 가득했다.
"그렇지만 설마 그게 맞을라고요."
J는 R의 곁으로 바짝 다가서며 이렇게 말했다.
"그게 맞겠지. 암, 맞겠지."
R은 퉁명스러운 목소리로 이렇게 말하고 약간 허둥거리는 걸음으로 저만큼 앞서 걸어갔다. J는 종종걸음으로 그를 따라가며 말했다.
"아이, 너무 신경 쓰지 마세요."
"신경은 내가 무슨 신경을 써. 그게 운명이라면 할 수 없지."
R은 이렇게 말하고 약간 고개를 수그린 채 묵묵히 걸어갔다. 그는 깊은 생각에 잠긴 얼굴이었다. 한참 침묵이 흐른 뒤 J가 말했다.
"그래요. 그게 운명이라면 정말 인생은 너무 허무해요. 우리가 그만큼 애를 썼지만 운명은 따로 정해져 있었던 거예요. 나도 처음에 그 소리를 듣고 너무나 슬펐어요. 그리고 이런 생각을 했어요. 그게 운명이라면 인간의 의지라는 게 도무지 무슨 소용이 있는가 하고요."
R은 그러나 아무 말 하지 않고 여전히 그 생각에 잠긴 얼굴로 약간 고개를 수그리고 두 손을 바지주머니에 찔러 넣은 채 걷고 있었다. 비는 그의 머리 위로 추적추적 내리고 있었다.

"그래요. 그게 운명이라면 우리가 그 오랫동안 그렇게 발버둥 쳤던 것이 다 무엇이에요? 도무지 인간의 의지라는 게 무슨 소용이 있겠어요?"

J는 걸음이 빠른 R을 따라가기 위하여 종종걸음을 치면서 계속해서 이렇게 말했다. 그녀는 한 번 혹은 그 이상 '그대의 배필은 강씨이니라.' 라고 했다던 점쟁이의 말도 되풀이했던 것 같았다. 그러나 R은 이미 그녀의 말이 귀에 들리지 않는 듯 굳게 입을 다문 채 부지런한 걸음으로 걸었다.

서울역 앞에 이르렀을 때, 그러나 그는 갑자기 컬컬컬 하고 큰 소리로 웃었다. 그 순간 J는 몸을 움찔했다.

"다 헛소리야! 그건 거짓말이야!"

R은 웃음을 멈추지 못하는 얼굴로 이렇게 말했다. 그는 방금까지의 그 깊은 근심에 빠져 있던 얼굴이 더 이상 아니었다. 아니, 어떻게 보면 그의 표정은 그 근심을 애써 감추려고 할 때 짓게 되는 그런 것이었던지도 모른다.

"정말이에요."

J는 지금까지의 그 비애에 빠진 듯했던 표정과 목소리와는 달리 약간 놀라는 듯한 그리고 초조해하는 듯한 얼굴과 목소리로 이렇게 말했다.

"뭐가 정말이란 말이냐? 점쟁이가 정말 그런 것까지 백 프로 알아맞힐 수 있다면…… 그건 음모일 뿐이야."

그러자 J는 발을 동동 구르다시피 하며 그 점쟁이가 그런 말을 했던 것이 사실이라는 것을 설득시키려고 했다.

"물론 저도 처음에는 거짓말 같았어요. 그리고 무슨 음모일 수 있지나 않을까 하고 생각했어요. 그러나 저를 데리고 갔던 올케언니는 제가 그 남자와 알고 있다는 사실조차도 전혀 알지 못해요."

"정히 그렇다면 내일 아침에 함께 가보기로 하고 오늘 밤에는 약속한 대로 여관엘 가 자기로 하자."

R의 목소리는 고집스러웠다. 그러자 J는 울상이 되어 다시 발을 동동 굴러대기 시작했다. 그러고는 초조해하는 표정과 목소리로 말했다.

"안 가면 안 돼요?"

"안 된다."

R의 목소리는 너무나 완고했다.

"그럼, 다음에 가요, 네?"

"안 된다."

"왜 안 돼요? 왜 다음에 가면 안 돼요, 네?"

J는 애원하는 눈빛으로 물었다.

"만약 오늘 밤에 가지 않으면 우리는 파멸해 버리고 만다."

그의 목소리는 육중했다. J는 어디 도망갈 곳이라도 찾는 듯 좌우를 두리번거리며 울상이 되어 있었다. R은 그러한 그녀의 손목을 세차게 붙잡고 택시를 타기 위해 줄을 서 있는 사람들 뒤에 가 섰다. 택시를 타기 위해 서 있는 사람들의 줄은 약 삼십 미터쯤 되었다.

"제발, 제발."

J는 R에 의하여 붙잡힌 손목을 빼내려고 애쓰며 이렇게 말했다. 그러나 그녀는 그의 손을 뿌리칠 수 없었다. 그는 세차게 그녀를 끌어당겨 자신의 앞에 세웠다. 그녀는 이제 달래는 듯한 목소리로 말했다.

"저는 그냥 집에 갈게요, 네, 선생님?"

"안 된다. 오늘은 하늘이 두 쪽이 나도 간다."

"제가 꼭 가야 해요? 선생님 혼자 가시면 안 돼요?"

"제발 입 좀 다물어라. 너는 입을 벌릴 때마다 무엇인가를 조금씩 망쳐나가느냐? 제발 입으로 끝없이 재앙을 불러들이지는 말아라."

그 밖에도 J는 많은 말을 했다. 그러나 R은 거의 듣고 있지 않는 것 같았다. 그는 그녀의 말에 대답을 하는 대신 두 팔로 그녀를 등 으로부터 껴안았다. 그리고 손으로는 그녀의 젖가슴을 어루만지기 시작했다. 그러자 의외로 J는 양순해졌다. R은 택시를 기다리는 삼십 미터가량의 줄이 다 줄어들 때까지 천천히 그녀의 두 젖통을 쓰다듬었다. 그녀의 젖꼭지는 그녀가 입고 있는 흰 블라우스 위로 볼록 솟아올랐다. R은 그 솟아오른 젖꼭지를 손가락 끝으로 만지작거렸다. 또, 때로는 그녀의 목덜미에다 코를 박고 뜨거운 숨을 뿜기도 했다. 처음에 그녀는 간지러운 듯 어깨를 웅크리기도 했지만 두세 번 되풀이했을 때 그녀는 곧 모가지를 약간 옆으로 기울여 R이 그의 코를 더욱 잘 목덜미 구석구석으로 밀어 넣을 수 있도록 했다. 그녀는 이제 더 이상 아무 말 하지 않았다. R은 쉬지 않고 그녀의 목덜미에다 뜨거운 숨을 뿜어대는 한편 두 손으로는 부드럽게 그녀의 젖무덤과 젖꼭지를 어루만졌다.

  그들이 택시를 기다리느라고 줄을 서 있었던 시간은 거의 삼십 분은 되었을 것이다. 이 삼십 분 내내 J는 자신의 몸을 자신의 등 뒤에 붙어 서서 어루만지고 있는 R에게 맡긴 채 아무 말 하지 않았다. 그러나 그들이 택시를 탈 차례가 거의 다 되었을 때, 그리하여 R이 잠시 그녀를 그의 두 팔에서부터 떼어놓았을 때 그녀는 다시 몹시 다급하고 초조한 눈빛으로 자신은 그냥 가겠다고 하며 당장에라도 달아날 듯이 좌우를 두리번거렸다. R은 다시 그녀를 등 뒤로부터 껴안았다. 그녀는 다시 양순해졌고, 잠시 후 택시가 와 그들은 택시에 올라앉았다. 두 사람을 실은 택시는 어두운 빗길 속으로 한성장 쪽을 향하여 달렸다. 택시 안에서도 R은 마치 한순간이라도 그녀를 손에서 놓으면 모든 것이 끝장이라고 생각하기라도 하는 듯 끊임없이 그녀의 손을 어루만지거나 무르팍을 만지작거렸다. 그녀는 약간 상기된 얼굴로 그의 손에 자신의 손이나 무르팍을 맡겨두고 있었다.

한성장이 가까워졌을 때 R은 그의 오른손을 잠시 그녀로부터 떼어 호주머니에서 돈을 꺼내어 운전사에게 주었다. 그리고 약 칠백 원쯤 되는 거스름돈은 그냥 두라고 했다. 오십 대의 부드럽게 생긴 운전사는 부드러운 목소리로 고맙다고 했다. R은 운전사에게 말하기를 외국에서는 택시를 타면 반드시 팁을 주는데 한국에서는 그렇지 않은 것 같다고 말했다. 그러자 그때 J도 끼어들어 '우리'(그녀 자신과 R)는 프랑스에서 오랫동안 살다 왔다고 운전사에게 일러주었다. 그녀의 목소리는 부드러웠다. 운전사는 대단히 부드러운 목소리로 그러냐고 했다. R은 말하기를 프랑스에서는 택시를 타면 반드시 쁘흐부와흐라고 불리는 팁을 준다고 했다. 오십 대의 그 부드럽게 생긴 운전사는 부드러운 목소리로 거기는 참 좋은 나라 같다고 했다. R은 그에게 그렇다고 말했다.

택시에서 내린 R은 한성장으로 드는 소로를 앞장서서 걸어갔다. J는 뒤에서 다시 "안 들어가면 안 돼요?", "꼭 들어가야 해요?" 하고 R의 등에다 대고 말하기 시작했다. 그러나 R은 뒤돌아보지 않고 뚜벅뚜벅 걸음을 옮겨놓았다.

"선생님, 전 그냥 갈게요."

다시 J의 애원하는 목소리가 그의 등 뒤에서 들려왔다. R은 휙 뒤돌아서서 아무 말 없이 그녀를 지켜보았다. 그녀는 이내 조용해졌다. R은 다시 돌아서서 걸음을 옮겨놓았다. 약 십 초가량 걸음을 옮기던 그는 그의 등 뒤에 J가 따라오고 있는 기척이 없는 것을 느낀 듯 뒤돌아섰다. 저만큼 어둠 속에서 그녀는 허리를 굽히고 엉거주춤 서서 손으로 무르팍에 무엇인가를 닦아내고 있었다. R은 그녀에게로 달려갔다.

"넘어졌느냐?"

R이 물었다. J는 아무 말 하지 않고 손수건을 꺼내어 치맛자락과 무르팍을 닦아내고 있었다. 그러나 어두워서 그녀가 닦아내고 있는

것이 무엇인지는 알 수 없었다. 길은 공사를 하느라고 파헤쳐져 진흙탕이었다. 그녀는 아마도 진흙탕 위에 넘어진 것 같았다.

"왜 바보처럼 넘어지기는 넘어지니?"

R은 이렇게 말하며 허리를 굽혀 그녀의 무르팍을 만져보았다. 진흙이 묻어 있는 것 같기는 했지만 어두워서 보이지는 않았다. 그녀는 토라진 동작으로 그의 손을 뿌리치고는 계속해서 손수건으로 치맛자락을 닦아냈다. 그녀는 어두워서 아무것도 보이지 않는데도 불구하고 약 오 분 가까이 치맛자락과 무르팍을 닦았다. R은 그녀 앞에 우뚝 서서 완고하면서도 참을성 있게 기다렸다. 그러자 그녀는 이제 닦기를 중단하고 허리를 펴고

"안 가면 안 돼요?"

하고 말했다. R은 그녀 앞에 우뚝 선 채로 아무 대답 하지 않았다. 그러자 그녀는 무슨 결심이나 한 듯이

"알았어요. 그럼 들어갈게요."

하고 말하고 다시 R을 따라 걷기 시작했다. 그러나 여관 현관 앞에 이르렀을 때 그녀는 다시 한 번 겁에 질린 표정으로

"꼭 들어가야만 해요?"

하고 말했다. R은 아무 말 하지 않고 오른손으로 그녀의 손목을 세차게 거머쥐고 왼손으로 문을 밀었다.

R이 그들이 안내되어 들어간 방의 문을 걸어 잠갔을 때 J는 그에게 양말을 빨아줄 테니 벗어달라고 했다. R은 괜찮다 했다. 그녀는 몹시 슬퍼하는 표정으로 그 더러운 양말을 어떻게 내일도 신고 다닐 수 있겠느냐고 했다. R은 양말을 벗어주었다. 그녀는 그것을 받아 들고 목욕탕으로 가 세면대에다 놓고 빨기 시작했다. 그러나 그녀는 양말 하나를 빠는 데 너무나 오랜 시간을 목욕탕에서 지체했다. R은 윗도리를 벗고 러닝셔츠 바람으로 목욕탕으로 갔다. J는 아주 천천히 세면대 속의 양말을 주무르고 고개를 들어 세면대 위에

있는 거울 속을 멍청히 들여다보고 있었다.
"뭘 하느냐? 그까짓 양말 하나 빠는 데 그렇게 오래 걸리느냐?"
"알았어요. 이제 다 돼가요. 잠깐만 나가서 기다리세요."
R은 돌아와 침대에 걸터앉았다. 그리고 이삼 분 뒤에 다시 목욕탕으로 갔다. 그녀는 이제 양말을 헹구고 있었다. R은 그녀의 등 뒤로 가 팔을 그녀의 겨드랑 밑으로 넣어 그녀의 젖가슴을 두 손으로 움켜잡았다. 그런 자세로 그녀가 양말을 다 헹굴 때까지 기다렸다. 그녀가 양말을 다 헹구고 그것을 짜 널어 말릴 때에도 그는 여전히 그녀의 등 뒤로부터 그녀의 젖가슴을 움켜잡은 채 따라다녔다.
"잠깐만 비켜보세요."
양말을 헹구어 널어 말리기를 마친 그녀는 이렇게 말했다. R은 그녀에게서 팔을 풀었다. 그녀는 이제 손수건을 물에 축여서 그녀의 치맛자락과 무릎 위 스타킹에 아까 넘어져서 묻은 진흙을 닦아내기 시작했다. 그녀가 꼼꼼하게 자신의 치맛자락과 스타킹 위를 문지르고 있는 동안 R은 목욕탕의 욕조에 걸터앉아 그녀를 바라보고 있었다. 그러나 그녀가 스스로 그녀의 스타킹 위와 치맛자락을 닦기를 마칠 때까지 기다릴 수는 없었다. 왜냐하면 그녀는 육안으로는 아무것도 보이지 않는데도 끊임없이 문질러대고 있었기 때문이다. 그래서 R은 그사이에 세수를 했다. 세수를 마친 그는 그녀를 등 뒤로부터 껴안았다. 그런 자세로 R은 그녀를 밀어 목욕탕을 나왔다.
"알았어요. 갈게요. 이거 놓으세요."
그녀는 그의 팔에서부터 벗어나려고 애쓰며 이렇게 말했다. R은 그의 팔을 그녀로부터 풀어주었다. 그녀는 방으로 돌아와 소파 위로 가 앉았다. R은 바지를 벗었다. J는 벗어놓은 R의 옷을 들고 침대를 돌아가 옷장 속에다 걸었다. R은 그녀가 R의 옷을 걸고 있는 동안 그녀의 뒤로 가 그녀의 등 뒤로부터 그녀를 껴안았다.
"잠깐만 기다리세요. 세수를 하고 올게요."

옷장에 옷을 걸기를 마친 그녀는 다시 R의 팔에서부터 벗어나려고 하며 이렇게 말했다. R은 그의 팔을 풀어주었다.
"목욕은 하시지 않을 거예요?"
목욕탕으로 다시 들어가며 그녀는 물었다.
"너는 하지 않겠니?"
R이 되물었다.
"저는 괜찮아요. 집에서 하고 나왔는걸요."
"그럼 나도 안 할거야."
"하세요. 목욕을 하신 지 오래됐잖아요. 물 받아놓을게요."
"그럼 그래라."
R은 그렇게 말하고 팬티와 러닝셔츠만 입은 채 침대에 걸터앉아 텔레비전을 켰다. 텔레비전에서는 어느 지방 도시의 저수지에서 변사체로 발견된 어느 대학생에 관한 뉴스를 하고 있었다. 목욕탕 쪽에서는 요란한 물소리가 들려왔다. R은 텔레비전을 껐다. 그리고 목욕탕으로 갔다. J는 욕조의 수도꼭지를 틀어놓은 채 세수는 하지 않고 멍하니 욕조에 걸터앉아 있었다. 그녀는 몹시 슬픈 표정이었다. R은 그녀의 앞에 가 앉아 그녀의 무르팍 위에 두 손을 올려놓은 채 그녀를 올려다보며 말했다.
"왜 이러고 있니?"
그녀는 아무 말 하지 않고 눈물을 주르르 흘렸다.
"왜 우느냐? 아직도 그 사람 생각을 하고 있니?"
J는 대답을 하지 않고 고개를 천천히 가로저었다.
"그럼 왜 이렇게 해야 하니? 왜 나를 이렇게 괴롭혀야 하니?"
R은 고통스러운 표정으로 원망하는 목소리로 말했다. 그리고 오랫동안 무엇인가 그녀를 달래었다.
"알았어요. 이젠 안 그럴게요. 전 세수를 할게요."
그녀는 일어나 세면대의 물을 틀었다.

"그럼 난 그사이에 목욕을 할게."

R은 이렇게 말하고 그녀의 등 뒤에서 팬티와 러닝셔츠를 벗고 욕조 안으로 들어갔다. 그리고 급히 온몸에 비누칠을 했다. 그사이에 J는 세수를 마치고 얼굴을 닦고 목욕탕을 나갔다. R은 그녀가 목욕탕을 나간 뒤 불과 일 분도 안 되어 욕조에서 나와 수건으로 온몸을 닦았다. 그리고 팬티와 러닝셔츠를 도로 주워 입고 목욕탕을 나왔다. 그녀는 소파에 앉은 채 슬픈 표정을 하고 있었다. R은 다시 그녀의 앞으로 가 앉아 그녀의 무릎 위에 두 손을 올려놓은 채 그녀를 쳐다보며 말했다.

"왜 또 이러느냐?"

J는 아무 말 하지 않고 다시 눈물을 주르르 흘렸다. R은 다시 그녀에게 무엇인가 간곡한 목소리로 길게 이야기하기 시작했다.

"그렇지만 슬퍼요."

R의 긴 이야기가 끝났을 때 그녀가 말했다. R은 몹시 지친 기색으로 얼굴을 아래로 떨구었다.

"안 하면 안 돼요, 선생님?"

R이 떨구고 있는 머리 위에서 그녀가 이렇게 말했다. R은 떨구고 있던 고개를 번쩍 쳐들고 갑자기 단호해진 목소리로 말했다.

"안 된다!"

그러자 그녀는 갑자기 몹시 초조해져서 울상이 된 얼굴로

"어머! 제발요, 제발!"

하고 말하며 R의 얼굴 앞에 두 손을 내밀어 싹싹 부벼대었다. R은 벌떡 일어섰다. 그리고 그녀의 두 손을 잡아 그녀를 소파에서부터 일으켜 세우려고 했다.

"알았어요! 알았어요! 제발 잠깐만요!"

J는 이렇게 말하고 R의 손으로부터 자신의 두 손을 빼내려고 했다. R은 그녀의 두 손을 놓아주었다. R로부터 두 손을 빼낸 그녀는

그러나 다음 순간

"꼭 해야만 해요?"

하고 물었다. R은 어이가 없다는 표정으로 그녀를 바라보다가

"아암! 꼭 해야 하고말고."

하고 다소 경멸에 찬 목소리로 대답했다.

"왜 꼭 해야만 하지요?"

J가 말했다. R은 몹시 짜증스러워하는 목소리로 말했다.

"그건 몇 번이나 설명을 해야 해? 그 설명을 되풀이하다간 날이 새겠다."

R은 팬티와 러닝셔츠만 입은 채 그녀의 앞에 우뚝 서 있었다. J는 다시 오도카니 앉은 채로 눈물을 흘리기 시작했다. R은 격분한 목소리로 말했다.

"날 좀 더 이상 모욕하지 말아라!"

"제가 선생님을 무슨 모욕을 했다고 그래요?"

J가 말했다. R은 한껏 억누른 목소리로

"너는 도대체 왜 우느냐? 날 위해서 우느냐 그 사람을 위해서 우느냐?"

하고 물었다. J는 아무 말 하지 않고 여전히 주르르 눈물만 흘렸다. R은 분노에 찬 동작으로 그녀의 어깨를 힘껏 잡아 일으켜 세웠다. 그러고는 그녀를 밀어 침대 위로 넘어뜨렸다.

"어머! 제발, 제발, 제발 절 좀……."

그녀는 마치 물에 떠내려가는 사람처럼 숨이 꺽꺽 막히는 소리로 이렇게 소리쳤다. R은 그녀 위에 달려들어 블라우스 앞자락을 풀어헤치려고 했다. 그러나 그녀는 두 손으로 블라우스 앞자락을 결사적으로 움켜쥐고 있었다. R은 몇 차례나 그녀의 손을 떼어내려고 애썼지만 허사였다. 그러자 그는 미친 사람처럼 달려들어 거칠게 그녀의 블라우스 앞자락을 잡히는 대로 잡아당겼다. 그 바람에

블라우스 단추 두어 개가 떨어지는 것 같았고 또 천이 찢어지는 소리가 났다.
"어머! 무서워요! 제발요, 제발."
J는 겁에 질린 목소리로 이렇게 소리치며 R이 움켜쥐고 있는 블라우스 자락을 R의 손아귀에서부터 빼어내려고 애썼다. R은 그녀의 블라우스 앞자락을 굳게 움켜쥔 채 씩씩거리며 소리쳤다.
"네년이 날 그렇게 간사하게 모욕해 왔어! 오늘은 끝장이야!"
"알았어요! 제발 이걸 놓으세요! 제가 벗을게요! 옷 찢어져요!"
J는 기가 꺾인 목소리로 애원하듯 이렇게 말했다. R은 놓아주었다. J는 R이 자신의 블라우스 자락을 놓아주자 옷매무새를 고치며 잠시 후 말했다.
"벗지 않으면 안 돼요?"
R은 완고한 목소리로 대답했다.
"안 된다!"
"왜 안 되는 거예요? 그냥 이렇게 있음 왜 안 되지요?"
그러자 R은 다시 그녀의 옷자락을 잡아당길 태세로 대들었다. 그러나 J는 다시 다급한 목소리로 말했다.
"알았어요! 알았어요! 저쪽으로 잠깐만 비켜주세요! 이제 벗을게요!"
R은 그녀로부터 물러나 앉았다. J는 두꺼운 솜이불을 끌어당겨 자신의 앞가슴을 가렸다. 그러고는 말했다.
"저기 불 좀 꺼주세요."
R은 불을 껐다. 그러나 창문을 통하여 들어오는 바깥의 불빛 때문에 방 안은 훤했다. 그녀는 다시 커튼을 닫아달라고 했지만 커튼은 이미 닫힌 상태였다.
"아이 씨! 커튼을 닫았는데도 이렇게……."
그녀는 이렇게 말하며 한차례 부끄러워서 어쩔 줄 몰라 하는 옷음을 쌔액 웃고는 이불을 모가지까지 끌어당긴 채 밍기적밍기적 몸을 움직였다.

"벗었느냐?"

R은 다소 과장되게 엄한 목소리로 이렇게 물었다. 그러고는 그녀가 끌어당겨 가리고 있는 두꺼운 솜이불을 왈칵 당겨냈다. 그녀는 브래지어는 벗지 않은 채 한 손으로는 가슴을 가리고 다른 한 손으로는 필사적으로 이불을 끌어당겼다.

"그것도 벗어야지!"

R은 여전히 엄한 목소리로 소리쳤다.

"이건 벗지 않으면 안 돼요? 이젠 됐잖아요?"

J는 R의 요구가 너무하다는 어투로 말했다. R은 어이가 없다는 듯이 말했다.

"야, 내가 네 젖통을 삼 년 반 동안이나 주물렀는데 왜 새삼 그러니?"

"그렇지만 그냥 있게 해주세요."

J는 애원하는 목소리로 말했다. R은 그러나 거칠게 달려들어 그녀의 브래지어를 잡아 쥐고 힘껏 당겼다. J는 다급한 목소리로 소리쳤다.

"알았어요! 알았어요! 제가 벗을게요. 찢어져요."

그러나 브래지어는 끈에 고무줄이 들어 있었기 때문에 찢어지는 대신 길게 쭉 늘어나 있었다. 브래지어가 R의 손에 의하여 끌어당겨져 있었기 때문에 그녀의 젖통은 드러났고 그 젖통 위에는 브래지어에 눌려서 생겼을 금들이 찍혀 있었다.

"제발요, 제발! 제가 벗는다고 했잖아요?"

J는 여전히 다급하게 소리쳤다. R은 그것을 놓아주었다. 그녀는 다시 두꺼운 솜이불을 끌어당겼다. 그러고는 얼굴만 내놓고 상체를 가린 채 말했다.

"보지 마세요. 저쪽으로 돌아보세요."

R은 몹시 피곤한 얼굴로 고개를 돌리며 말했다.

"너는 그사이에 성처녀가 됐구나! 그래, 다 됐느냐?"

"아직은요, 아직은요……."

J는 이렇게 말하며 이불 뒤에서 밍기적밍기적 브래지어를 벗고 있었다. R이 고개를 돌렸을 때 그녀는 그 두꺼운 솜이불을 끌어안은 채 한 손으로는 벗겨낸 브래지어를 접어 한켠으로 감추어두려고 하고 있었다. R은 이불을 걷어치우려고 했다. 그러나 그녀가 너무나 세차게 그것을 끌어당겨 쥐고 있었기 때문에 만만히 걷어치울 수가 없었다. 그러자 R은 두 손으로 있는 힘을 다하여 왈칵 끌어당겨 냈다. 그러고는 젖가슴 위로 깍지 끼고 있는 그녀의 두 팔을 벌리며 자신의 얼굴을 그녀의 젖통 위로 들이밀었다. 그러고는 한참 후에서야 가까스로 그녀의 젖꼭지를 입에 넣고 빨 수 있기에 이르렀다.

약 이삼 분 동안 계속해서 젖꼭지를 세차게 빨아댔을 때서야 J는 자신의 가슴패기를 방어하고 있던 두 팔을 풀었다. 그리고 이번에는 그 손으로 두껍고 무거운 이불을 필사적으로 끌어당겨 자신과 R의 위로 덮었다. R은 땀을 뻘뻘 흘리며 그녀의 오른쪽 젖꼭지를 집중적으로 빨아대는 한편 오른손으로는 왼쪽 젖통을 거칠게 주물러댔다. J의 젖꼭지는 이제 톡 불거져 올랐다.

한 오 분 동안을 그 두껍고 무거운 솜이불을 뒤집어쓴 채 땀을 뻘뻘 흘리며 그녀의 오른쪽 젖꼭지를 빨아대며 오른손으로는 왼쪽 젖통을 주물러대던 R은 자신의 오른손을 J의 사타구니 쪽으로 내려보냈다. 그 순간 J는 양 허벅지를 세차게 밀착시킨 채 두 손으로는 결사적으로 R의 오른손을 저지했다. 그런데도 불구하고 R의 오른손 손가락들은 그녀의 사타구니 사이를 비집고 들어갔다. 그녀의 사타구니 사이로 들어간 R의 오른손 손가락들은 그녀의 음부가 있는 부근의 팬티스타킹 위를 마구 주물러대기 시작했다. 그녀의 팬티스타킹 위는 이미 젖어 있었다. R은 입으로는 J의 젖꼭지를 세차게 빨며 오른손으로는 그녀의 사타구니 사이의 팬티스타킹 위를 어루만지기를 그치지 않았다. J의 입에서는 가느다란 신음 소리가 흘러나왔고 그녀의 저항은 어느 정도 가라앉았다. 그때쯤 해서 R은 자신의 왼손을 아래로 내려 보내어 오른손과 함께 J의 팬티스타킹을 벗겨 내리려고 했다.

"안 돼요! 안 돼요!"

J는 그 순간 정신이 번쩍 든 듯 대단히 거세게 몸을 버둥거리며 두 손으로는 완강하게 R의 손들을 밀쳐냈다. R은 극도로 분노에 찬 태도로 벌떡 상체를 일으켜 세웠다. 그리고 오른손으로 그녀의 팬티스타킹과 그 속에 입은 팬티의 자락을 한꺼번에 아무 데나 거머쥔 채 대단히 거칠게 확 잡아당겼다. 그와 동시에 J는

"아!"

하고 여관 안이 쩡 울릴 만큼 높은 소리로 비명을 질렀다. R은 그 순간 왼손으로 힘껏 그녀의 뺨을 후려쳤다.

다음 순간 J는 조용해졌다. R도 자신의 동작을 정지한 채 약 오 초가량 꼼짝하지 않았다. 방문 밖 복도에서는 인기척이 났다. 잠시 후 다시 조용해졌다.

"미안해요."

J가 R의 귓전에다 대고 낮은 목소리로 말했다. R은 아무 말 하지 않고 다시 그의 동작, J의 아랫도리를 벗기는 일을 시작하려 했다. 그런데 그때서야 R은 그때까지 세차게 거머쥐고 있던 J의 팬티와 팬티스타킹이 심하게 찢어져 있는 것을 알았다. 그녀의 팬티와 팬티스타킹의 찢어진 부분은 공교롭게도 바로 그녀의 음부 위였다. 그러니까 그녀의 음부 위로 커다랗게 찢어져 구멍이 나버린 것이었다. R은 약간 우습다는 듯이 웃으며 그 드러난 살을 어루만졌다. 그제서야 J도 자신의 아랫도리에 되어 있는 형국이 이상하다는 것을

느꼈던지 몸을 일으켜 세우고 앉았다. R은 오른손으로는 여전히 그녀의 팬티와 팬티스타킹의 자락을 거머쥔 채 왼손으로는 그 찢어진 구멍으로 내밀고 있는 속살을 어루만졌다. 거기는 축축했다.

"어떻게 된 거예요?"

J는 손으로 자신의 사타구니 밑을 만져보며 물었다. 그리고 말했다.

"왜 하필이면 이렇게 됐어요?"

그녀는 이제 차분히 가라앉아 예사로운 목소리가 되어 있었다.

"흥, 아주 멋지게 된걸."

R은 다시 그 찢어진 부분을 어루만지며 말했다. 그러다가 그는 다시 그녀의 팬티와 팬티스타킹을 벗겨 내리려고 했다.

"알았어요. 놓으세요. 이젠 제가 벗을게요."

J는 R의 두 손을 밀어내며 이렇게 말했다. R은 놓아주었다.

"이렇게 팬티까지 찢어졌으니…… 지난번에 선생님이 말씀하셨듯이 내가 정말 창녀일까?"

그녀는 자신의 팬티와 팬티스타킹을 벗겨 내리다 말고 멍청하게 앉아 이렇게 중얼거렸다.

"아니다, 아니여. 네가 무슨 창녀냐?"

R은 그녀를 위로하듯이 이렇게 말했다.

"그렇지만 선생님이 전에 그렇게 말했잖아요. 저더러 창녀라고요."

"그때는 내가 화가 나서 그냥 했던 말이야."

"그렇지만 이렇게 팬티까지 찢어졌으니…… 선생님, 제가 정말 창녀인가요?"

그녀는 고개를 약간 옆으로 기울인 채 대단히 심각한 표정으로 물었다.

"아니라니까. 내가 지난번에 했던 말은 모두 마음에 없는 소리였다."

R은 다소 갑갑해하는 어투로 이렇게 말하며 왼손으로는 다시 그녀의 사타구니 사이의 드러난 속살을 어루만졌다. 그제서야 그녀는 일어나 자신의 팬티와 팬티스타킹을 벗었다. 그리고 나서 다시 그녀는 스커트를 벗지 않겠다고 했지만 그다지 오래 고집하지는 않았다.

이제 완전히 알몸이 된 J는 다시 이불을 끌어안고 앉아 R을 쳐다보며 말했다.

"선생님, 안 하면 안 돼요? 꼭 해야만 해요?"

"너 미쳤니? 너 날 피 말려 죽이려고 그러니?"

R은 그녀를 쏘아보며 말했다. 그리고 바삐 팬티와 런닝을 벗어던지고 이불 속으로 들어가려 했다.

"그럼 선생님, 그 런닝셔츠를 좀 빌려주세요. 전에도 그랬듯이 선생님 런닝셔츠를 제가 입을게요."

R은 방금 벗은 자신의 런닝셔츠를 그녀에게 던져주었다. 그녀는 R의 런닝셔츠를 다소 재미있어 하는 표정으로 입었다. R은 이제 침대 위로 올라갔다. 그리고 그녀가 끌어안고 있는 무거운 솜이불을 걷어내려고 했다.

"선생님, 절 증오하시지요? 그렇지요, 선생님!"

그녀는 그 순간 양미간을 몹시 심하게 찌푸린 채 이렇게 물었다. R은 피곤한 얼굴로 아무 말 하지 않고 이불을 걷어내려고만 애쓰고 있었다.

"그렇지요, 선생님? 절 증오하지요, 선생님?"

그녀는 여전히 얼굴을 심하게 찡그린 채 금방이라도 울 것 같은 목소리로 다그쳤다. R은 무감각한 얼굴과 목소리로

"아니. 증오 안 해."

하고 말했다. 그는 이미 몹시 피로한 얼굴이었다. 그러나 J는 R의 이 말만으로는 충분하지 않다는 듯이 계속해서 예의 그 다소 과장

되어 있다고 할 수 있을 표정으로 말했다.

"선생님, 절 증오하시지요? 그렇지요?"

R은 짜증스러워하는 목소리로 말했다.

"제발 입 좀 다물어라. 내가 왜 널 증오하겠니?"

그제서야 J는 약간 안심이 되기라도 한 듯 이불을 끌어당기며 누웠다. R은 이불을 걷어내려고 했지만 그녀는 두 팔로 너무나 세차게 그것을 누르고 있었기 때문에 걷어낼 수가 없었다. 그래서 R은 그 무겁고 두꺼운 이불 속으로 들어갔다. 그때는 이미 R은 지칠 대로 지친 표정이었다.

R이 이불 속으로 들어간 뒤에도 J는 한사코 R과 자신 사이에 이불을 구겨 넣었다. R은 그것을 빼내기 위해서 애를 썼고 J는 그것을 더욱 끼워 넣기 위해서 애를 썼다. 그리하여 약 오 분쯤 지난 뒤에서야 R의 몸은 J의 몸과 완전히 맞닿을 수 있었다. R의 몸에 의해 촉지되고 있는 그녀의 몸은 더웠다.

두 사람의 몸이 그 두껍고 무거운 솜이불 속에서 포개어졌을 때 R은 J의 목덜미에다 코를 박은 채 씩씩거리며 두 손으로는 그녀의 가랑이를 벌리려고 애썼다. 그러나 J는 가랑이를 한껏 오그린 채 두 손으로는 R의 머리 위로 이불을 덮어씌우려고 애쓰고 있었다. 약 오 분쯤 지났을 때서야 R은 그녀의 가랑이를 벌리고 그 사이에 자신의 아랫도리를 옮겨 넣기에 이르렀다. 그러나 R의 페니스는 전혀 발기되어 있지 않았다. R은 자신의 축 늘어진 페니스를 그녀의 음모 위에 헛되이 부벼대면서 두꺼운 이불 속에서 땀을 흘렸다.

"메흐드! 메흐드! 메흐드! 메흐드!"

R은 몹시 화가 난 표정으로 이불을 확 걷어 젖히며 옆으로 벌렁 나자빠지면서 이렇게 소리쳤다. J는 그 순간 부리나케 이불을 끌어당겨 자신의 몸을 덮었다. R은 이불이 벗겨져 알몸을 드러낸 채 벌렁 드러누워 천장을 향하여 다시 한 번 혼잣말처럼 중얼거렸다.

"메흐드! 메흐드!"

그의 얼굴은 창백했다. 그의 옆에 누운 J는 이불을 턱까지 끌어 덮은 채 두 팔로 그것을 꾹 누르고 숨을 죽이고 있었다. 그리고 잠시 후 혼자 쌔액 웃었다.

약 이삼 분쯤 후에 R은 벌떡 일어났다. 그러고는 목욕탕으로 갔다. 그는 찬물을 세차게 틀어놓고 얼굴을 씻고, 자신의 페니스를 씻고, 그러고는 수도꼭지에 입을 대고 찬물을 벌컥벌컥 마셨다. 입술과 턱에 묻은 찬물을 손등으로 닦으며 그는 목욕탕에서 나왔다. 그러고는 J가 두 팔로 꾹 누르고 있는 그 육중한 이불을 들치고 안으로 들어갔다.

"아! 당신은 처음으로 저의 속으로 들어왔던 사람이에요!"

J는 이불 속으로 들어오는 R의 목을 두 팔로 감으며 갑자기 격정에 찬 목소리로 말했다.

"그래요! 당신은 처음으로 저의 몸속으로 들어왔던 사람이에요!"

그녀의 목소리는 마치 연극의 대사를 낭송하는 것 같았다. R은 아무 말 하지 않고, 아무런 표정 없이 그 두껍고 무거운 이불 속에서 그의 아랫도리를 그녀의 가랑이 사이로 옮겨 넣는 데만 열중하고 있었다. 약 일 분쯤 후, R의 엉덩이 부근의 이불이 들썩거리기 시작했다.

일단 이불이 들썩거리기 시작하자 그의 동작은 대단히 거칠었다. 그 바람에 그의 머리는 침대 머리맡에 얹혀 있는 주전자와 물컵들이 놓여 있는 쟁반에 부딪치기 시작했다. J는 얼른 손을 들어 R의 머리가 쟁반에 직접 부딪치지 않도록 쟁반 앞을 손바닥으로 막아주었다. 그 순간 R은 갑자기 벌떡 상체를 일으켜 세웠다. 그리고 단숨에 J가 입고 있는 러닝셔츠를 홀렁 걷어냈다. 그리고 두 손으로는 세워 올려져 있는 그녀의 양 무르팍을 잡고 그녀의 가랑이를 쩍 벌렸다. 그리고 뻣뻣하게 상체를 세운 채 대단히 거세게 자신의 페니스를 그녀의 자궁에다 박아댔다. J의 사타구니의 뼈와 R의 그것이 세차게 부딪쳤다.

"왜 그렇게 하세요? 무서워요!"

J는 누운 채 R을 올려다보며 약간 겁에 질린 목소리로 말했다. R은 아무 말 하지 않고 아무런 표정도 없었다. R이 허리를 앞뒤로 세차게 움직일 때마다 누워 있는 그녀의 두 젖통은 털썩거리고 있었다. J는 신음 소리를 내며 버둥거리기 시작했다. 그러나 R은 여전히 상체를 뻣뻣하게 세운 채 두 손으로는 그녀의 가랑이를 쩍 벌리고 대단히 거칠고 대단히 기계적인 동작을 계속했다. 그는 그 반복적인 동작을 계속하면서 잠시 고개를 수그리고 그녀의 아랫배를 내려다보았다. 그녀의 아랫배는 부르다고 할 수는 없었다. 그는 다시 고개를 쳐들었다. 그리고 그 기계적인 동작을 계속했다. 그의 입술에는 경멸에 찬 미소가 번져나기 시작했다.

일, 이, 삼, 사, 오, 육, 칠, 팔, 구, 십, 십일, 십이, 십삼, 십사, 십오, 십육, 십칠, 십팔, 십구, 이십…….

R은 마음속으로 규칙적인 수를 헤아리고 있는지 모른다. J는 그러나 불규칙하게 사지를 버둥거리고 있었다.

R의 수 헤아리기는 그러나 그다지 오래가지는 않았다. 불과 팔십칠을 헤아린 그는 J의 옆 귀퉁이로 픽 고꾸라지면서 소리쳤다.

"메흐드! 메흐드! 메흐드!"

약 일 분쯤 지났을 때 J가 걱정스러운 표정으로 몸을 돌려 고꾸라져 있는 R 쪽을 돌아보며 물었다.

"왜 그러세요?"

"메흐드! 메흐드!"

R은 꺼져가는 목소리로 이렇게 웅얼거렸다.

"잘 안 됐어요?"

J가 다시 걱정스러운 목소리로 물었다. R은 아무 말 하지 않았다.

"저는 좋았는데요."

J가 말했다. 약 일 분쯤 지난 뒤에 R은 고꾸라져 있던 자세에서 몸을 뒤집어 천장을 보고 벌렁 나자빠졌다. 그리고 힘없는 목소리로 말했다.

"난 피곤해."

J는 그의 곁에 앉은 채 몹시 걱정스러운 얼굴로 그를 들여다보며 말했다.

"잘 안 돼서 그래요? 이제 잘되겠지요 뭐. 저는 좋았어요."

R은 아무 말 하지 않고 불만에 가득한 얼굴로 눈을 감고 있었다.

"그까짓 거 잘 안 되면 어때요? 다음에는 잘되겠지요 뭐. 너무 걱정하지 마세요."

그녀는 R의 뱃가죽을 힘없는 표정으로 어루만지며 이렇게 말했다. 잠시 후 R은 눈을 뜨고 말했다.

"엉터리였어."

"뭐가요? 섹스가요?"

"……"

"그런 걸 가지고 왜 걱정을 하세요. 때로는 잘되기도 하고 때로는 못 되기도 하는 거지요. 이제 잘될 때도 있겠지요 뭐. 게다가 저는 좋았어요. 정말이에요."

R은 다시 피곤한 얼굴로 눈을 감았다. 잠시 그의 곁에 앉아서 그를 내려다보고 있던 J가 한켠에 감추어두었던 브래지어를 꺼내어 입기 시작했다. 그리고 일어나 찢어진 팬티에 발을 끼워 넣으며 말했다.

"이젠 집으로 갈게요."

R은 아무 말 하지 않았다. 그는 몹시 지친 얼굴로 멀건히 그녀를 쳐다보고만 있었다.

"내가 정말 창녀인가?"

그녀는 찢어진 팬티를 입다 말고 엉덩이를 드러내 놓은 채, 고개를 한쪽 옆으로 갸우뚱하게 기울이고 앉아 이렇게 중얼거렸다.
"창녀는, 네가 왜 창녀니?"
R은 꺼져가는 목소리로 달래듯이 이렇게 말했다.
"그렇지만 전에 선생님은 저더러 창녀라고 했잖아요."
"그때는 화가 나서 그랬던 거지."
R은 귀찮아하는 목소리였다. 그제서야 그녀는 팬티를 엉덩이 위로 끌어올렸다. 그리고 다시 그녀는 팬티스타킹을 찾아 발을 끼우기 시작했다.
"내가 정말 창녀인가? 이렇게 찢어진 팬티나 입고 다니게?"
팬티스타킹을 엉덩이 위로 끌어올리기 전에 그녀는 다시 한 번 고개를 옆으로 갸우뚱하게 하고 독백을 하듯 중얼거렸다.
"제발, 제발 입 좀 다물어라."
R은 짜증스러워하는 목소리로 말했다. J는 팬티스타킹을 엉덩이 위로 끌어올렸다.
"하이! 왜 하필이면 이렇게 됐을까? 내가 정말 창녀는 창년가 봐."
팬티스타킹을 엉덩이 위로 끌어올린 뒤 손으로 자신의 사타구니 밑을 한 번 만져본 그녀는 다시 이렇게 말했다. R은 아무 말 하지 않았다. 그러자 그녀는 일어나 다시 다른 옷들을 주워 입기 시작했다. 옷을 다 챙겨 입은 그녀는 그때까지 벌렁 누워 있던 R의 젖꼭지 위에다 입을 맞추었다. 그리고 말했다.
"그럼 잘 주무세요. 내일 아침에 올게요."
그녀의 이 말이 R에게는 전혀 뜻밖이라는 듯이 눈을 들고 그녀를 쳐다보았다.
"나오실 필요 없어요. 편히 쉬세요."
그녀는 이렇게 말하고 방문을 열고 나갔다. R은 그녀가 방을 나가기 전에 내일 아침에 이 방이 311호라는 것을 잊지 말라고 했다.

J는 이미 알고 있다고 말했다.

그녀가 나간 뒤 R은 팔을 뻗어 머리맡에 놓인 시계를 찾았다. 그리고 약간 고개를 쳐들고 그것을 들여다보았다. 영 시 삼십 분이었다. R은 시계를 다시 제자리에 올려놓고 불을 끄고 그리고 두 발로 그의 발치에 있는 두꺼운 솜이불을 걷어차 침대 밑으로 밀어내 버렸다. 그러고는 이내 불안한 잠 속으로 빠져 들어버렸다.

이튿날 아침 여덟 시가 조금 지나서 J는 방문을 두드렸다.
"잘 주무셨어요?"
그녀는 걱정스러운 표정으로 이렇게 물었다. R은 시무룩한 얼굴로 말했다.
"잘 잤느냐고? 머릿속에 온통 지푸라기들을 쑤셔 넣어놓은 것 같다. 그리고 움직일 때마다 그 지푸라기들이 서걱거리는 것 같아. 엘리어트가 그의 어느 시 한 구절에서 쓰고 있는 것처럼 나는 꼭 박제가 된 것 같아."
잠시 후 두 사람은 여관을 나와 여관 앞에 세워둔 J의 차에 올라탔다.
"어디 갈까요, 선생님?"
J는 안경을 꺼내어 쓰고 안전벨트를 질러 매며 이렇게 물었다. R은 잠시 생각을 하고 난 뒤 말했다.
"대전으로 가자."
"대전은 왜요?"
"어제 말했듯이 어디 점쟁이한테 가 물어보자. 만약 그 점쟁이가 너와 내가 정말 맞지 않는다고 하면 우리는 이제 다시는 아무 말 하지 않고 끝내기로 하자. 나도 이제는 더 이상 이런 식으로 너와의 관계를 계속해야 한다고 생각하지는 않는다. 내 머릿속에는 온통 지푸라기뿐이다."

"그렇지만 왜 하필 대전까지 가야 해요?"

"왜냐하면 대전엔 아무도 아는 사람이 없으니까 거기라면 의심할 바 없는 점쟁이를 찾을 수 있을 거야."

"그럼 그렇게 해요."

J는 이렇게 말하고 차를 출발시켰다. 그들이 탄 차가 올림픽대로를 달리고 있을 때 R이 말했다.

"대전에 가거든 무조건 제일 먼저 눈에 띄는 점쟁이 집엘 찾아 들어가자. 그리고 그 점쟁이 말에 우리의 운명을 맡겨버리자. 그 점쟁이가 만약 우리 두 사람이 함께 사는 게 좋다고 하면 살기로, 나쁘다고 하면 그것으로 완전히 끝을 내기로 하자. 이제 우리의 운명은 우리가 곧 만나게 될 그 점쟁이 말에 달려 있다."

R은 이렇게 말하고는 입을 다문 채 차가 팔팔올림픽대로를 거쳐 중부고속도로에 올라갈 때까지 거의 한 시간 동안 내내 차창 밖으로 고개를 돌린 채 멍하니 바깥만 내다보고 있었다.

"세상은 참 불공평해요."

차가 중부고속도로에 올라선 뒤 약 십 분쯤 지났을 때서야 J가 먼저 입을 열었다. 그리고 그녀는 한숨 섞인 목소리로 계속했다.

"그래요. 세상은 너무나 불공평해요."

R은 여전히 차창 쪽으로 고개를 돌린 채 아무 말 하지 않았다. J는 계속했다.

"선생님보다 훨씬 못한 사람들도 이 땅에는 얼마든지 잘만 살아가고 있는데……."

여기서 J의 목소리는 갑자기 심한 격정에 차 있었다. R은 그제서야 고개를 돌려 그녀를 돌아보았다. 그녀의 두 볼에는 두 줄기 눈물이 주르르 흘러내리고 있었다. 그러나 R은 여전히 피로한 얼굴로 아무 말 하지 않았다. J는 부르짖는 듯한 목소리로 계속했다.

"그래요. 선생님은 누구보다도 재능이 있어요. 그러나 돈이 없다는 이유 하나 때문에…… 이 땅에는 얼마나 많은 선생님보다 못한 사람들이 부당하게 잘들 살아가고 있는데…… 선생님 같은 분이…… 선생님 같은 분이…… 그래요, 선생님만 생각하면 눈물이 나요."

J는 울음 섞인 목소리로 이렇게 말하며 다시 주르르 눈물을 흘렸다. 그리고 계속했다.

"선생님은 돈이 없기 때문에 이혼도 하지 못하잖아요. 그래요. 돈만 있다면 아무것도 아닌 문제일 텐데…… 사랑하지 않으면서도 다만 돈이 없기 때문에……."

J의 목소리는 격정에 차 있었다. R은 그제서야 입을 열었다.

"그건 그래. 내가 만약 돈이 있어서 일 억쯤 떼어줄 수만 있다면 이 일은 아무것도 아닐 거야. 그리고 내가 만약 돈이 있다면 아낌없이 떼어주어야 하고……."

"그래요. 그게 옳아요. 돈이 있다면 떼어주어야 해요. 그렇지만 돈이 없잖아요."

J의 목소리는 비애에 차 있었다. R은 다시 입을 다물고 창밖을 내다보고 있었다.

"그래요. 선생님은 내가 만난 어떤 사람보다도 재능이 있어요. 그렇지만 돈이 없다는 사실 하나 때문에……."

"그래, 나도 재능이 있다면 있다고 할 수도 있지."

R은 이렇게 말하고 프랑스에서 그가 이룩한 몇 가지 성과에 대하여 이야기했다. 그러나 그는 이런 이야기를 하기가 어줍잖다는 생각이 들었던지 곧 중단했다. 그리고 그는 다시 고개를 차창 밖으로 향했다.

"이 땅에서는 돈이 많다는 것은 직접적이든 간접적이든, 의식적이든 무의식적이든 다 나름나름으로 부정을 저지르는 거예요. 그 사람에게도 그런 말을 했어요."

이제 J는 어느 정도 아까까지의 그 격정적인 감정에서 벗어난 목소리로 말하고 있었다.

"그 사람은 돈이 많으니?"

R은 문득 생각이 났다는 듯이 그녀를 돌아보며 이렇게 물었다. J는 쌔액 웃으며 말했다.

"아마 그런가 봐요. 그런데 돈이 많다는 것은, 돈이 필요 이상으로 많다는 것은 이런 사회제도 속에서는 다 나름나름으로 부정을 저지르고 있다고 할 수 있잖아요? 그 사람에게도 저는 그랬어요. 나는 당신이 돈이 많다는 사실 때문에 싫어한다 하고요. 그리고 돈이 많다는 것은 본의는 아니라 할지라도 이런 사회제도 속에서는 다 나름나름으로 부정에 가담하거나, 부정에 직접 가담하지는 않는다 할지라도 적어도 그 부정을 방조하고 그것에 편승하는 것이라고요."

"그랬더니 뭐라고 하던?"

"그러나 사람들은 내 말이 무슨 말인지 구체적으로 알지는 못해요. 가난이란 당하고 있는 사람만이 구체적으로 느끼는 것이잖아요. 당하지 않는 사람은 몰라요. 그 사람은 내가 그런 말을 하니까 내 말 뜻은 구체적으로 이해하지 못하는 표정이었지만 내가 그런 말을 할 수 있다는 사실 때문에 저를 더욱 좋아하는 것 같아요."

R은 여기서 피시시 웃었다. 그러고는 말했다.

"그렇지만 너는 그런 말을 함부로 남한테 해서는 못쓴다."

"왜요? 선생님 자신이 전에 제게 그렇게 말씀하셨잖아요."

"그래, 내가 그런 말을 했지. 그리고 너는 내가 하는 말을 배웠던 거고. 그러나 그때 내가 했던 말은 우리끼리 했던 말이고 아무 데나 가서 그런 말을 하면 못쓴다."

J는 여기서 약간 의아해하는 눈으로 R을 돌아보았다. R은 여전히 피시시 웃고 있었다. 그는 잠시 뜸을 두었다가 다시 시작했다.

"돈이라는 건 나쁜 게 아니야. 돈이 많으면 즐거운 일이야. 날 보렴. 난 돈이 없어. 집이 하나 있나, 방이 하나 있나, 이혼을 마음대로 할 수가 있나? 가난하다는 건 죄악은 아닐지 모르지만 대단히 불편한 거야. 돈이 없으면 아무리 재능이 있다 할지라도 그걸 발휘해 볼 수가 없지. 반면에 돈이 많으면 무엇이든지 해볼 수가 있지. 특히 한국과 같은 사회제도 속에서는. 성경에 부자가 천국에 가는 것은 낙타가 바늘구멍을 통과하는 것보다 더 어렵다고 했는데 그 말은 중세의 교회가 민중의 돈을 긁어가는 데 아주 편리한 구실이 된 것 외에는 아무런 의미가 없는 것이야. 암튼 돈이라는 건 그다지 나쁜 것이 아니야. 돈이 많은 사람은 대체로 성격이 원만하지. 나처럼 가난뱅이는 깡마른 자존심밖에는 없는 거 아니겠어. 어때? 네가 아는 그 사람도 돈이 많으니 대체로 성격이 원만하지 않던?"

"그건 그래요."

J는 약간 웃어 보이며 말했다.

"아암, 그렇고말고. 내가 너한테 한 가지 물어보겠는데 솔직하게 대답해 보렴. 너는 널 좋아한다는 그 사람이 돈이 많다는 사실이 돈이 없는 것보담 좋지 않던?"

"그건 그래요. 나도 그 사람이 돈이 많다는 것이 나쁘지는 않다고 생각해요. 그래요. 그 사람이 돈이 많기 때문에 여러 가지로 편해요. 그렇지만 그 사람이 돈이 많기 때문에 결혼하려고 했던 건 아니에요."

"아암, 그렇겠지. 그렇지만 그 사람이 나처럼 가난뱅이였다면 너는 결혼하겠다고 할 수 있었겠니? 한번 솔직히 말해 보렴."

J는 여기서 잠시 생각을 하고 나서

"아니요."

하고 말했다. R은 여기서 다시 피시시 웃었다. 그러고는 말했다.

"솔직히 말해 줘서 고맙다. 그럼 됐지 않느냐? 이런 사회 시스템에서 돈이 많다는 건 부정이니 뭐고 하고 떠들어댈 건 없지 않느냐? 너는 지금 나한테 그 사람 돈 많다는 걸 은근히 자랑하기 위해서 엉뚱한 말로부터 빙 돌아온 건 혹시 아니냐?"

R은 여전히 그 피시시 웃는 웃음을 띠고 일단 입을 다물었다.

"무슨 말을 그렇게 하세요? 제가 무슨 자랑을 했다고 그래요?"

J는 억울하다는 목소리로 말했다. R이 계속했다.

"네가 그 사람에게 했다는 말, 즉 이런 사회 시스템에서는 돈이 많다는 것이 부정이니 어떠니 하는 말은 나처럼 돈이 없는 사람들이 억하심정에서 하는 말이야. 그러나 너는 그런 말을 할 자격이 못 되지 않느냐? 너는 그래도 어떤 돈으로 샀건 간에 이렇게 자가용도 몰고 다니지 않느냐."

"자가용 몰고 다닌다고 다 부잔가요, 뭐? 요새가 어떤 세상인데."

"물론 그런 말을 할 수도 있겠지. 그러나 한국은 프랑스나 미국과는 달라서 아직도 어느 정도는 차가 부의 척도일 수도 있지 않느냐? 그렇지 않느냐?"

"하긴 그래요."

"그렇지. 그러니 너는 아무한테나 이 사회에서는 돈이 많다는 것이 부정이니 어떠니 하는 말을 하지는 말아라."

"제가 누구한테 그런 말을 하고 다닌다고 그래요? 다만 그 사람한테만 한 번 그랬을 뿐인데."

"그렇지. 바로 그게 문제이지. 너는 그 말을 하면 그 사람이 너를 더욱 깜찍하게 여길 거라는 걸 의식적이지는 않았다 하더라도 적어도 무의식적으로는 느끼고 있었던 거지. 그래서 너는 나에게서 얻어들은 그 말을 써먹은 거지. 이렇듯 너는 한국에서 살아가면서 나한테서 배운 말을 그때그때 잘 써먹고 있는 거지."

여기서 J는 몹시 민망스러워하는 표정으로 무엇인가 변명하려고 했다. 그러나 그녀는 그다지 조리 있는 말을 하지는 못했다. R은 그녀의 말을 더 듣고 있지 않았다. 그는 고개를 돌려 차창 밖을 멍하니 내다보고만 있었다. 약 삼 분쯤 지난 뒤에서야 R은 고개를 돌려 계속했다.

"그러니까 결국 일이 이렇게 된 거지. 나는 무엇인가를 너에게 가르쳤기 때문에 너는 그걸 이용하여 다른 사람들의 환심을 살 수 있게 된 거지. 박사라든가 문학평론가라는 것도 다 같은 맥락에서 보면 되는 거지. 내가 널 박사 겸 문학평론가로 만들어버렸기 때문에 많은 사람들이 널 다른 눈으로 보게 되었고, 너 또한 그런 걸 이용하여 나를 버리고 수월하게 다른 사람을 찾아낼 수 있었던 거지."

"그만두세요! 제가 무슨 다른 사람의 호감이라도 사기 위해 술수라도 부린 줄 아세요?"

"한마디로 말하면 내가 널 키웠기 때문에 나는 결국 보기 좋게 고갱이를 진 거지. 셀라비!"

"시끄러워요! 제가 무슨 다른 사람이 있다고 그래요? 저는 이제 아무도 없어요."

R은 여전히 창밖으로 시선을 돌린 채 쓸쓸한 미소를 띠고 있었다. 이제 두 사람 사이의 대화는 오랫동안 중단되었다.

창문 밖에는 산들이 펼쳐졌고 산들은 모두 사월 말의 그 연둣빛 신록으로 울창했다. 간밤에 비가 왔던지 산들은 청초했고 하늘은 맑았다.

"여기는 참 좋은데요?"

J는 차창 밖에 펼쳐지는 풍경을 내다보며 이렇게 말했다. 그때까지 멍하니 차창 밖만 바라보고 있던 R은 그제서야 정신이 든 듯 주변을 두리번거렸다. 그리고 말했다.

"그러네. 이만하면 가히 아름답다고 할 수도 있겠군."

그는 이내 기분이 좋아진 낯으로 고속도로 연변에 펼쳐지고 있는 몇몇 산들의 풍경을 칭찬하기 시작했다. J도 그의 말에 동조했다. 그리고 그들은 지난날 프랑스에서 차를 타고 지나갔던 들판이나 마을 그리고 비가 내리던 숲길에 대하여 이야기하기 시작했다. 그런 이야기를 하면서 R은 그의 손을 들어 J의 어깨를 어루만지기도 했다. J는 아무런 저항도 하지 않고 조용한 미소만을 머금고 있을 뿐이었다. 두 사람은 이내 마음이 밝아져서 휴게소에서 잠시 쉬어가기로 합의했고, 휴게소에서 차를 세워두고 식사를 했고, 그리고 다시 출발했다.

"내가 이런 질문을 하긴 좀 쑥스럽기도 하다만 내가 너의 가장 가까운 친구의 한 사람으로서 그리고 프랑스에서 삼 년 반 동안 동고동락했던 사람으로 만약 그런 자격이 주어진다면 나는 너에게 좀 엉뚱한 걸 한번 물어볼까 한다."

"그렇게 하세요."

J는 명랑해진 목소리로 이렇게 말했다.

"그래, 그럼 묻겠다. 너를 사랑한다는 그 남자는 총각이냐 아니면 나처럼 이미 한 번 이상 결혼을 했던 사람이냐?"

R의 이 질문에 J는 약간 난처해하는 미소를 띤 채 잠시 아무 대답을 하지 못하고 있었다. 그래서 R이 다시 물었다.

"총각이냐?"

잠시 머뭇거리던 J는 부끄러운 것을 말해 버리지 않으면 안 될 때 흔히 그렇게 하듯이 오히려 약간 허세에 찬 큰 목소리로 말했다.

"아니요!"

R은 잠시 그녀를 멀건히 바라보다가 다시 물었다.

"그럼 나처럼 이미 결혼을 한 번 이상 했던 사람이냐?"

이번에 J는 그다지 망설이지 않고 말했다.

"예."

R은 또다시 잠시 그녀를 멀건히 바라보다가 다시 물었다.

"물론 나하고는 달리 이혼을 했겠구나."

"예."
"그럼 아이도 있니?"
"예."
"몇이나 되니?"
J는 머뭇거릴 뿐 대답이 없었다. R이 다시 물었다.
"하나니?"
"아니요."
"그럼 둘이니?"
"아니요."
R은 이해가 가지 않는다는 듯이 더 이상 묻지 못하고 머뭇거리고 있었다. 그때 J는 다시 내친김에 말해 버린다는 어투로 일부러 큰 소리로 말했다.
"셋이나 돼요!"
R은 다시 이해가 가지 않는다는 듯이 그녀를 쳐다보고 있다가 도무지 믿어지지 않는다는 듯이
"설마."
하고 말했다. 그러자 J가 말했다.
"정말이에요."
R은 이제 더 이상 아무 말을 못하고 다시 고개를 돌려 창밖을 멍하니 바라보고 있었다. 그때 J가 다시 말했다.
"R 선생님도 아이가 둘이잖아요. 그래서 제가 아마도 아이가 있는 남자에게 동정을 느끼는 것 같아요. 그래요. R 선생님이 아니면 저는 아마도 아이가 있는 남자에게 눈을 돌리지는 않았을 거예요. 저는 R 선생님에 대한 저의 감정이 아마도 그 사람에게도 똑같이 간 거라고 생각되어요."
듣고 있던 R이 그녀의 말을 중지시키며 이렇게 말했다.
"날 찍어 붙일 건 없다. 너는 네가 바람이 난 사실마저도 나한테

동정심이 있어서 그랬다고 하는구나."

그리고 그는 다시 고개를 창문 쪽으로 돌리고 약 오 분가량 창밖을 내다보고 있었다. R이 고개를 돌리고 창밖을 내다보고 있는 동안 J는 그 남자의 아이들을 한 번 봤는데 착해 보이더라는 등의 말을 하기도 했다. 그러나 R은 고개를 돌려 J를 바라보며 혼잣말처럼 중얼거렸다.

"하긴 네 나이가 서른셋이나 되었으니 총각이야 바랄 수 없겠지."

이렇게 말하고 나서 그는 약간 시니컬하게 들릴 수도 있는 목소리로 계속했다.

"그렇긴 하지만, 얘, J야, 사람 마음이라는 게 참 간사하기도 하지."

J는 그가 이제 무슨 말을 하려고 하는가 하는 것이 궁금한 듯 그를 돌아보았다. 그는 다소 과장되게 쓸쓸해하는 웃음을 입가에 지은 채 계속했다.

"사람의 마음이란 참 간사하기도 하지. 난 네 말을 들으니 자존심이 좀 상하는구나. 나하고 삼 년 반 동안 함께 살았던 여자가 고작해야 그래 아이가 셋이나 딸린 이혼한 남자에게 시집을 가겠다고 하니 나로서는 왠지 자존심이 상하는 것 같다."

이렇게 말하자 J는 몹시 민망스러울 때 짓게 되는 미소를 지으며 안절부절못해하고 있었다. R은 그러한 그녀의 얼굴을 찬찬히 관찰하며 계속했다.

"하긴 그 사람이 돈이 좀 많다고 하니 그나마 다행이라고 생각하겠지만서도 그래 내가 기껏 박사 만들고 문학평론가 만들어 한국 내보내 놨더니 너는 고작해야 그래 아이가 셋이나 딸린 남자밖에는 못 구했느냐? 아무리 돈이 좀 있다기로서니. 나는 갑자기 몹시 부끄러워지는구나."

J는 이제 얼굴을 붉힌 채 어찌해야 할 바를 모르고 있었다. R은

계속했다.

"내가 지난번에도 너한테 말했듯이 나는 처음부터 이 일로 그다지 질투심을 일으키지는 않았다. 그렇지 않더냐?"

"예, 그래요."

"그래, 난 질투심을 느끼지는 않는다. 그러나 다만 자존심이 상한다."

J는 계속해서 민망스러워하는 미소를 짓다가 급기야는 짜증이 난 목소리로 말했다.

"그만두세요! 제가 언제 그 사람하고 결혼한다고 했어요?"

R은 잠시 사이를 두고 말했다.

"지난번에 넌 그 남자의 결혼신청을 승낙하지 않았느냐?"

"그렇지만 이제 끝났단 말이에요!"

R은 아무 말 하지 않고 다시 차창 밖으로 얼굴을 돌렸다. J는 계속했다.

"공연한 소리 이제 그만 하세요! 그 사람이 나한테 뭐가 된다고 그래요!"

"그렇지만, 얘, J야."

R은 다시 J 쪽으로 고개를 돌리며 말했다.

"너는 왜 네가 하는 일에 늘 그렇게 소신이 없느냐? 너는 지난번에는 나한테 말하기를 너도 그 사람을 사랑한다고 했고, 어젯밤에는 그 사람을 위해서 그토록 눈물까지 흘려놓고 지금 와서는 또 왜 그 사람을 그렇게 개똥처럼 취급하니? 나는 프랑스에서 살 때 널 그렇게 소신 없는 사람이 되도록 가르치지는 않았다. 만약 네가 그 사람을 사랑한다면 너는 너의 그 감정에 충실할 수 있어야 되지 않겠니. 내가 자존심이 상한다고 하니까 금방 네가 자존심이 상해 그렇게 안절부절못해서야 어디 쓰겠니? 그렇다면 네가 그처럼 내세웠던 너의 감정이라는 건 도대체 뭐냐?"

R은 이렇게 말하고 대전에 거의 다 다다를 때까지 별로 아무 말 하지 않았다. 그사이에 J는 "나는 그 사람과 결혼하지 않아요.", "이젠 끝난 걸 가지고 왜 그래요." 하고 짜증스러워하는 어투로 항변했다. 이런 말에 대하여 R은 다만
"이제 우리의 운명은 점쟁이한테 달렸으니 제발 점쟁이한테 갈 때까지는 아무 말 하지 말고 담담하게 기다리자. 물처럼 담백한 마음으로."
하고 말했을 뿐이다.
대전에서 R이 대뜸 접어든 곳은 지붕들이 낮은 허름한 집들로 빽빽하게 들어찬 몹시 좁은 골목이었다.
"가히 빈민굴이라고 할 수 있겠군."
앞서 가던 R이 J를 돌아보고 말했다.
"점쟁이 집을 어떻게 찾지요?"
J는 내키지 않아 하는 표정으로 R을 따라가며 물었다.
"이런 빈민가에는 반드시 점쟁이 집이 있을 거야. 점쟁이들이란 본래 가난한 동네에 많게 마련이니까."
이렇게 말하고 그는 서슴지 않는 걸음으로 골목을 꺾어 들었다. 골목을 꺾어 들자마자 저만큼 낮은 지붕들 위로 높게 서 있는 마른 대나무 하나가 눈에 들어왔다. 게다가 그 대나무 상단에는 붉은 깃발이 걸려 있었다.
"라 브왈라!(La voilà!)"
R은 높이 솟아 있는 마른 대나무를 손가락으로 가리키며 소리쳤다.
"찾기도 잘도 찾네요. 흡사 아는 집을 찾아오듯이 아무런 망설임도 없이 어떻게 그렇게 금방 찾아낼 수 있어요?"
J는 그러나 여전히 내키지 않아 하는 표정으로 말했다. R은 경중경중 마른 대나무가 서 있는 쪽으로 걸어가며 대답했다.

"한국에서 예배당 찾는 것과 점쟁이 집 찾는 것보다 쉬운 일이 또 어디 있겠느냐?"

그러고 나서 시니컬한 목소리로 덧붙였다.

"이제 우리는 저 집에서 우리의 운명을 결정짓게 될 거야. 우리는 둘 다 너무나 무능해서 스스로 운명을 결정지을 수 없기 때문에 결국 저 집에서 그것을 결정지어야 하기에 이른 거지. 셀라비!"

"그래요. 정말 그래요."

J는 작은 목소리로 이렇게 웅얼거리며 주저하는 걸음으로 R의 뒤를 따라갔다. 높은 대나무가 대문 옆에 세워져 있는 집은 겉에서 보아서도 몹시 누추해 보였다.

"실례합니다! 이 집이 점치는 집이지요?"

R은 거침없이 대문을 밀고 들어서며 다소 허세에 찬 큰 소리로 안을 향하여 소리쳤다. 집은 이 구역의 다른 집들처럼 지붕이 낮고 작았다. 시멘트를 바른 폭 이 미터가량의 좁은 뜰을 두고 툇마루와 방이 있었다.

"어디서 오셨어유?"

대문간에 서 있는 R과 J를 내다보며 이렇게 말한 것은 칠십에 가까운 둥그스름한 얼굴을 한 노파였다. R은 이 집이 점치는 집이냐고 묻고 점을 좀 보러 왔다고 말했다. 노파는 두 사람에게 우선 좀 올라오라고 했다. 그러고는 말하기를 점 보는 사람이 어디 잠시 나갔으니 좀 기다려줄 수 없겠느냐고 물었다. R은 그러마고 하고 주황색 니스칠을 한 툇마루에 가 걸터앉았다. J는 잠시 어찌해야 할지를 몰라 하다가 그녀 역시 봉당으로 올라서서 R의 오른편에 가 앉았다. 그들이 걸터앉은 툇마루에는 잡동사니들이 어지럽게 널려 있고 몹시 지저분했다. 게다가 거기서는 매콤한 냄새가 났다.

"할머니가 점치는 사람이 아닙니까?"

R은 문을 활짝 열어놓은 채 방 안에 앉아 툇마루에 걸터앉아 있

는 두 사람을 내다보고 있는 노파를 돌아보며 큰 소리로 이렇게 물었다. 노파의 어깨 너머로 들여다보이는 방은 밖에서 보아서는 어두침침해서 자세히 식별할 수는 없지만, 거기에는 황갈색의 옷장과 덩치가 큰 서랍장이 얼핏 눈에 뜨이고, 뒤편 벽 상단에는 두 개의 사진틀이 눈에 뜨이는데, 왼쪽 것에는 온통 여러 장의 작은 사진들이 빽빽하게 끼워져 있고, 오른쪽 것에는 흰 두루마기를 입은 광대뼈가 툭 튀어나온 칠십 대 노인의 커다란 사진이 끼워져 있었다. 그 노인의 사진은 찍은 지가 오래되어서 색이 바래어 있었다. 그 밖에도 방의 한쪽 귀퉁이에는 담홍색 천으로 덮어놓은, 먹다가 밀어놓은 밥상처럼 보이는 것이 얼핏 눈에 들어오기도 했다.

"내가 점을 보지 않고 내 며느리가 점을 보는데 방금 어디 나갔으니 조금만 기다려유. 전화를 해서 금방 오라고 할께유."

노파는 느릿느릿한, 그래서 부드럽게 또는 다소 기력이 없는 듯하게 들리는 목소리로 이렇게 말했다. 그리고 어두컴컴한 방 안의 어디엔가 있을 전화에 대고 지금 아무개 엄마 거기 있느냐, 어디에 갔느냐, 거기 오거든 지금 손님이 집에 와 기다리고 있으니 빨리 좀 보내달라는 등의 말을 하고 있었다. 노파가 이렇게 등 뒤편에서 전화를 하고 있는 동안 J는 오도카니 툇마루에 걸터앉아 약간 고개를 수그린 채 멍하니 봉당 끝을 내려다보고 있었다. R은 고개를 약간 왼쪽으로 돌려 그녀의 시선과는 다른 방향, 즉 약 이 미터 폭의 뜰 귀로 눈길을 보내고 있었다. 거기에는 돌무더기가 있었고, 그 돌들 위에는 여기저기 촛농이 말라붙어 있었다. 어떤 돌 위에는 말라붙어 있는 촛농에 검게 탄 양초 심지가 함께 붙어 있었다. R은 그의 오른쪽 팔꿈치로 J의 왼쪽 옆구리를 툭툭 건드리며 촛농들이 말라붙어 있는 돌무더기를 가리켜 보였다. J는 R이 가리키는 쪽을 돌아보며 약간 언짢은 듯 얼굴을 찌푸려 보였다.

"저걸 보니 비로소 이 집이 점쟁이 집이라는 느낌이 드는군."

J의 표정과는 달리 R은 허허로운 목소리로 이렇게 말했다. 그의 이 말투에 J도 어느 정도 누그러진 표정으로 그녀 자신도 그런 것을 발견했다는 듯이 대문 옆 수도가 있는 쪽을 가리켰다. 거기에는 여기저기 시멘트 바닥 위에 촛농들이 말라붙어 있었고 몇 군데는 약 일 센티가량의 타다 남은 양초가 붙어 있기도 했다.

"이제 전화를 했으니 곧 올꺼여유."

노파가 그들의 등 뒤에서 이렇게 말했다. 노파는 두 사람의 등 뒤에 방문을 활짝 열어놓은 채 문지방 곁에 앉았다.

"이런 데서 뭘 알겠어요?"

잠시 후 J가 낮은 목소리로 R에게 속삭였다. J가 속삭이는 말을 알아듣기 위하여 잠시 J 쪽으로 상체를 기울였던 R은 말했다.

"이런 데가 잘 보는 수가 있어."

그러고는 고개를 돌려 노파 쪽을 돌아보며 커다란 목소리로 허허롭게 물었다.

"할머니! 며느님이 점을 잘 봅니까?"

노파는 문지방 곁에 앉아서 커다란 보퉁이에서 쪼글쪼글하게 쪼그라든 나일론으로 된 덧버선을 꺼내어 거기에다 마분지로 된 발 모양의 본을 끼워 넣고 있었다. 쪼글쪼글하던 덧버선은 마분지로 된 본을 끼워 넣자 펴져서 발 모양이 되었다. 노파는 마분지로 된 본을 끼워 넣은 덧버선을 한켠에다 쌓아 올리고 다시 보퉁이 속에서 새로 쪼글쪼글한 덧버선을 꺼내어 다른 마분지 본에 끼워 넣곤 했다.

"글쎄유, 남들이 그러는데 알아맞힌다고 하데유. 접때는 시장통에 사는 새댁이 애를 가졌는데 몸이 약해서 애를 낳을 수 있을지 없을지 모르겠다고 하면서 물으러 왔는데 배를 째고 낳겠다고 했는데 정말 얼마 전에 배를 째고 애를 낳았데유."

노파의 이 말에 J와 R은 심드렁한 표정으로 서로 마주 보며 눈길을 교환하기도 했다. 잠시 후 R은 생각이 났다는 듯이 다시 고개를 돌려 노파가 하고 있는 작업에 관심을 보이며 물었다.
"할머니, 그게 뭡니까?"
노파는 계속해서 쪼글쪼글한 덧버선 속에 마분지 본을 끼워 넣으며 몹시 쑥스러워하는 목소리로 말했다.
"심심풀이로 찬값이나 할까 하고 하는 거여유."
"그거 이 부근에 있는 어느 공장에서 짠 걸 받아 와서 하는 겁니까?"
"그래유."
노파는 여전히 쑥스러워하며 대답했다. R은 계속해서 물었다.
"하루에 몇 짝이나 끼워 넣을 수 있습니까?"
"꼬박 들앉아 하면 하루에 한 이천 짝이나 할 수 있을 거여유. 그러나 그렇게 꼬박 할 수야 있나유."
"그럼, 이천 짝 끼우면 얼마나 줍니까?"
"별 돈 없어유. 이천 짝 하면 이천 원 주지유."
"그럼 하루에 평균 천 원이나 천오백 원쯤 벌겠네요?"
"대략 그렇지유."
R은 다시 고개를 돌렸다. 그들이 앉아 있는 툇마루에는 햇살이 따사롭게 내리쬐고 있었다. 오랫동안 아무 말 하지 않고 오도카니 앉아 있던 J가 입을 열었다.
"이렇게 햇살이 내리쬐는 툇마루에 걸터앉아 있으니 어릴 때 경주 집에 있을 때 생각이 나요."
R은 아무 말 하지 않고 우두커니 앉아 있었다. J가 계속했다.
"참 조용하지요?"
R은 주위를 한번 두리번거리고 나서 말했다. 사실 대단히 조용했다.
"응, 참 조용하군."
잠시 침묵이 흘렀다. J가 다시 입을 열었다.

"이렇게 햇볕이 내리쬐는 툇마루에 걸터앉아 있으니 가난하지만…… 이렇게 작고 가난한 집이지만…… 이런 데서 이렇게 살았으면 좋겠어요."

그녀의 목소리는 조심스러웠다. R은 졸린 듯 눈을 껌벅거리고 있을 뿐 아무 말 하지 않았다. J는 여전히 조심스러운 목소리로 속삭이듯이 말했다.

"식구들은 많지만 이런 작은 집에서 함께 이렇게 햇볕이 내리쬐는 툇마루에 걸터앉아 살면 안 될까요?"

"응, 그거 좋겠지."

R은 심드렁한 목소리로 이렇게 말했다. 그때 황갈색의 커다란 고양이 한 마리가 골골 소리를 내면서 R의 무릎 위로 올라와 앉았다. R은 고양이털을 어루만져 주었다. 그러나 고양이는 불과 일 분도 안 되어 R의 무릎에서부터 봉당으로 뛰어 내려갔다. 그러고는 돌무더기 위로 해서 어딘가로 조용히 사라졌다.

고양이가 자신의 무릎에서 떠난 뒤 R은 손으로 허벅지 부근의 바지 위를 긁었다.

"발톱에 할퀴였어요?"

J가 R이 긁고 있는 허벅지를 굽어보며 물었다.

"응, 고양이는 처음 보는 사람한테 안길 때는 언제나 할퀴지. 전에 프랑스에서 에릭네 집에 갔을 때도 그랬어."

"괜찮으세요?"

J는 걱정스러워하는 눈으로 물었다.

"괜찮겠지 뭐."

R이 대답했다.

"쓰라리세요?"

"아니, 별로."

다시 약 오 분가량 침묵이 흘렀다. 그 사이에 노파는 대문을 열고 나가 골목에 서서 골목 이쪽저쪽을 둘러보고 들어오기도 했다.

"우리 그냥 가지요?"

J가 여전히 그 조심스러운 목소리로 말했다. 그리고 덧붙였다.

"이런 데서 뭘 알겠어요? 그리고 선생님께서 아까 말했듯이 우리의 운명을 어떻게 이런 데 맡겨버릴 수야 있겠어요."

그러나 R은 뚱한 얼굴로 앉아 있다가 말했다.

"여기까지 왔으니 보고 가자. 그래야 다시는 엉뚱한 소리를 하지 않아도 될 거 아니냐."

그때 대문 밖에 나가 서 있던 노파가 들어왔다. 그러고는 미안해하는 표정으로 말했다.

"이제 곧 올꺼여유. 조금만 더 기다리서유."

"염려하지 마세요. 우리는 이렇게 앉아 있으니까요."

R은 허허로운 목소리로 이렇게 말했다. 노파는 안심이나 된 듯한 얼굴로 다시 들어가 문지방 곁에 앉아 예의 그 쪼글쪼글한 덧버선에 마분지 본을 끼워 넣는 일을 계속했다.

"그래요. 기왕 왔으니 보고 가기는 해요. 그러나 이런 데 와서 뭘 물어본다는 게 참 우스운 이야기예요."

J는 여전히 그 나지막하고 조심스러운 목소리로 말했다.

"점이라는 건 어차피 다 엉터리야. 그런데 기왕에 복채를 주려면 적선하는 셈 치고 이렇게 가난한 점쟁이한테 주는 게 낫지. 서울에야 부자 점쟁이도 많겠지. 그런데 이 집에야 점 보러 오는 사람도 없지 않으냐."

J는 고개를 끄덕였다.

이런 이야기를 나누며 두 사람은 약 사십 분가량 햇살이 내리쬐는 툇마루에 나란히 걸터앉아 있었다. 그때 사십 대 초반의 아낙네 하나가 급히 대문을 열고 들어섰다. 그러자 방 안에 앉아 있던 노파가 하던 일을 멈추고 일어서며 말했다.

"이제사 오네. 왜 이렇게 늦었어? 손님들이 엽태 기댈리고 있었어."

사십 대 여인은 급히 달려왔던지 숨을 헐떡거리며 너무 기다리게 해서 미안하다고 말하고 이 집의 한쪽 모퉁이에 있는 조그마한 방으로 R과 J를 데리고 들어갔다. 거기는 불상들과 조화들과 그 밖에도 점쟁이들이 쓰는 온갖 종류의 소도구들로 가득 차 있었다.

점쟁이 여인은 불상 앞에 있는 촛대에 꽂혀 있는 양초에 불을 붙이고 향을 피웠다. 그러고 나서 부채와 방울 그리고 다른 몇 가지 소도구들을 집어 들고 방바닥에 있는 조그마한 소반 앞에 앉았다. 그리고 눈을 감고 두 손으로는 방울들을 흔들어대며 주문을 외기 시작했다. 약 삼사 분 동안 주문을 외던 그녀는

"아저씨 나이와 생일이 어떻게 되유?"

하고 물었다. R은 자신의 나이와 생일을 말해 주었다. 점쟁이 여인은 다시 주문을 외기 시작했다. 그러나 그녀는 천수경 하나도 욀 줄을 모르는 것 같았다.

"신령님네, 조상님네, 허튼 생각 넣지 말고, 허튼 말쌈 하지 말고, 쪽집게로 찝어낸 듯, 쪽집게로 찝어낸 듯, 알기 쉽게 말해 주소……."

그녀는 '쪽집게로 찝어낸 듯'이란 구절을 몇 차례나 되풀이했는데 그때마다 R은 J를 돌아보며 피시시 웃었다. J도 웃었다.

"애기 엄마는 나이가 어떻게 되유?"

점쟁이 여인이 J에게 물었다. J는 자신의 나이와 생일을 댔다. 다시 한참 주문을 외던 점쟁이 여인은

"복채 좀 놓아보셔유."

하고 말했다. R은 지갑에서 만 원짜리 한 장을 꺼내어 그녀 앞에 놓인 소반 위에 올려놓았다. 점쟁이 여인은 다시 오랫동안 주문을 외다가 입으로 길게 휘파람 소리를 내더니 말했다.

"하아! 아저씨는 머리 하나는 기똥차게 잘 돌아간다. 머리가 이렇게 좋은 사람인데 공부를 했더라면……."

이때 R이 다소 장난스러운 웃음을 웃으며 말했다.

"그러나 공부를 했어야지요. 공장에 다니는데 그까짓 머리는 좋아서 뭘 한데요?"

"그러게 말이에요."

점쟁이 여인은 이미 알고 있었다는 어투로 이렇게 말하고 계속하여 주문을 외듯이 말했다.

"머리가 좋은들 무엇 하나, 공부를 못했으니……."

그러자 곁에 앉아 있던 J가

"아이! 그렇게 하면 안 돼요."

하고 R에게 나무라는 어투로 말했다. 그래서 R은 점쟁이 여인에게 공부는 할 만큼 했다고 정정하여 말해 주었다. 점쟁이 여인은 약간 난색을 짓고 나서 계속했다.

"하아따! 이 아저씨는 왜 이렇게 바쁜가? 왔다갔다 갔다왔다 쉴 새 없이 바쁘다. 그런데 아무런 성과가 없다. 사람마다 배반하니 인덕이라고는 없다."

그 밖에도 그녀는 여러 가지 말을 했지만 모두가 모호하기만 했다. 그때마다 R은 J를 돌아보며 피시시 웃는가 하면 이해가 가지 않는다는 듯이 두 눈을 크게 떠 보이기도 했다. 점쟁이 여인은 R은 역마살이 있어서 이제 곧 다시 외국엘 나가게 될지도 모른다고 했다. R은 웃었다.

점쟁이 여인은 이제 J에 대하여 말하기 시작했다.

"애기 엄마는 몸에 어디에 흉터가 없는가유?"

그러자 R이 J를 돌아보며 씽긋 웃었다. J는 아무 말 하지 않고 점쟁이 여인 쪽을 향하여 고개를 끄덕여 보였다.

"애기 엄마는 꿈을 꾸면 남들보다 꿈이 더 잘 맞아유. 그래유 안 그래유?"
 그때까지 아무 말 하지 않고 오도카니 앉아 말끄러미 점쟁이 여인만을 바라보고 있던 J는 약간 고개를 끄덕이며 심각한 표정으로
 "그래요."
 하고 말했다. R은 그러한 그녀를 바라보며 피시시 웃었다. 점쟁이 여인은 계속했다.
 "애기 엄마는 어디 가서 신장대를 잡지 마셔유. 그걸 잡으면 대번에 신이 내려 우리 같은 무당이 될 수도 있어유."
 이 말에 R은 참지 못하고 푸하하 웃음을 터뜨렸다. J는 전혀 웃지 않고 꼼짝도 하지 않고 다만 약간 언짢아하는 표정만을 지을 뿐이었다.
 "애기 엄마는 나 같은 사람이 점하는 걸 보면 저런 점은 나도 하겠다 싶은 마음이 들 거여유. 애기 엄마는 우리 같은 거보담 더 큰 무당이 될 자질이 있어유."
 R은 다시 푸하하 웃었고 J는 여전히 그 언짢아하는 표정을 지으며 말끄러미 점쟁이 여인을 쳐다보고만 있었다. 점쟁이 여인은 또 무엇인가를 말했지만 R도 J도 더 이상 흥미를 느끼지 못하는 얼굴이었다.
 한참 후 R은 갑갑해하는 목소리로 불쑥 물었다.
 "우리 두 사람이 함께 살면 좋아요? 나빠요?"
 이 질문을 받은 점쟁이 여인은 한참 동안 눈을 감고 입을 움직이다가 말했다.
 "그다지 나쁘지도 않고 좋지도 않고 그저 그래유. 아저씨와 애기 엄마 사이에는 살이 끼기는 했지만 그걸 풀어주면 아무 일 없이 살 수 있겠어유."
 이렇게 말한 뒤 그녀는 그 살을 푸는 방법에 대하여 길게 설명했다. R은 복잡하다고 했다. 그러자 점쟁이 여인은 자기네한테 부탁

하면 돈을 그다지 많이 들이지 않고도 할 수 있긴 하지만, 그렇게 굳이 하지 않더라도 손수 할 수 있을 만큼 간단하다고 하면서 동쪽으로 난 복숭아나무 가지에 바늘을 세 개 꽂고…… 하면서 결코 간단하지 않은 살풀이 법을 설명해 주었다. 그러나 R도 J도 듣고 있지 않았다.

한참 후 R과 J는 점쟁이 집을 나왔다. R은 그들이 들어왔던 골목길을 도로 빠져나오면서 다시 푸하하 한바탕 크게 웃었다. 그리고 장난스러운 목소리로 말했다.

"내가 전에 너더러 학문을 하느니 무당을 하는 게 낫겠다고 했는데, 거봐라, 점쟁이도 너 보고 무당 자질이 있다고 하지 않던."

"어유! 속세, 속세, 속세…… 너무나 혼탁한 속세예요."

J는 R의 말에는 대답하지 않고 고개를 쩔레쩔레 내저으며 혼잣말처럼 말했다. 그녀는 몹시 견디기 힘든 데서 이제 막 벗어난 사람의 얼굴이었다.

"그래, 점쟁이라는 게 다 그런 거다. 대체 그 점쟁이가 무엇을 알아맞혔단 말이냐? 온통 알아들을 수 없는 모호한 말뿐이지 않더냐?"

J는 여전히 몹시 언짢았다는 얼굴로 고개를 쩔레쩔레 내저었다.

"속세, 속세, 속세…… 너무나 세속적이어요."

"그래, 공연히 우리가 점쟁이한테까지 갔었구나. 점쟁이는 우리에게 아무런 결정을 내려주지 못했구나. 그럼, 우리 오늘 점쟁이한테 들은 거 모두 백지화해 버리기로 하자."

"그래요. 그 점쟁이가 뭘 안다고. 우리 어디 좀 시원한 데로 가요."

J는 차에 오르며 이렇게 말했다.

"그래, 우리가 약해지니까 이런 데까지 오게 되지 않았니. 이제 다시는 그렇게 약해지지 말자. 알겠니?"

"알았어요."

J는 차를 출발시켰다. 그녀는 어디 '시원한 데'로 가기 위하여 차를 몰았지만 불과 십 분 만에 고작해야 어느 고층 아파트 뒤편에다 차를 세웠다. 그리고 두 사람은 야산 기슭에 기어올랐다. 그리고 고층 아파트가 바로 앞에 보이는 소나무 아래에서 약 십 분가량 앉아 있다가 내려와 다시 차를 탔다.
"정말 한국에는 도무지 갈 데가 없지요?"
J가 말했다. R은 동의했다.
다시 길거리로 차를 몰고 나와 그들은 약 오 분쯤 배회하다가 결국은 돌아가기로 했다. R은 내일 아침에 강의가 있기 때문에 서울까지 올라갈 필요가 없고 학교에서 가까운 G읍에서 자겠다고 했다. 그리고 J더러 함께 가지 않겠느냐고 했다. J는 안 된다고 했다. 왜냐하면 그녀의 형부들 중 한 사람이 새로 차를 한 대 사기 위해서 헌 차를 팔아버렸는데, 노사분규로 인하여 새 차를 사기 위해서는 거의 한 달 이상 기다려야 한다고 해서 J가 자청해서 차를 한 달 동안 빌려주겠다고 약속했기 때문에 약속 시간에 맞추어 돌아가야 한다고 했다. R은 그다지 불만스러워하지 않고 그렇다면 R을 G읍에다 내려주고 올라가라고 했다.
G읍에서 두 사람은 R이 묵을 여관을 찾았다. 여관 앞에 차를 세웠을 때 R은 J에게 함께 올라가 잠시 앉았다가 가라고 했다. J는 몹시 피곤해 보이는 얼굴로 서울까지 가려면 그냥 가는 게 좋겠다고 했다. 그러나 R은 몹시 슬퍼하는 표정을 짓고 있었다. J는 그래서 마지못해 그렇게 한다는 듯이 R과 함께 차에서 내려 여관으로 올라갔다.
여관방에서 J는 우선 R의 속옷과 양말을 벗어 주면 빨아주겠다고 했다. R은 자신의 속옷과 양말을 벗어 그녀에게 던져 주고 자신은 욕조 속으로 들어가 목욕을 했다. J는 욕조 옆에 있는 세면대에다 대고 R의 양말과 속옷을 빨았다. 그리고 그것을 방으로 들고 가 의

자 등받이와 창문 고리에 널었다. R은 욕조에 들앉은 채 그녀를 불렀다. 그녀는 곧 목욕탕 안으로 들어왔다.

"J야, 전에 종종 그랬듯이 내 등을 좀 밀어주지 않겠니?"

R이 말했다. J는 아무 말 하지 않고 욕조 속에 들앉은 R의 등에다 비누를 칠했다. 그리고 오른손 손바닥으로 아주 천천히, 힘없는 동작으로 그의 등을 문질렀다. R은 그녀의 왼손을 잡고 거기다 자신의 볼을 부벼댔다. 그때 그의 두 눈에는 절망적인 슬픔이 가득했다. 그리고 그는 욕조에서 일어났다. J는 그 자리에 선 채 R의 알몸을 보지 않기 위하여 얼굴을 약간 옆으로 돌리고 서 있었다. 그녀의 얼굴에도 슬픔이 가득했다. R은 그녀의 두 손을 잡아당겨 자신의 발기된 페니스로 끌어당겼다. J는 여전히 얼굴을 외면한 채 두 손으로는 R의 페니스를 잡고 서 있었다. 그녀의 입술 사이에서는 가느다란 한숨 소리가 새어 나왔다. R은 욕조에서 나와 J를 욕조 위에 걸터앉게 하고 J의 머리를 두 손으로 잡은 채 자신의 발기된 페니스로 그녀의 콧잔등과 뺨과 눈두덩과 그리고 턱을 부벼댔다. 그러나 약 오 분쯤 지났을 때

"이젠 가야 해요."

하고 J가 갑자기 정신이 든 듯 벌떡 일어났다. 그녀의 얼굴에는 고통과 슬픔 그리고 망설임으로 가득 차 있었다. R은 그녀를 두 팔로 힘껏 껴안았다. 그러고 나서 말했다.

"꼭 가야 하느냐?"

"예. 가야 해요."

J가 말했다.

"그럼 가거라."

R은 이렇게 말하고 옷을 주워 입었다. 그리고 J와 함께 여관을 나왔다. 두 사람은 함께 차를 타고 G읍을 벗어날 때까지 함께 갔다. J는 G읍을 벗어나기 직전에 길가에 차를 세웠다. 그리고 두 사

람은 약 십 분 동안 아무 말 하지 않고 앉아 있었다. 십 분쯤 지났을 때 R은 차에서 내렸다. R이 차에서 내린 뒤에도 약 삼 분 동안 J는 시동을 걸지 못하고 멍하니 차 안에 앉아 있었다.
"이젠 돌아가거라."
R은 차 안을 들여다보며 말했다. J는 차에 시동을 걸었다.
"조심해서 가거라. 너무 급히 차를 몰지 말고 천천히 가거라."
J는 얼굴을 돌려 R을 내다보며 고개를 끄덕였다. 그리고 차를 출발시켰다. J의 차가 시야에서 완전히 사라질 때까지 서 있다가 R은 돌아섰다. 그는 다리를 건너 여관으로 되돌아갔다.
그날 밤에 R은 잠을 잘 수 없었다. 왜냐하면 자정이 넘도록 지하에 있는 스탠드빠에서 음악 소리가 시끄럽게 울려왔기 때문이었다. R은 그 음악 소리를 듣지 않기 위하여 귓바퀴를 베개에다 밀착시키기도 했지만 트럼펫이나 색소폰 그 밖의 다른 악기 소리 때문에 견딜 수가 없었다. 그래서 그는 자정쯤 되어 전화를 했다. 음악 소리를 좀 듣지 않을 수 있는 방법이 없겠느냐고 묻기 위해서였다. 전화를 마친 뒤 음악 소리는 약간 낮아진 듯하기도 했지만 여전히 견딜 수 없을 정도였다. 그는 일어나 담배를 피우기도 하고 세수를 하기도 하고 또다시 자리에 누워보기도 하다가 한 시 반경에 잠이 들었다.
이튿날 아침 그는 일어나 여관을 나와 버스를 타고 학교로 가 강의를 하고 오후에 대구로 갔다.

R이 집으로 돌아왔을 때 그의 아내는 집에 없었다. R의 아버지와 어머니에 따르면 그사이에 R의 아내는 그들에게 와서 그녀는 절대로 이혼을 해주지 않으며, 만약 그녀가 이혼을 당하게 되면 그녀는 R이 직장에도 다닐 수 없도록 하겠다고 했다고 했다. R의 아내는 그날 저녁 돌아오지 않았다. 그때는 그녀가 R에게 요구했던 '한 달

의 유예기간'이 거의 다 되었을 때였다. R의 아내는 이튿날 저녁때에야 돌아왔다.

R은 그의 아내가 돌아왔을 때 이제 그녀가 요구했던 '한 달'이 다 되었다고 했다. 그러나 그녀는 코웃음을 치면서 아직 이틀이 더 남았다고 했다. 그리고 소리치기를 그 한 달을 못 참아서 '그 야단'이냐고 했다. R은 억제된 표정으로 알았다고 했다.

이틀이 지났다. R은 그의 아내를 데리고 집에서 가까운 다방을 갔다. R의 아내는 풀이 죽어 있었다.

"그래, 어떻게 할 거냐?"

R이 물었다. 그녀는 오랫동안 말을 하지 않았다. R은 격앙된 목소리로 다시 한 번 똑같은 말을 했다. R의 아내는 입을 열었다. 그녀는 말하기를 아이들을 데리고 나가서 따로 살 테니 R은 그녀에게 우선 방을 하나 얻어주고 그리고 그녀와 아이들이 살 수 있도록 생활비를 대어달라고 했다. 그리고 이혼은 하기를 원하지는 않는다고 했다. R은 화가 난 목소리로 말하기를 고작 그 이야기를 하려고 한 달이나 기다려달라고 했더냐고 했다. R의 아내는 아무 말 하지 않았다. R은 그래서 결국 이혼 문제는 재판에 회부할 수밖에 없다고 했다. 그제서야 그녀는 다시 당황하여 제발 재판에는 회부하지 말아달라고 했다. 그리고 다시 얼마간 시간을 달라고 했다. R은 또 얼마나 시간을 달라는 거냐고 물었다. R의 아내는 닷새를 더 달라고 했다. R은 승낙했다.

이튿날 R은 언젠가 함께 고속버스를 타고 서울에 올라가 종로 3가의 여관에서 잤던 뚱뚱하고 서글서글한 사나이와 다방에서 만났다. 두 사람은 약 두 시간 동안 이야기를 나누었다. 처음 한 시간 동안은 거의 R이 혼자 이야기했다. 뚱뚱하고 서글서글한 사나이는 열심히 R의 말에 귀를 기울이고 있었다. R의 이야기를 거의 다 듣고 난 그는 말했다.

"자네 심정은 이해가 가네. 그러나 확실한 이혼 조건이 성립되지는 않아. 내가 법조계에 몸을 담고 있긴 하지만 어떻게 보면 한국의 법조계라는 것은 생각이 꽉 막힌 사회라고 할 수 있지. 자네가 이혼하겠다는 사유는 사실 어떤 다른 것보다 더 절실한 것이 되겠지. 자네의 경우는 우선 성격 불일치라고 할 수 있는데 그것보다 더 심각한 이혼 사유가 또 어디 있겠는가? 그러나 한국의 가족법은 그걸 인정해 주지 않네."

뚱뚱하고 서글서글한 사나이는 그 밖에도 많은 이야기를 했다. 두 사람은 헤어졌다. R은 집으로 돌아왔다.

R이 집으로 돌아왔을 때 집에는 아이 혼자 첫 번째 방에서 장난감들을 흩어놓고 놀고 있었다. R은 아이가 놀고 있는 모습을 멍한 눈으로 바라보고 있었다. 그때 J에게서 전화가 걸려왔다.

"R 선생님, 왜 저를 그렇게 하셨어요?"

그녀가 말했다. 그녀의 목소리는 어떻게 들으면 꿈꾸는 듯하기도 하고, 또 어떻게 들으면 원망하는 것같이 들리기도 하는 그런 것이었다.

"그렇게 하다니, 그게 무슨 말이니?"

R은 부드러운 목소리로 되물었다.

"아이, 몰라요! 왜 저를 그렇게 하셨느냔 말이에요?"

이제 그녀의 목소리는 어떻게 들으면 어리광을 부리는 것 같기도 하고 또 어떻게 들으면 화를 내고 있는 것 같기도 했다.

"글쎄, 내가 널 어떻게 했단 말이니?"

R은 약간 능청을 부리는 목소리로 다시 되물었다. 그의 목소리는 여전히 부드러웠다.

"몰라서 물으세요? 왜 저의 팬티까지 찢으셨느냐는 말이에요?"

"응, 그거? 얘, 잘 들으렴."

R이 말했다.

"예."

그녀가 대답했다. 그녀의 목소리는 부드러웠다. R은 계속했다.

"나는 너를 그렇게라도 하지 않으면 안 될 것만 같이 무엇인가 절박했어. 그리고 그것은 우리 두 사람 모두를 어떤 파멸에서부터 건져낼 수 있는 마지막 기회일 것만 같은 예감이 들었어."

"그렇지만 절 왜 그렇게까지 하셨어야 했지요?"

"글쎄, 거기에 대해서는 훗날 다시 생각해 보기로 하자. 지금 나는 거기에 대해서 좀 더 깊이 생각할 여유가 없구나."

R은 달래는 목소리로 말했다. 그리고 계속해서 잠시 더 J를 달랜 뒤 전화를 끊었다. 전화를 끊은 뒤 R은 다시 멍한 눈으로 지금 장난감을 방바닥 가득히 흩어놓고 혼자 놀고 있는 아이를 바라보고 있었다. 그때 다시 전화가 걸려왔다.

"그렇지만 선생님, 전 슬프단 말이에요."

J는 약간 열에 들떠 있는 목소리였다.

"물론 그럴 수도 있겠지. 그러나 그것이 비록 슬픈 몸짓일 수 있다 할지라도 어쩌면 그것이야말로 가장 구체적인 우리의 한 삶인지도 모르지 않느냐? 난 별로 후회하지 않는단다. 게다가 난 그것이야말로 나를 위한, 그리고 너를 향한 가장 도덕적인 행위였을지도 모른다는 생각이 든단다."

"그렇지만 전 자꾸만 슬퍼진단 말이에요."

J가 말했다.

"그렇게 생각하지 말아라. 너는 소신을 가지지 않으면 안 된다. 나를 위해서라도 너는 보다 굳건한 사람이 되어야 한단다. 알고 있느냐?"

"알고 있어요."

"그렇지. 이제는 보다 확실한 마음의 결정을 내리지 않으면 안 된단다."

"저는 이미 마음의 결정을 했어요."

그 후로도 오랫동안 R은 서랍장 앞에 서서 전화통에다 대고 말하고 있었다. R의 아이는 이따금 고개를 들어 지금 전화통에다 대고 말하고 있는 R을 바라보기도 했다. 한참 뒤에 R은 전화통을 내려놓았다. 그리고 다시 혼자 놀고 있는 아이를 멍한 눈으로 잠시 바라보고 있다가 벌떡 일어나더니 밖으로 나갔다. 밖으로 나온 R은 공중전화박스 안으로 들어갔다.

"J야! 너는 언제나 중의적으로 말하는구나. 너는 네가 그 중의적으로 말함으로 해서 내가 지칠 수도 있다는 것을 생각해 봤느냐? 그래 방금 네가 말한 이제 네 마음을 결정했다는 것도 그렇지 않느냐? 그 말도 나에게는 중의적으로 해석되는구나."

"저는 제 마음을 결정했다는 말이에요."

J가 말했다.

"그래, 그게 바로 중의적이지 않느냐? 너는 너의 마음을 어떻게 결정했다는 말이냐?"

그러자 J는 잠시 머뭇거렸다. 그리고 말했다.

"그러네요."

"그래, 너는 바로 그 알 수 없는 말들이 나를 얼마나 혼란스럽게 하는가 하는 데 대하여 좀 더 생각해 봐야 한다."

"알았어요. 이제는 그렇게 하지 않을게요."

J는 이제 차분한 목소리였다.

"그래, 다음에 서울에 올라가면 다시 만나서 이야기하기로 하자."

"예, 알겠어요."

그녀의 목소리는 가라앉아 있었다. R은 잠시 더 이야기하다가 공중전화박스에서 나왔다.

이튿날 오전 R의 아버지는 R을 불러놓고 말하기를 R이 외국에 가 힘들여 공부를 하고 돌아왔는데 한국에서 불필요한 일로 신경을 쓰느라고 제 할 일을 하지 못하고 있으니 슬픈 일이라고 했다. 그리고 말하기를 R 혼자 집을 나가라고 했다. 두 사람은 오랜 시간 동안 이야기했다. R은 고개를 끄덕였다. 점심을 먹고 R은 짐을 챙겼다. 그리고 집을 나왔다.

R은 어두워진 뒤에서야 영등포역에 도착했다. 역에서 나온 그는 J에게 전화를 했다. 경상도 북부지방 방언의 억양이 섞인 육십 대 여자의 목소리가 J는 지금 집에 없다고 했다. 전화를 마치고 공중전화박스에서 나온 R은 어두운 밤길을 걷기 시작했다. 약 한 시간 가까이 그는 그의 가방을 어깨에 올려 멘 채 걸었다. 그러다가 버스를 타고 한성장 가까이에서 내렸다. 그는 한성장에 들었다.

방에다 가방을 내려놓고 R은 여관을 나왔다. 그리고 공중전화박스로 가 전화를 했다. 경상도 북부지방 억양이 섞인 육십 대 여자의 목소리가 J는 아직 돌아오지 않았다고 했다. R은 공중전화박스에서 나와 시계를 들여다보았다. 열 시 오 분이었다. 그는 천천히 걷다가 어느 한식집으로 들어갔다. 거기서 그는 육개장 한 그릇을 먹었다. 식사를 마치고 나온 그는 한성장으로 돌아갔다. 그리고 잤다.

이튿날 아침 여덟 시에 R은 전화를 했다. 경상도 북부지방 방언의 억양이 섞인 육십 대 여자의 목소리가 J의 목소리를 바꿔주었다.

"어젯밤에 서울에 올라와 한성장에서 잤어. 나 지금 한성장 311호에 있는데 아홉 시까지 좀 와주렴."

J는 아무 대답 하지 않았다. 그녀가 대답을 하지 않는데도 불구하고 그는 전화를 끊었다. 그리고 그는 이를 닦고 면도를 하고 세수를 하고 머리를 감았다. 방으로 들어와 그는 옷을 챙겨 입고 침대에 걸터앉아 텔레비전을 켰다. 텔레비전에서는 어느 지방 도시의 저수지에서 변사체로 발견된 한 대학생의 죽음에 관한 뉴스가 흘러나오고 있었다. 그는 텔레비전을 껐다. 그는 침대 위에 옷을 입은 채 벌

령 누웠다. 햇빛이 그가 누워 있는 침대 모서리에까지 밀려 들어와 있었다. 그는 시계를 들여다보았다. 그리고 일어나 창문을 열고 밖을 내다보았다. 한성장으로 오는 길모퉁이 쪽으로 시선을 고정시킨 채 약 삼십 분가량 서 있었다. 그러다가 그는 창문에서 떨어져 나와 다시 텔레비전을 켰다. 그러나 이내 다시 껐다. 그는 일어나 여관을 나왔다. 여관 현관 앞에서 약 오 분 동안 서성거렸다. 그는 저만큼 보이는 담배가게로 가 담배 한 갑을 샀다. 여관으로 다시 들어가면서 그는 그사이에 혹시 311호에 전화가 걸려 오지 않았더냐고 물었다. 카운터에 앉았던 오십 대의 얼굴이 길쭉한 남자가 전화가 온 적이 없다고 했다. R은 다시 계단을 올라갔다. 방은 비어 있었다. 그는 침대에 걸터앉아 담배를 피웠다. 그리고 그는 가방을 어깨에 메고 여관을 나왔다. 시계는 아홉 시 사십 분을 가리키고 있었다.

 여관을 나온 그는 가까운 어느 지하다방으로 내려갔다. 그리고 전화박스로 들어갔다.

 "네에."

 J의 목소리였다.

 "너 왜 오지 않았니?"

 R이 말했다. J는 아무 대답도 하지 않았다.

 "나는 지금 네가 생각하는 것보다 훨씬 더 심각하고 실제적인 일로 너더러 와달라고 했던 거야. 너는 날 오해하고 있어."

 J는 여전히 아무 대답이 없었다.

 "나는 지금 급한 일이 있단 말이야. 나는 지금 한성장에서 나와 길모퉁이에 있는 백석다방에 있어. 아무 소리 말고 즉시 좀 나오너라."

 "알았어요."

 전화를 끊고 R은 자리에 가 앉았다. 다방 안은 좁고 어둡고 습기 찼다. R은 커피를 시켰다. 그리고 신문을 읽기 시작했다.

"이리 좀 와보라니까. 이 자식아!"

약 십 분쯤 지났을 때 칸막이 저쪽 자리에서 사십 대 초반의 남자 하나가 갑자기 이렇게 버럭 소리를 질렀다.

"야, 이 자식아, 내가 널 잡아먹냐? 왜 오라고 하는데 오지 않냐?"

그의 목소리는 점차적으로 고조되었고 그와 함께 점점 격분에 찬 것으로 변하여 갔다. 그러나 그의 맞은편 자리에는 아무도 없었다. 게다가 다방 안에는 아직 이른 시간이어서 R을 제외하고는 다른 손님이라고는 없었다. 그런데도 불구하고 그 사나이의 고함 소리는 좁고 습기 찬 다방 안에 쩌렁쩌렁 울릴 만큼 컸다.

"야, 임마! 너 정말 그러기냐? 내가 너한테 지금 뭘 요구한다고 그러냐? 아무것도 요구하지 않잖냐!"

R은 고개를 돌렸다. 사나이는 R을 향하여 하고 있는 말은 아니었다. 사나이는 R이 앉아 있는 데서 보면 약 십오 도 정도로 등을 보인 채 앉아 주방이 있는 쪽을 향하여 소리치고 있었다. 그러나 주방 있는 쪽은 칸막이에 가리어 잘 보이지 않았다. 그런데 그때 제이의 목소리가 주방 있는 쪽에서부터 들려왔다.

"오라면 가봐. 얘, 너는 왜 이렇게 멍청하게 서 있기만 하는 거야?"

이 제이의 목소리는 사십 대 초반의 여자의 목소리였다. R은 주방 쪽을 보기 위하여 상체를 돌렸다. 거기에는 이십 대의 젊은 다방레지 하나가 주방에 기대어 서서 고집스럽게 토라진 얼굴을 하고 있었다. 그녀의 등 뒤, 즉 주방 안에는 사십 대의 한복을 차려입은 여자가 무관심한 표정으로 커피포트를 기울여 커피를 따르고 있었다.

"야, 이 새끼야! 내가 너한테 어떻게 해주었는데 그렇게 갑자기 안면을 몰수한다냐? 그리고 내가 지금 너한테 뭘 요구하고 있냐? 다만 이리 좀 오라고 할 뿐이잖냐!"

433

사나이의 목소리는 다시 쩌렁쩌렁 울려 퍼졌다. 그런데도 불구하고 이십 대의 젊은 다방레지는 여전히 주방에 기대어 서서 아무 말 하지 않고 뾰루퉁한 얼굴을 하고 있었다.
"얘, 너 뭐 하니? 손님이 오라면 가봐야 할 거 아니야?"
사십 대의 한복 차림의 여자가 나무라는 어투로 말했다. 그러나 이십 대의 다방레지는 여전히 똑같은 자세와 표정을 유지하고 있었다. 그럼에도 불구하고 사십 대의 여자가 어느 정도 사나이의 편을 들어주는 말을 하자 사나이는 어느 정도 화가 풀린 듯 칸막이 이쪽에 앉은 R을 한 번 힐끔 돌아보고는 이내 자리에서 일어났다. 그러고는 카운터로 가 사십 대의 한복 차림의 여자에게 돈을 지불하고 무엇이라고 자신의 억울한 심정을 토로하는 것 같았다. 그리고 그는 자신이 얼마나 정당하고 예의 바른가 하는 것을 증명해 보이기라도 하듯 곧 다방을 나가버렸다. 다방 안은 다시 조용해졌다. 사나이가 다방을 나간 뒤 사십 대의 한복 차림의 여자와 이십 대 다방레지 사이에도 아무런 대화가 오가지 않았다. R은 다시 신문을 읽기 시작했다.
열 시 반이 조금 지났을 때 J가 나타났다. 그녀는 아래위로 두꺼운 블루진을 입고 있었다. 그녀는 아무 말 하지 않고 약간 토라진 얼굴로 R의 맞은편 자리에 와 앉았다.
"너 왜 아까 여관에서 오라고 했을 때 오지 않았니?"
R이 약간 나무라는 어투로 말했다.
"제가 언제 간다고 했나요?"
J는 약간 뾰루퉁한 얼굴로 말했다.
"그렇긴 하지만 내 얼마나 애타게 기다렸는지 아느냐? 여관에서 한 시간 사십 분을, 이 다방에서 근 한 시간을 기다렸어. 나는 결국 오늘 오전을 거의 모두 너를 기다리느라고 허비해 버리는구나. 내가 한국에 돌아와 헛되이 시간을 허비하고 있다는 것을 너는 한 번도 헤아려주지 않는구나."

"그러니까 이제 만나지 않으면 될 거 아니에요!"

J가 말했다. 그녀는 다소 도전적인 목소리였다.

"얘, 그만 하자. 난 너하고 그런 쓸데없는 자존심 따먹기 할 입장이 아니다. 나는 어제 집을 나왔어. 아주 나온 거야. 아버지가 내게 돈 삼십만 원을 내주시면서 이렇게 말씀하였어. 내가 외국에 나가 그렇게 뼈 빠지게 공부하고 돌아와 쓸데없는 일로 머리를 썩히고 있다면 아무리 훌륭한 공부를 하고 온들 무슨 소용이 있겠느냐고. 그리고 집에 더 이상 있지 말고 어딘가 내 마음대로 나가라고 하시더군. 부모 걱정은 하지 말고 내 마음 내키는 데로 가 일이나 부지런히 하라고 하시더군. 옥석도 갈아야 빛이 난다고 하시면서. 그래서 나는 이제 아주 집을 나온 거지."

그러자 J는 약간 미소를 지어 보이며 혼잣말처럼 웅얼거렸다.

"역시 아버님은 참 훌륭한 분이시네요."

"그래서 나는 이제 원칙적으로 서울 시민이 된 거지. 어제저녁부터."

J는 아무 말 하지 않고 듣고 있었다. R은 계속했다.

"나는 우선 방을 하나 구해야 해. 물론 아버지는 뒤에 돈을 더 주겠다고 하셨지만 나는 그동안 아버지가 너무나 오랫동안 내 공부를 위하여 돈을 지불해 왔는데 또다시 돈을 뜯어갈 수는 없는 일이라고 했지. 그리고 삼십만 원을 가지고 내 스스로 어떻게 해보겠다고 했지."

"그래야지요."

J가 말했다.

"그런데 너도 알다시피 삼십만 원 가지고는 방을 구할 수 없지 않느냐. 그래서 오늘 아침에 내가 너에게 전화를 해 나오라고 했던 것은 다른 것이 아니라 내가 전에 한국에 돌아올 때 네게 돌려주었던 돈이 아직도 있다면 그걸 좀 빌려달라고 하기 위해서였어."

"아, 그 돈요? 그런데 그때 우리가 유성에 가서 천 프랑을 이미 써버렸지요?"

J는 약간 당황해하는 표정으로 말했다.

"그리고 제가 그사이에 필요해서 사천오백 프랑을 썼어요. 그래서 지금은 사천오백 프랑밖에는 남지 않았어요."

"그렇다면 할 수 없지. 그게 내 돈이 아니라 너의 돈이니까 나로서는 네가 써버렸다고 해도 하는 수 없지."

"사천오백 프랑 가지고도 되겠어요?"

J가 물었다.

"응, 그거라도 있으면 좋지."

R이 말했다.

"그럼 조금 있다가 집에 가서 가지고 나올게요."

이제 J는 더 이상 처음의 그 뾰루퉁한 얼굴이 아니었다. 그러나 R은 여전히 불만스러워하는 표정이었다. 잠시 후 그는 말했다.

"내가 아까 여관에서 널 와달라고 했던 건 네가 생각했던 것과는 달리 말하자면 '음란' 한 이유에서는 아니었지? 너는 날 오해하고 있었던 거지."

J는 듣고 보니 그렇다는 듯이 고개를 끄덕였다. R은 계속했다.

"나는 나의 구체적이고 실제적이고 그리고 현실적인 어떤 문제를 너하고 상의하기 위해서 널 오라고 했던 거지. 프랑스에서 우리가 함께 살 때 주민세를 면제받기 위하여 세무서에 편지를 쓰거나 논문자료를 구하기 위하여 너더러 책을 좀 빌려다 달라고 했던 거나 마찬가지로 내가 너에게 오라고 전화를 했던 것도 우리의 실제적이고 현실적인 삶의 범주에 속하는 것이었어. 그런데 너는 내가 여관방에서 오라고 했기 때문에 오지 않았던 거지. 어떻게 보면 내가 음란한 사람이 아니라 네가 음란한 생각의 강박관념에 사로잡혀 있었던지도 모르지."

J는 빙그레 웃었다. 그러고는 작은 목소리로 말했다.

"듣고 보니 그러네요."

"내가 너를 대할 때 나는 늘 어떤 실제적인 연대의식을 가지고 있었지. 내가 너의 논문을 써준 것도 그렇고, 너의 취직 문제에 대하여 만날 때마다 묻는 것도 그렇고, 내가 내 논문을 잘 써서 프랑스에서 꼭 한번 출판을 해보리라고 했던 것도 그렇고, 내가 너와 섹스하기를 원하는 것마저도 단순히 음란한 것이 아니라 우리 두 사람 사이의 어떤 연대성에서 출발하는 구체적이고 현실적인 삶의 일부분이라고 나는 생각해 왔어."

J는 아무 말 하지 않았다. R은 계속했다.

"내가 아까 전화를 해서 한성장으로 와달라고 했는데 너는 끝내 오지 않았지. 그런데 그것은 말하자면 일종의 자존심 싸움을 하자는 것이 아니었을까? 내가 여관방에서 너를 오라고 했기 때문에 너는 자존심이 상했겠지. 그러나 나한테 지금 몹시 필요한 것은 그 조악한 자존심 싸움이 아니라 보다 허심탄회하고 실제적이고 그리고 분명한 태도이지. 나는 늙은 부모를 버리고 서울에 올라와서 불필요한 자존심 싸움을 하기를 원하지는 않는다."

J는 다시 고개를 끄덕였다. R은 계속했다.

"말이 나왔으니 말인데 너는 언제나 애매하고 중의적으로 해석이 가능한 말만 골라서 해. 지난번에 대구에 전화를 했을 때 네가 한 말의 뜻을 나는 아직도 확실히 몰라. 그래, 네가 이젠 네 마음을 정했다고 했는데 그건 무슨 말이었니?"

"저는 제 마음을 정했단 말이에요."

이렇게 말할 때 J는 처음에는 단호하고 다소 도전적인 표정을 지어 보였다. 그러나 다음 순간 이내 수그러들어 어떤 태도를 취해야 할지를 몰라 하고 있었다.

"그래, 바로 지금 네가 한 말이 애매하고 중의적인 것이 아니냐? 그래, 어떤 식으로 마음을 정했다는 것이냐? 그것을 말해 줌으로써 나도 내 마음을 분명히 정할 수 있지 않겠니?"

J는 웃었다. 그 웃음은 R이 방금 한 말에 동의한다는 뜻의 웃음이라고 생각할 수도 있을 것이다. R은 계속했다.

"나는 왜 한국에 돌아와 너의 그 모호하고 중의적인 말 때문에 헛되이 머리를 썩혀야 하느냐? 나는 내가 해야 할 일들이 있다."

"그래요. 그 말이 맞아요."

"지금이 열한 시이군. 나는 여덟 시부터 지금까지 너의 묘한 자존심 싸움에 연루되어 헛되이 세 시간을 허비해 버렸어. 나는 오늘 중으로 방을 구해야 하는데도 말이야."

"알았어요. 이젠 일어나요. 제가 집에 가서 돈을 가지고 나올게요."

"그렇지. 진작부터 우리는 실제적인 일에 착수를 했어야지."

두 사람은 자리에서 일어났다. 다방을 나온 뒤 J는 대단히 서둘러댔다. R은 그러한 그녀에게 좀 천천히 걷자고 했다. 그러나 그녀는 핀잔을 하는 어투로 벌써 오전이 다 지났는데 오늘 중으로 방을 구하려면 서둘러야 하지 않느냐고 했다. 그리고 그녀는 R에게 어느 지하다방을 가리키며 잠시 내려가 기다리라고 하고 자신은 급히 택시를 잡아탔다.

"너무 서두르지는 말아라!"

택시를 타고 있는 그녀의 등에다 대고 R은 이렇게 말했다.

"알았어요!"

그녀는 이렇게 말하고 곧 사라졌다. R은 그녀가 지적해 준 다방으로 내려갔다.

"서서히, 서서히…… 그래요. 나는 서서히 당신을 파멸시킬 거예요."

다방에는 커다란 텔레비전이 설치되어 있었고, 텔레비전에서는 드라마가 진행되고 있었다. 그러나 정작 그 드라마를 보고 있는 사람은 아무도 없었다. 사십 대의 키가 작고 뚱뚱한 여자는 주방 안에서 열심히 설거지를 하고 있었고 삼십 대 초반의 다방레지는 역시 주방 안에서 걸레질을 하고 있었다. 그리고 홀에는 방금 들어온 R을 제외하고는 아무도 없었다.

"절대로, 절대로 이혼을 하지는 않아요. 물론 나는 당신을 사랑하지는 않아요. 그러나 절대로 절대로……."

텔레비전에서는 여배우가 다소 과장된 허세에 찬 미소를 입술 가득히 흘리며 이렇게 말하고 있었다. 사십 대 중반의 다소 여위고 얼굴이 갸름한 남자가 그녀 앞에서 고개를 들지 못하고 쩔쩔매고 있었다. 그러나 그의 연기는 여배우의 그것과 마찬가지로 다소 지나치게 과장되어 있다고 할 수도 있을 것이다. 왜냐하면 그는 너무나 노골적으로 비굴한 표정을 지었고 지나치리만치 어찌해야 할지를 몰라 하는 태도를 취했기 때문이다.

R은 주방 쪽을 향하여 텔레비전을 아무도 보고 있지 않으니 좀 꺼주든가 아니면 소리를 낮추어 주든가 했으면 좋겠다고 했다. 그러나 삼십 대 초반의 다방레지는 R의 이러한 부탁을 들은 것 같지 않게 자신이 하던 일만 계속했고 사십 대 중반의 여자는 고개를 잠시 쳐들고 무어라고 입속에 넣고 웅얼거렸을 뿐 다시 고개를 숙이고 설거지를 계속했다.

"그러나 밖에서는 아니에요. 우리의 전쟁은 집 안에서 이루어질 거예요. 나는 이제 자유예요. 나는 마음껏 밖에 나가 자유를 구가할 거예요."

여배우의 그 도도한 목소리는 온통 다방 안에 쩌렁쩌렁 울려 퍼졌다. R은 다시 한 번 주방 쪽을 향하여 텔레비전이 너무 시끄러우니 좀 소리를 낮추어 달라고 했다. 사십 대 중반의 키가 작고 뚱뚱한 여자는 몹시 불만스러운 표정을 하고 주방에서 나왔다. 그러고는 의자 위에 올라서서 텔레비전을 만졌다. 그러고는 내려와 이젠 됐느냐고 물었다. 그러나 전혀 소리는 작아지지 않았다. R은 볼멘소리로 전혀 작아지지 않았다고 했다. 사십 대의 뚱뚱한 여자는 더 이상은 소리를 줄일 수 없다고 말하고 고집스러운 표정으로 다시 주방 안으로 들어갔다. 그러고는 그녀가 하던 일을 계속했다. 그녀가 일을 하고 있는 주방에서는 텔레비전을 볼 수 없음은 말할 것도 없고 그녀가 일하고 있는 태도로 봐서는 듣고 있는 것 같지도 않았다.

약 이십 분쯤 지난 후에 J가 들어왔다. R은 일어났다. 다방을 나올 때 J는 R에게 우선 변소부터 다녀오라고 했다. R은 그다지 소변을 보고 싶지 않다고 했다. 그러나 J는 다소 엄격한 표정과 목소리로 이제 곧 R이 소변을 보고 싶다고 할 것이라고 했다. 그래서 R은 변소로 가 소변을 보고 나왔다. 변소에서 나오면서 그는 밖에서 기다리고 있는 J에게 아무래도 미리 소변을 보고 온 건 잘한 일 같다고 했다. J는 웃지 않았다.

길거리에 나와서 J는 걸음을 빨리했다. 그러고는 말했다.

"그럴 줄 알았으면 내 차를 빌려주지 않는 건데."

은행에 들어가서 R은 잠시 두리번거렸다. 그러나 J는 주저하지 않고, R에게는 따라오라는 말도 하지 않고 이층으로 올라갔다. R은 그녀를 쫓아 이층으로 올라갔다. 외환 업무는 이층에서 본다고 쓰여 있는 표지판을 R은 보지 못했던 것이다.

이층의 한 창구에서 J는 외환을 바꿀 때 지불하게 되는 수수료 문제로 잠시 은행직원과 무엇인가를 따지고 있었다. 은행직원은 그래서 누구에겐가 전화를 걸어 무엇인가를 물어보았고, 다른 자리에 앉아 있던 좀 뚱뚱한 직원이 와서 J에게 무엇인가를 설명해 주었다. J는 그제서야 이해가 간다는 듯이 고개를 끄덕였고 은행직원은 돈을 헤아렸다.

은행을 나오면서 J는 방금 은행직원에게서 건네받은 돈을 동전 한 푼까지도 모두 R에게 넘겨주었다. R은 그것을 받아 호주머니에 넣으면서 우울한 목소리로 말했다.

"이제 우리한테는 프랑화가 한 푼도 남아 있지 않군."

은행에서 나온 뒤 J는 양재동 쪽으로 가면 신 주택지들이 있으므로 값이 그다지 비싸지 않을 거라고 했다. R은 곧 양재동으로 가는 데 동의했고, 그들은 양재동으로 가기 위해서 버스를 탔고, 그리고 다시 지하철을 탔다.

양재동 지하철역을 나올 때 J는 이미 지친 표정이었다. 그녀는 R의 걸음을 따라가지 못했다. 그래서 R은 걸음을 멈추고 그녀가 올 때까지 기다리기도 했다. 그리고 그는 아마도 그녀가 배가 고파서 그럴 거라고 생각했던지 길가 난전에서 사과 두 알을 사 그녀에게 하나를 내밀었다. 그러나 그녀는 괜찮다고 하며 먹지 않았다. R은 할 수 없이 사과 두 알을 혼자 먹었다.

양재동의 어느 골목에서 R은 '셋방 있음'이란 쪽지가 붙어 있는 대문을 찾기 위해서 집집마다 살펴보았지만 끝내 찾지 못했다. 뒤를 따라오고 있던 J는 몇 차례

"하이고! 못 살아! 있는 사람은 집이 몇 채씩이나 있고 없는 사람은 방 한 칸 없으니."

하고 말하기도 했다. 그녀는 방을 찾는 데 이미 좌절한 듯했다.

골목을 빠져나와 다시 양재 지하철역 부근에 이르렀을 때 J는 길 건너편에 보이는 복덕방에 가서 물어보는 것이 어떠냐고 했다. R은 그렇게 하자고 하면서 급히 길을 건넜다.

복덕방에서 R은 자신이 찾고 있는 방에 대하여 설명했다. 그러나 복덕방 주인은 그런 건 없다고 했다. 무엇보다도 문제가 되는 것은 R이 그의 아버지에게서 받은 삼십만 원과 오늘 은행에서 바꾼 돈 사십오만 원, 도합 칠십오만 원으로는 마땅한 방을 구하기가 거

의 불가능하다는 사실이었다. J는 다른 복덕방에 가보자고 했다. 그러나 두 번째 복덕방에서도 아무런 성과를 거두지 못했다. 게다가 두 번째 복덕방에서 J는 복덕방 주인과 한바탕 언쟁을 벌이고 말았다. 그 언쟁의 시초는 복덕방 주인이 방이 난 게 있느냐고 묻는 R의 질문에

"방이 난 게 없습니다. 비싼 방이 하나 있긴 하지만……."

라고 했던 데서 시작되었던 것 같았다. R은 복덕방 주인의 이 말을 무심히 듣고 방이 난 게 없으면 할 수 없지 하고 막 복덕방을 나오려는 순간이었다. 그런데 뜻하지 않게도 J는 다부진 목소리로

"방이 없으면 없는 거지 '비싼 방이 하나 있긴 하지만…….' 하고 덧붙이는 건 무슨 말이에요?"

하고 호통 치며 다그쳤다. 그녀의 그 뜻하지 않은 호통에 복덕방 주인은 기가 꺾이어 미안하다고 사과를 했다. 그러자 J는

"대체 방이 있는 거예요, 없는 거예요?"

하고 다시 한 번 소리쳤다. 복덕방 주인은 풀 죽은 목소리로 없다고 했다.

"없으면서 왜 있는 것처럼 운을 떼는 거예요?"

그녀는 마지막으로 이렇게 다시 한 번 호통을 치고는 복덕방을 나왔다.

"한국 사람들이란 다 저 모양이에요!"

복덕방에서 나온 뒤 J는 R에게 말했다.

두 사람은 이제 방을 구하지 못하면 하숙이라도 들어야 한다는 데 의견을 같이하고 K 대학 앞으로 갔다.

K 대학 부근에서 그들이 찾아든 하숙집은 그러나 방이 너무 작고 전혀 독립되어 있지 않아서 그냥 나왔다. 하숙집에서 나오면서 R은 한국에는 정말 주거 문제가 심각하다는 말을 하면서 프랑스에 살 때는 아파트를 하나 구하는 데는 사진 한 장을 붙인 종이쪽지 하

나면 됐다는 이야기를 했다. 두 사람은 지친 몸을 쉴 겸해서 학교 주변의 어느 다방으로 올라갔다. 거기서 J는 자기 형제 중에 혹시 누가 현재 비어 있는 아파트를 한 칸 가지고 있는 사람이 있을지도 모르겠다고 하면서 전화박스로 가 전화를 해보기도 했다. 그러나 그녀는 성공하지 못한 것 같았다.

다방에서 내려왔을 때는 이미 저녁나절이었다. J는 이제 돌아가야 한다고 했다. R은 그렇게 하라고 하고 영등포역에까지 일단 함께 가서 거기서 헤어지자고 했다. J는 동의했다. 그래서 두 사람은 지하철을 타고 영등포역으로 갔다.

영등포역에서 두 사람은 어느 버스 정류장에 서 있었다. 거기는 많은 사람들로 붐볐다. R은 어떤 버스를 타고 어디로 가야 할지를 모르겠다는 듯이 황망히 서 있었다. 그때 J가 잠시 변소를 다녀오겠다고 하며 어느 건물 안으로 들어갔다. 약 삼 분쯤 후에 그녀는 그녀가 들어갔던 건물에서 나오며, 마치 사람이 혼잡한 틈을 타서 R 몰래 달아나려는 듯이 이제 막 도착하고 있는 어느 버스를 향하여 막 달려갔다. 그때 그녀의 표정은 몹시 지긋지긋하고 귀찮게 구는 것, 가령 술에 취해 몹시 말이 많은 사람을 떨쳐버리고 막 돌아설 때 흔히 지을 수 있는 그런 것이었다. 그러나 그녀는 버스를 향하여 막 달려가다가는 문득 고개를 들어 저만큼 앞에 서서 그녀의 일거수일투족을 묵묵히 바라보고 있는 R을 눈으로 찾았다. R과 눈이 딱 마주치는 순간 그녀는 몹시 계면쩍어 하는 미소를 짓고는 버스 타기를 그만두고 인도로 올라서서 R로부터 약 십 미터쯤 떨어진 데에 섰다. 그러고는 버스를 기다리는 사람처럼 고개를 R로부터 약간 외면한 채 서 있었다. R은 잠시 동안 그 자리에 멍청히 서서 그러한 그녀를 멀건히 바라보았다. 그러고는 그녀 곁으로 다가갔다.

"우리 술 한잔 하자."

R은 몹시 허탈해하는 목소리로 이렇게 말했다.

"술은 왜요?"

그녀가 말했다.

"왜는 왜니? 술 마시는 데도 무슨 이유를 꼭 달아야 하나?"

R은 이렇게 말하고 앞장섰다. J는 그를 따라갔다.

그들이 들어간 곳은 제법 깨끗한 맥줏집이었다. 거기서 R은 오랫동안 시종일관 냉소에 찬 목소리로 무엇인가를 이야기했다. 약 한 시간쯤이나 지났을 때 J는 이런 말을 했다.

"그렇지만 선생님은 지난번에 저의 팬티까지 찢었잖아요?"

그러자 R은 여전히 그 냉소에 찬 목소리로 그녀의 말을 받아 말했다.

"흥, 너한테는 잊혀지지 않는 소중한 추억이 될걸. 말이 나왔으니 말인데 나는 오늘 밤에도 너의 팬티를 찢지 않으면 안 될 것만 같은 생각이 드는군."

그 순간 J는 방긋 웃었다. 그러고는 다소 재미있다는 표정과 목소리로 말했다.

"왜 오늘 밤에도 또 저의 팬티를 찢어야 하지요?"

"너는 말끝마다 늘 '왜', '왜', '왜' 하고 묻는구나. 마치 정말 모르기나 하는 것처럼. 이 세상에 너처럼 엉큼하고 너처럼 음란하고 너처럼 위선적인 사람은 아마도 없을 것이다."

그러나 J는 그다지 화를 내지 않았다. R도 화가 나서 한 말은 아니었다.

두 사람이 술집에서 나왔을 때 밖은 이미 어두워져 있었다. 그들은 버스를 타고 한성장으로 갔다. 물론 한성장을 들어서기 전에 J는 지난번과 마찬가지로 "안 들어가면 안 돼요?", "꼭 들어가야만 해요?", "왜 들어가야만 해요?", "선생님, 저는 안 들어갈래요. 혼자 들어가셔서 오늘은 그냥 푹 쉬세요." 따위의 말로 때로는 울상을 지어 보이기도 하고 때로는 R을 달래는 듯한 얼굴을 해 보이기도 하느라고 여관 안으로 들어서는 것을 지체했지만 지난번에 비하면 훨씬 빨리 들어간 셈이었다. 그녀는 여관을 들어설 때 '그것'은 하지 않고 다만 R의 더러워진 양말과 속옷을 빨아준다는 이유를 내세우며 여관 안으로 들어서는 데 동의했다. 그녀는 R과 함께 311호로 들어갔다.

그러나 이번에도 지난번과 마찬가지로 J가 완전히 옷을 벗기까지는 약 세 시간이나 소모되었다. 특히 이번에 문제가 된 것은 그녀가 입고 있는 두꺼운 블루진 바지를 벗겨내는 일이었다. 왜냐하면 그녀는 블루진 바지를 혁대 대신에 무슨 천으로 된 끈으로 단단히 홀쳐 매어놓았기 때문이었다. 그 끈이 너무나 단단히 홀쳐 매어져 있었기 때문에 손으로 그것을 푼다는 것은 도저히 불가능했다.

"그럼 제가 풀어볼게요."

거의 세 시간 동안이나 바지춤을 움켜쥐고 "제발, 제발.", "안 하면 안 돼요? 꼭 해야만 해요?", "왜 꼭 해야만 하지요?" 하면서 앙탈을 부렸던 그녀가 침대에서 일어나 앉으며 결국 이렇게 말했다. 그녀의 윗도리는 이미 오래전에 벗겨져 버린 상태였다. R은 이미 지칠 대로 지친 표정이었다.

"아, 정말 안 되네."

약 오 분 동안 고개를 수그리고 자신의 허리춤에 묶여 있는 끈을 풀려고 애쓰던 그녀가 말했다. 그리고 그녀는 허리춤을 움켜쥐고 목욕탕으로 갔다. 왜냐하면 그녀는 방에 불을 켜는 것을 원하지 않았기 때문이었다. 목욕탕에서 그녀는 다시 약 오 분가량 고개를 구부리고 자신의 허리에 홀쳐 매어진 끈을 풀려고 애를 썼다. R은 그녀가 자신의 허리끈을 풀려고 애쓰고 있는 동안에도 끊임없이 그녀의 젖퉁을 어루만졌다. 그녀의 두 젖퉁은 이제 너무나 오랜 시간 동안 만졌기 때문에 벌겋게 되어 있었다.

"아이! 안 돼요."

J는 결국 끈을 풀지 못하고 이렇게 말했다. 그래서 R은 그녀 앞에 웅크리고 앉아서 다시 끈을 풀기 위하여 애를 썼다. 그사이에 J는 R의 손과 이빨에 자신의 허리춤을 맡기고 우두커니 선 채로 또 몇 차례 "안 하면 안 돼요?", "꼭 해야만 해요?", "왜 이렇게까지 해서 해야만 해요?" 하고 물었지만 R은 들은 척도 하지 않고 그녀의 배꼽 언저리에 있는 끈의 매듭을 푸느라 끙끙대고 있었다.

"이렇게 웃통은 홀랑 벗고 바지만 입고 있으니 꼭 산적 같애."

J는 다시 이렇게 말했다.

"너는 날 만날 때마다 이 청바지를 입고 오더니 오늘은 아예 이렇게 끈으로 아랫도리를 풀 수 없도록 해놓았구나!"

끈을 풀려고 애를 쓰다가 잘되지 않자 R은 화가 치밀어 오른 목소리로 이렇게 말했다.

그러나 J는 언제 그녀가 R을 만날 때마다 청바지를 입었느냐, 자신이 오늘 혁대를 하지 않고 이렇게 끈으로 동여맨 것은 오늘 아침에 혁대를 찾아보니까 없기에 아무거나 맨다고 맨 것이 이렇게 되었을 뿐 전혀 고의적인 것이 아니었다는 등 다소 억울하다는 듯이 항변을 하기도 했다. 그리고 그녀는 정히 매듭을 풀 수 없으면 불로 태워서 끊어버리면 어떻겠느냐고 했다. 그 말이 떨어지자마자 R은 일어나 방으로 가 성냥갑을 가지고 왔다. R이 성냥갑을 들고 오자 J는 약간 겁에 질린 얼굴로

"꼭 이렇게까지 해서 해야만 해요?"

하고 말했다.

"이렇게라도 해서 해야지 그럼 어떻게 하겠니?"

R은 성냥을 그으며 말했다.

"내가 정말 창녀인가?"

R이 성냥불을 그어대고 허리끈을 태우고 있는 동안 J는 고개를 돌려 허공을 바라보며 이렇게 말했다.

"너는 내가 너는 창녀가 아니라고 말해 주기를 바라는 것 같군."
R이 말했다.
"그게 아니에요. 이렇게 허리끈까지 불로 태워 끊어야 하니 그렇지요."
J는 자신의 배 언저리에 이마를 대고 자신의 허리끈을 불로 태우고 있는 R을 굽어보며 항변했다.
"야! 창녀면 어떻고, 창녀가 아니면 어떠냐?"
R은 이렇게 말하고 다음 순간
"이젠 됐다!"
하고 소리쳤다. 그 순간 J의 허리끈이 뚝 끊어졌기 때문이었다. J는 자신의 허리춤을 두 손으로 움켜쥐고 방으로 달려갔다.
"알았어요. 이젠 제가 벗을게요."
방으로 들어온 그녀는 자신의 허리춤으로 들어오는 R의 손을 피하느라고 허리를 구부리며 이렇게 말했다. R은 그녀에게서부터 손을 뺐다. 그러나 그녀는 자신의 바지를 벗겨 내리기 전에 또 한 번
"내가 정말 창녀인가?"
하고 한숨 섞인 목소리로 웅얼거렸다.
"제발 입 좀 다물어라! 누가 널 보고 창녀라더냐? 너는 내가 그토록 아끼는 사람인데."
R은 짜증스러워하는 목소리로 소리쳤다. 그제서야 J는 결심이나 한 듯이 자신의 바지를 두 손으로 밀어내리기 시작했다. 그녀의 아랫도리가 벗겨져 내리는 동안 R은 그의 두 손으로 그녀의 허벅다리와 사타구니를 어루만졌다. 그녀의 사타구니는 이미 젖어 있었다.
이제 알몸이 된 그녀는 황급히 그 두꺼운 솜이불 속으로 기어 들어갔다. 이미 지칠 대로 지친 R은 그녀가 두 손으로 누르고 있는 그 무거운 솜이불 속으로 기어 들어갔다. 그러나 약 삼 분쯤 지난 뒤에 그는

"메흐드! 메흐드!"

하고 부르짖으며 이불 밖으로 몸을 드러낸 채 벌렁 나자빠졌다. 그러고는 온통 땀으로 얼룩진 얼굴로 멍청히 천장을 바라보고 있었다. R이 이불 밖으로 나가는 순간에 J는 필사적으로 그 솜이불을 끌어당겨 자신의 몸을 덮었다. 약 삼 분쯤 가쁘게 숨을 몰아쉬며 천장을 바라보고 있던 R은 일어나 목욕탕으로 갔다. 거기서 그는 찬물에 세수를 하고 축 늘어진 자신의 페니스를 씻었다. 그러고는 다시 방으로 돌아왔다. J는 그때까지 그 두꺼운 솜이불을 두 팔로 꾹 누른 채 꼼짝하지 않고 누워 있었다.

"그 이불을 좀 걷어치우지 않을래?"

방으로 돌아온 R은 이렇게 물었다.

"안 돼요! 안 돼요!"

J는 몹시 다급해하는 목소리로 이렇게 말하고 필사적으로 자신의 턱밑의 이불자락을 두 손으로 움켜쥐었다. 하는 수 없다는 듯이 R은 다시 이불 속으로 들어갔다. 그가 이불 속으로 들어가 J의 위로 올라간 뒤 약 일 분쯤 후에서야 그의 엉덩이 부근의 이불이 들썩거리기 시작했다. J는 R의 밑에 깔리어 쌕쌕거리면서도 필사적으로 이불자락을 끌어당겨 R의 등 위로 끌어 덮었다. R은 분노에 찬 얼굴로 거의 규칙적으로 기계적인 몸동작을 해대다가 이내 옆으로 고꾸라졌다.

"메흐드! 메흐드! 메흐드!"

옆으로 고꾸라지면서 그는 소리쳤다. 그러고는 죽은 듯이 꼼짝하지 않았다. 약 일 분쯤 뒤에 J는 상체를 일으켜 세우고 앉아

"왜 그러세요? 이번에도 잘 안 됐어요?"

하고 걱정스러워하는 목소리로 물었다. R은 화가 난 표정으로 벌렁 나자빠지면서 한쪽 팔을 뻗어 머리맡에 있을 담뱃갑을 더듬어 찾았다.

"너무 걱정하지 마세요. 잘 안 되면 어때요. 저는 괜찮아요."

J는 이렇게 말하며 재떨이를 들어다 R의 배 위에 얹어놓았다. R은 아무 말 하지 않고 담배를 피웠다.

"걱정도 팔자다. 그런 걸 가지고 왜 걱정을 해요."

그가 담배를 태우고 있는 동안 그녀는 나무라는 어투로 이렇게 말했다. 그리고 잠시 후 그녀는 일어나 옷을 주워 입기 시작했다.

"내가 정말 창녀인가? 허리끈까지 이렇게 끊어졌으니."

그녀는 바지를 다 입고 나서 불에 타서 끊어진 자신의 허리끈을 당겨 맞춰보며 이렇게 중얼거렸다. R은 아무 말 하지 않고 누운 채 담배만 피워대고 있었다.

J가 여관방을 나가기 전에 R은 그녀를 불렀다. 그리고 말했다.

"그래, 지난번과 마찬가지로 이번에도 난 잘 안 됐어. 물론 사정을 하기는 했지. 그러나 프랑스에서와는 달리 아무런 감각이 없어. 나의 몸은 나무토막처럼 무감각해. 나는 이 이불에 짓이겨져서 지치기만 했지."

"그까짓 거 잘 안 되면 어때요? 전 괜찮아요."

J가 말했다. R은 그녀의 말에는 아랑곳하지 않고 계속했다.

"그런데 지난번에도 그랬지만 이번에도 나는 섹스를 하면서도 너에게서 그 남자의 그림자를 느끼고 있어. 아마도 그것 때문에 나는 아무런 감각을 느끼지 못하고 있다고 여겨져."

J는 아무 말 하지 않았다. R은 계속했다.

"그리고 잠자리에서마저도 다른 남자의 그림자를 느껴야 한다는 것은 나로서는 심히 불쾌한 일이지."

"죄송해요."

J는 들릴락 말락 하는 작은 소리로 말했다. R은 계속했다.

"그리고 그것은 너의 허영이고 감상이라는 것을 내가 모르는 바는 아니야. 한 남자와 섹스를 하면서도 다른 남자를 생각하는 거지.

그 남자를 생각하며 너는 마치 숫처녀가 강간이라도 당하는 것처럼 행동하는 거지. 그리고 너는 날 마치 강간범 대하듯이 하고. 삼 년 반 동안이나 함께 살았던 남자를. 어찌 보면 참으로 치졸한 허영이며 조악한 감상이지. 나이 서른셋이나 된 여자치고는."

"제가 언제 선생님을 강간범 대하듯이 했다고 그래요?"

J는 항변했다. R은 그녀의 항변에는 아랑곳하지 않고 계속했다.

"너는 어쩌면 그 남자를 만나면 날 생각하며 눈물을 흘려댈지도 모르지. 그리고 그 남자는 까닭도 모르고 네가 눈물을 흘려대는 앞에서 쩔쩔매겠지. 그리고 그는 그것을 보고 너의 예민한 시적 감수성 때문이라고 생각할 수도 있겠지. 그러나 나는 너의 그 허영과 감상에 놀아나기에는 너무 나이도 들었고 또 할 일도 많은 사람이야. 게다가 그러기에는 너무 똑똑해."

J는 이제 아무 말 하지 않았다. R은 계속했다.

"그래서 하는 말인데 오늘 밤 돌아가거든 깊이 생각해 봐라. 나를 택할 것인가 아니면 그 남자를 택할 것인가 하는 데 대해서 말이다. 그리고 난 뒤 내일 아침 아홉 시 정각까지 오늘 아침에 만났던 백석다방으로 나오너라. 그러면 내가 내일 아침에 나가서 너에게 묻겠다. 날 택할 것인가 아니면 그 남자를 택할 것인가 하고. 너는 나의 이 물음에 대하여 애매하게, 중의적으로 대답할 필요가 없다. 분명하게 한마디로 대답하면 그만이다. 그렇게 하고 나면 너는 너의 그 허영과 감상의 자기최면에서부터 벗어나게 될 것이다. 그리고 나도 이 밑도 끝도 없는 너와의 관계에 새로운 방향을 잡게 될 것이다. 알아듣겠느냐?"

"예."

그녀가 대답했다.

"내일 내 질문에 대한 대답을 충분히 생각해 보겠느냐?"

"예, 그렇게 할게요."

"그럼, 내일 아침 나는 널 만나자마자 먼저 이렇게 묻겠다. 네가 날 택할 것인가, 아니면 그 남자를 택할 것인가 하고 말이다. 알아 듣겠느냐?"

"예, 알았어요."

J는 방을 나갔다. 그녀가 떠난 뒤에도 R은 분노에 찬 눈을 천장에 고정시키고 있었다. 한참 후 그는 발치에 있는 두꺼운 솜이불을 걷어차 침대 밑으로 밀어내고 그러고는 이내 불안한 잠 속으로 빠져 들었다.

이튿날 아침 아홉 시 정각 R은 한성장에서 나와 백석다방으로 내려갔다. J는 벌써 와 있었다. 그녀는 밝은 회색 투피스를 단정히 입고 있었다.

"잘 주무셨어요?"

J는 걱정스러워하는 표정으로 물었다.

"응, 머릿속에 온통 지푸라기들이 서걱거리는 것 같아."

R은 볼멘소리로 말했다.

"이제 괜찮아질 거예요. 저도 간밤엔 피곤했어요."

J는 달래듯이 말했다. 그리고 그녀는 계속해서 무엇인가 다른 말들을 하려 했다. R은 그녀의 말을 중단시키며 말했다.

"그래, 간밤에 많이 생각해 봤나?"

"뭘요?"

J는 R의 말이 전혀 이해가 되지 않는다는 듯이 R의 눈을 똑바로 쳐다보며 되물었다. R은 잠시 멈칫거리다가 말했다.

"네가 날 택할 것인가 아니면 그 남자를 택할 것인가 하는 문제 말이야."

J는 잠시 멈칫거리다가 결심이나 한 듯이 처음의 다소 부드럽고 친절했다고 할 수 있었던 표정에서부터 단호하고 다소 도전적인 표

정으로 바뀌어 말했다.

"예."

J의 이 말이 떨어진 뒤 약 오 초 후에 R이 입을 열었다.

"그래, 어떻게 하기로 했니? 그 남자를 택하기로 했니 아니면 날 택하기로 했니?"

J는 그러나 대답은 하지 않고 입가에 다소 도도한 미소를 띤 채 R을 바라보고만 있었다. 약 십 초쯤 지난 뒤에 R은 갑갑해진 듯 다시 입을 열었다.

"대답해 보렴, 망설이지 말고. 지금이 가장 좋은 기회일 거야."

그러나 J는 여전히 그 도도한 미소만을 짓고 있었다. R은 다소 초조해진 얼굴로 다시 물었다.

"그래, 그 남자를 택하기로 했니?"

잠시 후 J가 입을 열었다.

"예."

이렇게 말하고 난 뒤에도 그녀는 여전히 고개를 꼿꼿하게 쳐들고 도도한 미소를 머금고만 있었다. R은 그의 다소 푸석푸석한 얼굴을 손으로 한 번 부비고 나서 말했다.

"그래, 그럼 알았다."

J는 아무 말 하지 않고 그를 빤히 쳐다보고만 있었다. R은 계속했다.

"그래, 모든 게 너의 감정상의 문제이니까, 나로서는 이제 물러나야겠지."

J는 여기서 예의 그 도도한 태도에서 벗어나 약간 자세가 흐트러지며 보일락 말락 고개를 끄덕였다.

"그래, 그동안 여러 가지로 고마웠다. 그럼 행운을 빈다. 우리가 언제 어디서 만나더라도 늘 반가운 낯으로 맞이하기로 하자."

"그래야지요."

J가 들릴락 말락 작은 소리로 이렇게 말했다. R은 이제 그만 일어나자고 했다. 두 사람은 다방을 나왔다.
"우리 악수나 한번 하고 헤어질까?"
R은 J 앞에 손을 내밀었다. J도 손을 내밀었다. 악수를 마치고 R은 그의 가방을 바투 메고 돌아섰다. 그리고 뒤돌아보지 않고 가기 시작했다.
약 삼십 미터쯤 걸었을 때 R은 길을 건너기 위해서 신호등 아래에서 멈추어 서지 않으면 안 되었다. 걸음을 멈춘 그는 그제서야 힐끔 옆을 돌아보았다. J는 아까 R과 악수를 했던 바로 그 자리에서 한 발짝도 움직이지 않고 그때까지 저만치 가고 있는 R을 바라보고 서 있었다. 그녀의 얼굴에는 온통 원망의 빛이 가득했다. R은 못 본 척하고 고개를 돌려버렸다. 그리고 길 건너편의 신호등을 바라보고 서 있었다. 그렇게 서 있던 R은 약 이십 초쯤 지났을 때 갑자기 피식 혼자 웃었다. 그러고는 다시 고개를 돌려 J 쪽을 바라보았다. 그녀는 그때까지도 여전히 그 자리에 엉거주춤 선 채로 R의 옆모습만을 원망에 찬 눈으로 바라보고 섰다가 R이 고개를 돌리는 순간 몸을 돌려 가기 시작했다. R은 다시 한 번 피식 웃고는 몸을 돌려 그녀의 뒤를 쫓아가기 시작했다. 그녀는 R이 따라오는 것을 느끼고 택시라도 잡으려는 듯이 잠시 두리번거리다가 R이 이미 그녀 곁에까지 다다른 것을 깨닫고 이내 인도 위로 올라섰다. 그러고는 걷기 시작했다. R은 그녀 곁으로 다가가며 말했다.
"우리 산책이나 한번 할까?"
"그렇게 해요."
J는 이렇게 말하며 걸음을 재촉했다. 약 이십 미터쯤 걸었을 때 R은 그녀를 돌아보며 말했다.
"마지막으로 나는 너를 한번 모욕해 주고 싶은 충동이 생겨서 그래."

R은 싱글벙글 웃고 있었다.

"뭔데요?"

J가 물었다.

"응, 나는 본래 머리가 좋기 때문에 내가 마음만 먹으면 너를 기쁘게도 할 수 있지만 또 마음만 먹으면 네 자존심에 똥칠을 해버릴 수도 있지. 나는 방금 네 자존심에 똥칠을 해보고 싶은 장난스러운 충동이 일었어. 그리고 내가 확신하는데 내가 이 말만 하면 너의 그 도도한 얼굴이 일순간에 똥 밟은 얼굴로 변할 거야."

R은 벙글벙글 장난스러운 웃음을 얼굴 가득히 담고 있었다.

"그렇게 해보세요."

J는 작은 목소리로 이렇게 말했다.

"그래, 그러나 여기서는 안 된다. 어디 좀 조용한 데로 가야 너의 그 똥 밟은 듯한 얼굴을 좀 더 찬찬히 여유를 가지고 바라볼 수 있지."

R은 여전히 장난스러운 목소리였다.

"그래요, 어디 조용한 데로 가요."

J는 이렇게 말하고 저 멀리 보이는 야산 쪽으로 방향을 잡았다. 오른쪽 어깨에 가방을 둘러메고 일 미터쯤 앞서 가는 R은 연신 싱글벙글 웃으며 왼손으로는 자신의 머리를 툭툭 치며 혼잣말처럼 중얼거렸다.

"나는 확실히 머리가 좋단 말이야. 저 도도한 우리 J 박사님의 콧대를 꺾어놓을 수 있는 말을 그렇게 금방 떠올릴 수 있으니……."

J는 이러한 그의 뒤를 따라가며 조용한 미소를 머금고 있었다.

야산은 대단히 가팔랐다. 특히 어떤 데는 많은 산책객들이 오르내려서 그렇겠지만 흙이 다져져서 몹시 미끄러웠다. 그런데도 불구하고 R은 늘 저만큼 십 미터가량 앞서 오르고 있었다. 때때로 그는 걸음을 멈추고 J가 올라오기를 기다려주지 않으면 안 되었다. 그럴 때 그는 어깨에 메고 있는 가방을 벗어 땅바닥에 내려놓고 그 위에 걸터앉아 있기도 했다.

"아이참! 손 좀 잡아주세요!"

미끄럽고 가파른 진흙더미 밑에서 J가 약간 어리광을 부리는 목소리로 이렇게 말했다. 가방 위에 걸터앉아 멀건히 먼 데를 바라보고 있던 R이 그제서야 J 쪽을 내려다보며 몹시 의아해하는 어투로 말했다.

"웬일이냐? 너처럼 독립불기한 여자가 나 같은 사람에게 손을 다 잡아달라고 하니? 듣다가도 처음 듣는 소리다."

J는 계면쩍어 하는 얼굴로 웃으며

"잡아주기 싫으면 그만두세요."

하고 말하고 두 손을 바닥에 대고 엉금엉금 기기 시작했다. R은 얼른 달려가 그녀의 손을 붙잡고 당겨 올렸다. 그러고는 말했다.

"야! 넌 조금만 있으면 나한테 지독한 모욕을 받을 텐데 이렇게 자존심 상하게 손을 다 붙잡아 달라고 해도 되겠니?"

J는 아무 말 하지 않고 다시 산을 오르기 시작했다.

야산 꼭대기에 이르기 전에 그들은 조그마한 절이 하나 있는 것을 발견했다. 거기서 그들은 냉수 한 그릇씩을 얻어 마셨다. 그리고 다시 산을 기어올랐다.

산꼭대기에는 산책객들이 더러 있었다. 두 사람은 다소 후미진 오솔길 가에 있는 바위 위에 걸터앉았다.

"내가 무슨 이야기를 할 것 같으냐?"

바위 위에 나란히 앉았을 때 R이 이렇게 물었다. 그의 얼굴은 처음의 그 장난스럽게 싱글벙글 웃던 얼굴과는 달리 어느새 진지하고 고뇌에 찬 얼굴이 되어 있었다.

"모르겠는걸요."

J가 말했다. R은 담배 한 대를 피워 물었다. 그리고 시작했다.

"너도 알다시피 나는 지금 대단히 어려운 입장에 처해 있다. 그 오랜 외국생활을 하고 한국에 돌아왔는데 나는 당장 이혼 문제로 골머리를 썩히고 있다. 게다가 나는 그 열악한 물적 조건, 다시 말하면 가난 때문에 내가 꿈꾸어 왔던 일을 전혀 못하고 있다. 엎친 데 덮친 격으로 내가 그토록 믿고 마음으로 의지해 왔던 너마저도 결국은 나를 버렸다. 그러나 다 좋다. 무엇보다도 내가 마음속으로 초조하게 생각하는 것은 이런 와중에 내가 오래 살다 보면 나의 감각은 무디어지고 나의 머리는 지칠 대로 지쳐 끝내는 무기력해져서 아무것도 하지 못하게 되어버리지나 않을까 하는 것이다. 그래서 말인데 나는 얼마 전부터 다시 외국으로 나가지 않으면 안 된다는 생각을 해왔다. 물론 네가 전에도 종종 내게 그런 말을 했던 것처럼 외국에 살다가 돌아온 사람은 처음 한동안은 한국생활에 적응을 하지 못하여 늘 다시 돌아가겠다는 말을 입버릇처럼 한다는 사실을 내가 모르는 바는 아니다. 너도 그랬다니까. 그렇긴 하지만 다시 돌아가겠다는 사람들이 모두 나 같은 이유에서인지는 모르겠다. 사람들은 모두 나처럼 심각하고 구체적인 이유들 때문에 다시 외국으로 나가겠다고들 하는지는 모르겠다는 말이다."

여기서 J는 R의 심정을 이해할 수 있다는 듯이 고개를 끄덕였다.

"너는 나더러 종종 너무 부정적인 시각으로 보지 말라고 했다. 글쎄, 내가 부정적인 사람인지는 모르겠다."

"아니에요. 선생님은 부정적인 사람이 아니에요."

"그래, 내가 부정적인 사람은 아닐지도 모른다. 사실 나는 이 바닥에서 열심히 잘 살아보려고 했다. 내가 그 무거운 컴퓨터만을 넣은 트렁크를 들고 들어올 때 나는 내가 이 땅에서 해야 할 일에 대하여 소신을 가지고 있었다. 그러나 이 땅에서는 나에게 나의 그 무해한 소망도 이룰 수 있도록 허락해 주지 않는다는 사실을 알았다. 그래서 나는 내가 너무 지치기 전에 하루바삐 이 땅을 떠나야 한다는 생각을 하기에 이르렀다."

여기서 J는 한숨을 내쉬었다.

"그런데 내가 외국을 다시 나간다고 생각해 보면 당장 문제가 되는 것은 내 늙은 부모님이다. 내가 두 노인네를 버리고 떠난다는 것은 곧 두 늙은이를 굶어 죽으라고 하는 것이나 같고, 그것은 곧 고려장을 하는 것이나 같다. 게다가 나에게는 지금 다시 외국으로 나간다 하더라도 비행기 삯마저도 없는 셈이다. 그래서 내가 하는 말인데 네가 나에게 돈 삼천만 원만 해주기 바란다."

여기서 J는 갑자기 당황한 얼굴이 되어 허둥대기 시작했다. R은 그러한 그녀의 얼굴을 힐끔 한 번 살펴보고는 계속했다.

"나에게 돈 삼천만 원이 있다면 나는 우선 이천만 원을 떼어 아버지 어머니에게 드리겠다. 그리고 나머지 천만 원을 가지고 나는 나갈 생각이다."

J는 몹시 허둥대기 시작했다.

"그런 생각을 오래전부터 해왔던가요?"

그녀가 물었다.

"아니, 방금 산을 오르기 전에 떠올린 생각이지."

"그렇지만 제가 왜 선생님께 그 돈을 해드려야 하지요?"

"왜 해주어야 하느냐고? 그건 길게 이야기하지 말자. 다만 이렇게 생각하자. 네가 삼 년 반 동안 함께 살아왔던 사람이, 혹은 너의 둘도 없는 친구 중 한 사람이 지금 대단히 위급한 처지에 놓여 있다고 말이다. 그래서 너는 그 사람을 구해 주기 위하여 그 돈을 해준다고. 만약 너에게 일말의 사랑 또는 우정 혹은 의리라는 것이 남아 있다면."

J는 약간 고개를 끄덕였다. 그리고 말했다.

"그렇지만 제게 그만한 돈이 없다는 사실을 선생님은 알고 계시잖아요. 제가 어떻게 그 많은 돈을 구할 수 있다고 그래요."

"글쎄, 그건 나한테 묻지 말아다오. 나는 네가 어떻게 차를 굴릴 수 있는지 구체적으로 모르는 것과 마찬가지로 나는 또한 네가 어떻게 삼천만 원을 구할 것인가 하는 데 대해서도 모를 뿐만 아니라 알고 싶지도 않다."

"그렇지만 제가 취직을 했다면 몰라도 취직도 안 된 상태에서 어떻게 그 많은 돈을 구할 수 있다고 그래요? 저는 구할 수 없어요."

J는 여기서 단호하게 잘라 말했다. R은 잠시 입을 다물고 있다가 말했다.

"글쎄, 그 취직으로 말하면 나는 너한테 속은 거지. 나는 네가 꽤 똑똑한 사람인 줄 알고, 나에 앞서서 먼저 널 취직시키겠다고 내 일을 제쳐놓고 네 논문을 써줘서 내보냈지. 게다가 너희 집에는 연줄이 많은 것처럼 이야기하길래 금방 될 줄 알았지. 그런데 알고 보니 너는 전혀 똑똑하지 않았을 뿐만 아니라 남의 취직 앞길까지 막아 놓았지."

J는 여기서 더 참지 못하겠다는 듯이 자리에서 일어났다. R은 그녀의 손을 잡아 다시 자리에 앉히며 말했다.

"흥, 내가 예상했던 것처럼 너는 확실히 자존심이 많이 상한 것 같군. 너는 내가 취직을 하라고 보내놨더니 취직은 못하고 연애만 하고 다녔던 거지. 그렇지만 그런 건 내가 상관할 바가 아니야. 그런 건 다 너의 감정상의 문제일 테니까. 나에게 지금 당장 필요한 것은 다만 돈 삼천만 원이야."

"그렇지만 제가 무슨 돈이 있다고 그래요?"

"그래, 나는 지금까지 너에게 그걸 '부탁' 했다. 내 부탁에 응해 주지 않겠다면 나는 '요구'를 할 수밖에 없다."

이렇게 말하고 R은 냉소에 찬 표정으로 계속했다.

"너는 내가 훗날 너에 대한 추억을 가지기를 희망하겠지? 그러나 난 그런 싸구려 추억을 갖고 싶지 않아. 나는 너에 대한 추억을 삼천만 원에 팔려고 한다. 그걸 팔아서 나는 아주 홀가분하게 이 더러운 땅을 떠나는 거지. 너로 말할 것 같으면 결국 너는 삼천만 원에 박사학위를 사는 거지. 이 얼마나 깨끗한 방법이냐?"

J는 몹시 당황하여 어찌해야 할 바를 몰라 하다가 이렇게 말했다.

"알았어요. 그럼 제가 어떻게 해보기로 하지요."

"그래, 고맙다. 그런데 너도 내 심정을 이해하겠지만 나는 하루바삐 이 땅을 떠나고 싶다. 네가 만약 그 돈을 해준다고만 해놓고 세월만 죽인다면 나는 피가 말라 죽을 것이다. 그래서 나는 언제까지 해주겠다는 보다 확실한 대답이 필요하다. 네가 아무렇게나 내뱉는 '알았어요. 그럼 제가 어떻게 해보기로 하지요.' 라는 말을 믿을 수는 없지 않느냐. 왜냐하면 너는 나한테 끊임없이 믿을 수 없는 말과 행동을 해왔으니까."

여기서 J는 벌떡 자리에서 일어났다. 그리고 급한 걸음으로 산을 내려가기 시작했다. R은 그의 가방을 둘러메고 그녀를 따라가기 시작했다. 그리고 말했다.

"나는 아직도 할 말이 끝나지 않았다."

그러나 J는 아랑곳하지 않고 씩씩거리며 산을 내려갔다. 그녀를 따라가며 R은 다시 말했다.

"그럼 나더러 어떡하란 말이냐? 이런 경우 너 같으면 어떻게 하겠느냐?"

"알았다고 하잖아요!"

J는 이렇게 소리치고 허둥대는 걸음을 계속했다.

"무엇을 알았단 말이냐?"

"내가 어떻게 해보겠다고 했잖아요?"

"그러나 내겐 확답이 필요해. 나는 하루속히 이 땅을 떠나야 해."

그러나 J는 아무 말 하지 않고 부지런히 산을 내려갔다. 산을 다 내려갔을 때 R이 저만큼 앞서 가고 있는 틈을 타서 J는 그때 마침 지나가는 빈 택시를 급히 세웠다. 그리고 R이 못 보는 사이에 급히 타려고 했다. 그러나 그때 R은 그녀가 택시에 급히 타는 것을 발견하고 그 역시 급히 달려가 택시에 올랐다.

"어디로 가실까요?"

운전사가 물었다.

R은 J를 돌아보며 물었다. J는 아무 말 하지 않고 씩씩거리고만 있었다. 잠시 후 R은 운전사에게 말했다.

"시내로 갑시다."

광화문 앞에서 그들은 택시를 내렸다. 차에서 내린 뒤 R은 저만큼 뿔뿔 가고 있는 J를 향하여 소리쳤다.

"야, 우리 어디 들어가 점심을 먹자. 오늘은 아침도 먹지 않았는데 하마 점심때가 지났구나. 오늘은 내가 살 테니 부담 갖지 말고 들어가자."

R의 목소리는 허허로웠다. J는 아무 말 하지 않고 그를 따라 어느 한식집으로 들어갔다.

"오늘은 가장 비싼 걸로 먹자. 내가 그동안 너를 늘 배고프게만 했다니 오늘만은 잘 사지."

그러나 그들이 주문한 것은 결국 불고기였다. 그들은 별로 말하지 않고 먹었다.

식사를 마치고 두 사람은 R의 요청에 따라 어느 다방으로 들어갔다. 다방에서 R은 약 한 시간 동안 무엇인가 단호한 표정으로 말했다. 그 한 시간 동안 내내 안절부절못하고 있던 J는 몇 차례에 걸쳐

"그게 아니었어요! 그건 오해예요!"

하고 하소연하는 목소리로 말했다.

"무엇이 오해일 수 있단 말이냐?"

R은 이해가 가지 않는다는 표정으로 물었다. J는 눈물을 주르르 흘리며 말했다.

"그건 제 본뜻이 아니었단 말이에요!"

"제발, 제발 부탁이다. 눈물은 흘리지 말고 이야기해라. 이 다방 안에 있는 다른 사람들이 보면 뭐라고 하겠니? 백주에 이 컴컴한 다방 구석에 들앉아 눈물이나 흘리고 있는 우릴 보면 얼마나 속으로 경멸하겠니?"

그러자 J는 손수건을 꺼내어 눈물을 닦았다. 그녀가 눈물을 닦고 있는 동안 R은 피곤한 기색으로 멍청히 기다렸다. 그녀가 눈물을 다 닦고 났을 때 R은 다시 입을 열었다.

"대체 무엇이 오해일 수 있단 말이냐? 그럼 아침에 내가 너한테 그 남자를 택하겠느냐 날 택하겠느냐 하고 물었을 때 네가 그 남자를 택하겠다고 했던 말이 네 본뜻이 아니었단 말이냐?"

"네에."

J는 눈물 섞인 목소리로 대답했다. R은 그의 몹시 피로해 보이는 이마를 손등으로 한 번 문지르고는 말했다.

"그럴 리가 있느냐? 너는 지금 와서 공연히 거짓말을 할 필요가 있느냐?"

"정말이에요. 그것은 제 본심이 아니었어요. 그냥 그렇게 말했을 뿐이란 말이에요."

R은 다시 이해가 가지 않는다는 표정으로 말했다.

"그럼 너는 왜 아까 그 남자를 택하겠느냐라고 물었을 때 '예.'라고 대답했느냐?"

"그럼 제가 그렇게 묻는데 어떻게 대답할 수 있어요?"

R은 잠시 허공을 멀건히 쳐다보고 있었다. 그리고 한참 후 말했다.

"그런 어법도 있느냐? 그럼 너는 왜 네 본뜻이 아닌 말을 하느냐, 내가 그렇게 심각하게 묻는데?"

그러나 R은 다시 허공을 쳐다보며 무엇인가 곰곰이 생각에 빠지기 시작했다. 그러고는 말했다.

"그렇다면 이렇게 된 거냐? 내가 오늘 아침에 그 남자를 택할 것이냐 날 택할 것이냐 하고 물었을 때 너는 내심으로는 날 택한다고 말하고 싶었지만 자존심 때문에 그 남자를 택한다고 말해 버렸다는 말이냐?"

"네에. 바로 그래요."

"그렇지만, 아무리 그렇지만 그런 문제를 이야기하면서 자존심 때문에 그렇게 거꾸로 말할 수도 있단 말이냐?"

"그럼 어떻게 해요?"

R은 잠시 맥 빠진 낯으로 멍청히 앉아 있었다. 그때 J가 말했다.

"그럼 제가 어떻게 말해야 했는지 가르쳐주세요, 네."

잠시 후 R이 입을 열었다.

"그럴 경우 너는 이렇게 말했어야 한다."

"어떻게요?"

"내가 오늘 아침 너에게 그 남자를 택할 것이냐 날 택할 것이냐 하고 물었을 때 너는 만약 자존심 때문에 날 택하겠다고 말할 수 없었다면, 굳이 그 남자를 택하겠다고 본심과는 다른 말을 할 일이 아니라, 내가 그 질문을 하는 순간 너는 대뜸 나한테 화를 내면서 왜 그런 쓸데없는 걸 묻느냐, 그런 엉뚱한 소린 이제 그만 하고 일어나 오늘은 빨리 방이나 구하러 가자 하고 말했더라면 좋았을 것이다. 그리고 네가 만약 이런 말을 덧붙였더라면 좋았겠지. 가령, 그동안 네가 나에게 심려를 끼쳤던 것이 사실이다, 그러나 이젠 마음 쓰지 말고 할 일이나 하자고. 그렇게 말했더라면 우리는 오늘 아침 아홉시에 기쁜 마음으로 백석다방에서 나와 그길로 곧장 방을 구하러 떠날 수 있었겠지."

"그래요! 제가 그렇게 말했더라면 좋았을 거예요! 바로 그래요! 그 말을 들으니 이젠 머리가 맑아지네요!"

과연 그녀의 얼굴은 기쁨으로 빛났다.

"네가 오늘 아침에 하고 싶었던 말이 이런 것이었느냐?"
"예, 그래요! 바로 그래요! 그 말을 들으니 그래요! 이젠 머리가 맑아져요!"
그녀는 기쁨에 찬 미소를 지으며 이렇게 말했다.
"그렇지. 그렇게 말했더라면 우리는 오늘 오전 시간을 그 헛된 자존심 싸움으로 허비하지 않고 보다 실제적인 일에 열중할 수 있었을 테지. 그리고 이렇게 어두침침한 다방 구석에 앉아 너는 쓸데없는 눈물을 흘리지 않아도 되었을 테고 나는 또 목이 타도록 지껄이지 않아도 되었을 테지."
"그래요! 이젠 모든 게 뚜렷해졌어요. 이젠 머리가 맑아졌어요."
그녀는 이렇게 말하고 물컵을 들어 물을 벌컥벌컥 들이켜기 시작했다. 그러고는 말했다.
"그런데 선생님, 왜 저는 그렇게 말할 수가 없지요? 왜 저는 잘 안 되지요? 왜 저는 자꾸만 비뚤어지지요? 때로는 저 자신도 갑갑해요."
J는 애절한 표정을 지으며 말했다. R이 말했다.
"왜 너는 잘되지 않느냐고? 그건 간단해."
"그게 뭐예요? 왜 저는 선생님처럼 말할 수가 없지요?"
"그것은 바로 너의 자존심이라는 것 때문이야. 너라는 사람은 본래 자존심이 센 여자지. 그러나 내가 언제나 네게 말했듯이 내 앞에서만은 그 자존심을 내세우지 말아야지. 다른 사람 앞에서 네가 네 자존심을 내세우는 것은 때때로 나에겐 귀엽게 보이기도 해. 그러나 누차 이야기했듯이 내 앞에서만은 그럴 필요가 없어. 오히려 마음의 문을 활짝 열어버리는 것이 낫지."
R은 그 후로도 오랫동안 J를 설득했다. 그녀는 수긍했다. 이제 그녀의 얼굴은 밝아졌다. 두 사람은 다방을 나왔다. 밖에는 따사로운 햇볕이 쏟아지고 있었다. 두 사람은 팔짱을 끼고 천천히 길을 따

라 걸었다. 길을 걸으면서 R은 두어 번 오늘같이 햇볕이 따사로운 날은 서울 거리도 걸을 만하다고 했다. J도 그렇다고 했다. R은 그녀에게 말하기를 R이 그녀를 좋아하는 이유 중 하나는 언제 어떤 극한적 상황에 이르러서도 그들은 끝내 다시 화해할 수 있다는 사실이라고 했다.

잠시 후 R은 J의 손목을 잡고 무얼 좀 살 것이 있으니 백화점엘 좀 가자고 했다. J는 무엇을 사려고 그러느냐고 물었다. 그러나 R은 말하지 않고 꼭 무엇인가를 하나 사고 싶어졌다고만 했다. 그래서 두 사람은 어느 커다란 백화점 안으로 들어갔다. 거기서 R은 여자 속옷 파는 데로 J를 끌고 갔다. 그리고 그는 그녀에게 오늘은 꼭 그녀의 잠옷을 하나 사주고 싶다고 했다. 왜냐하면 프랑스에 살면서 J의 잠옷을 하나 사주고 싶어 했지만 돈이 넉넉지 않았고 게다가 J가 늘 마다했기 때문에 한 번도 사주지 못했는데 그것이 마음에 걸렸기 때문이라고 했다. 그러나 J는 잠옷을 사기를 원하지 않았다. 왜냐하면 이 백화점의 물건은 모두 너무 비싸고 또 지금 R에게는 그걸 사줄 만큼 넉넉한 돈이 있는 것이 아니기 때문이라고 했다. 그래서 R은 자신에게 현재 칠십오만 원이 있다고 했다. 그러자 J는 그 돈은 R이 번 돈이 아니고, 게다가 아버지에게서 받은 돈으로 여자 잠옷이나 사주어서는 안 될 일이라고 하면서 R이 월급을 받거든 한 벌 사달라고 했다. 그리하여 R도 그녀의 고집에 지고 말았다. 두 사람은 아무것도 사지 못한 채 백화점을 나왔다.

백화점에서 나온 뒤 두 사람은 다시 하숙방을 구하기 위해 H 대학 앞으로 갔다. 거기서 두서너 군데 하숙집을 둘러보았다. 그러나 어느 것도 마음에 드는 것이 없었다. 모두 다 방은 좁은 데다가 비싸고 게다가 하숙하는 학생들이 너무 많아 시끄러웠다. 그래서 두 사람은 어떻게 해야 할 바를 몰라 하며 H 대학 안의 벤치에 앉아 쉬고 있었다. 그러다가 J는 R에게 혹시 친구 중에 서울에 빈집을 가진 사람이 없느냐고 물었다. R은 그런 사람이 없다고 했다가 얼핏 생각이 난 듯 부산에서 의사를 하는 알랭 드롱을 닮은 친구의 서울 집이 어쩌면 팔리지 않고 비어 있을지도 모른다고 했다. 그의 노부모가 모두 아들을 따라 부산에 내려가 살고 계시니 틀림없이 집이 비어 있을 거라고 했다. 그래서 R은 J의 권유에 따라 부산으로 전화를 했다.

전화를 마치고 J가 앉아 있는 벤치로 오면서 R은 몹시 기뻐하는 얼굴이었다. 전혀 돈을 들이지 않고도 방을 얻게 되었다고 했다. J도 기뻐했다. 그런데 한 가지 문제는 그 열쇠를 알랭 드롱의 부모가 가지고 있는데 십 일께 그들이 올라와 열쇠를 주겠다고 했다는 것이다. 그래서 두 사람은 손가락을 꼽아가며 십 일이 되려면 며칠이나 기다려야 하는가 하는 것을 계산했다.

"앞으로 오 일 남았네요. 그렇다면 그게 나아요. 하숙을 구한다고 하지만 시끄럽고 또 비싸잖아요."

J가 말했다. R은 고개를 끄덕였다. 그리고 닷새를 기다려 알랭 드롱의 집으로 들어가기로 결정했다.

그러나 당장 문제가 되는 것은 닷새 동안을 어디에서 보내느냐 하는 것이었다. 닷새 동안을 여관에서 잔다면 경제적인 상식으로 보아 건전한 것이 못 되었다. 그래서 J는 서울에 혹시 친척이 없느냐고 했다. R은 잠시 생각한 끝에 있기는 하지만 닷새 동안이나 신세를 질 만한 자리는 없고 포천에 사는 작은아버지 댁에 인사도 드릴 겸 거기 가서 며칠 묵다가 오는 게 좋겠다고 했다. J도 그렇게 하라고 했다. 그래서 그들은 이제 헤어지기 위하여 그들이 오랫동안 앉아 있었던 벤치에서 일어났다.

지하철역으로 가면서 R은 J에게 이제는 절대로 마음의 동요가 없이 살자고 했다. J는 그러마고 했다.

두 사람은 서로 반대 방향으로 가야 했기 때문에 각각 반대 방향의 개찰구로 나갔다. 지하철을 기다리는 홈에서 R은 건너편 홈에

섰을 J를 보려고 했다. 그러나 그녀는 계단을 내려오기는 했으나 기둥 뒤에 몸을 감추고 있었기 때문에 이쪽에서는 잘 보이지 않았다. J가 타야 할 지하철이 홈으로 들어오고 있을 때서야 그녀는 그 기둥 뒤에서 나와 이쪽을 향하여 방긋 웃으며 손을 들어 보였다. 그러나 다음 순간 지하철에 가리어 그녀는 다시 보이지 않았다. 잠시 후 R도 지하철을 타고 떠났다.

　R은 그날 저녁 포천에 도착했다. 그러나 그는 거기서 십 일이 될 때까지 있을 수는 없었다. 왜냐하면, 이튿날 그가 대구로 전화를 했는데 그의 여동생이 하는 말이 그의 아버지가 몹시 심하게 아프니 곧 내려오라고 했기 때문이었다. 그래서 그는 곧 포천을 떠나 대구로 내려갔다.
　그의 아버지는 사실 좀 심하게 아픈 것 같았다. 그에 따르면 온 몸이 몹시 피곤하며 머리가 깨지는 듯이 아프다는 것이었다. 게다가 그는 이미 여름이 되었는데도 밤낮을 가리지 않고 두꺼운 솜이불을 덮은 채 누워 있었다. 이튿날 R은 그의 아버지와 함께 대학병원에 가서 뇌사진을 찍었다. 그다음 날 아침 R은 다시 병원에 갔는데 뇌에는 아무 이상이 있어 보이지 않는다고 했다. 병원에서는 약을 지어 주었는데 그걸 먹은 R의 아버지는 머리가 아픈 것은 일단 없어졌다고 했다. 그러나 몸이 춥고 나른한 것은 여전하다고 했다. 게다가 그 약을 먹은 그는 밤낮을 가리지 않고 잤다.
　R의 아내는 그녀가 다시 요구했던 '닷새'가 다 되었지만 그녀는 여전히 똑같은 말만 했다. 즉, 그녀가 원하는 것은 R이 전세방을 하나 얻어주고 차후로 생활비를 주면 아이들과 함께 집을 나가 따로 살겠다고 했다. 그러나 그녀는 이혼을 해주지는 않겠다고 했다.
　"너는 왜 나하고 살아야 하니?"
　'닷새'의 유예기간이 끝난 이튿날 R은 그의 아내와 두 번째 방에 앉아 이렇게 말했다.

"허이참, 결혼을 했으니까 살지요."

R의 아내는 헛웃음을 치며 이렇게 대답했다.

"나는 너하고 살고 싶지 않고 그래서 이혼을 하자고 하는 것 아니냐."

R이 말했다. 그러나 R의 아내는 아무 말 하지 않고 눈을 들어 다른 데만 살피고 있었다. 그녀는 여전히 그 비웃는 듯한 웃음을 짓고 있었다. 이런 식으로 거의 다섯 시간 동안 R은 이야기를 계속했다. 그리고 끝내 R은 벌떡 일어나 발로 세차게 그의 아내의 머리를 걸어찼다. R의 아내는 잠시 동안 얼굴을 가린 채 앉아 있다가 벌떡 일어나더니 세차게 R을 떠다밀며 소리쳤다.

"이게 어디 사람을 차고 지랄이야! 내가 유학까지 시켜줬더니 이제 와서 개지랄이야!"

R은 그녀가 떠다미는 바람에 책상 옆 귀퉁이로 꼬꾸라졌다. 그리고 벌떡 일어나 그녀의 머리채를 감아 잡았다. 건넌방에 있던 R의 아버지가 급히 건너와 뜯어말렸다. R의 아내는 마구 아무 말이나 해댔다.

"네가 날 유학시켜 줬다고? 흥, 참 어이가 없는 소릴 다 듣겠다. 너는 네가 날 유학시켰다고 생각하니?"

R이 소리쳤다. 이 말에 대해서는 R의 아내는 대답을 하지 못했다. 그러나 그녀는 계속해서 마구 소리쳤다. 그러고는 세차게 문을 여닫으며 나갔다. 그리고 사라졌다. 그리고 며칠 동안 돌아오지 않았다.

십 일이 되어 R은 서울로 올라갔다. 그리하여 R은 그날부터 일단 알랭 드롱이 학생 시절에 쓰던 방에서 기거하게 되었다.

그러나 그 집은 그다지 R에게는 마음 편하지는 않았다. 왜냐하면 알랭 드롱의 늙은 부모가 서울에 온 김에 서울에 살고 있는 딸들과 외손자들을 만나볼 겸 해서 금방 내려가지 않았기 때문이었다. 따라서 저녁때가 되면 으레껏 그들의 시집간 딸들과 사위들과 외손자 외손녀들이 찾아와 늦도록 놀다 갔다. 게다가 알랭 드롱의 누나들과 매형들은 R과 전부터 잘 아는 사이였기 때문에 그들이 방문할 때마다 늘 그들을 상대해 주어야 했다. 그래서 R은 편안한 마음으로 그 집에 기거할 수는 없었다. 게다가 R은 그가 그 집에 든 이튿날 다시 그의 여동생으로부터 그의 아버지가 몹시 심하게 아프다는 전화를 받았다. 그러나 그는 그날로 당장 내려갈 수는 없었다. 왜냐하면 그 이튿날이 곧 그의 강의가 있는 날이었기 때문이었다. 그래서 그는 이튿날 강의를 마치고 그길로 바로 대구로 내려갔다.

대구에서 그는 다시 일주일 동안 있었다. 그 일주일 동안 그는 그의 아버지를 대신하여 새벽 채소시장에 리어카를 끌고 나갔다. 그리고 그의 아버지와 함께 다시 한 번 병원엘 갔다. 병원에서 새로 받아온 약은 R의 아버지의 머리를 아프지 않게 하는 데는 확실히 효과가 금방 나타났다. 그러나 그의 피로와 오한을 없애는 데는 효험이 없었다. R의 아버지는 밤낮을 가리지 않고 두꺼운 솜이불을 덮고 잤다.

R이 대구로 돌아간 이튿날 R의 아내가 돌아왔다. 그녀가 돌아오자마자 R과의 싸움은 다시 시작되었다. R의 아버지가 건너와 두 사람을 뜯어말리지 않았더라면 두 사람 중 하나는 아마도 죽었을 것이다. R의 아내는 도로 집을 나서면서 그녀는 R의 여동생이 살 수 없도록 가서 말할 것이며, R은 교단에 설 수 없도록 할 것이며, R의 아버지가 속병으로 죽을 때까지 편하게 내버려두지 않겠다는 등의 말을 마구 퍼부으면서 나갔다.

대구로 내려온 지 일주일 후에 그는 다시 서울로 올라가 강의를 하고 이튿날에서야 그의 J를 다시 만나볼 수 있었다. 그사이에 물론 그는 두서너 차례 J에게 전화를 했었다. 그러나 그녀는 집에 없거나 혹은 바빠 써다 줘야 할 원고가 있어 만날 수 없으니 양해해 달라고 했었다.

아침에 R은 집에서 나와 약 십 분쯤 걸어 네거리까지 갔다. 거기서 그는 전화를 했다. 그리고 길 건너편에 보이는 이층 다방으로 올라갔다. 다방에서 그는 창가에 자리를 잡고 앉아 길 건너편을 내다보고 있었다. 약 이십 분쯤 뒤에 길 건너편 저쪽 모퉁이를 돌아오고 있는 J의 모습이 눈에 띄었다. 그녀는 길을 건너기 위해서 신호등 밑에서 잠시 서 있다가 좌우를 살피면서 길을 건너오고 있었다. 그리고 그녀는 잠시 보이지 않았다. 약 삼십 초 뒤에 그녀는 다방 문을 열고 나타났다. 그리고 잠시 두리번거리다가 R을 발견하고는 탁자들 사이를 돌아 다가왔다. 그녀는 초조한 낯빛이었다.

"그동안 잘 있었어? 하마 이 주일이나 됐군."

R은 반가운 듯이 웃으며 말했다. 그러나 J는 웃지 않았다. 그녀는 몹시 초조해하는 낯빛으로 시계를 들여다보며 오늘 오후 한 시에 소설가 C 씨와 약속이 있다고 했다. 왜냐하면 그녀는 그사이에 D 문예지에서 그녀에게 소설가 C 씨와의 인터뷰 기사를 청탁해 왔는데 그동안 그녀는 그걸 쓰느라고 바빴는데 오늘은 그녀가 쓴 기사를 출판사에 갖다 주기 전에 다시 한 번 그 작가를 만나보기로 약속을 했다는 것이었다. R은 대수롭지 않다는 표정으로 오후 한 시까지는 아직 시간이 많다고 했다. 그리고 그는 그동안 있었던 일들, 가령 그의 아버지가 아파서 병원에 가야 했던 일이며, 그의 아버지의 병세며, 그의 아버지 대신에 리어카를 끌고 시장에 갔던 일이며, 그리고 마지막으로 있었던 그의 아내와의 싸움 등에 대하여 이야기하기 시작했다. 그러나 J는 그다지 듣고 있지 않았다. 그녀는 몹시 초조해하는 낯빛으로 무엇인가 골똘히 생각하고 있는 얼굴이었다. R은 그러한 그녀의 표정은 애써 모르는 척하면서 그의 말을 계속했다.

"알고 보니 내가 새로 든 집에서 네 아파트까지는 그리 멀지가 않더군. 걸어서 불과 십오 분이면 되더군."

J는 그러나 몹시 난색을 지을 뿐 아무 말 하지 않았다. 잠시 후 그녀는 결심이나 한 듯이 입을 열었다.

"선생님, 제가 한 가지 드릴 말씀이 있어요."

R은 이제 또 무슨 심상찮은 일이 일어나리라는 것을 예감하기라도 하는 듯 다소 피로한 빛을 이마에 띠며 말해 보라고 했다. J는 말했다.

"선생님, 우리 이제 그만 만나요, 네? 부탁이에요."

그녀의 목소리와 표정은 애원하는 것이었다. R은 그녀의 이 말이 전혀 뜻밖이라는 듯이 잠시 멀건히 그녀를 건너다보았다. 그녀는 벌써 눈물을 흘리고 있었다.

"너 왜 또 그러니? 지난번에 헤어질 때는 다시는 그런 소릴 안 하겠다고 해놓고서는?"

J는 다급하게 그의 말을 가로막으며 말했다.

"지난번에는 그렇게 말했지요. 예, 그랬어요. 그러나 그건 제 본뜻이 아니었어요."

그리고 그녀는 다소 히스테릭한 표정과 목소리로 계속해서 빠르게 무엇인가를 말해 대기 시작했다. 그러나 R은 듣고 있지 않았다. 그는 피로한 낯이었다. 그리고 그는 그녀를 달래보려고 애썼다. 그러나 막무가내였다.

"흥, 너는 지난번에 섹스를 하고 나서는 금방 괜찮아지더니 그 이 주일 사이에 또 그러는구나. 마치 히로뽕 중독자 같구나."

R은 놀려대는 어투로 말했다.

"내가 섹스를 했다고 해서 그런 줄 아세요?"

J는 발칵하면서 소리를 질렀다. 잠시 후 R은 더 이상 참지 못하겠다는 듯이 말했다.

"그래, 나도 일주일이 멀다 하고 이랬다 저랬다 하는 여자를 더 이상 붙들어 두어야 한다고 생각하지는 않는다."

"일주일이 멀다 하고 이랬다 저랬다 했던 건 아니에요! 선생님을 만날 때 늘 저의 감정은……."

"너의 감정이라는 게 도무지 어떻게 위대한 건지는 모르지만 너는 노상 그 감정이라는 걸 내세워 나를 능멸하는구나."

그러나 J는 R의 말을 들으려 하지 않았다. 그녀는 계속해서 자신의 감정에 대하여 무엇인가를 피력하려 애쓰고 있었다. 가령 그녀는 프랑스에서 삼 년 동안의 R과의 삶은 그녀에게는 말하자면 늘 고통이었다는 것을 말하려고 했다. 그러나 그녀는 구체적으로 언제 어떻게 고통스러웠던지에 대해서는 말하지 못했다. 그래서 R은 그녀가 만약 프랑스에서의 삶이 고통이었다면 그것은 그녀 자신이 자신의 공부를 스스로 하지 못했기 때문이었을 뿐이라고 말하려고 했다. 그러자 그녀는 다급하게 그의 말을 가로막으며 그녀는 모든 것이 다 고통스러웠다고 소리치며 마구 울기 시작했다. R은 그녀에게 제발 이 다방 구석에 앉아 울지 말고 침착하게 말하라고 소리쳤다. 그리고 그는 말했다.

"그래, 방금도 말했듯이 나는 너처럼 아무런 소신이 없이 이랬다 저랬다 하는 여자와 더 이상 어떻게 해볼 수가 없다는 것을 안다. 그런데 한 가지 내가 말해 두고 싶은 것은 지난번에도 말했듯이 너는 나한테 삼천만 원을 지불해 다오."

그러자 J는 그때까지 구슬프게 울던 낯을 들어 대들 듯이 하며 소리쳤다.

"제가 왜 R 선생님께 그 돈을 줘야 하지요?"

R은 몹시 격분한 얼굴이 되어 말했다.

"흥, 이제 와서는 그렇게 말하는구나. 내 그럴 줄 알았다. 왜 네가 그 돈을 나한테 지불해야 하느냐고? 너는 그걸 몰라서 이렇게 딱 잡아떼느냐?"

"그래요, 몰라요! 왜 제가 그 돈을 지불해야 하지요?"

J는 여전히 거세게 대들며 말했다.

"그래, 그럼 설명할 테니 그렇게 자꾸 소리치지 말고 잘 들어라. 너는 내가 왜 그 돈을 받아야 하느냐 하는 것을 미처 말하지 못하면 거세게 몰아붙여 나에게 그 돈을 지불하지 않아도 되는 것으로 해 버리고 싶어서 그렇게 자꾸 소리소리 질러대겠지만 나한테는 그게 잘 안 된다."

R은 이렇게 말하고 왜 J가 그에게 삼천만 원을 지불해야 하느냐 하는 것에 대하여 설명하기 시작했다. 그의 설명은 약 십 분 동안 계속되었다. 그사이에 J는 무엇인가 항변하려 들기도 했지만 그녀의 항변은 오히려 R의 논리를 더 확고한 것으로 만들어주는 데 지나지 않았다. 약 십 분쯤 뒤에 J는 기가 죽었다. R은 분노에 찬 피로감으로 파리해진 얼굴로 담배를 피워 물었다. 잠시 침묵이 흐른 뒤 J가 나지막한 목소리로 입을 열었다.

"선생님, 제가 어젯밤에 저의 감정을 모두 편지로 썼어요. 선생님 앞에서는 도저히 말을 할 수가 없으니까요. 집에 가서서 한번 읽어보실래요?"

그녀는 자신의 핸드백에 엉거주춤 손을 대고 말했다. 그러나 그녀는 자신의 감정을 적었다는 그 글이 R에게 어떤 설득력이 있으리라고는 그녀 자신마저도 이미 믿고 있지 않는 눈치였다.

"읽어보나 마나지. 너의 편지의 내용은 이런 것이겠지. 너의 감정이 이러저러하니 이젠 나더러 떠나달라는 거 아니겠어?"

J는 고개를 끄덕였다. R은 계속했다.

"그래, 알아요, 알아. 너의 감정이 그러저러하니까 나도 너를 버려야 한다는 것을 알고 있다. 그럼 됐니?"

J는 아무 말 하지 않았다. R은 계속했다.

"그러나 그 감정과는 관계없이 네가 나에게 지불해야 하는 것은 지불해야지. 너의 감정이 이러저러하기 때문에 네가 지불해야 할 것을 지불하지 않겠다는 것은 이치에 맞지 않는다. 그것은 마치 나의 감정이 이러저러하니 물건은 가져가되 돈은 지불하지 않겠다고 하는 거나 마찬가지다."

J는 난색을 짓고 앉아 있었다. R은 계속했다.

"게다가 나는 너의 글을 읽기를 그다지 좋아하지 않아. 왜냐하면 너는 글을 쓸 때 문법에 맞도록 쓰는 문장이 그다지 많지가 않아. 그래서 네가 쓴 글의 뜻을 헤아린다는 건 언제나 가능한 것이 아니야. 너는 너의 감정의 질곡을 글로써 나타내려고 하지만 너는 어느 것 하나 객관적으로 형상화해 내지를 못하지. 그래서 그걸 읽다 보면 머리가 터지는 것 같아지지. 내가 첫해 나 혼자 프랑스에 가 있을 때 너는 많은 편지를 내게 보내왔지만 거기서 내가 그 뜻을 확실히 헤아릴 수 있었던 것은 다만 네가 프랑스로 가기를 원하니 서류 일체를 만들어 보내달라고 했던 것뿐이었어. 여북했으면 내 책상 위에 놓여 있는 네 편지를 안용환 씨가 내가 없는 사이에 슬쩍 한번 읽어보고는 생감 씹는 낯을 하면서 이게 무슨 글이냐고 했을까? 나는 그 이상하게 와해되어 버린 네 문장력을 고쳐보려고 했지만 그것은 마치 내가 지금 너의 그 이상하게 와해되어 버린 의식을 바로잡을 수 없는 것이나 마찬가지로 불가능한 일이었어. 그래서 나는 너에게 학문을 하는 것보다는 무당을 하는 게 낫겠다고 했지. 그렇지만 너는 아버지 잘 만난 덕분에 엉터리 박사, 엉터리 문학평론가, 엉터리 문장에도 불구하고 이 땅에서 잘 살아가겠지."

"그렇지만 한국의 교수들이 저보다 뭐 특별히 나은 줄 아세요?"

J는 이렇게 끼어들었다. R은 잠시 그녀를 바라보다가 말했다.

"물론 너보다야 못하겠지. 네가 이 한국 바닥에서 얼마나 훌륭한 학자인가 하는 것은 내가 상관할 바가 아니다. 나한테 중요한 것은 내가 받아야 할 돈을 받는 것뿐이다."

"그래요, 알았어요. 제가 어떻게 해보기로 하지요."

"좋다. 그러나 내가 원하는 대답은 그처럼 무책임하게 아무렇게나 어떻게 해보겠다는 것이 아니라 보다 확실한 대답이다. 왜냐하면 나는 그걸 빨리 정확하게 받아야만 내 앞길을 나도 나름대로 갈 수 있기 때문이다."

"알았다고 하잖아요!"

J는 여기서 버럭 소리를 지르며 자리에서 일어났다. R도 따라 일어났다. 그리고 그들은 다방을 나왔다.

다방을 나온 뒤 J는 몹시 초조한 기색으로 좌우를 두리번거리는가 하면 시계를 들여다보기도 했다. R은 그러한 그녀의 손목을 붙들어 잡고 말했다.

"아직 나는 할 말을 덜 했고 그리고 너의 약속 시간은 멀었군."

J는 어찌해야 할 바를 몰라 하며 그럼 좀 걷자고 했다. 그래서 두 사람은 고가도로를 건너 약 삼백 미터쯤 걸어갔다. 그리고 그들은 다시 어느 지하다방으로 내려갔다. 거기서 두 사람은 다시 돈 삼천만 원에 대하여 이야기했다. 그러나 J는 어찌해야 할 바를 모르고 횡설수설했다. 가령 그녀는 왜 그녀가 R에게 그 돈을 지불해야 하느냐고 갑자기 대들기도 하고, 자신이 무슨 돈이 있느냐고 말하기도 하고, 그런가 하면 왜 R이 그때 그녀의 글을 써주었느냐고 말하기도 했다. 그러한 그녀의 느닷없는 말에 대하여 R은 끈질기게 설명했다. 그러나 J는 그의 설명을 별로 듣지 않고 시계를 들여다보기도 하고 다방 안을 두리번거리기도 하다가 이렇게 말했다.

"이젠 작가들을 만나러 가봐야 해요."

그녀가 이렇게 말할 때 그녀는 다소 도도한 표정이었다. 그러자 그때까지 끈질기게 설명을 하고 있던 R은 갑자기 경멸에 찬 미소를 지으며 멀건히 그녀를 쳐다보고 있다가 말했다.

"그래, 작가님들을 만나러 가서야겠지. 그런데 얘, J야, 다 좋은데 제발 내 앞에서만은 작가들을 만나러 간다는 둥 허세에 찬 말을 하지는 말아다오. 너는 너의 집에서나 또 다른 사람들 앞에서는 그런 도도한 표정으로 말을 하더라도 내 앞에서만은 그런 식으로 말하지 않을 수 없느냐?"

그러자 J는 자신이 했던 말이나 태도가 실수였다는 걸 깨달은 듯 몹시 민망스러워하는 웃음을 지었다. R은 여전히 경멸에 찬 목소리로 계속했다.

"너의 그 말하는 품새는 꼭 p역 앞에서 내게 했던 말과 맥락을 같이하는구나."

그러자 그 순간 J는 앞뒤를 가리지 않고 소리쳤다.

"제가 p역 앞에서 뭐라고 했는데요?"

이 말을 들은 R은 잠시 멍청해져서 J를 멀건히 바라보았다. 그리고 말했다.

"너는 아무래도 사람이 좀 돈 것 같구나. 네가 정히 이렇게 나오면 하는 수 없다. 나는 너의 박사학위 논문과 문학평론을 모두 내가 써주었다는 사실을 너의 아버지한테라도 말할 수밖에 없다."

그러자 J는 몹시 다급해진 목소리로 소리쳤다.

"하시려면 하세요. 그럼 저는 선생님 부인에게 모두 말해 버리겠어요."

R은 여기서 다시 어이가 없어 하는 얼굴로 멀건히 그녀를 건너다보았다. R이 이렇게 그녀를 바라보자 그녀는 곧 자신의 말이 또 실수였다는 걸 깨달은 듯이 다시 한 번 쌔액 웃었다. R은 그러한 그녀의 얼굴을 찬찬히 바라보다가 말했다.

"이건 너의 인격상의 문제로구나. 너는 내 마누라에게 뭘 말한다는 말이냐? 네가 나하고 함께 살았다는 말을 하겠다는 말이냐? 그럼 해라."

그러자 J는 안절부절못하며 중얼거렸다.

"그래요. 정말 이건 저의 인격상의 문제예요, 잘못했어요. 제가 실수했어요."

"나는 아무래도 너하고 말하기를 중단하는 것이 옳겠다. 그래 너는 작가님들을 만나러 가야 된다고 하니 그럼 그만 일어나 가봐라."

J는 일어났다. 그리고 급한 걸음으로 계단을 올라갔다.

J가 사라지고 약 오 분쯤 뒤에 R은 다방을 나왔다. 그러고는 몹시 허둥대는 걸음으로 길을 따라 걷기 시작했다. 약 이백 미터쯤 걸어가다가 그는 돌아섰다. 그리고 그가 걸어온 길을 다시 걸어 내려가기 시작했다. 그가 다시 방금 나온 다방 앞에까지 다다랐을 때 그는 돌아섰다. 그리고 지금까지 걸어온 이백 미터 길을 다시 걸어 올라가기 시작했다. 그러나 그는 또다시 돌아서서 왔던 길을 걸어 내려오기 시작했다. 그는 이와 같이 같은 길을 몇 번이나 바쁘게 올라갔다 내려갔다 했다. 그러면서 그는 이따금 혼잣말처럼 중얼거렸다.

"경마장은 네거리에서 북쪽으로 구백삼십사 걸음, 서쪽으로 칠백팔십 걸음, 그리고 다시 북쪽으로 팔백오십팔 걸음 가면 된다……."

그러다가 그는 문득 생각이 난 듯이 길가에 있는 어느 한식집으로 들어갔다. 거기서 그는 육개장 한 그릇을 시켰다. 그러나 그는 두 숟가락을 먹은 뒤 일어나 식당을 나왔다. 그리고 다시 길을 걷기 시작했다. 그의 걸음은 몹시 허둥거리고 있었다. 몇 차례나 같은 길을 왔다 갔다 하던 그는 버스를 탔다. 그리고 밤늦게서야 화곡동 집으로 돌아왔다.

이튿날 아침 R은 세수를 하고 집을 나왔다. 그리고 버스를 탔다. 그는 신촌역 앞에서 내렸다. 그리고 J에게 전화를 했다. 전화를 마친 그는 길 건너편에 보이는 다방으로 올라갔다. 거기서 그는 창문 곁에 자리를 잡고 창밖을 내다보고 있었다. 신촌역 광장에는 등산복을 입고 배낭을 짊어진 사람들이 많이 눈에 띄었다. 아마도 공일인 것 같았다.

R이 이 이층 다방에 올라와 자리를 잡고 앉은 지 근 한 시간 반가량이 지났을 때 길 저편에서 J가 나타났다. 그녀는 청바지에 줄무늬가 있는 티셔츠를 입고 있었다. 그녀는 길을 건너서 역전 광장 가장자리로 해서 이쪽으로 오고 있었다. 그러고는 이내 사라졌다. 약 삼십 초 지났을 때 R의 등 뒤편에서 다방 문이 열리는 소리가 나고 "어서 오십시오." 하는 다방 여주인의 목소리가 들리더니 잠시 후 J가 나타났다. 그녀는 아무 말 하지 않고 R의 앞자리에 앉았다.

"너는 늘 늦게 오는구나."

R이 말했다. J는 아무 말 하지 않고 입술을 오그려 다물고 있었다. R은 너무나 오랫동안 창밖을 내다보고 있었기 때문에 모가지가 몹시 아픈 듯 목덜미를 주물렀다. 그러고는 일어나자고 했다. 그들은 일어났다. 그리고 다방을 내려왔다. 다방을 내려왔을 때 R은 발이 저린지 다리를 약간 절룩거렸다.

"나는 지금 너무나 배가 고프구나. 뭘 좀 먹지 않으면 안 될 것 같구나."

다방을 나와 길을 걸으면서 R이 말했다.

"그렇게 하세요. 하긴 저도 아침을 못 먹었어요."

그녀가 말했다. 두 사람은 어디 먹을 수 있는 데를 찾기 위해서 잠시 골목을 기웃거렸지만 이렇다 할 데를 찾지 못하고 결국 어느 건물의 이층에 있는 다방 같기도 하고 경양식집 같기도 한 데로 올라갔다. 보이는 커다란 컵에 커피 두 잔과 말랑말랑한 빵 두 쪽에 올리브를 올려놓은 것을 접시에 담아 가져왔다. R은 우선 올리브를 입에 넣고 우물우물 발라 먹었다. 그리고 빵 한 조각을 먹었다.

"저의 것도 드세요. 시장하시다고 하셨잖아요."

J는 커피잔을 들고 이렇게 말했다.

"이건 너의 몫이잖아."

R은 이렇게 말하고 커피를 마셨다. 그러고 난 뒤 말했다.

"그래, 생각해 봤느냐? 내가 요구하는 돈은 언제 줄 수 있겠니?"

"선생님은 제가 그 돈을 만들 수 없다는 것을 잘 아시잖아요."

"그래, 네가 그런 소리 할 줄 알았다. 그러니까 너는 이제 돈이 없으니 배짱이다 이 말이군."

"그렇지만 제가 돈이 없는 걸 어떻게 하란 말이에요?"

"어제까지만 해도 너는 어떻게 해보겠다고 했지. 그러나 오늘은 또 그런 소리 할 거라는 걸 내가 알았기 때문에 나는 너한테 보다 확실한 대답을 요구했던 거지. 그래, 너는 이제 돈을 못 주겠다 이거지?"

"못 주겠다가 아니라 돈이 없는 걸 어떡하란 말이에요?"

"좋다. 그렇다면 나는 내가 입은 물적 정신적 피해를 보상받기 위해서 나대로 생각이 있지."

J는 아무 말 하지 않고 R을 올려다보고 있었다. R은 계속했다.

"나는 그동안 한국에 돌아와서 너한테 숱한 스트레스를 받아왔다. 나는 온갖 모멸을 다 참아왔다. 돈을 받든 못 받든 나는 내가 그동안 받은 스트레스를 좀 풀어야겠다. 왜냐하면 너 같은 사람에게 내가 그토록 정신적 피해를 입고 속수무책으로 가만히 있다면 나는 이 땅에서 장차 버러지처럼 무기력하게 살아가게 될 것이다. 그래서 나는 생각했다. 내가 어떤 식으로든지 내 정신적 피해를 보상받을 수 있는 방법을."

R은 그의 앞에 놓인 커피잔이 이미 비어 있는 것을 보고 대신 물을 한 잔 쭈욱 들이켰다. 그리고 계속했다.

"나는 우선 너의 부모에게 모든 것을 이야기해야겠다."

그러자 J는 말했다.

"할 테면 하세요. 저도 그걸 말해 버리고 나면 마음이 개운해질 테니까요."

"그렇겠지. 그럼 이야기하기로 하지. 그런데 부모라는 것은 늘 제 자식이 옳다고 하겠지. 내가 그런 이야기를 하면 너의 부모는 아마도 믿으려 들지 않겠지. 설령 믿는다 하더라도 그들은 날 나쁜 사람으로 몰아붙이는 데 하나의 논리가 있지. 그것은 내가 결혼을 했다는 사실이지. 그들은 이 사실을 내세워 날 오히려 몰아붙이겠지. 그러니까 내가 너의 부모에게 말하는 것만 가지고는 내 스트레스가 다 풀리지 않겠지. 오히려 나는 또 다른 스트레스를 받을 가능성이 커. 그러니까 나는 그다음으로 해야 할 또 다른 일을 생각해야겠지. 그것은 바로 재판에 회부하는 거야."

"그렇게 하려면 하세요."

J는 이렇게 말은 했지만 약간 당황한 얼굴이 되어 있었다.

"그러나 내가 재판에 그 문제를 회부한다고 해도 나는 승소할 수 없을지도 몰라. 왜냐하면 나한테는 뚜렷한 물적 증거가 없으니까. 내가 가지고 있는 컴퓨터 디스켓 속에 들어 있는 원고가 있긴 하지만 그건 내가 입력한 것이라는 사실을 말해 주지는 못하지. 그러니까 너는 만약 법정에 서게 되면 무조건 부인하기만 해라. 그러면 너는 승소할 수 있을 것이다. 알아듣겠느냐?"

J는 아무 말 하지 않았다. R은 계속했다.

"그러면 나는 왜 이길 수 없는 재판을 생각하고 있는가? 그건 간단해. 내가 비록 그 재판에 진다 할지라도 나는 이미 충분히 내 목적을 달성한 게 되는 거지."

여기서 J는 이해가 가지 않는다는 듯이 고개를 들어 R을 쳐다보았다.

"왜 그런고 하니, 내가 만약 그 재판을 제기하게 되면 그 재판은 대단히 특이한 것이 되기 때문에 우선 사회의 이목이 집중되겠지.

신문기자들은 대단히 흥미를 가지게 될 테지. 그렇게 되면 내가 비록 재판에 진다 할지라도 나는 이긴 게 되지."

J는 아무 말 하지 않았다.

"그러나 이 재판에도 문제가 없는 건 아니야. 내가 법에 대해서는 자세히 모르지만 내가 너의 논문을 써준 것은 외국에서이니까 한국 법정에서 그걸 다룰 수 있을지 없을지 잘 모르겠어. 그런 경우 프랑스 법정으로 가야 할지도 모르지. 그러나 무엇보다 당장 문제가 되는 것은 어디서 재판을 하거나 나한테는 충분한 비용이 없다는 사실이지."

J는 재미있다는 듯이 웃었다. 그리고 말했다.

"재판을 하시든지 뭘 하시든지 마음대로 하세요. 전 좌우간 돈이 없으니까요."

R은 그녀의 이러한 말에는 아랑곳하지 않고 계속했다.

"그럼 재판을 하지 않는다면 어떤 방법이 있을까? 나한테는 또 다른 한 가지 방법이 있지. 그게 무엇인고 하니 그건 바로 글을 쓰는 거지. 우리의 삶의 전모를 밝히는 글을 쓰는 거지. 그 글이 출판되고 나면 나는 얼마간 돈을 손에 넣을 수도 있겠지. 그리고 나는 그 돈을 아버지에게 생활비로 드릴 수도 있겠지. 그게 가장 좋은 방법이라는 걸 나는 알아."

이렇게 말하고 R은 J의 얼굴을 쳐다보았다. 그녀는 굳어진 얼굴이었다. R은 계속했다.

"그런데 여기에도 얼마간 문제가 없는 건 아니야. 그건 무엇인고 하니 그걸 쓰자면 얼마간의 시간이 필요한데 나는 나의 주거환경이 너무나 열악해서 도저히 그런 공간에서는 내 머릿속에 있는 그 엄청난 이야기들을 차분히 써 내려갈 수 있을 것 같지가 않다는 거지. 그러나 어떻게 되겠지."

"그렇지만 선생님도 알다시피 저는 도저히 그 돈을 마련할 수 없잖아요."

"그것도 알아. 나는 이 세상에서 가장 무능력한 인간, 가장 믿을 수 없는 인간을 키웠고 그 때문에 한국에 돌아와 이렇듯 스트레스를 받는 거지. 너는 한국에 돌아와 돈을 벌 만한 능력과 자질도 되지 않았을 뿐만 아니라 인간적인 신뢰나 의리마저도 없는 인간이었지. 너에게 유일한 능력은 돈 많은 부모 밑에 안주하여 비육되는 것이었고, 또 돈 많은 남자를 하나 꾀어 차는 것뿐이었지."

"그렇지만 제가 무슨 남자가 있다고 그래요?"

"글쎄, 네게 남자가 있다고 해도 내겐 흥미가 없는 일이니 굳이 그렇게 말할 필요는 없다. 나는 내 이야기를 계속하겠다. 그러면 나는 앞에서 말한 바와 같이 너의 부모에게 굳이 그것을 말하거나 재판에 회부하거나 또는 글로써 고발하거나 하지 않으면 안 되는가? 꼭 그렇게 해야만 하는가? 이 물음에 대한 나의 대답은 '해야 한다.' 이지. 왜냐하면 너는 그동안 한국에 돌아온 나에게 너무나 부당하게 대해 왔기 때문이지. 너는 처음부터 날 속이고 있었던 거지. 네가 좋은 남자가 있어 시집을 가겠다고 하는 건 있을 수 있는 일이야. 그러나 문제는 처음부터 그 이야길 진솔하게 하지 않고 나한테는 거짓말을 한 채 끊임없이 날 능멸했다는 거지. 나는 지독한 푸대접을 받아왔고, 지독하게 업신여김을 받아왔던 거지."

그러나 R은 그의 이야기를 계속할 수 없었다. 왜냐하면 J는 끊임없이 그의 말을 중단시키며 무엇인가 변명하려 들었고, 게다가 그는 소변이 보고 싶었기 때문에 급히 변소에 가지 않으면 안 되었기 때문이었다.

변소에서 그는 오줌을 누었다. 오줌을 누면서 그는 소변기 앞에 붙은 거울을 들여다보았다. 그런데 그는 거울 속의 자신의 모습을 보고 있다가 갑자기 참을 수 없다는 듯이 벙글벙글 웃기 시작했다. 그러고는 바지를 여미며 변소를 나와 J가 앉아 있는 데로 갔다. 변소 문을 열고 나와 J가 앉아 있는 데까지 오는 동안에는 그래도 웃음을 참고 있었지만 J의 맞은편에 앉으면서 그는 급기야 감추고 있던 웃음을 억누르지 못하고 킥킥킥 터뜨려 버리고 말았다. 영문을 모르는 J는 의아해하는 눈으로 그를 바라보았다. R은 억지로 웃음을 참으려고 할 때 짓게 되는 우스꽝스러운 표정을 지으며 말했다.

"내게 좋은 생각이 하나 떠올랐다."

"뭔데요?"

J는 여전히 의아해하는 눈으로 물었다. R이 말했다.

"너는 돈이 없어서 내게 삼천만 원을 갚을 수 없다 이거지? 그러면 이렇게 하면 어떻겠니?"

"어떻게요?"

"네가 정히 그 돈을 갚을 수 없으면 그 돈에 해당하는 것만큼 나한테 창녀 노릇을 하면 되지 않겠니. 나는 또 그렇게라도 받아야 하고."

그러나 J는 방긋 웃으면서 말했다.

"그거 참 좋은 생각이네요."

이렇게 말하고 난 뒤 그녀도 웃음을 감추지 못했다.

"그래, 그럼 그렇게 하겠느냐?"

R은 여전히 벙글벙글 웃으며 물었다.

"그렇게 하지요, 뭐. 돈이 없으면 그렇게라도 할 수밖에 없잖아요."

J도 여전히 웃으며 말했다.

"그 참 좋은 생각이었구나. 그럼 이제부터 나는 너를 뼈땡이라고 부르겠다. 창녀라고 부르는 것보다야 낫지 않겠느냐. '창녀야!' 하고 부르면 남들이 뭐라고 하겠니? 그러니 남들이 알아듣지 못하도록 '마뼈땡!' 하고 부르마."

J는 여전히 웃고 있었다.

"한 번에 만 원씩 삼천만 원이면 삼천 번만 하면 된다. 내가 한국에 돌아와서 했던 지금까지의 두 번도 쳐줄게. 그러니까 앞으로 이천구백구십여덟 번만 더 하면 된다."

"그렇게 하지요 뭐."

J는 여전히 웃으며 이렇게 말했다.

"이천구백구십여덟 번을 다 하려면 내가 원할 때는 언제나 하는 게 낫다. 그렇지 않고는 언제 그걸 다 하겠니."

"그렇지만 한 번에 만 원씩이면 너무 싸지 않아요? R 선생님은 한국의 물가에 대하여 잘 몰라서 그래요."

J도 장난스러운 목소리로 말했다.

"그렇지만 너처럼 나이가 차고 키가 작은 여자가 만 원이면 됐지, 뭘 그러느냐?"

"그렇지만 시세가 있을 거 아니에요."

"하긴 내가 시세를 정확히 모르긴 할 거야. 그렇긴 하지만 너도 생각해 봐라. 다른 뽀땡들은 영업을 하기 위해서 최소한 방이라도 있다. 그런데 너는 방도 없지 않느냐. 매번 내가 여관비를 따로 지출해야 한다는 걸 너는 생각해야 한다."

J는 고개를 끄덕였다. R은 덧붙였다.

"나는 물론 남들보다 덜 주기를 원하지는 않는다. 너도 알다시피 나는 그렇게 돈에 인색한 사람이 아니야. 나중에 한번 공정가를 알아보지. 그리고 서비스가 좋은 날이나 내가 기분이 괜찮은 날에는 따로 좀 더 쳐주도록 하지. 그럼 됐느냐?"

"알았어요."

이렇게 말하고 두 사람은 마주 바라보며 웃었다.

"그럼, 우리 일어나기로 하지. 너도 빨리 영업을 해야 하지 않겠니."

두 사람은 자리에서 일어났다. 다방을 나온 뒤 두 사람은 길을 따라 걸었다. 햇볕은 따사로웠다.
"마쀠땡!"
R은 J의 어깨에 팔을 걸었다. J는 조용한 미소를 띨 뿐 아무런 저항을 하지 않았다. 그러나 약 이 분쯤 뒤에 그녀는 R의 팔에서부터 벗어나기 위해서 허리를 굽혔다.
"쀠땡은 본래 이렇게 하는 거야."
R은 다시 J의 어깨에 팔을 걸쳤다. 그리고 그 손으로 그녀의 한쪽 젖가슴을 어루만졌다. 그녀는 여전히 그 조용한 미소만을 짓고 있었다. 한참 가다가 어느 상점의 진열장 속에 진열된 커다란 비너스상을 R은 발견했다.
"얘, J야, 쀠땡이라면 저 정도는 돼야 하지 않겠니? 너처럼 그렇게 다리가 짜리몽땅해서야 어디 고객이 좋아하겠니?"
R은 비너스상을 J에게 가리켜 보이며 이렇게 말했다. J는 힐끔 돌아보고는 대답했다.
"그렇지만 제가 저렇게 두 팔이 없으면 좋겠어요?"
"하긴 그렇다. 네 말이 맞다."
그러나 J는 이런 이야기를 하면서 금방 자괴감에 빠져 드는 것 같았다. 그녀는 몹시 슬퍼하는 표정을 지으며 한숨을 내쉬었다. 그리고 "내가 정말 창녀인가?" 하고 한숨 섞인 목소리로 말하기도 했다. R도 그제서야 약간 멋쩍어졌던지 금방 그녀로부터 팔을 풀었다. 그리고 그는 저만큼 앞서서 걸어가고, 그녀는 뒤쳐져서 걸어오고 있었다. 한참 앞만 보고 걸어가던 R은 무슨 말인가를 하려고 웃으며 뒤돌아섰다. 그런데 그때 그녀는 약 십 미터 뒤 길바닥에 엎드려 있었다. R은 깜짝 놀란 얼굴로 달려갔다. 그녀는 아마도 몇 초 전부터 넘어져서 길바닥에 납작 엎드린 채 누워 있었던 것 같았다. 그가 달려갔을 때 그녀는 일어나려는 참이었다.
"왜 그러니? 어떻게 됐니? 넘어졌느냐?"

R은 이렇게 말하면서도 그의 입술에는 경멸의 미소가 흘렀다. J는 아무 말 하지 않고 일어났다. 차도에서는 차를 타고 가던 사람들이 차창 밖으로 고개를 내밀고 내다보기도 했다. R은 그녀의 무릎에 묻은 흙먼지를 털어주려 했다. 그러나 그녀는 R이 그녀의 옷에 묻은 흙을 털어주도록 기다려주지 않고 다시 걷기 시작했다.

"너무 슬퍼하지 말아라. 따지고 보면 세상의 대부분의 여자들이 나름나름으로 뼈땡질을 하며 살지 않느냐. 물론 처음에 뼈땡질을 한다고 생각하면 누구나 슬퍼질 수도 있을 게다. 그러나 그게 바로 인생이 아니냐. 프랑스 말로는 '셀라비!' 라고 하지."

그러자 J는 다시 해쓱한 미소를 지으며

"기왕에 뼈땡질을 하려면 여러 고객들을 상대로 하는 게 낫지 않을까요? 그래야 빨리 돈을 벌지요."

하고 다시 장난스러운 목소리로 말했다.

"하긴 그렇다. 그렇지만, 얘, J야, 아무리 뼈땡이지만 뼈땡도 나름대로 지켜야 할 매너가 있지 않겠니? 비록 다른 데 또 영업을 할 때 할망정 손님한테 굳이 그런 말은 안 하는 게 옳지 않겠니?"

그러자 J는 고개를 끄덕였다.

두 사람은 이런 이야기를 나누며 걷다가 어느 조그마한 공원에까지 이르렀다. 그들은 누가 먼저랄 것도 없이 공원 안으로 들어가 벤치에 앉았다. 그들은 거기에 앉은 채 약 두 시간 동안 진지한 표정으로 대화를 나누었다. 그들이 나눈 대화는 대략 두 가지였다. 그 중 하나는 R의 이혼에 관한 것이었고 다른 하나는 R의 두 아이들에 관한 것이었다. R의 이혼 문제에 관하여 이야기를 마칠 때 R 자신은 결론을 내리듯이 이렇게 말했다.

"결국 나는 지금까지, 비록 네게 소상하게 말하지는 않았지만, 그리고 어떤 점에서 보면 너는 그동안 그 이야길 할 기회를 주지 않았지만, 나는 최선을 다해 왔다고 할 수 있지."

"그러네요. 정말 최선을 다했다고 할 수 있겠네요."

R의 이야기를 다 듣고 난 J가 말했다.

"결국 남은 것은 다만 시간문제라고 생각해. 프랑스에 살 때 나는 네게 이따금 말하기를 내가 한국에 돌아가서 이혼 문제를 해결하기 위해서는 한 학기 동안이 걸릴 것이라고 했지."

J는 대답 대신 고개를 끄덕였다. R은 계속했다.

"나는 아직 그렇게 절망하지 않아. 한 학기가 지나면 되리라고 믿어."

J는 다시 고개를 끄덕이며 말했다.

"그래요. 시간이 지나면 되겠네요."

그들 사이의 대화는 이제 다시 R의 두 아이들에 대한 것으로 흘러갔다. J는 대단히 흥미 있게 들었다.

"한마디로 말하면 그만하면 대단히 양질의 아이들이라고 할 수 있을 것 같애."

이야기를 거의 다 마친 R이 이렇게 말했다.

"그래요. 정말 그래요."

듣고 있던 J가 이렇게 말했다. 그러고 나서 그녀는 한숨 섞인 목소리로 말했다.

"나도 그때 그만 아이나 낳아 키웠더라면 지금 이렇게 마음이 흔들리지 않아도 되었을 텐데……."

그녀는 몹시 슬퍼하는 표정으로 바뀌었다.

"물론 처음 두 번째까지 네가 임신을 했을 때는 실제로 우리는 낳을 입장이 못 됐지. 그러나 세 번째 네가 아이를 가졌을 때는 나는 낳았으면 싶었어. 그러나 너는 한사코 아이를 낳지 않겠다고 했었잖니."

J는 아무 말 하지 않았다.

그들이 공원을 나올 때는 모두 다 기분이 몹시 밝아 보였다. R은 그녀의 손을 잡으며 말했다.

"내가 너하고 살면서 한 가지 좋은 점이 있다면 우리가 어떤 극한적 상황에까지 이른다 하더라도 우리는 언제나 대화를 통하여 화해를 하기에 이르게 된다는 사실이지. 솔직히 말해서 어제와 오늘 아침에도 우리는 극한적 상황에까지 갔었지. 그러나 또 이렇게 화해를 하게 되었지. 그러나 J야, 나는 이젠 너무나 피곤하단다. 이젠 다시는 나를 그와 같은 고통 속으로 밀어 넣지 말아다오."

R의 표정은 애절했다.

"알었어요. 이젠 안 그럴게요."

J가 말했다.

두 사람은 손을 잡고 걷다가 어느 식당에 들어가 식사를 했다. 식당에서 나온 뒤 R은 그녀에게 한성장으로 가자고 했다. J는 그러나 선뜻 동의하지 않았다.

"뿨땡아! 너는 그렇게 게으름을 피워서 언제 그 돈을 다 갚을 수 있겠니?"

R이 웃으며 이렇게 말했다. J는 잠시 동안 안 가면 안 되느냐, 꼭 가야만 하느냐 하고 몸을 사렸지만 결국에는 R과 함께 한성장으로 가기 위해서 버스에 올랐다. 날은 아직 밝았다.

그러나 한성장으로 들어간 뒤 R이 그녀의 옷을 완전히 벗기기까지는 이번에도 여전히 오래 걸렸다. 그녀는 이번에도 역시 "안 하면 안 돼요?", "꼭 해야만 해요?", "왜 꼭 해야만 하지요?" 하는 등의 질문을 해대면서 온갖 앙탈을 부렸다. 그리고 그녀는 알몸이 된 뒤에 여전히 그 두꺼운 솜이불을 R의 등 위로 끌어올리는 통에 R은 금방 지쳐버렸고 온몸에는 온통 땀으로 얼룩져 있었다. 그렇기는 하지만 이번에 그녀는 R이 지시하는 대로 몇 가지 자세를 취해 주었다. 가령 침대 위에 엎드리거나 R이 그녀의 등 뒤에서부터 그의 페니스를 넣을 수 있게끔 그녀가 다리를 벌렁 들어주는 것이 그것이었다. 그러나 이렇게 두서너 차례 자세의 변동이 있긴 했지만 R은 그리 오랫동안 지속하지는 못했다. 불과 삼사 분도 채 못 되어 그는 "메흐드!" 하고 소리를 지르며 그녀로부터 떨어져 나갔다.
"이번에도 잘 안 됐어요?"
그녀는 R의 어깨에다 코를 박고 웅크리고 누운 채 이렇게 물었다.
"응, 서울에서 나는 무력해졌어."
R은 다소 허탈해하는 목소리로 말했다. 그리고 두 사람은 잠시 아무 말 하지 않고 누워 있었다. 그들이 누워 있는 방의 창문 밖에는 테니스장이 있는데 그 테니스장에서는 테니스 치는 소리가 들려오고 있었다. 그때였다. R의 어깨에 코를 박은 채 웅크리고 누워 있던 J가 갑자기 움찔움찔하며 몸에 진동을 일으키기 시작했다. 그녀는 두 손으로 R의 팔을 세차게 움켜쥐며 대단히 심하게 진동을 일으키고 있었다.
"너는 이제서야 오르가즘에 다다르는가 보다."
R은 다소 쓸쓸해하는 표정으로 이렇게 말했다. 그리고 손을 뻗어 그녀의 젖가슴을 어루만져 주었다. 그러나 그녀는 아무 말 하지 않고 두 손으로는 R의 팔을 쥐어뜯다시피 하며 대단히 높은 파고로 진동을 일으키고 있었다. 게다가 그녀의 몸에서 일어나는 진동은 점점 더 거칠어질 뿐 가라앉을 줄 몰랐다. 그제서야 R은 다소 예사롭지 않다고 느꼈던지 벌떡 자리에서 일어나 앉았다. 그러고는 그때까지 그녀가 한사코 끌어당겨 덮었던 그 두꺼운 솜이불을 확 걷어 젖혔다. 그녀는 이불이 젖혀져서 그녀의 알몸이 고스란히 드러났는데도 아랑곳하지 않고 온몸을 뒤틀며 몹시 고통스러워하는 표정으로 진동을 계속하고 있었다.
"왜 그러느냐? 어디 아프냐?"
R은 당황한 목소리로 이렇게 물었다. 그러나 그녀는 대답을 하지 못했다. 그녀는 머리를 좌우로 마구 내저으며 온몸을 규칙적인

파장으로 꿈찔거렸다. 그녀의 모가지에는 굵은 핏줄이 솟구쳐 올라 있었다. R은 어찌해야 할 바를 몰라 하다가 그의 손을 그녀의 사타구니 사이로 넣어 그녀의 음부를 어루만져 주었다. 그러자 그녀의 진동은 갑자기 더욱 심해져서 그녀는 숨이 칵칵 막히는 것 같았고 상체가 들썩거리기까지 했다. 저녁 햇살은 그녀가 누워 있는 침대 가득히 머물러 있었다. 그녀는 그 환한 침대 위에 누운 채 온몸을 뒤틀며 진동을 일으키고 있었다.

"정신 차려라!"

R은 당황한 목소리로 소리치며 그녀의 손을 잡았다. 그녀는 R의 손을 세차게 움켜잡으며 여전히 그 그칠 줄 모르는 진동을 계속했다. R은 벌떡 일어나 목욕탕으로 달려갔다. 그리고 타올에 찬물에 적셔 들고 돌아왔다. 그녀의 사타구니를 벌리고 찬물에 적신 타올을 그녀의 음부에다 밀착시켰다.

"J야! 제발, 정신 차려라!"

잠시 후 그녀의 몸 저 밑바닥에서부터 일어나는 진동은 조금 가라앉는 것 같았다.

"J야, 제발 너 자신을 풀어놓지 말고 굳건히 붙들어 잡아라."

R은 고뇌에 찬 표정으로 말했다. J는 이제 진동이 좀 가라앉는지 핼쑥한 얼굴로 고개를 약간 끄덕여 보였다. R은 J의 사타구니 사이에 밀착시키고 있던 젖은 타올을 꺼내어 그녀의 이마와 얼굴과 목과 젖가슴과 그리고 아랫배를 닦아주었다. 약 이 분쯤 지났을 때 그녀의 몸에서 일어나고 있던 진동은 거의 가라앉았다.

"고마워요. 정말 죽는 줄 알았어요."

그녀는 창백한 목소리로 말했다. 그녀는 이제 편안해진 듯한, 그러나 몹시 핼쑥한 얼굴을 한 채 침대 위에 반듯하게 누워 있었다. 그녀의 알몸은 작았다. 그녀의 두 젖무덤 사이의 가슴패기에는 마치 우두 자국과도 같은, 그러나 우두 자국보다는 조금 작지만 더 깊어서 금방 눈에 띌 수 있는 흉터가 있었다. R은 손가락으로 그 흉터를 만지작거리며 양미간에 슬픔으로 가득한 얼굴로 말했다.
"J야! 언제 우리 돈 벌면 이걸 성형수술을 해서 없애버리자."
그의 목소리에는 힘이 없었다.
"어머! 그게 그렇게 보기 싫으세요?"
그녀는 고개를 쳐들어 자신의 젖가슴 사이를 굽어보며 말했다.
"아니 보기 싫은 건 아니지만……."
"이게 언제부터 생겼는지 나도 잘 모르겠어요. 엄마한테 물어봐도 모른대요."
잠시 후 J는 일어나 옷을 주워 입었다.
"여기서 주무실 거예요?"
옷을 다 입은 그녀가 물었다. R은 잠시 어떻게 해야 할지를 모르겠다는 표정을 하고 있었다. 그러자 J가 말했다.
"그러지 마시고 집에 가 주무세요. 너무 자주 밖에 나와 주무시면 친구 아버님 어머님이 이상하게 생각하실 거 아니에요."
"응, 그럴까?"
R은 일어났다. 그리고 옷을 주워 입었다. 두 사람은 여관을 나왔다. 밖은 이제 어두워지고 있었다.
여관을 나온 뒤 두 사람은 길 건너편에 있는 한식집으로 들어갔다. 그러나 J는 먹지 않았다. 그녀는 집으로 돌아가 식구들과 먹겠다고 했다. 그래서 R은 혼자 먹었다.
식당에서 나온 그들은 어두운 밤길을 약 삼십 분 가까이 걸어 어제 아침 R이 J에게 전화를 걸었던 네거리에까지 이르렀다. R은 J를 그녀가 사는 아파트 가까이까지 바래다주고 돌아가겠노라고 주장했다. J는 그렇게 하라고 했다. 저만큼 J가 사는 아파트가 내려다보이는 지점에까지 이르렀을 때 그녀는 R에게 길 건너편 저쪽에 있는 버스 정류장에 서 있는 버스를 타면 R이 쉽게 그의 집까지 들어갈 수 있을 거라고 했다. R은 알았다고 하며 J더러 어서 들어가라고 했다. J가 저만큼 어둠 속으로 달려가고 있는 것을 한참 바라보고 섰던 R은 돌아서서 방금 그녀가 말해 준 버스 정류장으로 갔다. 그리고 잠시 후 버스를 탔다. 집에는 알랭 드롱의 노부모와 누이들과 그녀들의 아이들이 와 있었다. 알랭 드롱의 누이들은 자정이 거의 다 되어서야 아이들을 데리고 그녀들의 남편들이 몰고 온 차를 타고 떠났다. 그들을 배웅해 주고 R은 자신의 방으로 들어와 잤다.

다음 날 아침 R은 여덟 시에 집에서 나와 J에게 전화를 했다. 그녀는 오늘 그녀의 집안에, 혹은 그녀 자신에게 몹시 심각한 일, '법정에 서야 할 만큼 심각한 일'이 발생했기 때문에 도저히 나갈 수 없으니 양해해 달라고 했다. 그리고 그녀 자신이 저녁때 R에게 전화를 하겠다고 했다. R은 무슨 일이냐고 물었지만 그녀는 지금 이야기하기에는 너무 복잡한 일이니 다음에 만나서 이야기해 주겠다고 했다. R은 알았다고 했다. 전화를 마치고 나온 그는 그길로 버스를 타고 Y 대학으로 가 L 교수를 만났다. Y 대학에서 나온 그는 N 씨와 만나기 위해서 K 대학으로 갔다. N 씨와 만나 그는 오후 내내 술을 마시며 이야기를 나누다가 아홉 시경에 헤어졌다. N 씨와 헤어진 그는 택시를 타고 급히 집으로 돌아왔다. 알랭 드롱의 어머니가 말하기를 방금 웬 젊은 여자한테서 전화가 왔더라고 했다. 열 시경에 J에게서 다시 전화가 걸려왔다. 그녀는 묻기를 아까 전화를 했는데 집에 없다고 하던데 오늘 어디 갔었느냐고 했다. R은 그래서 오전에는 Y 대학에서 L 교수를, 오후에는 N 씨를 K 대학에서 만나 오후 내내 술을 마시며 이야기를 나누다가 이제서야 돌아왔다고 했다. 그리고 그는 그녀에게 내일 아침에 네거리에 있는 그저께 아침에 만났던 이층 다방에서 만나자고 했다.

이튿날 아침 R은 집에서 나와 네거리까지 걸어갔다. 그러나 그는 약속 시간보다 더 일찍 도착했기 때문에 막바로 다방으로 올라가지 않고 그녀가 나타날 길목에서 담배를 피우며 서 있었다. 약 이십 분쯤 뒤에 길 건너편에 그녀가 나타났다. 그러나 그녀는 길 이쪽편에 서 있는 R을 보지 못하고 신호등 아래에 잠시 서 있다가 좌우를 살피며 길을 건너오기 시작했다. R도 그녀를 향하여 길을 건넜다. 길 한가운데에서야 그녀는 그녀의 앞에 문득 나타난 R을 보고 깜짝 놀라 했다. R은 재미있다는 듯이 웃었다. 두 사람은 그들이 만나기로 한 다방과는 길 반대편에 있는 다방으로 갔다.

"대체 집안에 무슨 일이 있었니? 법정에는 왜 섰는데?"

R이 물었다. J는 잠시 어이가 없다는 듯이 웃을 뿐 말하기를 주저했다. 그래서 R이 말했다.

"너는 너무 비밀을 많이 가지려 하는 것이 탈이야. 이따금은 아주 하찮은 것까지도 너는 언제나 대단한 비밀인 양 뻐길 때도 있지. 날 보렴. 내가 언제 너에게 뭘 감추던?"

그제서야 그녀는 '집안에서 생긴 일'에 대하여 이야기하기 시작했다. 그녀에 따르면 인근 경찰서에서 그녀에게 전화가 걸려왔다고 한다. 그러고는 묻기를 보석을 잃어버리지 않았느냐고 했다고 한다. 그러나 그녀는 처음에는 무슨 소린지 알아듣지 못하고 그런 걸 잃어버린 적이 없다고 했다고 한다. 그러나 다음 순간 그녀는 얼핏 떠오르는 게 있어 잠깐만 기다려달라고 하고 그녀의 방에 있는 서랍장을 열어보았다고 한다. 그런데 아니나 다를까 몇 달 전에 그녀의 형제들 중 하나가 그녀에게 맡겨두었던 보석이 눈에 보이지가 않았다고 한다. 그녀는 그러니까 그것이 그녀의 서랍 속에 들어 있다는 사실마저도 몇 달 동안 깜박 잊고 있었던 거라고 한다. 경찰서에서 전화를 해주지 않았더라면 지금까지도 그것을 도난당했다는 사실을 모르고 있었을 거라고 한다.

"그런데 경찰에서는 어떻게 알고 전화를 했니? 아마도 도둑이 잡힌 모양이지?"

듣고 있던 R이 물었다.

"그런 셈이지요."

J가 대답했다.

"그럼 잘됐네. 너도 모르게 잃어버린 물건을 찾게 됐으니."

"그런데 물건을 찾을 수 없으니까 문제지요."

그녀가 말했다. R은 이해가 가지 않는다는 표정을 지었다. 그녀는 말하기를 물건은 이미 어디다 팔아먹었는지 없고, 도둑은 한사코 그걸 그녀의 집에 들어가 훔친 것이 아니라 길에서 주웠다고 우긴다고 했다.

"물건이 없는데 어떻게 그가 그걸 훔쳤다 혹은 주웠다라는 걸 아느냐?"

R은 여전히 이해가 가지 않는다는 낯으로 물었다.

"아이, 그거야 뭐 다른 데서 일을 또 저지르다가 들켜서 모두 실토를 했던 거겠죠."

R은 한참 동안 고개를 갸우뚱거리다가 말했다.

"그렇다면 물건을 찾지 못하면서 다만 그 물건이 없어졌다는 사실을 말함으로써 그 사람이 범인일 수 있다는 증언을 하기 위해서 법정에 나갔다는 말이냐?"

"그런 거죠."

J가 말했다. R은 여전히 뭔가 이해가 가지 않는다는 듯이 고개를 갸웃거렸다. J는 기가 막히다는 듯이 다시 한 번 "하이참." 하고 말하고는 계속했다.

"그런데 경찰에서는 그 도둑이 하도 길에서 주웠다고만 주장하니까 정말 길에서 줍지는 않았을까, 그렇다면 그걸 길에까지 가지고 나갔던 사람은 집안 내부 사람이 아닐까 하고 생각하는 것 같아요. 그러고 저를 의심하기도 했어요."

R은 웃었다. J는 계속했다.

"그래서 얼마 전에는 경찰에 출두를 했어요. 그런데 뭐 제가 그렇게 했을 사람같이는 보이지 않으니까 그냥 그렇게 된 거지요."

R은 무엇인가 이해가 가지 않는다는 표정으로 일의 내막에 대하여 몇 가지 더 물어보았지만 이내 더 캐묻기를 중단하고 위로하는 어투로 말했다.

"그까짓 보석이야 얼마나 하겠니? 고작해야 몇 십만 원밖에 더 할라고? 너무 신경 쓰지 말아라."

"그런데 그게 값이 상당히 나가는 거니까 문제지요."

"얼마나 나가는데? 돈백만 원 하나?"

"그것보다는 더 나가는가 봐요."

J는 차분히 가라앉은 목소리로 말했지만 R은 눈이 둥그레졌다.

"그럼 돈천만 원이나 되나?"

"천만 원은 넘어요."

"그럼 한 이천만 원 되나?"

R은 믿어지지 않는다는 표정으로 물었다.

"그쯤 되는가 봐요."

R은 말문이 막힌 듯이 아무 말 못하고 있다가 혼잣말처럼 웅얼거렸다.

"많기는 많구나."

잠시 후 J가 입을 열었다.

"그런데 그게 제께 아니니까 문제지요. 남의 것을 보관하고 있다가 잃어먹었으니까."

R은 어떻게 위로를 해야 할지 모르겠다는 듯이 처음에는 그 물건을 J에게 맡겼던 사람을 탓하다가, 그 비싼 물건을 산 사람을 탓하다가, 그리고 급기야는 J의 부주의에 대하여 넌지시 탓하기도 했다. 그런가 하면 그는 J는 귀금속이나 그 밖의 사치품에 대해서는 무관

심한 사람이라는 말을 몇 차례 되풀이하기도 하고 그 무관심은 때때로 부주의와도 통한다고 했다. 그리고 계속하여 J의 부주의는 종종 그녀의 대담한, 때로는 '대담한 척한다는 느낌을 줄 수도 있는 기질' 과도 어느 정도 연관이 있는데 가령 빠리에서 그녀는 늘 소매치기를 조심하라고 주의를 환기시키는 R에 대하여 불만을 토로하기도 했는데 그것도 일종의 만용이라고 했다. 여기에 대하여 J는 수긍을 했다. R은 계속하여 밀라노에서는 먹다 남은 점심 가방을 J가 잠시 수도에 엎드려 물을 마시는 불과 몇 초 사이에 누가 카메라 가방인 줄 알고 들고 가버렸는데 그때 그 하찮은 것을 잃어버리고도 얼마나 여행이 찜찜했던가 하는 것을 상기시키며 매사에 주의를 하는 것이 옳다고 했다. J는 고개를 끄덕였다.

약 한 시간쯤 이런 이야기를 하며 앉아 있다가 J가 말했다.

"오늘 오후에도 그 문제 때문에 가봐야 해요. 그래서 오늘은 일찍 돌아가야겠어요."

R은 그렇게 하라고 했다. 그리고 헤어지기 전에 너무 신경 쓰지 말라고 했다. 그러자 J는 그다지 신경 쓰지는 않는다고 하며 만약 그 물건을 끝내 못 찾게 되면 그녀의 아버지가 거기에 해당하는 돈을 형제간에 잡음이 생기지 않게 하기 위하여 지불해 주겠다고 했다고 한다.

두 사람은 다방에서 나왔다. 그리고 헤어졌다. 그러나 R은 버스를 타고 다시 Y 대학으로 가 L 씨를 만났다. 그리고 저녁때 돌아왔다.

이튿날 아침 R은 일찍 집에서 나와 J에게 전화를 했다.
"어제 일은 어떻게 됐니?"
"그저 그렇지요 뭐."
"그럼 물건을 아주 못 찾는 거야?"
"그런가 봐요."

"메흐드!"

"하는 수 없지요 뭐."

"그래, 하는 수 없는 일이지. 잊어버려라. 그런데 오늘은 뭐 하니?"

"오늘은 집에 들앉아 좀 쉬겠어요. 너무 나돌아 다니니 집에 보기가 좀 그래요."

"그럼 그렇게 하렴. 그럼 알았다. 끊는다."

"예."

전화를 끊고 나온 R은 잠시 두리번거리다가 버스를 탔다. 그리고 C 대학 앞에서 내렸다. 그길로 곧장 C 대학 도서관으로 갔다. 점심때가 되어서야 도서관에서 나와 점심을 먹고 오후에는 S 대학에 가 W 교수를 만났다. 다섯 시경에 시내로 나와 여기저기 돌아다니다가 저녁을 먹고 아홉 시경에 돌아왔다. 알랭 드롱의 가족들은 여전히 아직 떠나지 않았다. 열 시에 J에게서 전화가 왔다. J는 아직도 알랭 드롱의 노부모가 내려가지 않았느냐고 물었다. R은 우울한 목소리로 그렇다고 말했다. J는 깔깔깔 웃었다. R은 작은 목소리로 내일 아침에 전화를 하겠다고 했다. 그리고 전화를 끊었다. 알랭 드롱의 자매들의 가족들은 열한 시가 조금 넘어서 모두 떠났다. R은 전날과 마찬가지로 알랭 드롱의 늙은 부모님과 함께 대문 밖에 나가 그들이 떠날 때까지 기다렸다가 그들이 탄 차가 떠날 때 손을 흔들어주고 들어와 잠자리에 들었다. 그때 전화벨이 울렸다. 그의 막내 여동생이었다. 그는 전화기에다 대고 꽤 오랫동안 아주 심각한 얼굴로 무엇인가 이야기했다. 전화를 마치고 난 뒤 그는 거의 두어 시간 동안 심각한 얼굴로 무엇인가 생각에 잠겨 있었다.

이튿날 아침 여덟 시 반에 R은 집을 나왔다. 그리고 J에게 전화를 했다. 그녀는 네거리에 있는 극장 이층에 보면 다방이 하나 있을 텐데 거기서 열 시에 만나자고 했다.

R은 그래서 한 시간 반 동안 어디에서 시간을 흘려보내지 않으면 안 되었다. 그는 우선 길을 따라 천천히 걸어 한성장 부근까지 갔다. 그리고 돌아서서 다시 왔던 길을 걷기 시작했다. 돌아오는 길에 구멍가게에 들어가 우유를 사 마셨다. 그리고 다시 한참 걷다가 어느 다방으로 들어가 커피를 한 잔 마셨다. 그러나 그 다방에서는 그리 오래 앉아 있지 않았다. 커피 한 잔을 마시고 이내 일어섰다. 그리고 다시 걷기 시작했다. 열 시 오 분 전에 그는 J가 일러준 극장 이층에 있는 다방에 다다랐다. J는 나와 있지 않았다. 그녀는 열 시 오 분에 왔다.

"J야!"

그녀가 자리에 앉자마자 대뜸 R은 심각한 목소리로 그녀를 불렀다. 그녀는 그의 이 심각한 목소리에 약간 놀란 듯이 고개를 들어 그를 쳐다보았다.

"나는 간밤에 이런 생각을 했다. 너도 알다시피 나는 프랑스에서 오 년 반 동안 천이백 페이지는 실히 되는 원고를 썼다. 그것도 남의 나라 말로. 나는 하루도 쉬지 않고 일했다. 물론 여행을 떠날 때도 있었고, 몸살로 이십여 일을 아무 일 하지 못하고 누워 있기도 했다. 그리고 일의 한 단락이 끝났을 때는 며칠씩 시내를 빈둥거리며 헤매고 돌아다니기도 했다. 그러나 원칙적으로 나는 한 번도 게으름을 피운 적은 없었던 것 같다. 그렇지 않으냐?"

"그래요."

J는 그의 이 갑작스러운 서두에 다소 긴장된 표정으로 고개를 크게 끄덕이며 대답했다.

"어떤 때는 석 달씩 넉 달씩 하루도 쉬지 않고 일했다. 그러나 그때 나는 일을 서두르지도 않았다. 피곤한 줄도 몰랐고 지루한 줄도 몰랐다. 오히려 난 그런 생활 속에서 안정과 행복감을 맛봤다."

J는 다시 고개를 끄덕였다. R은 계속했다.

"나는 그동안 일곱 편의 크고 작은 논문을 써냈고 그 밖에도 여러 가지 자잘한 글들을 썼다. 그중에 육백 페이지 분량의 논문 하나는 아직 출판사를 찾아내지 못해 출판이 안 되고 있긴 하지만 어쨌든 프랑스 바닥에서 출판허가가 났다.

그런데 나는 한국에 돌아와 그동안 아무 일도 하지 못하고 바쁘기만 바빴다. 몸은 이미 지칠 대로 지쳤다. 오늘 아침에도 나는 한 시간 반 동안을 헤매고 돌아다녔다. 그것은 산책도 아니고 그렇다고 노동도 아니었다. 다만 시간을 흘려보내기 위해서였다. 이렇듯 한국에 돌아온 지 석 달이 넘도록 나는 늘 시간을 흘려보내지 않으면 안 되었고, 나는 시간을 흘려보내기 위해서 사는 것만 같다. 나는 약속 시간이 될 때까지 시간을 흘려보내지 않으면 안 되었고, 내가 타야 할 차가 올 때까지의 시간을 흘려보내지 않으면 안 되었고, 내 아내가 나와의 이혼장에 도장을 찍기로 마음먹을 때까지 시간을 흘려보내지 않으면 안 된다. 그래서 한국에서는 길을 걷는 것도, 다방에 들앉아 커피를 마시는 것도, 대화를 나누는 것도, 담배를 피우는 것도, 잠을 자는 것도 그리고 식사를 하는 것마저도 때로는 시간을 흘려보내기 위한 것이라는 생각까지 들 때가 있었다. 이렇듯 시간을 흘려보내기 위해서 사는 것 같은 나의 한국에서의 삶이 때로는 무서워진다."

"처음에는 누구나가 다 그래요. 이제 적응이 되면 괜찮아질 거예요."

J가 위로하는 목소리로 말했다.

"그럴 수도 있겠지. 그러나 적응이 된다는 것은 무엇일까? 그것은 어쩌면 무감각해져서 이런 자신의 삶에 대하여 아무런 의식도 하지 않게 된다는 것을 말할지도 모르지. 그렇겠지. 나도 장차 한 육 개월 더 이런 생활을 계속하게 되면 몸은 지치고 의식은 희미해져서 마치 거미줄에 걸린 곤충과 같이 처음에는 버둥대지만 끝내 무기력해져 버리고 말겠지. 그것을 일컬어 어쩌면 이 사회에 적응이 되었다고 할 수 있을지도 모르지."

J는 아무 말 하지 않고 고개만 끄덕였다.

"그럼 왜 나는 내 고국에 돌아와 프랑스에서와는 달리 이렇듯 이상한 삶을 계속해야만 하는 걸까? 그러나 나는 거기에 대해서는 자세히 이야기하지 않겠어. 왜냐하면 너는 이미 알고 있을 테니까."

J는 다시 고개를 끄덕였다.

"나는 간밤에 이런 생각을 했다. 하루속히 한국을 떠나야 한다고."

J는 여기서 약간 놀란 얼굴로 고개를 들어 R을 쳐다보았다.

"내가 한국을 떠나 다시 한 번 전과 같이 일을 할 수만 있다면 나는 내가 죽는 날까지 얼마나 많은 일을 해낼 수 있을까 하는 생각이 들어."

"그렇지만 이혼 문제는 어떻게 하시고요?"

J가 물었다.

"응, 그 문제만 해도 그렇지. 내가 한국에서 내 마누라와의 이혼을 위해 더 이상 할 수 있는 일이라고는 그 여자가 나와의 이혼 합의서에 도장을 찍어주기로 마음을 먹을 때까지 기다리는 일밖에는 없어. 다시 말하면 그 여자가 도장을 찍어주기로 마음먹을 때까지, 그것이 언제이건 간에 나는 시간을 흘려보내는 일밖에는 남아 있지 않다는 거지. 그런데 만약 그 여자가 도장을 찍기로 마음을 먹든 말든 내가 아무 상관하지 않고 외국으로 떠나버리면 그것으로 만사는 끝이지. 그 여자의 도장 하나가 문제가 되는 것은 다만 이 한국에서 뿐이니까. 프랑스에서 우리는 삼 년 반 동안 함께 살았지만 그 여자의 도장은 아무런 문제가 되지 않았거든. 그래서 나는 이런 생각을 해봤어. 이번에 외국에 다시 나간다면 나는 아주 나가는 거야. 그리고 가능한 한 빠른 시일 안에 국적도 바꾸어버리는 거야. 그렇게 해버린다면 그 여자가 도장을 찍어주지 않겠다고 버티는 것은 무의미해져 버리는 거지. 그리고 나는 정신적 자유를 가지고 전과 같이 다시 일을 시작하는 거지."

"그렇지만……?"

J는 무엇인가 반론을 제기하려 했다. 그러나 R은 계속했다.

"물론 한국에 산다면 장차 나는 사회적으로 어느 정도 인정해 주는 직업을 가질 수 있을지도 모르고, 또 경제적으로도 어느 정도 나아질 수가 있을 수도 있을 거야. 그러나 나는 그런 것들이 얼마나 부질없는 것인가 하는 생각이 들어. 그런 것들을 위해서 나는 또 얼마나 많은 순간들을 헛되이 흘려보내야 하는가 하는 생각을 해보면 끔찍하다고 느껴져. 한국에서 나는 얼마나 오랜 시간을 그 '찬란한 내일' 이라는 것을 믿고 헛되이 살아왔던가? 나는 한국에서의 '내일' 을 이젠 믿지 않아. 그래서 이번에 다시 나가게 된다면 나는 한국이 나에게 줄 수 있을지도 모를 조그마한 부귀를 모두 포기해 버리는 거지. 그 대신 나는 나의 시간과 문학과 그리고 마음의 평화를 되찾는 거지."

J는 고개를 끄덕였다.

"내가 이번에 다시 나가게 된다면 나는 내 인생의 배수진을 치는 거나 마찬가지지. 나는 이러한 나의 계획이 무모한 것이라고 생각하지는 않아. 내가 만약 다시 나간 뒤 오랜 병으로 드러눕지만 않는다면 나는 적어도 일 년에 한 권씩은 써낼 수 있어. 왜 내가 이렇게 확신할 수 있느냐 하면 나는 프랑스에서 오 년 반 동안 경험을 해봤거든. 만약 어떤 생각지도 않았던 외부적인 상황이 닥치지만 않는다면 나는 아무런 흔들림 없이 내 일을 해나갈 수 있으리라고 생각해. 그리고 내가 앞으로 삼십 년 동안만 일을 계속한다면 나는 괄목할 만한 일을 해내게 될 것 같아."

"그래요. 그 말씀이 옳긴 해요. 그리고 그것은 그릇이 큰 생각일 수도 있고요. 사실 이 한국 바닥에 들앉아 아웅다웅해 봐야 그렇지요. 그러나 한국에서는 그냥 그렇게 사는 사람들이 얼마나 많아요? 그냥 교수하면서 만족해하며 사는 사람들이 얼마나 많나요?"

J는 이렇게 말했다.

"너는 어떠냐? 너는 이 땅에서의 이러한 삶이 만족스러우냐?"

"물론 저도 만족스럽다고는 할 수 없어요. 그러나 얼마 있으면 대학교수도 될 수 있고…… 그리고…… 그래요. 만족할 수는 없다 할지라도 그런 대로 좋다는 생각이 들어요."

그녀는 얼굴을 붉히고 웃어 보이며 이렇게 더듬거렸다. R이 말했다.

"한국에서 만족해하며 산다는 것은 무엇인가? 물론 사람에 따라 다를 수 있겠지만 한국의 소위 중산층이라고 하는 사람들이 느끼는 행복의 진수는 무엇인가? 내가 보기에는 대략 이런 것 같애. 그들은 삼십 평, 사십 평 혹은 오십 평짜리 공간 하나를 가지고 있다는 사실을 대단한 긍지로 생각하고 있는 것 같애. 그들은 그들의 그 공간에 산소가 보글보글 솟아 나오는 어항 하나를 거실에다 갖다 놓았다는 것을 자랑으로 알고 사는 것 같애. 그리고 아침마다 금붕어들에게 먹이를 넣어줌으로써 그들 가슴속에 숨어 있는 측은지심(惻隱之心)을 확인하는 것 같애. 그리고 십삼층 베란다에 서서 저 밑에 내려다보이는 철거 대상의 판잣집들을 굽어보며 승리감에 도취되는 것 같애. 그들에게 그토록 만족감을 주는 삼십 평, 사십 평짜리 공간이란 게 프랑스에서는 어떠한 것이었니? 종이 한 장에 사진 한 장을 딱 붙여서 갖다 주면 금방 그것을 열 수 있는 열쇠를 내주지 않겠니. 한국에서 중산층이라고 자부하는 사람들이 그 사실을 알면 아마도 삶의 의욕을 잃어버리고 말 거야."

"그래요. 정말 그래요"

J는 웃으며 말했다. 그러나 R은 심각한 얼굴로 계속했다.

"그러니 나는 이 땅에서 무엇을 위해 살아야 하나? 나도 언젠가는 삼십 평 또는 사십 평짜리 공간을 소유할 수 있을지도 모른다는 희망 때문에 살아야 하는가? 금붕어 새끼들을 키우듯이 아이들을 유치원에 보내고 속독학원에 보낼 수도 있으리라는 희망 때문에 살아야 하는가? 그러나 나는 그런 것을 위해서 내 인생을 모두 탕진하고 싶지는 않아 나에게 보다 중요한 것은 내 일을 하는 것이야."
"그래요. 그 생각은 정말 통이 큰 생각이에요."
"이러한 나의 계획에는 그러나 몇 가지 문제가 없는 것은 아니야. 무엇보다 나는 나의 건강을 염려해. 내 건강을 위해서 나는 규칙적인 식사를 해야 하고 또 때로는 규칙적인 섹스도 해야 하지. 그리고 또 다른 문제는 돈 문제지. 내가 이번에 나간다면 언젠가 돌아올 것을 전제로 한 일시적인 것이 아니라 영구적인 것이야. 그러나 이제 나는 누군가에게 돈을 얻어 갈 수도 없는 입장이야. 그러나 내 생각에는 일 년만 지나면 나는 경제적인 문제를 어느 정도 해결할 수 있으리라고 생각해. 왜냐하면 아무리 늦어도 일년 뒤에는 내 책이 완성되어 나올 것이고 그렇게 되면 얼마간 돈을 손에 넣을 수도 있게 될 거야. 그리고 해가 갈수록 나는 조금씩조금씩 경제적으로 단단해질 거야. 무엇보다도 내가 생각하는 것은 내가 글을 쓰게 되면 다만 한국어로만이 아니라 불어로도 책을 낼 생각이야. 그렇게 되면 나는 보다 넓은 시장을 갖게 되는 거지. 그런데 처음 일 년 동안이 문제지. 처음 일 년 동안 나는 아무런 수입도 갖지 못할 것이니까."
J는 아무 말 하지 않고 듣고만 있었다. R은 계속했다.
"이런 이유들로 해서 나는 너와 함께 갔으면 해."
"저를요? 아이, 저는 안 가요."
J는 깜짝 놀라기라도 하는 얼굴로 이렇게 말했다. 그러나 R은 그녀의 이러한 대답은 들은 척도 하지 않고 계속했다.
"네가 내 곁에 있으면 전에 프랑스에 있을 때도 그랬지만 대단히 알뜰히 내 건강을 보살펴 줄 수 있다는 것을 나는 알아. 너는 때때로 나보다 먼저 내 몸의 상태를 알아내곤 했으니까. 그리고 너는 경제적인 이유 때문이라도 나한테 도움이 돼. 너는 거기 가면 나 대신 당분간 일을 할 수 있을 거야. 일 년 동안만. 그러나 내가 외국에 나가면서 너와 함께 가기를 원하는 데에는 다만 그런 눈에 보이는 이유 때문만은 아닐지도 몰라. 그런 것도 그런 것이지만 나는 네가 나와 함께 있으면 더욱 자신감과 소신을 가지고 일할 수 있을 것 같기도 하다. 사실 나는 프랑스에서 네가 내 곁에 있어주었기 때문에 한 번도 흔들리지 않고 오 년 반 동안 한결같이 일할 수 있었던 것 같기도 하다. 이런 차원에서 나는 너를 필요로 한다."

J는 약간 장난스런 목소리로 말했다.

"그렇지만 선생님을 따라나서는 여자는 감상적인 여자라고 하겠는데요."

"나는 네가 감상적이기 때문에 데리고 가려는 게 아니라 실제적이고 건강한 여자라고 생각하기 때문에 데리고 가려는 거지. 게다가 이번에 내가 떠나려고 하는 것은 감상적인 여행이 아니라 내가 내 살 길을 찾아가는 거야."

"그래요. 그 말은 맞아요."

"그런데 나의 이 계획에는 또 다른 문제가 있지. 그것은 바로 나의 늙은 아버지와 어머니를 어떻게 하느냐 하는 거지. 사실 두 노인네만 아니라면 아무 문제도 아니지. 그냥 훌쩍 떠나면 그만이지. 그러나 두 노인네 때문에 이도 저도 못하고 있었지. 그런데 나는 결국 이렇게 하기로 마음먹은 거지."

"어떻게요?"

"일 년 후에 모시고 가는 거지. 우리가 전에 스페인을 여행하다가 만난 김 선생님네 생각이 나지? 그분들은 노모를 모셔다가 살지 않더냐. 그렇게 하면 되지 않겠니. 내 마누라로 말할 것 같으면 내가 만약 외국을 나간다고 하면 눈도 하나 깜짝하지 않을 거야. 왜냐하면 그 여자는 내가 늙은 부모를 버리고는 간다 하더라도 오래 있을 수가 없으리라고 생각하지 때문이지. 그런데 내가 일 년 뒤에 부모님까지 모시고 갔다는 사실을 알게 되면 도장 찍어주지 않는 것을 무슨 최고의 권리로 알고 있던 그 여자는 아마도 큰 충격을 받게 되고 그리고 자신의 고집이 얼마나 허무한 것인가 하는 것을 알게 되겠지. 비단 그 문제뿐만 아니라 할지라도 나는 늙은 부모를 버릴 수는 없어. 그러나 당장은 어떻게 할 수가 없으니 일 년 동안만 여형제들에게 부탁을 해보는 거지. 그리고 일 년 뒤에는 반드시 모셔 가야지."

"그래야지요. 암요. 그래야 하고말고요. 그런데 아이들은 어떻게 하실 거예요?"

"글쎄, 그 문제도 사실은 보통 문제가 아니야. 사실은 간밤에 집에서 전화가 왔어. 여동생이 말하기를 내 마누라가 와서 짐들을 꾸려놓고는 몰래 아이들을 데리고 가버렸다고 하더군."

J는 여기서 얼굴을 일그러뜨렸다. R은 계속했다.

"아버지가 전화를 바꿔서 나한테 하시는 말씀이 아이들은 아버지가 키울 테니 어떻게 하든지 데리고 와야 한다고 하시더군. 그래서 내가 하는 말이 물론 아버님으로서야 자식을 빼앗겼다는 생각 때문에 마음이 좋을 리 없으시겠지만 여러 가지로 두루 생각하시지 않으면 안 된다고. 우선 그쪽에서 몰래 데리고 갈 때는 나와 그리고 아버지 어머니가 몹시 몸 달아 설칠 것을 예상하고 그걸 기대하고 그렇게 한 걸 거라고."

"그렇지요. 그렇게 볼 수도 있지요."

"그렇다면 우리 쪽에서 몸 달아 설쳐서는 안 된다는 거지. 물론 억지로, 힘으로 데리고 올 수 있을지도 몰라. 그러나 그렇게 할 필요는 없다고 생각해. 왜냐하면 아이들은 궁극적으로 나의 소유물이 될 수 없으니까. 게다가 그쪽에서는 아이를 키운 정도 있으니 그걸 이해해야지. 그러나 물론 나한테 돌아온다면 나는 최선을 다해 잘 키워야겠지. 나한테는 아이들을 잘 키울 자신감도 없는 게 아니야. 그러나 굳이 힘으로 빼앗을 수는 없는 일이 아닌가? 만약 그 사이에 혹시 내 마누라가 상황이 바뀌어 아이들이 거추장스럽게 된다면 그 때 내가 데려다 잘 키울 수도 있는 일이 아닌가?"

"그래요. 자식들이라는 건 언젠가는 아버지를 찾아오게 마련이에요."

"그래. 그러니까 내가 아이들을 억지로 갖겠다고 하면 할수록 나는 점차 더더욱 놓치게 될 것만 같아. 그 여자가 자신의 보르네오 경대를 지키려 하면 할수록 남편을 잃어버리게 됐던 것이나 마찬가지로. 나는 한국에서 얻을 수 있을지도 모를 조그마한 부귀를 포기해 버리듯이 아이들에 대해서도 마음의 거리와 여유를 가지고 생각해야 해."

"그래요. 그렇게 생각하시면 떠나는 것이 그다지 문제가 되지는 않네요."

"그래. 나는 그다지 어렵게 생각하지는 않는다. 다만 네가 함께 가주느냐 어떠냐 하는 문제만 남았다."

"그래요. 참 좋은 생각이에요. 그러나 저는 지금으로서는 무어라고 말씀드릴 수가 없네요. 그리고 저는 지금 여권도 없구요."

"여권이야 새로 내면 되지."

두 사람은 이런 이야기를 하다가 근 한 시간쯤 뒤에 다방에서 나왔다. 다방을 나올 때 그들의 얼굴은 밝았다. 그들은 길을 건너고 은행 앞을 지났다. 그러나 은행 앞을 지날 무렵 J는 갑자기 몹시 토라진 사람처럼 저만큼 앞으로 마구 걸어가 버렸다. R은 그녀를 따라가 팔꿈치를 잡으려고 하며 왜 또 이러느냐고 했다. J는 그의 손을 몹시 신경질적으로 뿌리치며 저리 가라고 했다. 그러고는 계속해서 빠른 걸음으로 고가도로 쪽으로 갔다. R은 그녀의 그 느닷없는 태도의 변화가 전혀 이해가 가지 않는다는 표정으로 그녀를 따라갔다. 고가도로까지 왔을 때서야 그녀는 말했다.

"우리 집 식구 중에 누가 우릴 봤단 말이에요."

"누가 봤다는 말이냐?"

R은 그들이 왔던 길을 돌아보며 이렇게 물었다. 그러나 아무도 특별히 눈에 띄는 사람은 없었다.

"아이, 몰라요. 열 시에 도서관에 간다고 하고선 나와놓고는 여태 도서관에는 안 가고 웬 낯선 남자와 이렇게 돌아다니고 있는 걸 봤으니……"

"대체 누가 봤다는 말이냐?"

"엄마였어요."

"아, 그래? 그럼 내가 오늘 양복이라도 깨끗하게 입고 나오기를 잘했구나. 지난번처럼 잠바 차림인 걸 그 할망구가 봤더라면 웬 양아치라도 네가 알고 다니는 줄 알았을 텐데."

"아이, 몰라요."

J는 몹시 낭패해하는 목소리로 이렇게 말했다.

"얘, 너는 나이 서른셋이나 됐는데 뭘 여태까지 네 어머니 눈치나 보니? 네 어머니는 네가 나처럼 키가 훤칠하고 잘생긴 남자와 가고 있는 걸 봤으면 여북 좋아할까?"

"아이, 몰라요! R 선생님이 유부남이라는 걸 알면 뭐라고 할까요?"

"야! 그렇지만 내 이마에다 '유부남'이라고 써놓진 않았잖니?"

그녀는 애써 마음을 진정시키는 듯 이렇게 말했다.

"하긴 괜찮아요. 너무 신경 쓰지 마세요."

"신경은 네가 썼지, 내가 쓰느냐?"

그들은 고가다리를 지나 네거리 있는 데까지 왔다. 거기까지 오면서도 R은 계속하여 자신의 계획의 타당성과 그 세부에 대하여 피력했다. 그리고 그들은 다시 잠시 다방에 들어가 앉았다.

"그래요. 그 생각이 참 좋은 것 같으네요."
J가 말했다.
"그럼, 너도 나와 함께 갈 것인가 어떤가 생각해 보겠니?"
"그렇게 할게요."
"그럼, 언제 네 생각을 말해 줄 수 있겠니? 내일까지는 되겠니?"
"아니요. 내일 아침에는요, 저는 제주도엘 가요. 하이, 뭐, 그렇게 이상하게 생각하지는 마세요. 저의 어머니가 계를 들었는데 계에서 이번에 제주도 여행을 간대요. 그런데 엄마는 안 간대요. 엄마는 벌써 일곱 번이나 갔다 왔는걸요. 게다가 제 언니의 아들딸이 서울에 와 대학에 다니고들 있으니 밥 해줄 사람이 없잖아요. 그래서 제가 대신 가는 거예요."
"그럴 수 있지. 그럼 제주도 갔다 와서 말해 줄 수 있겠니?"
"그렇게 할게요. 그리고 오늘 오후에는 정말 도서관에 좀 갈게요. 저 혼자 있게 좀 내버려두세요. 도서관에 간다고 하고 나와놓고선 하루 종일 빈둥빈둥 돌아다닐 순 없잖아요?"

R은 그렇게 하라고 했다. 다방을 나오면서 R은 언제 제주도에서 돌아올 것인가 하고 물었다. J는 월요일 오후에는 온다고 했다. 그럼 월요일 저녁에 전화를 하겠다고 R은 말했다. J는 그렇게 하라고 했다. 두 사람은 버스를 타고 시내까지 나왔다. 버스 안에서 R은 계속해서 자신의 계획에 대해서 이야기했다. J는 그러는 그에게 약간 핀잔하듯 말했다.

"아이, 알겠어요. 제가 생각해 본다고 했잖아요."

두 사람은 시내에서 헤어졌다. J와 헤어진 뒤 R은 여기저기 시내를 헤매고 다니다가 저녁때가 되어 저녁을 먹고서야 집으로 돌아왔다. 그날 밤 열 시에 J에게서 전화가 걸려왔다. 그녀는 우선 친구의 부모님들이 아직도 내려가지 않았느냐고 물었다. R은 우울한 목소리로 그렇다고 말하고 아마도 내일은 틀림없이 내려갈 것 같다고 했다. J는 그에게 이젠 차분한 마음으로 외국 가는 문제에 대해서나 생각하라고 했다. R은 그러마고 했다. 그리고 제주도에 잘 다녀오라고 했다.

이튿날 아침 R이 일어났을 때 알랭 드롱의 부모는 부산으로 내려간다고 했다. R은 잘 가라고 인사하고 집을 나와 학교로 갔다. 강의를 마치고 돌아와 비로소 처음으로 아무도 없는 집에서 혼자 잤다.
다음 날은 아침에 늦게까지 잤다. 그리고 그는 비로소 어디 나가지 않고 하루 종일 집에서 쉬었다. 그는 점심때가 가까워졌을 때에야 잠시 일어나 식당에 가 육개장 한 그릇을 먹고 돌아오는 길에 《신동아》 한 권을 사 들고 들어왔다. 그리고 늦게까지 읽다가 잤다.
이튿날에도 그는 늦게 일어났다. 점심때가 되었을 때 일어나 어제 갔던 식당에 가 육개장 한 그릇을 먹었다. 돌아오는 길에 그는 소설책 한 권을 사 가지고 들어왔다. 그리고 읽기 시작했다. 그러나 그는 그다지 집중할 수가 없었다. 왜냐하면 창문 밖 골목에서는 오후 내내 아이들이 떠들어댔고 게다가 스피커를 단 트럭이 와 야채를 파느라고 음악을 틀어대고 있었기 때문이었다. 오후 네 시경에 그는 밖으로 나와 약 한 시간 가까이 산책을 했다. 어느 골목에선가는 이층 건물에서 기타 반주에 맞추어 손뼉을 치면서 찬송가를 불러대는 소리가 들리기도 했다. 그는 돌아오는 길에 식당에 들러 다소 이른 저녁을 먹었다. 집으로 돌아와 그는 오전에 샀던 소설책을 다시 읽기 시작했다. 밤 열 시가 가까워질 때까지 소설책을 들여다보던 그는 끝내 그것을 홱 아무렇게나 던져버리고 잠자리에 들었다. 그때 전화벨이 울렸다. 그의 막내 여동생이었다. 그는 전화기에다 대고 꽤 오랫동안 아주 심각한 얼굴로 무엇인가 이야기했다. 전화를 마치고 난 뒤 그는 거의 두어 시간 동안 심각한 얼굴로 무엇인가를 생각하고 있었다.

그다음 날 아침에도 그는 어디 나가지 않고 오전 내내 누워서 생각에 잠기고 있었다. 그날 오전 중에는 아이들이 모두 학교엘 가서 그런지 창문 밖은 조용했다. 그러나 열 시가 조금 지나서 갑자기 골목 저쪽에서부터 메가폰 소리가 들려오기 시작했다.

"모두 일어나시오! 모두 잠에서 깨어나시오!"

R은 깜짝 놀라 일어났다. 그리고 창문을 열고 밖을 내다보았다. 육십 대의 퉁퉁하게 생긴 늙은이 하나가 오른손에는 메가폰을 들어 입에다 대고 왼쪽 겨드랑 밑에는 두꺼운 성경책을 끼고 골목을 따라 다가오고 있었다.

"모두 일어나시오! 말세가 가까워 오고 있습니다. 이제 세계의 종말이 다가오고 있습니다. 당신들은 모두 미쳐 있습니다. 돈에 미쳐 있고, 술에 미쳐 있고, 도박에 미쳐 있고, 여자에 미쳐 있습니다. 당신들은 광란하고 있습니다."

그는 질질 끄는 목소리로, 그리고 고집스러운 목소리로 이렇게 외쳐대며 R이 내다보고 있는 창문 아래를 지나가고 있었다. 그는 그가 들고 있는 메가폰을 길 양쪽에 즐비한 창문들로 돌려대며 똑같은 말을 두 번씩 했다.

"예수를 믿어야 합니다. 그렇지 않으면 당신들은 모두 죽음을 면치 못할 것입니다. 지금 잠자고 있는 자들아! 모두 깨어나라! 모두 일어나 주 예수를 찬양하라."

메가폰 소리는 골목을 따라 멀어져 갔다. R은 일어나 이불을 개고 밖으로 나왔다. 그리고 잠시 산책을 하다가 점심때가 되어 점심을 먹었다. 그리고 돌아와 일전에 샀던 잡지 중에서 읽지 않고 넘어갔던 기사들을 찾아 읽기 시작했다. 저녁때 그는 다시 밖으로 나와 이번에는 어느 중국집으로 올라가 짬뽕 한 그릇을 먹었다. 그리고 돌아와 다시 책들을 뒤적이다가 여덟 시경에 J에게 전화를 했다. 경상도 지방 방언의 억양이 진한 육십 대 남자의 목소리가 J는 어디 갔는데 아직 돌아오지 않았다고 했다. R은 전화를 끊고 다시 책을 뒤적이기 시작했다. 그러다가 열 시경에 다시 전화를 했다. 경상도 북부 지방 억양이 섞인 육십 대 여자의 목소리가 J는 어디 갔는데 아직 돌아오지 않았다고 하며 실례지만 누구냐고 물었다. R은 그래서 자신은 R이라고 하는 사람이라고 했다. 전화를 마치고 R은 이부자리를 폈다. 자리에 누운 뒤 그는 다시 무엇인가 깊은 생각에 빠져들기 시작했다. 그러다가 잠들었다.

이튿날 아침 여덟 시 반에 R은 W 교수에게 전호를 했다. W 교수는 오늘 오후 D 대학에서 강의가 있으니 D 대학에서 좀 만날 수 있겠느냐고 했다. 전화를 마치고 난 그는 목욕탕으로 가 머리를 감기 시작했다. 그가 한찬 머리 가득히 비누 거품을 뒤집어쓰고 있을 때 전화벨이 울렸다. 그는 비누 거품을 뒤집어쓴 채 방으로 들어가 전화를 받았다.
"잘 지내셨어요?"
J의 목소리였다.
"응, 잘 지냈어. 제주도엔 잘 다녀왔니?"
"네에."
"언제 돌아왔어? 간밤에 열 시에 전화를 했었는데 아직 돌아오지 않았다고 하더군."
"그때는 이미 돌아왔었어요. 그런데······."
J는 약간 장난기가 섞인 목소리로 웃으며 이렇게 말하고 말꼬리를 흐렸다. R은 그녀가 아직 돌아오지 않았으려니 생각하고 오늘 오후에 W 교수와 D 대학에서 만나기로 약속을 해버렸다고 하면서 같이 가지 않겠느냐고 물었다. J는 그렇게 하자고 했다. 그리고 그녀는 이제 알랭 드롱의 부모가 부산으로 내려갔느냐, 이젠 혼자냐고 물었다. R은 그렇다고 말하고 볼멘소리로 자신은 공연히 이 집

엘 들어 그동안 너무나 오랫동안 두 노인네와 그들의 딸의 가족들에게 부대꼈다고 말했다. J는 깔깔깔 웃었다. 두 사람은 열 시에 네거리에서 만나기로 하고 전화를 끊었다. 전호를 마친 R은 다시 목욕탕으로 가 머리 감기를 계속했다.

네거리에 도착했을 때 그녀는 길 저쪽 건너편에서부터 걸어오고 있었다. R은 손을 들어 보였다. 그녀도 R을 향하여 손을 흔들었다. 그녀는 명랑한 얼굴이었다.

그들은 버스를 탔다. 버스 안에서 R은 제주도에 가니 어떻더냐고 물었다. J는 말하기를 거기는 온통 놀러 온 사람들로 득실거리더라고 했다. R은 그사이에 왜 전화를 한 번 해주지도 않았느냐고 했다. 그러나 그녀는 왜 전화를 해야 하느냐고 다소 짓궂게 되물었다. R은 시무룩해져서 그동안 혹시 전화가 올까 봐서 몹시 기다렸다고 말했다. 그러자 그녀는 사실은 그사이에 전화를 한 번 했었는데 아무도 받지 않더라고 했다.

두 사람은 시내에서 버스를 내렸다. 그리고 어느 다방으로 들어갔다.

"그래, 제주도에서 많이 생각해 봤느냐?"

다방에 앉았을 때 R이 물었다.

"뭘요?"

J는 약간 장난스러운 웃음을 지으면 되물었다. R은 약간 섭섭해하는 표정을 짓고는 말했다.

"J야, 이 문제는 내 인생에 있어 대단히 중요한 것이야. 제발 경박하게 말하지는 말아다오."

그러자 그녀는 방금 자기가 한 다소 장난스러운 어투를 미안해하는 표정을 지으며 이내 진지해진 목소리로 말했다.

"사실은요, 이번에 제주도를 여행하면서 지난번에 선생님께서 제게 말씀하셨던 것에 대하여 많이 생각해 봤어요."

"그래서?"

R은 다소 초조한 듯한 목소리로 다그쳤다. J는 미소를 지으며 말했다.

"그건 참 좋은 생각이에요. 그리고 그것은 그릇이 큰 생각이라는 생각이 들었어요. 사실 선생님 생각이 맞아요. 이 땅에 살면 뭐해요? 나갈 수 있으면 나가서 무엇인가 하는 것이 좋지 않겠어요? 나는 선생님 생각이 옳다고 생각해요."

R은 비로소 빙그레 웃으며 말했다.

"그래, 그럼 너는 어떻게 할 생각이니? 너도 나와 함께 가겠니?"

"그렇지만 제가 따라가느냐 따라가지 않느냐 하는 문제에 대해서는 아직 묻지 말아주세요. 제가 곧 마음의 결정을 내릴게요."

"그렇지만 J야, 빨리 결정을 내려줘야 되지 않겠니? 그래야 나도 내 나름대로 빨리 준비를 할 것 아니냐?"

"그래요. 알았어요. 제가 조만간 결정을 내려 선생님께 말씀드릴게요."

J는 여전히 밝은 미소를 짓고 있었다. R은 더 이상 그녀가 그를 따라갈 것이냐 가지 않을 것이냐에 대해서는 묻지 않는 대신 그가 왜 다시 떠나기로 마음먹어야 하는가, 그것은 현실적으로 얼마나 옳은가 하는 등에 대하여 한 번 더 역설하기 시작했다.

"알았어요. 저도 모두 알고 있어요. 조만간 제가 마음의 결정을 내릴 테니까 너무 걱정하지 마세요."

J는 미소를 지으며 이렇게 말했다. 그들은 다방에서 나와 식사를 하고 D 대학을 향했다.

D 대학으로 올라가는 길은 가팔랐다. 게다가 오후의 햇볕은 뜨거웠다. J는 D 대학으로 올라가며 몇 차례 다리가 아프다고 투정을 부리기도 했다.

"저는 선생님만 만나면 늘 이렇게 걸어 다녀야 해요."

R은 그러나 못 들은 척했다. 그는 J를 달래듯이 하며 D 대학으로 올라갔다.

R이 W 교수와 만나기로 약속한 건물 앞에 이르렀을 때 그들은 약속 시간보다 거의 삼십 분가량 먼저 도착한 셈이었다. 그래서 두 사람은 벤치에 앉아 약속 시간이 될 때까지 기다리기로 했다. 그들이 벤치에 나란히 앉은 뒤 약 오 분쯤 지났을 때 J는 갑자기 무엇인가 생각이 났다는 듯이 말했다.

"아이참! 내가 왜 이러지?"

그녀는 몹시 난색을 지었다. 그리고 잠시 어찌해야 할 바를 몰라 하는 표정을 짓다가 말했다.

"선생님, 제가 지금 집으로 돌아가면 안 될까요?"

R은 어이가 없어 하는 표정으로 그녀를 돌아보며 물었다.

"왜?"

그러나 그녀는 난색을 지을 뿐 말은 하지 않았다. 그러다가 말했다.

"아무것도 아니에요. 괜찮겠지요 뭐."

R은 갑갑하다는 표정으로 물었다.

"대체 왜 그러느냐? 집에 무슨 일이 있는데?"

"아니, 아무것도 아니에요. 신경 쓰지 마세요."

R은 다소 짜증스러워하는 표정을 지으며 입을 다물었다. 그러자 그녀는 R의 얼굴을 한 번 힐끔 돌아보고 나서 말했다.

"제가 지금 생각해 보니 집에 가스를 잠그지 않고 나온 것 같아요."

"그래? 그러면 위험한 거냐?"

"예, 지난번에도 제가 깜빡 잊고 그걸 잠그지 않았다가 큰일 날 뻔했어요."

"젠장, 너는 왜 늘 그 모양이냐?"

"아니에요. 잠그고 온 것 같기도 해요."

"그럼 됐네. 공연히 근심을 사서 할 건 뭐냐?"

"그런데 제가 나올 때 그걸 잠그고 나온 것 같기도 하고 또 그냥 나온 것 같기도 해요."

이렇게 말하고 그녀는 그녀가 가스를 잠그고 나왔는지 잠그지 않고 그냥 나왔는지 기억해 내려고 애쓰는 표정이었다. R은 답답해 하는 표정을 지으며 그렇다면 집에 전화를 해보면 될 거 아니냐고 했다. 그녀는 말하기를 지금은 집에 아무도 없을 테니 괜찮을 거라고 하면서 그 대신 R이 W 교수와 만나고 나온 뒤에는 이내 돌아가자고 했다.

"그런데 난 오늘 너와 함께 내가 사는 집으로 갈 생각인데…… 모처럼 집에 혼자 있게 됐는데…… 내가 그동안 얼마나 오랫동안 알랭 드롱의 부모님들이 하루속히 부산으로 내려가기를 기다렸는데…… 내가 서울에 올라와서 비로소 처음으로 우리가 한집에 함께 있게 됐는데…… 정히 그렇다면 너는 택시를 타고 돌아가 가스를 잠그고 아침에 우리가 만났던 네거리에서 기다리든지…… 뭐, 굳이 그렇게 할 거야 있겠느냐? W 교수와는 삼십 분만 이야기하고 나올 텐데."

"그래요. 너무 신경 쓰지 마세요. 그 대신 돌아갈 때는 제가 잠시 집에 들어갔다가 나올게요."

"그렇게 하든지……."

"미안해요. 공연히 걱정을 끼쳐드려서."

W 교수와의 약속 시간을 오 분 앞두고 R은 벤치에서 일어났다. R이 W 교수와 만나기로 약속했다는 건물 안으로 들어가기 전에 J는 그의 등에다 대고 소리쳤다.

"너무 초조하게 생각하지 마시고 천천히 이야기하다 오세요!"

R은 그녀를 돌아보며 알았다고 하고 건물 안으로 들어갔다.

정확히 삼십 분 뒤에 R은 싱글벙글 웃으며 건물을 나왔다. 밖으로 나온 그는 갑자기 밝은 데로 나와서 그렇겠지만 눈이 부신 듯 눈을 가늘게 뜨고 두리번거렸다.

"여기예요!"

그녀는 R이 나오는 건물의 현관 맞은편에 있는 잔디밭에 바윗돌 위에 웬 낯선 남자와 걸터앉아 무엇인가 다정스레 이야기를 나누고 있다가 R이 나오는 것을 발견하고 벌떡 자리에서 일어나며 필요 이상으로 큰 동작으로 손을 흔들어 보이며 소리쳤다. R은 여전히 싱글벙글 웃으면서 그녀에게로 다가갔다.

"너무 지루하지 않았니?"

R이 말했다. J 곁에 앉아 있었던 남자는 몹시 어색해하는 낯으로 엉거주춤 자리에서 일어났다.

"인사하세요."

J가 R에게 방금 함께 앉아 있었던 남자를 소개했다. R은 손을 내밀어 악수했다. 그녀는 두 사람이 악수를 하는 동안 무어라고 급히 상대의 신분에 대하여 말했는데 그녀에 따르면 방금 그녀와 함께 앉아 있었던 남자는 시인이라고 했던 것 같기도 하고, 소설가라고 했던 것 같기도 하고, 또는 수필 같은 걸 쓰는 사람이라고 했던 것 같기도 했다. 그런가 하면 또 이 학교 학생이라고 했던 것 같기도 하고 아니라고 했던 것 같기도 했다. R은 자세히 알아듣지는 못했지만 그저 "예에, 예, 그렇습니까?" 하고 허허롭게 말했다.

두 사람 사이의 인사가 끝났을 때 J는 말하기를 방금 R이 악수를 나눈 그 남자가 말하는데 지금 이 학교 어디에서 프랑스에서 몇 년 전에 개봉했던 무슨 영화를 이제 곧 상영한다고 하는데 보고 가지 않겠느냐고 했다. 그래서 R은 잠시 생각하다가 그녀에게 되물었다.

"너는 어떻게 할래?"

"저는 보고 갔으면 해요. 들으니까 그 영화 참 좋은 거라고 하던데요."

"그런데 나는 그 영화 이미 프랑스에서 본 것 같기도 하고 아닌 것 같기도 하고…… 아니야, 이미 봤어."

"그렇지만 저는 안 봤잖아요."

J는 약간 난처한 빛으로 말했다. 그러자 R은 허허로운 목소리로 말했다.

"그렇지만, 얘, 너는 빨리 돌아가 가스 잠가야지."

그러자 그때까지 여전히 약간 난처해하는 표정을 짓고 곁에 엉거주춤 서서 두 사람이 결정을 내릴 때를 기다리고 있던 그 남자는 웃었다. J도 이제 더 이상 어찌할 도리가 없다는 듯이 말했다.

"아참, 그래요!"

남자는 R에서 허리를 굽혀 인사를 했다. R은 손을 내밀어 악수를 청했다. 그리고 R과 J는 돌아서서 바쁜 걸음으로 D 대학을 내려오기 시작했다. D 대학을 내려오면서 J는 R에게 방금 만났던 그 사람은 글을 써서 이미 집을 몇 채나 샀다고 했다. R은 그다지 심각하게 듣지 않고 건성으로 말했다.

"이름이 뭔데?"

J는 그의 이름을 말했다. 그러나 R은 그 이름을 전혀 들어본 것 같지 않다는 표정이었다.

"나이가 몇 살이나 됐는데?"

그녀는 스물 몇 살이라고 했던 것 같았다. R은 무관심한 낯으로 말했다.

"그 나이에 언제 글을 써서 벌써 집을 몇 채나 샀을까?"

"그렇지만 그 사람이 전에도 직접 저한테 그런 말을 하던데요?"

"그렇게 말했을 수도 있겠지?"

R은 더 이상 말하지 않고 급히 걸어 내려갔다. 그는 W 교수를 만나고 나올 때와 같이 여전히 그 싱글벙글하는 기분 좋은 웃음을 짓

고 있었다. J는 종종걸음으로 그를 따라가며 방금 만났던 그 남자가 부모의 도움을 하나도 받지 않고 오직 글만 써서 집을 몇 채나 샀다고 하더라고 했다. 그러나 R은 별로 듣고 있지 않았다.

두 사람은 D 대학을 나와 급히 버스를 탔다. 버스 안에서 J는 W 교수와 만나서 무슨 이야기를 나누었느냐고 물었다. R은 W 교수와 삼십 분 동안 나누었던 대화를 이야기해 주었다. 그의 얼굴은 대단히 기분 좋은 사람의 그것이었다.

한참 후 J는 그녀가 꼭 R과 함께 그가 기거하는 집엘 가야 하느냐고 물었다. R은 가야 한다고 말하면서 그 이유로서 우선 그는 그녀와 알몸이 된 채 그의 방에 나란히 누워 쉬어야 될 것 같고 또 그동안 밀린 그의 양말과 속옷을 그녀가 빨아주지 않으면 안 된다고 했다. 그러자 그녀는 더 이상 이의를 제기하지 않았다.

버스가 오늘 아침 두 사람이 만났던 네거리에 가까워졌을 때 R은 그녀에게 이젠 내리자고 했다. 그러자 그녀는 자리에서 일어나지 않고 차창 밖을 스쳐가는 빵집 하나를 급히 가리키며 저기에서 기다리라고 했다. R은 알았다고 하고 급히 혼자 차에서 내렸다. 그리고 그는 그녀가 지적해 준 빵집으로 가 약 이십 분가량 기다렸다. J는 커다란 가방 하나를 둘러메고 나타났다. 그 가방에는 비행기 수화물에 붙이는 꼬리표가 붙어 있었다.

"가스는 괜찮더냐?"

빵집에 들어서는 그녀에게 R이 물었다. 그녀는 싱글벙글 웃으며 그녀의 가방을 의자 위에 내려놓고는 괜찮더라고 했다. 그러고는 왜 여태 빵을 시켜 먹지 않았느냐고 하며 진열장으로 가 몇 가지 빵을 주문했다.

"그런데 너는 왜 너희 집으로 가지 않고 차를 타고 그대로 갔니? 너희 집엘 가려면 여기서 내렸어야 하잖니?"

"예, 그래요. 그런데 전 집으로 간 게 아니에요."

그녀는 여전히 싱글벙글 웃으며 말했다.
"그럼, 네 언니네 집에서 잤니?"
"예."
그녀는 이렇게 말하고 다시 싱글벙글 웃었다.
"그런데 그 가방은 웬 거니?"
"전 제주도에 갔다 온 뒤 아직 집에 들어가지 않았어요."
그녀는 이렇게 말하며 재미있다는 듯이 계속해서 싱글벙글 웃었다.
"젠장, 나는 도무지 무슨 영문인지 모르겠다. 난 네 하는 짓이 꼭 무슨 도깨비장난 같다."
그녀는 여전히 재미있어 하는 표정으로 웃고 있었다.
빵을 부지런히 먹고 나서 R은 이제 일어나자고 했다. J는 그녀의 커다란 가방을 어깨에 둘러메고 일어났다. R은 그가 들어주겠다고 했지만 그녀는 그다지 무겁지 않다고 하면서 한사코 그것을 그에게 넘겨주지 않았다. 그러나 그녀의 가방은 꽤 무거워 보였다.
빵집에서 나온 뒤 두 사람은 택시를 탔다. 그리고 약 팔백 미터쯤 가서 내렸다. R은 그가 거처하는 집으로 들어가는 골목으로 접어들었다. J는 그 커다란 가방을 어깨에 둘러멘 채 싱글벙글 웃으며 그를 따라갔다.
그러나 두 사람이 집 앞에 가까워지고 있을 때 R이 약간 놀라는 표정을 지으며 말했다.
"어어! 현관문이 열려 있네!"
"어느 집이에요? 저 집이에요?"
J는 현관문이 반쯤 열려 있는 집을 가리키며 이렇게 물었다.
"응. 그런데 이상하다. 누가 왔는가 보다."
"오기는 누가 왔겠어요? 아침에 나올 때 잠그고 나오지 않은 거겠죠."

"아니야. 그럴 리가 없어. 이것 봐. 대문도 열려 있잖아."

R은 이제 낭패한 표정이 되어 이렇게 말했다. 그리고 J더러 여기 잠깐 기다리라고 하고 대문 안으로 들어가 현관 안으로 들어갔다.

현관 안으로 들어섰을 때 마루에는 알랭 드롱의 막내 누나가 두 아이들을 데리고 와 무엇인가를 둘러보고 있었다. R은 몹시 당황하여 어쩔 줄을 모르다가 큰 소리로 말했다.

"아, 오셨습니까!"

마루 위에 서서 서성거리며 무엇인가를 둘러보고 있는 친구의 막내 누나도 R이 나타난 것을 보고 깜짝 놀라는 표정으로 인사했다.

"웬일로 오셨어요? 아! 너희들도 왔구나! 너는 학교에 갔다가 왔느냐? 그리고 너는 오늘 유치원에 갔었니?"

R은 현관문을 약간 열어놓은 채 대문간에 서 있는 J가 들을 수 있을 만큼 큰 소리로 마구 이렇게 지껄여 댔다. 친구의 막내 누나는 화분에 물을 좀 주려고 왔다고 했다. R은 화문에 물은 어제 그 자신이 이미 듬뿍 주었다는 이야기며 왜 벌써 가려고 하느냐 더 놀다 가지 않고 하는 따위의 말을 여전히 큰 소리로 지껄여 댔다. 그러나 친구의 막내 누나는 그녀의 남편이 퇴근하고 차를 가지고 오기 전에 두 딸을 데리고 요 앞에 있는 치과에도 잠시 들르려고 한다고 하면서 두 딸을 데리고 현관을 나섰다. J는 그녀의 커다란 가방을 어깨에 둘러멘 채 이미 대문 앞을 떠나 저만큼 약 이십 미터 앞을 걸어가고 있었다. 그녀는 대문 열리는 소리를 듣고 힐끔 뒤돌아보며 R을 보고는 씽긋 한번 웃어 보이고는 계속 걸어갔다. 그러나 R은 이미 그녀에게 웃어 보일 수도 없었다. 왜냐하면 그때는 이미 친구의 막내 누나가 그녀의 아이들을 데리고 대문 밖에 R과 함께 나와 있었기 때문이었다. 게다가 친구의 막내 누나는 R의 그 허둥대는 태도를 이미 예사롭지 않게 여기고 있는 것 같았기 때문이었.

R은 알랭 드롱의 막내 누나와 그녀의 두 딸을 배웅해 주려는 듯

이 골목을 따라 함께 걸어갔다. J는 여전히 저만큼 앞에 서서 부지런히 걸어가다가 다시 한 번 힐끔 뒤돌아보기도 했다. 약 오십 미터쯤 곤혹스러운 얼굴을 하고 걸어가던 R은 친구의 막내 누나와 그 딸들에게 잘 가라고 하고 돌아섰다. 그리고 집으로 돌아왔다. 약 이 분쯤 뒤에 그는 집을 나왔다. 그리고 J와 친구의 막내 누나가 그녀의 두 딸들을 데리고 간 방향으로 다시 나갔다. 약 오십 미터쯤, 친구의 막내 누나와 그녀의 두 딸들과 헤어졌던 부근에까지 갔다가 그는 되돌아왔다. 그리고 일 분도 채 못 되어 다시 나와 그 길을 따라가기 시작했다. 이번에 그는 버스 정류장까지 가보았다. 그러나 친구의 막내 누나도 J도 이미 보이지 않았다. R은 잠시 주위를 두리번거리다가 구멍가게에서 신문 한 장을 사 들고 다시 돌아왔다. 다시 약 오 분쯤 뒤에 집을 나와 이번에도 버스 정류장까지 가서 사방을 두리번거렸다. 그러고는 급히 길을 건너 은행 지하에 있는 다방으로 내려가 다방 안을 두리번거리다가 나오기도 했다. 꽤 오랫동안 주위를 돌아보았지만 J는 이미 보이지 않았다. 날은 이미 어두워지고 있었다.

"메흐드! 메흐드!"

R은 집으로 돌아오면서 이렇게 혼자 소리쳤다.

이튿날 아침 R은 대변을 보고, 이빨을 닦고, 세수를 하고, 옷을 챙겨 입고 그리고 집을 나왔다. 집을 나온 그는 버스를 타고 시내로 나갔다. 시내에서 그는 다방으로 올라가 커피를 마시고 신문을 읽었다. 그러다가 그는 일어나 전화박스로 갔다.

"네에."

J의 목소리였다.

"응, 나야."

R은 풀이 죽은 목소리로 말했다. 그러자 저쪽에서는 재미있다는

듯이 깔깔깔 웃어대기 시작했다. R은 변명이라도 하듯 볼멘소리로 말했다.
"어제는 화가 치밀어 혼났어."
"왜요?"
"젠장! 내가 그놈의 집이라도 떼메갈까 봐서 그렇게 밤낮으로 와서 날 그렇게 방해하남? 내가 그 집에 든 뒤로 나는 한 번도 편할 때가 없었어."

J는 다시 깔깔깔 웃었다. 그리고 너무 마음 쓰지 말라고 하고 어제 알랭 드롱의 누나가 왔던 것은 굳이 방해하려고 온 게 아니라 우연히 온다고 온 게 그렇게 된 게 아니겠느냐고 말했다. R은 그러나 여전히 우울한 목소리로 어제 J를 대문 밖에서 돌려세웠던 것은 마음 아픈 일이라고 했다. 그녀는 괜찮다고 했다. R은 그렇게 양해를 해주어서 고맙다고 했다. 그러고 나서 R은 오늘은 어디 가서 그의 컴퓨터에 한글이 나오게 하는 카드나 소프트웨어를 구해야겠다고 했다. 왜냐하면 이제 곧 한국을 떠나 외국으로 나가게 되면 한글을 쓸 수 있는 카드나 소프트웨어는 어디에서건 구하기가 힘들 것이기 때문이라고 했다. 그리고 그는 지금 시내에 나와 있는데 만나서 함께 가지 않겠느냐고 했다. J는 알았다고 했다.

전화를 마치고 R은 다시 신문을 읽기 시작했다. 그녀는 약 한 시간쯤 뒤에 왔다. R은 몹시 멋쩍어하는 낯으로 어제 일에 대해서 다시 한 번 이야기했다. J는 또다시 재미있다는 듯이 깔깔깔 웃었다.
"누가 그따위 집에서 안 살아본 사람이 있나? 한국에서는 집 한 채 있는 게 그렇게 세도가 당당한가? 흡사 날 감시하고 있다는 느낌마저 들어."
"아이, 감시는 무슨 감시예요. 우연히 그렇게 된 거지요."

J는 달래듯이 말했다. R은 볼멘소리로 웅얼거렸다.
"모처럼 너와 함께 나란히 누워 쉬고 싶었는데…… 웬 뚱딴지처럼…….”

J는 또다시 까르르 웃었다. R은 우울한 목소리로 계속했다.

"무엇보다도 내가 마음이 좋지 않았던 것은 널 대문간에서 돌려세웠던 거야."

"아이, 괜찮아요. 제가 뭐 한두 살 먹은 어린앤가요? 이런 걸 이해 못하게. 엉뚱한 신경 쓰지 마세요."

"그래, 네가 그렇게 이해해 주니 고맙다. 그런데 어제는 어디로 가버렸니? 내가 몇 차례 나가 봤는데 없더라."

"버스 정류장 있는 데로 나와서 가게 앞의 의자에 앉아 한참 기다렸는데 안 오데요. 그래서 한 이십 분 후에 그냥 집으로 가버렸지요."

J는 명랑한 목소리로 말했지만 R은 우울한 표정이었다. 약 삼십 분쯤 후에 그들은 다방에서 나와 강남에 있다는 컴퓨터 가게로 갔다.

컴퓨터 가게에서 나와 두 사람은 햇볕이 내리쬐는 길을 걸어갔다. 길을 가면서 R은 이제 방금 산 부속품을 꽂으면 자신의 컴퓨터를 한글 타자기처럼 쓸 수가 있을 것이고 그렇게 되면 그는 그것을 가지고 많은 일을 해낼 수 있을 거라고 했다. 그러나 J는 약간 심술이 난 표정을 지으며 자신은 컴퓨터를 싫어한다고 했다. 왜냐하면 R은 한번 그것에 재미를 들였다 하면 미친 사람처럼 그것만 들여다보기 때문이라고 했다. R은 웃으면서 이젠 그러지 않을 거라고 했다.

그들이 타야 할 버스가 서는 데까지 가는 길은 멀고 더웠다. J는 몇 번이나 걸음을 멈추고 서서 다리가 아프다고 했다. 그리고 몹시 속이 불편해하는 표정을 짓기도 했다. 그래서 R은 어디 다방에라도 가서 쉬자고 했다. 그러자 그녀는 몹시 짜증스러워하는 목소리로 소리쳤다.

"아이, 지겨워! 죽으나 사나 그놈의 다방…….”

"그렇지만 어떻게 하란 말이냐? 여기는 지금 다방 말고는 어디

달리 갈 만한 데가 없잖아? 그리고 너는 피곤해하고."

R도 짜증이 난 목소리로 말했다. 사실 그들의 서 있는 길 건너편에 보이는 다방 외에는 달리 어디 들어가 쉴 만한 데도 없었다. J도 어쩔 수 없다는 듯이 다방으로 가는 데 동의했다.

그런데 그녀는 다방에 올라가자마자 자신의 핸드백을 R의 맞은편 자리에 던져놓고 급히 다방 문밖에 있던 변소로 달려갔다. 그리고 곧이어 그녀가 심하게 구역질을 해대는 소리가 열려 있는 다방 문을 통하여 다방 안에까지 들려왔다. 그녀의 토악질 소리가 너무나 컸기 때문에 카운터 주변에 있던 다방 종업원 여자들이 소리가 들리는 쪽으로 일제히 고개를 돌리기도 했다. 약 이삼 분 뒤에 J는 눈물이 그렁그렁하게 맺힌 눈으로 돌아왔다.

"너 임신한 거 아니냐?"

R이 그녀를 건너다보며 물었다.

"그런가 봐요. 제주도에 가서도 자꾸 이래서 챙피스러워 혼났어요."

그녀가 말했다. R은 아무 말 하지 않았다. 잠시 후 다방레지가 사이다 두 잔을 가지고 왔다. 그러나 J는 마시지 않았다. 그녀에 따르면 그걸 마시면 또 토할 것 같다는 것이었다. 두 사람은 곧 일어났다.

다시 버스 정류장으로 향해 가면서 J는 길가에 있는 사철나무 울타리 밑에 웅크리고 다시 토악질을 해대기 시작했다. R은 주먹으로 그녀의 등을 두들겼다. 지나가던 사람들이 그들을 힐끔 돌아보기도 했다. 그녀의 입에서는 아무것도 나오지는 않았다. 한참 후 그녀는 눈물이 그렁그렁하게 맺힌 눈으로 허리를 펴고 일어났다. 두 사람은 다시 걷기 시작했다. 그녀는 창백한 얼굴이었고 그는 근심으로 가득한 얼굴이었다.

"이번에 또 아이를 가졌으면 낳을 거예요."

약간 앞서 걸어가고 있는 R의 등에다 대고 J가 말했다. 걱정스러운 표정으로 묵묵히 걷고 있는 R은 대답은 하지 않고 갑자기 막 큰 걸음으로 바쁘게 걸어갔다. 약 십 미터쯤을 다소 허둥대는 걸음으로 걸어가던 그는 갑자기 홱 돌아섰다. 그리고 몹시 흥분된 표정과 목소리로 말했다.

"이건 모순이야! 이건 모순이야!"

그리고 그는 다시 몇 발짝 걸어가다가 다시 홱 돌아서면서 계속했다.

"우리는 서울에 와서 세 번 섹스를 했지만 한 번도 기쁨을 느끼지는 못했어. 너는 한 번도 날 마음으로 받아들이지 않았어. 아무런 사랑도 느끼지 않는 순간에 잉태한 아이를 낳아야 하다니 그것은 모순이야!"

그녀는 겁에 찬 표정이었다. 그러면서도 그녀는 그의 말에 고개를 끄덕였다.

"우리가 서울에서 했던 잠자리는 모두 합쳐서 프랑스에서 가졌던 가장 못한 것보다 못했어. 물론 거기에서도 한두 번 아주 형편없는 섹스를 했던 적이 있긴 해. 그러나 아무리 형편없는 것이었다 할지라도 서울에서의 세 번처럼 고통스럽지만은 않았어."

"그건 그래요."

J는 겁에 질린 표정으로 말했다. R은 계속했다.

"우리가 프랑스에서 가졌던 그 완전한 순간에 잉태했던 아이들은 끝내 낳기를 거부했어."

"그렇지만 저 혼자만 낳지 않겠다고 그랬어요? 선생님도 아이를 원하지 않으셨잖아요?"

J는 초조한 표정과 목소리로 항변했다.

"물론 처음 두 번은 공부 때문에 도저히 낳을 수 없는 처지였지. 그러나 세 번째로 네가 아이를 가졌을 때 나는 은근히 낳았으면 했어. 그때는 이미 너의 논문도 거의 끝나가는 무렵이었으니까. 그러나 너는 기어이 지워버리지 않았니. 정말이야. 세 번째로 네가 아이를 가졌을 때 난 마음속으로 낳기를 원했었어."

J는 울상이었다. 그녀는 무엇인가 더 항변하려는 표정이었지만 끝내 입을 다물었다. 잠시 동안 그들은 아무 말 하지 않고 햇볕 속으로 묵묵히 걸었다. 약 삼 미터 앞서서 고개를 푹 수그린 채 걷고 있던 R은 다시 홱 돌아서며 말했다.

"그래, 내가 지금 늙은 아버지를 버리고 외국으로 다시 떠나려고 하는데 외국엘 나가자마자 아이를 낳는다면 나는 어떻게 일할 수 있겠니? 내가 아이를 키우기 위해서 외국 나가니?"

그의 목소리는 여전히 흥분되어 있었다. 겁에 질린 얼굴로 따라오고 있던 그녀가 말했다.

"그 말은 맞아요."

그러자 R은 어느 정도 진정된 목소리가 되어 말했다.

"물론 나도 우리의 아이를 갖고 싶기도 해. 그러나 우리는 늘 좋은 시기를 가지지 못했어. 물론 세 번째로 네가 아이를 가졌을 때 나는 낳기를 원했어. 그러나 그때도 꼭 낳을 수 있는 형편은 아니었어. 왜냐하면 너는 몇 달 후에 취직을 하기 위해 한국엘 나가야 하는데 배를 볼록하게 해가지고는 갈 수 없을 테니까. 그리고 지금은 그 언제보다도 더욱 좋지 않은 시기야."

"그래요."

그녀도 이젠 가라앉은 목소리로 이렇게 대답했다.

"그러니 네가 알아서 해다오. 외국 나가서 일 년 지난 뒤에는 꼭 낳기로 하자. 나도 네가 낳은 아이를 하나 갖고 싶어. 나는 사실 네가 우리의 아이에게 젖꼭지를 물리고 있는 모습을 이따금 상상해 보기도 해."

"알았어요. 걱정을 끼쳐 죄송해요."

"그래, 나는 지금 외국 나가기에 앞서 해야 할 일이 많다. 아버지한테 우선 내 계획을 설명해야 하고 누이들을 찾아가 양해를 구해야 한다. 그리고 모든 준비도 해야 하고 가서 해야 할 일에 대해서도 생각해야 한다. 네가 나와 일을 반분하는 의미에서 이번에는 너 혼자 알아서 해다오."

"예, 알았어요."

그들은 이제 나란히 손을 잡고 걷기 시작했다. 버스 정류장에 도달한 뒤 J는 차가 올 때까지 길가 좁은 그늘 아래 웅크리고 앉아 있었다. R은 그녀 앞에 서서 다리가 많이 아프냐, 늘 이렇게 피곤하게만 해서 미안하다, 언젠가는 모든 일이 수습되어 생활이 본궤도에 올라서게 될 것이고 그렇게 되면 이런 고생은 하지 않아도 될 것이라는 등의 말을 했다. J는 창백한 얼굴로 미소만 지을 뿐 아무 말 하지 않았다.

공항버스의 뒤편 자리에 나란히 앉았을 때 R은 한성장으로 가자고 했다. J는 왜 굳이 한성장으로 가느냐, 거기 가느니 차라리 R이 거처하고 있는 어제 갔던 집으로 가자고 했다. R은 그러나 집에 가면 어제처럼 친구의 누나가 와 있을지도 모르고 게다가 R이 거처하는 방은 골목에 면해 있어서 오후에는 몹시 시끄럽기 때문에 그리 편하지만은 않다고 했다. J는 한성장으로 가는 데 동의했다.

버스에서 내린 뒤 두 사람은 나란히 손을 잡고 육교를 건넜다. 육교를 건널 때 J는 R에게 양말을 몇 켤레 사야 하지 않겠느냐고 했다. 그래서 두 사람은 시장에 잠시 들러 남자용 양말 세 켤레를 샀다.

"언제나 이 여관 신세를 면할 수 있을까?"

한성장으로 들어가는 길목에서 R은 혼잣말처럼 중얼거렸다.

"우리는 아직도 한참 동안은 여관 신세를 더 져야 할 것 같애요."

J가 말했다. R은 아무 말 하지 않고 그녀의 손을 세차게 잡았다.

방으로 들어가자 R은 그녀를 와락 껴안았다. 그녀도 격정에 찬 동작으로 그의 목에 두 팔을 감았다. 그러고는 두 사람은 오랫동안 다소 비애감에 젖은 얼굴로 서로 부벼댔다.

한참 뒤 R은 몸을 낮추어 그녀의 앞에 무릎을 꿇고 그녀의 아랫배에다 대고 자신의 얼굴을 부벼대기 시작했다. 그녀는 두 손으로 그의 머리카락을 움켜잡은 채 얼굴을 허공으로 향하고 서 있었다. 그녀의 두 볼에는 눈물이 주르르 흘러내리고 있었다. R은 그의 두 손을 그녀의 스커트 밑으로 넣어 그녀의 팬티스타킹과 팬티를 벗겨 내리기 시작했다. 그녀는 아무런 반항을 하지 않았다. 그녀는 자신의 팬티와 팬티스타킹이 발목까지 벗겨져 내렸을 때 두 손으로는 그의 머리카락을 움켜잡고 얼굴은 여전히 허공으로 향한 채 오른발을 들어주었다. R은 그녀의 팬티와 팬티스타킹을 그녀의 오른발에서부터 벗겨냈다. 그러자 그녀는 다시 왼발을 들어주었다. R은 다시 그녀의 팬티와 팬티스타킹을 그녀의 왼발에서 벗겨냈다. 그리고 그는 그의 두 손을 그녀의 스커트 밑으로 넣어 그녀의 허벅다리와 엉덩이와 사타구니 사이의 음모를 어루만졌다. 그녀는 여전히 두 손으로는 그의 머리카락을 움켜잡은 채 허공을 향하여 얼굴을 돌리고 서 있었다. 그녀의 두 눈은 감겨 있었고 그녀의 두 볼 위로는 계속해서 두 줄기 눈물이 흘러내리고 있었다.

R은 일어나 그녀의 블라우스 단추를 벗기기 시작했다. 그녀도 그의 와이셔츠 단추를 풀기 시작했다. 잠시 후 R의 와이셔츠가 방바닥으로 떨어져 내렸고 그의 러닝셔츠가 떨어져 내렸고 J의 블라우스가 떨어져 내렸고 그리고 그녀의 브래지어가 떨어졌다. 이제 하얗게 드러난 두 사람의 상체는 다급하게 엉겨 붙었다.

한참 뒤 J는 그의 앞에 무릎을 꿇고 그의 혁대를 풀고 바지 호크를 풀고 바지 지퍼를 내리고 그리고 바지와 팬티를 벗겨버렸다. 그의 바지와 팬티가 그의 허리춤으로 벗겨져 내릴 때 그의 페니스가 갑자기 튕겨져 나와 그녀의 왼쪽 관자놀이에 가 부딪쳤다. 그녀는 낮은 탄식 소리를 내며 두 눈을 감고 얼굴을 오른쪽으로 약간 외면

했다. 그녀가 그의 바지와 팬티를 무릎 아래로 벗겨 내릴 때에는 그녀는 상체를 구부리지 않으면 안 되었고, 그녀의 이러한 동작으로 인하여 R의 페니스는 그녀의 왼쪽 뺨과 귓바퀴와 이마에 가 툭툭 부딪쳤다. 그녀의 왼쪽 목덜미에는 파아란 핏줄이 돋아나 있었다.

　바지가 다 벗겨졌을 때 R은 두 손을 그녀의 겨드랑이 밑으로 넣어 그녀를 일으켜 세웠다. 그리고 약간 허리를 구부려 그녀의 왼쪽 옆구리에 있는 스커트 호크를 풀었다. 그녀의 스커트가 흘러내렸고 이제 그녀는 하얗게 알몸이 되었다. 완전히 알몸이 된 두 사람은 서로 상대의 뺨을 두 손으로 잡은 채 상대의 입술을 빨아대고 서 있었다. 이때 R의 페니스는 그녀의 약간 벌어져 있는 사타구니 사이에 걸려 있었다. 그녀의 두 발뒤꿈치 사이의 거리는 약 십오 센티 정도였다. 그들이 서 있는 방바닥에는 그들이 벗어놓은 옷들이 어수선하게 흩어져 있었다. 창문 밖에서는 자동차 소음이 들려오고 있었다. 두 사람은 입술을 밀착시킨 채 침대위로 쓰러졌다.

　침대 위로 나자빠진 뒤에도 두 사람은 여전히 똑같은 자세로 상대의 입술을 빨아대고 있었다. 약 일 분쯤 뒤에 R은 J의 몸으로부터 떨어져 일어나 앉았다. 그와 동시에 J는 본능적으로 두 손을 뻗어 이불자락을 찾고 있었다.

　"J야, 제발 이번에는 이불을 덮지 말자."

　R은 다급하게 말했다.

　"예, 알았어요."

　그녀도 다급하게 대답했다. R은 그녀의 두 발목을 잡고 그녀의 몸을 침대 위로 반듯하게 누이려고 했다. 그녀는 엉덩이를 약간 움직여 R이 자신의 몸을 침대 위에 반듯하게 누이도록 하려는 것을 도와주었다. 이제 그녀의 몸은 침대 위, 두꺼운 솜이불 위에 반듯하게 뉘어졌다.

　R은 침대 위에 반듯하게 뉘어진 그녀의 옆구리 곁에 앉아 허리를

구부린 채 엎드려 그녀의 왼쪽 젖꼭지를 빨기 시작했다. 그때 그의 왼손은 그녀의 오른쪽 젖무덤을 어루만졌고 오른손은 그녀의 사타구니 사이를 어루만지고 있었다. J는 눈을 감고 침대 위에 반듯하게 누운 채 지금 자신의 왼쪽 젖꼭지를 빨고 있는 R의 머리통을 두 손으로 어루만지고 있었다. 그리고 R의 오른손 손가락들이 자신의 사타구니 사이의 터럭들을 파헤치는 순간 몸을 움찔하면서 그와 함께 가랑이를 약 십오 도 각도로 벌렸다. R의 오른손 약지는 음부 부근을 어루만지고 있었다. R의 오른손 약지 끝에 촉지되는 그녀의 자궁은 아직 충분히 젖어 있지도 열려 있지도 않았다.

이제 J는 그녀의 왼쪽 젖꼭지를 세차게 빨고 있는 R의 머리통을 두 손으로 들어 자신의 오른쪽 젖무덤 위로 옮겨놓으려고 했다. J의 왼쪽 젖꼭지를 빨아대고 있던 R의 입은 그녀의 왼쪽 젖꼭지에서 떨어지며 다급하게 그녀의 오른쪽 젖꼭지를 찾아 물었다. 그리고 다시 세차게 그것을 빨기 시작했다.

이제 그녀의 오른쪽 젖꼭지를 빨고 있는 R의 자세는 바뀌어 그녀의 배허리 위에 걸터올랐다. 침대 위에 똑바로 누운 채 자신의 오른쪽 젖꼭지를 빨고 있는 R의 머리통을 어루만지고 있는 J의 허리는 R의 가랑이 사이에 있었다. 그녀의 가랑이는 여전히 십오 도 각도로 벌어진 채였다. 자세를 바꾸었기 때문에 지금까지 J의 사타구니 사이를 어루만지고 있던 R의 오른손은 이제 그녀의 왼쪽 젖꼭지를 만지고 있고 그녀의 오른쪽 젖무덤을 어루만지고 있던 왼손은 아래로 내려가 그녀의 왼쪽 허벅다리 안쪽을 어루만지고 있었다. 그녀의 오른쪽 허벅다리는 왼쪽 허벅다리와 거의 직각을 이루며 벌어졌다. 그녀의 벌어진 왼쪽 허벅다리 안쪽을 어루만지던 그의 왼손은 그녀의 사타구니 사이에 있는 음부를 부드럽게 만지기 시작했다. 그의 왼손 손가락들에 의해 촉지되고 있는 그녀의 자궁은 이제 충분히 젖어 있고 충분히 열려 있었다. R의 왼손 약지가 그녀의 음핵을 건드리는 순간 그녀의 몸은 심하게 움찔했고 그녀의 두 손은 세차게 그의 머리카락을 움켜잡았고 그녀의 입에서는 가느다란 신음 소리가 새어 나왔다.

이제 R은 자세를 바꾸어 그의 하체를 J의 약 구십 도 각도로 벌어진 가랑이 사이로 옮겨놓았다. 그때까지 J의 왼쪽 젖꼭지를 만지고 있던 그의 오른손은 그녀의 왼쪽 허벅다리를 벌려 올렸다. 그녀의 가랑이는 이제 거의 백팔십 도 가까이 쩍 벌려져 있었다. R의 오른손 약지 끝에 의해 촉지되는 그녀의 음핵은 발기되어 있었다.

이제 R은 자세를 바꾸어 J의 쩍 벌어진 사타구니 사이에 엉거주춤 엉덩이를 세우고 엎드린 채 두 손으로는 그녀의 두 뺨을 잡고 자신의 입술을 그녀의 입술에 세차게 밀착시키고 있었다. 그때까지 자신의 오른쪽 젖꼭지를 빨고 있던 R의 머리통을 세차게 잡고 있었던 그녀의 두 손은 급히 아래로 내려가 자신의 사타구니 사이에서 허벅다리 안쪽의 살갗과 음모 위 여기저기와 불규칙적으로 부딪치고 있는 R의 페니스를 잡아주었다. 다음 순간 R의 페니스는 그녀의 충분히 열려 있는 자궁 속으로 세차게 박혀 들어갔다. 이때 J는 심하게 몸을 뒤틀었고 그녀의 입에서는 짧은 신음 소리가 새어 나왔다. 그녀의 두 다리는 허공으로 올라갔다가 부르르 경련을 일으키며 아래로 내려지다가 다시 허공으로 올라갔다가 내려오면서 R의 허리를 감았다. R은 이제 두 무릎과 두 팔꿈치를 침대 위에 대고 엎드린 채 세차게 엉덩이를 위아래로 움직여 대기 시작했다. J는 두 팔로 그의 목을 감고 두 다리로 그의 허리를 감은 채 몸을 버둥대기 시작했다.

이제 R은 자신의 입을 그녀의 입에 박아 상체를 고정시킨 채 두 손으로는 자신의 허리에 엉겨 있는 그녀의 두 다리를 풀었다. 그녀의 두 다리는 경련을 일으키며 그의 허리에서 벗겨졌다. R은 두 손으로는 그녀의 두 다리를 쩍 벌리고 그녀의 사타구니 사이의 속살을 어루만지며 규칙적인 엉덩이의 상하 운동을 계속하고 있었다.
 이제 R은 상체를 일으켜 세웠다. 상체를 일으켜 세운 그는 두 손으로 누워 있는 J의 엉덩이를 번쩍 쳐들어 올린 채 대단히 육중하고 규칙적으로 허리를 앞뒤로 움직여 댔다. J는 그녀의 두 발과 어깨를 바닥에 댄 채 허리를 번쩍 쳐들어 올려 지금 상체를 일으켜 세우고 그의 허리를 앞뒤로 움직이고 있는 R의 페니스가 자신의 자궁 속으로 더욱 깊숙이 박힐 수 있도록 했다. 이때 그녀는 이빨을 드러낸 채 몹시 고통스러운 얼굴로 킹킹 신음 소리를 내며 두 팔을 벌리고 몸을 버둥거리고 있었다. R은 그러한 그녀의 버둥대는 모습을 눈으로 굽어보며 쉼 없이 그의 육중한 허리의 앞뒤 운동을 계속했다.
 이제 R은 그녀 위에 엉거주춤 상체를 구부렸다. J는 다급하게 그녀의 두 팔로 그녀 위에 상체를 구부리고 있는 그의 목을 감고 매달렸다. R은 그의 두 손을 바닥에 댄 채 J의 상체가 매달려 있는 자신의 상체를 일으켜 세웠다. 그와 함께 R의 목에 매달린 J의 상체도 일으켜 세워졌다.
 이제 R은 책상다리를 하고 앉은 채 자신의 허리춤에 두 다리를 쩍 벌린 채 걸터앉아 있는 그녀의 엉덩이를 두 손으로 받치고 있었다. J는 그의 목을 두 팔로 감은 채 그의 허리춤에 걸터앉아 몸을 상하로 천천히 올렸다 내렸다 하기 시작했다. 그때 그녀의 엉덩이 밑을 받치고 있던 R의 두 손은 그녀가 몸을 일으켰다 앉았다 하는 데 힘이 들지 않도록 그녀를 들었다 놓았다 했다. J가 일어났다 앉았다 하는 동작은 처음 열댓 번은 아주 느린 속도로 진행되었지만 횟수가 거듭될수록 점점 빨라지면서 걷잡을 수 없이 빠르게 진행되었다. 그와 함께 그녀의 숨결은 대단히 거칠어졌다. 그러나 그녀의 이러한 상하 운동은 그다지 오랫동안 지속되지는 못했다. 불과 일 분도 채 못 되어 그녀는 몹시 가쁘게 숨을 몰아쉬면서 R의 턱 밑에 자신의 얼굴을 파묻고 힘이 없는 듯한 두 팔로는 그의 목을 감은 채

축 늘어졌다. 그녀가 힘없이 매달린 채 숨을 돌리고 있는 동안 R은 두 손으로 그녀의 허벅다리와 등허리와 젖가슴을 어루만졌다. 그 사이에 J는 다시 그녀의 몸을 몇 번 불규칙하게 상하로 움직여 대기도 했지만 그녀는 처음의 그 거센 힘을 회복할 수는 없는 듯했다. R은 그녀의 상체를 침대 위로 뉘었다. 그러고는 거친 숨소리를 내면서 두 팔을 쩍 벌린 채 누워 있는 그녀의 이마와 뺨과 목과 젖가슴과 배꼽과 아랫배와 음부와 허벅다리를 천천히 어루만졌다. 그러고 나서 그는 다시 상체를 일으켜 세우고 허리의 앞뒤 운동을 계속했다. 그 사이에 잠시 숨을 돌린 J는 다시 상체를 버둥거리기 시작했다.

약 이 분쯤 지난 뒤에 R은 그녀의 위에 엉거주춤 상체를 구부린 채 갑자기 꼼짝하지 않았다. 몸을 버둥거리던 J도 그 순간 움직이지 않았다. 약 초가량 꼼짝하지 않던 J는 자신의 위에 엉거주춤 상체를 구부린 채 꼼짝하지 않는 R의 양 옆구리와 뱃가죽을 주무르기 시작했다. 그러나 R은 여전히 똑같은 자세로 꼼짝하지 않고 있었다. 약 삼십 초 동안 꼼짝하지 않고 있는 그는 그때까지 자신의 아래에 누운 채 자신의 양 옆구리와 뱃가죽을 주무르고 있는 J에게 말했다.

"그래 이젠 됐다. 너는 어떻게 그렇게 내 몸의 상태를 잘 아니?"

R은 호흡을 가누고 있었다.

"우리가 어디 한두 번 해봤어야지요."

그녀는 이렇게 말하며 계속해서 그의 뱃가죽을 세차게 주물렀다. 그리고 두 사람은 약 일 분가량 꼼짝하지 않고 있었다. 약 일 분가량 지났을 때 R은 다시 상체를 일으켜 세우고 J의 세워 올린 두 무르팍을 잡은 채 그의 허리 운동을 계속했다.

"천천히요! 너무 세게 하지 마세요."

J는 숨을 할딱거리며 다급하게 말했다. R은 이제 속도를 줄여 아주 천천히 그러나 대단히 육중하게 허리를 앞뒤로 움직였다. 그는 이제 여유를 가지고 고개를 수그려 누워 있는 그녀의 자궁 속을 들

락거리고 있는 자신의 페니스를 내려다보고 있었다. J도 약간 고개를 쳐들고 R이 보고 있는 것을 보았다. 그러고는 짧은 경탄 소리를 내며 몹시 부끄러운 듯 얼굴을 가리다가 손을 뻗어 R의 눈을 감기려고 했다. 그러나 그녀의 손은 지금 상체를 일으켜 세운 채 규칙적인 운동을 하고 있는 R의 눈에 닿지 못했다.

"아이, 그렇게 보지 마세요."

그녀는 이렇게 말하며 쌩긋 웃었다. 그러나 R은 웃지 않고 아주 진지한 표정으로 그녀를 내려다보며 그의 허리 운동을 계속하고 있었다. 그는 숨을 고르게 몰아쉬고 있었다.

"너무 힘들지 않으세요?"

J는 R의 사타구니가 그녀의 사타구니에 부딪칠 때마다 몸을 움찔거리며 약간 미소를 머금은 얼굴로 이렇게 말했다.

"아니."

R이 말했다. 그러고는 약 이 분 동안 계속해서 똑같은 동작을 점점 빠르게 되풀이했다. 그의 동작이 대단히 빨라지고 거칠어졌을 때, 그리고 누워 있는 J가 대단히 심하게 상체를 뒤틀어 댈 때 R은 갑자기 그녀에게서 떨어져 나갔다. 그 순간 그녀는 "아." 하고 짧은 소리를 내었고 그녀의 두 손은 그녀의 자궁에서 빠져나간 R의 페니스를 헛되이 찾고 있었다. 그러나 다음 순간 그녀는 재빨리 몸을 돌려 벽쪽으로 돌아누웠다.

이제 R은 그녀의 등 뒤에 바짝 붙어 누웠다. J는 오른쪽 다리를 허공으로 처들고 오른손으로는 지금 자신의 엉덩이 아래 사타구니 사이로 들어와 있는 R의 페니스를 잡아주었다. 다음 순간 그녀의 등 뒤에 붙어 누워 있는 R의 페니스가 그녀의 자궁에 박혔다. 이제 R은 두 팔을 그녀의 겨드랑이 밑으로 해서 그녀의 두 젖통을 움켜잡은 채 그의 허리를 앞뒤로 움직여 대기 시작했다. J는 벽을 향하여 웅크리고 돌아누운 채 고개를 뒤로 틀었다. R은 고개를 들어 지금 고개를 뒤로 틀고 있는 그녀의 입술에 자신의 입술을 밀착시켰다. 그러면서도 그의 허리 운동은 끊임없이 계속되고 있었다.

이제 J는 침대 위에 납작 엎드린 채 가랑이를 벌리고 있었다. R은 이제 침대 위에 가랑이를 벌린 채 엎드려 있는 그녀의 위에 엎드린 채 그의 허리 운동을 계속하고 있었다.

이제 J는 두 무릎과 팔꿈치를 바닥에 댄 채 엉덩이를 세우고 침대 위에 엎드려 있었다. R은 그녀의 엉덩이 아래에다 대고 허리 운동을 계속하고 있었다.

그러나 약 이삼 분쯤 후에 R은 다시 J로부터 떨어져 나갔다. 그러고는 그녀의 몸을 침대 위에 반듯이, 말하자면 처음의 자세로 뉘었다. 그러고는 두 손으로 그녀의 다리를 벌리고 그 사이로 자신의 하체를 옮겨놓았다. J는 몹시 할딱거리며 가랑이를 벌린 채 자신의 가랑이 부근에 있는 R의 페니스를 잡아주었다. R의 페니스는 다시 둔중하고 규칙적으로 그녀의 자궁 속으로 들락거렸다. 잠시 후 J는 갑자기 코가 막힌 소리로 킹킹 두어 번 울음소리를 내기 시작했다. R은 그녀의 위에 엎드려 그녀의 귓바퀴와 목을 입술로 부드럽게 마찰시키며 여전히 그의 육중한 허리 운동을 계속했다. 이윽고 J는 두 손으로 R의 등을 쥐어뜯기 시작했다. 그와 동시에 그녀의 울음소리가 점점 고조되기 시작했다. 그녀는 이윽고 코맹맹이 소리로 흐느끼기 시작했다. 그녀는 울면서 말했다.

"여보! 여보! 미안해요. 제가 그동안 당신을 너무나 괴롭혔어요."

R은 아무 말 하지 않고 여전히 그의 허리 움직임을 거세게 계속했다.

"여보! 미안해요. 이제 당신을 괴롭히지 않을게요."

그녀는 계속 숨이 넘어가는 소리로 이렇게 말했다. R은 여전히 아무 말 하지 않고 숨을 고르게 몰아쉬면서 그의 허리 운동만을 계속하고 있었다. 약 일 분쯤 지났을 때 그녀의 흐느낌은 어느 정도 가라앉았다. 그때쯤 해서 J의 몸에서는 진동이 일어나기 시작했다. 그리고 규칙적인 파고로 그녀의 아랫배와 가슴과 턱이 움찔움찔 진동했다. 그녀의 몸에서 일어나고 있는 진동이 대단히 높은 파고로 고조되어 가고 있을 때 R의 허리 움직임은 점점 빨라지면서 거칠어졌다. 그리고 잠시 후 그는 짧은 비명을 지르며 그녀의 몸 위로 풀쑥 쓰러졌다. R이 풀쑥 쓰러진 뒤에도 그의 밑에 깔려 있던 J의 몸에서는 두어 번 약한 파고가 일기도 했다.

약 오 분가량 그녀의 몸 위에 사지를 쭉 벌리고 엎드린 채 꼼짝하지 않고 있던 R이 갑자기 몸을 움직여 J의 옆으로 벌렁 나자빠졌다. J는 온통 눈물로 젖은 얼굴을 R의 가슴에 대고 R 쪽으로 웅크리고 누웠다. 그녀는 몹시 오랫동안 울고 난 아이가 울음을 멈춘 뒤에도 간헐적으로 흑흑 흐느끼듯이 R의 가슴에 코를 박은 채 이따금 흑흑 흐느꼈다. R은 그러한 그녀에게 팔베개를 해주기 위해서 그의 왼팔을 그녀의 머리 밑으로 넣으려고 했다. 그러자 그녀는 격정적인 동작으로 R에게 와락 안겨 들었다. 그 뒤에도 그녀는 두어 차례 더 흑흑 낮게 흐느꼈다.

한참 후 R은 일어나 목욕탕으로 가 샤워를 했다. 그러고는 돌아와 그녀 옆에 다시 누웠다. 그는 담배 한 대를 피워 물고 오늘 그가 산 소프트웨어의 마뉴엘을 읽기 시작했다. 약 오 분쯤 책을 들여다보고 있던 R이 말했다.

"이 소프트웨어는 한 화일에 삼백 킬로옥테트까지 입력할 수가 있다고 되어 있구먼. 삼백 킬로옥테트면 약 백오십 페이지는 되니까 그만하면 그다지 불편하지 않겠군."

J는 아무 말 하지 않고 그의 어깨에 코를 박고 누운 채 손으로는 R의 엉치뼈를 어루만지고 있었다.

"왜 이렇게 여위셨어요?"

그녀가 말했다.

"응, 괜찮아. 이제 생활이 본궤도에 올라서면 살도 좀 붙겠지."
R은 그의 책에서 눈을 떼지 않고 이렇게 말했다.
"시장하지 않으세요?"
그녀는 잠시 후 R의 배를 쓰다듬으며 말했다.
"응, 그러고 보니 배가 고프구먼."
R은 여전히 읽고 있던 책에서 눈을 떼지 않고 이렇게 말했다.
"이젠 그만 일어나 식사를 하러 가요."
그녀가 말했다. 두 사람은 일어났다. 그들은 옷을 주워 입기 전에 다시 한 번 와락 껴안았다.
"이제 그만 가요."
한참 후 그녀는 자신을 껴안고 있는 R의 등을 손으로 토닥거리며 말했다. 두 사람은 일어나 방바닥에 떨어져 있는 옷들을 주워 입었다. 그리고 여관을 나왔다. 밖은 그사이에 이미 어두워져 있었다. 두 사람은 길을 건너 어느 한식집으로 들어갔다.
식당에 앉았을 때 J는 자신은 집에 돌아가 식구들과 함께 먹을 테니 R 혼자만 먹으라고 했다. R은 처음에는 함께 먹자고 했지만 J가 메스꺼워서 먹을 것 같지가 않다고 하자 이내 고집을 꺾고 육개장 한 그릇만을 주문했다. 그러고는 그는 J를 불렀다.
"J야!"
"네에?"
그녀가 대답했다. 두 사람은 모두 얼굴이 핼쑥했고 눈이 풀려 있었다.
"내일 저녁 열 시에 내게 전화를 해다오. 그리고 내게 말해 다오. 네가 나와 함께 떠날 것인가 안 떠날 것인가 하는 것을."
"예, 알았어요."
그녀는 핼쑥한 얼굴로 힘없는 목소리로 대답했다.
육개장이 날라져 왔고 R은 왕성한 식욕으로 먹기 시작했다. 그가 먹고 있는 동안 J는 맞은편에 앉아 그가 먹고 있는 모습을 바라보고 있다가 맛이 괜찮으냐고 묻기도 했다. 정신없이 먹고 있던 R은 잠시 고개를 들고 괜찮다고 했다. 그리고 다시 먹기 시작했다. J는 잠시 후 깍두기 한 쪽을 집어 입으로 가져가 천천히 씹었다. 그리고는 고개를 끄덕이며 이 집 음식이 그런대로 정갈하다고 했다. R은 국물 한 방울 남기지 않고 다 먹은 뒤 마지막으로 커다란 깍두리 하나를 입에 넣고 버적버적 씹어 먹었다. 그사이에 J는 R의 앞에 놓여 있던 빈 물잔을 들고 가 물 한 잔을 가득 부어 왔다. R은 그것을 받아 쭈욱 들이켰다. 그리고 두 사람은 일어났다. 식당에서 나온 뒤 그들은 천천히 육교를 건너 다시 한성장으로 돌아왔다.

여관방으로 되돌아온 R은 베개를 세워 등받이를 한 채 침대 뒤에 두 다리를 쭉 뻗고 앉아 있었다. J는 그의 옆에 무릎을 꿇고 앉아 있었다. 방 안은 어두웠지만 그들은 불을 켜지 않았다. 잠시 동안 어둠 속에서 마주 바라보고 있다가 R은 그녀의 두 손을 잡아 자신의 허리춤으로 끌어당겼다. 잠시 망설이던 그녀는 R의 허리띠를 풀고 지퍼를 내렸다. R의 페니스가 있는 부분의 팬티가 불쑥 솟아올라 있었다.

"어머! 아직도 이래요?"

그녀가 말했다. R은 아무 말 하지 않고 두 손으로 그녀의 뺨을 어루만지고 있었다. J는 그의 팬티를 걷어 내렸다. R의 발기된 페니스가 불쑥 솟아올랐다. R은 엉덩이를 들어 올렸다. J는 그의 바지와 팬티를 벗겨냈다. 그리고 잠시 어찌해야 할 바를 몰라 하다가 이윽고 입술을 그의 페니스에다 갖다 대고 아주 천천히 입 맞추기 시작했다. 이때 그녀의 표정은 대단히 진지했고 대단히 애절했다. R은 벌떡 몸을 일으켜 세우고 급하게 그녀의 옷을 벗겨내기 시작했다. 그리고 자신의 윗도리를 벗어던졌다. 이제 두 사람은 다시 알몸이 되었다.

J는 이제 베개를 등받이로 하고 두 다리를 쭉 뻗고 비스듬히 앉아 있는 R의 페니스에 자신의 젖가슴을 갖다 대고 문질렀다. 그녀는 자신의 젖꼭지를 거기다 정확하게 맞추려고 애쓰지만 번번이 빗그러져 애를 태우는 표정이었다. 그러다가 그녀는 그것을 자신의 입속으로 밀어 넣었다. 그리고 세차게 빨기 시작했다. 이때 그녀의 두 볼은 움푹 들어가고 목덜미에는 굵은 핏줄이 솟아올라 있었다.

　　이제 R은 자신의 허리춤에 고개를 수그리고 있는 그녀의 젖가슴을 오른손으로 어루만지며 왼손으로는 앉아 있는 그녀의 음부를 어루만졌다. J는 두 손으로 그의 페니스를 보듬어 잡은 채 그것을 거세게 빨아대고 있었다.

　　이제 R은 몸을 뒤척였다. 그러나 그때까지 그녀는 R의 허리춤에 얼굴을 처박고 쌕쌕거리고 있었다. R이 몸을 뒤척여 자세가 바뀌자 그녀는 그녀가 입으로 빨고 있는 것을 내놓지 않기 위해서는 R의 자세의 변화에 맞추어 자신은 옆으로 나뒹굴어지지 않으면 안 되었다. 그리고 그녀는 R의 사타구니 사이에 얼굴을 묻은 채 발랑 드러눕지 않으면 안 되었다. R은 그녀의 얼굴을 자신의 사타구니 사이에 낀 채 엉덩이를 벌렁 처들고 엉거주춤한 자세로 잠시 기다렸다. 잠시 후 R의 사타구니 사이에 매달려 있던 그녀는 신음 소리를 내며 R의 페니스에서부터 떨어졌다. 이제 자유로워진 R의 페니스는 그녀의 얼굴과 목과 젖가슴과 배꼽과 아랫배를 툭툭 건드리며 그녀의 음부 쪽으로 내려갔다. 그녀의 가랑이는 약 구십 도 각도로 벌어져 있었다. J의 두 손은 급하게 아래로 내려가 R의 페니스가 방향을 잃지 않도록 도와주었다. R의 페니스는 아직 충분히 열려 있다고 할 수는 없는 그녀의 자궁 속으로 박혔다. 그녀의 두 무릎은 경련을 일으키고 있었다.

　　약 오 분쯤 뒤에 J는 대단히 할딱거리며 말했다.

　　"힘들지 않으세요? 누우세요. 이젠 제가 할게요."

R은 누웠다. J는 누워 있는 R의 허리춤 위로 걸터앉았다. 그녀가 그의 허리춤에 올라앉을 때 창문을 통하여 들어오고 있는 빛에 역광으로 보이는 그녀의 벌어진 가랑이는 완전한 일직선을 이루고 있었다. 그녀는 한쪽 손으로는 R의 페니스를 잡아 그녀의 일직선을 이루고 있는 가랑이의 한가운데 맞추고 앉았다. 이때 그녀는 자신이 하고 있는 동작이 약간 부끄러운 듯 하얀 이빨을 드러내고 웃었다. 처음에 그녀는 대단히 느린 속도로 조심스럽게 몸을 굴려댔다. 그녀가 가랑이를 들었다 내렸다 할 때마다 그녀의 그 일직선을 이루고 있는 가랑이와 R의 허리춤 사이에 창문으로 들어오고 있는 빛에 의하여 약 십 센티 폭의 하얀 공간이 생겼다 없어졌다 했다. 그러나 그녀의 가랑이 한가운데 세워져 있는 R의 페니스는 언제나 같은 위치에 꼿꼿하게 서 있었다.

  R은 베개를 세워 베고 누운 채 두 손으로는 그의 허리춤에 걸터앉아 천천히 몸을 올렸다 내렸다 하고 있는 그녀의 허벅다리 안쪽을 천천히 어루만지며 거슬러 올라갔다. 그리고 지금 자신의 페니스가 박혀 있는 그녀의 자궁 주변을 만졌다. 그러자 그녀의 상하 운동은 갑자기 대단히 빨라지기 시작했고 그와 함께 그녀는 머리를 뒤로 젖힌 채 '억억' 소리를 내면서 몹시 거친 숨을 몰아쉬었다. R은 그의 손을 그녀의 사타구니에서부터 빼내어 지금 그의 허리춤에 걸터앉아 마구 몸을 굴려대고 있는 그녀의 손을 잡아주었다. 그러나 그녀의 몸 구르기의 속도를 감소시킬 수는 이미 없었다. 약 일 분 동안 미친 듯이 고개를 내저으며 R의 허리춤 위에서 몸을 굴려대고 있던 그녀는 이윽고 거친 숨소리를 내면서 R의 가슴패기 위로 쓰러졌다. 두 사람은 이제 침대 위를 구르기 시작했다.

  그 후로도 그들은 약 삼십 분 동안 엉겨 붙은 채 침대 위를 뒹굴었다. 삼십 분쯤 뒤에서야 R은 "아–!" 하고 소리를 지르며 그녀 위에 풀쑥 쓰러졌다. 그리고 다시 약 오 분쯤 뒤에 그들은 떨어져 누웠다.

"정말 당신 말이 맞아요. 당신은 정말 세요. 저는 당할 수 없어요."

J는 몸을 일으키고 앉으며 이렇게 말했다. R은 아무 말 하지 않고 담뱃갑을 찾아 들었다. R이 담배를 피우고 있는 동안 J는 휴지를 꺼내어 자신의 밑을 닦아내고 있었다. 잠시 후 R은 담배를 재떨이에 부비어 끄며 말했다.

"J야, 내일 저녁 열 시에 전화해 주는 거 잊지 말아라. 그리고 네가 나에게 네 인생을 투자할 것인지 아닌지에 대한 확답을 해다오."

R은 다소 지친 목소리였다. J는 몹시 핼쑥한 얼굴로 그를 올려다보며 말했다.

"지금 말하면 안 되나요? 저는 지금 말하고 싶어요."

"그래? 그럼 그렇게 하렴."

J는 잠시 미소를 짓고만 있었다. R은 약간 초조해하는 얼굴로 그녀의 말이 떨어지기를 기다리고 있었다. 그녀가 말했다.

"함께 갈게요."

그러나 R은 다소 믿어지지 않는다는 표정으로 있다가 말했다.

"J야, 내가 이번에 다시 외국으로 나가는 것은 내 인생에 있어 대단히 중요한 전환기가 될 거야. 그리고 네가 날 따라갈 것이냐 말 것이냐 하는 것도 나한테는 대단히 중요한 문제란다. 이 문제를 가지고 찧고 까불어서는 안 된다. 네가 간다고 했으면 꼭 가야 한다."

"알아요. 이 문제가 얼마나 심각한 것인가 하는 것은."

"그러니 좀 더 진지하게 말해 다오."

"가지요, 뭐. 예, 갈 거예요. 제가 여기 남아 있으면 할 일이 뭐가 있겠어요. 갈 거예요."

J는 고개를 약간 옆으로 기울인 채 독백하듯 이렇게 말했다.

"너는 여기서 할 일이 없기 때문에 나와 함께 가는 것이 아니라 내가 널 필요로 하기 때문에 가는 거란다."

"예, 그래요. 선생님이 절 필요로 하기 때문에 가는 거예요."

J는 다시 정정하여 이렇게 말했다. 그제서야 R은 해쓱한 미소를 지었다. 그리고 그녀를 와락 껴안았다. 그리고 잠시 후 R은 그녀의 얼굴과 목과 가슴을 어루만지며 말했다.

"J야, 너도 몹시 여위었구나. 이제부터는 잘 먹고 잘 쉬기도 해라. 네 몸을 잘 돌보아 다오. 너의 몸도 나에게는 소중한 것이란다. 그러니 너는 나의 것을 가꾼다고 생각하고 늘 게을리하지 않고 네 몸을 잘 가꾸어라. 그것도 나에게 기쁨을 주는 거란다."

"예, 알았어요."

J는 R의 손길에 자신의 얼굴과 목과 가슴패기와 젖가슴을 내맡긴 채 앉아 낮은 목소리로 말했다.

"J야, 너는 나에게 더없이 소중한 사람이란다. 너는 이제 낯선 이 국땅에서 나와 함께 살아갈 영원한 내 길동무란다. 나는 너를 갖게 된 것을 내 일생에 가장 큰 행운으로 생각한단다."

R은 그녀의 뺨을 어루만졌다. 그녀는 고개를 기울여 그의 손목에다 대고 입술을 부벼댔다.

잠시 후 J는 급히 옷을 주워 입었다. 그리고 그녀는 집으로 돌아가겠다고 했다. 그리고 R더러는 여기 그냥 자겠느냐고 물었다. R은 어떻게 해야 할까 하고 잠시 생각하고 있었다.

"그냥 오늘 밤은 여기서 주무세요. 몸도 피곤하실 텐데."

그녀가 말했다. R은 그렇게 하겠다고 했다.

J는 옷을 주워 입으면서도 끊임없이 휴지로 자신의 밑을 닦았다. 옷을 다 주워 입은 뒤에는 핸드백에서 손수건을 꺼내어 R의 페니스를 급히 닦아주기 시작했다. R은 괜찮다고 했다. 그러자 그녀는 R의 아직도 사그라들지 않은 페니스에 자신의 손수건을 걸어둔 채 급히 허리를 펴고 일어서며 말했다.

"그럼 선생님이 닦으세요. 손수건은 그냥 가지세요. 그럼 전 갈게요. 나오실 필요는 없어요. 편히 쉬세요."

그녀는 이렇게 말하고 대단히 서둘러 나갔다. 그녀가 방을 나가기 전에 그는 잠시 그녀를 불러 내일 저녁 열 시에 그에게 전화를 해달라고 했다. 그리고 그 전화에서 다시 한 번 그녀가 R을 따라가겠다는 말을 확인할 수 있는 말을 해달라고 했다. 그녀는 알았다고 했다. 그녀가 나간 뒤 R은 그의 머리맡에 놓인 소프트웨어 마뉴엘을 좀 더 읽다가 불을 껐다. 그리고 이튿날 아침이 될 때까지 깊은 잠 속으로 빠져 들었다.

이튿날 아침 그는 여관에서 나와 천천히 걸어서 집으로 돌아왔다. 집으로 돌아온 그는 하루 종일 들앉아 책을 읽었다. 밤 열 시에 J에게서 전화가 왔다.

"오늘은 뭘 하셨어요?"

그녀의 목소리는 힘이 없었고 차분했다.

"하루 종일 들앉아 책을 읽었어. 모처럼 차분하게 가라앉더군. 그런데 웬일로 갑자기 전화를 했니?"

"어젯밤에 저더러 오늘 밤 열 시에 전화해 달라고 하셨잖아요?"

"응, 그렇지. 그렇지만 간밤에 너는 이미 네 뜻을 밝히지 않았니? 그사이에 혹시 뭐가 바뀌기라도 했니?"

"아니요, 갈 거예요. 제가 여기 혼자 남아 있으면 뭘 하겠어요?"

"그래. 고맙다. 그럼 네가 준비해야 할 것은 미리미리 준비해 두어라. 여권도 미리 신청해 두고, 우리가 가서 해야 할 일에 대해서도 충분히 생각해 두어라."

"예, 알겠어요. 그런데 집에는 뭐라고 말하고 가죠?"

"글쎄, 그것도 결국은 네가 알아서 해줘야 할 일이 아니겠니? 그러니 거기에 대해서도 네 재량껏 연구를 해보렴."

"예, 알겠어요."

"나는 내일 이번 학기 마지막 강의를 하게 될 것이다. 강의를 마치는 즉시 대구로 내려갈 작정이다. 아버지께 내 계획을 설명드리고 누이들도 찾아다니며 양해를 구해야겠다. 그리고 다음 주일에는 올라와서 열쇠를 돌려주고 이 집에서도 떠나겠다. 그런데 나한테는 여기 짐이 좀 있다. 책이 많이 들어서 좀 무겁다. 그걸 다음 주에 올라와서 가지고 가야 하는데 대구까지 들고 갈 필요가 없을 것 같다. 그러니 너희 집에 좀 갖다 놓았으면 한다."

"그렇게 하세요. 다음 주면 며칠이지요? 그때쯤이면 빌려 줬던 제 차를 찾아올 수 있을 거에요."

"응, 차가 있으면 좋지. 구 일 날 저녁때 올라오마. 그리고 네게 전화를 할게."

"예, 알겠어요. 그럼 잘 다녀오세요."

"그래, 그럼 네가 하던 일들도 모두 잘 정리해라."

"예, 알겠어요."

전화를 마치고 R은 생각에 잠긴 낯으로 멍하니 앉아 있다가 다시 읽고 있던 책을 집어 들었다. 그리고 잠시 후 이부자리를 펴고 누웠다. 불을 껐다. 불을 끈 뒤에도 약 한 시간 동안 그는 잠을 이루지 못했다. 그러다가 잠들었다.

이튿날 아침 그는 일어나 세수를 하고 옷을 챙겨 입고 학교로 갔다. 학교에서 그는 마지막 강의를 하고 오후에 대구로 내려갔다.

R은 밤이 되어 대구에 도착했다. R의 아버지는 여전히 두꺼운 솜이불을 덮고 누워 있었다. 두 번째 방에는 과연 엄청나게 많은 짐을 쌓아둔 채 아무도 없었다. 방은 온통 마구 쌓아놓은 짐 때문에 발 들여놓을 틈이 없었다.

R은 첫 번째 방으로 건너와 그의 아버지와 어머니에게 자신의 계획을 설명했다. R의 아버지는 R의 이야기가 끝나기도 전에 말했다.

"그래, 그 좋은 생각이다! 나갈 수만 있으면 당장 나가거라. 너는 이런 데에 있어서 안 된다. 우리 걱정은 할 필요가 없다. 이 살기 힘든 땅에 살 생각은 말아라. 어딜 나가든지 네 할 일이나 열심히 해라."

그러나 R의 어머니는 몹시 걱정스러운 얼굴로 R이 혼자 어떻게 또 외국엘 나가겠느냐고 했다. 그제서야 R은 J에 대하여 이야기했다. 그리고 그녀가 함께 가겠다고 했다는 사실을 이야기했다. 어머니는 눈물을 흘렸다.

그리고 두 노인은 R의 아내가 몰래 데리고 가버린 아이들을 데리고 와야 한다고 간곡하게 말했다. R은 그래서 다시 한 번 자신의 생각을 말했다. 한참 동안 이야기했을 때에야 두 노인은 어느 정도 진정이 되었다.

R은 끝으로 그의 아내를 한번 만나기로 했다. 그녀는 그동안 친정에 있었다. 그는 전화를 해서 잠시 나오라고 했다. 두 사람은 다방에서 만났다.

"너는 어떻게 할 생각이냐?"

R이 물었다.

"뭐를?"

R의 아내는 대단히 도전적 반말로 되물었다.

"이혼 말이다."

R의 아내는 대답은 하지 않고 잠시 동안 비웃는 듯한 헛웃음을 치고 있었다. 그리고 소리쳤다.

"내가 왜 이혼해 주노! 내 이혼하기 전에 니 여동생부터 못살게 할 꺼고, 니 학교 선생질 못 해먹게 할끼고…… 나는 니가 파멸하는 걸 볼끼다."

그 밖에도 그녀는 마구 정신없이 소리치며 지껄여 댔다. R은 잠시 기다렸다가 말했다.

"그래 알았다. 이혼장에 도장 안 찍어주는 것만이 네가 가지고 있는 모든 것이니까, 네가 원하면 그렇게 하렴. 오늘 내가 너를 만나자고 했던 것은 이혼해 달라고 하기 위해서가 아니라 다만 네가 꾸려놓은 너의 짐을 하루속히 가지고 가라는 이야기를 하기 위해서다."

"내가 어데로 가지고 가라고? 방을 얻어 줘야 짐 가지고 갈 거 아이가?"

그녀는 여전히 그 비웃는 듯한 헛웃음을 치며 소리쳤다. 그리고 그녀는 계속해서 너무나 많은 말을 한꺼번에 마구 지껄여 댔기 때문에 R은 끝까지 듣고 있을 수가 없었다. 그래서 그는 그녀의 말을 중단시키고서야 그가 하고자 하는 말, 즉 그가 이제 곧 다시 외국엘 갈 것이라는 말을 했다. 그제서야 그녀는 갑자기 정신 번쩍 드는 것 같았다. 그리고 잠시 말을 잇지 못했다.

"그래, 너는 나하고 호적에 부부로 되어 있는 것이 그렇게 좋다면 그렇게 하렴. 그게 그렇게 네가 원하는 거면 그렇게 하렴. 나하고는 상관이 없으니."

R이 말했다.

"아이들은 어떻게 할 거라예?"

R의 아내는 말했다.

"응, 아이들로 말하면 네가 몰래 데리고 가버렸지. 그러니 내가 어떻게 하겠니? 내가 힘으로 아이들을 빼앗아 올 수도 없는 일이 아니냐. 물론 나야 내가 데려다 키우면 싶기는 하지만 네가 몰래 데리고 가버렸는데 난들 어떻게 하겠니?"

"거짓말하지 말아예! 아이들이 거추장스러우니까 그런 거지예?"

R의 아내는 마구 정신없이 소리쳤다. R이 물었다.

"그럼 아이들을 나한테 돌려주겠니? 돌려주겠다면 내가 데리고 가겠다."

R의 아내는 아무 말 하지 못했다. 그녀는 계속해서 언제 가느냐, 어느 나라로 가느냐 하는 등의 질문을 미친 듯한 표정으로 해댔다.

R은 그녀의 그러한 질문에 대하여 아무 대답 하지 않고 자리에서 일어났다. R의 등 뒤에다 대고 R의 아내는 마구 소리 질렀다. R은 아무 말 하지 않고 다방을 나왔다.

그다음 날부터 R은 누이들을 찾아다니며 자신의 계획을 설명했다. 그리고 일 년 동안만 그의 아버지 어머니를 돌보아 줄 것을 부탁했다. 그의 누이들과 누이들의 남편들은 모두 동의했다.

며칠 뒤, J와 약속한 날, R은 서울로 올라갔다. 그동안 그가 기거했던 알랭 드롱네 집에서 하룻밤 더 묵은 뒤 열쇠를 알랭 드롱의 누나에게 돌려주고 그는 그 집에서 나오기로 계획되어 있었다. 그는 알랭 드롱의 서울 집에 도착하자마자 알랭 드롱의 누나에게 내일 오전 중에 열쇠를 돌려주겠다고 전화로 말했다.

저녁때 R은 J에게 전화를 했다. 경상도 북부 지방 방언의 억양이 섞인 육십 대 여자의 목소리가 J는 밖에 나갔는데 아직 돌아오지 않았다고 했다. 그리고 그녀는 누구냐고 물었다. R은 자신은 R이라고 하는 사람이라고 했다. 약 한 시간 뒤에 R은 다시 한 번 전화를 했다. 같은 목소리가 아직 J는 돌아오지 않았다고 했다. 그리고 다시 '실례지만' 누구냐고 물었다. R은 다시 자신은 R이라고 하는 사람이라고 했다. 시간은 벌써 열 시가 지나고 있었다. R은 초조한 얼굴로 담배를 피우다가 자정이 되어서야 잤다.

이튿날 아침 여덟 시에 전화를 했다. J였다. 그녀는 자신이 쓴 글을 잡지사에 갖다 줘야 하기 때문에 열 시까지 잡지사에 꼭 가야만 한다고 말했다. R은 말하기를 그럼 아홉 시에 그의 집에서 가까운 네거리에 있는 별다방에 좀 와달라고 했다. 그의 책들이 든 무거운 가방을 이젠 굳이 대구에까지 가지고 갈 필요가 없을 것 같으니 그녀의 집에다 두어야 할 것 같기 때문이라고 했다. J는 알았다고 했다.

아홉 시에 R은 그의 무거운 가방을 들고 별다방으로 갔다. J는 오지 않았다. R은 한 시간 가까이 기다렸다. 그러다가 끝내 다방에서 나왔다. 그는 알랭 드롱네 집으로 도로 들어갔다. 거기서 그는 다시 한 시간 가까이 기다렸다. 혹시 J가 그 집으로 전화를 해올지 모른다고 생각했기 때문이었다. 그러나 전화는 오지 않았다. R은 알랭 드롱의 막내 누나에게 전화를 해서 열쇠를 돌려주어야겠다고 했다. 알랭 드롱의 막내 누나는 열쇠를 옆집에다 맡겨두라고 했다. R은 열쇠를 옆집에 주고 그의 가방을 들고 나왔다. 그의 가방에는 많은 책들이 들어 있었기 때문에 대단히 무거웠다.

R은 고속버스 터미널로 갔다. 그는 거기서 자동 짐 보관함에 그의 가방을 넣었다. 그리고 공중전화박스로 가 J네 집으로 전화를 했다.

"뚜-우, 뚜-우, 뚜-우, 뚜-우, 뚜-우, 뚜-우, 뚜-우, 뚜-우, 뚜-우."

아무도 전화를 받지 않았다. R은 다시 한 번 전화를 했다.

"뚜-우, 뚜-우, 뚜-우, 뚜-우, 뚜-우, 뚜-우, 뚜-우, 뚜-우, 뚜-우."

마찬가지였다. R은 다시 서너 번 되풀이했지만 들리는 소리는 언제나 같은 것이었다.

전화박스에서 나와 약 한 시간 동안 터미널 주변을 배회했다. 그러다가 다시 전화박스로 들어가 전화를 했다. 그러나 역시 마찬가지였다. 그는 다시 전화박스에서 나와 거의 한 시간 동안 돌아다녔다. 그리고 다시 전화를 했다. 역시 마찬가지였다. 그는 어느 서점으로 들어갔다. J의 글이 실린 새 달 잡지를 발견하고 샀다. 그는 그걸 들고 다방으로 들어갔다. 그는 읽었다. 약 한 시간 뒤 그는 다시 전화를 했다. 역시 마찬가지 소리였다. 전화박스에서 나올 때 R은 몹시 지친 표정이었다. 그는 지하에 있는 어느 한식집에 들어가 육개장 한 그릇을 먹었다. 식당에서 나와 다시 전화를 했다. 역시 마찬가지였다. 그는 문득 생각이 난 듯 명일동에 있는 그의 친구에게 전화를 했다. 그의 친구와 한 시간 뒤에 고속버스 터미널에서 만나기로 했다.

전화박스에서 나온 그는 다시 터미널 주변을 배회했다. 날씨는 대단히 더웠다. 한 시간 뒤에 그의 친구가 왔다. 두 사람은 다방에 가 앉았다.

"자넨 왜 얼굴이 그런가? 무슨 걱정이 있는가?"

그의 친구가 물었다. R은 아무 말 하지 않고 해쓱하게 웃었다. 약 한 시간 뒤 두 사람은 다방에서 나왔다. R은 그의 친구를 데리고 자동 짐 보관함이 있는 데로 갔다. 그는 그의 가방을 넣어둔 함을 열어 가방을 꺼냈다.

"아이! 뭐가 이렇게 무거운가?"

R의 친구가 말했다.

"책이 들었네. 자네 집에 놔뒀다가 만약 내가 그걸 찾아가지 않으면 자네가 모두 갖게."

R의 친구는 의아한 표정으로 R을 쳐다보았다.

"정말일세. 내가 그걸 찾아가지 않을 가능성이 높을 것 같네."

R이 말했다.

"무슨 농담을 그렇게 하는가?"

R의 친구가 말했다. 그는 R에게서 받은 그 무거운 가방을 끙끙거리며 들고 택시 타는 데까지 갔다. 두 사람은 거기서 헤어졌다.

그의 친구와 헤어진 R은 다시 전화박스로 들어가 J에게 전화했다.

"뚜-우, 뚜-우, 뚜-우, 뚜-우, 뚜-우, 뚜-우, 뚜-우, 뚜-우, 뚜-우."

R은 전화박스에서 나왔다. 시간은 벌써 오후 다섯 시가 가까워지고 있었다. 그는 천천히 길을 따라 걷다가 택시를 잡아탔다. 그리고 한성장여관으로 향했다. 한성장여관 앞에서 택시를 내린 그는 다시 공중전화박스로 들어가 전화를 했다.

"뚜-우, 뚜-우, 뚜-우, 뚜-우, 뚜-우, 뚜-우, 뚜-우, 뚜-우, 뚜-우."

다시 한 번 해보았지만 들리는 소리는 늘 같은 것이었다. R은 지난번에 J와 함께 갔던 한식집으로 가 육개장 한 그릇을 시켰다. 그러나 그는 지난번처럼 먹지 못했다. 불과 두어 숟가락 먹고는 숟가락을 내려놓았다. 식당에서 나와 다시 전화박스로 들어갔다.

"뚜-우, 뚜-우, 뚜-우, 뚜-우, 뚜-우, 뚜-우, 뚜-우, 뚜-우, 뚜-우."

그는 전화박스에서 나왔다. 그리고 한성장으로 들어갔다. 거기서 그는 세수를 하고 발을 씻었다. 약 한 시간 뒤에 나왔다. 밖은 어두워져 있었다. 그는 공중전화박스 안으로 들어갔다.

"뚜-우, 뚜-우, 뚜-우, 뚜-우, 뚜-우, 뚜-우, 뚜-우, 뚜-우, 뚜-우."

그는 공중전화박스에서 나왔다. 그는 한성장으로 들어갔다. 그는 침대에 누워 낮에 샀던 J의 글이 실린 잡지를 읽었다. 그는 J의 글을 몇 차례나 읽었다. 특히 그 글의 첫 페이지를 반복해서 읽어보았다. 열 시가 넘어서 그는 다시 한성장에서 나왔다. 그리고 공중전화박스 안으로 들어갔다. 경상도 북부 지방 방언의 억양이 섞인 육십 대 여자가 받았다. J는 아직 돌아오지 않았다고 했다. 전화를 끊고 전화박스에서 나온 그는 약 삼십 분 동안 길거리에 멍청히 서서 차들을 바라보다가 다시 전화박스 안으로 들어갔다. 경상도 사투리의 억양이 섞인 대학생으로 보이는 젊은 여자의 목소리가 받았다. J는 아직 돌아오지 않았다고 했다. R은 그녀에게 J가 들어오면 '한성'으로 전화를 좀 해달라고 했다. 경상도 사투리의 억양이 섞인 대학생으로 보이는 젊은 여자의 목소리는 '한성'이라고만 하면 아느냐고 물었다. R은 알 것이라고 했다.

전화박스에서 나온 R은 한성장으로 들어갔다. 약 두 시간 동안 그는 침대에 누워서 낮에 산 잡지를 읽었다. 새벽 한 시가 가까웠을 때 그는 잠들었다.
　이튿날 아침 여덟 시에 전화를 했다. 경상도 북부 지방 방언의 억양이 섞인 육십 대 여자의 목소리가 J는 아침에 일찍 나갔다고 했다. R은 알았다고 하고 여관에서 나왔다. 여관에서 나온 그는 약 한 시간 동안 여관 앞 대로에 서서 기다렸다. 한 시간 뒤에서야 그는 천천히 육교를 건넜다. 그리고 버스 정류장을 향했다. 버스 정류장에서 버스를 기다리다가 그는 그때까지 들고 있던 J의 글이 실린, 어제 낮에 산 잡지를 휴지통에 넣었다. 그는 고속버스 터미널로 가는 버스를 탔다.

　R이 그의 집으로 돌아왔을 때 R의 아버지는 두꺼운 솜이불을 뒤집어쓴 채 자고 있었다. 그날 저녁 직장을 파하고 돌아온 R의 막내 여동생이 R에게 말했다.
　"어제저녁에 영아 엄마와 시내에서 만났다. 내가 영아 엄마 친정에 전화를 해서 좀 만나자고 했다. 그랬더니 나왔더라."
　"그래, 뭐라고 하더냐?"
　"나더러 오빠가 어느 나라로 가느냐고 묻더라. 그래서 내가 자세히는 모른다고 했다. 그랬더니 하는 말이 '마, 아프리카로 가뿌라고 해라! 이북으로 가뿌라고 해라!' 하고 말하더라."
　R은 웃었다. R의 막내 여동생은 계속했다.
　"내가 영아 엄마더러 '언니, 우리 여형제가 그동안 벌어 모은 돈을 이럭저럭 모두 합하면 한 천오백만 원쯤 되는데……' 하고 운을 좀 떼려고 하니 영아 엄마가 쌩긋 웃더니 잠시 후 '그렇지만 아가씨, 내가 아가씨 오빠하고 이혼 안 하면 그 돈 날 줄 거 아니잖아?' 하고 말하더라. '그 돈 날 줄 거 아니잖아?' 하고 말하는 어투와 그 쌩긋 웃는 모습이 얼마나 얄미운지 모르겠더라. 그래서 내가

'그렇지. 내가 왜 언니가 오빠와 이혼도 안 하는 데 공장에 다녀 번 돈을 아무 이유 없이 언니한테 주나? 그건 말도 안 되고, 이혼을 하겠다면 주겠다.' 하고 말했지. 그랬더니 영아 엄마는 이혼 안 한다고 하더라. 그리고 이 소리 저 소리 하다가 한다는 말이 영아 엄마는 시집오기 전에 우리 집에 와 보고 우리 집 가세가 별 볼일 없는 걸 보고 안심하고 시집왔다고 말하더라."

"그건 무슨 말이냐?"

R이 물었다. R의 막내 여동생이 설명했다.

"그 말은 실수로 한 거겠지. 영아 엄마는 자기가 혼전에 그런 일이 있었지만 이런 집이라면 자기가 끽소리 못하도록 모두 휘어잡고 살 수 있으리라고 생각했기 때문에 시집을 왔다고 하더라."

"그래서 너는 뭐라고 했니?"

R은 흥분된 표정으로 물었다.

"그래서 내가 그 말을 받아 '너 지금 뭐라고 했니? 그 소리 다시 한 번 해봐라!' 하고 소리를 쳤더니, 자기가 생각해도 자기가 한 말이 실수라고 생각했던지 아무 말 못하더라."

R은 한숨을 푹 내쉬었다.

이튿날 아침 R은 집에서 가까운 공중전화박스로 가 J에게 전화를 했다.

"뚜-우, 뚜-우, 뚜-우, 뚜-우, 뚜-우, 뚜-우, 뚜-우, 뚜-우, 뚜-우."

다시 한 번 해보았지만 수화기에서 흘러나오는 소리는 늘 같은 소리였다. 그는 몹시 근심에 찬 얼굴로 전화박스에서 나왔다. 시계는 여덟 시였다.

약 한 시간 뒤에 그는 다시 집에서 나와 공중전화박스로 갔다. 그러나 역시 똑같은 소리뿐이었다. 그는 그날 하루 종일 한 시간마다 집에서 나와 공중전화박스로 가 전화를 했지만 전화박스에서 나올 때는 늘 근심에 찬 얼굴이었다. 이튿날도 그는 매시간마다 집에서 나와 공중전화박스로 들어갔다가는 잠시 후 우울한 얼굴을 하고 나오곤 했다.

그가 대구로 내려온 지 사 일째 되던 날 열 시에서야 수화기에서는 경상도 사투리의 억양이 진한 육십 대 남자의 목소리가 J를 바꿔 주었다.

"왜 이렇게 연락하기가 어려우니?"

R이 말했다. J는 아무 말 하지 않았다. R은 계속했다.

"지난번에 왜 별다방으로 나오지 않았었니?"

J는 아무 말 하지 않았다. R은 계속했다.

"나 글피에 학생들 시험이 있어서 모레 올라간다. 모레 저녁에는 서울까지 올라가지 않고 P에서 자겠다. 그리고 글피 시험을 마치고 서울 올라가면 네 시 반이 될 거야. 네 시 반에 전화해도 되겠니?"

"그렇게 하세요."

"모레 네 시 반에는 틀림없이 집에 있거라."

"알았어요."

"그럼 모레 오후 네 시 반에 전화하겠다."

"그렇게 하세요."

R은 전화를 끊었다.

R은 늦게서야 P에 도착했다. 그는 어느 여관에 들어가 방을 잡았다. 그리고 밖으로 나와 어느 한식집으로 들어가 육개장 한 그릇을 주문했다. 그러나 그는 그다지 먹지 못했다. 그는 채 몇 숟가락도 먹지 못하고 숟가락을 놓았다. 그리고 물을 마시고 식당을 나왔다. 식당에서 나온 뒤 어두운 밤길을 약 이십 분간 걷다가 여관으로 올라가 잤다.

이튿날 오후 세 시 이십 분 그는 학교에서 나와 급히 버스를 탔다. 서울에 도착했을 때에는 네 시 반이었다. 그는 급히 달려가 전화를 했다.

"뚜-우, 뚜-우, 뚜-우, 뚜-우, 뚜-우, 뚜-우, 뚜-우, 뚜-우."

R은 수화기를 내려놓았다가 다시 번호판을 눌렀다.

"뚜-우, 뚜-우, 뚜-우, 뚜-우, 뚜-우, 뚜-우, 뚜-우, 뚜-우, 뚜-우."

그는 다시 수화기를 내려놓았다가 다시 번호판을 눌렀다.

"뚜-우, 뚜-우, 뚜-우, 뚜-우, 뚜-우, 뚜-우, 뚜-우, 뚜-우, 뚜-우, 뚜-우, 뚜-우, 뚜-우, 뚜-우, 뚜-우."

R은 수화기를 세차게 내려놓고 공중전화박스에서 나와 변소로 갔다. 변소에서 나온 그는 다시 공중전화박스 앞에 줄을 섰다. 날씨는 몹시 더웠다. 그는 지친 표정이었다. 약 오 분가량 줄을 서 있던 R은 다시 공중전화박스 안으로 들어갔다.

"뚜-우, 뚜-우, 뚜-우, 뚜-우, 뚜-우, 뚜-우, 뚜-우, 뚜-우, 뚜-우."

그러나 수화기에서 들리는 소리는 언제나 같은 소리였다. 그는 세 번이나 수화기를 내려놓았다가 다시 들고 걸어보았지만 늘 마찬가지였다. 그는 몹시 화가 난 동작으로 수화기를 내려놓고 전화박스에서 나왔다. 그는 터미널 광장을 어디랄 것도 없이 급히 돌아다니다가 벤치 위에 걸터앉았다. 뜨거운 햇볕은 그가 앉아 있는 벤치 위에 쏟아지고 있었다. 그는 이마에 굵은 땀을 흘리면서 그것을 닦아낼 생각은 하지 않고 담배를 꺼내어 피워 물었다. 저만큼 응달에는 대학생으로 보이는 젊은 남녀 칠팔 명이 반원을 그리며 나란히 둘러서서 찬송가를 합창하고 있었다. 그중에 한 사람은 기타 반주를 넣고 있었다. 그들은 일제히 손뼉을 치며 발장단을 맞추며 '할렐루야, 할렐루야'를 되풀이하곤 했다. 그러나 그들이 부르는 노랫

소리는 주변의 소음 때문에 잘 들리지 않았다. 그들의 노랫소리를 압도하는 소음 중에 하나는 R의 등 뒤편에서 들려오는 확성기 소리였다. 확성기에서 쏟아져 나오는 소리는 외국으로 수출했던 카메라를 단돈 이십만 원만 받고 보증서까지 끼워서 판매한다는 내용의 말이었다. 그러나 확성기에서 흘러나오는 소리는 상인 특유의 어투 때문에 말귀를 알아듣기가 그다지 쉽지가 않았다. 그밖에도 R이 앉아 있는 터미널 광장에서 온갖 종류의 소음들로 귀가 멍멍할 정도였다.

R은 시계를 들여다보았다. 다섯 시 십 분이었다. 그는 일어나 다시 공중전화로 가 사람들 뒤에 줄을 섰다. 한참 뒤 그는 그의 차례가 되어 다시 공중전화박스 안으로 들어갔다.

"뚜-우, 뚜-우, 뚜-우, 뚜-우, 뚜-우, 뚜-우, 뚜-우, 뚜-우, 뚜-우."

여전히 같은 소리의 반복이었다. 그는 다시 네 번을 더 걸어보았지만 수화기에서 들리는 소리는 온통 '뚜-우, 뚜-우, 뚜-우…….' 하는 것뿐이었다. 그는 전화통을 부술 듯이 수화기를 세차게 내려놓고 전화박스에서 나왔다.

그는 지하도를 거쳐 길 건너편으로 갔다. 거기에는 수많은 사람들로 발 들여놓을 틈이 없을 지경이었다. R은 사람들에 떠밀리다시피 하면서 약 삼십 미터가량의 길을 왔다 갔다 했다. 그러다가 다시 공중전화박스 안으로 들어갔다. 그러나 여전히 마찬가지 소리였다. 그는 공중전화박스에서 나와 버스 정류장으로 갔다. 버스 정류장에는 사람들로 혼잡했다. 약 이십 분가량 버스 정류장에 힘없이 서 있던 그는 가까이 있는 아파트 단지로 들어가는 길로 걸어가다가 빈 택시 하나를 발견하고 올라탔다. 그리고 그는 한성장 쪽으로 향했다. 한성장으로 가면서 그는 내내 깊은 생각에 잠긴 듯한 얼굴이었다. 그는 이따금 이빨로 그의 입술을 오독오독 깨물기도 했다.

택시에서 내린 뒤 그는 허청허청 한성장으로 들어갔다. 한성장에서 그는 가방을 침대 위에 던져두고 목욕탕으로 가 세수를 했다. 그러고는 이내 여관을 나왔다. 한성장에서 나온 그는 약 백 미터쯤 떨어진 데에 있는 육교를 향하여 걸어갔다. 그 육교는 전에 언젠가 R이 J가 주는 돈을 찢어서 버렸던 바로 그곳이었다. 그는 육교 밑에 있는 공중전화박스 안으로 들어갔다.

"뚜-우, 뚜-우, 뚜-우, 뚜-우, 뚜-우, 뚜-우, 뚜-우, 뚜-우, 뚜-우."

그는 몇 번이나 다시 걸어보았지만 역시 마찬가지 소리였다. 그는 육교를 건넜다. 그리고 소로로 접어들었다. 길가에 생맥주와 닭고기 튀김을 파는 집이 있었다. 그는 들어갔다. 그는 생맥주 한 조끼와 튀김 닭 한 접시를 시켰다.

그는 생맥주 한 조끼를 벌컥벌컥 한꺼번에 쭈욱 다 들이켜고는 빈 조끼를 탁자 위에 타악 놓으며 새로 한 조끼를 더 가져오라고 했다. 술집 남자가 새 조끼에 맥주를 받아 붓고 있는 사이에 R은 닭고기 한 조각을 들고 이빨로 물어뜯었다. 그러고는 우물우물 씹었다. 새 맥주 조끼가 탁자 위에 놓였다. 그는 씹고 있던 닭고기를 꿀꺽 삼키고 새 맥주 조끼를 잡아 들었다. 그러고는 입으로 가져가 다시 벌컥벌컥 들이켰다. 그러나 이번에는 한꺼번에 다 마시지는 못했다. 약 삼 분의 이 정도를 마신 뒤 맥주 조끼를 탁자 위에 내려놓았다. 그리고 입 언저리에 묻은 맥주 거품을 손등으로 쓱 문질러 닦고는 다시 닭고기 한 조각을 쥐어 들었다. 그는 다시 닭고기를 이빨로 물어뜯었다. 그러고는 우물우물 씹다가 꿀꺽 삼켰다. 그리고 다시 맥주 조끼를 들어 나머지 삼 분의 일을 마셨다. 그는 빈 조끼를 다시 탁자 위에 타악 소리가 나도록 내려놓고 맥주를 더 가져오라고 했다. 그러고는 다시 닭고기를 뜯어서 우물우물 씹었다. 새 맥주 조끼가 날라져 왔다. 그는 씹고 있던 닭고기를 꿀꺽 삼키고 새 맥주 조끼를 들었다. 그리고 숨을 헉헉거리며 마셨다. 그러나 이번에도 한꺼번에 다 마시지는 못했다. 약 반 조끼를 마시고 그는 맥주 조끼를 탁자 위에 내려놓았다. 그리고 손등으로 입 언저리에 묻은 맥주 거품을 쓱 문질러서 닦아내고는 다시 닭고기 조각을 집어 들었다. 그는 여전히 숨을 헉헉거리며 닭고기를 한 조각 물어뜯었다. 그리고 몇 번 씹다가 꿀꺽 삼켜버리고 다시 맥주 조끼를 들고 마셨다. 빈 맥주 조끼를 입에서 떼자마자 탁자 위에 타악 내려놓으며 다시 새 조끼를 가져오라고 했다. 그리고 닭고기를 쥐어 들고 뜯었다. 새 조끼가 날라져 왔다. 그는 뜯고 있던 닭고기를 접시에 놓고 입에 든 것을 급히 씹어 꿀꺽 삼키고는 다시 맥주 조끼를 들어 올렸다. 그는 다시 반 조끼를 마시고 탁자 위에 내려놓았다. 그리고 뜯다가 둔 닭고기를 집어 들었다. 닭고기를 한 입 뜯어 물고 바삐 씹다가 꿀꺽 삼켰다. 그리고 맥주 조끼를 들어 마시고 손등으로는 입 언저리를 닦아내며 새 조끼를 가져오라고 했다. 그리고 닭고기를 집어 들어 뜯었다. 새 조끼가 날라져 왔다. 그는 아직도 우물우물 닭고기를 씹으면 새 조끼를 들어 입으로 가져갔다. 그리고 급히 기울였다. 그러나 이번에는 너무 급히 기울였기 때문에 그는 갑작스럽게 재채기를 하고 말았다. 맥주는 그의 콧잔등과 턱을 적시며 탁자 위로 그리고 그의 허벅다리 위 바지 위로 흘러내렸다. 그는 맥주 조끼를 손에 든 채 그칠 줄 모르고 재채기를 해댔다. 맥줏집 남자가 걸레와 휴지를 가지고 왔다. R은 휴지를 받아 들고도 닦을 줄 모르고 계속해서 재채기를 해댔다. 그의 눈에는 재채기를 하는 통에 눈물이 그렁그렁 했다. 잠시 후 그의 재채기는 가라앉았다. 그는 재채기가 가라앉은 뒤에 약 오 분가량 탁자 위에 팔꿈치를 대고 턱을 고인 채 멍청히 앉아 있었다. 그의 눈앞 탁자 위에는 맥주들이 흘러 있었다. 그의 오른손 집게손가락을 탁자 위에 흘러 있는 맥주에 찍어 탁자 위에다 '경마'라고 썼다. 다시 손가락에 맥주를 찍어 '장'이라고 썼다. 그리고 다시 맥주를 묻혀 '에는'이라고 썼다. 그리고 계속해서 몇

자 더 썼는데 그것은 알아볼 수 없었다. 왜냐하면 그의 손가락에 묻은 맥주가 충분하지 않았기 때문이었다.

그는 문득 고개를 들고 담배를 한 대 피워 물었다. 담배 한 대를 다 태우고 나서 그는 자리에서 일어났다. 그는 돈을 지불하고 밖으로 나왔다. 밖은 이미 어두워져 있었다.

그는 약간 비틀거리며 길을 따라 걷기 시작했다. 약 삼백 미터쯤 걸었을 때 길모퉁이에 공중전화박스가 하나 있었다. 그는 들어갔다. 그는 호주머니에서 동전 한 움큼을 꺼내어 전화통 위에다 쏟아놓고 왼손으로는 수화기를 들고 오른손으로 동전 몇 개를 집어 전화통의 동전 구멍 속으로 넣었다. 그리고 번호판을 눌렀다.

"뚜-우, 뚜-우."

그는 수화기를 내려놓았다. 그리고 전화통 위에 있는 동전을 쓸어 주머니에 털어 넣었다. 그리고 동전 반환구로 흘러나온 세 개의 동전도 꺼내어 넣었다. 그는 전화박스에서 나와 다시 걷기 시작했다.

"이쪽이 목동아파트 쪽으로 가는 길이지요?"

그는 걷다가 마주 오고 있는 오십 대 여자 앞에서 잠시 걸음을 멈추고 이렇게 물었다. 오십 대 여인은 잠시 생각하다가 말했다.

"일루 가도 되긴 되지요."

R은 고개를 숙여 고맙다고 하고 다시 걷기 시작했다. 약 이백 미터쯤 걸었을 때 다시 공중전화박스가 하나 있었다. R은 다시 거기로 들어가 주머니에 든 동전을 모두 꺼내어 전화통 위에다 쏟아놓고는 수화기를 들었다.

"뚜, 뚜, 뚜, 뚜, 뚜, 뚜, 뚜, 뚜, 뚜, 뚜, 뚜, 뚜, 뚜, 뚜, 뚜, 뚜."

그사이에 수화기에서 흘러나오는 소리는 바뀌어 있었다. R은 전화를 끊고 다시 걸었다.

"뚜, 뚜, 뚜, 뚜, 뚜, 뚜, 뚜, 뚜, 뚜, 뚜, 뚜, 뚜, 뚜, 뚜, 뚜, 뚜."

그는 수화기를 내려놓았다. 그리고 담배 한 대를 피워 물고 공중전화박스 안에 쪼그리고 앉았다. 담배 한 대를 다 태우고 난 뒤 그는 일어났다. 그는 몹시 어지러운 듯 비틀거렸다. 그는 공중전화박스에 유리벽에 기대어 수화기를 들었다.

"뚜-우, 뚜-우, 뚜-우, 뚜-우, 달카닥, 아, 여보세요!"

경상도 사투리의 진한 억양이 섞인 육십 대 남자의 목소리였다.

"J 박사님 계십니까?"

R이 말했다.

"예, 잠시만 기다리시오."

경상도 사투리의 진한 억양이 섞인 목소리는 이렇게 말했다. 그리고 약 이 분 동안 텔레비전 소리와 "J야, 전화 받아라.", "그래도 받아봐야재." "자가 와 저카노?" 하는 등의 소리가 흘러나왔다. R은 그사이에 수화기를 귀에 댄 채 서너 개의 백 원짜리 동전을 전화통에 넣었다. 한참 지난 뒤에서야 J의 목소리가 응답했다.

"네에."

그녀의 목소리는 처음부터 다분히 도전적이었다. R이 말했다.

"J 박사님이십니까? 나 R이외다."

"……."

"나 한잔 했습니다."

"……."

"박사이시며 문학평론가이신 J 교수님, 그간 옥체 만강하셨나이까?"

"……."

"나 R로 말씀드리자면 지금 너무나 피곤하나이다."

"R 선생님이 피곤한 거하고 저하고 무슨 상관이 있어요?"

J의 목소리는 대단히 쌀쌀했다. R은 계속했다.

"기렇디요, 이 서울에서는요. 그러나 프랑스에서는 그렇지 않았지요."

"듣기 싫어요! 저의 집에 이제 자꾸 전화하지 말아요!"

그녀는 야멸치게 이렇게 소리쳤다. R은 입술을 깨물며 말했다.

"그래요. 박사이시며 문학평론가이신 J 교수님 보지에 금테를 두른 것과 마찬가지로 귀댁의 전화통은 금으로 되어 있다는 것도 압니다. 그러나 귀하께서 알아두셔야 할 사실은 오늘 오후 네 시 반에 전화를 드리겠다고 이미 말씀드렸고 거기에 대하여 허락하셨다는 사실이지요."

"네 시 반에 제가 볼일이 있어서 나간 걸 어떡하란 말이에요?"

"볼일이 있어서 나갔든 지랄을 했든 이렇게 귀하께서 소리 지를 권리는 없으시지요. 귀하께서는 무슨 권리로 이 R에게 그렇게 소리 지를 수 있다고 생각하시나이까?"

"……."

잠시 침묵이 흘렀다. R은 전화박스의 유리벽에 이마를 대고 숨을 헐떡거렸다. 그러고 나서 말했다.

"이 R은 너무나 피곤합니다."

"R 선생님이 피곤한 걸 제가 어떡하란 말이에요?"

"어떡하라는 것이 아니라 날 그만 피곤하도록 하라는 거지."

"그래요! 그러니까 이제 전화하지 않으면 될 거 아니에요!"

"그래, 나도 너한테 전화를 해야 할 것이라고 생각하지는 않는다. 그러나 아직 할 말이 있다. 그래서 그것 때문에 당분간 좀 더 전화를 하지 않을 수 없다는 생각도 든다."

"아이, 이 사람 왜 이래? 미치겠네, 정말!"

J는 히스테릭한 목소리로 이렇게 소리쳤다.

"홍, 미치겠다구요? 박사이시며 문학평론가이신 J 교수님께서야 절대 미칠 어른이 아니지요. 귀하께서는 르망 승용차가 있지 않습니까? 그걸 생각해서라도 미칠 수 없지요. 미칠 사람은 이도 저도 없는 R 같은 사람이지요."

"시끄러워요! 이젠 지긋지긋해요! 지겨워요, 지겨워!"

"그렇겠지요. 이 서울 바닥에서는 R이 지긋지긋한 인간이겠지요. 이제 그다지 이용 가치가 없으실 테니까요."

"제가 R 선생님을 언제 이용했다고 그러세요? 이용당한 건 저예요! 저란 말이에요!"

"하, 그래요? 그럼 우리 누구한테 한번 물어봐야겠군요. 과연 누가 누구를 이용했는가 알아보기 위해서."

"……"

R은 전화박스 유리벽에다 이마를 대고 아래를 향하여 곧 토할 듯이 입을 벌렸다. 그리고 몇 번 토악질을 했다. 그러나 그는 끝내 아무것도 토해 내지는 못했다. 잠시 후 R은 몸을 일으켜 세우며 말했다.

"J야, 나는 너무나 힘들고 고독하다. 제발 날 좀 괴롭히지 말아다오."

"몰라요! 제가 선생님의 심정을 알게 뭐예요!"

"그래, 그럼 거기에 내 심정에 헤아려줄 수 있을 만한 사람 하나를 좀 바꿔다오."

"없어요! 싫어요!"

J의 목소리는 지금까지와는 달리 몹시 당황해하고 있었다. R은 경멸에 찬 미소를 흘리고 있었다.

"흥, 그렇겠지. 그렇게 말하겠지. 그러나 바꿔주지 않고는 안 될걸."

잠시 사이를 두고 J가 말했다.

"전화를 끊어버리겠어요."

"끊으려면 끊어라. 나는 지금 걸어서 걸어서 귀하의 댁을 향하여 가고 있는 중이야. 누군가 내 심정을 이해할 수 있는 사람을 만나기 위하여."

"거기가 어디예요? 제가 그리 나갈게요."

"아! 귀하께서 친히 여기까지 나오실려고? 그거 대단한 영광이군요."

"어디냐니까요?"

"여기 길입니다. 그리고 나는 지금 공중전화박스 안에 있고요."

"한성장 부근이에요?"

"그렇다고 할 수도 있겠지요."

"허이참, 그게 무슨 말이에요? 허이참, 기가 막혀."

"아! 그러고 보니 나는 참 말을 할 줄 모르는군. 우리 J 박사처럼 말을 잘할 줄……."

그러나 여기서 R을 말을 끝맺지 못하고 다시 허리를 구부리고 바닥을 향해 입을 벌렸다. 그의 입에서는 침만 주르르 흘러내렸다. 잠시 후 R이 말했다.

"그래, 그럼 지금부터 정확히 삼십 분 뒤에 한성장 앞 백석다방으로 나오너라. 지금이 일곱 시니까 일곱 시 반까지는 틀림없이 나오너라. 나는 이제 시간 약속 어기는 사람들 때문에 지칠 대로 지쳤다."

"그러나 일곱 시 반까지 나갈 수 있을지 없을지 몰라요."

"모르는 일이면 하지 말아라. 내가 그쪽으로 가겠다."

"그렇지만 갈 수 있을지 없을지 모른다고 하잖아요!"

"그게 말인가? 너는 너의 문장만큼이나 지리멸렬한 말만 하는구나."

그때 전화가 끊어졌다. R은 잠시 어안이 벙벙한 표정으로 섰다가 다시 전화를 걸었다.

"뚜-우, 뚜-우, 뚜-우, 뚜-우, 뚜-우, 뚜-우, 뚜-우, 뚜-우, 뚜-우."

R은 수화기를 놓았다. 그리고 동전들을 모두 쓸어 주머니에 넣고 공중전화박스에서 나왔다. 그리고 길가에 쭈그리고 앉아 헛구역질을 해댔다. 그러나 그의 입에서는 여전히 침만 주르르 흘러내렸다.

잠시 후 그는 일어나 비틀비틀 왔던 길을 걸어 내려가기 시작했다. 육교를 넘어 백석다방에 도착했을 때에는 일곱 시 십오 분이었다. 그는 자리에 앉아 고개를 푹 수그린 채 꼼짝하지 않았다. 아주 오랫동안 고개를 푹 수그린 채 꼼짝하지 않고 앉아 있던 그는 고개를 수그려 팔목시계를 들여다보았다. 일곱 시 사십 분이었다. 그는 일어나 전화박스 있는 데로 갔다.

"뚜-우, 뚜-우, 뚜-우, 뚜-우, 뚜-우, 뚜-우, 뚜-우, 뚜-우, 뚜-우."

R은 수화기를 놓고 다방에서 나왔다. 다방에서 나온 그는 잠시 황망히 서 있다가 다방 입구의 시멘트 바닥에 걸터앉았다. 그리고 다시 입을 벌리고 길바닥에다 침을 흘렸다. 약 이십 분쯤 지났을 때였다.

"R 선생님, 왜 여기 이러고 계세요?"

웬 여자의 목소리였다. R은 고개를 들었다. 삼십 대 중반의 여자 하나와 그녀의 뒤편에 J가 엉거주춤 서 있었다.

"아! 이거 마드모아젤 김 아닙니까? 아이구, 이거 오랜만입니다."

R은 앉은 채로 삼십 대 중반의 여자를 향하여 손을 내밀며 말했다.

여자는 잠시 어떻게 행동해야 할지를 몰라 하다가 R에게 손을 내밀었다. 악수를 마친 R은 그녀의 손을 끌어당겨 거기다 입을 맞추려 했다. 그러나 여자는 손을 빼내어 갔다.

"모처럼 만났는데 뽀뽀를 좀 해야 할 거 아니요?"

R은 약간 능청을 부리는 목소리로 이렇게 말했다.

두 사람이 이런 이야기를 하고 있는 동안 약간 떨어진 데에 서 있던 J는 입을 꼬옥 다물고 R의 태도를 관찰하고 있었다. 그러나 그녀의 얼굴에는 어찌해야 할 바를 몰라 하는 빛이 서려 있었다.

"왜 이렇게 앉아만 계세요? 어디 들어가지 않고요?"
삼십 대 중반의 여자가 말했다.
"그럴까요?"
R은 일어났다. 그리고 돌아서서 백석다방으로 내려갔다. 삼십 대 중반의 여자와 J가 뒤를 따라 내려왔다.
다방에서 삼십 대 중반의 여자와 J는 R의 맞은편에 나란히 앉았다.
"그래, 시집은 갔습니까?"
R은 그의 앞 오른편에 앉은 삼십 대 중반의 여자 쪽으로 약간 몸을 돌려 앉아 이렇게 물었다.
"아니요."
삼십 대 중반의 여자가 대답했다.
"이렇게 한국에 와서 만나보게 돼서 기쁩니다. 그래, 그동안 돈은 많이 벌었습니까?"
R이 물었다.
"돈은 무슨 돈을 벌어요."
삼십 대 중반의 여자가 말했다. 그녀는 말을 절제하고 있는 편이었다. 그녀는 두 눈가에 푸른색 화장품을 진하게 발랐기 때문에 눈이 커 보였다.
"한국 와 사니 좋습니까?"
R이 다시 물었다.
"좋기는 뭘, 다 그렇지요."
삼십 대 중반의 여자가 말했다.
"그때 함께 돌아왔던 다른 두 분들도 모두 잘 있습니까?"
R이 물었다.
"예."
삼십 대 중반의 여자가 대답했다. 그녀는 R과의 이런 대화를 오래 지속하고 싶어 하지 않는 눈치였다. 그녀는 별로 웃지도 않고 묻는 말에만 간단히 대답했을 뿐 아니라 그녀의 왼편에 앉아 있는 J를 힐끔힐끔 돌아보기도 했다. R의 정면에 앉은 J는 R이 그녀의 존재를 모르는 척 몸을 오른쪽, 즉 삼십 대 여자 쪽으로 틀고 앉아 그녀와 이런 대화를 나누고 있는 동안 상체를 꼿꼿하게 세우고 앉아 입을 꼬옥 다물고 눈동자 하나 움직이지 않고 있었다. 그녀의 이러한 태도는 무슨 대단한 각오라도 한 듯하며 또 대단히 도전적인 것이었다. 그녀의 입술에는 다소 과장된 여유를 보이는 미소가 흐르고 있었다. 그녀의 그러한 태도를 그러나 R은 못 본 척하고 계속하여 삼십 대 여자를 상대로 대화했다.

"마드모아젤 한은 시집갔다고 들었는데 잘삽니까?"

"예."

"그리고 마드모아젤 성은요?"

"거기도 잘살아요."

"대단히 다행입니다. 그리고 오늘 이렇게 마드모아젤 김을 만나게 되서 참 기쁘네요. 꼭 거짓말 같네요."

"그러네요."

약 삼사 분 동안 이런 이야기를 더 지속하던 R은 아주 예사로운 목소리로 말했다.

"오늘 우리 J 박사와 할 이야기가 있으니, 마드모아젤 김, 미안하지만 자리를 좀 비켜주시겠습니까?"

그러자 삼십 대 중반의 여자는 잠시 멈칫거리다가 말했다.

"하세요."

그녀는 이렇게 말하고는 그 자리에 그대로 버티고 앉아 있었다. 그때까지 그 여유 있는 미소를 지은 채 입을 꼬옥 다물고 상체를 꼿꼿하게 세우고 앉아 있던 J는 그제서야 그녀의 왼편에 앉은 삼십 대 중반의 여자 쪽을 돌아보며 입을 열었다.

"가지 마세요. 여기 앉아 있으세요."

그리고 J는 다시 본래의 자세로 돌아와 도전적인 눈으로 R을 직시하기 시작했다. R은 J를 돌아보며 비시시 웃고는 담뱃갑에서 담배를 한 대 꺼내어 물었다.

"저도 하나 주시겠어요?"

건너편에 앉아 있던 삼십 대 중반의 여자가 담뱃갑에서 담배를 꺼내어 무는 R을 보고 말했다. R은 그의 담뱃갑을 그녀 앞으로 던져주었다. 삼십 대 중반의 여자는 R의 담뱃갑으로 담배 한 개비를 꺼내어 물고 핸드백에서 라이터를 꺼내어 불을 붙였다. 그리고 입술을 오그려 담배연기를 후 내뿜었다. 잠시 후 R은 삼십 대 중반의 여자를 불렀다.

"마드모아젤 김!"

"예."

삼십 대 중반의 여자는 왼손 집게손가락과 가운뎃손가락 사이의 끝에 담배를 끼운 채 대답했다.

"다시 한 번 말씀 드리는데, 내가 우리 J 박사와 개인적으로 할 말이 있으니 자리를 좀 비켜주세요!"

R은 억제된 목소리로 이렇게 말했다. 삼십 대 중반의 여자는 아무 말 하지 않고 R을 빤히 쳐다보았다. 그녀는 일어설 생각이 전혀 아닌 것 같았다.

"가지 마세요. 마드모아젤 김이 없으면 R 선생님은 절 죽일 거예요."

J는 다급하게 삼십 대 중반의 여자에게 이렇게 말하고 다시 꼿꼿한 자세로 앉아 도전적인 눈으로 R을 직시했다.

"말씀하세요. 저도 다 알고 있는 일이니까요."

삼십 대 중반의 여자가 말했다. 그녀는 약간 여유를 보이는 미소를 입가에 짓고 있었다. R은 순간 입술을 깨물었다. 그리고 말했다.

"마드모아젤 김이 무엇을 알고 있다고 그래요? 알고 있는 걸 한

번 말해 보세요."

삼십 대 중반의 여자는 잠시 주저하다가 말했다.

"R 선생님이 J 씨와 함께 리모쥬에 살았던 거요."

"물론 아시겠어요. 마드모아젤 김도 그때 한 도시에서 살았으니까요. 그런데?"

"그런데, J 씨가 나한테 모두 다 이야기했어요."

"뭘 이야기했다는 말이에요?"

"R 선생님과 J 씨가 결혼하지 않았다는 거요."

"그리고?"

"그리고 J 씨 논문 쓰는데 R 선생님이 좀 도와줬다는 거요."

"좀 도와줬다고 합디까?"

그때 J가 다급하게 끼어들었다.

"그래요, R 선생님이 제 논문 쓰는 데 많이 도와주셨던 것은 사실이에요. 그러나……."

J는 R과 삼십 대 중반의 여자 사이의 대화를 중단시키려고 그렇게 하는 듯 마구 흥분된 목소리로 지껄여 댔다. R은 잠시 경멸에 찬 얼굴로 그녀를 바라보다가 다시 삼십 대 중반의 여자 쪽으로 고개를 돌리고 계속했다.

"그리고?"

"그리고……."

"그리고?"

"그리고 R 선생님이 외국 도로 나가시려고 한다는 것도요."

"그래요?"

그때 J가 다시 다급하게 끼어들었다.

"저는 R 선생님과 외국 안 가요! 절대로 안 간단 말이에요!"

그녀는 히스테릭한 목소리로 이렇게 소리쳤다. 그녀가 이렇게 소리치는 바람에 R과 삼십 대 중반의 여자 사이의 대화는 중단되었다. 잠시 후 R이 다시 삼십 대 중반의 여자를 향하여 계속했다.

"그리고?"

"……."

"그리고?"

삼십 대 중반의 여자는 더 이상 말을 잇지 못했다. 그 대신 그녀는 약간 눈을 치뜨고 R을 건너다보고 있었다. R은 그녀의 눈을 쏘아보기 시작했다. 약 삼 분 동안 삼십 대 중반의 여자는 R의 눈을 함께 쏘아보았다. 약 삼 분쯤 지났을 때 삼십 대 중반의 여자는 눈을 다른 데로 돌리면 담배를 빨았다. R은 말했다.

"잘 모르시는군요. 잘 모르면서 남의 일에 관여하는 것이 아니에요. 그러니 일어나 나가주세요."

그러나 삼십 대 중반의 여자는 아무 말 하지 않고 다소 뻔뻔스럽게 버티고 앉아 있었다.

"가시면 안 돼요. 여기 있어요."

J가 말했다. 그러나 그녀의 그러한 말에는 아랑곳하지 않고 R은 줄곧 삼십 대 여자 쪽을 바라보며 말했다.

"마드모아젤 김이 우리 두 사람 사이의 모든 문제에 대하여 책임을 질 수 있는 사람이 못 되지 않는가요? 그렇지요?"

R은 삼십 대 중반의 여자를 향하여 다그쳤다. 삼십 대 중반의 여자는 약간 난색을 띠었다. R은 계속했다.

"책임질 수 없는 일에는 끼어드는 게 아니에요, 마드모아젤 김. 알아듣겠어요? 알아듣겠으면 일어나 나가세요."

그러나 몹시 난색을 짓고 있던 삼십 대 중반의 여자는 J를 돌아보며 말했다.

"그럼, 말해. 나 갈게."

그러자 J는 몹시 다급하게 말했다.

"가시면 안 돼요. R 선생님은 뭐든지 원하시는 대로 하시는 분이란 말이에요."
 두 여자가 이런 말을 하고 있는 동안 R은 조용한 미소를 띤 채 두 여자를 건너다보고 있었다. 잠시 후 J가 R에게 말했다.
 "마드모아젤 김은 리모쥬에서 우리하고 친하던 사람이라서 내가 함께 가자고 했던 거예요."
 그리고 연이여 삼십 대 중반의 여자도 말했다.
 "J 씨가 R 선생님과 문제가 있다고 하길래 함께 가자고 해서……."
 R이 말했다.
 "글쎄, 마드모아젤 김에 대해서는 나도 지금껏 아무런 감정을 가지고 있지 않아요. 오늘 이런 자리에서 만나지 않았더라면 좋을 뻔 했어요. 그러나 어찌됐건 마드모아젤 김은 우리 사이의 문제에 대하여 어떤 책임을 질 수 없는 사람이니까 오늘은 그만 일어나 가십시오. 알아들으시겠습니까?"
 그러나 삼십 대 중반의 여자는 잠시 어찌해야 할지를 몰라 하다가 J의 그 겁에 질린 듯한 애원에 못 이기는 듯 미련스럽고 고집스럽게 자리를 버티고 있었다. R은 그러한 그녀를 쏘아보았다. 그녀도 눈을 쳐들어 R을 쏘아보았다. 약 삼 분가량 R을 쏘아보다가 그녀는 다시 눈길을 돌렸다. 그녀는 도저히 자리를 비켜줄 것 같지 않았다.
 피곤한 기색을 짓던 R은 눈길을 돌려 J 쪽을 돌아보았다. 그녀는 그때까지 그녀의 짧은 상체를 꼿꼿하게 세우고 여유를 보이는 미소를 머금은 채 입을 꼬옥 다물고 앉아 도전적인 눈으로 R을 쏘아보고 있었다. 그러한 그녀를 돌아본 R은 웃음을 참을 수 없다는 듯이 피식 웃었다. 그러고는 J는 드디어 R이 본론으로 들어가려는가 보다 싶었는지 얼른 상체를 R 앞으로 내밀었다. 그 순간 R은 그의 오른쪽 주먹으로 그녀의 콧잔등을 직선으로 강타했다.
 "어머, 왜 이러세요?"
 곁에 앉아 있던 삼십 대 중반의 여자가 깜짝 놀라며 말했다. 그러나 그녀는 직접 손으로 말리지는 않았다.

R의 갑작스러운 주먹을 얻어맞고 뒤로 상체가 벌렁 젖혀졌던 J는 처음에는 얼른 두손으로 맞은 부분을 만졌으나 이내 예의 그 꼿꼿한 자세와 여유 있는 미소와 도전적인 눈길을 되찾으려고 애쓰고 있었다. 그녀의 양미간은 순식간에 약간 부어올랐다. 그리고 그녀는 거기가 몹시 아플 것이었다. 그래서 그녀는 손을 들어 그 부분을 만져보려는 듯 손을 움찔했지만 이내 자제하고 그 부어오른 부분을 만지지 않았다. 그리고 다시 R을 직시하였다. R은 다시 비시시 웃으면서 그의 오른손 집게손가락으로 그녀를 가까이 오라고 했다. 그러나 이번에 J는 겁을 먹은 듯 오히려 상체를 뒤로 물렸다. 그러자 R은 그의 왼손을 크게 휘둘러 J의 뺨을 갈기려 했다. 그 순간 J는 몸을 움츠리고 두 손으로 가렸기 때문에 R의 왼손이 갈긴 것은 그녀의 뺨이 아니라 머리였다. 그리고 그의 그 큰 동작으로 인하여 J와 R 사이에 놓인 탁자가 기울어졌고 탁자 위에 있던 컵들이 바닥으로 떨어져 요란한 소리를 내며 깨어졌다. 그러자 다방 종업원 여자들이 깜짝 놀라며 달려오며 소리쳤다.

"어머! 다방에서 이러시면 어떻게 해요?"

그러자 R은 벌떡 사리에서 일어났다. 그리고 신속하고 정확한 동작으로 지갑을 꺼내고 거기에서 만 원짜리 한 장을 꺼내어 왼손 집게손가락과 가운뎃손가락 끝에 끼운 채 옆에 서 있는 종업원 여자한테 홱 내밀며 깜빡 잊고 있었던 것을 돌려주기라도 하는 듯한 목소리로 말했다.

"아! 여기 있어요."

R은 이러한 동작을 하면서 조금도 그의 고개를 그의 왼쪽, 그러니까 종업원 여자가 있는 쪽을 돌아보지 않았다. 종업원 여자는 R의 손가락 끝에 끼여 있는 지폐를 빼어 갔고 저쪽에서는 다소 만족해하는 듯한 웃음소리가 들리는 듯했고 잠시 후 빗자루와 쓰레받기를

569

든 여자가 와 바닥을 쓸었다. 바닥을 쓸던 여자는 R에게는 그런 부탁을 하지 않았지만 J에게는 다리를 좀 들어달라고 했다. J는 어떻게 해야 할지를 몰라 하다가 다방 종업원 여자가 바닥을 쓸고 있는 동안 자리에서 엉거주춤 일어났다.

"이쪽으로 오지?"

R은 서 있는 J에게 그의 오른편 옆자리를 가리키며 말했다.

"그렇게 해."

다소 기가 꺾인 삼십 대 중반의 여자도 R의 말에 동조했다. J는 R의 오른편 옆자리로 와 앉았다.

"자, 보셨지요, 마드모아젤 김? 이 모든 일이 마드모아젤 김 때문에 일어나고 있다는 걸 모르십니까? 마드모아젤 김은 아무것도 책임질 수 없지요? 그러면서도 왜 남의 일에 끼어듭니까? 지금 당장 사라져주십시오."

그러자 삼십 대 중반의 여자는 어찌해야 할지를 몰라 하다가 이제 그녀의 앞에 앉은 J 쪽을 보며 말했다.

"나 갈게. 말하다 와, 응?"

그러나 J는 가지 말고 있으라고 눈짓을 보냈고 그리하여 삼십 대 중반의 여자는 다시 버터볼 양으로 R을 핼끔히 쳐다보고 있었다.

"마드모아젤 김이 그렇게 버티고 있으면 이 사람이 오늘 정말 나한테 맞아 죽을지 모릅니다. 알아들으셨습니까? 책임질 수 있겠습니까?"

삼십 대 중반의 여자는 다시 어찌해야 할 바를 몰라 하다가 J의 눈치를 한 번 살피고는 다시 버터볼 양으로 약간 뻔뻔스러워 보일 수도 있는 얼굴로 다른 데를 바라보고 있었다. 몹시 피곤한 기색을 띠고 있던 R은 고개를 돌려 이제 그의 오른편에 앉은 J를 돌아보았다. 그녀는 여전히 상체를 꼿꼿이 세우고 그 과장된 여유를 보이는 미소를 짓고 도전적인 눈으로 R을 바라보고 있었다. R은 다시 한

번 피식 웃었다. 그리고 오른손으로 그녀의 어깨를 잡아끌려고 그녀의 어깨 위에 손을 올렸다. 그 순간 J는 왼손으로 R의 오른팔을 붙들고 오른손으로는 그의 왼팔을 단호하게 붙들었다. 그러자 그 순간 R은 그의 이마로 J의 입을 강타했다. 그리고 다시 두어 번 화가 난 동작으로 같은 데를 강타했다.

"정신 차리세요."

J가 말했다. 그녀의 목소리는 이제 많이 기가 꺾여 있으면서도 자신의 그 여유 있는 미소를 잃지 않으려고 하는 목소리였다.

"정신 차리라고? 지금 정신을 잃고 있는 것은 바로 너야?"

J의 두 손에 의하여 두 팔이 자유롭지 못한 R은 이렇게 소리쳤다. 그리고 잠시 후 자세를 가다듬어 담배 한 대를 피워 물고는 J 쪽을 돌아보았다. 그녀의 입술은 터져서 붉게 물들어 있었다. 맞은편에 앉은 삼십 대 중반의 여자는 자신의 손수건을 꺼내어 J에게 주며 닦으라고 했다.

"괜찮아요."

J가 말했다. 잠시 후 R은 다시 삼십 대 중반의 여자를 향하여 말했다.

"자, 마드모아젤 김, 보셨지요? 이래도 괜찮은 겁니까? 마드모아젤 김이 나를 이토록 광포하게 만들고 이 사람을 이렇게 나한테 두들겨 맞게 하는 게 재미있습니까?"

삼십 대 중반의 여자는 그제서야 자리에서 엉덩이를 떼고 일어났다.

"나 갈게. 천천히 이야기하다 와."

J도 이제 더 이상 그녀를 붙잡아 두지 못했다.

"R 선생님, 저 갈게요."

그녀는 떠나기 전에 이렇게 말했다.

"예, 가시오."

R은 이렇게 말하고 돌아서려고 하는 여자를 불러 세워놓고 덧붙였다.
"마드모아젤 김! 나 지금껏 마드모아젤 김과 아무런 감정이 없었어요. 그런데 오늘 마드모아젤 김은 주제넘게 남의 일에 개입하여 일을 크게 만들어놓았어요. 그리고 난 대단히 피곤해요. 알아듣겠어요? 나는 오늘 마드모아젤 김에 대하여 상당히 기분이 나빠요. 알아들어요?"
삼십 대 중반의 여자는 아무 말 하지 못했다. R이 말했다.
"그럼, 가보시오."
삼십 대 중반의 여자는 갔다.
삼십 대 중반의 여자가 사라진 뒤 R은 몹시 피곤한 듯 목을 상하 좌우로 비틀었다. 그러고는 아무 말 하지 않고 우두커니 앉아 있었다. 약 오 분쯤 뒤에 R은 아주 낮은 목소리로 말했다.
"J야!"
그녀는 대답은 하지 않고 상체를 약간 R 쪽으로 내밀었다.
"우리 조용히, 아주 조용히, 아무 일이 없었던 것처럼 조용히 이 다방에서 일어나 다른 다방으로 옮겨 가자. 여기서 그토록 소란을 피웠으니 어찌 마음 편하게 이야기할 수 있겠느냐? 저 위에 육교 있는 데로 가면 제일다방이라고 있지?"
"예, 알아요."
"그리로 옮겨 가자."
"예, 그래요."
두 사람은 조용히 일어났다. 그리고 백석다방을 나와 천천히 걸어서 제일다방으로 갔다. 제일다방은 백석다방과 마찬가지로 지하에 있는 비좁은 다방이긴 했지만 백석다방보다는 더 밝았다.
제일다방에 앉은 뒤에도 R은 한참 동안 아무 말 하지 않고 뻑뻑 담배만 피워대고 있었다. 약 오 분쯤 지났을 때야 R이 입을 열었다.

"많이 아프니?"

"아니요. 괜찮아요."

J가 말했다.

"J야, 너는 왜 아픈 걸 아프지 않다고 해야 하니? 그렇게 입술이 터졌는데 아프지 않을 턱이 있느냐?"

R의 목소리는 슬픔에 젖어 있었다. J가 말했다.

"저 같은 게 아픈 거나 아나요? 두들겨 패면 맞는 거지요."

R은 절망에 찬 피로의 기색을 띠며 말했다.

"나는 너의 그 얼굴 모습을 보고 있노라니 가슴이 미어지는 것같이 아프다. 정말이다."

"선생님은 날 때리는 게 재미있잖아요!"

"J야, 우리가 리모쥬에서 그 오랫동안 함께 고생을 했는데 내가 왜 널 때리기를 원하겠니? 내가 널 때리는 게 왜 재미있겠니?"

"그럼, 왜 절 때렸어요?"

"왜 내가 널 때렸느냐고? 그건 바로 이런 이유 때문이다. 잘 들어라. 내가 오늘 널 만나려 했던 것은 널 만나기 위해서였지 마드모아젤 김을 만나기 위해서가 아니었다. 그런데 너는 왜 그 여자를 데리고 나왔니? 그 여자가 오늘 우리 사이에 일어난 일을 모두 봤으니 이제 나발을 불고 다니겠지. 그리고 나를 아는 모든 사람들이 R이 J에게 매달려 발광을 하더라고 소문이 쫘악 퍼지겠지. 그리고 사람들은 날 얼마나 우스꽝스러운 인간으로 알까?"

"그렇지만 마드모아젤 김이 그런 소릴 하고 다닐 사람이에요?"

"그런 소릴 하고 다닐 사람이 따로 있는 것이 아니다. 누구나 알면 말할 수도 있고 말하게 되면 결국 나발을 불고 다닌 셈이 된다. 너도 알다시피 내가 비록 가난하지만 지금껏 남한테 그렇게 업신여김을 받으며 살아오지는 않았다. 프랑스에서는 특히 그랬다. 나는 한 번도 내 페이스를 잃고 살지는 않았다. 그래서 남들이 날 그리만만히 대하지는 않았다. 그런데 이제 마드모아젤 김이 나발을 불고 다니게 되면 프랑스에서 날 알았던 모든 사람들이 코웃음을 치며 말하겠지. R이 그 조그마한 J라는 여자한테 보기 좋게 차여서 발광을 하더라고."

"그렇지만 마드모아젤 김이 왜 그런 소릴 하고 다녀요?"

"게다가 너는 알고 보니 내가 서울에 온 이후로 너와 나 사이에 있었던 모든 일들을 낱낱이 그 여자에게 고해바쳤다지?"

"고해바치기는 뭘 고해바쳤다고 그래요?"

"그래서 그 여자는 그렇게 당돌하게 날 빤히 쳐다보곤 했지. 날 아주 가소롭다는 듯이."

"선생님이 그런 눈으로 그 여자를 보니까 그렇지요."

"너도 자존심이라는 게 있기 때문에 아픈 것도 아프지 않다고 나한테 굳이 거짓말을 해야 하는 것과 마찬가지로 나도 자존심이라는 게 있지 않겠니?"

"선생님 자존심을 제가 어떻게 했단 말이에요? 자존심을 상하게 해드렸다면 미안해요."

"자존심이 상할 만큼 내 자존심이 그렇게 약한 것이 아니다. 다만 불쾌했지. 그래서 널 때린 거지."

"그럼, 이제 됐잖아요. 절 때렸으니까 이젠 모두 끝났잖아요."

"그래, 모두 끝났지. 그런데 나는 네게 한 가지 물어볼 게 있다."

"물어보세요."

"너는 왜 두 주일 전에는 나와 함께 외국엘 가겠다고 해놓고 두 주일 사이에……."

그러나 R은 그의 질문을 끝까지 할 수가 없었다. 왜냐하면 R이 이렇게 말하려고 할 때 J가 거세게 소리치며 그의 말을 가로막았기 때문이었다.

"저는 외국 안 가요! 제가 왜 R 선생님과 외국엘 가요!"

R은 잠시 피곤한 얼굴을 하고 그녀를 바라보다가 말했다.

"나는 지금 너하고 외국 나가자고 강요하고 있지 않다. 다만 나는 네가 왜 두 주일 전에는 간다고 해놓고 그사이에 그렇게 바뀌었느냐 하는 걸……."

그러나 이번에도 J는 R을 끝까지 말하도록 내버려두지 않았다.

"저는 안 가요! 안 간단 말이에요! 안 간다고 하잖아요!"

R은 다시 피곤한 얼굴로 잠시 기다렸다. 그리고 이번에는 다소 화가 난 목소리로 말했다.

"너 지금 미쳤니? 나도 너 같은 여자를 데리고 가고 싶지 않다. 너 같은 이상한 여자를 데리고 간다는 게 미친 짓이다."

"그러면 됐잖아요? 그러면 된 거 아니에요?"

J는 어이가 없어 하는 표정으로 R을 보며 말했다. R도 어이가 없어 하는 표정으로 그녀를 바라보다가 말했다.

"제발 그 입 좀 다물어라. 나는 지금 너한테 네가 왜 두 주일 전에는 그토록 간다고 해놓고 그사이에 그렇게 바뀌었는가 하는 데 대하여 알고 싶을 뿐이다."

"그렇지만 저는 R 선생님과 외국 나가기 싫고 또 R 선생님도 저와 함께 가기를 원하지 않는다고 하셨잖아요. 그래요. 저는 안 가요. 그럼 됐어요, 예? 그럼 된 거예요?"

R은 절망적인 피로감으로 얼굴이 일그러졌다. 잠시 멍하니 허공을 바라보다가 갑자기 어투를 바꾸어 착 가라앉은 목소리로 말했다.

"내가 D 잡지의 이번 호에 난 C 소설가와 대담한 너의 인터뷰 기사를 읽었다. 그리고 내가 거짓말을 하나도 안 보태고 말하는데 그 글의 첫 문장을 열 번은 읽었다. 그런데 내가 양심적으로 말해서 열 번을 주의 깊게 읽었지만 네 글의 그 첫 문장을 나는 끝내 무슨 말인지 이해하지 못했다. 나는 그 문장에서 네가 무슨 말을 하고 있는지 알아내지 못했다는 말이다. 물론 그 문장을 내가 이해할 수 없었던 것은 그 문장이 통사론적으로 완전히 뒤틀려 있었기 때문이었다. 그리고 그 글의 마지막에 네가 C 씨에게 한 질문 '선생님의 소설들이 십 년 후에도 공인될 수 있다고 생각하십니까?' 하는 것도 틀려 있다. 이것은 물론 통사론적으로 틀린 것이 아니라 어휘 선택의 부정확성 때문에 틀린 문장이 되고 말았다. 네가 그 질문에서 C 씨에게 묻고자 하는 것은 C 씨가 그 자신의 소설 작품들이 십 년 후에까지도 독자들에 의해 읽히고 또 평가받을 수 있으리라고 생각하느냐 하는 것이었겠지. 그렇다면 '공인'이라는 말은 부적확한 말이다. 공인이란 말의 뜻은 공식적으로 인정하다라는 뜻일 게다. 그렇다면 네가 한 질문은 '선생님의 소설들이 십 년 후에도 공식적으로 인정될 수 있다고 생각하십니까?' 하고 묻는 것이 된다. 그렇지만 소설이라는 게 공식적으로 인정하고 안 하고 하는 게 어디 있느냐?"

"알아요, 알아! 저도 다 알고 있어요."

"너도 알고 있었느냐? 알고 있으면서 왜 너는 그렇게 썼느냐? 그것도 대외적으로 발표하는 글에? 그게 나한테는 이해가 가지 않는구나. 어쨌든 이번에 네가 발표한 글에서 가장 잘 읽혀 나가는 부분은, 그리고 전혀 문법적으로 하자가 없는 부분은 내 논문의 몇 부분을 베껴 넣은 데더라."

"알았단 말이에요! 제발 이젠 그만 하세요!"

J는 다시 히스테릭한 목소리로 소리쳤다. 그러나 R은 개의치 않고 계속했다.

"이렇듯 너와 대화를 하다 보면 너는 너의 그 이상한 문장들처럼 비논리적이다. 나는 지금 너에게 왜 네가 두 주일 전에는 날 따라 외국에 나가겠다고 해놓고 지금 와서는 그토록 바뀌었는가 하는 것을 묻고 있다. 그런데 너는 '저는 안 가요! 안 간단 말이에요! 안 간다고 하잖아요!' 하고 소리소리 질러댄다. 그게 내 질문에 합당한 대답이 되느냐?"

"그럼 제가 어떻게 말해야 해요?"

"어떻게 말해야 하느냐고? 그 경우 네가 만약 내가 묻는 말에 대답하기 싫다면 '그건 비밀이에요.' 혹은 '대답하고 싶지 않아요.' 라고 말하거나 아니면 차라리 묵비권을 행사하면 되는 거지. 그렇기는 하지만 원칙으로 말하면, 네가 그토록 가겠다고 약속을 했던 것을 생각하면, 그리고 나와의 인간적이 오랜 정분을 생각하면, 그리고 내가 지금 몹시 피곤해할 수도 있다는 것을 감안하면, 너는 성실하게 내 질문에 대답해 주는 것이 더 옳겠지. 이도 저도 아니고 무대까리로 '안 가요! 안 간다고 했잖아요!' 하고 소리소리 지르니 내가 널 미쳤다고 할 수밖에."

J는 웃고 있었다. R은 멀건히 그녀를 쳐다보다가 말했다.

"너는 웃고 있구나. 너는 어떻게 웃을 수 있니?"

"미쳤으니까 웃지요."

"J야, 넌 왜 그렇게 됐지? 프랑스에서는 그러지 않았는데…… 서울 와서 사니까 그렇게 되더냐? 나는 마음속으로 깊이 깊이 슬퍼하고 있다."

"그럼, 저더러 어떡하란 말이에요?"

J는 스스로 짜증이 나는지 이렇게 소리쳤다. R은 담배를 피워 물었다. 그리고 담배 한대를 다 태울 때까지 아무 말 하지 않았다.

"이젠 저는 갈래요. 말씀 다 하셨지요?"

J가 말했다.

"아직 할 이야기가 더 있다."

"아직도요? 아이, 정말 전 미치겠어요. 할 이야기가 더 있으면 빨리 하세요. 빨리요. 저는 일찍 돌아가야 해요."

"너는 왜 지난주에 내가 별다방으로 나오라고 했는데 나오지 않았니?"

"그때 나갔어요. 그런데 별다방이라는 게 없데요. 그래서 약속시

577

간은 다 되어가고 해서 그냥 와버렸지요. 그럼 됐어요?"

"그럼 됐다. 그건 변명이 될 수 있다. 그렇기는 하지만 나는 그날 한 시간 동안이나 기다렸고 터미널에 가서 하루 종일 기다렸다. 그리고 끝내 대구로 내려가지 못하고 여관에서 잤다. 너는 우선 나한테 미안하다고 해야 한다. 일단 미안하다고 하고 나서 변명을 해야 한다."

"미안해요. 그럼 됐어요?"

"그러나 나는 네가 왜 그날 화곡동 집으로도 전화 한 통 해주지 않았던가 하는 것은 역시 이해가 가지 않는다."

"그래서 제가 대구로 전화했잖아요! 전화 왔더라고 하지 않던가요?"

"그래 좋다. 그런데 또 한 가지 묻고 싶은 것은······."

"또 있어요? 그럼 빨리 해보세요."

"또 한 가지 묻고 싶은 것은 오늘 네 시 반에 너한테 전화를 하겠다고 했는데 너는 왜······."

"오늘 네 시 반에 전화를 기다리다가 그사이에 볼일이 생겨 나갔다고 했잖아요! 하이참, 미치겠네!"

그녀는 그의 말을 가로막으며 이렇게 소리쳤다. R은 화가 난 눈으로 그녀를 쏘아보다가 말했다.

"야! 내가 오늘 널 만나자고 했던 건 널 이렇게 두들겨 패려고 했던 것도, 너하고 외국 함께 가자고 말하기 위해서도 아니었다. 나는 지난주에 네가 약속을 어겼고, 그사이에 내가 전화를 그토록 해도 통화가 되지 않는 것을 보고 어떤 이유에서든지 그사이에 네 마음이 바뀌었다는 사실을 알았어. 그래서 난 이번에 서울 올라오면서 이제는 정말 너하고의 모든 걸 끝내야 한다는 생각을 했다. 왜냐하면 나도 이제 도저히 널 어쩔 수 없다는 사실을 알았기 때문이다. 서울에 올라올 때마다 마음이 바뀌어 있는 여자를 난들 이제 더 이상 어떻게 하겠니? 그래서 난 이번에 너하고 모든 걸 조용히 청산하려고 올라온 것이다."

J는 아무 말 하지 않고 듣고 있었다. R은 계속했다.

"그리고 난 나 혼자 조용히 외국으로 떠나고 싶었다. 다만 비행기 삯만이라도 마련된다면. 그래서 난 이번에 널 만나면 다만 비행기 삯과 간단한 내 여비로 오백만 원만 좀 만들어줄 수 없겠느냐고 부탁하고 싶었다. 그런데 너는 날 개처럼 취급했고 마드모아젤 김이라는 엉뚱한 여자까지 데리고 나왔다. 그래서 너는 결국 일을 이렇게 복잡하게 만들어버렸다."

J는 아무 말 하지 않았다. 그녀의 얼굴에는 후회의 빛이 스치고 지나갔다. 잠시 후 그녀는 변명하듯 말했다.

"그렇지만 마드모아젤 김이 남의 말을 뭐 하려고 하고 다니겠어요?"

R은 잠시 멍청히 앉아 있었다. 한참 후 말했다.

"그래, 나는 너하고 더 이상 도저히 어찌할 수 없다. 너는 날 위해서 돈 오백만 원을 만들어줄 수 있겠니? 그 돈만 있으면 나는 당장 이 한국 땅을 떠나버리고 싶다. 그리고 너는 너 갈 길로 가거라."

"그래요, 그 돈은 어떻게 해볼게요. 그렇지만 선생님도 알다시피 제게 돈이 없잖아요."

"너는 너와 함께 살았던 남자가 이 한국 바닥에서 이도 저도 못하고 고통스러워하는 것을 봐야만 하겠니?"

"알았어요. 제가 그 돈을 어떻게 해볼게요. 그리고 전 이제 일어날게요. 빨리 돌아가 봐야 해요."

절망적인 피로감으로 멍청히 앉아 있던 R이 말했다.

"그래, 그럼 가보자."

두 사람은 일어났다. 그리고 다방을 나왔다. 무엇인가 풀리지 않은 답답함으로 얼굴을 찌푸리고 있던 R은 다방을 나서자 J의 젖가슴을 만지려는 듯 두 손을 내밀었다. 그러자 J는 몹시 다급하게 그의 손길을 피하며 당황한 얼굴로 소리 질렀다.

"왜 이러세요? 저리 가세요! 싫단 말이에요. 싫어요! 징그러워요!"

그녀가 너무나 크게 소리를 질렀기 때문에 길거리에 있던 사람들이 모두 돌아보았다. 게다가 고등학생으로 보이는 두 남자 아이들이 서로 수군거리며 약 이 미터 떨어진 데 서서 두 사람의 거동을 보고 있었다. 그들은 당장에라도 의협심을 발휘하여 R에게 달려들 기색이었다.

"저리 가세요! 꼴도 보기 싫어요!"

J는 발을 동동 구르며 계속 소리 질렀다. R은 싱끗 웃으며 말했다.

"나는 여자가 필요해. 우리 섹스나 한번 할까?"

"싫어요. 여자는 R 선생님이 알아서 해결하세요! 창녀집엘 가든지."

그리고 그녀는 급히 달려가 택시를 탔다.

"내 전화할게. 오늘 밤 열두 시에."

R은 능청스럽게 웃으며 그녀의 등에다 대고 소리쳤다. J는 미친 사람처럼 다급하게 택시를 타면서 말했다.

"안 돼요. 전화하지 말아요."

두 고등학생은 그때까지 그 자리에 서서 두 사람 사이에 일어나고 있는 일을 지켜보고 있었다.

J가 떠난 뒤 R은 약간 비틀거리며 한성장으로 돌아왔다. 그리고 침대 위에 몸을 던졌다. 한참 후 일어났다. 그리고 그의 가방에서 노트를 꺼냈다. 그리고 거기다가 다음과 같이 써 내려가기 시작했다.

경마장에는 지금······

경마장에는 지금 긴 나무 그림자들이 드리워져 있다. 경마장 위로 그림자를 드리우고 있는 나무들은 상수리나무와 피나무와 백양

나무와…… 그러나 경마장 위에 지금 나무 그림자를 드리우고 있는 것은…… 그러나 상수리나무와 피나무와 백양나무와…….

그러나 이내 그는 침대 위에 코를 박은 채 엎드려 잠들어 버렸다.
이튿날 아침 R은 일어나 변소로 가 대변을 보고 이빨을 닦고 세수를 하고 옷을 챙겨 입었다. 그리고 침대에 걸터앉아 담배 한 대를 피웠다. 담배 한 대를 다 태우고 난 뒤 그는 일어나 여관을 나왔다. 여관을 나온 그는 잠시 주위를 한 바퀴 빙 둘러보고는 천천히 걸어서 육교 쪽으로 갔다. 그리고 육교 밑에 있는 전화박스 안으로 들어갔다.
"뚜-우, 뚜-우, 뚜-우, 뚜-우, 뚜-우, 뚜-우, 뚜-우, 뚜-우, 뚜-우."
시간은 일곱 시 반이었다. R은 공중전화박스에서 나와 육교를 건넜다. 그리고 어제 술을 마시고 걸어갔던 길을 따라 걷기 시작했다. 약 이십 분쯤 걷다가 공중전화박스 하나를 발견하고 안으로 들어갔다. 어쩌면 어제저녁에 들어갔던 바로 그 전화박스였던지도 모른다.
"뚜-우, 뚜-우, 뚜-우, 뚜-우, 뚜-우, 뚜-우, 뚜-우, 뚜-우, 뚜-우."
그는 전화박스에서 나왔다. 그리고 걷기 시작했다. 약 이십 분쯤 더 걸었을 때 그는 J가 사는 아파트 구역에 다다랐다. 출근 시간이라서 그런지 잘 차려입은 사십 대의 남자들이 부산하게 움직이는 모습들이 눈에 띄었다. R은 J가 사는 아파트 건물로 들어가 수위실에서 인터폰으로 전화를 했다.
"네에."
J의 목소리였다.
"어이구, J 박사님, 여태 출근 안 하시고 뭘 하십니까? 출근하자고 왔습니다. 어디 편찮으십니까? 오늘은 왜 이리 늦습니까?"

인터폰에다 대고 R은 이렇게 소리쳤다.

잠시 후 엘리베이터 문이 열리고 J가 나타났다. 그녀는 자다가 방금 일어난 사람처럼 머리가 푸수수했고 얼굴은 수척했다. 그녀의 아랫입술은 거무죽죽하게 부어올라 있었다. 그러나 그녀의 양 미간은 그다지 부어올라 있다고 할 수는 없었다. 그녀는 집에서 입는 옷인 듯한 약간 쭈글쭈글해진 티셔츠를 입고 있었다.

"저기 나가서 어디 앉지요."

J가 말했다. 그녀의 목소리는 어제처럼 단호하지도 앙칼지지도 않았다. 그녀는 맥없는 목소리였다. 두 사람은 아파트 현관을 나섰다.

"으음, 여기는 참 근사하구먼! 꼭 외국 같군."

R은 약간 빈정대는 표정과 어투로 아파트 건물을 쳐다보며 이렇게 말했다. J는 아무 말 하지 않고 R의 팔꿈치를 가볍게 잡고 그녀가 사는 아파트 건물에서 돌아가 있는 데로 이끌어가려 했다.

"왜, 저기 벤치에 앉으면 되지 않을까?"

R은 그들이 방금 나온 건물 바로 앞에 있는 벤치 하나를 가리키며 말했다.

"식구들이 본단 말이에요."

그녀가 말했다.

"보면 어때?"

R은 이렇게 말했다가 생각을 바꾼 듯

"좋아. 원한다면……."

하고 덧붙이고 그녀가 이끄는 곳으로 갔다. 가다가 그는 상가 앞에서 잠시 멈춰 서서 담배 한 갑을 사고 우유 한 통을 사 마셨다.

"너도 먹어라. 아직 아침밥도 안 먹었을 텐데."

그러나 그녀는 우유를 마시기를 원하지 않았다. 그녀는 R이 우유를 마시는 동안 저만큼 떨어져 서서 기다렸다.

잠시 후 그들은 상가를 떠나 건물 하나를 돌아서 둑으로 올라갔다. 둑 너머에는 고속도로였다.

"으음, 영 틀렸군. 겉으로 봐서는 외국 같더만 주변환경이 영 안 좋군. 이렇게 시끄러워서야."

둑 위에 올라섰을 때 R은 이렇게 혼잣말처럼 말했다. J는 아무 말 하지 않았다. 잠시 두 사람은 둑을 따라 걸었다. 그들의 왼편 둑 밑에는 많은 차들이 질주하고 있었다.

"왜 오셨어요?"

J가 말했다.

"왜 왔느냐고?"

R이 되물었다.

"예."

J가 말했다.

"내가 이렇게 오는 게 우리의 각본이 아니었던가? 나는 지금 각본대로 하고 있을 뿐이지."

R이 말했다. 그러자 J는 갑자기 몹시 히스테릭한 목소리로 소리쳤다.

"시끄러워요! 각본은 무슨 각본이에요!"

그러자 R도 그에 맞서 크게 소리를 치며 말했다.

"야! 네가 무슨 권리로 나한테 소리를 지르고 지랄이야? 네가 뭐가 그렇게 잘났다고 설치는 거야?"

"그래서 어떻게 하실 거예요? 어떻게 하실 거냐니까요?"

"아하! 어떻게 할 거냐고? 그야 뻔하지. 각본에 따라 나는 우선 너의 아버지와 어머니라는 분들을 좀 배알해야겠어."

"왜 저의 부모님을 만나셔야 하지요?"

"왜 너의 아버지와 어머니를 만나야 하느냐고? 그야 뻔하지. 어제 너는 마드모아젤 김을 데리고 왔지. 그리고 너는 우리 사이에 일어난 모든 일을 그 여자한테 다 갖다 고해바쳤지. 덕분에 나는 나를 아는 사람들 사이에 아주 바보 같은 사람으로 웃음거리가 되게 생겼지."

"그렇지만 마드모아젤 김이 누구한테 무슨 말을 한다고 그래요?"

"아하! 입을 좀 다물고 들으시지. 자꾸만 남의 말을 가로막아서 남을 피곤하게 할 일이 아니라. 하긴 너는 그렇게 하는 것밖에는 달리 대화의 테크닉을 모르는 사람이긴 하지만······."

"그럼 말해 보세요. 왜 R 선생님이 저의 부모님을 만나야 하는가 하는 것을."

"글쎄, 지금 이야기하고 있지 않는가. 그러니까 남의 말을 자꾸 가로막지 말고 끝까지 들으라고 하지 않는가. 네가 아무리 가로막아도 내가 할 말을 안 할 사람이 아니다. 응, 그런데 어디까지 이야기했더라? 응, 그렇지. 나는 마드모아젤 김 덕분에 우스갯거리가 되어버리고 만 거지. 이렇듯 너는 우리 사이의 이야기를 내가 아는 제삼자에게 이야기해서 상대를 결국 바보로 만들어버린 거지."

"내가 언제 R 선생님을 바보로 만들었다고 그래요?"

"아, 글쎄, 입 좀 다물고 들으라니까. 너는 너와 함께 삼 년 반 동안이나 함께 살았던 사람을 그렇게 쉽게 남한테 우스갯거리로 만들어버렸는데 난들 왜 가만히 있어야 하겠니? 그뿐 아니지. 너는 내가 한국에 돌아온 이후로 정말 집요하게 날 모욕해 왔지. 그래서 나는 우선 너의 아버지 어머니에게 너라는 인간의 실체가 무엇인가 하는 걸 이야기해야겠다고 생각해."

"그럼 그렇게 하세요. 그렇게 해야 속이 시원하시겠다면."

"아암, 그렇게 하고말고. 그리고 너의 아버지와 어머니를 만나서 너의 실체를 말해 버리려고 하는 데는 또 다른 이유가 있지. 사실 인간이라는 것은 그렇게 강하지 못해. 한 인간이 다른 사람으로부터 어떤 부당한 정신적 타격이나 스트레스를 받으면, 물론 그 정도의 차이는 있겠지만, 그로 인하여 그 피해자가 펴지 못하는 경우가 많다. 나의 경우, 나는 어쨌든 한국에 돌아와 그동안 너한테 여러 가지 정신적 타격과 스트레스를 받았어. 가령 어제 네가 마드모아젤 김을 데리고 왔다는 사실도 훗날 두고두고 나한테는 큰 정신적 피로나 스트레스 쌓이게 하는 일이 될 거야. 그리고 문학박사를 만들어주고 문학평론가를 만들어주었더니 결국 날 배반해 버렸다라는 것도 나한테는 잊혀지지 않는, 스트레스 쌓이게 하는 기억이 될 거야. 이런 정신적 장애를 내가 너무 많이 가지고 있으면 나는 결국 지쳐서 무능한 사람이 될 수도 있어. 내가 오 년 반 만에 돌아와 새 출발을 하려고 하는 마당에 그런 엄청난 스트레스를 가지고 있다면 나는 영영 펴지 못할 거야. 그리고 그 스트레스를 풀지 않고 속에 묻어두고 있다면 그건 꼭 잘하는 짓이라고 할 수는 없지. 그러니 스트레스를 좀 푸는 게 좋아. 그래서 내가 너의 부모를 좀 만날까 하는 거지. 이건 곧 나 자신을 보호하기 위한 한 몸짓인 거지."

"그럼 그렇게 하세요. 저기 가서 집에 전화를 좀 할게요. 아버지더러 출근하지 말고 좀 기다리라고요."

J는 둑이 끝나는 지점에서 저 아래 보이는 가게 앞 공중전화를 가리키며 이렇게 말했다. 두 사람은 가파른 경사지를 쭈르르 뛰어내려와 공중전화 있는 데로 갔다.

"여기서 잠깐만 기다리세요. 제가 전화를 하고 올 테니까요."

"응, 그렇게 해라. 그런데 너희 집 전화는 아무도 안 받던데……?"

R은 약간 빈정거리는 어투였다. J는 보일락 말락 하는 웃음을 혼자 짓고는 공중전화가 있는 가게 앞으로 갔다. 잠시 그 자리에 서서 서성거리고 있던 R은 생각이 난 듯 가게 안으로 들어가 우유를 하나 달라고 했다.

"엄마야? 나 J인데……."

R이 우유를 마시고 있는 가게 문밖에서 J의 전화하는 목소리가 들려왔다.

"엄마 잘 들으세요. 엄마는 내가 엄마의 막내라고만 생각하겠지만 엄마의 막내는 이제 나이가 들었잖아요."

R은 우유 한 모금을 입에 물고 꿀꺽 삼키고는 다시 한 모금 입에 물고 꿀꺽 삼키곤 했다.

"응, 프랑스에서 알던 사람이라니까…… 예, 그래요…… 그러니 조카들 다 내보내고…… 예, 그래요……."

R은 여전히 우유를 한 모금 입에 물고 꿀꺽 삼키고 다시 한 모금 입에 물고 꿀꺽 삼키곤 했다. 그는 우유를 삼킬 때마다 무슨 먹기 싫은 커다란 음식덩어리를 억지로 삼킬 때처럼 눈을 뚱그렇게 뜨곤 했다. 우유를 다 마신 뒤 그는 돈을 지불하고 가게를 나왔다. 그때 이미 J는 전화를 마치고 R이 그사이에 없어진 것을 보고 두리번거리고 있는 중이었다.

"나 여기 있어. 배가 고파서 우유를 하나 더 마셨어."

R은 그녀를 향하여 소리쳤다.

"십오 분 후에 들어가겠다고 했어요."

J가 말했다.

"네 이질조카들이 공연히 우리 때문에 집에 못 있고 쫓겨나겠구나."

"전화하는 걸 들었어요?"

"일부러 들으려 했던 건 아니야."

두 사람은 천천히 걸어 어느 벤치 위에 앉았다.

"J야, 너도 부모 가슴에 큰 못을 박아놓겠구나."

벤치에 앉아서 R이 먼저 입을 열었다. J는 아무 말 하지 않았다. R은 계속했다.

"너는 왜 그렇게 처신을 해서 죄 없는 네 아버지 어머니까지 괴롭히려 하느냐?"

"제가 어떻게 처신했다고 그래요?"

"응, 아직도 모르는구나. 네가 어떻게 처신했느냐 하면 너는 그 동안 나한테 부당하게 처신했지. 너는 좋은 남자가 생겨서 결혼할 수도 있어. 그것도 정당한 일일 수 있어."

"제가 무슨 남자가 있다고 그래요? 전 아무도 없어요."

"글쎄, 굳이 그렇게 말할 필요는 없다. 네가 좋은 남자가 생겨 결혼하고 싶은 마음이 생길 수도 있고 그것은 또 정당한 일일 수도 있다. 네가 남자가 있느냐 없느냐 하는 것은 나하고는 이미 아무 상관이 없는 일이다. 내가 하고자 하는 말은 다만 네가 나한테 정당하게 대했어야 한다는 이야기다. 네가 두 주일 전에 나와 함께 외국에 가겠다고 했지만 그사이에 마음이 바뀌었다면 마음이 바뀌었다고 말하는 것이 정당한 일일 것이다."

"마음이 바뀐 것이 아니에요. 저는 선생님을 따라 외국 가겠다고 한 번도 생각한 적이 없어요."

"아하! 그런데 너는 왜 나한테 그렇게 말을 했더냐?"

"그럼 제가 그렇게 말하지 않고 되나요? 선생님은 언제나 선생님 원하는 대로 하는 사람이잖아요. 제가 그렇게 말하지 않으면 선생님은 절 죽여버렸을 거예요."

"아하! 그런 논법도 있었던가?"

R은 기가 막히다는 듯이 눈을 둥그렇게 뜬 채 멍하니 그녀를 바라보았다. 한참 후 그는 말했다.

"나는 지난번에 너한테 내가 외국 다시 나가기로 결심한 것은 내 일생에 있어 중대사이기 때문에 제발 그걸 가지고는 이랬다 저랬다 찧고 까불지 말아달라고 했는데 너는 또 나를 능멸했구나. 암튼 좋다. 나도 너같이 줏대 없는 여자를 데리고 나갈 생각은 전혀 없다. 내가 늙은 아버지를 버려두고 떠나는 마당에 너 같은 보잘것없는 여자를 데리고 가서야 어디 될 일이겠느냐? 네가 따라가겠다고 날 붙들어 잡아도 이제 나는 절대로 널 데리고 가지는 않는다. 내가 하는 말은 이렇듯 너라는 여자가 날 끊임없이 능멸해 왔고 또 피곤하게 만들어왔다는 사실이다. p역 앞에서도 그렇지."

"p역 앞에서 제가 어떻게 했단 말이에요?"

J는 R의 말을 가로막으며 다급하게 소리쳤다. R은 여기서 말을 더 잇지 못하고 멍하니 그녀를 바라보고 있었다. 그리고 한참 뒤에서야 말했다.

"J야! 너는 정말 p역 앞에서 네가 했던 말을 잊어버렸느냐?"

"그래요, 전 몰라요!"

"J야, 너 아무래도 돈 거 아니니? 나는 좀 무서워진다. 아무래도 너의 아버지를 만나기는 만나야겠다."

R은 한숨을 푸욱 내쉬었다. 한참 후 J가 말했다.

"저는 R 선생님 때문에 늘 피해만 입었단 말이에요. 지난 일 년 동안 선생님은 우리가 함께 살 때보다 분명히 훨씬 돈을 더 썼어요. 선생님은 몽블랑 만년필을 샀어요. 그 비싼 만년필이 우리 형편에 당할 말이에요? 그리고 컴퓨터만 해도 그렇지요. 우리한테 무슨 돈이 있다고 그 비싼 걸 사요? 저는 지금까지도 지난 일 년 동안 선생님께 학비를 보내드린 것 때문에 고통 받고 있어요. 제가 왜 선생님 학비를 보내드렸어야 했지요? 저는 그럴 의무가 없어요."

R은 뜻밖이라는 듯이 고개를 돌려 멀건히 그녀를 바라보았다. 그리고 그는 단호한 목소리로 시작했다.

"응, 너는 지난 여름방학 때 모시 저고리를 예쁘게 차려입고 프랑스에 바캉스 왔을 때 내게 했던 말을 되풀이하는구나. 그럼 차제에 꼭 짚고 넘어가자. 나는 네가 프랑스에 오지 않았더라도 공부를 해냈다. 네가 오기 전 처음 일 년 동안 나는 너한테 아무런 도움을 입지 않았지만 별문제 없이 해냈지 않았던가? 그런데 네가 왔지. 네가 온 덕분에 나는 경제적으로 좀 더 유복해졌어. 그도 그럴 것이 한 살림을 하면서 양쪽에서 학비를 받았으니까. 네가 오지 않았더라면 물론 경제적으로는 좀 더 어려웠겠지만 내가 학업을 계속하느냐 못하느냐 하는 문제가 걸려 있었다고는 보지 않아. 네가 오지 않았더라면 오히려 나는 내 일을 일 년 이상 일 년 반가량 더 먼저 마치고 돌아왔을 거야. 그런데 네가 왔지. 그리고 끝내는 내가 너를 위해서 적어도 일 년 이상을 희생해야만 하기에 이른 거지. 내가 내 일을 팽개치고 너의 논문을 한창 써주고 있을 때 너는 내게 말하기를 돌아가면 학비를 보낼 테니 나의 집에는 돈을 더 이상 보내지 말도록 편지를 쓰라고 했지. 물론 그건 당연한 일이기도 하지. 어느 미친 놈이 제 돈 들여가면서 일 년이 넘도록 남의 일 해준다고 앉아 있겠니?"

"그렇지만 제가 취직을 못했잖아요."

"네가 취직을 했건 못했건 내게는 학비가 필요했어. 객지에서 네 논문 써주고 난 뒤 일 년 동안 굶어 죽을 수는 없는 일이었고 또 공부를 중단하고 올 수도 없는 일이었으니까. 물론 나의 아버지가 부자였다면 나는 나의 아버지에게 더 이상 돈을 보내지 말라고 했던 편지를 번복하는 편지를 또 썼겠지. 그러나 나의 아버지는 너도 알다시피 부자가 아니었어. 게다가 나는 지난여름에 네가 왔을 때 정히 네가 돈 보내기가 힘들면 내가 집에 돈 보내달라는 편지를 쓰겠다고 했지. 그러나 너는 자존심 때문에 그렇게 하지 말라고 했지. 어쨌든 너는 나한테 학비를 보내야 할 의무가 없는 것이 아니라 있었던 거지."

J는 수긍했다. R은 계속했다.

"또 몽블랑 만년필로 말하면 그건 네가 네 논문을 마치고 돌아가면서 기분이 좋아서 나한테 선물로 사줬던 거야. 그걸 가지고 지금 와서 이야기하면 어떡하니?"

J는 웃었다. 그러나 R은 웃지 않았다. 그는 계속했다.

"그리고 너는 네가 떠난 일 년 동안 나 혼자서 무슨 떼돈이라도 쓴 줄로 아는데 계산해 보면 금방 나오는 거 아니냐? 너도 거기 생활을 오래 했기 때문에 거기 물정에 대해서 잘 알 테지만, 혼자 살 때와 둘이 살 때 어디서 돈의 차이가 날 수 있니? 내가 만약 아파트에서 나와 기숙사로 들어가지 않는다면 고작해야 먹는 거밖에 더 차이가 나더냐? 그러나 난 너도 알다시피 네가 떠난 이후 기숙사로 들어갈 처지는 아니었지. 그렇다면 네가 떠난 이후 내가 혼자 살기 때문에 돈이 덜 들 수 있다면 그것은 고작해야 먹는 데서일 거야. 그런데 네가 떠나고 난 뒤 나는 부엌살림을 어떻게 살아야 돈이 덜 드는가 하는 데 대해서 알 수 없었어. 게다가 나는 그런 문제에 대하여 깊이 생각하기에는 너무나 일에 바빴어. 그렇다고 내가 이 나이에 음식값을 아끼느라고 건강을 해칠 생각은 전혀 없었다. 그렇다면 우리가 함께 살 때와 나 혼자 살 때 어디에서 돈이 덜 들 수 있다고 생각하니?

너도 알다시피 우리가 살던 데에는 여행을 가지 않으면 그다지 돈 들 데가 없다. 한국처럼 유흥에 돈을 지출할 일도 없다. 그러나 난 네가 떠난 이후 한 번도 여행을 떠난 적도 없다. 그럴 만한 시간적 여유도 없었고. 내가 지난 일 년 동안 쓴 생활비가 너와 함께 살 때보다 더 들었다면 내가 먹는 데 돈을 계산 없이 지출했다는 사실일 거다. 그리고 또 다른 이유가 있다. 너도 알다시피 공부를 마치고 돌아올 때는 평소 생활할 때보다 돈이 더 든다. 논문을 책으로 묶어내야 하고 비행기 표도 사야 하고 그 밖에도 잡다한 돈이 많이 든다. 게다가 내 논문은 너의 논문보다 두 배 이상 두껍기 때문에 논문 인쇄에도 돈이 더 들었고, 또 내 논문이 출판허가가 났기 때문에 출판사를 찾느라고 빠리에 올라가느라고 뜻하지 않았던 경비를 지출해야 했다. 너는 내가 혼자서 일 년 동안 쓴 돈을 우리가 함께 살 때 평소 생활비와 맞비교를 하니까 내가 무슨 떼돈이라도 쓴 걸로 생각하겠지. 나는 그다지 떼돈을 쓴 것 같지는 않다. 나는 돌아올 때 아버지 선물 하나 사오지 않았다. 내가 돌아오기 두어 달 전에 우리 집에서 백만 원을 보내주지 않았더라면 돌아올 여비마저 없었을 것이다. 그러면서도 나는 네가 마란츠를 사오라고 보낸 만 프랑은 한 푼도 손대지 않고 네게 도로 갖다 주었다. 물론 한국에 돌아온 뒤 내가 반을 써버리기는 했지만."

J는 고개를 끄덕였다. R은 계속했다.

"물론 그사이에 컴퓨터를 샀던 것은 우리 형편에 과다한 지출이었다. 거기에 대해서는 인정한다. 그러나 그것마저도 네가 이해해야 할 것이 네가 떠난 이후 나는 혼자서 너무나 고독했다. 너라도 마찬가지였을 것이다. 따라서 새 컴퓨터는 나의 고독감을 잊게 하는 유일한 낙이었다. 내가 그토록 형편에 과다한 컴퓨터를 갖고 싶어 했던 것은 이런 차원에서 보면 금방 이해가 될 것이다."

J는 다시 고개를 끄덕였다. R은 계속했다.

"그리고 너는 나하고 살았기 때문에 경제적으로 무슨 큰 피해라도 입은 줄로 생각하는 모양인데 그것도 그렇지 않다. 언젠가 네가 말했듯이 너는 삼 년 반 유학하는 동안 고작해야 천 몇백만 원밖에는 쓰지 않았다고 하지 않았니? 네가 지난 일 년 동안 나한테 보내줬던 돈을 다 합쳐도 이천만 원이 더 되지는 않았을 거야."

J는 다시 고개를 끄덕였다.

"그렇다면 혼자 사는 다른 사람들보다 더 들었다고 할 수도 없지 않은가? 너는 마치 나 때문에 경제적으로 무슨 큰 피해라도 입은 줄로 알고 있는데 나는 그다지 그렇게 생각되지는 않는다."

J는 다시 고개를 끄덕였다. R은 여기서 몹시 피로한 기색으로 말을 멈추었다. 그러고는 잠시 후 울상이 된 표정으로 말했다.

"너는 혹시 내가 말을 못하기라도 기대하느냐? 내가 말문이 막혀버리기라도 하면 네가 나 때문에 큰 피해를 입은 것이 되고 나는 나쁜 사람이 되는 거니? 내가 만약 이번에 말문이 막혔더라면 너는 내가 부당하게 돈을 뜯어간 걸로 공식화 해버리려는 거냐?"

J는 웃었다. R은 아무 말 하지 않고 몹시 피로한 기색으로 고개를 푹 수그리고 있었다. 한참 뒤 그는 고개를 들고 몹시 지친 목소리로 말했다.

"이런 결과를 위해서 너는 사 년 반 전에 날 찾아 프랑스에까지 왔더냐?"

그때 J가 항변했다.

"제가 프랑스에 갔던 건 선생님을 찾아갔던 게 아니에요!"

"응, 그 문제는 이제 곧 너의 아버지를 만나 이야기하게 되면 중요한 문제로 제기될 것이다. 그때 가서 이야기하면 된다. 그리고 내가 한 가지 말해 둘 것은 너는 한국에 내가 돌아온 이후 누구보다도 날 괴롭히는 사람이었다는 사실이다. 나는 너와의 지난 사 개월 동안의 관계야말로 내가 가장 먼저 착수하여 써야 할 것이라고 생각한다."

"흥, 내가 선생님께 좋은 소설 소재를 드렸네요, 뭐."

이때 R의 표정은 고통으로 일그러졌다.

"너는 언젠가 내 마누라가 했던 말과 똑같은 말을 하는구나."

"선생님은 선생님 부인처럼 지긋지긋하게 나한테 매달리고요."

여기서 R은 벌떡 자리에서 일어섰다. 그리고 분노에 찬 눈으로 말했다.

"내가 너한테 매달린다고? 그래 좋다. 이젠 그만 가자. 내가 정말 너한테 매달리느냐 안 매달리느냐 하는 건 너의 아버지 앞에 가서 말해 보면 알게 된다. 돈 문제도 너의 아버지하고 말해야지 너하고는 백날 이야기해 봐야 헛일이다."

두 사람은 일어나 J가 사는 아파트 건물을 향해 가기 시작했다. 걸어가면서 J는 약간 두려움에 찬 목소리로 말했다.

"선생님도 아시겠지만 저의 부모님은 선생님처럼 그렇게 논리정연한 분이 아니에요."

"논리가 무슨 소용이 있느냐, 이 한국에서?"

"아이, 그렇게 말씀하지 마시고…… 그러니 너무…….“

"너무, 뭐냐?"

"너무 심하게 말씀하시지는 마세요."

"심하게 말하고 자시고 할 것도 없다. 있었던 사실을 그대로 말하기만 하면 된다."

J는 아무 말 하지 않았다. 잠시 후 R이 빙그레 웃으며 말했다.

"너의 아버지를 만나면 어떤 방향으로 말해 줄까?"

그러나 J는 그의 말뜻을 알아듣지 못한 듯 약간 의아해하는 눈으로 R을 쳐다보았다. 두 사람은 J의 아파트로 올라갔다.

J네 아파트 현관문을 열었을 때 가장 먼저 눈에 띈 것은 현관 입구에 쌓아둔 쌀가마니 두 개였다. R은 그래서 그녀네 아파트 안으로 들어가기 위해서 그 쌀가마니들을 비켜 약간 돌아 들어가지 않으면 안 되었다.

J의 아버지와 어머니는 둘 다 키가 대단히 작았다. 두 사람의 말씨에는 모두 경상도 사투리의 억양이 섞여 있었다. 그녀 아버지의 경상도 사투리는 그녀 어머니의 그것에 비해 더 진했다.

J의 아버지는 R을 방으로 데리고 들어갔다. R은 그에게 절을 했다. 그리고 약 이삼 분쯤 뒤에서야 J와 함께 방으로 들어온 그녀의 어머니에게 절을 하기 위하여 R은 자리에서 일어났다. 그러자 J는 그녀의 어머니 앞을 가로막으며 절을 받지 말라고 했다. 그러자 방바닥에 책상다리를 하고 앉아 있던 그녀의 아버지는 영문을 모르겠다는 눈으로 서 있는 세 사람을 올려다보다가 J를 향하여 말했다.

"허, 와이카노? 절을 해야 될 거 아이가? 받아라."

그러나 J는 잠시 동안 더 그녀의 어머니 앞을 엉거주춤 가로막고 서서 절을 받지 말라고 했다. 두 여자는 모두 키가 작았다. R은 두 여자를 내려다보며 피시시 웃고 서 있었다. 잠시 후 J는 그녀의 어머니 앞에서 물러났다. R은 절을 했다. J의 어머니는 R의 절을 받은 뒤 부엌에 가스를 잠그고 오는 것을 잊은 듯 약 삼십 초가량 밖으로 나갔다가 다시 들어왔다. R은 J의 아버지를 마주 보고 앉았고 J는 R의 왼편에 앉았다.

J의 어머니가 방으로 들어섰을 때 J는 갑자기 방바닥을 주먹으로 치며 통곡이라도 하는 것처럼 그녀 어머니의 치맛자락을 두 팔로 붙들 듯이 하며 울부짖듯이 말했다.

"엄마, 내 팔자가 그렇다고 하는데 어떻게 해? 이게 다 내 팔잔데……."

"야가, 와이카노?"

J의 어머니와 아버지는 영문을 모르겠다는 듯이 이렇게 말했다. R은 그녀를 돌아보며 피시시 웃었다. J는 그러나 불과 몇 초 후에 씻은 듯이 진정되었다. 좌중이 안정을 되찾은 것을 확인하고서야 R은 입을 열었다.

"우선 제 소개부터 하겠습니다."

"그렇게 합시다."

J의 아버지가 말했다. R은 미소를 머금은 얼굴로 말했다.

"제 이름은 R입니다. 고향은 경줍니다."

"아하, 경주라! 경주라면 우리하고 한 고향일세!"

J의 아버지는 J의 어머니를 향하여 이렇게 말했다. 그리고 그는 R을 향하여 자신의 고향도 경주이며 그들의 선산이 모두 경주 부근에 있다는 사실을 이야기했다. 그가 이런 말을 하고 있는 동안 R은 "아, 예-에.", "그렇습니까?", "예-에." 등 지극히 짤막한 대답들만 되풀이하며 그가 말을 마칠 때까지 기다려주었다. J의 아버지는 계속해서 R의 가족 사항과 거주지 등에 대해서 물었다. R은 대답했다. 이런 이야기가 끝난 뒤에 R은 계속했다.

"그리고 저는 프랑스에 갔다가 금년 이월에 돌아왔습니다."

"금년 이월에요? 그럼, 거기서 뭘 했습니까?"

J의 아버지가 물었다.

"우리 J 선생처럼 공부를 했습니다."

"그럼 몇 년 만에 온 겁니까?"

J의 아버지가 물었다.

"오 년 반 만에 돌아왔습니다."

"그래요? 그런데 우예 그래 늦었노? 우리 J는 삼 년 반 만에 돌아왔는데."

역시 J의 아버지였다. R은 미소를 머금은 채 계속했다.

"예, 그렇지요. 저의 경우는 J 선생과는 달리 첫 일 년 동안 석사 과정을 밟았습니다."

"아하! 그러니까 한국서는 석사 안 하고 갔구나?"

J의 아버지였다. R은 계속했다.

"한국서도 석사를 했습니다. 그런데 다른 이유가 있어서 거기서 석사를 한 번 더 했던 거지요."

"아하! 그럼 석사를 두 개 했구나."

"그런 셈이지요. 그리고 박사과정을 사 년 반 했지요. 그래서 도합 오 년 반이 걸린 거지요."

"박사과정을 사 년 반이나 했다고요? 우리 J는 삼 년 반에 마쳤는데. 하긴 우리 J는 남들보다 빨리 마쳤지."

J의 아버지는 약간 자랑스러워하고 있다고 볼 수도 있는 표정으로 이렇게 웅얼거렸다. R은 빙그레 웃었다. J의 어머니는 그때까지 아무 말 하지 않고 열심히 듣고만 있었다. J도 아무 말 하지 않고 앉아 있었다. R은 계속했다.

"그리고 현재는 C 대학에 시간강사로 나가고 있습니다."

"시간강사라고요?"

이렇게 말할 때 J의 아버지의 표정은 약간 실망한 듯한 것이었다고 말할 수도 있을 것이다. R은 계속했다.

"이런 것이 대략적인 저의 소개입니다만 여기에 한 가지 더 덧붙인다면 저는 대단히 가난한 사람이라는 거지요."

이때 다른 세 사람에 비하여 약간 떨어져 앉아 있던 J의 어머니는 입으로 마치 휘파람 소리 같기도 하고 신음 소리 같기도 한 묘한 탄식 소리를 냈다. R은 잠시 고개를 돌려 그녀 쪽을 돌아보기도 했지만 개의치 않고 계속했다.

"그리고 저를 소개함에 있어서 빠뜨릴 수 없는 하나는 저한테는 제 개인적인 문제가 하나 있다는 사실입니다. 거기에 대해서는 뒤에서 다시 말씀드리기로 하겠습니다. 지금까지 저에 대하여 대략적인 소개를 드렸습니다."

J의 아버지는 고개를 끄덕였다. 잠시 사이를 두고 R은 다시 시작했다.

"저는 프랑스에서 우리 J 선생과 삼 년 반 동안 함께 살았습니다."

"하!"

J의 아버지가 짧은 감탄사를 발했다. 그리고 잠시 후 그는 물었다.

"프랑스에서 알았던 거요, 한국에서부터 알았던 거요?"

"한국에서부터 알았지요. 한국에서 우리는 대학원에 한 반에 다녔으니까요."

"하!"

"한국에서부터 연애를 했지만 별일은 없었습니다. 그러다가 저는 프랑스로 가버렸지요. 제가 떠난 뒤 일 년 후에 우리 J 선생이 프랑스로 온 거지요. 그때부터 함께 살기 시작한 거지요."

"하!"

그때까지 아무 말 하지 않고 약간 떨어져 앉아 듣고만 있던 J의 어머니가 잘 알아들을 수 없는, 입속에 넣고 웅얼거리는 소리로 말했다.

"나는 저를 철통같이 믿었는데…… 프랑스에 공부하러 간다고 하길래 공부하러 가는 줄 알고 철통같이 믿었는데……."

그때 J가 다급하게 끼어들었다.

"그렇지만 제가 그때 프랑스로 갔던 건 공부하러 갔던 거지 선생님을 만나러 갔던 건 아니란 말이에요!"

R은 잠시 하던 말을 멈추고 그녀를 돌아보며 빙그레 웃었다. 그리고 그녀가 조용해진 것을 확인하고 J의 아버지 쪽을 향하여 계속했다.

"우리 J 선생이 날 찾아왔던 건지 아닌지는 잘 모르겠습니다. 그러나 한 가지 확실한 사실은 제가 프랑스에서 혼자 살고 있던 처음 일 년 동안 J 선생은 저한테 여러 차례 편지를 보내왔고 그리고 전화도 해왔다는 사실입니다."

"하!"

"그리고 J 선생이 프랑스로 오는 걸 내가 허락한다면이란 단서를 붙여 프랑스로 가는 데 필요한 일체의 서류, 가령 입학 수속 같은 걸 모두 해 보내달라고 했다는 거지요. 그래서 저는 해주었지요. 왜냐하면 그때 J 선생은 그런 절차를 잘 모르고 있었으니까요. J 선생이 나하고는 달리 석사과정을 하지 않고 곧바로 박사과정으로 들어가게 된 것도 사실은 제가 그렇게 머리를 틀어주었던 거지요."

"하!"

그때 J가 다시 다급하게 끼어들었다.

"그렇지만 제가 R 선생님 도움으로 프랑스에 갔다고 해도 공부하러 갔지 R 선생님과 그렇게 살려고 갔던 건 아니란 말이에요!"

R은 하던 말을 멈추고 다시 빙그레 웃으면서 J를 돌아보았다. 그때 J의 아버지가 J를 나무라듯 말했다.

"너는 가만히 있거라! 더 들어보자."

J는 입을 다물었다. R은 고개를 돌려 J의 아버지 쪽을 향하여 말

했다.

"J 선생이 나하고 살러 왔는지 어땠는지는 저도 잘 모르겠습니다. 그런데 한 가지 확실한 사실은 이런 것입니다. 우리가 일 년 동안 동거생활을 한 뒤 J 선생은 데 어 아(D.E.A.) 학위, 말하자면 박사 예비과정 학위를 받고 취직을 할까 하고 한국으로 돌아갔었지요."

"그랬지요."

J의 아버지가 R의 말을 시인했다. R은 계속했다.

"그때 J 선생이 한국에 돌아가게 된 것은 저의 강력한 권유 때문이었지요."

"하!"

"제가 왜 J 선생더러 그때 한국에 돌아가라고 권유했던가 하는 것은 뒤에서 말씀드리겠습니다. 그건 그렇고 그때 J 선생은 한국에 돌아와서 결국에는 취직을 못했지요. 그리고 석 달 만에 다시 프랑스로 왔지요."

"그랬지요."

J의 아버지가 다시 시인했다.

"그때 J 선생은 석 달 동안 저한테 다시 편지도 하고 전화도 했습니다. 그리고 말하기를 내가 만약 허락한다면 다시 프랑스엘 가고 싶다고요. 그래서 저는 다시 오라고 했던 거지요."

"하!"

"나는 저를 철통같이 믿었는데⋯⋯ 너는 간이 커서⋯⋯ 우리는 공부하러 가는 줄로만 알았는데⋯⋯."

J의 어머니가 다시 알아듣기 힘든 웅얼거리는 소리로 이렇게 말했다.

"그렇지만 제가 선생님과 그렇게 이상하게 살려고 했던 건⋯⋯."

J는 R을 쳐다보며 말꼬리를 흐렸다. R은 그녀의 얼굴을 멀건히

바라보다가 결심이나 한 듯이 다시 입을 열었다.
"처음에 저는 우리 J 선생이 꽤 똑똑한 여잔 줄 알았습니다. 그런데 막상 프랑스에 온 뒤에 보니 전혀 그렇지가 않더군요. J 선생은 도저히 제 손으로 논문을 쓸 만한 능력이 없는 사람이었습니다."
이때 J의 아버지와 어머니는 깜짝 놀라는 혹은 다소 격분해한다고 말할 수도 있을 표정으로 고개를 번쩍 들고 R을 쳐다보았다. R은 개의치 않고 여전히 여유 있는 미소를 머금은 채 계속했다.
"그래서 결국 저는 J 선생의 박사예비과정 학위논문과 박사학위 논문을 제가 거의 다 써주다시피 했지요."
J의 아버지와 어머니는 믿을 수 없다는 표정이었다. 그러나 그때 마침 J가 다급하게 끼어들었다.
"논문을 다 써주다시피 하면 뭘 해요? 저는 지금 아무것도 아닌 걸요!"
R은 비시시 웃었다. J의 아버지는
"하!"
하고 감탄사를 발한 뒤 J더러 입을 다물고 더 들어보자고 했다. R은 계속했다.
"처음에 저는 우리 J 선생이 쓴 글을 보고 솔직히 말씀드려서 크게 당황했습니다. 그래서 가르쳐보려고 무진 애를 썼지요. 그 때문에 우리는 많이 싸우기도 했습니다. 그러나 잘 안 되더군요. 그러면서도 논문을 내야 할 때가 되면 애가 달아서 설치고 때로는 찔찔 울기도 하데요. 그래서 할 수 없이 써주게 된 거지요."
"제가 언제 애가 달아서 설쳤다고 그래요?"
J가 끼어들었다. R은 말을 중단하고 다시 J를 돌아보며 빙그레 웃었다.
"너는 가만히 좀 있거라. 더 들어보자."
J의 아버지가 J를 건너다보며 말했다. R은 계속했다.

"처음 박사예비과정 학위논문은 그래도 분량이 적은 것이어서 괜찮았습니다. 그러나 박사학위 논문은 아시다시피 분량이 대단히 많습니다."

"그렇지!"

J의 아버지가 R의 말을 시인했다. R은 계속했다.

"그래서 박사예비과정 학위를 마쳤을 때 저는 J 선생더러 한국 들어가라고 했지요. 물론 들어가라고 할 때는 우리 J 선생 자존심을 생각해서 박사학위 논문을 쓸 능력이 도저히 안 되니 들어가라고 말하지는 않았습니다. 취직을 해야 하니 들어가야 한다고 달랬지요. 가서 취직해 있으면 내가 빨리 마치고 들어가마 하고 말했지요. 그러나 내심으로는 만약 J 선생이 안 들어가고 있으면 저한테는 아주 골치 아픈 일이 되리라는 것은 뻔한 일이었으니까요. 남들은 박사학위 논문 하나 쓰는 데도 몇 년 걸리는데 내 논문 쓸 일만 해도 태산 같았으니까요. 그래서 일 년 뒤에 한국으로 돌려보냈던 거지요. 그런데 석 달 후에 취직이 안 됐으니까 다시 오겠다고 하데요."

"그렇지. 취직하기가 쉬운 일인가?"

J의 아버지가 혼잣말처럼 중얼거렸다.

"취직을 하려고는 했지만 돼야지요."

J의 어머니가 변명하듯 거들었다. R은 계속했다.

"그래서 저는 좀 망설였지요. 만약 J 선생이 다시 오게 되면……"

그때 J의 아버지가 앞질러 말했다.

"그렇지. 그렇게 되면 공부에 지장이 되겠지."

R은 그의 말을 받아 말했다.

"지장의 정도가 아니라 논문을 다 써주다시피 하게 되는 거지요. 그런데도 J 선생이 한국에 가고 나니 보고 싶기도 하데요. 그래서 오라고 했던 거지요."

J의 아버지는 빙그레 웃었다. R은 계속했다.

"게다가 J 선생이 한국 가 있는 석 달 동안 저는 제 논문의 일 부를 다 쓴 터였지요. 그 석 달 동안 좀 지독하게 일했지요. 그래서 어느 정도 여유도 생겼고 또 그동안에 다소 지나치게 일을 했기 때문에 건강도 좀 안 좋은 것 같기도 했습니다. 그렇기는 하지만 무엇보다도 J 선생이 보고 싶었기 때문에 다시 나오겠다고 하는 데 동의했던 거지요."

J의 아버지는 빙그레 웃었다. R은 계속했다.

"그래서 J 선생이 다시 왔지요. 그리고 논문을 쓴다고 몇 달 동안 들앉아 끙끙거리데요. 그러다가 몇 달 후에 만들어 온 걸 보니 누더기더군요. 도저히 안 될 거였지요. 그래서 어느 날 아침 잠자리에서 일어나 제가 말했지요. 이래 가지고는 도저히 안 되겠으니 내 논문 쓰는 일을 일단 제쳐놓고 J 선생 논문을 먼저 쓰자고요. 게다가 그때 학장으로 계시던 P 교수가 J 선생한테 보낸 편지도 있고 해서 그렇게 했던 거지요."

P 교수라는 말에 이번에는 J의 어머니가 고개를 끄덕이며 R의 말을 시인했다. R은 계속했다.

"그러나 무엇보다 제가 떠난 뒤에 우리 J 선생이 혼자 거기에 남아 있을 걸 생각하니 도저히 그냥 있을 수가 없었던 거지요. J 선생을 혼자 그 이국땅에 두고 오느니 차라리 내가 일 년 더 남아 있자고 생각했던 거지요. 우리 J 선생은 내 이야기를 듣고 그렇게 하자고 하데요. 그래서 저는 우선 J 선생 논문을 써서 보내고 나서야 다시 제 논문을 쓰기 시작했지요. 이리하여 간단없이 저는 일 년을 더 보내게 된 거지요."

여기서 R은 말을 중단했다. J의 아버지는 여전히 빙그레 웃고 있었다. 잠시 후 J가 입을 열었다.

"물론 R 선생님이 제 논문 쓰는 데 도와준 것은, 그래요, 많이 도와준 것은 사실이에요. 그리고 제가 R 선생님한테 많이 배운 것도 사실이에요. 그러나…….”

그러자 R은 그녀의 말을 가로막으며 말했다.

"도와준 것이 아니라 다 써준 거나 마찬가지지요.”

J의 아버지가 비시시 웃으며 끼어들었다.

"도와준 거겠지.”

J의 어머니가 끼어들었다.

"그렇겠지. 아무려면.”

그러자 R은 약간 격앙된 목소리로 말했다.

"J 선생의 논문은 제목부터가 제가 정해 준 거지요.”

그러자 J의 아버지가 중얼거렸다.

"제목부터가?'

R은 계속했다.

"그리고 서론, 결론은 말할 것도 없고 서문까지 제가 썼지요. 물론 본론은 J 선생이 국문으로 쓴 누더기 원고를 약간 기초로 했습니다. 그래서 그 논문에 관한 한 제가 J 선생보다 그 내용을 더 잘 알고 있습니다.”

J의 아버지와 어머니는 아무 말 하지 못했다. 그때 J가 끼어들었다.

"그렇지만 그 논문을 쓰기 위해서 육백 페이지나 되는 텍스트를 읽고 참고 문헌을 읽는 것은 쉬운 일인지 아세요? 그건 모두 내가 했단 말이에요.”

"그렇지!”

그때 J의 아버지가 J의 말에 동조했다. R은 빙그레 웃으며 말했다.

"그래요, 그 말도 맞아요. 그래서 나는 그걸 감안해서 생각해 볼 때 그 논문을 쓰는 데 삼 할은 J 선생의 노력이 들어갔다고 인정해 줍니다. 그리고 적어도 칠 할은 제가 썼다고 말할 수 있지요.”

"칠 할을?'

J의 아버지가 혼잣말처럼 중얼거렸다. 이때 J가 R을 보고 말했다.
"그렇지만 지금 선생님 말씀은 안용환 씨한테 했던 말과는 다르네요?"

R은 그녀를 돌아보며 조소에 찬 미소를 지었다. J의 아버지는 무슨 말인가 알고 싶다는 듯이 두 사람을 바라보았다. R은 그에게 설명했다.

"안용환 씨라고 우리가 친척처럼 가까이 지내던 사람이 있었습니다. J 선생이 학위를 마치고 떠난 뒤 제가 한번은 그 집엘 놀러 갔었지요. 그 양반이 잠자리에서 나란히 불을 끄고 누워 제게 하는 말이 'R 선생님, J 씨 논문을 R 선생님이 다 써준 거 혹시 아닙니까?' 하고 묻데요. 그 양반이야 우리 J 선생이 자력으로 박사학위 논문을 그렇게 단시간 내에 썼다고는 도저히 믿지 못하겠으니까 저한테 한번 그렇게 물어본 거겠지요. 그 양반이 뻔히 알고 있는 사실을 내가 굳이 아니라고 한들 무슨 소용이 있겠습니까? 그렇기는 하지만 제가 J 선생을 보호해 주는 뜻에서 아니라고 하면서 서로 반반 썼을 거라고 했다가 다시 정정하여 칠 할을 J 선생이 썼고 삼 할을 내가 도와주었다고 했지요. 물론 그 양반이야 내 말을 액면 그대로 믿지는 않았겠지요. 지난 여름방학 때 J 선생이 왔을 때 우연히 무슨 말 끝에 제가 그 이야길 우릴 J 선생한테 했는데 지금 그걸 가지고 이야기하고 있는 겁니다."

"다른 사람들도 이미 알고 있구나!"

J의 아버지가 말했다.

"알 만한 사람은 알겠지요."

R이 대답했다. J의 아버지는 다소 곤혹스러워하는 표정이었다.

"둘이 산 것도 알고 있어요? 학교에서도 다 알고 있겠네?"

"글쎄요. 알고 있다고 봐야겠지요. 게다가 J 선생은 알고 보니 마드모아젤 김이라고 하는 우리가 살던 도시에 함께 살다 온 여자에게 무시로 우리 이야기를 했다고 하데요."

"제가 무슨 말을 했다고 그래요!"

J는 악을 쓰며 말했다. R은 빙그레 웃었다. 그때 J의 어머니가 손을 내저으며 징징 우는 소리로 말했다.

"우리 J에 대해서 이젠 그만 하세요. 듣고 싶지 않아요. 제발 우리 J의 과거에 대해서 아무 말 하지 말아요. 저는 듣기 싫어요."

R은 여전히 빙그레 웃고 있었다. J는 그녀의 어머니를 향하여 우는 목소리로 말했다.

"엄마! 그래서 제가 아까 놀라지 말라고 했잖아요?"

그리고 좌중은 조용해졌다. 잠시 후 J가 말했다.

"그렇지만 그런 데서 공부하다 보면 나는 불어가 좀 달리고 하니까 문장을 좀 고쳐줄 수도 있는 거지요."

"그렇지!"

J의 아버지가 J의 말에 동조했다. R은 빙그레 웃으며 말했다.

"문장을 좀 고쳐준 게 아니라 써준 거나 다름이 없지요. 그럼 말이 나온 김에 좀 더 하지요. 들어보세요."

"또 있어요?"

J의 어머니는 고통스러운 표정으로 말했다.

"들어보자니까?"

J의 아버지가 J의 어머니를 향하여 약간 역정을 냈다. 그러나 그는 비교적 여유 있는 얼굴이었고 R의 이야기를 시종 흥미 있어 하는 얼굴이었다. R은 계속했다.

"지난여름에 J 선생이 D 문예지에 문학평론에 당선되었지요?"

"그랬지요."

J의 아버지는 약간 흐뭇해하고 있다고 볼 수도 있는 얼굴로 R의 말을 시인했다. R은 계속했다.

"그 글도 제가 써줬습니다."

"하!"

"그 글은 제가 시간이 좀 있길래 썼던 거지요. 그걸 써주면서 J 선생한테 말하기를 어디다 내서 당선되면 상금은 가용에 보태어 쓰기로 하고 이름은 네 이름으로 내자고 했어요. 왜냐하면 J 선생은 여자이기 때문에 한국에서는 비록 학위가 있다고 할지라도 남자에 비하여 취직이 일반적으로 더 어렵지 않습니까?"

"그렇지요."

J의 아버지가 시인했다.

"문학평론가라는 관록이 하나 더 붙으면 J 선생한테 다소 더 유리할 거라고 생각했던 거지요. 물론 제 이름으로 낼 수도 있겠지만 저는 문학평론가라는 이름을 그다지 갖고 싶어 하지 않았던 거지요. 왜냐하면 저한테는 다른 할 일이 있으니까요. 저는 J 선생이 잘 되는 것이 곧 내가 잘되는 것이고 내가 잘되는 것이 곧 J 선생이 잘 되는 것이라고 생각했던 거지요."

"그렇지!"

J의 아버지가 말했다. 좌중의 분위기는 그때 오히려 어느 정도 가라앉아 있었다. 그런데 그때 J가 끼어들어 말했다.

"그렇지만 제가 박사가 되고 문학평론가가 된들 무슨 소용이 있어요!"

그리고 J의 어머니가 J의 말에 이어 계속했다.

"그까짓 박사면 뭐 하고 문학평론가면 뭐 합니까? 여자는 그저 시집이 제일이 아닙니까?"

그리고 J의 아버지가 말했다.

"그래, 선생은 우리 J를 어떻게 할 생각이요?"

R은 빙그레 웃었다. 그리고 말했다.

"이제 다시 저의 신상 이야기를 좀 더 하겠습니다. 저는 결혼을 했습니다. 그리고 아직 이혼을 못했습니다."

"하!"

J의 아버지가 감탄사를 발했다. J의 어머니는 입으로 알아들을 수 없는 이상한 소리를 냈다. 잠시 후 J의 아버지는 아이도 있느냐고 물었다. R은 그래서 둘이라고 했다. J의 아버지는 다시 예의 그 짧은 감탄사를 발했다. 잠시 후 J의 아버지는 R이 J와 처음 사귈 때 R이 결혼했다는 사실을 J가 알고 있었더냐고 물었다. R은 그렇다고 말했다. 그러자 J의 아버지는 다시 한 번 감탄사를 발했다.

"세상에! 결혼한 사람이라는 걸 알면서 프랑스까지 따라가다니……."

J의 어머니가 앓는 소리로 말했다. J의 아버지는 R에게 지금은 R이 그의 아내와 어떤 상태에 있느냐고 물었고 R은 별거 상태라고 말했다. J는 그때 다시 한 번 그녀가 프랑스에 갔던 건 R과 함께 살기 위해서 간 것이 아니라는 등의 항변을 했다. 그녀의 항변에 대하여 R은 빙그레 웃을 뿐 아무 대답도 하지 않았다. J의 아버지는 J에게 입을 다물라고 하고 R과 J 중 처음에 누가 누구에게 접근을 했더냐고 물었다. 거기에 대하여 R은 다시 빙그레 웃으며 대답했다.

"글쎄요. 누가 먼저 상대에게 접근했더냐 하는 것은 식별해 내기가 쉽지 않아요. 그러나 제 생각에는 J 선생이 먼저 저에게 접근해 왔다고 말할 수 있습니다. 그렇기는 하지만 그게 뭐 그리 중요하겠습니까?"

J의 아버지는 고개를 끄덕였다. 그러나 J는 그녀가 먼저 R에게 접근했다는 사실에 대하여 강력히 반박했다. R은 그녀의 말에는 대답하지 않고 반박하고 있는 그녀를 우두커니 돌아보고만 있었다. J의 아버지는 J에게 입을 다물라고 했다. 그리고 R에게 말했다.

"그래, 선생은 우리 J를 어떻게 할 생각이요?"

"글쎄요. 우선 저에게는 이혼 문제가 해결되지 않았습니다. 물론 저는 한국에 돌아온 이후 넉 달 동안 이 문제를 해결하기 위해서 최선을 다했습니다. 그러나…….”
 그러나 이때 J가 거세게 R의 말을 가로막으며 소리쳤다.
 “거짓말 말아요! 선생님이 언제 최선을 다했어요!”
 그 순간 R은 참지 못하겠다는 듯이 소리쳤다.
 “뭐라고? 최선을 다하지 않았다고?”
 “그래요! 선생님이 언제 이혼하려고나 했어요?”
 그러자 R은 약간 방향감각을 잃고 있는 듯한 표정이 되었다. J는 약간 만족감에 찬 미소를 입가에 띠고 있었다. J의 아버지는
 “하!”
 하고 신음 소리와도 같은 짧은 감탄사를 발했다. 그리고 J의 어머니는 우는 소리처럼 들릴 수도 있는 목소리로 웅얼거렸다.
 “누가 이혼을 해주나! 외국 가서 박사학위까지 따가지고 왔는데…… 어느 여잔들 해주겠어요. 안 해줍니다.”
 잠시 후 R은 방향을 되찾은 듯 입을 열었다.
 “제가 오늘 여기에 온 것은 J 선생과 결혼을 하기 위해서 온 것은 아닙니다.”
 J의 아버지와 어머니는 약간 혼동스러운 듯 서로 마주 바라보다가 R을 바라보았다. R은 계속했다.
 “아까도 말씀드렸듯이 저는 프랑스에서 삼 년 반 동안 J 선생을 저의 양심껏 최선을 다해 키웠습니다. J 선생의 박사예비과정 학위논문을 써준 것도 저였고, 박사학위 논문을 써준 것도 저였고 그리고 문학평론가로 만들어주었던 것도 저였습니다. 제가 저 자신을 일 년 이상이나 희생하면서 박사 만들고 문학평론가 만들어 한국에 보내놨더니 사람이 바뀌어버린 거지요.”
 “그럴 리가 있겠소?”
 J의 아버지가 말했다. 그는 약간 비시시 웃는 웃음을 띠고 있었다.
 “그렇지야 않겠지요. 설마 저도 사람인데…….”

J의 어머니가 거들었다. 그때 J가 악을 쓰며 소리쳤다.
"박사 만들어주고 문학평론가 만들어주면 뭘 해요? 저는 사랑하지도 않는걸요! 사랑하지 않는 걸 어떻게 하란 말이에요!"
J가 악을 쓰며 소리치는 바람에 J의 어머니와 아버지는 약간 놀라는 표정이었다. R은 어이가 없다는 듯이 J를 멀건히 내려다보다가 단호한 어투로 말했다.
"물론 저도 J 선생을 사랑하지 않았습니다. 방금도 말씀드렸듯이 저는 오늘 J 선생과 결혼을 하려고 이렇게 찾아온 것이 아닙니다."
"그렇지. 이혼도 안 하고서야 결혼도 할 수 없지."
J의 아버지는 비시시 웃으면서 말했다. R은 계속했다.
"사랑을 한다 안 한다 하는 것은 저한테 중요한 문제가 아닙니다. J 선생은 날 사랑하지 않는다는 말을 무슨 자랑으로 알고 무슨 특권이나 가지고 있는 것처럼 소리를 질렀습니다만 저는 누구를 사랑한다는 말도 잘 하지 않습니다만 특히 누구를 사랑하지 않는다는 말을 저렇게 고함치듯 하지는 않습니다. 사랑하고 안 하고를 떠나서 사람은 사람에게 정당하게 대해야 합니다."
"그렇지."
J의 아버지가 응수했다.
"저는 J 선생더러 날 사랑하라고 하는 것이 아니라 정당하게 대해야 한다고 말하는 거지요. J 선생은 제가 한국에 돌아온 뒤 끊임없이 부당하게 대해 왔으니까요."
"그럴 리가 있겠어요?"
J의 아버지가 말했다.
"오해겠지요. 저도 인간인데 그럴 리가 있겠습니까?"
J의 어머니가 합세했다. R은 계속했다.
"가령, 지난여름에 J 선생은 제가 써주었던 원고를 D 잡지사에 내어 당선이 되었습니다. 그런데 저한테는 그게 됐다는 말도 하지 않았습니다."

"하!"

"제가 왜 말하지 않았어요!"

J가 악다구니를 쓰며 소리쳤다.

"그렇지요. 말을 하기는 했지요. 최근에요. 그러니까 제가 프랑스에 있는 육 개월 동안 J 선생은 저한테 편지를 하면서도 그게 됐다는 말은 안 한 거지요."

"하!"

"이유가 있었다고 하잖아요!"

J는 다시 소리쳤다. R은 계속했다.

"제가 한국에 돌아온 뒤에도 근 석 달 가까이 그게 됐다는 말을 저한테 안 했던 거지요."

"제가 어디 안 할려고 안 했어요?"

J는 다시 소리쳤다. R은 계속했다.

"처음에 제가 한국에 돌아왔을 때 강원도에 있는 K 대학 불문과 학과장에게 J 선생 글이 실린 책을 한 권 보냈다고 하데요."

이때 J와 J의 아버지의 얼굴에는 약간 곤혹스러워하는 빛이 스치고 지나갔다. R은 계속했다.

"그래서 무슨 글이 실린 책이었더냐고 제가 물었지요. 그런데도 말을 안 하데요."

"이유가 있었다고 했잖아요!"

J가 다시 소리쳤다.

"그거는 니가 잘한 기 아니네?"

J의 어머니가 딸을 보고 말했다. R은 계속했다.

"옳게 하자면 날 사랑하건 안 하건 간에 일단 그것이 됐으면 책이라도 한 권 보내주면서 그게 됐다고 말해야 할 거 아니겠어요? 그렇지요?"

"그렇지! 그렇게 하는 법이 어디 있노?"

J의 아버지가 딸을 보며 말했다. R은 계속했다.

"그뿐 아닙니다. 제가 서울에 돌아온 이후 J 선생은 끊임없이 저에게 말로써 폭력을 가해 왔지요. 물론 J 선생의 말이라는 것이 그렇게 위력 있는 것이어서 치명적인 것은 못 됩니다. 그러나 권투선수가 잔 펀치를 자꾸만 맞으면 그로기 상태에 가는 것과 같이 저는 그동안 J 선생의 그 위력은 없지만 무수히 퍼부어 대는 말의 폭력에 의해 너무나 지쳤습니다. 때로는 제발 날 좀 더 이상 괴롭히지 말아 달라고 애원을 했지만 막무가내였지요."

"이혼을 안 했으니까 그렇지요. 저도 사람인데 설마 그럴 턱이 있습니까?"

J의 어머니가 끼어들었다.

"그렇지!"

J의 아버지가 합세했다. 그리고 덧붙였다.

"그거야 선생이 이혼을 못하고 있으니 그런 거 아니겠소? 그건 선생이 잘못한 거 아니요? 결혼을 하려면 이혼을 하고 와야 될 일이지. 이혼도 안 하고, 말이나 될 법이요?"

R은 두 사람을 돌아보며 빙그레 웃었다. 그리고 말했다.

"그래요. 이 한국에서는 저에게 유일한 죄는 이혼을 하지 못했다는 사실이지요. 그런데 저는 이혼을 하더라도 J 선생과 결혼할 마음은 없습니다."

"그럼 뭐요?"

J의 아버지가 다소 도전적인 목소리로 말했다. R은 계속했다.

"나는 지금 J 선생이 날 사랑하든 안 하든 정당하게 대해야 한다는 말을 하고 있는 중입니다. 더 들어보십시오."

"더 들어보세요, 아버지."

J가 약간 겁에 질린 목소리로 그녀의 아버지를 만류했다.

"그럼 더 들어보지."

J의 아버지가 다소 불쾌해하는 얼굴로 이렇게 내뱉었다. R은 말했다.

"지난 학기에 저는 강의가 있어서 일주일마다 서울에 올라왔습니다. 그런데 올라올 때마다 J 선생의 마음이 꼭 손바닥 뒤집듯이 이랬다저랬다 바뀌었지요. 한 주일은 괜찮았다가 다음 주일에 와보면 또 뒤집어져 있곤 했지요."

"그야 뻔한 거 아니겠소? 선생이 이혼을 못하고 있으니 그런 거 아니겠소?"

J의 아버지가 또 끼어들었다.

"저도 사실은 선생님이 이혼을 안 했으니까 선생님께 어떻게 대해야 할지를 모르겠으니까 그렇지요."

J가 끼어들었다.

"자가 그러니까 요새 얼굴이 저 모양이구나."

J의 어머니가 징징 우는 소리로 웅얼거렸다. R은 다시 빙그레 웃고는 계속했다.

"일례를 들지요. 저는 한국에 돌아와 보니 이혼도 뜻대로 되지 않고 또 여러 가지 여건이 너무 나빠서 제가 하고 싶어 하는 일을 전혀 할 수가 없었습니다. 그래서 저는 얼마 전에 외국엘 도로 나가기로 마음을 먹게 되었습니다. 취직이 안 돼서 나가려는 것은 아닙니다. 취직이야 시간이 지나다 보면 될 수도 있겠지요. 저는 여기 있는 J 선생도 알고 있겠지만 대학교수 하기를 그다지 원하지는 않았습니다. 저는 한 사람의 전문인으로서 보다 전문적인 일을 해보기를 원해 왔습니다. 말하자면 글을 쓰는 일이지요. 그런데 이 한국에 와보니 인적 물적 환경이 저에게 일을 할 수 있도록 허락해 주지 않았습니다. 그래서 저는 제 일을 하기 위해서는 외국에 나가는 것이 더 옳다고 결론을 내린 거지요. 물론 이혼이 속히 안 되는 것도 제가 외국을 다시 나가기로 마음먹게 된 이유 중 하나지요."

"하!"

"그리고 저는 자신도 있습니다. 저는 외국에서 오 년 반 동안 일해 본 경험이 있거든요. 거기에 대해서는 우리 J 선생이 잘 알 겁니다."

J는 고개를 끄덕여 R의 말을 시인했다. R은 계속했다.

"그래서 두 주일 전에 J 선생한테 이야기했지요. '네가 글을 쓰는 것보다 내가 글을 써야 빛이 나지 않겠느냐. 내가 널 프랑스에서 키워줬는데 이번에는 네가 날 키워주는 셈 치고 나하고 함께 다시 외국 나가자.' 하고요. 그래서 우리 선생은 두 주 전에 저한테 말하기를 함께 가겠다고 했습니다."

"하!"

그때 J는 몹시 당황하며 소리 질렀다.

"저는 R 선생님하고 외국 안 가요! 절대로 안 가요! 내가 왜 결혼도 하지 않고 R 선생님과 함께 외국엘 가요? 저는 절대로 안 가요! 안 간단 말이에요."

R은 그녀의 말에는 아랑곳하지 않고 그의 말을 맺었다.

"그런데 두 주 후인 어제는 또 마음이 바뀌어버렸던 거지요. 아무런 설명도 없이 갑자기 안 간다고만 소리소리 질러대는 거지요."

"제가 왜 가요? 제가 미쳤어요, 결혼도 하지 않았는데 또 선생님과 함께 외국엘 가게?"

J는 여전히 다급하게 R의 말을 가로막으며 소리 질렀다.

"그렇지! 결혼을 하지 않고서야 말이 안 되지."

J의 아버지가 말했다.

"남이 들으면 남사스러워서, 이거야 참...... 야야, 지발 좀 작게 말해라, 누가 들을라."

J의 어머니가 말했다. R은 빙그레 웃었다. 그리고 말했다.

"물론 나도 우리 J 선생 같은 여자를 다시 외국 데리고 갈 생각은 전혀 없습니다. 내가 늙은 부모를 두고 표표히 떠나는데 J 선생처럼 이랬다저랬다 변덕이 심한 여자를 데리고 가서야 되겠습니까? 남들이 알면 웃을 일이지요."

"그렇지!"

J의 아버지가 말했다. R은 계속했다.

"J 선생은 그만한 능력도 없고 가치도 없는 여자입니다. 나는 지금 J 선생을 외국 데리고 나가기 위해서 여기 온 것이 아닙니다."

"그럼 뭐요?"

J의 아버지가 화가 난 표정으로 물었다.

"제가 여기에 온 것은 다만 내가 그동안 한국에 돌아와 J 선생한테 부당하게 당한 수많은 능멸과 고통에 대하여 누구한텐가 이야기를 좀 해야 할 것 같아서 온 거지요. 아까도 얼핏 말씀드렸지만 나도 어렵게 공부한 사람입니다. 나는 남들처럼 돈이 많아서 유학 갔던 거 아닙니다. 내 아버지와 어머니가 리어카로 채소를 시장에다 날라 팔고 여동생들이 공장에 다녀서 대학시키고 유학시켰습니다. 나의 아버지는 오랜 노동으로 이제는 병으로 누워 있습니다. 그런 아버지 어머니 여동생들이 날 기다리고 있는데도 나는 내 일을 제쳐놓고 J 선생 논문부터 써주었습니다. 물론 지금 와서 생각하면 다만 부끄러운 일일 뿐입니다. 어쨌든 저는 그런 사정에도 불구하고 한 인간을 정성껏 키웠습니다. 그리고 인간을 키웠기 때문에 배반을 당한 거지요. J 선생이 아마도 박사도 문학평론가도 못 되었다면 저를 그렇게 부당하게 대하지는 못했을 것입니다."

그러나 세 사람은 그의 말을 경청하지는 않았다. 그래서 R은 적당히 이야기를 맺지 않으면 안 되었다.

"그렇지만 제가 그까짓 박사면 뭘 하고 문학평론가면 뭘 해요? 저는 지금 아무것도 아니잖아요!"

J가 끼어들었다. 그리고 R이 막 무어라고 말하려는 순간 다시 미

친 듯이 소리쳤다.

"이 사람이 저를 막 때린단 말이에요!"

그러자 J의 아버지는 다시 짧은 감탄사를 내질렀다. R은 다소 당황한 그러면서도 심한 경멸에 찬 표정으로 그녀를 굽어보았다. J는 자신이 방금 한 말의 효과에 어느 정도 만족해하는 표정이었다.

"자가 그래서 입술이 저 모양이구나!"

J의 어머니가 말했다. R은 난색을 지었다. 그리고 그의 두 눈에는 분노로 이글거렸다.

"선생! 자를 때렸다는 말이 사실이요?"

J의 아버지가 말했다.

"예, 사실입니다. J 선생은 맞을 만한 짓을 했지요."

이렇게 말하고 R은 J를 때리지 않을 수 없었던 이유를 설명했다. 그러고 나서 말했다.

"나는 J 선생을 남들로부터 감싸주기 위해서 J 선생 논문을 써주었다는 말을 하지 않았습니다. 그런데 J 선생은 나를 아는 다른 사람한테 줄곧 우리 사이의 이야기를 고해바침으로써 이제 저는 프랑스에서 나를 알았던 모든 사람들 사이의 웃음거리가 되게 생긴 거지요. 그러니 누군들 참을 수 있겠습니까?"

그러자 J의 아버지는 J에게 어젯밤에 J가 데리고 갔던 여자가 처녀냐고 물었다. J는 그렇다고 했다. J의 아버지는 그렇다면 R의 심정이 이해가 간다는 듯이 비시시 웃으며 고개를 끄덕였다. J의 어머니도 딸의 어젯밤 처사는 잘한 것이 아니라고 했다. 그리고 R을 돌아보며 말했다.

"그렇지만 설마 그 처자가 남한테 그런 말을 할라고요? 안 합니다."

R은 다시 경멸에 찬 웃음을 지었다. J의 아버지는 잠시 후 다소 협박조로 말했다.

"이 사람 이거 안 되겠는데. 아무리 그렇지만 사람을 때려서야 되나?"

R은 다소 당황한 표정이 되었다.

"그 점에 있어서는 일단 사과합니다."

"아암, 그래야지. 전에 둘이 살 때도 종종 때렸어요?"

J의 아버지가 다그쳤다. R은 곤혹스러운 표정으로 대답했다.

"전에는 공부 때문에 더러 싸웠습니다. 공부가 아닌 다른 문제로 그다지 싸우지는 않았습니다."

그때 J가 나섰다.

"거짓말이에요!"

그러나 J는 이렇게 소리치고는 잠시 생각하더니 곧 입을 다물었다. J의 아버지가 말했다.

"두 사람 다 박사까지 하고 왔다는 지성인이라는 사람들이 그래서 되겠어요?"

그리고 그는 계속해서 R이 J를 때렸다는 사실을 가지고 더 이야기했다. R은 그의 곤혹스러운 입장에서 벗어나려는 듯이 다소 언성을 높여 소리쳤다.

"그렇지만 삼 년 반 동안 함께 살았던 사람을, 그것도 자신을 키워준 사람을 그렇게 남들 앞에 내세워 등신을 만들어도 되는 거예요? J 선생 박사예비과정 학위논문 내가 다 써주다시피 했어요! J 선생 박사학위논문 내가 다 써주다시피 했어요! J 선생 문학평론 당선된 글 내가 다 써주었어요! J 선생은 손 하나 대지 않았어요! 그나 그뿐인 줄 아세요? 이번 달 D 잡지에 발표된 J 선생 글, 거기에도 내 논문을 더러 발췌했더군요!"

R이 기세 좋게 내지르는 말은 확실히 효과적이었다. J의 아버지는 어느새 그 비시시 웃는 얼굴로 되돌아와 있었고 그녀의 어머니는 풀이 죽어 있었다. 그때 J가 항변했다.

"그렇지만 선생님이 제 논문을 쓸 때 저는 뭐 가만히 논 줄 아세요? 저는 밥하고 집안 살림살이를 도맡아 놓고 살았단 말이에요!"

R은 그녀를 돌아보며 다시 경멸에 찬 웃음을 지었다. J의 아버지는 다소 민망스러워하는 표정을 지었다.

잠시 후 R은 J의 어머니에게 냉수 한 그릇을 갖다 줄 수 있겠느냐고 했다. J의 어머니는 다소 불쾌해하는 표정을 짓다가 J의 아버지를 바라보았고 J의 아버지는 갖다 주라는 눈짓을 하는 듯했고 그래서 J의 어머니는 일어나 국그릇에 냉수 한 그릇을 가지고 왔다. R은 마셨다. 그리고 계속했다.

"내가 어제저녁에 J 선생을 만나려고 했던 것은 J 선생을 두들겨 패기 위해서도 아니고 또 코를 꿰어 외국 데리고 나가려고 했던 것도 아닙니다. 내가 나가기 싫어하는 여자를 왜 데리고 나가겠어요. 그런 걸 데리고 가서 뭐 하게요? 내가 어제 J 선생을 만나고자 했던 것은 우리 사이에 무엇인가 정리할 것도 있어서이고 또 나로서는 부탁할 것도 있을 수 있는 거 아니에요?"

"그렇지!"

J의 아버지가 맞장구를 쳤다.

"그런데 약속도 지키지 않고 게다가 제삼자를 데리고 나와 버티고 있으니 사람 스트레스 쌓이지 않겠어요?"

"그렇지!"

J의 아버지가 다시 맞장구를 쳤다.

"그래서 내가 온 것은 J 선생한테 매달리려고 온 게 아니라 그동안 내가 당한 부당한 일들을 누구에겐가 이야기를 좀 하고 또 그동안 쌓인 스트레스를 좀 풀까 하고 온 거지요. 저도 이 젊은 나이에, 게다가 오 년 반 만에 한국 돌아와 새 출발을 하려고 하는 마당에 부당한 스트레스를 너무 받으면 장래가 펴지 못해요. 왜냐하면 사람이란 언제나 그렇게 강한 존재는 아니거든요."

"그렇지."

J의 아버지가 다시 맞장구쳤다.

"그렇지만 야도 어디 선생님한테 일부러 그렇게 하려고 그랬겠어요? 선생님이 양해해 주세요."

J의 어머니가 말했다. 그때 J가 말했다.

"R 선생님이 만약 총각이었어 봐요. 그랬더라면 선생님이 제 논문을 다 써주었다는 사실이 오히려 자랑스럽지 않겠어요?"

"그렇지!"

J의 아버지가 맞장구쳤다.

"총각이라면 무슨 걱정이고?"

J의 어머니가 그녀의 딸을 보고 말했다. R은 빙그레 웃었다. 그리고 말했다.

"결국 하나의 유일한 논리는 이런 거지요. 내가 결혼을 했다. 그렇기 때문에 나는 무조건 부당한 대우를 받아도 된다 이거지요. 그래서, 저의 죄는 총각이 아니라는 거지요. 그래서 나는 기껏 내가 희생해 가며 논문 써주고 욕 얻어먹는 거지요. 그런 논리는 미리 예상했던 겁니다."

그러자 좌중에선 다시 옥신각신 한참 동안 불규칙하게 이야기가 오갔다. 아무 말 하지 않고 빙그레 웃으며 듣고만 있던 R이 말했다.

"본래 그런 거예요. 내 자식은 다 귀한 거니까 내 자식 말은 모두 옳고 남의 자식 말은 다 틀린 거예요."

그러자 좌중에는 다시 여러 가지 변명들이 오갔다. 그러던 중 창문 밖 베란다에서 파출부로 보이는 오십 대 여자가 빨래를 널고있었는데 그때 J는 좌중의 대화를 잠시 멈추어줄 것을 부탁하고 자리에서 일어나 유리문을 열고 베란다를 내다보며 말했다.

"아줌마! 지금 손님이 와 있으니까 빨래 좀 이따 널어."

그러자 파출부는 밖에서 무어라고 말했는데 그녀가 무슨 말을 했는지 안에서는 알아들을 수가 없었다. J는 약간 짜증스러워하는 목소리로 다시 말했다.

"괜찮다니까? 좀 이따가 하라니까?"

잠시 후 파출부는 하던 일을 멈추고 빨래가 담긴 함지를 들고 베란다에서 사라졌고 J는 유리문을 닫고 돌아와 자리에 도로 앉았다.

"저는 J 선생이 좋은 남자가 있어 결혼을 하겠다는 것이 반드시 부당한 일이라고 생각하지는 않습니다. 나는 지금 그런 거 가지고 말하지 않았습니다. 나는 다만 나한테 정당하게 대해야 한다는 말을 하고자 합니다."

R이 말했다. 그러자 J의 어머니가 말했다.

"야는 남자도 없어요. 남자가 있어서 그런 게 아니에요."

그러자 R은 벙긋 웃으며 말했다.

"J 선생 어머니는 자식에 대해서 너무 모르시는군요. 지난번에 J 선생은 저한테 직접 강씨이고, 아이가 셋이고, S 대학인지 아닌지는 모를 대학의 교수인 남자 하나가 있다고 하던데요."

"아니에요."

J의 어머니가 극구 부인하려 했다. 그러나 J의 아버지는 알고 있는지 없는지는 모르지만 비시시 웃었다. 그때 J가 다소 지나치게 흥분하여 그의 어머니에게 하소연하듯 말했다.

"그때 그 사람한테도 저 사람이 내 과거를 다 이야기하라고 해서 해버렸잖아."

그녀는 몹시 화가 난다는 어투였다. R은 경멸에 찬 미소를 지으며 J를 돌아보았다.

좌중의 대화는 그 후로도 약 삼십 분간 계속되었다. 처음에 J의 아버지는 R이 이혼을 하지 않은 것이 모든 사건의 원인이며, 그 책임은 R에게 있으며, 더욱이 R이 J를 때렸다는 것은 옳지 않다는 등 제법 무게 있게 몰아붙였다. 그러자 듣고 있던 R은 그의 말을 막으며 이렇게 말했다.
 "아하! 나는 스트레스를 풀려고 왔는데 스트레스가 잘 풀리지 않네요. 물론 미리 예상하고는 있었습니다만 어른들께서는 제 심정을 이해해 줄 만큼 객관적이지가 않네요. 정히 그렇다면 오늘 우리의 대화는 결렬된 것으로 합시다."
 그러자 좌중의 분위기는 다시 수런해지면서 J의 아버지와 어머니는 R에게 변명하기에 급급했다. 그러나 R은 별로 듣고 있지 않았다. 그는 이미 지친 표정이었다. J의 아버지는 처음에는 변명을 늘어놓다가 다시 모든 것은 결국 R이 이혼을 못했기 때문이라고 했고, 또 J를 때린 것은 화가 나는 일이라고 했다. 그러자 R은 다시 말했다.
 "좋습니다. 어른께서 계속해서 그런 말씀만 하시고 저의 심정에 대해서는 이해하려 들지 않는다면 저는 어떤 식으로든지 이 문제를 대사회적으로 알려야 한다는 생각이 듭니다."
 그의 이 말에 가장 당황한 것은 J의 아버지였다. 그는 몹시 당황하여 대들 듯이 소리쳤다.
 "뭐요? 당신 지금 날 협박하는 거요?"
 R은 아무 말 하지 않고 입을 꼭 다물고 그러한 그를 바라보고만 있었다. 그러나 J의 아버지는 이내 자세를 바꾸어 안절부절못하며 R을 달래기 시작했다. R은 별로 듣고 있지 않았다. 잠시 후 그는 말했다.
 "나는 한국에 돌아와 몇 개월 동안의 삶이 소설감이라고 생각합니다."
 그러자 J는 몹시 당황하여 두 팔을 뻗어 그녀의 어머니를 붙들듯이 하며 소리쳤다.
 "얼지 마세요. 이 사람 말에! 아무것도 아니에요! 아무것도 아닌 게 그래요!"
 그녀가 워낙 거세게 소리쳤기 때문에 R은 입을 다물고 말았다.

그 후로도 좌중에는 옥신각신 이야기가 오갔다. 이야기의 막판의 특징은 J가 난데없이 불쑥불쑥, 그것도 필사적으로 끼어들었다는 것이다. 그래서 R은 하던 말을 중단하지 않으면 안 되었고 서너 차례 이런 말을 했다.

"제 이야기는 십 분의 일도 하지 못했습니다. 우리 J 선생이 모두 흐트려놓는군요."

사실 그는 너무나 J가 두서없이 끼어들어 아무런 말이나 마구 지껄여 댔기 때문에 하던 말을 잊어버린 듯 잠시 멍청히 앉아 있기도 했다. 그럴 때 그녀의 입술에는 다소 만족해하는 미소가 스치고 지나가기도 했다. J의 아버지는 그 틈을 타서 결론이라도 내리듯이 말했다.

"내가 선생한테 부탁할 말이 있는데 이제 우리 J하고는 선을 따악 그으시오. 그리고 선생은 이미 결혼도 했는 몸이고 가족도 있는 몸이니 우리 J를 잊어버리고 가족과 재회해서 잘 사시오."

이 말에 대하여 R은 이렇게 대답했다.

"글쎄, 제가 오늘 이미 누차 말했듯이 저는 이미 마음속 깊이 J 선생에 대하여 선을 따악 그었습니다. 그리고 내가 이혼을 하려고 하는 것은 J 선생과는 아무런 관계가 없는 문제라는 사실을 밝혀둡니다. 그러니 제가 제 가족과 재회하여 살든지 어떻게 하든지 하는 문제는 어른께서 굳이 그렇게 충고를 하실 권리가 없는 일입니다."

이렇게 말하고 그는 이제 그만 가겠다고 했다. 그리고 자리에서 일어났다. J의 아파트에서 나온 그는 버스를 타고 고속버스 터미널로 가 대구로 가는 고속버스를 탔다. 그의 얼굴은 창백했지만 대단히 평온해 보였다. 그는 무슨 깊은 생각에 잠긴 표정이었다. 물론 그의 표정만을 보아서는 그가 무슨 생각을 하고 있는지 알 수 없는 일이지만 그는 이제 그가 가야 할 나라에 대하여 생각하고 있었는지도 모른다.

이튿날 아침 R은 쓰레기 수거차에서 들리는 대구의 찬가에 잠을 깼다. 잠을 깨자마자 멍청히 앉아 생각에 잠겨 있다가 일어나 첫 번째 방을 거쳐 밖으로 나왔다. 그리고 공중전화박스로 가 J네 집으로 전화를 했다.

"여보세요."

J의 어머니의 목소리였다. R이 말했다.

"안녕하세요. 저는 R이라는 사람입니다."

저쪽에서는 아무 말 하지 않고 있었다. R은 계속했다.

"다름이 아니라 J 선생이 공부를 마치고 한국에 돌아올 때, 그리고 지난 여름방학 때 프랑스에 왔다가 돌아갈 때, 저의 원고들을 가지고 갔는데 그걸 돌려받기 위해서 전화를 했습니다. 그러니 J 선생을 좀 바꿔주십시오."

그러자 저쪽에서는 무슨 말을 하는지 전혀 알아들을 수 없는 소리로 웅얼거렸다. R은 알아듣지 못하여

"예? 좀 크게 말씀해 보세요. 안 들립니다."

하고 말했다. 그러자 다소 확대된, 그러나 여전히 알아듣기 힘든 신음 소리와도 같은 목소리가 말했다.

"없어요. 지금 집에 없어요. 어제 선생님이 다녀가신 뒤에 제 아버지가 쫓아냈어요."

R은 경멸에 찬 웃음을 지었다. 그리고 말했다.

"아, 예에, 그렇습니까? 그럼 제 원고는 언제 돌려받을 수 있지요?"

"글쎄요. 지가 와봐야 알지요."

"그럼, 알겠습니다. 제가 다시 전화를 드리지요."

"······."

"그럼 안녕히 계십시오."

R은 전화를 끊었다. 그리고 공중전화박스에서 나가 골목길을 따

라 집으로 돌아갔다.

이튿날 밤 열 시 R은 다시 어제 갔던 공중전화박스로 가 전화를 했다.

"뚜-우, 뚜-우, 뚜-우, 뚜-우, 뚜-우, 뚜-우, 뚜-우, 뚜-우, 뚜-우."

전화를 끊었다가 다시 해보았지만 수화기에서 흘러나오는 소리는 여전히 같은 소리였다.

이튿날 밤 열 시 R은 다시 전화를 했다.

"뚜-우, 뚜-우, 뚜-우, 뚜-우, 뚜-우, 뚜-우, 뚜-우, 뚜-우, 뚜-우."

두 차례 더 전화를 끊고 새로 걸어보았지만 역시 한가지 소리였다. R은 세차게 수화기를 내려놓고 전화박스에서 나왔다.

이튿날 밤 열 시 R은 다시 전화를 했다.

"뚜-우, 뚜-우, 뚜-우, 달카닥, 여보세요!"

J의 어머니의 목소리였다. R은 말했다.

"나 R입니다. 안녕하세요."

"……."

"원고를 찾기 위해 전화를 했습니다."

"가가 아직 안 왔습니다."

"언제 옵니까?"

"모르겠습니다."

"그럼 제가 언제 어떻게 제 원고를 찾아오지요?"

"글쎄요. 내일이나 모레 새나 돌아오지 싶기도 합니다."

"알았습니다. 그럼 내일 다시 전화를 드리지요. 안녕히 계십시오."

"……."

R은 전화를 끊고 전화박스에서 나왔다. 공장에서 일을 마치고

나온 청년들이 길에서 싸움을 하고 있었다.
 이튿날 밤 열 시 R은 다시 전화를 했다.
 "뚜-우, 뚜-우, 뚜-우, 달카닥, 아, 여보세요!"
 심한 경상도 사투리의 억양이 섞인 목소리였다. J의 아버지였다.
 "저는 R입니다. 안녕하세요."
 "예."
 "다름이 아니오라 제 원고를 J 선생이 가지고 간 게 있는데 그걸 돌려받으려고 전화를 했습니다."
 "예, 가가 지금 어디 갔는데, 내일은 돌아오지 싶습니다."
 "제가 그 원고를 돌려받기 위해서 몇 차례나 전화를 했는데 참 힘드는군요. 그리고 기분이 몹시 좋지 않습니다."
 "예, 원고는 돌려드립니다."
 "그럼, 내일 J 선생이 들어오거든 저한테 전화를 좀 하라고 하세요."
 "그렇게 하지요."
 "그럼 안녕히 계십시오."
 전화를 끊고 공중전화박스에서 나왔다. 밖에는 비가 내리고 있었다.
 이튿날 저녁 J의 어머니에게서 전화가 걸려왔다. 그녀는 처음부터 징징 우는 소리로 J가 돌아왔는데 제정신이 아니라서 J 대신 전화를 한다고 했다. R은 다소 과장되게 걱정하는 목소리로 J의 증세가 어떠냐고 물었다. 그녀는 말하기를 J는 지난번에 R에게 두들겨 맞아서 얼굴이고 뭐고 형편이 말이 아니라고 말하고 지금 제정신이 아니라고 몇 번이나 되풀이하여 말했다. R은 묻기를 어떻게 제정신이 아니냐고 했다. J의 어머니는 말하기를 지금 어떻다는 것이 아니라 프랑스에 공부하고 온 이후부터 정신이 좀 이상한 것 같다고 했다. R은 피곤한 표정을 짓다가 말했다.

"저도 그렇게 생각합니다. J 선생이 프랑스에서는 그렇지 않았는데 서울 와보니 확실히 좀 이상하더군요."

그러자 J의 어머니는 말문이 막힌 듯 더 이상 J가 이상하다는 이야기를 하지는 않았다. 그 대신 그녀는 그녀가 자식을 잘못 키워서 그렇다는 등 한참 넋두리를 늘어놓고는 R에게 언제 서울 올라올 것이냐고 물었다. 그리고 그녀는 R과 할 이야기가 좀 있으니 만날 수 있겠느냐고 했다. R은 다음 주에 올라가겠다고 했다. J의 어머니는 왜 그렇게 늦게 올라오느냐고 물었다. R은 아버지가 편찮으셔서 병원엘 가야 하기 때문이라고 했다. J의 어머니는 다음 주 언제쯤 올라올 것이냐고 물었다. R은 다음 주 초에 올라가게 될 것 같다고 했다.

이튿날 R은 그의 아버지를 데리고 병원에 다녀왔다. 그다음 날 R은 서울로 올라갔다.

J의 아파트 부근에까지 가서 전화를 했다. J의 어머니가 받았다. R은 그녀에게 다방에서 기다리겠다고 했다. J의 어머니는 J가 지난번에 R에게 두들겨 맞았던 데가 형편없이 되어 있어서 밖에 나갈 수 없으니 집으로 와달라고 했다. R은 그러마고 하고 J네 아파트로 올라갔다.

J네 아파트에는 J와 J의 어머니뿐이었다. 그녀들은 마루에 있는 등나무로 된 소파로 R을 데리고 가 등받이가 높은 의자에 앉도록 했다. 그녀들은 R이 앉은 왼편에 있는 역시 등나무로 된 긴 소파에 앉았다. J의 어머니는 R 가까이 앉고 J는 그녀의 어머니 옆에 앉았는데 R이 앉은 데서 보면 J는 그녀의 어머니에 가리어 잘 보이지 않았다. 옆으로 보이는 J의 아랫입술은 약간 부어올라 있었다.

J의 어머니는 처음부터 자신의 가슴패기를 주먹으로 두들기며 울부짖기 시작했다. 그녀는 자신이 딸을 잘못 키워 R에게 누를 끼친 걸 '엄마로서' 사과한다고 하고 J는 이젠 시집도 갈 수가 없으며 부모 가슴에 못을 박아놓았다고 마구 두서없이 많은 말을 쏟아놓았

다. 그런가 하면 그녀는 J가 그녀 집안의 그 명성 있는 양반 가문의 명예를 훼손했으며 '가정의 윤리와 도덕을' 한꺼번에 먹칠했다고 했다. R은 약간 냉소를 짓기도 했지만 그저 "예에.", "예에." 하고 응수했다.

"저기 보세요! 우리 집은 모범가정이라고 상까지 받았던 집이에요! 그런데 이젠 부끄러워서 낯을 들고 다닐 수가 없게 됐어요!"

J의 어머니는 온통 눈물을 펑펑 쏟으며 가슴을 쥐어뜯고 숨을 씩씩거리며 선반 위에 얹힌 '모범가정'이라고 세로로 쓰인 다소 조악한 모양의 트로피를 가리키며 말했다.

처음 약 오 분 동안 R은 몹시 따분한 표정으로 멍청히 앉아서 그저 "예에.", "예에." 하고만 말했다. 그녀의 어머니 옆에 앉아 있는 J도 마구 눈물을 펑펑 쏟아대고 있었다. 그러나 그녀는 그녀의 어머니처럼 소리를 내며 울고 있지는 않았다. 약 오 분 동안 따분한 얼굴을 하고 그녀들을 바라보고만 있던 R은 J의 어머니를 달래기 시작했다. R이 달래기 시작하자 J의 어머니는 처음에는 더욱 심하게 소리내며 울어댔다.

"이젠 저하고 나하고 죽을 수밖에 도리가 없어요. 우리는 죽어요. 죽어야 돼요."

그녀는 그녀의 딸과 함께 이제 죽기로 확실한 합의를 본 듯한 어투였다. R은 그래서 다소 의아해하며 그녀를 쳐다보았다.

"결혼을 한 줄 알면서도 따라가다니⋯⋯ 자는 간이 커서⋯⋯ 간이 아보다 더 커요⋯⋯."

그녀는 이렇게 울부짖으며 앉은 채로 두 발을 동동 구르고 두 손으로는 가슴패기를 마구 쥐어뜯었다. R은 약간 짜증스러워하는, 그러나 달래는 어투로 말했다.

"그러나 우리가 한 일이 모두 철부지라서 그런 건 아니었습니다. 어머니는 자식을 모두 어린 병아리처럼 생각하시겠지만 J 선생은 서른세 살입니다."
 그 밖에도 R은 J의 어머니가 일방적으로 딸이 선택했던 길을 나쁘다고만 할 일이 아니라 딸의 세계를 인정해 줘야 한다고 약간 참은 수 없어 하는 목소리로 말했다. 곁에 앉아 있던 J는 이제서야 그녀의 어머니를 만류하기 시작했다. 그러자 두 모녀는 서로 눈길을 한 번 교환했고 그리고 그녀의 어머니는 진정했다. 그러고는 그녀 자신이 마치 R의 입장이 된 것처럼 입을 몹시 심하게 일그러뜨리고 씩씩거리며 말했다.
 "선생님, 우리 J를 아주 아주 미워하세요. 속으로 너는 인간이 아니다 하고 아주 아주 미워하면서 싹 잊어버리세요."
 R은 빙그레 웃었다. 그리고 말했다.
 "어떻게 하면 제가 그렇게 잊어버릴 수가 있지요?"
 R의 이 말에 J와 그녀의 어머니는 짧은 순간 다소 난처해하는 표정으로 서로 다시 한 번 눈길을 교환했다. 그리고 그때부터 J의 어머니는 울기를 완전히 멈추었다. 그리고 J의 어머니는 어느 정도 이성을 회복한 목소리로 그러나 다소 다급하게 R이 그 젊은 나이에 석사를 두 개나 하고 박사까지 하고 왔으니 참 장하다고 칭찬하기 시작했다. 듣고 있던 R은 심드렁한 표정으로
 "박사도 사실상 두 개 한 거지요."
 하고 말했다. 그러자 J의 어머니는 다시 급히 정정하여 R이 그 젊은 나이에 석사를 두 개나 하고 박사까지 하고 왔으니 얼마나 장한 일이냐고 칭찬하기 시작했다. 그때 잠시 자리를 비웠다가 돌아온 J는 그녀의 어머니가 방금 한 말이 이해가 가지 않는다는 표정이었다. 그녀의 어머니는 계속하여 R의 앞날은 이제 창창할 것이면 그녀 자신은 R을 위하여 '간절히 간절히' 기도드리겠다고 했다. R은 여전히 그 따분해하는 소리로 고맙다고 했다. J의 어머니는 계속하여 자신의 딸은 이제 망쳐버렸다고 말하기 시작했다. 그녀는

말하기를 J는 이제 아무것도 아니며 집안 망신만 시켜놓았다고 말했다. 한참 듣고만 있던 R은 그렇지 않다고 했다. J는 이제 박사이며 문학평론가이며 그녀의 그 대담한 성격으로 인하여 앞으로 장래가 울울창창할 것이라고 말했다. 그러자 J의 어머니는 다급하게 R의 말을 가로막으며 J가 '그까짓' 박사면 뭘 하고 문학평론가면 뭘 하느냐고 하며 여자는 그저 시집이 최고라고 역설했다. 그리고 말했다.

"남자는 괜찮아요. 남자는 열 번이고 서른 번이고 괜찮아요. 백 번이면 어떻습니까? 그러나 여자는 달라요. 쟤는 이제 망쳤어요. 이젠 시집도 못 가요. 지가 그런 일이 있었는데 어떻게 시집을 간단 말이에요?"

"그렇게 생각하십니까?"

R은 그녀의 말을 되받아 물었다.

"그렇지요! 남자는 열 번이고 서른 번이고 백 번이고 괜찮아요. 그러나 여자는 그렇지 않아요!"

그녀의 목소리는 완고했다. R은 약간 헛웃음을 지으며 말했다.

"그렇지만 나는 열 번이고 서른 번이고 백 번을 그러고 싶어 하는 사람도 아니에요. 그럴 필요도 별로 못 느끼고요."

그러자 그녀는 그녀의 딸과 빠르게 눈길을 한번 교환했다. 그러고 나서 몹시 다급하게 그녀의 생각, 즉 남자는 열 번이고 서른 번이고 백 번이라도 괜찮지만 여자는 그렇지 않다는 것을 R에게 설득하려 들었다. R은 그다지 듣고 있지 않았다. J는 그녀의 어머니의 말을 중단시키려고 했다. 그러나 그녀의 어머니는 그녀의 딸이 쓸데없이 끼어들지나 않을까 하여 염려가 되는 듯 그녀의 딸을 집적거려 어떤 제재를 가하고는 계속해서 안타까워하는 표정으로 그녀 자신의 생각을 R에게 납득시키려고 했다. 듣고 있던 R이 말했다.

"남자가 열 번이고 서른 번이고 백 번이고 괜찮다면 아마 여자도 마찬가지일 거예요. 게다가 J 선생을 왜 망쳤다고 생각하세요? J 선생은 이제 박사가 됐고 문학평론가가 됐으니 더 좋은 데 시집갈 수 있을 거예요."

그러자 J와 그녀의 어머니는 한꺼번에 다급하게 말했다.

"박사면 뭘 하고 문학평론가면 뭘 합니까?"

이렇게 말하고 J의 어머니는 그녀와 동시에 나선 그녀의 딸을 제지하기 위해서 다시 왼팔 팔꿈치로 툭 쳤다. 그리하여 J는 입을 다물고 그녀의 어머니가 다시 나섰다.

"박사면 뭘 하고 문학평론가면 뭘 합니까? 사람을 망쳐놨는데?"

그리고 계속해서 R에게는 말할 틈도 주지 않고 J는 이미 망친 사람이라고 역설했다. 한참 듣고 있던 R이 말했다.

"망쳐놨다고 생각을 하시든지 말든지 마음대로 하세요. 나는 그러나 J 선생을 망쳐놨다는 생각이 전혀 들지 않네요. J 선생이 처음에 날 찾아올 때는 그만한 목적이 있었겠지요. 그리고 J 선생이 시집을 가든 안 가든 나하고는 상관이 없는 일이니 자꾸 그 시집 안 간다 안 간다 하는 말을 강조할 필요는 없어요."

그러자 J의 어머니는 난색을 지으며 다시 무어라고 길게 R을 설득하려 들었다. R은 별로 듣고 있지 않았다. 그때까지 참고 침묵을 지키고 있던 J가 그녀의 어머니를 중단시키고 나섰다.

"그렇지만 제가 박사면 뭘 하고 문학평론가면 뭘 해요? 지금 저는 아무것도 안 하고 있잖아요! 그럼 됐잖아요!"

그러자 R은 언성을 높여 말했다.

"그럼 나더러 뭘 요구하는 거요? 그 요구하는 걸 솔직하게 말해봐요."

그러자 J는 찔끔하여 쑥 들어가 버렸다. 그리고 이제 다시 J의 어머니가 나섰다.

"자가 박사면 뭘 하고 그까짓 문학평론가면 뭘 하겠어요? 그게 모두 자한테 무슨 소용이 있겠어요? 이제 자는 교단에 서지도 못 해요. 학생들 부끄러워서 어떻게 강단에 설 수 있겠어요."

그러자 R은 몹시 피곤해하는 낯을 하고 오른손으로 턱을 고인 채 묵묵히 듣고만 있다가 말했다.

"그렇지가 않아요. 우리 J 박사는 그런 거하고는 상관이 없는 사람이에요. 우리 J 박사가 그렇게 마음 약한 사람인 줄 아세요?"

J는 R의 이 말에 아무 말 하지 않았다. J의 어머니는 계속해서 또 무어라고 말했다. 오랫동안 듣고만 있던 R이 말했다.

"그럼 나한테 지금 요구하는 것이 뭡니까? 그걸 말해 보세요!"

그러자 두 여자는 말문이 막혀버렸다. R은 피씩 웃었다. 한참 후 J의 어머니가 다시 말하기 시작했다.

"우리 J 때문에 선생님 가정에 파탄이 온 걸 알고 있어요."

그러자 R은 그녀의 말을 받아 말했다.

"내 가정에 파탄은 J 선생하고는 아무 상관 없어요. J 선생 이전에 이미 일어난 문제예요. 그 점에 대해서는 걱정하시지 않아도 됩니다."

"그렇지만…… 예, 그렇지만…… 예, 우리 J하고는 상관이 없다고 하지만 선생님은 어쨌든 두 아이가 있으니…… 그래요, 부인하고는 갈려 산다고 할지라도 어쨌든 아이들은 데리고 와 살아야 할 거 아니에요."

J의 어머니는 몹시 조심스럽게 더듬거렸다. R은 말했다.

"글쎄, 그 문제는 저의 문제이니까 염려해 주셔서 고맙습니다만 너무 깊이까지 심려하지는 마십시오."

J의 어머니는 다시 위축이 되어 입가에 미소를 흘리면서 계속하여 같은 내용의 말만 되풀이하고 있었다. R은 참을 수 없다는 듯이 소리쳤다.

"그런 말씀을 하시려고 저를 불렀습니까? 집에 어른이 편찮아서 누워 있는데 그 충고를 하기 위해서 절 여기까지 오라고 했습니까?

그 점에 대해서는 제가 알아서 할 일이니 너무 심려하지 마십시오. 암튼 충고에 대해서는 감사합니다. 그리고 저는 이만 돌아가 봐야겠습니다."

이렇게 말하고 R은 자리에서 벌떡 일어났다. J의 어머니는 몹시 난처해하는 웃음을 띤 채 어찌해야 할 바를 몰라 하고 있었다. 그러나 J는 순간 벌떡 자리에서 일어나 악을 쓰며 소리쳤다.

"안 돼요! 선생님은 그냥 갈 수 없어요! 선생님을 그런 심정으로 그냥 돌려보낼 수 없어요! 그렇게는 보내드릴 수 없어요!"

J가 너무나 크게 소리쳤기 때문에 R은 잠시 그녀를 돌아보고 섰다가 약간 재미있어졌다는 듯이 빙그레 웃으며 다시 자리에 앉았다. J는 그녀의 어머니에게 자신이 말할 테니 물러나 있으라는 뜻의 몸짓을 했다.

"그래라. 니가 이야기해 봐라."

J의 어머니는 이렇게 말하고 R과의 대화에서 물러났다. 그녀는 실제로 자리에서 일어나 부엌으로 가 커피를 끓여오기도 했고 탁자 위에 놓인 재떨이를 비워오기도 했다.

J는 그녀의 어머니가 자리를 뜨자 맨 먼저 이렇게 말했다.

"아버님은 심하게 편찮으세요?"

"응, 늘 그래."

R은 심드렁한 목소리로 대답했다.

"어떻게 아프신데요?"

"응, 머리가 아프다고 하시더군."

"병원엔 가보셨어요?"

"응, 그래. 그리고 동네 약장수들이 왔는데 어제는 약장수들 쇼 하는 데 데려다 드리고 왔지."

그러자 J는 그 순간 갑자기 심하게 흐느끼며 울기 시작했다. 그녀가 너무나 세게 소리를 내어 울어댔기 때문에 부엌에 있던 그녀

의 어머니가 부엌에서 나와 걱정스러운 표정으로
"울기는 와 우노?"
하고 말하기도 했다. R은 그녀가 그렇게 울고 있는 동안 아무 말 하지 않고 턱을 고인 채 앉아 멍하니 앉아 있었다. 약 오 분간 대성 통곡을 하고 난 그녀는 울기를 멈추고 여전히 간헐적으로 흑흑 흐느끼면서 무슨 말인가를 하려고 하는 듯 혼자 생각에 잠긴 얼굴을 하고 멍하니 탁자를 내려다보고 있었다. 그러나 그녀는 쉽사리 입을 열지 못하고 있었다. 그때 R의 시선은 거실 저편 구석에 설치되어 있는 어항(?)을 향하고 있었다.
그 어항은 어항이라고 할 수는 없었다. 거실 벽면에 붙여 붉은 벽돌 세 겹을 쌓아 사방 일 미터가량의 둑을 만들고 그 속에 물을 가두어 금붕어를 키우고 있었다. 그러나 R이 앉아 있는 등받이가 높은 등나무 의자에서 보면 물과 그 속에 헤엄치고 있는 금붕어는 보이지만 약간 엉성하게 붉은 벽돌을 쌓아 올려 만든 삼면의 둑에 어떻게 물이 새지 않을 수 있는지는 이해할 수가 없었다. 그 어항, 아니 그 연못에는 그러나 금붕어들이 한가하게 헤엄을 치고 있었고 산소가 물을 비집고 올라오는 그 뽀글뽀글하는 소리가 규칙적으로 들려왔다. R은 오래전부터 약 삼 미터 저쪽에 보이는 그 연못의 한쪽 귀퉁이의 엉성하게만 보이는 벽돌 벽만 바라보고 있었다.
"점심을 시킬까?"
R과 J가 아무 말 하지 않고 멍청히 앉아 있을 때 J의 어머니가 J에게 물었다. J는 R에게 무엇을 먹겠느냐고 물었다. R은 육개장을 원한다고 했다. J의 어머니는 R의 오른쪽 약간 뒤편 어디에 있는 듯한 전화통에다 대고 전화를 했다. 그리고 잠시 후 한식집이 오늘 문을 닫았다고 했다. 그리고 한식 말고 다른 건 뭘 먹고 싶은 게 없느냐고 했다. R은 잠시 주저하고 있었다. 그러자 J는 그녀의 어머니를 향하여 그만두라고 했다. 그러나 다음 순간 R은 간짜장을 원한다고

했다. 그래서 J는 그녀의 어머니에게 간짜장을 시키라고 했고 그녀의 어머니는 잠시 전화번호부를 뒤적거리다가 중국집을 찾아 간짜장 세 그릇만 가져오라고 했다.

처음에 J는 무엇인가 말을 꺼내려고 골똘히 생각하는 얼굴이었지만 끝내 어떻게 말을 꺼내야 할지를 모르겠는 듯한 얼굴이었다. 그리고 끝내는 말을 꺼내기를 포기한 듯 멍한 눈으로 탁자만 내려다보고 앉아 있었다. R은 그러한 그녀의 옆얼굴을 바라보다가 차가운 미소를 짓기도 했지만 이내 피곤해진 얼굴로 저만큼 보이는 연못의 한쪽 모서리로 눈을 돌렸다. 기기에서는 끊임없이 뽀록뽀록 수포가 수면으로 올라와 터지는 소리가 났다. J의 어머니는 두 사람이 우두커니 앉아 있는 주변을 조심스러운 걸음으로 서성거리다가, R의 등 뒤에서 그녀의 딸에게 무엇인가 신호를 보내는 듯하다가

"와 아무 말도 안 하노?"

하면서 자리로 돌아와 앉았다. 그러고는 그녀의 왼쪽, 즉 J가 앉아 있는 쪽을 힐끔 돌아보기도 했다. J가 끝내 말을 꺼낼 것 같아 보이지 않자 그녀의 어머니가 입을 열었다.

"이 일을 만약 선생님 집안의 어른들이 알면 큰일인데……."

이렇게 혼잣말처럼 웅얼거리다가 R을 힐끔 돌아보며 말했다.

"우야든지 집안에는 말하지 마세요. 집안에서 알면 얼마나 속이 상하겠어요."

R은 아무 말 하지 않고 멍한 눈으로 여전히 어항 모서리만을 바라보고 있었다. 잠시 후 그는 어항 모서리에서 눈을 떼고 J의 어머니 쪽을 돌아보며 말했다.

"내 신상 이야기를 좀 더 하도록 허락해 주십시오. 나의 아버지는 시골에서 농사를 짓다가 날 공부시켜 보겠다고 대도시로 나왔지요. 대도시로 나온 이십 년 동안 저의 어른은 말구루마도 끌고 똥구루마도 끌었습니다. 남의 집 똥을 퍼주다가 위생조합에서 신고를

해 삼 일 동안 감방에서 살기도 했지요. 그 후로 아버지는 리어카를 끌고 시장에 나가 채소를 팔아 저의 학비를 만들었지요. 그러나 그것으로 모자라 저의 여동생들이 공장엘 다녀 벌어 보냈습니다. 내 막내 여동생은 올해 스물세 살입니다. 아버지가 지난번에 제게 말씀하시는데 들으니 직장에 다니면서도 틈틈이 아버지의 리어카를 끌고 시장에까지 데려다 주고 직장엘 가곤 했다고 하더군요. 왜냐하면 아버지가 이젠 너무 연로해서 리어카를 끌기가 때로는 힘에 부쳐서지요. 생각해 보십시오. 시집갈 나이가 다 된 말 만한 처녀가 리어카를 끌고 겅중겅중 시장바닥을 들어갑니다. 그리고 제 여동생은 뒤따라오고 있는 저의 아버지에게 이렇게 소리쳤다고 하더군요. '아버지, 걱정하지 마세요. 이제 이 리어카 채에서 곧 박사가 하나 나오지 않습니까.' 하고요. 그래요. 나는 그런 나의 아버지와 여동생이 날 손꼽아 기다리고 있는데도 J 선생 논문 써주느라고 일 년 이상 일 년 반이나 허송세월을 하고 있었습니다. 참 부끄럽기만 한 일입니다."

J의 어머니는 그러나 R의 말을 듣고 있지 않았다. 그녀는 R의 말을 다소 난처해하는 표정으로 가로막으려 들었고 비시시 웃으면서

"글쎄 말이에요. 글쎄 말이에요."

하고 중얼거리기도 했다. R이 말하기를 마쳤을 때 J의 어머니가 말했다.

"그렇지만…… 그렇지만 결혼을 하지 않았습니까? 자도 어쩔 수 없던 거겠지요. 자도 어디 그걸 모르겠습니까?"

그 밖에도 J의 어머니는 무엇인가 마구 지껄여 댔다. J도 여기에 합세하여 비슷한 내용의 말을 했다.

잠시 후 벨 소리가 들리고 J가 일어나 현관으로 갔다. 주문한 음식이 날라져 온 것이었다. J의 어머니는 부엌으로 가 직사각형의 커다란 상을 들고 와 그 위에다 짜장면 그릇들을 올려놓았다. R은 의

자에서 일어나 바닥에 차려놓은 상 앞에 가 앉았다. J의 어머니는 R의 맞은편 왼쪽에 비스듬히 앉았다. J는 R의 오른편 상 모서리에 엉거주춤 서서 상 위를 굽어보며 또다시 울부짖기 시작했다.

"선생님, 모처럼 저희 집에 오셨는데 음식이 이래서 어떡해요?"

그리고 그녀는 울었다. 울면서 그녀는 R의 곁에 붙어 앉아 R의 그릇에 짜장을 섞어주었다. R은 아무 말 하지 않고, 아무 표정 없이 그의 앞에 놓인 목저를 들었다.

"자가 와 저카노?"

J의 어머니는 울고 있는 딸을 잠시 나무라고 그녀의 그릇에서 면을 R의 그릇에다 덜어놓으려고 했다. R은 사양했다. 그러자 J의 어머니는 여태 점심을 안 먹었으니 시장할 거 아니냐고 하며 더 받기를 권유했다. 그러나 R은 이것만이면 충분하다고 하며 사양했다. J의 어머니는 부엌으로 가 빈 그릇을 하나 가져다가 자신의 그릇에서 반을 따로 덜어놓았다. J는 상 앞에 앉지 않고 잠시 엉거주춤 서 있다가 도로 소파로 가 앉았다. R은 그녀에게 식사를 할 것을 권유했지만 그녀는 먹고 싶지 않다고 했다. 그리하여 J의 어머니와 R은 J를 버려둔 채 짜장면을 먹기 시작했다.

처음 얼마 동안은 J의 어머니도 R도 그리고 R의 등 뒤편 등나무 소파에 앉아서 R을 내려다보고 있던 J도 아무 말 하지 않았다. J의 어머니와 R은 상 위에 고개를 수그린 채 짜장면을 입에 쑤셔 넣고 있었다. 약 오 분쯤 지났을 때 R은 고개를 쳐들고 물을 한 잔 마셨다. 그리고 말했다.

"J 선생과 내가 함께 살았던 것은 모친께서 생각하시는 것과 같이 그렇게 염려스러운 것만은 아니었습니다. 그리고 그것은 그다지 진지하지 않은 것만은 아니었습니다. 우리가 첫해 박사예비과정을 마쳤을 때 우리는 학교에서 제가 일등을 하고 J 선생이 이등을 했습니다."

그러자 J의 어머니는 오른손으로는 젓가락을 들고 입속에 막 한 무더기의 짜장면을 쑤셔 넣고 고개를 짜장면 접시 위로 수그린 채 왼손을 그녀의 머리 위 허공으로 내저으며 입으로는 무어라고 신음소리 같은 소리를 냈다. R은 잠시 그러한 그녀를 바라보다가 다시 말했다.

"제가 일등을 하고 J 선생이 이등을 했다고요. 외국인으로서는 쉬운 일이 아니었지요. 같은 반에서 공부하던 급우들이 모두 깜짝 놀랐지요."

J의 어머니는 이제 고개를 쳐들고 입으로는 대단히 빠르게 입에 든 짜장면을 씹으며 왼손을 그녀의 얼굴 앞 허공에 내저으며 계속 무어라고 신음 소리 같은 걸 냈다. R은 잠시 멈추었다가 계속했다.

"그러니 J 선생과 내가 함께 살았던 것이 그렇게 시시한 일은 아니었지요."

그때 J의 어머니는 입에 든 짜장면을 어느 정도 삼켰던지 입술 가득히 짜장을 묻힌 입으로 급히 R의 말을 가로막으며 말했다.

"그게 다 무슨 소용이 있어요? 결혼을 해야지요. 그런 게 무슨 소용이 있다고 그래요?"

그리고 그녀는 휴지를 들어 입술 언저리를 닦았다. 그리고 그녀는 다 먹은 듯 상에서 좀 물러나 앉았다. 그리고 계속했다.

"여자가 일등을 하면 뭐 하고 이등을 하면 뭐 합니까? 여자가 박사면 뭐 하고 문학평론가면 뭐 합니까? 시집도 못 갔는데."

그녀는 그렇게 말하고 상 위에 놓인 물잔을 들어 물을 마시고 자리에서 일어났다. R은 더 이상 아무 말 하지 않고 다시 고개를 수그리고 먹고 있었고 J는 R의 뒤 소파에 앉아 있었고 J의 어머니는 자리에서 일어나 잠시 부엌으로 갔다가 돌아와 J가 앉아 있는 소파에 가 앉았다. R은 소파에 앉아 있는 두 여자들 앞에 웅크리고 앉은 채 고개를 푹 수그리고 짜장면을 급히 먹고 있었다.

짜장면을 대충 먹어치우고 R은 물을 한 잔 쭈욱 마시고 휴지로 입을 닦고 일어나 아까 앉았던 등받이가 높은 등나무 의자에 도로 가 앉았다. J와 J의 어머니는 J의 몫으로 가져온, 아직 손을 대지 않은 채 그대로 있는 짜장면 그릇을 가리키며 더 먹지 않겠느냐고 물었지만 R은 사양했다.

　식사를 하고 난 뒤에도 J와 J의 어머니는 다시 무엇인가 열심히 R을 설득하려 했다. 그러나 그녀들의 말은 대단히 애매했다. 게다가 R은 식사를 하고 나서 식곤증이 난 듯 멍한 눈으로 약 삼 미터 저쪽 벽에 붙여 설치해 놓은 수족관의 한쪽 모서리만 바라보고 있었다. 산소 방울이 물 표면으로 올라와 터지는 소리가 끊임없이 뽀글뽀글 들려왔다. 약 이십 분쯤 지났을 때 R은 담배가 떨어졌으니 J더러 담배를 한 갑만 좀 사다 줄 수 없겠느냐고 했다. J는 그녀의 어머니를 쳐다보았다. 그녀의 어머니는 딸의 얼굴이 형편없어서 남부끄러우니 나갈 수 없다고 했다. 그래서 R은 그럼 자신이 나가서 사 오겠다고 하며 자리에서 일어났다. 그러자 J의 어머니는 R에게 잠시만 기다려보라고 하고 방으로 들어가 J의 아버지의 것이라고 하면서 길이가 긴 켄트 한 갑을 갖다 주었다. R은 담뱃갑을 뜯어 피웠다. 그 후로도 약 삼십 분가량 더 이야기를 했다. 그러나 식사를 한 뒤 R은 그다지 말이 없었다. 그는 약간 졸린 눈으로 수족관의 한쪽 모서리만을 건너다보고 있었다.

　J의 어머니는 이제 J에게 방에라도 들어가 두 사람이 이야기를 해보라고 했다. 그러자 J는 기다렸다는 듯이 자리에서 일어나 R에게 방으로 들어가자고 했다. R은 일어났다. 소파에서 일어난 뒤 J는 잠시 어느 방으로 들어가야 할까 하고 망설이듯 좌우를 두리번거리다가 지난번에 J의 아버지가 R을 데리고 들어갔던, 아마도 J의 부모들의 방인 듯한 방으로 데리고 갔다. 소파에 앉아 있던 그녀의 어머니는 딸에게

"왜? 그 방으로 들어갈래?"

하고 말했다. 그녀의 그 말은 처음에는 왜 J의 방으로가 아니라 안방으로 데리고 들어가느냐 하는 물음이라고 봐지고, 뒷부분은 아무래도 그 방에 들어가는 게 옳다는 뜻으로 봐졌다.

J와 R은 이제 커다란 방 한가운데 앉았다. R은 방으로 들어올 때 들고 들어왔던 재떨이와 담뱃갑을 방바닥에 내려놓고 담배 한 대를 피워 물었다. J는 어떻게 말을 시작해야 할지를 모르겠다는 듯이 입을 열지 못하고 있었다. 약 삼 분 동안 아무 말 하지 않고 J가 입을 열기만을 기다리고 있던 R이 빙그레 웃으며 물었다.

"야! 너의 어머니가 지금까지 내게 한 말의 요지가 뭐냐? 무슨 말을 하려고 저렇게 길게 이야기했느냐?"

"무슨 말인지 모르겠어요?"

J가 물었다.

"응, 하도 애매해서 나한테 뭘 요구하는지 도무지 감을 잡을 수가 없구나."

"그럼, 이야기할게요."

"응, 그래라."

R은 담배를 물고 그녀를 쳐다보았다. J는 다시 일 분가량 망설인 끝에 약간 난처해하는 웃음을 지어 보이며 입을 열었다.

"저의 엄마가 하는 말은요, 지난번에 아버지가 R 선생님께 말씀드렸듯이 이제 우리 사이에 선을 그으라는 거예요."

"응, 그것이냐? 그거라면 염려하지 말아라. 나는 너의 아버지한테도 이미 말했듯이 그날 이미 선을 그었다. 아니 그보다 훨씬 이전에 이미 선을 그었다고 할 수 있지. 그거 말고도 나한테 뭔가 요구하려고 하는 게 있을 거 아니냐?"

R은 약간 흥분된 목소리였다.

"그리고요, 저……."

J는 망설이고 있었다. R은 답답하여 참지 못하겠다는 듯이 되물었다.

"그리고 뭐?"

J는 얼굴을 약간 외면한 채 무슨 진지한 이야기라도 꺼낼 때처럼 눈을 약간 치뜨고 허공을 바라보며 약간 웃어 보이며 말했다.

"그리고 R 선생님이 제 논문을 써줬다는 것을 다른 사람한테 말하지 말라는 거요."

그러자 R은 코웃음을 한 번 치고는 말했다.

"그렇지! 바로 그거겠지! 그 말을 하려고 날 몇 시간 동안 붙들어 두고 이 소리 저 소리 했던 거지!"

그러자 J는 갑자기 두 눈을 부라리고 거세게 대들며 소리쳤다.

"그럼 R 선생님은 그 이야길 할 거예요?"

그러자 R은 몹시 불쾌해진 표정으로 말했다.

"나한테 아무것도 강요하지 말아라. 너는 나한테 아무것도 강요할 권리가 없다."

그러자 J는 더욱 거세게 눈을 부라리며 대들었다.

"할 거예요? 할 거예요?"

R은 더욱 불쾌해진 표정으로 말했다.

"할 만하면 해야겠지. 내가 뭐가 무서워 할 말 못하고 살까?"

그러자 J는 마치 아이들이 호랑이 흉내를 낼 때처럼 두 손으로 손가락을 오그려 들고, 두 눈을 크게 뜨고, 얼굴을 심하게 일그러뜨려 이빨을 드러낸 채 대단히 씩씩거리며 R에게 덮치면서 소리쳤다.

"뭐라고요? 하겠다고요? 뭐라고요? 하겠다고요?"

R은 기가 막힌다는 듯이 그녀에게서 몸을 피하며 말했다.

"홍, 넌 미쳐도 보통 미친 게 아니군! 정말 무섭구나!"

그러자 J는 이제 방바닥을 손으로 내려치며 대성통곡을 하기 시작했다. 그녀가 너무나 큰 소리로 엉엉 울어댔기 때문에 J의 어머니는 놀란 표정을 하고 방으로 들어와 우두커니 서서 그녀를 굽어보고 있었다. 그리고 말했다.

"울기는 와 우노?"

R은 자기 자신과는 아무 상관이 없다는 것을 나타내기 위해서 그렇게 하기라도 하듯 몸을 잔뜩 웅크린 채 약간 옆으로 돌아앉아 담배만 피우고 있었다. 한참 동안 코를 방바닥에 댄 채 엎드려 손으로 방바닥을 두들기며 울던 J는 상체를 들어 그녀의 어머니를 올려다보며 절규했다.

"엄마! 이 사람 이야기하겠대요!"

그러자 J의 어머니는 몹시 난처한 얼굴빛이 된 채 멍청히 서서 말했다.

"하면 하지 우야겠노? 이제 그만 울어라! 울어봤자 아무 소용도 없는데 울기는 와 우노?"

그리고 잠시 후 J에게 하는 말인지 R에게 하는 말인지 뚜렷하지 않은 말로 말했다.

"아부지 오라카까? 아부지 있으면 좀 낫겠나?"

R은 아무 말 하지 않고 상체를 잔뜩 웅크린 채 앉아 담배만 피워댔다. 정신없이 울어대던 J는 갑자기 울음을 그치고 그녀의 어머니더러 나가 있으라고 했다. J의 어머니는 밖으로 나갔다.

"그럼 이제 어떻게 할 거예요?"

J의 어머니가 밖으로 나가자 J가 물었다.

"어떻게 하긴 어떻게 해? 각본대로 하는 거지."

R은 심드렁한 목소리로 이렇게 말했다. 그러자 J는 대단히 히스테릭한, 거의 광적인 목소리로 소리쳤다.

"뭐라고요? 각본대로 하겠다고요? 시끄러워요! 각본은 무슨 각본이에요!"

이렇게 소리치고 그녀는 몹시 당황하여 무엇인가를 찾기라도 하듯 미친 듯이 방 안을 이리저리 두리번거렸다. 그리고 숨을 헉헉거리며 다시 목청껏 소리쳤다.

"왜 이야기해야 해요?"

R은 그녀의 말을 받아 거침없이 되물었다.

"왜 이야기하지 않아야 하느냐?"

그러자 J는 광적인 표정을 하고 목청껏 소리쳤다.

"왜 이야기해야 하느냐고 묻지 않아요!"

R은 몹시 어이가 없다는 표정으로 그녀를 바라보다가 소리쳤다.

"왜 내가 이야기하지 않아야 하느냐? 무엇을 위해서? 인격을 위해서? 도덕성을 위해서? 아니면 의리를 위해서? 내가 무엇 때문에 말하지 않아야 된다는 말이냐?"

그러자 J는 잠시 정신을 못 차리고 다시 방 안을 두리번거리다가 이번에는 갑자기 달래는 듯한, 또는 애원하는 듯한 목소리가 되어 말했다.

"그렇지만 저한테 지금 박사가 무슨 소용이 있고 문학평론가가 무슨 소용이 있어요? 저는 아무것도 하고 있지 않잖아요."

"그럼 됐네? 너는 앞으로 교수도 하지 않을 테고 문학평론가라고 하지도 않을 테고, 그럼 됐네? 무엇이 두려워서 내가 그 말 할까 봐 그 발광을 하고 있느냐?"

그러자 J는 다시 대단히 흥분하여 R에게 대어들 듯 하며 목청껏 소리쳤다.

"왜 이야기해야 돼요? 내 인생 책임질 거예요?"

그러나 이렇게 말하고 그녀는 자신이 한 말이 실수라고 생각한 듯 R이 대답하기도 전에 계속하여 소리를 내질렀다.

"내가 무슨 죄가 있다고 그래요? 왜 날 그래요?"

마구 중구난방으로 소리소리 지르던 그녀는 다시 R의 무릎 아래 방바닥을 두들기며 대성통곡을 해댔다. R은 그녀의 광포한 울음에 몹시 당황한 표정이었고 몹시 불쾌해하는 표정이었다.

"너는 정말 무서운 여자로구나! 조금 더 있으면 날 죽이겠구나! 그래, 염려하지 말아라. 나도 너 같은 인간 다시는 만나지 않을 테니까. 말이 나왔으니 말인데, 나도 지난번에 내 아버지한테 우리 사이의 이 일을 이미 말했다."

그러자 J는 갑자기 정신이 번쩍 든 듯 몹시 낭패해하는 얼굴이 되어 다급하게 말했다.

"왜 했어요? 그러니까 뭐라고 해요? 그러니까 충격을 받아서 아프신 거지요?"

그녀의 목소리는 방금까지의 그 광적이고 난폭한 것은 아니었다. 그 대신 원망하는 투였다.

"왜 했어요?"

그녀는 다시 물었다. 여전히 원망하는 투였다.

"내가 왜 우리 아버지한테 말하지 않아야 하니?"

R은 자리에서 벌떡 일어서며 말했다.

"그러니까 뭐라고 하셔요?"

J는 그를 쳐다보며 물었다.

"나더러 조심하라고 하시더군! 정말 무서운 일이라고!"

"그건 오해예요! 그건 오해예요! 한쪽 이야기만 들으니까 그렇지요!"

"알았다. 알았어. 제발 입 좀 다물어라. 난 피곤하다. 고작 그 이야길 하려고 날 여기까지 오라고 해서 몇 시간 동안이나 붙들어둬?"

R은 흥분해 있었다.

"오라고 하기는 누가 오라고 했다고 그래요? 선생님이 원고 찾으러 오셨을 뿐인데."

J가 항변했다. R은 답답하다는 듯이 J의 얼굴에 자신의 얼굴을 가까이 갖다 대고 말했다.

"네 어머니가 날 좀 만나자고 하더군. 할 말이 있다고!"
"그건 난 몰라요."
"그래? 그럼 됐다. 제발 그만두자."
R은 이렇게 말하고 방을 나섰다. J는 R에 앞서 방을 나와 소파에 앉아 기다리고 있는 그녀의 어머니에게 소리쳤다.
"이 사람 안 돼요, 엄마! 이야기하겠대요!"
그러자 J의 어머니는 몹시 난감한 표정을 지으며 혼잣말처럼 중얼거렸다.
"그럼 우야노? J는 프랑스 안 간 거보다 모하잖나."
R은 그러한 그녀 앞에 서서 손으로 제스처를 쓰며 흥분된 목소리로 소리쳤다.
"내가 왜 이야기를 안 해야 하지요? 인격을 위해서? 도덕성을 위해서? 그것도 아니면 의리를 위해서? 아무것도 없어요! 나도 내가 입은 정신적 피해를 어떤 식으로든지 보상해야 될 거 아니에요? 내가 무엇을 지키기 위해서 입을 다물고 있어야 해요?"
J의 어머니는 난색을 지으며 말했다.
"그럼 말라꼬 써줬어요? 안 써줬으면 이런 일이 없을 텐데."
"아하! 이제는 논문을 써준 것이 죄가 되는군요!"
R은 그녀의 말을 받아 헛웃음을 치며 소리쳤다. 그러자 J가 나섰다.
"그렇지만 그때 선생님이 안 써주셨다 해도, 제가 그렇게 빨리 마칠 수는 없었다 할지라도, 오 년쯤 지나면 쓸 수 있었을 거 아니에요?"
"흥, 또 그 소리군! 내가 손 안 대도 논문을 쓸 수 있었다면 내가 미친 지랄병 났다고 내 논문 제쳐놓고 남의 논문 쓰고 앉았을까?"
두 여자는 아무 말 못했다. R은 그가 앉았던 등나무 의자 등받이를 손으로 잡고 선 채로 계속했다.

"지난번에 내가 부모님을 만났을 때 J 선생은 자기방어를 너무 했어요."

그러자 J는 몹시 당황하며 R의 말을 가로막으며 소리쳤다.

"제가 무슨 방어를 했다고 그래요!"

R은 흥분된 목소리로 말했다.

"지난번에, 그러니까 삼 주 전에 나와 함께 외국 가겠다고 말했어요, 안 했어요?"

J가 다시 몹시 다급하게 소리쳤다.

"제가 왜 가요? 제가 미쳤다고 R 선생님하고 외국 가요?"

R은 억제된 목소리로 말했다.

"아니, 나는 지금 J 선생더러 외국 가자는 게 아니에요! 내가 묻는 말은 다만 삼 주 전에 J 선생이 나하고 외국 가겠다고 했느냐 안 했느냐만 묻는 거예요! 그래, 그런 말 했어요, 안 했어요? 말해 보세요!"

J는 말문이 막혔다. 그리고 무엇인가 급히 변명을 찾으려고 입을 옴찔거리고만 있었다.

"그것도 니가 잘못했는 거 같네."

두 사람이 토론하고 있는 모습을 보고만 있던 J의 어머니가 J에게 이렇게 말했다. R은 약간 웃으며 말했다.

"거봐요. 분명히 그런 말을 해놓고서는 부모님 앞에서는 그 말을 했던 게 탄로 날까 봐 안 간다고만 소리소리 질러댔지요?"

"그렇지만 저는 선생님하고 한 번도 외국 나가겠다고 생각하지는 않았단 말이에요."

"알았어요, 알았어."

R은 불쾌해하는 표정으로 그녀의 말을 제지했다. 잠시 후 J는 다시 그녀의 어머니에게 울부짖듯이 말했다.

"이 사람 벌써 집에다 모두 이야기해 버렸대요!"

그러자 J의 어머니는 다시 난감한 표정이 되어 아무 말 못하고 입맛만 다시고 있었다. 그리고 계속해서 무어라고 지껄여 대고 있는 그녀의 딸을 향하여 짜증스러워하는 목소리로 말했다.

"야야, 그만 지께라! 자꼬 지께바야 뭐하노?"

그러자 J는 그녀의 어머니를 급히 제지시켰다. R은 입술을 깨물었다. 그리고 아파트를 나섰다.

"나도 내 둘째 아들이 선생님하고 동갑이에요. 지금 요 가까이 살아요."

R이 아파트를 나서려 할 때 J의 어머니가 말했다.

"저도 알아요."

R은 그래서 어쨌다느냐는 투로 말했다. 그리고 그는 아파트를 나섰다. J는 미리 준비해 두었던 보자기에 싼 커다란 원고 보퉁이를 R에게 건네주며 말했다.

"원고 여기 있어요. 그리고 '쁘띠 로베르 2'는 제가 가질게요."

R은 거기에 대해서는 아무 말 하지 않고 J의 어머니 쪽을 돌아보며 말했다.

"여러 가지로 고맙습니다. 짜장면도 고맙습니다. 그리고 그동안 본의 아니게 서울 와서 필요 이상으로 J 선생의 신세를 진 것도 고맙게 생각합니다. J 선생은 저한테 종종 밥도 사주고 돈도 주었습니다. 그리고 구두도 한 켤레 사주더군요. 고맙습니다. 안녕히 계십시오."

J의 어머니는 아무 말 못하고 계면쩍어하는 얼굴로 어찌해야 할 바를 모르고 서 있었다. R은 돌아서서 신발을 꿰어신고 나왔다. J는 그를 따라 나오며 말했다.

"미안해요."

그리고 엘리베이터 앞을 섰을 때도 다시 한 번 이 말을 되풀이했다. J의 어머니는 아파트 현관문을 열고 서서 R에게 잘 가라고 했다. R은 그녀에게 잘 있으라고 하고 이젠 그만 들어가라고 했다. 그리고 낮은 목소리로 J에게 오 분 동안만 이야기를 좀 하자고 했다. J는 잠시 어찌해야 할지를 몰라 하다가 그렇게 하자고 말하고 그때까지 아파트 현관문을 붙들고 서서 얼굴만 내밀고 내다보고 있던 그녀의 어머니에게로 돌아서서 오 분 동안만 나갔다 오겠다고 했다. 그러나 J의 어머니는 몹시 궁색한 표정을 지으며 잘 알아들을 수 없는 목소리로 무어라고 지껄였다. R은 그녀의 말을 알아듣지 못하고 오 분 후에는 틀림없이 보내겠다고 말했다. 그러나 J의 어머니는 그때까지 붙들고 서 있던 현관문을 열고 나와 징징 우는 목소리로 J는 얼굴이 '이래 가지고는' 밖에 나갈 수 없고 또 그녀는 이제 딸을 절대 밖으로 내돌리지 않을 거라고 말했다. 그래서 R은 J더러 아파트 현관 앞에 있는 계단에 걸터앉아서 오 분 동안 이야기하자고 했다. J는 그렇게 하자고 하며 R의 옆 계단에 걸터앉으려고 했다. 그러자 J의 어머니는 다시 아파트 현관문에 얼굴만 내민 채 내다보며 무어라고 징징 우는 표정과 목소리로 말했다. 이번에는 R도 J도 알아듣지 못한 표정으로 그녀를 바라보았다. 그러자 J의 어머니는 다시 밖으로 나오며 낮은 목소리로 다급하게 말했다.

"야야, 거기 앉아 있으면 이웃 사람 다 듣는다."

J는 벌떡 일어나 그녀의 어머니 앞으로 가 잠시 무어라고 급히 말했다. 그러고는 엘리베이터 앞에 원고 보퉁이를 낀 채 우두커니 서 있는 R에게로 와서 말했다.

"이젠 됐어요. 가요."

그러나 그때 J의 어머니가 다시 현관문을 열고 J를 불렀다. J는 문 안으로 들어갔다. 그리고 약 일 분 동안 문을 닫고 무엇인가 그녀의 어머니와 이야기를 나누는 것 같았다. 약 일 분쯤 뒤에 다시 나왔다.

"아직 엘리베이터가 안 왔어요?"

J가 R의 옆에 와 서며 물었다.

"응, 그사이에 왔다 갔어."

R이 말했다.

"멀리 가면 안 된다."

J를 따라 나온 그녀의 어머니가 J에게 말했다. J는 염려하지 말라고 하며 그녀의 어머니에게 들어가라고 했다. 그러나 그녀의 어머니는 들어갈 생각은 하지 않고 두 사람의 뒤에 서서 이번에는 R에게 J는 지금 얼굴이 말이 아니니 멀리 내보낼 수 없으니 빨리 들여보내야 한다고 했다.

"그럼, 안녕히 가세요. 내가 이십오 일께 대구 내려갈 거예요. 대구에는 내 큰딸이 살아요. 대구 내려가서 전화해도 되지요?"

J의 어머니는 두 사람이 탄 엘리베이터 문이 닫히기 전에 R을 향하여 급히 이렇게 말했다. R은 엘리베이터 벽에 어깨를 기대고 두 팔로는 원고 보퉁이를 안은 채 몹시 창백한 얼굴로 그녀를 향하여 전화해도 괜찮다고 말하여 주었다. 엘리베이터 문이 닫히자 J가 말했다.

"그러나 이십오 일 이후가 될 거예요."

"나는 너무 오래 기다릴 수 없다. 날 초조하게 만들지 말아다오. 나도 이제 일을 빨리 마무리 지어야 내 갈 길을 갈 게 아니냐?"

R이 말했다.

"알았어요."

J가 말했다.

"그리고 모든 일은 순리대로 해야겠지. 네가 시집을 가는 것도 순리일 테지. 그렇다면 다른 일도 순리를 따라 처리해야겠지."

J는 아무 말 하지 않았다. 그녀는 이제 완전히 안정을 되찾은 얼굴이었다.

엘리베이터에서 나온 두 사람은 아파트 건물을 나섰다. 그러나 그때 위에서 J의 어머니가 아래를 내다보며 급히 J를 불렀다. J는 R에게 잠시만 기다려달라고 하고 다시 건물 안으로 들어갔다. R은 J의 아파트에서 바로 내려다보이는 벤치로 가 앉았다. 그는 무릎 위에 그의 원고 보퉁이를 올려놓고 앉아 담배를 피워 물었다. 벤치 저만큼 배가 불룩한 임신부 하나가 아이를 태운 유모차를 밀며 가고 있었다.

"오 분, 오 분! 오 분도 서울에서는 주어지지 않는군."

R은 초여름 오후의 뜨거운 햇볕이 내리쬐는 벤치에 앉아 이렇게 혼자 중얼거렸다.

약 십 분 후에 J가 나왔다. 그리고 R에게 가자고 했다. R은 벤치에서 일어났다. 두 사람은 지난번에 갔던 그 둑을 향하여 걸어갔다.

"선생님 혼자 잘해 나가실 수 있지요?"

J가 물었다.

"에비다망!(Evidement!)

R은 그녀를 돌아보지도 않고 말했다.

"일이 이렇게 돼서 미안해요."

J가 말했다.

"셀라비!(C'est la vie!)

R이 말했다.

"절 너무 원망하지 마세요."

J가 말했다.

"에비다망!(Evidement!)

R이 말했다.

두 사람은 둑의 중턱, 흙더미 위에 걸터앉았다. R은 빠르게 말했다.

"네 어머니 대구 올 때 지난번에 말했던 삼천만 원 잊지 말라고 해라."

"그렇지만 제게 돈이 없다는 건 선생님도 알고 계시잖아요."

J가 약간 한숨을 지으며 말했다.

"응, 안다. 그러나 너는 네 인생의 다음 장을 열면서 네가 삼 년 반 동안이나 살을 맞대고 살았던 남자가 돈이 없어서 이도 저도 못하고 객귀가 되어 있는 걸 꼭 봐야만 하겠느냐?"

"알았어요."

"그래, 그럼 됐다. 결국 너의 아버지 공장에서는 가짜 박사가 나오게 된 거지. 그리고 내 아버지 리어카 채에서 진짜 박사가 나온 거고."

"알았어요."

J가 말했다. R은 이제 J의 어머니가 기다릴 테니 그만 일어나자고 했다. J는 일어났다. 약 백 미터가량의 길을 돌아오면서 J는 약간 앞서서 걸어가고 있는 R의 등에다 대고 물었다.

"외국엔 나가실 거예요?"

"에비다망!"

R은 돌아보지도 않고 말했다.

"가시면 어느 나라로 가실 거예요?"

"쥬쎄빠!(Je sais pas!)"

"언제쯤 떠나실 거예요?"

"쥬쎄빠!"

"몸 건강하세요."

"에비다망!"

"그럼 안녕히 가세요."

"위!(Oui!)"

J는 그의 뒤에서 돌아섰다. 그때 R은 획 돌아섰다.

"나도 한마디 할 게 있다."

"예, 그렇게 하세요."

J도 돌아서며 말했다.

"너의 그 인생의 새 장에서 너는 잘해 봐!"

R의 얼굴에는 차가운 미소가 흐르고 있었다.

"알았어요."
　J가 말했다. R은 돌아섰다. 그는 그의 커다란 보퉁이를 잔뜩 바투 끼고 두 어깨를 우뚝 세운 채 긴 그림자를 드리우고 걸어갔다.
　고속버스에 올라탔을 때 날은 이미 어두워지고 있었다. R은 텅 빈 고속버스의 뒤편 자리로 가 앉았다. 차가 막 출발하려고 움직이기 시작했을 때 R은 갑자기 고개를 들어 허공을 향하여 양미간을 심하게 찡긋찡긋했다. 그의 두 눈에는 눈물이 고여 들고 있었다. 그때 R은 허공에다 대고 혼자 중얼거렸다.
　"J야! 너는 왜 그렇게 되어버렸니? 이제 그 가짜들을 가지고 어떻게 살아가려고?"
　그리고 그는 손수건이라도 찾듯 급히 호주머니를 뒤졌다. 그의 손에 잡혀 나온 것은 그러나 손수건이 아니라 껌 한 통이었다. 그 껌은 오랫동안 그의 주머니에 있은 듯 손때가 묻어 있었고 껌통 모서리가 우그러져 있었다. R은 급한 손길로 그 껌통을 뜯어 껌 하나를 꺼내어 입에 넣고 우물우물 바삐 씹었다. 그리고 일 분도 채 안 되어 또다시 껌 하나를 꺼내어 입으로 밀어 넣었다. 그러고는 다시 우적우적 씹었다. 그의 두 눈에는 눈물이 그렁그렁 맺혀 있었지만 아직 흘러내리지는 않고 있었다. R은 다시 양미간을 찡긋찡긋하다가 급히 또 하나의 껌을 꺼내어 입에 넣었다. 그리고 약 일 분 동안 대단히 급하게 껌을 씹다가 지금까지 입에 넣었던 껌 덩어리를 입에서 꺼내어 재떨이에 넣었다. 이제 그의 눈에 고여 있던 눈물은 사라져 있었다. 그는 주머니에서 만년필과 수첩을 꺼냈다. 그리고 쓰기 시작했다.

　나는 아직 한 번도 경마장에 가본 적이 없다. 따라서 나는 경마장이 어디에 있는지 알지 못한다.
　오래전에 언젠가 한번은 누가 나에게 경마장에 대하여 이야기해

준 적이 있다. 나는 그에게서 들은 이야기를 다만 기억하고 있을 뿐이다. 그러나 나는 그가 누구였던지 지금 알 수 없다. 그가 말한 경마장은 어쩌면 이 도시에 있는 경마장이 아닐지도 모른다. 그리고 그것은 이 시대에 있는 경마장이 아닐지도 모른다. 바람 부는 오후에 하늘 아득히 떠가고 있는 신문지처럼 경마장은 지금 공중에 아득히 흐르고 있다.

그러나 그는 이내 몹시 피곤한 듯 의자 등받이를 뒤로 젖히고 기대었다.

R은 밤늦게 대구에 도착했다. 그리고 그는 그의 가족들을 불러모아놓고 J와 자신 사이에 일어난 이야기를 대충 했다. R의 아버지는 한숨을 푹 내쉬고는 혼잣말처럼 중얼거렸다.

"모든 게 내 잘못이다. 내가 너한테 해줄 것을 못 해줘서 그렇지."

이튿날 아침 R은 일어나 집을 나와 해인사로 갔다. 해인사에서 그는 사흘 만에 나왔다. 집에 돌아왔을 때 R의 막내 여동생이 말했다.

"오빠, 이제는 그 여자 잊어버려라."

R은 의아해하는 표정으로 그녀를 바라보며 말했다.

"잊어버리지 않고? 그까짓 걸 내가 못 잊어 하는 줄 아나? 그런데 왜?"

그러자 R의 여동생은 설명했다. 일전에 R이 없는 사이에 그녀가 서울로 전화를 했다고 했다. 그랬더니 J의 어머니인 듯한 여자가 말하기를 J는 지금 집에 없는데 내일 들어올 것이라고 했다고 했다. 그리고 J의 어머니는 J가 다니던 학교의 제자냐고 묻길래 무어라고 대답해야 할지를 몰라 그냥 그렇다고 했다고 했다. 그러자 J의 어머니는 대단히 친절한 목소리로 오늘은 돌아오지 않을 테니 내일 저녁때 다시 전화해 보라고 했다고 했다. 그래서 이튿날 저녁때 전화를 했더니 대학생인 듯한 남자가 받아서 J는 지금 제주도 갔는데 열 시쯤에 돌아올 것이라고 했다고 했다. 그래서 밤 열 시에 다시 전화를 했더니 한 어린아이가 받아 "이모! 이모!" 하며 소리쳐 J를 불러 바꾸어주더라는 것이다. 거기에는 많은 사람들이 모여 있는 듯 상당히 시끄럽더라는 것이다. R의 여동생은 자신은 R의 여동생이라고 했다고 했다. 그러자 J는 다급해진 목소리로 "엄마! 엄마!" 하고 그녀의 어머니를 부르더라는 것이었다. 그리고 그의 어머니가 전화를 받아 말하기를 이제 며칠 사이에 대구로 내려갈 테니 염려하지 말고 기다리라고 했다고 했다. 그러자 R의 여동생은 J의 어머니에게 그녀는 지금 J와 이야기하기를 원하고 있으니 J를 바꾸어달라고 했다고 했다. 그러자 잠시 후 J의 목소리가 다시 들리더라고 했다. 그래서 R의 여동생은 'R의 여동생으로서' 하고 싶은 이야기가 있으니 좀 만나기를 원한다고 했다고 했다. 그리고 그녀는 내일 직장을 나가지 않고 서울로 올라갈 테니 좀 만나 줄 수 있겠느냐고 했다고 했다. 그러자 J는 무슨 말을 하려고 하느냐, 이젠 모두 끝났고 그녀의 부모님이 며칠 후 대구로 내려가 모든 걸 해결할 테니 만날 필요가 없다고 했다고 했다. 그러나 R의 여동생은 다시 한 번 간곡히 할 말이 있으니 만나달라고 했다고 했다. 그때 갑자기 전화가 끊어지고 수화기에서는 '뚜-우, 뚜-우' 하는 소리만 들리더라는 것이었다. 그래서 동전이 다 되어 그런 줄 알고 다시 전화를 했지만 들리는 소리는 온통 '뚜-우, 뚜-우, 뚜-우' 하는 것 뿐이었다는 것이다.

막내 여동생의 말을 다 듣고 난 R은 왜 전화를 했더냐고 물었다. 그러자 그녀는 R이 너무나 상심해 있는 것 같아서 마지막으로 한번 화해를 붙여볼 생각으로 그랬다고 했다. 그러자 R은 말했다.

"내가 상심하긴 뭘 상심했다고 그러니? 그건 그렇고 넌 어떻게 그 집 전화번호를 알았니?"

그러자 R의 여동생은 대답하기를, R이 잊고 떠난 R의 수첩에서 찾아냈다고 했다.

이튿날 아침 R의 누나가 아직 자고 있는 R을 흔들어 깨우며 전화가 왔다고 했다. R은 일어나 첫 번째 방으로 건너가 전화를 받았다.
"R 선생이요?"
J의 아버지의 목소리였다. 그의 목소리는 처음부터 대단히 도전적이었다. 그는 말하기를 지금 곧 R의 집을 찾아갈 테니 R의 부모와 그리고 지난번에 전화를 했던 '아가씨'와 그 밖의 모든 가족들이 모두 집에 있으라고 했다. 그리고 집을 잘 모르니 어디로 가면 되겠느냐고 했다. 잠에서 방금 깨어난 R은 얼떨떨한 얼굴이었다. 그는 정신을 가다듬으려는 듯 머리를 한번 흔들어보았다. 그리고 말하기를 집이 누추해서 집에서 만나기가 뭐하니 밖에서 만나는 것이 어떻겠느냐고 했다. 그러자 J의 아버지는 약간 누그러진 목소리로 상관없다고 했다. 그래서 R은 잠시 생각한 끝에 R의 집에서 그다지 멀지 않은 성도다방에 와서 전화를 해주면 나가겠다고 했다. 그러자 J의 아버지는 삼십 분 후에 거기로 가 전화를 할 테니 가족들이 모두 나가지 말고 집에 있으라고 했다.
여덟 시 반에 R은 성도다방으로 올라갔다. 다방을 들어서기 위하여 문을 여는 순간 R의 정면 벽에 붙어 있는 커다란 유리에 J의 아버지와 어머니의 얼굴이 비쳐 있었다. 키가 작고 얼굴이 작은 두 사람은 모두 똑같이 몹시 화가 난 표정으로 나란히 앉아 있었다. R은 혼자 피씩 웃었다.
"아! 저기 오는구먼!"
J의 아버지는 R이 나타난 것을 보고 다소 성급한 목소리로 이렇게 말했다. R은 그들에게 인사를 하고 그들의 맞은편 자리로 가 앉았다.
"가족들이 우리가 간다는 걸 알고 있소?"
J의 아버지가 말했다. 그의 어투는 거칠었다. R은 그렇다고 했다.

"그럼 갑시다."

J의 아버지는 경상도 사투리의 억양이 강한 어투였다.

"가시기 전에 두 가지 말씀드릴 게 있습니다."

R이 말했다.

"아! 거 들어보면 뭐 하겠소? 갑시다, 당장!"

J의 아버지가 소리쳤다. R은 아무 말 하지 않고 약 오 초가량 기다렸다. 그리고 말했다.

"저의 집에 가시기 전에 참고가 될 것 같아서 그러니 잠시만 들어보십시오."

"아, 글쎄, 거 들어보면 뭐 하겠소? 빨리 갑시다. 시간도 없는데."

그는 시계를 들여다보며 이렇게 소리쳤다. 그때 J의 어머니가 말했다.

"여동생이라고 하는 사람이 전화를 해서 못살겠어요! 그사이에 전화를 네 번이나 했어요! 이거야 참, 노이로제 걸리겠어요. 처음에는 학생이라고 하면서."

그녀의 말은 여전히 똑똑히 알아듣기 힘든, 입속에 넣고 웅웅거리는 소리였다.

"거 당신이 전화하라고 해서 한 거요?"

J의 아버지가 말했다.

"아닙니다."

R이 말했다.

"공갈치고 있네! 자기가 시켜놓고는."

J의 아버지가 이렇게 말했다. 그 순간 R의 눈두덩이 부르르 떨렸다.

"전화를 하려면 본인이 직접 할 일이지 왜 남을 시켜서…… 자기가 뭔데 전화를 해대고…… 참 살다 보니 별일 다 보겠네!"

R은 다시 입술을 부르르 떨었다. 그러나 한껏 억제된, 그리고 다

소 짜증스러워하는 목소리로 말했다.
 "제가 전화하라고 한 거 아닙니다. 저는 그동안 절에 들어갔다가 어제서야 나왔습니다. 제발 내 말을 좀 들어보고 말씀하세요!"
 "그럼 말해 보시오! 그 대신 빨리 하시오. 시간 없으니."
 J의 아버지는 다시 시계를 들여다보고 재촉했다. R은 말했다.
 "우선 저의 집에 지금 있는 사람들이 누구누구인가부터 말씀드리겠습니다. 저의 집에는 지금 아버지가 계시고, 어머니는 일찍 일하러 가셔서 집에 안 계실 겁니다."
 "아까 전화 받은 사람은 누구요?"
 "저의 누님입니다. 누님은 생질 아이 공부시키기 위해 대구에 올라와 있습니다. 누님은 지금 밭에 일하러 가신 어머니를 데리러 갔습니다."
 "누님 고향은 어디요?"
 "경줍니다."
 "하! 그쪽에 전신에 우리 집안사람들인데…… 이거 말이 나면 큰일인데……."
 J의 아버지는 몹시 난처한 표정으로 안절부절못하며 이렇게 중얼거렸다. 그리고 그는 계속하여
 "그리고? 그리고 전화했던 아가씨도 지금 집에 있소?"
 하고 성급하게 물었다.
 "아닙니다. 저의 여동생은 지금 직장에 갔습니다."
 "하! 그 아가씨도 있어야 되는데……."
 이렇게 말하고 J의 아버지는 그의 아내를 돌아보았다.
 "며칠 후에 내려간다고 했으면 기다릴 것이지 그새를 못 참아서 전화를 해대고…… 그렇게 사람을 못살게 굴어도 되는가?"
 J의 어머니가 말했다.
 "협박하는 거요, 뭐요? 사람이 이거…… 그래, 왜 전화를 했대요?"

J의 아버지가 말했다. R은 입술을 깨물었다. 그리고 말했다.

"글쎄, 더 들어보세요! 오햅니다."

"오해는 무슨 오해? 아! 거 더 들어볼 필요도 없소. 그만 일어납시다."

J의 아버지는 이렇게 말하고 실제로 자리에서 엉거주춤 일어났다. R은 아무 말 하지 않고 그러한 그를 바라보고 있었다. 그러자 그는 다시 앉았다. R은 계속했다.

"그러니까 지금 저의 집에 가시면 아버지 어머니 그리고 저의 누님 이렇게 세 사람이 있을 겁니다."

"가족들은 이번 일에 대하여 모두 알고 있소? 선생이 이미 다 이야기했다고 하던데?"

J의 아버지가 다시 성급하게 끼어들었다.

"자세히는 모릅니다. 다만 J 선생이라는 사람이 있다는 사실과 외국 함께 가려고 했는데 그게 파기되었다는 사실 정도만 알고 있습니다."

"구라치고 있네! 하마 다 이야기해 놓고는."

J의 아버지가 말했다. R은 다시 입술을 부르르 떨었다. 그리고 그는 한껏 억제된 목소리로 계속했다.

"두 번째로 말씀드릴 것은 J 선생이 어쩌면 애꿎은 소리를 듣고 있는지도 모른다는 사실입니다."

그러자 R의 맞은편에 앉았던 두 사람은 잠시 무슨 말인지 모르겠다는 듯한 얼굴로 R을 쳐다보았다. R은 계속했다.

"물론 제가 J 선생 논문을 많이 도와주었던 것도 사실입니다. 그러나 저도 J 선생의 도움을 많이 입었던 것도 사실입니다. 가령 J 선생 때문에 저는 어쨌든 객지에서 몸 건강히 잘 지냈는지도 모릅니다. 게다가 J 선생은 제가 논문을 쓸 때 여러 가지 귀중한 자료들을 저보다 더 잘 찾아다 주었습니다. 그 덕분에 제 논문도 질이 많이 높아졌다고 할 수 있을 것입니다. 사실 말이 나왔으니 말인데 J 선생은 비록 논문을 쓰는 데 제 도움을 많이 입었다고는 하지만 충분히 박사라고 할 만한 여러 가지 능력이 있는 사람입니다."

그때 J의 아버지가 끼어들어 R의 말을 가로막으며 소리쳤다.

"아, 아! 거 헛소리할 필요 없소! 시끄럽소! 그런 소리 할 필요가 뭐 있소? 일어납시다."

R은 잠시 기다렸다. J의 어머니는 그녀의 남편을 만류했다. 잠시 후 R은 계속했다.

"어쨌든 한 가지 알아두셔야 할 사실은 우리 J 선생에게는 모든 게 애꿎은 소리였는지도 모른다는 사실입니다. 제가 지난번에 서울엘 두 번 찾아갔을 때는 일방적으로 제가 논문을 써줬다는 사실에만 초점을 맞춰 이야기하니 그렇지 다른 관점에서 보면 J 선생은 억울한 사람일 수도 있지요. 저는 그사이에 며칠 동안 절에 들어가 있었습니다. 절에서 나올 때 저는 이런 생각을 했습니다. 어른들을 만나뵙게 되면 지난번에 했던 말들은 모두 거짓말이었다고 말하겠다고요. 점장이한테 물어보니 어른들의 액땜을 위해서는 어른들을 한번 크게 놀라게 하는 게 좋다고 해서 우리가 짜고 그런 거짓말을 했던 거라고 말할까 하는 생각까지도 했습니다."

그러자 두 사람은 갑자기 어안이 벙벙한 얼굴이었다. 특히 J의 어머니는 방금까지의 그 얼어붙은 듯했던 얼굴에서부터 다소 누그러졌다. 그녀의 입술에는 미소가 감돌기까지 했다. J의 아버지도 물론 처음에는 밝아지는 듯했지만 그러나 믿어지지 않는다는 표정으로 말했다.

"헛소리하고 있네! 당신 지금 우리를 놀리는 거요!"

R은 다시 입술이 부르르 떨렸다. 그러나 한껏 억제된 목소리로 말했다.

"좌우간 저는 생각이 바뀌었습니다."

"당신 왜 그렇게 갑자기 생각을 바꾸었소? 생각이 바뀌게 된 계기가 뭐요?"

J의 아버지는 반신반의하는 표정으로 물었다.

"저는 절에 갔다 나오면서 그런 생각을 했습니다."

R은 다소 짜증스러운 듯 양미간을 찌푸리며 이렇게 말했다.

"그래, 절에 가서 회개를 했단 말이지요?"

J의 아버지가 약간 비시시 웃으며 말했다. 그 순간 R의 얼굴의 근육은 다시 부르르 떨렸다. 그리고 신경질적인 목소리로 언성을 약간 높여 말했다.

"절에서는 그 기독교에서 말하는 거하고는 달라요!"

그러자 J의 아버지는 변명이라도 하듯 다급하게 말했다.

"아! 좌우간 절에 가서 뭐 그렇게 됐다는 말이지요? 그런 거 아니요?"

R은 입술을 깨물었다. 그러나 J의 아버지의 표정은 한결 밝아져 있었다. 그렇기는 하지만 이해가 가지 않는다는 표정으로 물었다.

"그런데 R 선생이 우리 J한테 뭐, 그, 돈 삼천만 원 이야기를 했다던데 그건 무슨 말이었소? 그게 사실이요?"

"예, 사실입니다."

"그런데?"

"제가 그때 삼천만 원 이야길 했던 것은 그만한 이유가 있었던 거지요. 저는 J 선생에 대해서 잘 알고 있습니다. 어쩌면 제가 어른들보다 J 선생에 대하여 더 잘 알고 있을지도 모릅니다."

J의 아버지와 어머니는 R의 이 말에 그럴 수도 있으리라는 듯이 고개를 끄덕였다. 그들의 얼굴은 밝아져 있었다. R은 계속했다.

"J 선생은 자존심이 센 사람입니다. 그런데 우리 사이에 어떤 문제가 있어서 도저히 해결되지 않을 때 저는 때때로 J 선생의 자존심을 몹시 꺾어버립니다. 그렇게 하고 나면 금방 해결이 되곤 했습니다. 사실 말이 나왔으니 말인데, 저는 우리가 프랑스에 함께 살 때 종종 J 선생한테 이런 말을 했습니다. 내가 만약 조금이라도 더 머리가 나빴더라면 J 선생은 금방 날 바보 취급을 해버렸을 거라구요. 사실 프랑스에서 J 선생은 저한테 꼼짝하지 못했습니다."

"우리 J는 여자지만 워낙 대가 세어서 웬만한 사람은 휘어잡고 살지도 못해요."

J의 어머니가 말했다. 그녀의 목소리는 부드러워져 있었다.

"저도 그렇게 생각해요. J 선생은 여자지만 배짱이 대단한 사람이지요. 때로는 자존심을 몹시 꺾어버리지 않으면 안 될 때가 있지요. 삼천만 원 이야기를 할 때도 그랬습니다. 그때 상황이 아주 극한적이었지요. 그래서 제가 '네 자존심을 한번 꺾어주마.' 하고 그런 말을 했던 거지요."

R의 이 마지막 말에 대해서는 이미 J에게 들었다는 듯이 두 사람은 고개를 끄덕였다. R은 말했다.

"일이 그렇게 됐던 거지요."

그제서야 J의 아버지와 어머니는 의문이 풀렸다는 듯이 밝게 웃었다. 그리고 J의 어머니가 말했다.

"그렇지요. 우리가 무슨 돈이 많다고 삼천만 원이나 만들어줄 수 있겠어요?"

"그럼! 우리가 무슨 돈이 있다고……."

J의 아버지도 그녀의 말에 합세하여 이렇게 중얼거렸다. 잠시 후 J의 아버지가 그래도 무엇인가 미심쩍다는 얼굴로 물었다.

"그럼 돈을 안 받겠다는 말이지요?"

"저는 그 돈을 받을 이유가 없습니다."

R이 말했다. 그러나 J의 아버지는 그래도 무엇인가 미심쩍다는 표정으로 다시 물었다.

"그런데 선생이 지금은 그렇게 말하지만 뒷날 가서 마음이 바뀌면 그때는 어떻게 하겠소?"

R은 다소 짜증스러운 듯 양미간을 찌푸리고 말했다.

"좌우간 저는 지금 기분이 그러니 아무 말 하지 말아주십시오."

그러나 J의 아버지는 한 번 더 다그쳤다.

"그럼 선생이 다시 마음을 바꾸지 않는다는 보장이라도 있소? 우리 J가 하는 말이 선생이 글을 써버리면 모든 게 끝장이라고 하던데?"

"글쎄, 지금으로서는 그럴 생각도 없습니다."

"그럼 선생이 다시 마음이 바뀌지 않겠다고 약속할 수 있어요?"

그러자 R은 다시 눈 아랫부분이 부르르 떨렸다. 그는 신경질적인 목소리로 말했다.

"나한테 아무것도 강요하지 마세요! 나는 누구에게도 무엇인가 강요당하고 싶지 않아요. 다만 지금 제 심정은 그렇다 이겁니다. 그리고 제 마음이 바뀌지 않기를 저도 원하고 있고요."

그러자 J의 어머니는 그녀의 남편더러 더 이상 R의 심기를 사납게 하지 말라고 하기라도 하듯 손으로 가볍게 그녀의 남편을 건드렸다. J의 아버지는 이제 더 다그치기를 마치고 대단히 기분이 좋아진 얼굴로 말하기 시작했다.

"아암! 그래야지. 그래야 사람이지. 그래, 객지에 가서 함께 살면서 논문 쓰는 데 좀 도와줄 수도 있는 일인데 그걸 가지고 지금 와서 그래서야 어디 되겠소? 선생도 한번 생각해 보시요! 남의 약점 잡고 지금 와서 그러면 그거 사기 아니요?"

J의 아버지는 이런 식으로 잠시 훈계를 했다. R은 아무 말 하지 않고 다만 듣고만 있었다. J의 어머니는 아직도 풀리지 않은 의문이 하나 남아 있다는 듯이 물었다.

"그런데 동생이 전화했던 건 무엇 때문이었어요?"

그러자 J의 아버지도 그게 궁금하다는 듯이 R을 쳐다보았다. R은 말했다.
"지난번에 제가 서울을 다녀온 이후 몹시 상심해 있으니 동생이 어떻게든 화해를 붙여보려고 전화를 했던 거지요."
그러자 두 사람은 서로 마주 보고 말했다.
"듣고 보니 그것도 그럴 성하네요."
이렇게 말한 것은 J의 어머니였다.
"그러네. 듣고 보니 그 말도 맞네."
J의 아버지도 맞장구를 쳤다. 이제 두 사람은 큰 의문이 풀렸다는 듯이 마주 보고 다소 계면쩍어하는 낯으로 웃었다.
"그러니까 오해했던 거지요?"
R이 두 사람을 건너다보고 물었다.
"그러네요. 우린 그걸 모르고……."
J의 어머니가 R에게 말했다.
"그럼 R 선생 부모들은 아직 아무것도 모르는가요?"
J의 아버지가 R에게 물었다.
"모른다고 하잖아요."
J의 어머니가 그녀의 남편에게 말했다. 그녀는 이제 더 이상 R의 심기를 불편하게 할까 봐 두려워하는 눈치였다.
"예, 자세한 건 모릅니다."
R이 말했다.
"그럼 R 선생이 우리 J 논문 써준 것도 모른다는 말이지요?"
J의 아버지가 물었다.
"예."
R이 대답했다.
그러자 두 사람은 잠시 멋쩍은 얼굴로 서로 마주 보며 어떻게 해야 할까 하고 서로가 서로에게 표정으로 물어보고 있었다.
"아직 아무것도 모른다는데 굳이 가서 말할 필요가 있겠어요?"

J의 어머니가 그녀의 남편에게로 얼굴을 향한 채 낮은 목소리로 이렇게 웅얼거렸다.

"글쎄?"

J의 아버지는 몹시 난감한 얼굴로 이렇게 말했다. 그러고는 덧붙여

"그렇지만 여까지 왔는데 가보긴 가봐야겠제?"

"가려면 당신 혼자 가보세요."

"그렇게 하지."

두 사람 사이의 대화가 끝났다. J의 아버지는 R에게 R의 집으로 가보자고 했다. 그러나 그는 자리에서 일어나려고 하는 순간 또 한 가지 풀리지 않은 의문이 생각났다는 듯이 말했다.

"그런데 R 선생이 전에 우리 J더러 오백만 원 해달라고 했다는데 그건 또 무슨 소리였소?"

그러나 J의 어머니는 그녀의 남편에게 일이 잘됐는데 뭘 자꾸 묻느냐는 듯이 그녀의 남편을 약간 손으로 떠다밀었다. 그러자 J의 아버지도 자신이 제기했던 질문에 대한 대답을 듣기를 포기하고 자리에서 일어났다. R과 J의 아버지는 다방에서 내려왔다.

R의 집으로 향하는 길어구에서 J의 아버지는 수박을 하나 사 가지고 가자고 했다. R은 필요 없다고 했지만 J의 아버지는 굳이 수박을 샀다. R은 그걸 받아 들고 그의 집을 향했다. 한참 걸어가다가 J의 아버지가 말했다.

"선생이 머리가 좋다고는 하지만 아무래도 헛똑똑이요!"

R은 고개를 끄덕이며 말했다.

"글쎄요. 저도 그렇게 생각합니다. 이 한국에서는요."

R의 집에 도착하여 R과 R의 아버지 그리고 J의 아버지는 첫 번째 방에 앉았다. J의 아버지는 R의 아버지와 인사를 나눈 뒤 막상 어떻게 이야기를 시작해야 할지를 잘 몰라하는 듯했다. 그는 몹시 곤혹

스러워하는 표정으로 자신의 딸과 R의 아버지의 아들이 프랑스에서 서로 알고 지냈다고 하던데 그 사실을 아느냐고 물었다. R의 아버지는 알고 있다고 했다. J의 아버지는 다시 몹시 곤혹스러워하는 얼굴로 잠시 망설이다가 자신의 딸이 논문을 쓰는 데 R의 아버지의 아들이 좀 도와주었다고 하던데 그것도 알고 있느냐고 물었다. R의 아버지는 그건 잘 모르는 일이며 함께 살다 보면 도와주기 예사 아니냐고 말했다. 그러자 J의 아버지는 다시 몹시 곤혹스러운 얼굴이 되어 그런데 R의 아버지의 아들이 자신의 딸에게 어떤 보상을 요구한다고 하는데 그건 옳지 않은 일이 아니냐고 했다. 그러자 R의 아버지는 그렇다고 말했다. 그러자 이번에 J의 아버지는 R의 아버지의 딸이 전화를 자꾸 하는데 그건 부당한 일이라고 생각하며 우선 그 사실을 아느냐고 물었다. 그러자 R의 아버지는 모른다고 했다. J의 아버지는 몹시 궁색한 얼굴로 잠시 R의 아버지의 딸이 전화를 하는 것이 부당한 일이라는 것을 말하려 했다. 그러자 R이 나섰다.

"그건 오해였던 거지요."

이렇게 함으로써 사실상 J의 아버지가 하고자 했던 말은 모두 끝나버리고 말았다.

잠시 후 R의 누나가 상에다 J의 아버지가 사 온 수박을 쪼갠 것을 얹어 들고 들어왔다. J의 아버지와 R의 아버지는 잠시 건강 문제에 대하여 서로 이야기를 주고받았다. 그러다가 J의 아버지는 다시 R의 이혼 문제에 대하여 묻기도 했다. R의 아버지는 대충 설명을 했다. J의 아버지는 고개를 끄덕였다. J의 아버지는 다시 R의 아버지의 딸이 전화를 했던 것은 부당하다고 했다. R의 아버지는 그럼 딸이 직장에서 돌아오면 야단을 치겠다고 했다. J의 아버지는 다시 R이 보상금을 요구하는 것은 반드시 옳은 일이라고 할 수는 없다고 했다. 거기에 대하여 R의 아버지는 J의 아버지가 하는 말이 무슨 말인지 잘은 모르는 일이지만 암튼 그는 자신의 아들을 부당한 돈으로 키우지는 않았다고 했다. 그리고 덧붙여 말하기를 자신의 아들은 모르긴 모르지만 남한테 부당한 돈을 받으려 드는 사람은 아닐 거라고 했다. 그리고 일례로 R이 전에 프랑스에 가기 전에 고등학교 교사로 있었는데 그때 학부형들의 촌지도 받지 않았다고 했다. 그러자 다시 궁색해진 J의 아버지는 이제 자신의 딸과 R의 아버지의 아들 사이에는 선을 그어야 한다고 말했다. R의 아버지는 그렇게 하는 게 좋을 거라고 하며 덧붙여 말했다.

"그런데 한 가지 부탁할 것이 있는데, 주사가 따님한테 가시거든 이 말 한마디는 꼭 전해 주십시오. 그게 뭔고 하니, 요즈음 세상은 같은 공부를 했다고 해도 돈 있는 집 자식이 돈 없는 집 자식보다 더 출세가 빠르지 않습니까. 그러니 훗날 주사 따님은 자가용 차를 타고 다닐 때 제 아들은 걸어서 다니겠지요. 그럴 때 만약 주사 따님이 차를 타고 가다가 우리 집 애가 걸어가고 있는 것을 본다면 그냥 차 안에서 손을 들어 인사하지 말고 차에서 내려 악수도 하고 인사도 하라고 전해 주십시오. 사실 요즈음 세상에는 서로 친한 사이인데도 그냥 차 안에서 인사하는 사람들이 있거든요."

그러자 J의 아버지는 웃으면서 그렇게 하겠다고 했다. 그리고 잠시 후 J의 아버지는 R의 아버지에게 R의 아버지의 아들이 외국으로 도로 간다고 하던데 그게 사실이냐고 물었다. R의 아버지는 자신의 아들이 외국으로 가야 할 이유를 간단히 설명하고 그게 사실이라고 했다. 그러자 J의 아버지는 R이 언제쯤 갈 거냐고 물었다. R의 아버지는 말하기를 앞으로 두어 달 뒤가 될 것이라고 보아지는데 확실한 것은 자신도 잘 모른다고 했다. 그러자 J의 아버지는 R의 아버지의 아들이 외국으로 떠날 때 여비조로 많은 돈은 아니지만 얼마간의 돈을 주겠다고 했다. 그러자 R이 말했다.

"아닙니다. 저는 받을 수 없습니다."

R의 아버지도 아들의 말에 합세하여 정히 돈이 없으면 지금 그들

이 살고 있는 전세금을 빼서 보낼 일이지 J의 아버지의 돈으로 외국 보낼 생각은 없다고 했다. 잠시 후 J의 아버지는 이제 그만 가봐야 겠다고 하며 자리에서 일어났다.

R은 J의 아버지를 J의 어머니가 기다리고 있을 성도다방까지 바래다주었다. J의 어머니는 그녀의 남편이 R과 함께 다방으로 들어오는 것을 보고 일어나 변소로 갔다. J의 아버지도 그녀를 따라 변소로 들어갔다. 그들은 거기에서 무어라고 이야기를 나누고 있는 것 같았다.

"잘됐어! 일이 아주 잘됐어!"

J의 아버지의 커다란 목소리가 R이 앉아 있는 데까지 들려왔다. 그리고 잠시 후 두 사람은 변소에서 나왔다. R은 두 사람을 택시 타는 데까지 바래다주었다.

R이 집에 돌아와 보니 그의 아버지는 깊은 생각에 잠겨 있었다. R은 그의 아버지에게 일의 자초지종을 이야기했다. 다 듣고 난 R의 아버지가 말했다.

"내가 언제 그 처녀를 한번 만날 수만 있다면 고맙다는 인사를 할 텐데."

그 후에도 R은 다시 한 번 서울에 올라왔다. 그가 서울에 올라왔던 것은 지난 학기에 그가 강의한 것에 대한 학생들의 시험 결과를 학교에다 제출하기 위해서였다. 그는 그것을 학교에다 갖다 내고 나서 서울에 온 김에 청량리역으로 가 기차를 타고 나를 찾아왔다. 그의 방문은 나에게 참으로 뜻하지 않았던 것이었다. 나는 그에게 소문에 들으니 외국 갔다고 하던데 언제 돌아왔느냐고 물었다. 그는 말하기를 2월 16일에 돌아왔다고 했다. 그러고 나서 잠시 후 그는 어쩌면 2월 15일 또는 17일이었는지 모른다고 했다.

그날 저녁 나는 그에게 술을 한잔 하겠느냐고 물었다. 그는 싫다고 했다. 그래서 내가 묻기를 그사이에 술을 끊었느냐고 했다. 그러자 그는 그런 건 아닌데 현재 몸 상태가 술을 받을 것 같지가 않다고 했다. 그래서 우리는 술을 마시는 대신 산책을 나가기로 했다.

산책길에서 나는 그가 담배를 심하게 피운다는 것을 깨닫고 그 사실을 그에게 말했다. 그러자 그는 아무 말 하지 않고 소리 없이 웃었다. 그 순간 나는 그의 웃음에서 그가 무슨 깊은 고통을 겪고 있을지도 모른다는 생각을 얼핏 하게 되었다. 그래서 나는 그에게 혹시 무슨 고민이 있느냐고 조심스럽게 물었다. 그는 그러나 다시 한 번 씽긋 웃을 뿐 아무 말 하지 않았다. 그런데 그 순간에도 나는 그의 씽긋 웃는 웃음이 몹시 창백하다는 생각이 들었고 그래서 다시 한 번 같은 질문을 되풀이했다. 그러자 그는 한참 동안 묵묵히 고개를 수그린 채 걷고 있다가 말하기 시작했다. 그의 이야기는 길었다. 우리가 산책에서 돌아왔을 때는 새벽 두 시였다.

돌아오는 길에 나는 그에게 여러 가지 질문을 했다. 나의 질문은 대단히 산발적이고 단편적이었다. 가령 내가 물은 것 중 하나는 J라는 여자가 D 문예지에 발표했다는 글을 그가 한번 봤느냐, 그리고 그것은 정말 많이 고쳐졌더냐 하는 것이었다. 그러자 R은 피씩 웃으며 말하기를 도서관에서 한번 찾아봤는데 그 글은 본래 제목이 「이야기와 '이야기'의 시간」이었는데 '이야기' 대신에 '서술'이라고 용어를 고쳐버린 것이 그녀가 뜯어고쳤다는 것의 전부였고 그 글은 그 용어를 바꾸어버림으로 해서 글 전체를 망쳐놓았더라고 했다. 또 나는 그가 해인사에서 나온 뒤 왜 갑자기 태도를 바꾸었느냐고 물었다. 그러자 그는 대답하기를 '형상화' 해야겠다는 강한 충동 때문에 해인사에서 나올 때 가슴이 뛰고 있었기 때문이라고 했다. 그러나 나는 그와 같이 문학에 조예가 깊은 사람이 아니기 때문에 '형상화'가 무엇이냐고 물어볼 수밖에 없었다. 그는 나에게 설명했다. 그러나 나는 그의 설명을 모두 이해했다고 볼 수는 없다. 지금 생각하면 그는 몇 차례에 걸쳐 '경마장'이란 말을 입에 오르내리기도 했다. 그러나 나는 그가 '형상화'를 설명하기 위해 왜 '경마장'이란 말을 끌어 왔는지에 대해서는 기억이 희미했다.

돌아온 뒤 잠자리에 들기 전에 나는 그에게 외국엘 다시 나갈 생각이냐고 물었다. 그는 그렇다고 했다. 그리고 나는 그에게 J라는 여자의 가정에 대하여 좀 더 캐물었다. 그러자 그는 다소 따분해하는 표정으로 한마디로 말해서 소위 말하는 한국의 중산층이라고 했다. 나는 다시 J라는 여자의 아버지가 뭐 하는 사람이냐고 물었다. 그러자 그는 조그마한 공장을 가진 사업가라고 했다. 그리고 자유당 시대에는 경찰을 했다고 들었다고 했다. 그리고 그녀의 오빠 중 하나는 모 수사기관의 수사요원이라고 들었다고 했다. 나는 그에게 이제 그만 자라고 하고 내 방으로 건너왔다.

이튿날 아침 나는 그에게 그가 외국엘 굳이 다시 나가지 않는 것이 어떻겠느냐고 했다. 그러나 그는 나의 이 말에 대해서는 아무 말 하지 않았다. 그래서 나는 그가 외국엘 다시 나가지 않는 것이 더 현명할지도 모른다는 이유를 몇 가지 차원에서 설명했다. 그는 나의 설명에 대하여 이따금 고개를 끄덕이긴 했지만 어떻게 하겠다고 말은 하지 않았다. 나는 계속해서 그에게 당분간 절에 들어가 있는 것이 어떻겠느냐고 권유했다. 그러자 그는 나에게 혹시 내가 아는 좋은 절이 있으면 말해 줄 수 있겠느냐고 했다. 그래서 나는 내가 아는 몇몇 절을 말해 주었다.

그는 해거름 녘에 떠났다. 나는 그를 역으로 바래다주면서 조심스럽게 말했다. 그가 글을 쓰는 것을 보류하면 어떻겠느냐고. 그러자 그는 이해가 가지 않는다는 듯이 나를 쳐다보았다. 그래서 나는 몹시 궁색한 표정으로 이 한국이라는 데는 무서운 데라고 했다. 그러나 그는 여전히 내 말뜻을 알아듣지 못하는 것 같았다. 그래서 나는 좀 더 구체적으로 말해 줄 수밖에 없었다. 그러자 그는 피씩 웃었다. 그리고 말하기를 그는 그런 거 때문에 글쓰기를 주저하는 것이 아니라 그가 혹시 무엇인가를 오해하고 있을지도 모른다는 생각 때문에 자꾸만 걱정이 된다고 했다. 그래서 나는 묻기를 그가 무엇을 오해할 수 있다는 거냐고 했다. 그러자 그는 무엇인지는 모르지만 혹시 무엇인가 오해하고 있는 것이나 아닐까 해서 자꾸만 망설여진다고 했다. 그리고 덧붙여 무엇인가를 확인해 보기 위해서 다시 한 번 J를 만나봐야 할지도 모른다고 했다. 그래서 내가 말하기를 어쩌면 J라는 여자는 그녀의 부모가 R에게 돈을 주고 오지 않았기 때문에 몹시 불안해할지도 모르며 다시 전화를 하면 돈을 주겠다고 할지도 모른다고 했다. 그러자 그는 다만 "글쎄!" 하고만 말했다. 그와 헤어지고 돌아오는 길에 나는 그가 걱정되었다. 그것은 내 소심증 때문일 것이다.

대구로 내려온 R은 이튿날 아침 가방에 옷가지 몇 벌을 챙겨 넣고 집을 나왔다. 집을 나오기 전에 그는 그의 막내 여동생에게만 그가 구상하고 있는 글을 쓰기 위해서 떠난다고만 말했다. 그는 광주로 가는 고속버스를 탔다. 버스 안에서 그는 멍하니 창밖을 내다보며 깊은 생각에 잠겨 있었다. 대구와 광주의 중간 지점에 있는 어느 휴게소에서 그는 다른 승객들과 함께 버스에서 내렸다. 그는 저만큼 후미진 데로 가 산 아래를 향하여 세차게 오줌을 갈겼다. 그의 오줌줄기는 달맞이꽃에 부딪치면서 달맞이꽃 대궁을 흔들었다. 그는 오줌을 누면서도 무엇인가 골똘히 생각에 잠긴 얼굴이었다. 오줌을 다 누고 난 그는 산 아래를 내려다보며 가벼운 맨손체조를 했다. 그리고 다시 버스에 올랐다.

차가 광주 시내로 들어설 때 갑자기 서행을 했다. 그리고 차에 탔던 승객들이 무슨 구경거리가 지나가는 듯 자리에서 우르르 일어나 오른쪽 창밖을 내다보았다. R도 오른쪽으로 고개를 돌려 밖을 내다보았다. 차창 밖에는 약 삼사백 명의 대학생으로 보이는 젊은 이들이 열을 지어 조용히 걸어가고 있었다. 그들은 모두 왼쪽 팔뚝에 검은 완장을 두르고 있었다. 그들의 얼굴에는 아무런 표정이 없었다. 행렬의 맨 앞부분에는 검은 만장을 든 사람도 있었다. 차 안에서 내려다봐서 그런지 그들은 모두 키가 작아 보였다.

창밖을 내다보고 있던 승객들을 조심스러운 목소리로 이야기를 주고받기도 했다. 승객들이 나누는 대화 중에는 '변사사건', '의문사', '대학생' 그리고 '저수지' 라는 등의 말이 들리기도 했다.

광주에서 R은 터미널 건너편에 있는 한식집에 가 육개장 한 그릇을 먹었다. 식당에서 나온 뒤 한참 동안 황망히 주위를 두리번거리다가 택시를 잡아탔다.

그는 운전사에게 시내 아무 데로나 가자고 했다. 그러고 나서 그는 얼핏 생각이 난 듯 충장로라는 데로 가자고 했다. 충장로에서 내려 약 십여 분간 주위를 두리번거리며 걷다가 다시 택시를 잡아탔다. 그리고 이번에는 선암사로 가는 버스를 탈 수 있는 시외버스 정류장으로 데려다 달라고 했다. 시외버스 정류장에서 택시를 내린 그는 승주로 가는 시외버스를 탔다. 승주에서 내린 뒤 약 한 시간가량 기다렸다가 선암사로 가는 버스를 탔다. 선암사에 도착하여 그는 선암사 경내를 한 바퀴 돌아보고 절 뒤편에 있는 암자에서 물을 한 모금 마시고 내려왔다. 선암사에서 나온 그는 다시 순천으로 가는 버스를 탔다. 순천에 도착했을 때는 이미 날이 어두워지고 있었다. 그는 어느 여관에 방을 잡아두고, 여관방에 그가 어깨에 메고 온 가방을 내려놓고 밖으로 나와 어느 한식집으로 들어갔다. 그 한식집 홀에는 손님이라고는 아무도 없고 다만 두 사람의 아낙네—그중 사십 대의 여자는 음식점 주인으로 보이고 다른 한 오십 대의 여자는 주방에서 일하는 사람으로 보이는—가 한 탁자 앞에 나란히 앉아 벽에 붙여 설치해 놓은 텔레비전을 열심히 바라보고 있었다. 그녀들은 R의 출현은 본체만체하고 온통 텔레비전에서 진행되고 있는 드라마에만 정신이 팔려 있었다.
"세상에!"
두 여자 중 하나가 감탄사를 발했다.
"저러면 얼마나 좋을꼬?"
다른 한 여인이 혼잣말처럼 중얼거렸다.
R은 잠시 신문을 뒤적거리다가 그녀들을 향하여 농담기가 섞인 목소리로 자꾸 그 텔레비전만 보고 장사는 안 할 거냐고 했다. 그제서야 두 여자는 텔레비전에서 눈을 떼고 R에게 인사를 하고 무엇을 먹겠느냐고 물었다. R은 육개장을 달라고 했다. 오십 대 여자가 육개장 한 그릇을 날라 왔다. 그녀는 그것을 R의 앞 탁자 위에 내려놓고는 다시 사십 대 여자 옆자리로 가 텔레비전 드라마에 열중하고 있었다. R은 육개장을 퍼먹으면서 고개를 들어 그녀들이 바라보고 있는 텔레비전을 쳐다보았다.
"미스터 한은 외국에서 박사학위를 받아 온 유능한 인재라는 걸 알아요."
화면에 나타난 무대는 고급스러운 양주를 파는 술집이었다. 화면 가운데에는 둥근 탁자가 놓여 있고 그 탁자를 사이에 두고 두 사람의 젊은 남녀가 마주 바라보고 앉아 있었다. 방금 말한 것은 여자였다. 여자는 이십 대 말 또는 삼십 대 초반으로 보이는데 얼굴이 갸름하고 콧날이 오똑하고 두 눈이 컸다. 그녀는 잘 차려입고 화려한 머리 모양을 하고 있었다. 그녀는 맞은편에 앉은 남자를 건너다보며 약간 도도한 미소를 지으며 계속했다.
"내가 미스터 한을 위해서 미리 사업체를 하나 마련해 놓았는데 이제 공부도 끝나고 했으니 우리 함께 일해 보는 것이 어때요?"
그러자 맞은편에 앉아 있던 남자가 말했다.
"윤 회장님의 말씀은 대단히 고맙습니다. 그러나 저는 다른 생각이 있어 몇몇 뜻을 같이하는 친구들이 모여 조그마한 아뜰리에를 하나 마련했습니다. 아직 공부를 좀 더 해볼까 하구요."

이렇게 말하는 남자의 목소리는 대단히 겸손하고 서글서글하고 또 당당했다. 화면에 클로즈업된 그의 얼굴은 이십 대 말로 보이는데 대단히 말쑥하게 생겼다. 그는 양복을 단정하게 입었고 흰 와이셔츠 넥타이를 똑바로 매고 있었다. 그는 계속해서 무어라고 여자에게 말하고 있었다. 맞은편에 앉은 윤 회장이라고 불렸던 젊은 여자는 이제 처음의 그 당당하고 다소는 도도해 보이기까지 했던 얼굴이 아니었다. 그녀는 약간 자존심이 상한 듯 혹은 기가 죽은 듯 고개를 조금 수그리고 있었다. 젊고 말쑥한 남자는 계속해서 무어라고 말하고 있었다.

"아주머니네들과 저 이야기가 무슨 상관이 있다고 그렇게 열심히 보고 있데요?"

R은 깍두기를 버적버적 씹으며 건너편 탁자 앞에 웅크리고 앉아 텔레비전을 쳐다보고 있는 두 여자를 향하여 말했다. 그러자 두 여인 중 하나가 꿈에서 얼핏 깨어난 눈으로 R을 돌아보며

"그래도 재미있잖아요."

하고 말했다. 그리고 다시 텔레비전 쪽으로 고개를 돌렸다.

식당에서 나온 R은 잠시 밤거리를 걷다가 여관으로 올라갔다. 여관 계단을 오를 때 카운터에 앉아 있던 삼십 대의 부드럽게 생긴 남자가 친절한 목소리로 혹시 아가씨가 필요하면 말하라고 했다. R은 그에게 대단히 고마운 말이지만 오늘 밤에는 별로 생각이 없다고 했다. 그리고 그는 다시 계단을 오르기 시작했다. 카운터의 그 부드럽게 생긴 남자는 R의 등에다 대고 여전히 그 부드럽고 친절한 목소리로 혹시 자다가 생각이 나면 언제든지 괜찮으니 전화를 해달라고 했다. R은 다시 한 번 고맙다고 인사를 하고 지금으로서는 그럴 생각이 없다고 하고 올라와 잤다.

이튿날 아침 R은 일찍 일어나 가방을 메고 여관을 나왔다. 그리고 버스를 타고 벌교로 갔다. 벌교에서 그는 잠시 길거리를 걷다가 다시 버스를 타고 장흥으로 향했다. 장흥에서 내린 그는 다시 버스를 타고 남쪽으로 향했다. 어느 작은 읍에서 버스를 내린 그는 잠시 가겟방 주인과 무엇인가 대화를 나누었다. 그리고 그는 그 가겟방 주인에게 허리를 구부려 인사하고 곧 택시를 잡아탔다. 그가 탄 택시는 약 오 분가량 들 가운데로 난 길을 달리다가 산으로 접어들었다. 택시는 몹시 울퉁불퉁한 산길을 심하게 흔들거리면 올라갔다. 거의 산꼭대기까지 올라갔을 때 택시는 멎었다. R은 운전사에게 돈을 지불하고 택시에서 내렸다. 운전사는 손가락으로 R에게 산길을 가리켰다. R은 허리를 굽혀 인사를 하고 가방을 어깨에 둘러메고 택시 운전사가 손가락으로 가리킨 길을 따라 걷기 시작했다. 그의 뒤에서 택시는 다시 산을 내려가기 위해서 방향을 바꾸고 있었다.
　약 이백 미터쯤 걸었을 때 R의 앞에는 대단히 낡고 헌 고옥의 지붕들이 나타났다. R은 그 고옥의 돌담을 돌아 마당으로 들어섰다. 몹시 깡마르고 얼굴이 검게 타고 의복이 남루한 중처럼 보이는 오십 대 남자가 그를 맞이했다. 잠시 그들은 마루에 걸터앉아 무엇인가 대화를 나누었다. 그리고 잠시 뒤에 R은 일어나 법당으로 들어갔다 나왔다. 밖에서 기다리고 섰던 오십 대의 중처럼 보이는 남자는 R에게 옆켠에 보이는 건물 하나를 가리키며 피곤할 텐데 가서 쉬라고 했다. R은 그의 가방을 들고 그 중처럼 보이는 남자가 손가락으로 가리켰던 건물로 가 방문 하나를 열었다.
　몹시 좁고 누추한 방이었다. 방바닥 전체에는 얇은 이불이 하나 깔려 있었다. 그 이불은 몹시 더러웠다. 벽에 바른 벽지는 바른 지가 몹시 오래된 듯 색깔이 바래었고 먼지가 보속보속 피어 있었다. R은 방으로 들어가 이불을 무릎 아래만 덮은 채 누웠다. 그리고 잠들었다. 약 삼십 분쯤이나 지났을까 그는 눈을 떴다. 눈을 뜨고 누운 채 멍한 눈으로 낮은 천장을 바라보고 있다가 벌떡 일어나 가방을 들고 방을 나와 법당이 있는 건물로 갔다. 그때 마침 중으로 보이는 오십 대의 남자가 저 위 논둑을 따라 내려오고 있었다. 그는 그사이에 논에 농약을 치고 오는 듯했다. R은 그에게 다가가 잠시 무어라고 이야기했다. 오십 대의 중같이 보이는 남자는 고개를 끄덕였다. 그리고 두 사람은 서로 마주 서서 합장을 하고 허리를 구부려 인사했다.

R은 산을 내려오기 시작했다. 그는 아까 버스를 내렸던 소읍의 버스 정류장까지 걸어갔다. 거기서 그는 장흥으로 돌아가는 버스를 탔다. 장흥에서 그는 다시 버스를 타고 순천으로 돌아왔다. 순천 버스 정류장에서 그는 맥고모자를 쓴 승려 한 사람을 발견하고 그에게로 다가가 잠시 대화를 나누었다. 승려는 미소를 지은 낮으로 R에게 무엇인가를 말해 주었다. R은 그에게 합장을 한 채 인사를 하고 버스표를 사고 그리고 버스를 탔다. 버스는 어느 시골길을 달리고 있었다. 이미 해거름 녘이었다.

R은 그러나 어느 들길 한가운데서 버스에서 내리지 않으면 안 되었다. 왜냐하면 승객들이 초만원을 이룬 버스 안에서 예비군 훈련을 받고 돌아오던 한 무리의 청년들과 버스 운전사 사이에 싸움이 붙었던 것이다. 그 싸움은 몹시 격렬한 것이었다. 한 사람의 청년은 머리가 터진 듯 피가 얼굴을 뒤덮고 있었고 운전사는 한쪽 눈을 심하게 다친 듯했다. 다른 일당의 청년들은 돌멩이로 차 유리를 마구 깨기도 하고 버스 차체를 주먹으로 두들겨 우그리기도 했다. 차에 탔던 승객들은 공포에 찬 소리를 지르며 차에서 비집고 내렸다. 더러는 창문으로 뛰어내리기도 했다. R도 그들을 따라 차에서 내렸던 것이다.

차에서 내린 R은 몹시 낭패한 얼굴로 저물어가는 길가에 우두커니 앉아 있다가 약 한 시간 뒤에 택시를 잡아타고 광양으로 나왔다.

광양 버스 터미널 이층에 있는 기사식당에서 육개장 한 그릇을 먹은 그는 진주로 가는 버스를 탔다. 날은 이미 완전히 어두워져 있었다. 그는 늦게서야 진주에 도착했다. 진주에 도착한 그는 어느 여관에 들어가 잤다.

이튿날 아침 그는 다시 진주 버스 정류장으로 갔다. 거기서 그는 지리산 내원사로 가는 버스를 탔다. 내원사에서 그는 법당 뒤편 어느 조그마한 건물에서 문을 활짝 열어놓은 채 붓글씨를 쓰고 있던 육십 대의 정정하게 생긴 승려와 잠시 이야기를 나누었다. 그리고 그는 내원사에서 나와 버스를 타고 다시 진주로 향했다. 진주에서 그는 다시 버스를 타고 삼천포로 갔고 삼천포에서 다시 버스를 타고 해안선을 따라 난 길로 해서 고성에 도착했다. 고성에서 그는 다시 버스를 타고 어느 조그마한 절로 찾아 들어갔다. 그 절에서 그는 잤다.

이튿날 아침 절에서 내려와 그는 마을까지 걸어갔다. 마을에서 그는 공중전화박스 안으로 들어갔다.

"여보세요!"

J의 어머니의 목소리였다. R은 자신은 R인데 그동안 별고 없었느냐고 했다. J의 어머니는 R의 목소리를 확인하고 마침 전화를 잘 해주었다는 듯한 목소리로 말하기를 그날 그녀와 그녀의 남편이 대구를 갔다가 서울에 올라가니 그녀의 딸이 R에게 돈을 주고 오지 않은 것을 몹시 원망하여 울면서 돈을 주어야 한다고 하기에 얼마 되지 않는 돈이지만 R의 가정 형편이 어려운 듯해서 도와줄까 하니 R의 저금통장 구좌번호로 얼마간의 돈을 넣어 보낼 테니 통장번호를 좀 가르쳐달라고 했다. 그때 전화가 뚝 끊어졌다. 동전이 다 된 것이었다. R은 동전을 더 준비하여 다시 전화를 걸었다. 그리고 이번에는 R이 말했다. R은 우선 그 돈을 받고 싶지 않다고 하고 오늘 전화를 한 것은 다만 J에게 한 가지 할 말이 있어서 그러니 J를 좀 바꿔달라고 했다. 그러나 J의 어머니는 계속해서 R의 통장 구좌번호만을 물

었다. 그러자 R은 자신은 예금통장도 없고 따라서 구좌번호라는 것도 있을 수 없다고 했다. 그러자 J의 어머니는 그럼 자신이 내일 낮한 시에 동대구역에 도착할 테니 동대구역에서 만나주지 않겠느냐고 했다. R은 자신은 지금 절에 와 있는데 거기 갈 수 없다고 했다. J의 어머니는 어디에 있는 어느 절이냐고 하며 그녀가 절에까지 찾아가겠다고 했다. 그러나 R은 말해 줄 수 없다고 했다. 그때 다시 전화가 뚝 끊어졌다. 동전이 다 된 것이었다. R은 다시 동전을 바꾸어 전화를 했다. 그리고 그는 주장하기를 반드시 J와 이야기를 나누어야 한다고 했다. 그러나 J의 어머니는 입속에서 웅웅거리는 소리로 이제 그녀는 딸을 절대로 밖으로 내돌리지 않겠다고 했다. 그리고 그녀는 J를 바꾸면 무슨 말을 하려고 하느냐고 했다. R은 그녀의 이 말에 대답하는 대신 세상은 그녀가 생각하는 것과는 다른지도 모른다고 했다. R의 이 말에 대해서는 그다지 이해가 가지 않는 듯 J의 어머니는 계속해서 R이 J에게 무슨 말을 하려고 하느냐고만 다그쳐 물었다. 그래서 R이 말하기를 R의 아버지가 R에게 말하기를 R의 아버지가 J에게 감사한다는 말을 꼭 한 번 직접 전해 주라고 해서 전화를 하는 것이라고 했다. 그러자 J의 어머니는 잠시 이해가 가지 않는다는 듯 입으로 알아들을 수 없는 소리만을 내고 있었다. 그리고 그녀는 그래도 J를 바꿔줄 수는 없다고 했다. R은 그럼 알았다고 했다. 그러자 J의 어머니는 몹시 다급한 목소리로 내일 낮 한 시에 동대구역에서 꼭 만나자고 했다. R은 일없다고 했다. 그러자 J의 어머니는 다시 한 번 몹시 화급하게 같은 말을 되풀이했다. R은 아무 말 하지 않고 전화를 끊었다.

전화박스에서 나온 그는 몹시 급한 걸음으로 도로 절로 올라갔다. 그리고 가방을 챙겨 들고 다시 절에서 내려와 버스를 타고 진주로 향했다. 진주에서 그는 우선 어느 문방구로 들어가 검은 비닐 표지가 되어 있는 두꺼운 공책 네 권과 잉크 두 병을 사서 가방에 넣었다. 그러고는 이제 더 무거워진 가방을 어깨에 둘러메고 지리산 속으로 들어가는 버스를 탔다. 그날 밤 그는 어느 절의 암자에서 잤다. 그러나 이튿날 아침 그는 다시 그의 가방을 둘러메고 목포 쪽으로 향했다. 그러나 그는 목포까지 가지는 않았다. 목포로 가는 길목의 어느 조그마한 읍에서 차를 내렸다. 그날이 마침 그 소읍의 장날인 듯했다. R은 장터를 한 바퀴 돌아보다가 다시 버스를 타고 남쪽으로 내려가기 시작했다. 오른편 창문 쪽으로는 바다가 나타났다가는 사라지고 사라졌다가는 다시 나타나곤 했다. 그날 밤 그는 어느 해변가 소읍에서 잤다.

이튿날 아침 R은 대구로 전화를 했다. R의 아버지가 받았다. 그는 말하기를 J의 어머니라고 하는 키가 조그마한 여자가 어제 낮에 찾아와 얼마인지는 모르지만 돈을 내놓고 얼마 되지는 않는 돈이지만 형편이 어려워 보여서 도와주려고 하는 것이니 제발 받아달라고, 가지는 않고 계속적으로 조르는 통에 아주 피곤하고 짜증스러웠다고 했다. 그의 목소리는 몹시 화가 나 있었다. R은 그래서 무어라고 말했느냐고 물었다. 그러자 R의 아버지는 그는 모르는 일이니 본인, 즉 R을 직접 만나 이야기하라고 하며 받기를 거절했다고 했다. 그리고 덧붙여 그는 몹시 억제된 목소리로 아마도 그 사람들은 돈을 얼마 줘서 R을 하루빨리 외국으로 쫓아버리고 싶어 하는 것 같다고 했다. R은 그렇다고 했다. R은 마지막으로 그의 아버지에게 건강은 어떠냐고 물었다. R의 아버지는 괜찮다고 했다. 그러나 그는 이 말을 할 때 약간 멈칫거렸던 것 같기도 했다.

전화박스에서 나왔을 때 밖에는 부슬비가 내리고 있었다. R은 거룻배들이 정박해 있는 해변을 따라 걸어갔다. 갈매기들은 회색 하늘을 낮게 날며 시끄럽게 울고 있었다. 한참 동안 해변을 따라 걷고 있던 R은 공중전화박스를 발견하고 안으로 들어갔다. 그리고 그는 수첩을 꺼내어 그의 막내 여동생의 직장으로 전화를 했다.

R은 우선 아버지 건강이 어떠냐고 물었다. 그의 막내 여동생은 잠시 망설이다가 말했다. 그녀에 따르면 R의 아버지는 며칠 전에 갑자기 심한 객혈을 했는데 너무나 깜짝 놀라 병원엘 가 사진을 찍어보니 폐결핵이었다고 했다. 병원에서는 격리병실에 당분간 입원을 해야 한다고 했다고 했다. 그래서 격리병실을 갖추고 있는 대학병원으로 회사 차로 모시고 갔는데 병실이 빈 것이 없어서 신청만 해두었는데 내일은 아마도 들어갈 수 있을 거라고 했다. 그리고 그녀는 R에게 당부하여 말하기를 아버지 걱정은 하지 말고 R이 구상하는 글을 하루속히 쓰라고 했다. 그녀는 몇 번이나 이 말을 되풀이하여 강조했다. 게다가 그녀는 만일 R이 그의 일을 포기하고 집으로 돌아오면 모든 가족들은 그에 대하여 큰 실망을 할 것이라고 했다. R은 아무 말 하지 않고 수화기를 들고만 있었다.

전화박스에서 나온 R은 그의 가방을 어깨에 바투 메고 버스 정류장으로 걸어갔다. 거기서 그는 버스를 타기 전에 이제 먼 길을 떠나려는 사람처럼 우유 다섯 통과 비닐 포장에 튼 납작한 빵 여섯 개와 오렌지주스가 든 깡통 세 개를 사서 가방 속에 쑤셔 넣었다. 그리고 그는 버스에 올랐다. 밖에는 부슬비가 내리고 있었다.

버스가 어느 부슬비 내리는 국도를 한참 달리고 있을 때였다. 그는 그의 가방을 열어 우유 한 통을 꺼내었다. 그리고 그걸 열어 마시려고 입으로 가져가 고개를 뒤로 젖힌 채 막 기울이고 있을 때였다. 그 순간 그는 얼핏 차창 밖에 어떤 놀라운 장면을 발견하기라도 한 듯 심하게 몸을 움찔했다. 그 바람에 그의 입에다 대고 기울여지고 있던 우유가 왈칵 쏟아져 나와 그의 코와 입과 턱을 허옇게 뒤덮으며 주르르 흘러내렸다. 그러나 그는 그것을 전혀 의식하지 못한 듯 왼손으로는 엉거주춤 우유통을 허공에 든 채 급히 고개를 돌려 차창 밖을 내다보았다.

마을에서도 멀리 떨어진 논벌이었다. 차창 밖 국도 가에는 두 사람의 시골 아낙네가 있었다. 두 여인은 이제 막 쌀자루 같기도 한 제법 무거워 보이는 자루 하나를 사이에 두고 그것을 함께 들어올려 한 여인의 머리 위로 이게 하려고 하는 찰나였다. 그 자루를 일 여인은 R이 볼 때 정면으로 보이는데 그녀는 머리 위에 또아리를 올려놓은 채 엉거주춤 허리를 구부려 땅바닥에 놓인 자루를 막 들어 올리려고 하고 있었고, 그것을 이게 할 여인은 R이 볼 때 뒷면만 보이는데 그녀는 엉덩이를 우뚝 세우고 상체를 구부리고 그것을 일 여인과 함께 자루를 막 들어 올리려고 하고 있었다. 그런데 그때 그 자루를 이게 하려고 하는 여인은 허리를 완전히 구부린 채 그 자루를 들어 올리는 데만 열중하고 있는 데 반하여, 그것을 일 여인은 무엇인가 예사롭지 않은 것이 순간적으로 그녀의 눈을 스치고 가기라도 한 듯 고개를 오른쪽, 그러니까 지금 R이 타고 있는 차가 가고 있는 방향으로 약 삼십 도 각도로 돌린 채 근시안인 사람들이 멀리 있는 물체를 보려고 할 때 흔히 그렇게 하듯 눈을 약간 찌푸린 채 입을 반쯤 벌리고 엉거주춤 서 있었다. 그러나 지금 엉덩이만 우뚝 세우고 있는 여인은 자루를 일 여인이 보고 있는 것을 보지 못할 뿐만 아니라 그녀가 고개를 약 삼십 도 각도로 오른쪽으로 돌린 채 입을 약간 벌리고 있다는 것을 알지 못할 것이다. 그리고 두 여인은 모두 지금 그녀들의 곁을 약간 비켜서 지나가고 있는 버스를 의식하지 못하고 있는 것 같았다. R은 급히 고개를 돌려 차의 앞쪽, 그러니까 지금 고개를 약 삼십 도 각도로 오른쪽으로 돌린 채 눈을 찌푸리고 서 있는 여인이 보고 있는 것을 보려고 했다. 그러나 보이는 것은 안개와 같은 부슬비가 내리는 논벌뿐이었다.

 R은 그때 그의 코와 입과 턱과 그리고 옷 위로 흘러내리는 우유를 전혀 의식하지 못한 듯 그것을 닦아낼 생각은 하지 않고 급한 손길로 가방을 열어 두꺼운 공책 하나를 꺼내어 첫 장을 열었다. 그리고 주머니에서 만년필을 꺼내어 급히 써 내려가기 시작했다.

2월 16일, K가 돌아왔다. 어쩌면 2월 15일 또는 17일이었던지도 모른다. 지구를 반 바퀴 돌아왔기 때문에 막상 도착했을 때 그는 곧 시간의 혼동 속으로 빠져 들고 만 것이다. 도착하면 몇 월 며칠몇 시가 되는가 하는 데 대해서는 미리 충분히 계산해 두었어야 옳았을 것이다. 그러나 이십여 시간의 비행기 여행 동안 줄곧 심한 두통과 불면, 그리고 알 수 없는 불안에 시달리느라고 그런 것에 대하여 전혀 생각하지 못했다. 그러나 중요한 일이 아니다. 시간이라는 것은 어떤 식으로든지 이미 그에게 주어졌다.

여기까지 단숨에 써 내린 그는 공책 위 삼 센티 정도 폭의 여백에다 좀 큰 글씨로 이렇게 썼다.

경마장 가는 길.

작품 해설

긍정과 부정의 교차로에서

임혜경

『경마장 가는 길』은 한마디로 놀라운 소설이다. 겉으로 보기에는 평이한 작품같이 보이면서도, 내부로 들어가면 들어갈수록 함정이 많은, 아주 주도면밀하게 짜인 구조와 테크닉을 지니고 있어, 모르고 들어갔다가는 혼이 나서 가까스로 빠져나오게 되는 기괴한 동굴 같은 작품이다. 이 작품은 내용에 있어서나 기법에 있어서나 다양성을 가지고 있기 때문에 그 특징을 다 거론할 수는 없으므로 여기서는 몇 가지만 언급해 보기로 하겠다.

1

이 소설의 주인공 R은 오 년 반의 프랑스 유학 생활을 마치고 귀국하여 곧 커다란 문화적 이질감에서 오는 충격에 휩싸인다. 이 소설은 이러한 한 인물이 사 개월 반 동안 한국에서 보고 듣고 느끼고 겪은 것들을 그리고 있다고 하겠다.

이 소설의 줄거리를 잠시 살펴보자. R은 귀국하자마자 그와 프랑스에서 삼 년 반 동안 동거를 했던 J라는 여자를 만난다. 그러나 그녀는 그를 그다지 반가이 맞이하지 않는다. 그 두 인물 사이에는 처음부터 어떤 불화가 시작되는데 그 불화를 묻어둔 채 R은 대구에 있는 그의 집으로 내려간다. 대구로 내려간 그는 그의 늙은 부모와 가족들을 만나고, 그의 앞에 주어진 열악한 현실에 직면한다. 그러나 그는 그 현실을 타개할 아무런 방법이 없다. 그는 그와 전혀 맞지 않는 그의 아내와 이혼하려고 애를 쓰지만 그의 아내는 막무가내로 말이 통하지 않는다. 한편 서울에 있는 J라는 여자와의 사이는 점점 더 허물어져 간다. 그는 끝내 모순 덩어리로 보이는 한국이라는 나라를 떠나 새로운 출발을 하려고 마음먹고 자신의 계획을 J에게 제의하지만 말과 행동이 일치하지 않고 모순된 윤리관을 지닌 그녀는 결국 그를 배반한다.

이 소설에서 작가는 사람들이 타인들과 맺고 있는 인간관계를 해부해 보이고 있다고 볼 수도 있다. '도덕' 또는 '사랑'으로 맺어져 있는 것처럼 겉으로 위장되어 있는 인간 사이의 관계의 실체가 얼마나 절망적인 것인가 하는 것을 작가는 적나라하게 드러내어 보여주고 있다. 그리고 R의 삶은 다만 R이라는 한 인물의 삶에 그치지 않고 곧 우리 자신의 삶의 한 실상일 수 있다는 사실이 우리를 충격으로 몰아넣는다.

이 소설의 이야기는 삼인칭 주인공에 철저히 초점이 맞추어져 있다. 이는 이 소설이 주인공이 보고 들은, 그리고 행한 것만을 기술하려고 하고 있다는 말이다. 작가는 주인공의 시각과 청각에 의해 포착된 것이나 그가 행한 것이 아닌 그 어떤 것도 기록하지 않으려고 애쓴다. 무엇보다도 이 작가가 철저히 억제하려고 하는 것은 작가 자신의 임의적 판단이나 느낌 따위이다. 따라서 작가는 형용사를 될 수 있는 대로 배제하고, 유추도 억제한다. 이 소설 전체를 통틀어 은유가 쓰이고 있는 것은 고작 손가락으로 헤아릴 정도인데 그 몇 번 되지 않는 은유마저도 작가가 얼마나 주저하면서 쓰고 있는가 하는 것은 다음의 예문을 읽어보면 금방 알 수 있다.

    게다가 수도꼭지에서 흘러나오는 물소리가 한데 어우러져 있기 때문에 방 안에서 선잠을 깬 채 누워 듣노라면 R의 아버지의 시금치 단 헤아리는 소리는 마치 비 오는 소리 같기도 하고 또 염불하는 소리 같기도 한데 물론 그것은 듣는 사람에 따라 다르게 들린다고 봐야 할 일이다.(107쪽)

뿐만 아니라 이 작가에게 있어서 가장 금물인 것은 인물의 심리적 내면을 직접 말하는 것이다. 가령, '그녀는 슬픔에 차 있었다.'라고 쓰지 않고 '그녀는 슬픔에 찬 듯이 보였다.'라고 하거나 '그녀는 슬픔에 차 있는지도 모른다.' 혹은 '그녀는 슬픔에 차 있는 얼굴이라고 말할 수도 있을 것이다.'라고 하여 불확실한 것에 대해서는 절대로 임의로 판단하여 단정하지 않는다. 작가는 어떻게 하면 대상을 있는 그대로 객관적으로 그릴 수 있을까 하는 소설적 모험 내지는 내기를 스스로에게 걸고 있다고 말할 수 있다. 인물의 심리를 직접 말하지 않고, 형용사나 유추가 최대한 억제된 그의 묘사는 따라서 마치 무비카메라를 가지고 피사체를 포착하는 것과 같다.

    이 소설의 묘사는 몸서리쳐질 만큼 치밀하고 집요하다. 이 소설의 앞부분에 나오는 대구에 있는 R의 가족의 방에 대한 묘사나 남녀 주인공이 여관방에서 섹스하는 장면 묘사나 그 밖에도 길거리나 다방에서 R이 본 것들에 대한 묘사는 지독하게 치열하다. 이러한 묘사들도 공연히 이루어지고 있는 것이 아니라 인물의 어떤 심리를 드러내기 위하여 행하여지고 있다는 것을 안다면 이 작가가 얼마나 집중력을 가지고 이 작품의 이야기를 조금씩 조금씩 부각시켜 나가고 있는가 하는 것을 알 수 있다. 그는 묘사로써 무엇인가 끝장을 보려는 듯한 심산인데 그가 촘촘하게 박아놓은 그 지독한 묘사는 독자로 하여금 어떤 현기증을 느끼게 한다.

이 소설의 이야기는 서울과 대구를 끊임없이 왕복하는 주인공을 따라 진행되고 있다. 따라서 주요 배경은 이 두 도시이다. 이 두 도시를 반복적으로 왕복하면서 이루어지고 있는, 부분적으로 혹은 전체적으로 비슷비슷한 사건들의 반복은 주인공의 상황과 심리를 드러내기 위해 시도하는 참으로 독특한 수법이다. 몇 개의 사건의 모티브들이 반복됨으로써 점점 더 절망적으로 되어가는 주인공의 상황을 드러내고 있다. 이 두 도시 외에도 대전, 부산 그리고 끝에 가서는, 광주, 순천, 벌교, 장흥, 광양, 진주, 삼천포, 고성, 목포 등지로 종횡무진 이동되고 있는데 이러한 장소의 이동은 시간의 흐름을 공간의 이동을 빌려 드러내어 주는 한편 주인공이 처하고 있는 상황을 보다 처절하게 그려내게 된다. 특히 이 소설의 마지막 부분의 대단히 빠른 장소의 이동은 J와 결별한 후의 주인공의 불안정한 심리 상태를 여실히 드러내고 있다는 것을 알 수 있다.

이 소설에, 주인공이 고속버스 안에 설치된 비디오에서 진행되는 영화를 보는 장면이 나온다. 그는 이어폰을 끼고 영화를 보는 것이 아니라 끼지 않은 상태로 본다. 따라서 그는 영화에서 진행되는 사건의 세부를 알지 못한다. 그것과 마찬가지로 이 소설에서 많은 사건들의 단편들은 처음부터 자초지종을 금방 알 수 있도록 노출되지 않는다. 뿐만 아니라 어떤 사건들은 끝내 그것을 알 수 없는 상태로 두어진다. 가령 주인공이 '뚱뚱하고 서글서글한 사나이'와 만나 종로의 여관에서 자고 이튿날 어떤 사람을 만나기 위하여 춘천에 가는 것 따위가 그런 것인데 작가는 그런 사건들의 자초지종이나 필연성을 전혀 설명하지 않는다. 작가는 독자가 사건의 앞뒤를 이해하든 말든 전혀 걱정하지 않는다. 왜냐하면 이 작가는 소설의 사건이란 초점화자인 주인공에 의해 보고 듣고 그리고 행하여진 것일 뿐 전혀 작가가 독자에게 설명하고 해명해야 할 성질의 것이 아니라고 여기기 때문이다.

그 결과 독자는 때때로 몹시 갑갑함을 느낄 수 있다. 독자가 느낄 수 있는 갑갑함은 비단 이런 문제에만 국한되는 것이 아니라 앞에서 말했던, 작가가 인물의 심리적 내면을 직접 노출하여 말하지 않는 데서도 연유한다. 어쨌든 작가는 독자에게 인물의 심리나 사건의 정황에 대한 정보를 충분히 제공하지 않음으로써 독자를 갑갑하게 하고 그로 인하여 독자는 이 작품 속으로 조금씩 조금씩 침몰되어 들어가지 않을 수 없게 된다.

이 소설의 등장인물들은 이름을 가질 수 없다. 이 소설에서는 제대로 된 이름을 지닌 사람이 하나도 없다. 대부분의 인물은 영어의 이니셜(R, J, A, Q, H, L, N)로 되어 있거나, R의 아내, R의 아버지, R의 어머니, R의 누나, R의 여동생 따위와 같이 이미 이용된 이니셜(R)에 의존하여 지칭되거나, 그것도 아니면 '뚱뚱한 사나이', '알랭 드롱을 닮은 남자', '가죽잠바의 남자' 와 같이 외모의 특징으로 지칭된다. 그런가 하면 하나의 새로운 인물이 등장할 때 그가 누구인가 하는 데 대한 어떤 소개도 없이 갑자기 사건 속으로 불쑥 나타난다.

이 작품의 이러한 인물의 취급법은 물론 앞에서도 이미 말했듯이 초점화자에 의해 보여지고 들려진 것이 아닌 그 어떤 것도 작가가 임의적으로 쓰지 않는다는 원칙에서 나온 것이다. 이 소설의 작가는 자신의 소설 속의 인물이 누구인가 하는 데 대해서마저도 임의로 소개할 권리가 없다고 생각하고 있는 것이다. 그런데 이 소설의 이러한 인물의 취급법은 보다 중요한 다른 문제를 생각하게 한다. 말하자면 그것은 이 작가에게 있어 인간이란 무엇인가 하는 어떤 본질의 문제와 연관을 갖고 있다는 말이다.

이 작가에게 있어 인간이란 보여지는 존재, 길거리에 있는 가로수와 같이 시각적으로 그 존재를 알 수 있는 것에 지나지 않는다. 이 소설에서 인간이란 어떤 필연적인 존재가 아니라 시각에 의하여 보여질 수도 있는 개연적인 존재라는 것이다. 이 소설의 끝부분에 가서 갑자기 나타나는 일인칭 화자인 '나'라는 인물이나 맨 마지막에 R이 쓰기 시작하는 소설 『경마장 가는 길』의 주인공 K나 그리고 R 자신이나 모두 필연적인 존재가 아니라 있을 수 있는 어떤 개연적 존재로 받아들여야 할 것이다. 이 소설의 처음과 마지막에 나오는, R이 쓰는 소설의 서두가 내용에서 일치하지만 등장인물의 이름이 R에서 K로 바뀌고 있는 점도 R이든 K든 또 누구이든 될 수 있는 개연적인 인간이라는 점을 시사한다. 그래서 R과 비슷한 인물들이 또다시 어디에선가 도착하여 그가 한 유사한 경험을 할 수 있다는 것을 의미하고 있다.

2

이 소설에는 작가가 작품을 설명하지 않는 반면 주인공이 작가를 대신하여 자신의 외양묘사를 하는가 하면 작가의 소설론을 말하기도 하는 특이한 점이 있다. 이 부분은 252~257쪽에 집약되어 있는데 작가의 소설론을 볼 수 있는 중요한 대목이다.

"나는 이 서울이야말로 송두리째 하나의 소설이라는 생각이 들어."

"그동안 나는 흡사 내가 허구의 세계 속에 살고 있다는 생각이 문득문득 들어. (중략) 그리고 지금 저기에 술을 마시고 있는 남자들의 동작 하나하나가 모두 나한테는 허구적으로 보여. 왜냐하면 그런 것들은 모두 그 원인도 결과도 그리고 의미도 알 수 없는 것들이기 때문이지."

"……나의 일거수일투족은 모두 허구의 세계에서 기획되어 있는 행동들에 불과하다는 생각이 들기도 해. 나, R이라는 존재는 어느 소설가에 의해 허구적으로 만들어진 것에 불과할지도 모른다는 생각이 들어. 나, R이 지금 너, J에게 말하고 있다는 것마저도 현실적인 것이 아니라 어느 소설가에 의해 쓰이고 있는 것에 지나지 않는 것이 아닐까 싶어."

"나는 이따금 내가 날마다 보고 듣고 느끼고 하는 것들을 하나도 빠짐없이 낱낱이 기록해 두면 세상에서 가장 완벽한 하나의 소설이 되리라는 생각이 들어. 그걸 있는 그대로 기록해 두면 대단히 신비한 느낌을 자아내게 하는 하나의 거대한 예술 작품이 되리라고 생각해. 물론 그런 유형의 소설이 나오면 무식한 독자들은 전혀 이해하지 못하겠지. 어느 시대든지 참된 소설의 독자는 언제나 무식하게 마련이지." (252~253쪽)

위 예문에서 말하고 있듯이, 소설의 모형이 따로 있어, 특수한 이야기의 테마 설정이나 특수한 상황 전개 등의 한정된 소재로 된 소설이 아니라, 가장 평범하고 보편적이고 일상적인 이야기로부터 출발하는 작품이 가장 허구적일 수 있고 소설적일 수 있다는 주장이다. 기존의 많은 소설들이 단조롭고 독자를 지겹게 하는 이유는 소설이 우리가 사는 '세상사가 언제나 가해적이고 어떤 목적을 향하여 진행되는 질서 정연한 것이라고 믿어버리게' 했기 때문이며, 소설에 묘사된 현실은 우리의 실제 현실보다 훨씬 단순하여 마치 만화 같은 느낌을 주었기 때문(257쪽)이라고 비판하고 있다. '날마다 보고 듣고 느끼고 하는 것을 하나도 빠짐없이 낱낱이 기록해 두면 세상에서 가장 완벽한 소설'이자 '그걸 그대로 기록해 두면 대단히 신비한 느낌을 자아내게 하는 하나의 거대한 예술 작품'이 된다고 말한다. 왜냐하면 이것은 '이 세상(서울)이야말로 송두리째 하나의 소설'이라는 인식에서 출발하고 있기 때문이다.

그리고 '무식한 독자'들이란 말하자면 맹목적 환상을 좇아 작품에 몰입하는 독자를 말한다.

"사실 나, R을 주인공으로 지금 소설을 쓰고 있는 작가로 말하면 그는 도무지 인기라고는 없는 작가일 수도 있어. 인기가 있는 소설을 만들려면 그는 우선 주요 인물을 좀 더 매력 있는 사람으로 만들어야 했을 거야. 그렇게 하기 위해서 그는 가령 나의 용모가 대단히 준수하다고 해야 할 테고 너의 얼굴이 남들보다 빼어나게 수려하다고 해야 할 거야. 그러나 사건이 돌아가는 꼴로 봐서는 나를 주인공으로 하여 지금 소설을 쓰고 있는 그 작가는 도무지 그런 소리를 할 만큼 융통성이 있는 것 같지는 않아. 하긴 그의 생각이 옳긴 해. 얼굴이 잘났다 못났다 하는 것이 오늘날과 같은 시대에 도무지 무슨 의미가 있을까? 그런 것들은 보다 단순했던 지난 시절의 독자들을 솔깃하게 하기 위해서는 필요했던 거겠지." (254쪽)

따라서 '참된 소설을 만들기' 위해서는 독자들이 가질 수 있는 맹목적 환상을 허물어야 한다는 확신 아래 '독자들을 솔깃하게 하기 위해서 필요했던' 모든 소설 문법을 해체하는 작업을 하고 있는 작가는 이 작품 속에서 여러 가지 노력을 하고 있다. '나, R이라는 존재는 어느 소설가에 의해 허구적으로 만들어진 것에 불과할지도 모른다는 생각이 들어.'라는 R의 말 자체가 이미 독자의 맹목적 환상을 깨는 데 기여하고 있다.

구조주의 평론가들에 의하면 소설 독자는 소설을 읽을 때 어떤 예상점을 가지고 읽는다. 그런데 이 소설의 작가는 때때로 독자가 가질 수 있는 예상점들을 여지없이 붕괴시켜 버린다. 왜 작가는 독자의 예상을 붕괴시키는가? 그것은 독자를 어떤 수준의 정신활동을 통해 더욱더 이 작품에 집중시키기 위해서이다. 따라서 작가가 요구하는 수준의 어떤 정신활동을 하지 않는 독자에게 있어서 이 소설은 몹시 지겹고 지리멸렬하게 보여 끝내 중도에서 던져버리지 않을 수 없는 소설이 될 수도 있다. 특히 작가가 소설 속의 사건이나 인물에 대하여 어떻게 생각해야 하는가 하는 것을 끊임없이 설명해 주는 전통적 소설에 익숙한 독자에게는 더욱 그렇다. 그러나 어떤 수준의 정신적 활동을 가지고 이 소설을 대하는 독자에게 이 소설은, 두꺼운 분량에도 불구하고 단숨에 읽어버릴 수 있는 그런 소설이 된다.

3

이 소설에는 이야기 중간중간에 R이 '경마장'을 모티브로 하여 글을 쓰는 장면이 갑작스럽게 삽입된다. 이 글쓰기 부분은 전체 이야기의 속도에 제동을 거는 역할을 하면서 마치 영화에서 볼 수 있는 수법인, 시퀀스를 나타낼 때 쓰는, 예를 들어, '파도'와도 같은 이미지를 준다고도 하겠다.

주인공의 그 글쓰기는 이 소설 전체를 통하여 일곱 군데에 걸쳐 나온다. 1) 134쪽('경마장에서 생긴 일'이라는 제목으로 시작한 아홉 줄의 글.), 2) 314~315쪽('경마장은 네거리에서……' 라는 열네 줄의 글. 이 제목과 이 글은 작가 하일지의 두 번째 소설의 제목이자 첫 구절의 내용이다. 즉 첫 소설이 둘째 소설을 예고하고 있음을 볼 수 있다.), 3) 510쪽(위의 두 번째 예문의 두 줄의 반복.), 4) 556쪽(R이 맥줏집에 앉아 탁자 위에 흘러 있는 맥주를 손가락으로 찍어 쓴 '경마/장/에는……' 이라는 아주 짧은 글.), 5) 580~581쪽('경마장에는 지금……' 이라는 제목으로 시작되는 네 줄의 글.), 6) 649~650쪽(아홉 줄의 지극히 모호하고 비현실적인 경마장 묘사.), 7) 678쪽(R이 마지막으로 쓴 여덟 줄의 글로 이 소설의 첫 부분과 일치하고 있다.)

R이 쓴 글의 이야기는 일관성을 유지하며 진행되고 있는 전체 이야기와는 달리, '경마장' 이라는 테마가 늘 맴돌고 있기 때문에 서로 유기적인 관계를 가지고 있기는 하지만, 사건의 진전이나 흐름이 있는 이야기 형식을 갖추고 있지는 않다. 실제 이야기 부분이 논리적인 구성이라면 R이 쓴 이 글들은 비논리적인 구성이다. 경마장을 가보았다고 하다가 한 번도 안 가본 곳이라는 등의 긍정과 부정이 교차하며, 지웠다 썼다 한다.

R의 이 글쓰기는 소설 전체 이야기와는 독립적이고 전혀 엉뚱한 것처럼 보이지만 그러면서도 한편으로는 긴밀한 연관을 가진다고 볼 수도 있다. 그의 이 글쓰기가 어떤 경우에 전체 스토리 속에 삽입되는가 하는 것을 살펴보면 이를 쉽게 알 수 있다. 사실 '경마장'을 모티브로 한 R의 글쓰기는 아무 때나 이야기 속에 파고드는 것이 아니라 흔히 여주인공 J를 만나 그녀가 끝내 섹스를 거절하고 돌아간 뒤 혼자 여관방에 남겨졌을 때 이루어진다. R은 마치 배설을 하듯 '경마장' 을 모티브로, 한 토막의 글을 쓰고는 곧 잠에 빠져 들곤 한다. 따라서 그것은 주인공의 억제된 어떤 욕망의 분출과도 같아서 '에로티즘' 과도 어떤 연관을 가질 수 있지 않을까 하는 가정을 해볼 수 있다. 이런 점에서 확실히 '경마장' 이라는 모티브와 그

것을 가지고 반복적으로 글을 쓰는 R의 행위는 정신분석학적 연구의 대상이라고 여겨진다.

또 주인공 R은 집요하게 글쓰기의 강박관념을 보여주고 있는, 작가가 되고자 하는 사람이다. 작가 하일지라는 이름이 프랑스 말 이니셜로 R이 될 수 있다는 유추의 가능성도 있지만, 무엇보다도 작가 하일지와 주인공 R이 어떤 정신적 교감을 가지고 있다는 보다 결정적 단서는 하일지의 소설과 그의 주인공이 쓴 소설이 제목과 그 첫부분의 내용이 서로 일치하고 있다는 점이다. 소설 속의 소설이 소설 밖의 소설이 되고, 소설 밖의 소설이 소설 속의 소설로 전이 또는 전도되는 것을 우리는 여기서 보게 된다. 그래서 겉으로는 페이지 순서에 따른 앞뒤가 있지만 실제로는 안과 밖이 다 열려 있고 앞뒤가 서로 맞물려 돌아가는 이중의 구조를 띠고 있는 작품이 된다. 다시 말해, 우리가 읽고 있는 완성된 소설로서의 『경마장 가는 길』이라는 작품은 그 속에 만들어지고 있는 같은 제목의 소설을 탄생시키고 있다는 것이다.

그리고 그 이중적 소설의 시작과 끝이 서로 만나는 지점에서 주인공의 이름이 R에서 K로 변하고 있기 때문에, 이 윤회의 원은 새로운 원을 만들면서 연속적인 윤회를 계속하고 있는 것이다. 이런 맥락에서 작가 하일지가 그의 첫 작품 『경마장 가는 길』 다음으로 쓴 두 번째, 세 번째 작품이 『경마장은 네거리에서……』, 『경마장을 위하여』가 될 수 있는 까닭을 이해해 볼 수도 있다.

그렇다면 여러 번 반복되고 있는 단어인 이 경마장은 무엇을 의미하는가? 무엇이 이 작가로 하여금 이토록 호흡이 길게 몇 편의 경마장 '시리즈'를 쓰도록 만들고 있는 것일까? 이 작품 『경마장 가는 길』이라는 제목이 '안내'하는 경마장은 우리가 쉽게 상상해 볼 수 있는 현실 세계 속의 경마장이 아니다.

……또 나는 그가 해인사에서 나온 뒤 왜 갑자기 태도를 바꾸었느냐고 물었다. 그러자 그는 대답하기를 '형상화' 해야겠다는 강한 충동 때문에 해인사를 나올 때 가슴이 뛰고 있었기 때문이라고 했다. (중략) 그러나 나는 그가 '형상화'를 설명하기 위해 왜 '경마장'이란 말을 끌어 왔는지에 대해서는 기억이 희미했다.(665~666쪽)

암시 외에는 정확한 답을 주지 않고 있는 이 문장에서, 무엇을 소설로 '형상화' 하기 위해서 경마장의 상징적인 이미지가 필요하였다는 추측의 해석이 가능하다면, 곧 이어서 R의 소설의 첫 대목이 나오기 때문에, 이 무엇은 지금까지 읽은 이야기를 소설로 만들겠다는 것이다. 이야기의 선을 한 바퀴 돌려 원형의 사슬을 계속적으로 만든다는 것이다.

그렇다면 경마장의 진짜 의미는 무엇인가? 경마장의 상징적인 이미지는 어떤 것인가? 이에 대한 가능한 답을 유도해 낼 수 있는 적절한 예문이 있으므로 읽어보기로 하자.

나는 아직 한 번도 경마장에 가본 적이 없다. 따라서 나는 경마장이 어디에 있는지 알지 못한다.
오래전에 언젠가 한번은 누가 나에게 경마장에 대하여 이야기해 준 적이 있다. 나는 그에게서 들은 이야기를 다만 기억하고 있을 뿐이다. 그러나 나는 그가 누구였던지 지금 알 수 없다. 그가 말한 경마장은 어쩌면 이 도시에 있는 경마장이 아닐지도 모른다. 그리고 그것은 이 시대에 있는 경마장이 아닐지도 모른다. 바람 부는 오후에 하늘 아득히 떠가고 있는 신문지처럼 경마장은 지금 공중에 아득히 흐르고 있다.(649~650쪽)

이 경마장은 작가의 '글쓰기의 공간(espace de l'écriture)', '소설적 공간(espace romanesque)'을 의미한다. 이 공간은 경마장이라는 단어가 주는 대지에 붙어 있는 고착된 이미지보다는 '경마장은 지금 공중에 아득히 흐르고 있다.'는 말이 암시해 주듯이 물과 공기의 유동적인 이미지를 담고 있다. 그것은 상하 좌우 어디든지 방향 전환이 가능한 자유로운 기류(氣流)와 수류(水流)를 탈 수 있는 공간을 의미한다. 이 자유로운 공간은 시작도 끝도 없는, 늘 다시 시작할 수 있는 공간이며, 변증법적인 논리가 아닌, 긍정과 부정이 자유로이 왔다 갔다 할 수 있는 '교차로', '네거리'인 것이다. 그리고 이 형상화하는 소설적 공간으로서 '경마장'은 마르지 않는 샘처럼 작가의 글쓰기의 실험실이 되어줄 수 있기 때문에 작가 하일지의 경마장 '시리즈'는 앞으로도 얼마든지 가능하다고 생각된다.

지금까지 하일지의 첫 소설 『경마장 가는 길』에 나타난 작품 형태상의 특징과 R의 입을 빌려 피력하고 있다고도 할 수 있는, 작가의 소설론을 통하여 본 작가의 집요하게 끌고 나가는 묘사의 문제, 작품의 순환적 구조, 경마장의 상징적 이미지와 의미 등의 문제를 살펴보았다. 우리가 서두에서 이 소설을 '동굴 같은 소설'이라고 말한 바와 같이, 지금까지 우리가 살펴본 이러한 각도 외에도 연구할 수 있는 많은 과제를 던져주는 문제작이다. 또한 작가 하일지는 우리 소설계에 세찬 바람을 몰고 올 수 있는 무서운 작가이며, 소설 장르에 활기와 다양성을 줄 수 있는 어떤 비밀을 알고 있는 작가라고 생각된다.

(숙명여대 교수·불문학)

작가의 말

　나는 지금 나의 소설 『경마장 가는 길』 뒤에 붙일 「작가의 말」을 쓰고 있다. 나는 이런 글을 쓸 계획이 전혀 없었고 또 쓰고 싶어 하지도 않았다. 왜냐하면 하나의 소설 작품에 이런 글을 덧붙이는 것은 마치 교향악이 끝난 뒤 지휘자가 지금까지 연주한 작품에 대하여 이렇다 저렇다 해설을 하는 것만큼이나 우스꽝스러운 것이 될 수도 있다고 생각했기 때문이었다. 그런데도 불구하고 결국 나는 이 글을 쓰게 되었다. 왜냐하면 출판사 편집부에서 나에게 나의 소설이 독자들에게는 다소 생소한 형식을 가지고 있어서 혹시 독자들이 이해에 도달하지 못하는 경우가 있을지도 모르니 그들을 위해서 조그마한 '서비스'를 해달라고 간곡히 부탁해 왔기 때문이었다. 그리하여 나는 결국 이 글을 쓰게는 되었지만 혹시 이 글로 인하여 독자가 작품 자체를 이해하고 감상하는 데 오히려 방해가 되지나 않을까 하는 걱정이 앞선다. 그래서 나는 가급적이면 이 소설 자체에 대해서는 언급을 자제하고 이 소설을 이해하는 데 약간의 암시를 줄 수도 있을 소설에 대한 나의 몇 가지 견해를 피력함으로써 「작가의 말」에 대신하고자 한다.

다른 사람들은 그들의 소설을 쓸 때 어떻게 하는지 모르지만 나는 내 소설을 쓸 때 다음과 같은 세 가지 질문을 나 자신에게 던진다. 무엇을 쓸 것인가, 어떻게 쓸 것인가, 그리고 왜 그것을 그렇게 쓸 것인가 하는 것이 그것이다.

무엇을 쓸 것인가 하는 물음에 대하여 나는 항상 인간과 그 인간이 처해 있는 현실을 써야 한다고 대답한다. 그러면 인간이란 무엇인가? 글쎄? 나에게 있어 그것은 끊임없이 새로 궁구되어야 할 문제이기 때문에 성급하게 무어라고 대답할 수는 없다. 다만 내가 여기서 말할 수 있는 것은 내 소설에서 대상으로 하는 인간이란 것은 '우리'와 똑같은, 우리들보다 더 나을 것도 없고 더 못할 것도 없는, 우리 자신일 수 있는 그런 존재라는 사실이다. 따라서 나는 우리보다 특별히 위대한 인간에 대하여 별로 흥미를 느끼지 못한다. 그리고 우리보다 특별히 더 저급한 인간의 존재에 대해서도 별로 상상이 가지 않는다. 내가 늘 흥미를 갖는 것은 나를 포함한 '우리들'이다. 그렇다면 우리는 어떤 존재들인가? 글쎄? 이 문제에 관해서는 나 혼자만 생각할 일이 아니라 당신들도 함께 생각해 봐야 할 것이다.

그런데 나는 내 소설에서 때때로 인간과 인간의 행위가 아닌 사물을 묘사하기도 한다. 그것은 그 사물을 말하기 위해서가 아니라 그 사물들로 한정되는 어떤 인간의 존재를 드러내기 위해서일 뿐이다. 그것은 말하자면 인간이 처해 있는 현실의 한 부분이라고 나는 간주한다. 나에게 있어 현실이란 우리의 있음을 결정하는 모든 조건들을 뜻한다. 가령 당신은 지금 내가 쓴 이 소설책 『경마장 가는 길』을 펼쳐놓고 이 책의 뒤에 붙어 있는 「작가의 말」을 읽고 있는데 당신의 있음은 적어도 몇 가지 조건들에 의해 결정되고 있다.

즉, 시간적으로는 지금, 공간적으로는 당신이 위치해 있는 바로 거기, 그리고 당신의 시선을 모으고 있는 이 글의 글줄들 따위가 그것이다. 당신의 있음은 그러한 조건들 때문에 드러나는 것인지도 모른다.

어떻게 쓸 것인가 하는 물음에 대해서 나는 가급적이면 그것(즉, 인간이나 인간의 존재를 드러내는 사물)을 있는 그대로 재현하여야 한다고 대답한다. 가령 A라는 인간의 있음에 대하여 쓴다고 가정해 보자. 이러한 때에 내가 나에게 주는 과제는 어떻게 하면 그것을 있는 그대로 그릴 수 있는가 하는 것이다. 또, 지금 나의 책상 위에는 커피 잔 하나가 놓여 있는데 내가 그것을 '나'라는 인간이 처해 있는 현실의 한 부분으로서 재현하고자 한다면 이때도 역시 똑같은 과제를 나는 나에게 부과한다.

따라서 나는 어떤 사소한 것도 일반화하기를 주저한다. 가령, 내가 'A는 B를 사랑한다.'라고 썼다고 치자. 그렇다면 나는 아무것도 재현하지 못한 것이 될 수도 있다. A가 B를 사랑한다라는 사실을 있는 그대로 바라보면 엄청나게 많은 A와 B의 (어떻게 보면 반복된) 행위들 외에 아무것도 아닌데 그것들을 열거하지 않는 한 나는 A가 B를 사랑한다는 사실을 있는 그대로 재현할 수 없을지도 모른다는 생각이 들기 때문이다.

그런데 인간과 인간이 처해 있는 현실은 자세히 관찰하면 할수록 혼란되고 애매하고 또 때로는 불가해한 것이라는 사실을 나는 발견했다. 가령 B를 향한 A의 일거수일투족을 면밀히 관찰해 보면 그것은 항상 일사불란하고 명확하고 그리고 의미나 목적을 확실히 알 수 있는 것들로만 이루어져 있지 않다는 것을 알게 된다. 나는 그 혼란되고 애매하고 또 때로는 불가해한 것들마저도 있는 그대로 재현해야 한다고 생각한다. 만약 그렇게 하지 않는다면 나는 인간과 그 인간이 처해 있는 현실을 임의로 조작하고 왜곡하는 것이 되고 말 것이다.
 종래의 어떤 소설들에서 보면 소설 속의 모든 인간의 행위나 그리고 사물들마저도 작가가 의도하는 어떤 목적에 따라 재조직되고 변형되고 있다는 것을 알게 된다. 소설 속의 어떤 사소한 것마저도 모두 하나의 뚜렷한 기능을 갖는 것이 되어 있다. 그러한 현상을 일컬어 '문학적'이라고 하는지는 모르겠다. 그러나 현실 세계의 모든 사상(事象)은 그렇게 기능적이지도 일사불란하지도 않다. 현실을 작가의 어떤 의도에 따라 왜곡한다면 독자들은 현실에 대한 잘못된 견해를 가질 수도 있는데 그것은 작가가 도의적 책임을 져야 할 일이 아닌가 한다.
 한 인간을 있는 그대로 그리려고 애쓰고 있노라면 때때로 내 소설의 이야기는 내가 원하지 않는 방향을 향하는 경우도 있다. 가령 나는 나의 주인공이 보다 품위 있고 고결한 행위를 해줬으면 하는데 때때로 그는 소변을 보기 위해서 변소로 들어가지 않으면 안 될 때가 있다. 그러한 순간, 나는 내가 원하는 것을 일단 포기하고 그를 변소로 가도록 내버려둘 수밖에 없다. 나는 인간의 삶을 있는 그대로 그리려고 하면 할수록 그의 삶은 내가 원하는 것과는 전혀 다른 방향으로 흘러갈 수도 있다는 사실을 발견했다. 그렇기는 하지만 어떤 존재나 사실을 있는 그대로 언어로써 재현한다는 문제는 항상 나에게 절망적인 것으로 여겨지기도 한다는 것을 고백하지 않을 수 없다.
 끝으로, 왜 그것을 그렇게 쓸 것인가 하는 물음에 대해서 나는 그다지 흔들림이 없는 소신을 가지고 대답한다. 어떤 것, 즉 인간과 인간이 처해 있는 현실을 있는 그대로 재현하기만 하면 대부분의 경우 상당한 미적 가치를 갖는다고 나는 믿는다. 어떤 소설이 만약 소설 미학적 가치가 없다고 판단되어질 수 있다면 거기에는 두 가지 이유가 있을 수 있다고 나는 생각한다. 그것은 우선 그 소설에서 그리고 있는 것이 인간과 인간이 처해 있는 현실이 아니라고 판단될 수 있기 때문이고, 또 다른 이유가 있다면 그것이 무엇이든 있는 그대로 재현하지 못했기 때문일 수 있다. 내가 이렇게 말하면 사람들은 나를 사실주의 이론에 너무 천착하고 있다고 말할 것이다. 그럴지도 모른다. 그러나 나는 개인적으로 초현실주의 시나 누보로망 따위를 공부해 볼 기회가 있었는데 그것들을 공부하면서 알아낸 것은 그러한 사조의 문학은 내가 말한 이러한 원칙에 더욱더 철저하다는 사실이었다.

우리는 종종 작가들이 그들이 쓴 글을 통하여 독자들에게 무엇인가를 가르칠 수 있다고 말하는 것을 듣는다. 또, 최근에 어떤 작가나 평론가들은 문학은 민중을 깨우치게 하는 데 목적이 있다고 말하는 것을 듣게 된다. 물론 그렇게 말할 수 있는 작가들은 아마도 충분히 그럴 만한 능력이 있으니까 그런 말을 하겠지만 한 사람의 작가로서 나는 전혀 그럴 생각이 없고 또 그럴 자신도 없다. 나는 나의 독자들에게 무엇인가를 가르치거나 깨우치게 하려고 내 글을 쓰지는 않는다. 만약 내가 쓴 글을 읽고 나의 독자들 중에 어떤 이가 무엇인가 가르침을 받거나 깨우치게 되었다 할지라도 그것은 내가 의도했던 것은 아니다. 따라서 나는 거기에 대하여 전혀 자랑스러움을 느낄 필요가 없다. 다시 말하거니와 나는 아무것도 당신들을 가르칠 생각이 없다. 그렇다면 나는 왜 독자들을 향하여 글을 쓰는가?
나는 독자들이 나의 글을 읽음으로 해서 그들의 의식이 보다 자유로워지기를 기대한다.
말이 나왔으니 말인데, 우리의 문화권 속에는 우리의 의식의 자유를 제한하는 것이 너무나 많다. 우리는 오래전에 '天地玄黃'이라고 배웠고, '天地萬物之間唯人最貴'라고 배웠고, 좀 더 나이가 든 뒤에는 '君爲臣綱, 父爲子綱, 夫爲婦綱'이라고 배웠다. 이와 같이 우리의 의식의 자유를 제한하는 권위적이고 단정적인 가르침은 다만 지난 시대에만 그치는 것이 아니었다. 오늘날에도 눈만 돌리면 우리의 의식을 옥죄어 오는 가르침들을 무수히 받게 된다. 어떤 정권은 '有備無患'이라는 말로 이십 년 동안 우리를 옥죄었고, '올림픽 100일'이라는 말로 우리를 강박관념에 사로잡히게 했고, 그리고 '현재 한국인구 43072458'이라고 불이 켜져 있는 커다란 간판마저도 우리의 의식을 자유롭게 하지 않는다. 그 숱한 가르침들로 인하여 우리는 의식의 어떤 마비상태에까지 이르렀고, 그 결과 어떤 사소한 것도 자유롭게 판단할 수 있는 능력을 잃어버렸는지도 모른다. 이러한 우리에게 소설마저 무엇인가를 가르치겠다고 든다면 그것은 너무나 가혹한 일이다. 나 개인으로 말하면 그것이 아무리 좋은 것이라 할지라도 누군가가 나에게 무엇인가를 가르치겠다고 든다면 나는 도저히 참을 수 없을 것 같은 심정이다. 나 자신이 그러할진대 내가 남을 가르치겠다고 든다면 그것은 도덕적으로 옳지 않다. 그래서 나는 내 소설을 통하여 독자들에게 무엇인가를 가르치겠다는 생각을 애당초 포기했다. 가르친다기보다 나는 나의 소설을 통하여 독자의 의식이 자유로워지기를 희망한다. 그리하여 독자는 그들의 의식의 자율성에 따라 무엇인가를 이해하고 판단하게 되기를 기대한다.

사실 모든 예술작품이라는 것은 건축이 그러하듯이 하나의 구조물에 지나지 않는다. 그 구조물에 들어가 그것을 장식하는 것은 예술의 수용자들이다. 만약 수용자들이 자발적으로 그 구조물 속으로 들어와 무엇인가를 장식해 주지 않는다면 예술은 죽은 것이 된다. 수용자들을 거기에 들어오도록 하기 위해서 작가는 그의 독자들을 강제해서는 안 된다. 그들이 그들의 자유의사에 따라 스스로 들어올 수 있도록 하지 않으면 안 된다. 그래서 나는 나의 소설에서 무엇인가 완성되고 결정된 것을 제시하기보다는 독자가 그들의 자유로운 의식과 나보다 훨씬 탁월한 상상력을 가지고 무엇인가를 생각하고 판단함으로써 비로소 완성되는 자료들만을 제공하려고 한다.

내가 소설을 쓰는 또 다른 한 가지 이유가 있다면 혹시 우리의 감각이 어떤 이유에서든 잠들어 있다면 그것을 깨우는 데 있다.

사실 우리는 우리의 삶의 공간 속에서 일어나고 있는 여러 가지 사상들에 대하여 무감각해져 있는지도 모른다. 가령 우리는 아침 저녁으로 지하철 속에서 수많은 타인들과 몸을 밀착시킨 채 출퇴근을 한다는 사실에 대하여 이제는 무감각해져 있는지도 모른다. 우리가 어느 식당에서 식사를 할 때 저편 테이블에서는 낯선 남자들이 둘러앉아 고기와 술을 먹고 마시고 있다는 사실에 대해서도 무감각해져 있는지 모른다. 그리고 신문 사회면에서 보는 살인 사건들에 대해서마저도 이제는 무감각해져 있는지 모른다. 이러한 무감각 상태라는 것은 어쩌면 대단히 무서운 일이다. 감각이 없다면 우리는 죽은 것이나 마찬가지가 아니겠는가? 그래서 나는 가능하면 내 소설들을 통하여 독자들의 감각을 되살리려고 애쓴다. 그리하여 독자들이 그들의 산책길에 돌멩이 하나가 있다는 것을 감각하게 되고, 그 돌멩이 옆에는 이름을 알 수 없는 작은 풀이 돋아나 있다는 것을 감각하게 되고, 그 작은 풀잎에는 벌레 한 마리가 있다는 것을 감각하게 되기를 희망한다.

나는 이 소설을 작년 여름부터 시작해서 가을까지 사 개월에 걸쳐서 썼다. 그 사 개월 동안, 그리고 그 이후에 쓰인 나의 다른 소설들, 『경마장은 네거리에서……』와 『경마장을 위하여』, 그리고 나의 소설 이론서인 『소설의 거리에 관한 하나의 이론을 위하여』를 집필하고 번역하는 동안 줄곧 뒤에서 나를 밀어준 나의 자매들에게 우선 감사한다. 그리고 나의 건강을 염려하여 늘 세심한 배려를 해주었던 친구 임채우에게도 감사한다. 또, 내가 풀 죽어 있을 때마다 나를 독려해 주었던 전범수 선배에게도 감사한다. 이 소설이 완성된 뒤 이 작품의 장점을 십분 이해해 주고 나에게 용기를 북돋워 주었던 숙명여대 임혜경 선생님과 민음사의 이영준 님께도 감사드린다. 그리고 이 글의 출판에 선뜻 동의해 준 민음사 박맹호 사장님께도 감사를 드린다. 그 밖에도 많은 도움을 준 분들께 깊은 감사를 드린다.

1990년 10월 20일
하일지

작가 연보

1954년 경북 경주에서 아버지 임임규, 어머니 장달수의 1남 4녀 중 독자로 태어남. 본명은 임종주, 아명은 태곤.
1961년 영춘초등학교를 다님. 《충청일보》에 동시 2편 발표.
1966년 대구로 이주.
1969년 대구 경상중학교에 입학. 셰익스피어 희곡에 몰입.
1972년 대륜고등학교에 입학.
1975년 중앙대학교 문예창작과에 입학하여 김동리, 서정주 등으로부터 소설과 시를 배움.
1977년 군에 입대하지만 정신분열증이라는 진단을 받고 7일 만에 귀가, 이때 겪었던 일들을 후일 『경마장을 위하여』로 작품화함.
1980년 중앙대학교 문예창작과를 졸업하고 경문고등학교 국어 교사로 부임.
1981년 중앙대학교 대학원 국문학과 입학. 우연히 프랑스어를 독학하기 시작함.
1983년 중앙대학교 대학원을 졸업하고 프랑스로 건너가 푸아티에대학교 불문과 석사과정에 입학. 프랑스 현대소설을 연구하기 시작함.
1984년 푸아티에대학에서 불문학 석사학위를 받고 리모주대학교로 옮겨 박사과정에 입학.
1989년 리모주대학에서 「로브그리예 소설의 거리」로 박사학위를 받음. 귀국하여 2년 동안 중앙대와 숙명여대에서 시간강사로 강의함. 본격적으로 소설을 쓰기 시작.

1990년   장편 『경마장 가는 길』(민음사)을 하일지라는 필명으로 냄. 작가로 데뷔. 문단에 나오자마자 평론가들과 문학 논쟁에 돌입.
1991년   장편 『경마장은 네거리에서』(민음사), 『경마장을 위하여』(민음사), 소설 이론서 『소설의 거리에 관한 하나의 이론』(민음사)을 냄.
1992년   『경마장 가는 길』을 영화 대본으로 각색, 영화화하고 『한국 시나리오 전집』(한국영화진흥공사)에 수록. 장편 『경마장의 오리나무』(민음사) 발간. 미국인 교수 데이비드 리에 의해 '경마장 시절'의 작품들이 영문으로 번역되기 시작함.
1993년   장편 『경마장에서 생긴 일』(민음사)을 내면서 소위 '경마장 시절'이 끝났음을 선언함. 8월, 미국 아이오와대학 초청으로 국제작가프로그램(IWP)에 참석하기 위하여 미국으로 건너감. 이 기간에 쓴 22편의 영시가 미국 시인 케리 케이즈에 의해 발굴되어 출판 제의를 받음.
1994년   영시집 『Blue Meditation Of The Clocks』를 미국 펜실베이니아 파인 프레스(Pine Press)에서 출간하고 그중 일부를 한국어로 번역하여 《문학과 사회》 가을호에 발표하는 한편, 『시계들의 푸른 명상』이라는 제목으로 민음사에서 출간. 장편 『그는 나에게 지타를 아느냐고 물었다』(세계사)를 냄.
1995년   장편 『위험한 알리바이』(세계사)를 냄.
1996년   이 해부터 1998년까지 《동아일보》에 『하일지 판 아라비안 나이트』 연재.
1998년   『하일지 판 아라비안 나이트』(전5권)를 민음사에서 출간.
1999년   장편 『새』를 냄.
2000년   장편 『진술』을 냄.
2002년   장편 『마노 카비나의 추억』을 냄.

오늘의 작가총서 15

경마장 가는 길

1판 1쇄 펴냄 1990년 11월 30일
1판 17쇄 펴냄 1995년 12월 25일
2판 1쇄 펴냄 1998년 4월 10일
2판 5쇄 펴냄 2004년 7월 10일
3판 1쇄 펴냄 2005년 10월 1일
3판 3쇄 펴냄 2017년 6월 20일

지은이 · 하일지
발행인 · 박근섭, 박상준
펴낸곳 · (주) 민음사

출판등록 1966. 5. 19. 제16-490호
서울특별시 강남구 도산대로1길 62(신사동)
강남출판문화센터 5층 (우편번호 06027)
대표전화 515-2000 팩시밀리 515-2007
www.minumsa.com

ⓒ 하일지, 1990, 1998, 2005. Printed in Seoul, Korea

ISBN 978-89-374-2015-3 04810
ISBN 978-89-374-2000-9 (세트)